GOLDMANN

W0251384

Autoren

Allan Cole und Chris Bunch, Freunde seit dreißig Jahren, haben sich als Schöpfer der STEN-Saga, einer Science-fiction-Serie der Superlative, einen Namen gemacht; ihr Vietnam-Roman *A Reckoning For Kings* wurde für den Pulitzerpreis nominiert. Mit *Die Fernen Königreiche*, einer ebenso raffinierten wie epischen Mischung aus Magie, Mythen und Abenteuer, geben sie ihr Debut in der Fantasy. Allan Cole und Chris Bunch leben im Staat Washington. Weitere Bände sind Vorbereitung.

»Fantasy vom Feinsten – durchdacht und wunderbar erzählt.«

Publishers Weekly

»In ›Die Fernen Königreiche‹, einer Fantasy, wie man sie nur ganz selten zu lesen bekommt, lassen Allan Cole und Chris Bunch den Geist der großen Abenteuerromane wieder aufleben. Das Ergebnis kann man nur bewundernswert nennen.«

Locus

»Exzellent – und das in jeder Hinsicht.«

SF Chronicle

ALLAN COLE
CHRIS BUNCH

Die Fernen Königreiche

FANTASY-ROMAN

Aus dem Amerikanischen
von Jörn Ingwersen

GOLDMANN VERLAG

Helga Pepke

Die amerikanische Originalausgabe erschien 1993
unter dem Titel »The Far Kingdoms« bei Del Rey Books, New York

Umwelthinweis:
Alle bedruckten Materialien dieses Taschenbuches
sind chlorfrei und umweltschonend.
Das Papier enthält Recycling-Anteile.

Der Goldmann Verlag
ist ein Unternehmen der Verlagsgruppe Bertelsmann

Copyright © der Originalausgabe 1993 by Allan Cole
and Christopher Bunch
Published in agreement with Baror International, Inc.,
Bedford Hills, New York, U.S.A. in association with
Scovil Chichak Galen Literary Agency
Copyright © der deutschsprachigen Ausgabe
1994 by Wilhelm Goldmann Verlag, München
Karte: Nach einer Vorlage von Shelly Shapiro
Umschlaggestaltung: Design Team München
Umschlagillustration: Gnemo
Satz: Uhl + Massopust, Aalen
Druck: Graphischer Großbetrieb Pößneck
Verlagsnummer: 24608
Lektorat: Sky Nonhoff
Redaktion: Regina Winter
Herstellung: Peter Papenbrok
Made in Germany
ISBN 3-442-24608-3

3 5 7 9 10 8 6 4 2

Für
Jason Cole
und
Elizabeth Rice Bunch

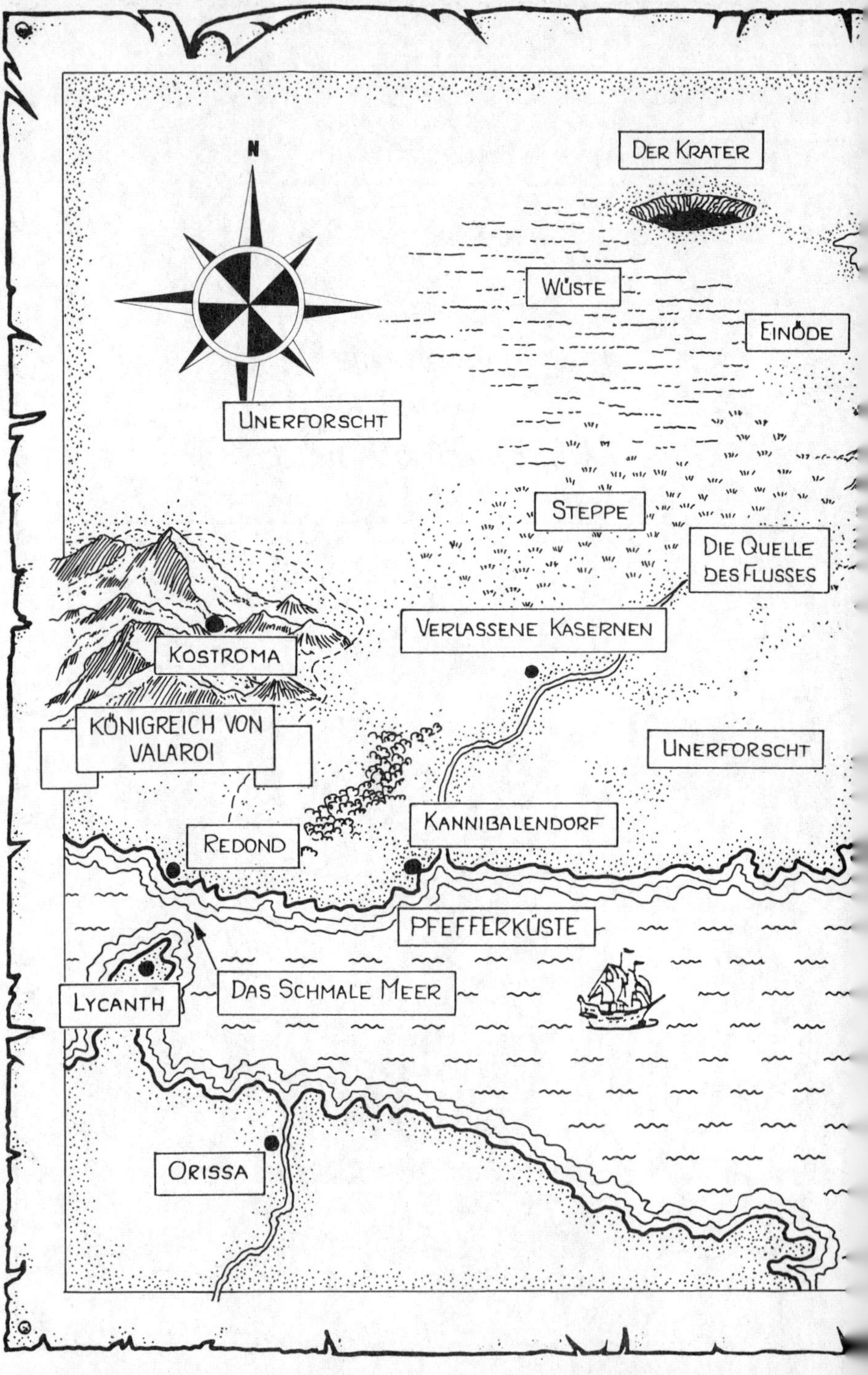
N
DER KRATER
WÜSTE
EINÖDE
UNERFORSCHT
STEPPE
DIE QUELLE DES FLUSSES
VERLASSENE KASERNEN
KOSTROMA
KÖNIGREICH VON VALAROI
UNERFORSCHT
KANNIBALENDORF
REDOND
PFEFFERKÜSTE
LYCANTH
DAS SCHMALE MEER
ORISSA

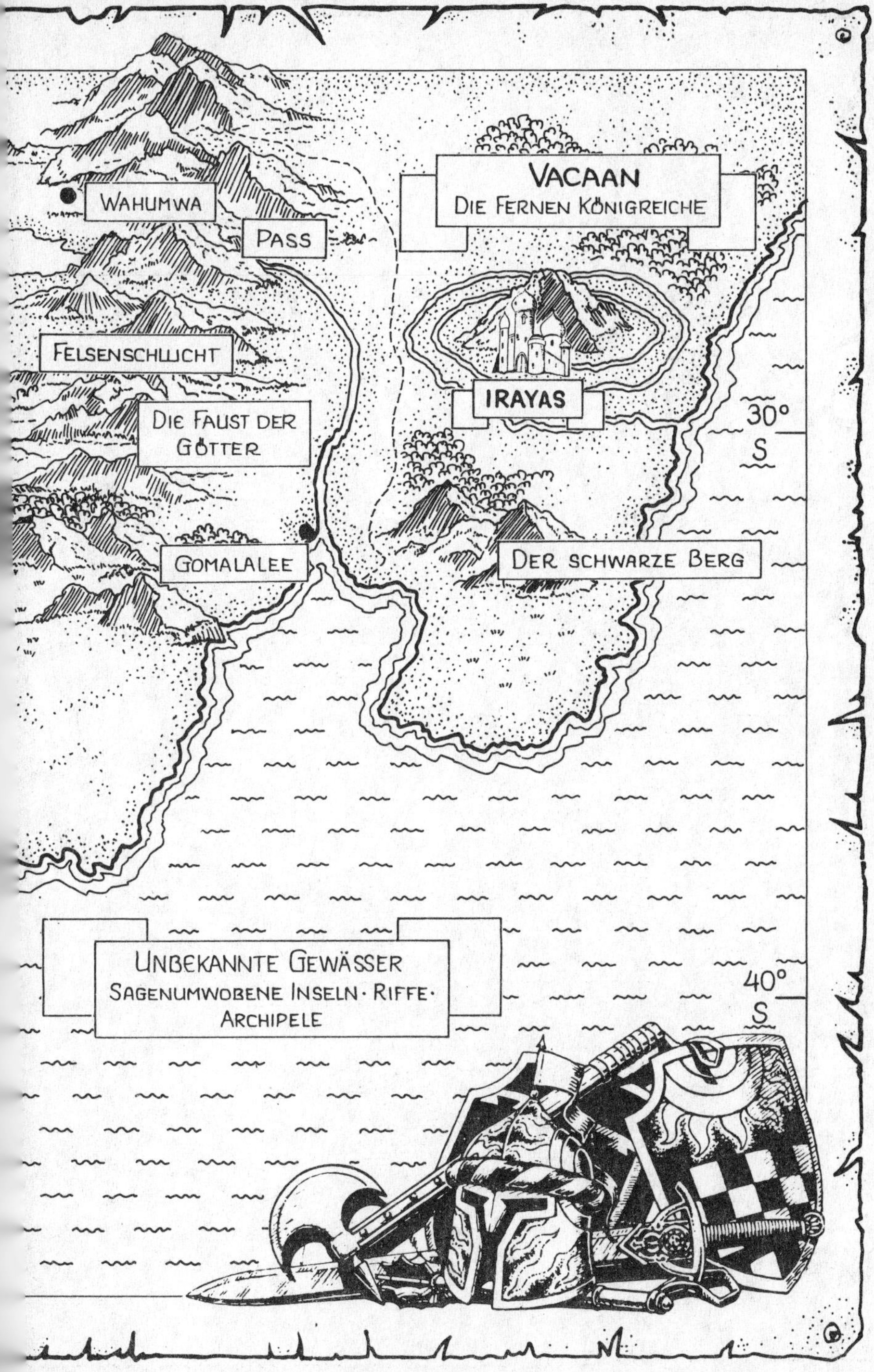

VACAAN
DIE FERNEN KÖNIGREICHE
WAHUMWA
PASS
FELSENSCHLUCHT
IRAYAS
DIE FAUST DER GÖTTER
30° S
GOMALALEE
DER SCHWARZE BERG
UNBEKANNTE GEWÄSSER
SAGENUMWOBENE INSELN · RIFFE · ARCHIPELE
40° S

Die erste Reise

Kapitel Eins

Die Kurtisane

König des Feuers

König des Wassers

Königin der Musen

Ich, Amalric Emilie Antero, setze meine Feder auf das Leinentuch an diesem zweiten Kerzentag des Erntemonats im zehnten Jahr der Echsenzeit. Bei den Seelen meiner Vorfahren gelobe ich, daß alles, was ich schreibe, der Wahrheit entspricht. Ich beschwöre Euch, edle Herren, edle Dame, dieses Tagebuch wohlwollend zu betrachten. Feuer, leuchte mir den Weg durch trübe Erinnerung. Wasser, nähre die Frucht meiner Gedanken. Muse, verzeih mir mein mageres Talent, laß meine Worte der Geschichte würdig sein, die ich erzählen will. Der Geschichte meiner Reise zu den Fernen Königreichen.

Und dessen, was ich dort fand.

Als ich diese Zeilen noch einmal las, konnte ich Janos' Lachen hören. Es war ein tiefes, dröhnendes Lachen, das eine kalte Nacht erwärmen oder einen Narren zu Stein erstarren lassen konnte. Ich hörte es laut, als säße er neben mir, anstatt aus der Distanz von mehr als vierzig Jahren. Sein Lachen verspottete mich. Nicht, weil ich diese Geschichten aufschreibe. Er mochte Geschichten und alle klugen Bücher. Er hielt sie für heiliger als jeden Zedernhain, für vielsagender als den Spiegel eines Sehers. Ja, es hätte ihm gefallen, auch wenn mein Bericht ihn zuweilen in schlechtem Licht zeigt. Und so wird es sein. Ganz bestimmt. Denn habe ich nicht geschworen, die Wahrheit zu sagen? Janos war der Wahrheit leidenschaftlichster Verfechter. Selbst wenn er log... Besonders wenn er log.

Der Spott, da bin ich sicher, galt meinem überkommenen Eröffnungszauber, in dem ich Feuer, Wasser und die Musen bat, mir bei meinem Bemühen zu helfen.

»Es ist eine alberne Sitte«, hätte er gesagt. »Darüber hinaus ist es eine Vergeudung deiner Energien und deiner Substanz. Es ist, als wollte man sich von Warzen befreien und hätte dann keine Kraft mehr für so Wichtiges wie einen Dämon im Schädel. Geknotetes Garn ist für eine Warze ebensogut wie dreimal gesegnete Krötenhaut, und außerdem weit weniger kostspielig.«

Dann hätte er mir auf die Schulter geklopft und unsere Weingläser bis zum Rand vollgeschenkt. »Fang das Buch einfach an, Amalric. Es wird dir schon alles einfallen, wenn du erst dabei bist.«

Also gut, dann... Es begann mit einer Frau.

Ihr Name war Melina, und sie war die exquisiteste Kurtisane von ganz Orissa. Selbst nach all den Jahren noch zuckt es in meinen Lenden, wenn ich an sie denke. Sie hatte große, dunkle Augen, in denen ein Mann seine Seele verlieren konnte, und langes, duftendes, schwarzes Haar, das diesen Mann bedeckte, wenn sie ihn in ihre Arme schloß. Sie hatte die Formen einer Göttin, mit goldener Haut, hennafarbenen Lippen, Brüste mit roten Knospen und seidene

Schenkel, die vom willkommensten Hafen kündeten, den ein Reisender des Fleisches sich erträumen konnte. Kurz gesagt, ich war ein Mann von zwanzig Sommern, und ich verzehrte mich nach ihr mit all dem blinden Übermut, den dieses ungestüme Alter mit sich bringt. Hätte sie meine Lust befriedigt, würde ich diese Geschichte nicht erzählen. Statt dessen fesselte sie mich nach allen Regeln der Kunst mit nichts als Versprechungen.

An jenem Tag, als ich mich in ihrem Netz verfing, hatte ich, was selten war, einen Auftrag meines Vaters zu erledigen. Eine Schiffsladung mit Waren aus dem Westen wurde in einem seiner Lagerhäuser verstaut, und meine Aufgabe war es, die Buchhaltung zu überwachen. Nicht, daß ich mich in die ausgezeichnete Arbeit der Sklaven einmischen sollte. Ich war dort, um die »Präsenz der Obrigkeit« zu demonstrieren, wie mein Vater das nannte, was bedeutete, daß ich die Bestechungsgelder für den Hafenmeister, den städtischen Steuerkassier und den Zehnteintreiber der Geisterseher auf ein vernünftiges Maß zu beschränken hatte. Ich bekam einen Beutel mit Gold- und Silbermünzen, die ich in gierige Hände verteilen sollte, aber man hatte mich gewarnt, nicht alles davon wegzugeben, da sonst der Gewinn aus dieser Lieferung allzu mäßig ausfallen würde. Die Reise war lang und ereignisreich gewesen, und noch vor der Mündung des Flusses, der durch unsere Stadt fließt, hatte das Schiff mit einem Sturm zu kämpfen gehabt. Meine Aufgabe war schwierig, und es erstaunte mich damals, daß mein Vater sie mir anvertraut hatte. Offenbar wollte er mich in einer Zeit jugendlicher Orientierungslosigkeit anspornen. Er sah Talente in mir, die ich selbst nicht erkennen konnte.

Der Hafenmeister war naiv, aber – um diesen Mangel auszugleichen – übervorsichtig. Als wir die Kisten, Bündel, Fässer und Krüge inspizierten und deren Wert zusammenrechneten, sah ich an seinem listigen Blick, daß er sich Schweigegeld in Höhe eines Jahreslohns ausrechnete. Je mehr er mich bedrängte, desto verzweifelter suchte ich nach einer Lösung. Mein Blick fiel auf ein geplatztes Bündel Tuch. Ich stöhnte, riß es auf und ließ den schweren Stoff auf den staubigen Boden des Lagerhauses fallen. Ich rief nach dem Kapitän des Schiffes und ignorierte dabei die verblüffte Miene des Hafenmeisters. Er muß geglaubt haben, ich wäre verrückt geworden. Aber dann staunte er, als der Kapitän kam, ich ihm das betreffende Tuch zeigte und dessen schlechte Qualität bemängelte.

»Entweder seid Ihr ein Dummkopf, der sich hat betrügen lassen«, rügte ich ihn, »oder Ihr *selbst* seid der Betrüger.« Ich schimpfte, das Tuch sei von minderer Qualität und jeder Trottel könne sehen, daß es in Orissas feuchtem Klima nach einer Woche verrotten würde. Und was war dann mit den anderen Waren? »Verflucht noch eins, Kapitän, seht mich gefälligst an, wenn ich mit Euch rede!«

Der Kapitän war ein alter Seemann und verstand schnell. Ich schickte ihn fort, damit er sich auf den Zorn meines Vaters gefaßt machen konnte, und wandte mich wieder dem Hafenmeister zu. Der lächelte dünn, als ich mich bei ihm entschuldigte, und sein Lächeln wurde immer dünner, je länger ich mich entschuldigte und – während ich ihm eine einzelne Münze zusteckte – den offensichtlich minderwertigen Zustand der Ladung beklagte. Er protestierte nicht, sondern nahm die Münze und entfloh, bevor ich zu Verstand kam und es mir anders überlegte.

Der städtische Steuerkassier machte sich über so etwas keine Gedanken – er schuldete meinem Vater so manchen Gefallen – und war zufrieden mit einem seltenen Schmuckstück aus dem Westen, mit dem er seine erheblich jüngere Frau erfreuen konnte. Überzeugt davon, ein neuer Meister im Handeln zu sein, erwartete ich den Zehnteintreiber vom Rat der Geisterseher. Es war eine Prüfung, die ich fürchtete. In jenen Jahren war das Verhältnis zwischen meiner Familie und den Geistersehern ausgesprochen feindselig. Gerade überlegte ich mir ein paar Gemeinheiten, als man mir die

Nachricht von der Ankunft des Zauberers überbrachte. Doch der Hexenmeister, der kurz darauf erschien, machte meine Vorfreude sogleich zunichte. Prevotant war bekannt als der feisteste, gierigste Geisterseher in ganz Orissa. Berüchtigt war er sowohl für seine minderen Zauberkünste als auch für sein Talent, einem Händler den Geldbeutel aus der Tasche zu ziehen. Als er mich sah, kicherte er hämisch, weil zwischen ihm und dem Reichtum nur noch ein dummer Junge stand. Sein Kichern hallte wider im schrillen Geplapper des Günstlings, der sich an seine Schulter klammerte.

In jener Zeit gab es noch einige, meist ältere, Geisterseher, die sich einen Günstling hielten, der ihnen beim Zaubern helfen sollte. Halb Tier, halb Dämon, konnten diese Kreaturen so groß werden wie zwei Menschen oder kleiner noch als das schuppige Ding, das sich um Prevotants Nacken rollte. Das Geplapper des Ungeheuers wurde immer wilder, je mehr es sich in seine Aufregung hineinsteigerte. Die meisten Günstlinge waren nervös und manchmal schwer zu kontrollieren, aber diese Kreatur war hysterisch wie ein zu oft geprügelter Hund. Anstatt sie mit sanften Worten zu beruhigen und die lederne Haut zu streicheln, fluchte Prevotant und versetzte ihr einen heftigen Hieb. Der Günstling heulte auf vor Schmerz und Wut, schwieg dann aber. Dennoch konnte ich sehen, daß er kochte, denn seine sonst schwarze Haut hatte sich blutrot verfärbt. Mit kleinen, scharfen Zähnen nagte er an einer wunden Stelle.

»Vielleicht hat er Hunger«, sagte ich, um mich einzuschmeicheln. »Ich könnte nach einem kleinen Happen schicken, der ihm gefallen würde.«

Der Günstling zirpte, doch Prevotant schüttelte den Kopf, wobei seine Hängebacken hin und her wackelten. »Achtet nicht auf ihn. Kommen wir gleich zur Sache.« Er plusterte sich auf und fixierte mich mit bösem Blick. »Man berichtet mir von wertvoller Schmuggelware, die in Eurer Ladung versteckt sein soll.«

Mein gesunder Menschenverstand versagte gegenüber dieser Beschuldigung. Es war ein alter Trick hier im Hafen, besonders unter den Zehnteintreibern der Geisterseher. Mein Vater hätte ihn mit einem Lachen abgetan. Das wußte ich. Er hatte mich lange auf diese kleinen Konfrontationen und Herausforderungen vorbereitet. Aber es zu *wissen* und es zu *tun* – nun ja, da ist ein großer Unterschied. Mein Gesicht, der ewige Verräter der Rothaarigen, färbte sich so feurig wie mein Haar.

»Aber... aber... das ist unmöglich«, stotterte ich. »Wir haben sämtliche Vorsichtsmaßnahmen treffen lassen. *Sämtliche* Vorsichtsmaßnahmen!«

Prevotant verzog das Gesicht und nahm einen Block aus seinem fleckigen Umhang. Er betrachtete einige mit der Feder gekritzelte Worte und hielt eine Hand davor, um sie vor meinen Blicken zu verbergen. Mit finsterer Miene schüttelte er den Kopf, dann steckte er seine Notizen wieder ein. Sein Günstling schnappte nach der Tasche und bekam dafür den nächsten Hieb. »Abscheuliches Getier«, zischte der Geisterseher, dann wandte er sich mir zu. »Nichtsdestoweniger«, sagte er, »sind diese Anschuldigungen ernst. Sehr ernst sogar.« Verliebt betrachtete er die Waren meines Vaters. »Ich habe keine andere Wahl, als... als...«

Doch ich war wie benommen, taub. Er ruckte ungeduldig mit dem Kopf und starrte mich finster an. *»Als was...«*

Etwas verspätet dämmerte es mir. »Oh. Oh... natürlich!« Ich packte meinen Gürtel und schüttelte den Geldbeutel. Seine Augen weiteten sich, als er das Klimpern hörte, und sein Gesicht erglühte, als er im Geist schon seinen neuen Reichtum zählte. Heftiges Krächzen des Günstlings deutete an, wie tief die Emotionen gingen. Zum Tadel kniff er die Kreatur gedankenverloren. Ich erkannte meinen Fehler sofort. Jetzt wußte Prevotant, wieviel ich besaß, und alles, was ich hatte, würde er mir nehmen. Auf der einen Seite wartete die Katastrophe, auf der anderen Erniedrigung. Ich suchte einen Ausweg. Und der Handel begann.

»Nun, *ja*«, sagte er schließlich, »es gibt verschiedene Dinge, die ich tun *sollte*. Mancher würde sagen, Dinge, die man von mir *verlangt*. Aber ich würde dafür Hilfe brauchen. Zehn Kollegen ... oder mehr.«

Wieder schüttelte ich den Gurt, wütend auf mich selbst. »Aber Sie ...«, sagte ich und ließ mich unwillig auf sein Spiel ein. *»Aber Sie ...«*

»... aber ich muß nicht notwendigerweise die Vorschriften befolgen«, antwortete er. »Ich habe gelernt, in diesen Dingen meinem Instinkt zu folgen.« Er betrachtete den Beutel, doch ich ließ meine Hand, wo sie war.

»Ich könnte es selbst tun«, sagte er mit gierigem Blick auf das Gold. »Nur bräuchte ich dafür ...« Wieder schweifte sein Blick über die Waren. »Meine Herren würden mir nicht gestatten, Euch weniger als ... drei Kupfermünzen für jeden Zehnten vom Gewicht abzuverlangen.«

Ich seufzte. »Dann muß ich augenblicklich fort zum Haus meines Vaters und ihm die furchtbare Nachricht von seinem Ruin bringen.« Ich klopfte auf den Geldbeutel. »Der Zehnte, den Ihr verlangt, wird dieses alles und noch mehr aufbrauchen.«

Prevotant verzog schmerzverzerrt das Gesicht. Seine Wangen wackelten wie Pudding. Aber ich sah die Augen seines Günstlings funkeln, und die Zunge des Ungeheuers schnappte nach mir, witterte die Angst. Ich behielt die Nerven, gab nichts preis. Der Geisterseher brach das Schweigen als erster.

»Ich hab's«, sagte er. »Ich werde eine einfache Reinigung vornehmen. Um aber sicherzugehen, schließe ich das ganze Warenhaus mit ein. Die Gebühr dafür beträgt eine Kupfermünze für jeden Hundertsten des Gewichts.«

Er hob eine Hand. »Allerdings ... sind nur mein Günstling und ich da, diesen Zauber zu vollbringen. Dazu gehört eine Menge Arbeit und Vorbe ...«

Ich zog den Beutel von meinem Gurt und händigte ihn aus. Gierig heulte der Günstling auf, als sein Meister das Geld einsteckte.

»Das ist im Handumdrehen geschehen«, sagte er hastig. »Im Handumdrehen.«

Ich schickte einen Sklaven, die Sachen des Geistersehers aus der Sänfte zu holen, und nur wenige Augenblicke später hatte er einen Dreifuß aufgebaut, unter dem eine Messingschale voll heißer Kohlen hing. Dann streute er verschiedene Prisen von Staub und Erde und Pulver in die Schale. Ein gräßlicher Geruch stieg auf, aber man sah keinen Qualm. Der Günstling sprang zu Boden, hüpfte herum und kreischte aus Protest über das, was folgen sollte. Sicher hätte er die Flucht ergriffen, wäre da nicht die lange, dünne Kette gewesen, die Prevotant in der Hand hielt.

Als Standort des Dreifußes hatte der Geisterseher den schmalen Gang zwischen Kisten voller Holzspielzeug gewählt. Dies sollte helfen, die Macht des Zaubers zu lenken, sagte er. Er watschelte den Gang entlang und zerrte den Günstling hinter sich her. Dieser wehrte sich mit aller Kraft, schrie wie ein Kind und würgte sich mit der Kette. »Hör auf«, zischte Prevotant. »Du machst es nur noch schlimmer.«

Er ließ sich auf ein Knie nieder und kritzelte einen Kreis auf den Boden, dann ein Quadrat drum herum. Er verkürzte die Kette und zog den Günstling zu sich heran. Voller Panik schnappte der mit kleinen Zähnchen nach Prevotants Fingern, aber schließlich packte der Zauberer ihn im Nacken und warf ihn in den Kreis. Die Kreatur blieb ein paar Augenblicke still, benommen von dem Sturz. Ihr Meister nickte. »Gut. Und wenn du mir noch weiter Ärger machst, zieh ich dir die Haut ab und laß mir Schuhe daraus nähen.« Schnaufend kam er wieder auf die Beine und trat an den Dreifuß. Er winkte mir, ich solle zu ihm kommen, und ich fügte mich.

»Der Besitzer muß in der Nähe sein«, erklärte er, »sonst hält der Reinheitszauber nicht an.«

Er grub einen weiteren Beutel aus seinen Sachen hervor. »Ich will, daß es gut und kräftig wird«, sagte er. »Ich habe gern zufriedene Klienten.«

Es waren einige Leute im Lagerhaus, Angestellte, Arbeiter und potentielle Kunden, die einen ersten Blick auf die Ware warfen. »Soll ich die Halle räumen lassen?« fragte ich.

»Muß nicht sein. Es ist nicht gefährlich.« Er ließ aus seiner großen Faust etwas in die Schale fallen, das aussah wie braune Hobelspäne. Ein feuchtes Zischen war zu hören. Ich trat näher heran und sah auch diesmal keinen Rauch.

Abrupt begann er. »Oh, Dämonen, die die Finsternis bewohnen«, intonierte er. »Hütet euch! Hü-tet euch!« Es folgte ein Zischen, als er noch mehr von dem braunen Zeug auf die Kohlen streute. Und ich sah, daß die Kohlen ihre Glut verloren, als würde die Hitze aus ihnen herausgesogen.

»Feuer zu Kälte. Kälte zu Feuer. Ich sammle die Flammen, nach euch zu suchen. Hütet euch, Dämonen! Hü-tet euch!«

Er leerte den Rest des Beutels in die Schale. Es gab einen Blitz, und der Kohlenhaufen sank in der Mitte zusammen, grau und tot. Ein gräßliches Heulen kam von der Kreatur im kreidenen Gefängnis. Der Kreis war voll züngelnder Flammen. Der Günstling brabbelte vor Schmerz, tanzte und zuckte wie wild, während das Feuer ihn versengte. Die Flammen hinterließen keine Spuren auf seiner Haut, aber ohne Zweifel spürte er die Hitze. Sein gequältes Heulen war echt. Dann schrumpfte die Kreatur zur Größe eines Kieselsteins, auch wenn die Schreie so laut blieben wie vorher. Ich schreckte zurück, als das Geschöpf plötzlich wieder groß wie ein Hund wurde und dann weiterwuchs, bis es über dem Kreis aufragte, die kleinen Zähne jetzt mächtige, schimmernde Hauer, knirschend vor Schmerz. Doch die Größe half ihm nicht zu entkommen, denn die Flammen schlugen nur noch höher, umfaßten alles bis aufs Heulen. Prevotant rief: »Hinfort!«

Der Günstling saß mucksmäuschenstill, mit offenem Maul, gespenstisch in den Flammen. Stille breitete sich aus. Doch bald hörte ich ein Klicken, dann ein weiteres. Schließlich war es, als hätte sich das Dach geöffnet und einen Schwarm Insekten hereingelassen. Ganze Wolken von ihnen fielen tot von Dachsparren und Wänden: Flügeltiere, Bohrtiere, Kriechtiere. Ein dichter, trockener Regen von Insekten prasselte auf mich nieder. Ich hörte, wie sich etwas rührte, was zu einem Trippeln, einem Kratzen wurde, das sich verdoppelte und wieder verdoppelte, und der Boden war ein Meer von Pelz und Schuppen, als Ratten und Echsen aus dem Lagerhaus flohen. Überall in der Halle wurden Schreie der Angst und des Ekels laut.

»Kein Grund zur Sorge«, meinte der Geisterseher gelassen. »Der Zauber mag etwas stark sein, aber dafür seid Ihr auch das Ungeziefer los.« Bevor ich antworten konnte, riß er die Arme hoch und rief: »Finit!« Ein Rauschen, und das Feuer verschwand. Erschrocken sah ich, daß die Kohlen im Dreifuß zu neuem Leben erwachten.

Der Geisterseher zerrte an der Kette und zog den Günstling aus dem Kreidekreis. Die Kreatur hatte ihre normale Größe wiedererlangt, sich jedoch noch längst nicht beruhigt. »Na, wenn das keine gute Arbeit war«, sagte Prevotant zu mir gewandt und zerrte weiter wütend an der Kette. »Ich muß nur…« Beide zuckten wir zusammen, als der Günstling knurrte und zur halben Größe eines Mannes wuchs. Er riß an der Kette, und Prevotant schrie auf, als die Leine ihm in die Hand schnitt.

»Hierher«, donnerte er. »Was soll das werden? Hör sofort auf damit!« Mit erhobener Faust watschelte er voran. Wieder knurrte der Günstling, und das Knurren wurde zum Schnappen gieriger Zähne. Er duckte sich, als Prevotant näher kam, wurde aber nicht kleiner, und seine Haut blitzte in zornigen Farben auf. Der Geisterseher versetzte ihm einen bösen Tritt. Das Biest kreischte auf und sprang über seinen Meister hinweg. Der Geisterseher fuhr herum, fluchte und rief ihn zurück. Der Günstling stellte die Ohren auf Durchzug und hetzte durch das Lagerhaus wie ein Hund, dem man Pfefferöl unter den Schwanz geschmiert hat. Eine teuer gekleidete Dame schrie auf und warf sich in die Arme ihrer Sklaven. Ihr Schrei zog allgemeine Aufmerksamkeit auf sich. Der Günstling bog scharf ab und schoß an ihr vorbei, trieb ihre Sklaven auseinander und ließ einen blutigen Biß am Arm der Frau zurück.

Prevotants Wut wich der Panik. »Komm zurück zu Herrchen«, flehte er mit weinerlicher Stimme. »Herrchen hat was Leckeres für dich… Bitte, komm zurück.« Doch der Günstling tobte weiter, zerfetzte Warenbündel mit den Zähnen, riß Kisten mit den Klauen auf. Meine Männer versuchten, ihn in eine Ecke zu drängen, aber er trieb sie zurück, wurde immer größer und schnappte bedrohlich nach ihnen. Dann wütete er wieder in der Ware herum. Das Chaos mußte meinen Verstand geschärft haben, denn ich sah nicht nur, daß der Schaden minimal war, sondern auch, daß dieser Schaden meine Rettung vor dem Geisterseher bedeutete.

»Ah, ha!« rief der Geisterseher, als der Günstling sich umdrehte und wieder zu uns kam. »Jetzt nimmst du Vernunft an.« Die Kreatur schrumpfte und drängte sich zwischen uns hindurch. Ich sah eine Gelegenheit und kippte eilig den Dreifuß um. Die qualmenden Kohlen kullerten über die Kisten mit dem Holzspielzeug. Jetzt war es am Geisterseher, hysterisch zu werden. Er hastete hinüber und begann, die kleinen Flammen mit dem Saum seiner Robe auszuschlagen. »Helft mir«, rief er, »sonst ist alles verloren.« Er hatte Visionen, sah vor sich, wie das Lagerhaus – und dann das ganze Hafenviertel – ein Raub der Flammen wurde. Lässig ging ich hinüber, schob ihn beiseite und trat das Feuer aus.

Ich murmelte eine Entschuldigung, ließ ihn stehen und holte den Vorarbeiter, besorgte ein Netz, einige große Stangen und ein paar stämmige Sklaven. Es dauerte nicht lange, bis wir den erschöpften und verängstigten Günstling im Netz hatten und ihn seinem Meister übergeben konnten. Prevotant betrachtete mich voller Bewunderung. Ich ignorierte ihn und sah mir kühl den Schaden an.

»Bitte, laßt es mich wiedergutmachen«, sagte er.

Ich streckte eine Hand aus. »Sie können gleich mit dem Gold meines Vaters beginnen«, gab ich zurück.

Das schockierte ihn. »So viel?« Aber es war kaum ein Flüstern, und dann gab er mir den Geldbeutel zurück.

»Und das ist nur der Anfang«, fuhr ich fort. »Wenn ich erst alles zusammengerechnet habe ...« Ich schüttelte den Kopf. »Ich möchte bezweifeln, daß Ihr die Mittel habt, es uns zurückzuzahlen. Ich werde meinem Vater anraten, sich beim Rat der Geisterseher um eine Entschädigung zu bemühen.« Ich hatte ihm eigentlich nur einen gehörigen Schrecken einjagen wollen und wirklich nicht erwartet, noch mehr zu kassieren. Die Forderungen, die die Buchhalter meines Vaters errechneten, würden Prevotant in den kommenden Jahren vielleicht zu etwas mehr Bescheidenheit mahnen. Schon wollte ich selbst mit dem »aber« und »andererseits« beginnen, als er mich mit erhobenem Finger zum Schweigen brachte. Er sah sich verstohlen um, um sicherzugehen, daß keiner uns zusah.

»Vielleicht habe ich hier etwas, das den jungen Herrn beruhigen wird«, sagte er mit öligem Charme. Er griff in seine Robe und zog etwas hervor. Dann warf er mir einen anzüglichen Blick zu. »Ihr werdet sehen, es ist etwas ganz Besonderes«, sagte er.

Er reichte mir eine Karte. Sie war weiß und rot umrandet. In der Mitte fand sich das Siegel der Hetärengilde: die splitternackte Gestalt von Butala, der Erntegöttin, mit schweren Brüsten und übertriebener Scham. Darunter, in Blattgold: *Melina wird heute abend für ihre besonderen Freunde und Gönner tanzen.*

Ich wußte, wer sie war, wie jeder Mann in Orissa. Melina gehörte zur Crème de la crème des Vergnügungsgewerbes, wie vielleicht noch ein Dutzend schöner Frauen. Sie alle waren gebildet und mit allen Raffinessen vertraut. Große Männer, reiche Männer, schöne

Männer und Helden umwarben sie, sowohl um ihrer Gesellschaft als auch um ihrer Körper willen. Und was die gottgegebenen Talente der Liebeskunst anging, suchten sie ihresgleichen. Ein Mann tat viel für die Liebe einer Melina. Besonders ein sehr junger Mann, der außer seiner Jugend nicht viel zu bieten hatte.

Ich glotzte ihn an. »Wie seid *Ihr* denn dazu gekommen?« Es war unmöglich, daß ein Mann wie Prevotant zu einer solchen Gesellschaft geladen wurde, auch wenn er Geisterseher war.

Mit einem weiteren anzüglichen Grinsen ging der Zauberer über meine unterschwellige Beleidigung hinweg. »Wollen Sie es wirklich wissen?«

Noch einmal sah ich mir die Karte an. Butala war nicht mehr allein. Jetzt wachte sie über eine ausschweifende Orgie. Als ich näher hinsah, fingen die nackten Figuren an, sich zu bewegen, paarten und trennten sich auf vielfältigere Art und Weise, als ich mir je hätte träumen lassen.

»Ich wollte sie verkaufen«, flüsterte der Geisterseher in mein Ohr. »Sie würde zweifellos einen beträchtlichen Preis bringen.«

Wieder starrte ich den gedruckten Namen an, und Hitze stieg in mir auf. Die Buchstaben wurden immer größer, bis sie mein ganzes Blickfeld ausfüllten. »Melina«, hörte ich das scharfe Flüstern des Geistersehers. »Wäre das nichts für Euch?«

Ich nahm die Karte und zwang mich, gleichgültig zu tun. »Oh, ich denke, das könnte von Interesse sein.« Ich schob die Karte in mein Lederwams.

»Dann sind wir uns einig?« fragte Prevotant.

Ich zögerte, spürte aber, wie die Karte an meiner Brust brannte. Schon jetzt hatte sie mich in ihrem Bann. Diese Frau mußte ich mit eigenen Augen sehen. Ich nickte. Prevotant nahm das als formelle Zusage, schüttelte mir die Hand und stürmte vor sich hinmurmelnd aus dem Lagerhaus, den kleinen, plappernden Dämon auf der Schulter. Doch sein anzügliches Grinsen ging mir nicht aus dem Sinn, selbst als er schon fort war, und ich fühlte mich ein wenig albern, weil ich die Karte angenommen hatte. Statt das wiedergewonnene Gold einzupacken und triumphierend direkt nach Haus zu laufen, ging ich in eine Schenke und trank und spielte mit meinen Freunden bis spät in die Nacht. Branntweindünste mischten sich mit meinem jugendlichen Leichtsinn und zerstreuten die anfänglichen Zweifel. Warum sollte ich mich von Abschaum wie Prevotant schrecken lassen? Außerdem, war er nicht ein Geisterseher? Und waren die Geisterseher nicht der Fluch der Familie Antero? Würde ich ihnen nicht, falls ich ging, im Namen meiner Familie eins auswischen?

Ich trennte mich von meinen Gefährten und trat in die Nacht hinaus, um eine Sänfte zu mieten. Sklaven trugen mich durch die engen Straßen. Als sie mich endlich absetzten, stand der Mond hell am Himmel. Das Gebäude, dessen Adresse auf der Einladung stand, war in einem sehr schäbigen Zustand. Tatsächlich bestand die ganze Straße aus Wohnungen, Läden und Tavernen für die unterste der freien Klassen. Echsen und Schweine rauften in Bergen von Müll um Abfallreste. Ich betrat das Mietshaus, und Zweifel begannen an mir zu nagen. Die Dunkelheit hier war erdrückend. Ich zog Feuerperlen aus der Tasche, flüsterte einen Zauberspruch, und sie begannen, trübe zu leuchten. In diesem düsteren Licht war das Innere des Hauses sogar noch furchterregender. Dunkle Schatten hockten hier und da, und kleinere Kreaturen huschten aus dem Weg. Doch ich stürmte voran, eine wacklige Treppe hinauf, und stieg dann vorsichtig über gebrochene Stufen und schnarchende Gestalten.

In diesem Schmutz begann der Branntweindunst in meinem Hirn sich zu zerstreuen. Ich zog meinen Degen aus seiner Scheide. Dies war ein Ort der Diebe und Hexen, und wieder zweifelte ich an meinem Verstand. Dann hörte ich, wie leise Musik erklang und Gelächter. Auf dem letzten Treppenabsatz fand sich eine mächtige Tür. Blumenduft drang hindurch, verdrängte den Gifthauch von Armut und allzu vielen fehlgeschlagenen Zaubern. Ich zog an der

Kette. Glocken läuteten. Dann Schritte, und die Tür ging auf, knarrte in ihren Angeln. Licht ergoß sich auf den Treppenabsatz, und ich hob eine Hand, um meine Augen zu schützen.

»Wie kann ich Euch zu Diensten sein, edler Herr?« hörte ich eine tiefe Stimme sagen. Meine modische Kleidung war ein Zeichen des Standes und Reichtums.

»Ich habe ... eine Einladung«, sagte ich und rieb mir die Augen, um wieder sehen zu können. »Ich habe sie hier ... irgendwo.« Ich war nervös, als ich mein Wams nach der Karte durchsuchte.

Dann hatten sich meine Augen ans Licht gewöhnt. Das Herz schlug mir bis an die Kehle, als ich die riesige schwarze Spinne sah, die auf dem Gesicht meines Gegenübers hockte. Sie hatte einen ekelerregenden, knolligen Körper mit dürren Beinen und riesigen, roten Augen, aus denen sie mich anstarrte. Die Spinne sprach. »Willkommen, edler Herr.«

Ich verdrängte meine Panik. Die Spinne war eine kunstvolle Tätowierung, ein Stammeszeichen. Mein Gegenüber war ein großer, knochiger Mann mit langem, schmalem Gesicht und fahler Haut, die kaum je Sonne gesehen hatte. Er trug reichgeschmückte, brokatbesetzte Kleidung und die rote Hüftschärpe eines Kupplers, eines Wirtschafters mit der Lizenz der Hetärengilde.

»Es ist schon spät«, sagte der Mann. »Aber Ihr könnt Euch glücklich schätzen. Melina hat noch nicht getanzt.« Er winkte mir. »Hier entlang, bitte.« Ich trat in ein weites, hell erleuchtetes Foyer, ausgelegt mit dicken, farbenfrohen Teppichen aus den westlichen Ländern. Musik und Gelächter wurden lauter. Der Mann blickte über seine Schulter. »Ich heiße Leego, junger Herr. Falls es irgend etwas geben sollte, mit dem ich Euch heute abend zu Diensten sein kann, so nennen Sie nur einem der Sklaven meinen Namen.«

Ich fand meine Stimme wieder. »Das ist sehr freundlich von Euch, Leego«, sagte ich. »Möge Euch Butalas Gunst sicher sein.«

Leego nickte, dann riß er eine große Doppeltür auf. »Begrüßt unseren neuen Gast«, bellte er. Weibliche Freudenschreie und Gelächter antworteten seiner Ankündigung, und ich sah mich umgeben von einem Dutzend der prachtvollsten Wesen, die ich je gesehen hatte, allesamt so gut wie nackt. Nun war ich kein unerfahrener Junge mehr, ich hatte schon mit vielen kessen jungen Hausmädchen Fangen und ähnliches gespielt und war mit mancher Cousine auf dem Gut meines Vaters durchs Heu gerollt. In den letzten Jahren hatte ich mich an so vielen Kneipenmägden und billigen Dirnen ergötzt, daß mein Vater schon in Sorge war, ich könne mich auf diesem Wege ruinieren. Aber noch nie im Leben hatte ich derartig viel verfügbares, nacktes Fleisch vor mir gesehen. Jeder der Frauen schien lieblicher als die nächste. Eine war groß und am ganzen Körper geschoren. Ihre Arme und Beine waren lang genug, jeden Mann zu umschlingen. Eine andere hatte wallendes, blondes Haar und war so geschmeidig, daß sie sich in jede nur erdenkliche Stellung winden konnte. Manche waren üppig, andere schlank. Und sie alle kicherten und drängten sich an mich, begruben mich unter bebenden Körpern und zerrten mich immer weiter in den Raum.

Jemand fragte nach meinem Namen. »Amalric«, krächzte ich. »Aus der Familie Antero.« Ich hörte ein Raunen, als einer es dem anderen flüsterte, dann fand ich mich auf dicken, duftenden Kissen ausgestreckt, in einer Hand einen Kelch mit berauschendem Getränk, und neben mir eine nackte Frau, die mich mit kandierten Köstlichkeiten auf einem Silbertablett verwöhnte. Da ich fürchtete, jeden Augenblick könne jemand dies alles als Schwindel entlarven, sah ich mich um und versuchte, so zu tun, als könne mich nichts wirklich beeindrucken.

Niemand schenkte mir auch nur die geringste Aufmerksamkeit. Etwa zwanzig weitere Männer waren anwesend. Reiche Männer, wichtige Männer, ältere Männer, die lachten und sich unterhielten. Wie ich lagen auch sie auf dicken, reichverzierten Kissen und wurden von Melinas nackten Dienerinnen umsorgt. Der Raum war groß, hatte eine gewölbte Decke und war angenehm ausgeleuchtet. Im Hintergrund umwehte sanfte Musik seidene Vorhänge an einem Torbogen. Neben diesem Durchgang stand eine große, goldene Statue von Butala. Ihre Figur war schlanker als in traditionellen Darstellungen, lud mehr zur Liebkosung ein. Teppiche aus den Ländern des Westens lagen am Boden. Noch nie hatte ich solche Webkunst gesehen: erotische Gestalten, ineinander verwoben und verschmolzen. An den Wänden leuchteten Gemälde, die wilde Orgien in jeder nur vorstellbaren Umgebung zeigten, von baumbewachsenen Tälern bis zu den Lusträumen der Götter und Göttinnen. Berauschender Duft stieg aus einer kupfernen Feuerschale auf. Es war der schwere, rote Rauch, mit dem reiche Dirnen die Phantasie der Männer entflammten. Für mich war dies absolut unnötig. Meine Phantasie war längst weißglühend wie der Ofen eines Waffenschmieds. Die Frau, deren Obhut man mich übergeben hatte, hielt eine Scheibe mit Honig bestrichenen Pfirsichs an meine Lippen. Gehorsam öffnete ich den Mund.

Dann sah ich Melina – und mein Mund klappte zu. Ich habe bereits ihre Schönheit beschrieben, ihren Charme, ihre Intelligenz und ihre Fertigkeiten. Doch waren dies armselige, schwache Worte, die nicht im Ansatz der sinnlichen Ausstrahlung jener Frau gerecht werden können, die ich nun zum ersten Mal sah. Sie ruhte auf einer niedrigen, vergoldeten Liege am anderen Ende des Zimmers. Die Liege stand erhöht auf einem mit Teppichen bedeckten Podest. Ärgerlicherweise war sie im Gegensatz zu ihren Sklavinnen vollständig bekleidet. Sie trug durchsichtige Pantalons von der Farbe brennender Kohlen und eine ebensolche, hauchdünne Bluse mit einem enganliegenden Lederwams darüber. Die Knöpfe waren aus Juwelen. Ihre Füße waren nackt und ziemlich klein, mit rotlackierten Nägeln und goldenen Fußspangen, die Hände schlank, mit langen, zarten Fingern, deren Nägel ebenfalls lackiert waren. An jedem Finger glitzerte ein Ring. Teure Armreife klimperten an ihren Handgelenken. Langes, schwarzes Haar fiel bis auf die Rundung ihrer Hüfte herab. Sie spielte damit herum, während sie einem dicklichen Mann lauschte, der am Boden neben der Liege saß. Er war nicht mehr der Jüngste und gekleidet wie ein reicher Kaufmann. Ein halbes Dutzend weiterer Männer war ebenfalls auserwählt, in Melinas Nähe zu sitzen.

Ich haßte jeden einzelnen von ihnen. Ich konnte sehen, daß alle nur vortäuschten, sich für ihr jeweiliges Gesprächsthema zu interessieren. Das Lachen war falsch, das Gerede nur hohles Geplauder. In Wahrheit dachten alle nur an Melina. Immer wieder schweiften die Blicke zu ihr hinüber, gierig, verschlingend. Die nackte Haut der liebreizenden Sklavinnen bedeutete ihnen nichts. Ebensowenig wie mir. Ich hatte nur Augen für das Schimmern der goldenen Gliedmaßen unter Melinas hauchdünnen Kleidern, die Brüste mit ihren roten Knospen und den rötlichen Schimmer von Henna zwischen ihren seidigen Schenkeln. Die Nacktheit ihrer Mädchen verstärkte nur meinen Wunsch, mehr – weit mehr – von Melina zu sehen.

Dann blieb mir das Herz stehen. Der Haß auf die anderen war vergessen. Melina hob träge den Kopf, und unsere Blicke trafen sich. Mir war, als wäre ein schwerer Knüppel auf mich niedergesaust. Noch nie im Leben hatte ich mich einem solchen Geheimnis gegenübergefunden. Anfangs wirkte ihr Blick leicht gelangweilt. Dann sah ich – oder erhoffte mir – einen Funken von Interesse. Volle, hennafarbene Lippen teilten sich. Eine rosige Zungenspitze blitzte auf. Melina musterte mich von oben bis unten. Leego trat vor, um ihren Kelch zu füllen, und ich sah, wie sie flüsterte und deutete. Sie deutete auf mich!

Ich glaubte, mein Herz müsse bersten vor so viel Glück. Dann fing ich an, mir Sorgen zu machen. War ich irgendwie häßlich geworden? Hatte mich auf dieser schrecklichen Treppe der Zauber einer Hexe mit Warzen überzogen? Hatte mir eine Fledermaus ins Haar geschissen? Instinktiv faßte ich mir an den Kopf, und mir wurde klar, was ihr

Interesse geweckt hatte. Es *war* mein Haar. In jenen Tagen, bevor der Winter des Alters über mich hereingebrochen war, leuchtete mein Haar wie die Fackel eines Geistersehers. Ich war einer der ganz wenigen rothaarigen Männer in Orissa. Bis zu diesem Augenblick war es meinen Freunden nur Grund zu Belustigung gewesen, ebenso wie meine blasse Haut, die jede Gefühlsregung verriet. Leego flüsterte. Meinen Namen, vermutete ich. Sie lachte. Ich spürte, wie meine Haut die Farbe meines Haars annahm. Ich war beschämt und überzeugt davon, daß mein Haar mich ein weiteres Mal zum Gespött gemacht hatte.

Um meine Verlegenheit zu verbergen, wandte ich mich der Sklavin zu und nahm noch eine Scheibe Pfirsich. Mein Mund war so trocken, daß ich kaum kauen konnte und erst recht nicht schlucken. Dann verklang die Musik, wie auch die plappernden Stimmen der Männer. Ich vernahm den süßen Klang gezupfter Saiten. Ich wandte mich wieder um und sah, daß Melina sich aufgesetzt hatte. Auf ihrem weichen Schoß ruhte eine Laute. Ihre sanften Finger fuhren über die Saiten, und eine wundervolle Melodie erklang. Doch war dies nichts gegen ihre volle Stimme, die sich zu einem Lied erhob.

Melina sang eine Ballade aus alter Zeit. Es war die Geschichte einer jungen Kurtisane, die von ihrer verarmten Familie an die Gilde verkauft worden war. Das Mädchen verliebte sich in einen edlen Kapitän, der in den Krieg ziehen mußte. Er versprach, er würde sie zur Frau nehmen, wenn er wiederkäme. Doch er fiel in der Schlacht. Die junge Dirne wuchs zu einer Schönheit heran, und ihre Fertigkeiten waren vielgerühmt. So mancher Mann stand mit großen Geschenken und noch größeren Versprechungen auf ihrer Schwelle. Sie gab sich ihnen hin, wie es ihre Pflicht war, und nahm auch die Geschenke an. Doch keinen konnte sie wirklich lieben. Denn es gab eine geheime Stelle, die nur der edle Kapitän berührt hatte, eine Stelle, der kein anderer Mann je nahe kommen durfte.

Als das Lied zu Ende war, konnte ich den Applaus der anderen kaum hören. Ich spürte, wie mir Tränen auf den Wangen brannten. Ich fühlte mit Melina und den Qualen, die sie leiden mußte, denn von Anfang an hatte ich sie mit der Heldin dieses Liedes gleichgesetzt. Und in mir brannte das Bedürfnis, sie zu trösten und an die Stelle des edlen Kapitäns zu treten. Wie in allen anderen Männern im Raum auch.

Melina war, wie ich schon sagte, äußerst geschickt.

Ihr einnehmendes Dankeslächeln wurde jedem einzelnen von uns zuteil. Sie beugte sich vor, als wolle sie etwas sagen, und es wurde still im Raum. Statt dessen streckte sie voller Grazie einen Arm aus. Ein makelloser Finger deutete auf Butala. Eine alte Frau im schweren, roten Umhang trat hinter den Vorhängen neben der Statue hervor. Eine goldene, mit Quasten besetzte Schärpe lag um ihre Taille. Sie gehörte zu den Geisterseherinnen der Hetärengilde.

»Zum Gruße, Ihr Edlen«, sagte sie mit einer Stimme, die für so welke Wangen seltsam jugendlich klang. »Gelobt sei Butala.«

»Gelobt sei Butala«, erwiderten wir im traditionellen Antwortgesang. »Mögen unsere Lenden stark sein, und die Schöße unserer Frauen fruchtbar und tief.«

Ich blickte über meine Schulter und sah zu meiner großen Enttäuschung, daß Melina fort war. Die Worte der Geisterseherin holten mich zurück. »Ihr Herren werdet froh sein, zu hören, daß ich eben die Knochen geworfen habe und die Zeichen günstig stehen. Dies wird ein ganz besonderer Abend werden. Butala ist zufrieden mit der Ehrenhaftigkeit und Frömmigkeit der Versammelten. Sie hat mir angezeigt, daß sie Melina einen heiligen Tanz erlauben will, dessen Zeugen bisher nur wenige werden durften.«

»Gelobt sei Butala«, riefen wir alle. Die Stimmen der anderen Männer waren so belegt wie meine. Die Geisterseherin klatschte in die Hände. Die Statue der Butala bewegte sich, eine graziöse Drehung des Oberkörpers, die Arme ausgebreitet, den Kopf zurückgeworfen. Dicke, farbige Flüssigkeit spritzte aus den Brüsten der Statue. Zwei Sklavinnen sprangen vor, wiegten die Hüften. Sie fingen die Flüssigkeit in einer großen, goldenen Schale. Wenige Augenblicke später war diese randvoll, und die Fontänen versiegten. Die Frauen gingen durch den Saal und boten jedem Mann die Schale an. Als eine von ihnen zu mir kam, beugte ich gehorsam den Kopf und roch einen schweren, angenehmen, moschusartigen Duft. Ich trank. Die Flüssigkeit rann mir weich und süß durch die Kehle und entzündete ein warmes Feuer in meinem Bauch. Wärme breitete sich aus, und ich spürte, wie mein Blut in Wallung kam und alle Sinne zu vollem, klarem Leben erwachten.

Ein weiteres Händeklatschen der Geisterseherin, und eine dicke Wolke roten Rauchs platzte aus den duftenden Kohlen hervor. Es roch nach Rosen und Veilchen, und auf meiner Haut prickelte die Vorfreude. Die Vorhänge aus wehender Seide teilten sich. Im dunklen Alkoven sahen wir am Boden nur Saiteninstrumente und Flöten, von den Musikern verlassen.

Wieder klatschte die Geisterseherin in ihre Hände. »Oh, schöne Butala«, intonierte sie, »schenke uns Musik so süß wie dein Schoß.« Mit gichtigem Finger deutete sie auf die Instrumente. »Spielt«, befahl sie. Staunend saßen wir da und sahen, wie die Instrumente sich vom Boden erhoben. Flöten und Harfen und Dulcimer wiegten sich im Takt. Zwei kleine, vergoldete Trommeln tanzten. Saiten wurden von unsichtbaren Fingern gezupft. Umwickelte Hämmerchen entlockten den Dulcimern zauberhafte Klänge. Flöten weckten Bilder von Lauben im Wald. Trommeln schlugen den Rhythmus der Liebe.

Melina trat aus dem Dunkel wie ein Geist aus den Bergen der Götter. Zu beiden Seiten flammten Fackeln auf, entzündet von unsichtbaren Händen. Melinas nackte Haut schimmerte wie pures Gold. Wir sahen die erregende Perfektion ihres weichen Körpers nur einen so kurzen Augenblick, daß man nicht sicher sein konnte, ob es nicht doch nur der heilige Trunk oder unsere Phantasie gewesen war. Plötzlich war Melina vom Kopf bis zu den Zehenspitzen von zuckenden Farben überzogen. Sie stand ganz still, einen, zwei, dann drei Herzschläge lang. Wir sahen Bilder von sich paarenden Männern und Frauen, weitere Gestalten in spielerischer Jagd, Frauen, die andere Frauen liebend umarmten, hübsche Jungen, die dasselbe taten, und wundervoll verquere Kombinationen beider Geschlechter. Melina drehte eine langsame Pirouette, und auf ihrem Körper zeigten sich weitere Szenen lebendiger Erotika.

Die Musik veränderte sich, und Melina begann zu tanzen. Erst langsam, mit wiegenden Hüften und sich schlängelnden Armen. Dann wurde ihr Tanz schneller, wie auch die Musik und die spielerischen Geisterbilder auf ihrem Körper. Sie warf die Beine, wirbelte herum und schüttelte ihre Brüste und Hüften, bis ich glaubte, ich müßte vor Lust den Verstand verlieren. Ich spürte, daß auch in den anderen Männern die Erregung wuchs. Es wurde stickig im Raum. Als wir es nicht mehr ertragen konnten, hörte Melina auf. Sie blieb in einer Pose stehen, die einen Bildhauer zu Tränen gerührt hätte. Die Bilder waren verblaßt, und wir konnten Melina in all ihrer Pracht sehen. Ich verschlang sie mit den Augen wie ein Verhungernder, ihre Lippen, ihre Brüste und die weiche, rasierte Scham, von Henna eingerahmt. Dann wurde der Alkoven schwarz. Wir starrten einander an, mit trockenen Mündern und schmerzenden Augen ... unsere Hoden hart wie Stein.

»Nun, meine Herren«, sagte eine wundersame Stimme, »habe ich Ihnen gefallen?« Unsere Köpfe fuhren herum. Dort auf der Liege ruhte Melina, wie zuvor in Pantalons und Lederwams gekleidet. Nur ein leichter Glanz auf ihrer Haut verriet, daß sie diesen unglaublichen Tanz getanzt hatte.

»Gelobt sei Butala«, riefen wir. Der Applaus war ohrenbetäubend. Männer taumelten vor, um ihre Kunst zu rühmen. Ein lautes, anhaltendes Klirren von Münzen und Edelsteinen war zu hören, als man ihr ein Geschenk nach dem anderen vor die Füße warf. Leego strich zwischen den Männern umher, lächelte, klopfte ihnen auf die Schultern und entlockte ihnen immer mehr. Ich konnte nicht an mich halten. Ich sprang auf, suchte nach dem einzigen Geschenk, das ich bei mir hatte: dem prallen Geldbeutel meines Vaters. Ich drängte mich durch die Menge, die Melina umgab, und stieß meine Konkurrenten beiseite, als hätte ich die Kraft zweier Männer. Sie sah mich an, und ich stand vor ihr. Ich sah, daß in ihren Augen Freude aufblitzte. Sinnliche Lippen kräuselten sich zu einem Lächeln. Ich warf den Beutel zu den anderen Geschenken. Man hörte, daß er schwer war.

»Ah... da ist der edle junge Herr mit dem feurigen Haar«, sagte sie. Ihre Stimme war warm und einladend. Ihr kräftiges Parfüm nahm mir den Atem. Es blieb mir nur übrig, zu nicken.

»Amalric Antero, wenn ich nicht irre?« Keine Musik konnte so lieblich sein wie mein Name aus ihrem Munde.

Ich verbeugte mich. »Zu Euren Diensten, gnädige Frau«, sagte ich.

Sie lachte über meine steife Förmlichkeit. Es war nicht unhöflich gewesen, dennoch errötete ich. Melinas weiße, makellose Zähne schimmerten. »Oh, nennt mich doch bitte Melina. All meine Freunde nennen mich so. Das heißt, all meine *engen* Freunde.« Mit den Fingern strich sie über meine Hand, und ich erzitterte unter ihrer Berührung. »Und besser als jeder Wahrsager, junger Amalric, kann ich sehen, daß wir beide ausersehen sind... enge Freunde zu werden.«

Ich bin nicht sicher, was ich stammelte. Aber sie kicherte, als wäre ich der geistreichste Mann in ganz Orissa. »Verrate mir«, sagte sie, »ist dein Haar echt? Oder verdankst du es einer raffinierten Kosmetik, die die jungen Recken von Orissa jetzt verwenden?«

»Es ist ganz echt, versichere ich Euch, gnädige – mh... Melina. Auf mein Wort.«

»Vielleicht sollte ich mich nicht nur auf dein Wort verlassen«, gab sie keck zurück. »Schließlich gibt es interessantere Möglichkeiten, es zu beweisen, junger Amalric.« Das Blitzen in ihren Augen zeigte mir, daß sie nicht auf meine spärliche Brustbehaarung anspielte. »Ich könnte herausfinden, ob es wahr ist, was kenntnisreiche Frauen über rothaarige Männer und deren Leidenschaft sagen.«

War ich bisher stumm gewesen, hatte man mir jetzt die Zunge herausgerissen. Ich wollte die Götter anrufen, daß sie es mich beweisen ließen. Auf der Stelle! Ich wollte ihr wahre Leidenschaft zeigen. Nicht die betrügerische Liebe, die diese ... diese Tiere ihr boten. Bevor ich mich gefangen hatte, drängte Leego voran. Bei ihm stand ein vornehmer, älterer Herr. Ich erkannte in ihm einen der wohlhabendsten Konkurrenten meines Vaters.

»Wenn du die Güte hättest, teure Melina«, sagte Leego, »würde ich dir gern einen ganz besonderen Bewunderer vorstellen.«

Der Mann trat vor, mit erwartungsvollem Blick. Bevor ich diesem Gespräch lauschen mußte, stürmte ich lieber davon. Ich wußte, dies war der Mann, der auserwählt war, Melinas Gunst an jenem Abend zu erfahren. Das Geschenk, das er ihr überreichte, hätte mich und die meisten anderen Männer im Raum an den Bettelstab gebracht. Wenn ich nicht sofort gehe, dachte ich, töte ich ihn auf der Stelle.

Melinas Stimme hielt mich zurück. »Einen Augenblick, Amalric.«

Ich wandte mich um; ich fürchtete aufzublicken, da ich wußte, ich würde meine Empfindungen verraten. Aber ich konnte nicht anders – ich mußte sie noch einmal sehen. Zum ersten Mal fiel mir die Farbe ihrer Augen auf. Sie waren grün wie Steine aus den Wäldern des Nordens.

»Was gibt es, Melina?« Meine Stimme war heiser.

»Du wirst doch wiederkommen, nicht? Bitte versprich es mir.«

Meine Antwort war leidenschaftlich, ungezügelt. »Ich würde dir mein Leben als Geschenk zu Füßen legen, schöne Melina«, sagte ich, »wenn ich dafür noch eine Einladung bekäme.«

Sie antwortete nicht. Hätte sie es getan, hätte ich mir sicher die Kehle durchschnitten, weil ich ein solcher Dummkopf war. Statt dessen küßte sie einen ihrer makellosen Finger und legte ihn auf meine Hand. »Ich werde warten, Amalric«, flüsterte sie. »Mein edler Rotschopf.«

Ich erinnere mich nicht, wie ich nach Haus gelangt bin. Nach diesen Worten fühlte ich mich so göttergleich, daß ich ganz sicher schweben konnte.

Nach diesem Abend besuchte ich Melina, sooft es ging. Was bedeutete: immer dann, wenn ich genügend Geld zusammengekratzt hatte, um ihr ein angemessenes Geschenk überreichen zu können – Leego hatte mir unmißverständlich klargemacht, daß ich ohne ein solches nicht willkommen wäre. Ihn machte ich dafür verantwortlich, nicht meine schöne Melina. Ich war sicher, daß sie mich um meinetwillen wollte, nicht wegen des schnöden Goldes. Was konnte er schon wissen von den hehren Gefühlen, die in unser beider Brust schlugen? Schließlich war er ein Kuppler, den nur der Profit der Hetärengilde interessierte. Und ich wußte, er mußte der habsüchtigste Vertreter seines geldgierigen Gewerbes sein.

Verzweifelt suchte ich, Melinas wilde Stimmungswandel zu ertragen. Einen Augenblick schien nur *ich* zu zählen. Im nächsten war ich der Staub zu ihren Füßen. Ich suhlte mich in ihrer Verachtung, den teuren Gaben, die sie nicht rührten, den kalten Blicken, ihren übertriebenen Zeichen der Zuneigung gegenüber anderen Männern. Gemeinsam mit den anderen legte ich ihr meine Geschenke zu Füßen. Ertrug ihre Verachtung. Ertrug ihre Scherze auf meine Kosten. Ertrug Leegos zunehmend höhnische Bemerkungen.

Ich brauchte alles auf, was ich hatte. Dann verkaufte ich meinen Besitz. Ich belog meinen Vater und erbettelte eine Summe nach der anderen. Als er sich weigerte, borgte ich mir so viel Geld bei Freunden, daß sie mich zu meiden begannen. Denn sobald ich in Verzweiflung geriet, gab sich Melina weichherzig, warf mir lange, eindringliche Blicke zu, streichelte und tätschelte mich, bis ich vor Verlangen in Flammen stand. Lauthals pries sie mich vor den anderen Männern, machte ein Schmuckstück, das ich ihr gegeben hatte, zu ihrem Schatz oder klagte, sie sei müde und der ganze Leib täte ihr von der Arbeit weh – ich wagte mir nicht vorzustellen, *wie* sie zu diesen Schmerzen gekommen war –, und bat mich, sie zu massieren. Oft genug war ich ihr Sklave und knetete ihren Körper geschmeidig. Unter meinen Händen stöhnte sie wie vor Lust. Dann drehte sie sich ein wenig und gestattete es meinen Händen, geheime Orte zu berühren. Schließlich schickte sie mich mit Versprechen fort, die in ihren Augen brannten. Also kehrte ich jedesmal zurück, reich beladen und voller Erwartung. Diesmal, dachte ich immer, wird sie in meine Arme sinken und mich bitten, sie fortzutragen wie der edle Kapitän in ihrem Lied. Aber dieser Augenblick kam nie. Denn so sicher wie der Sonnenkönig jeden Morgen seinen Wagen in Bewegung bringt, war ihre nächste Begrüßung so kalt wie das Herz eines Sklavenhändlers.

So ging es Monat für Monat. Ich wurde bei dieser fieberhaften Jagd blaß und dünn. Wenn ich schlief, dann so unruhig, daß ich beim Erwachen so erschöpft war wie zuvor. Zu jener Zeit hatte ich zum ersten Mal diesen seltsamen Traum. Einen Alptraum, der mich immer öfter heimsuchte, je länger die Tage meiner Besessenheit anhielten. Selbst jetzt, wenn ich mich daran erinnere, um diese Zeilen in mein Tagebuch zu schreiben, wird der Traum wieder lebendig und erschüttert mich wie schon vor Jahren.

Aber ich habe geschworen, die Geschichte zu erzählen. Und nichts zu verschweigen, trotz der Qualen, die ich dabei durchleben mag …

Ich war nicht gefesselt, doch erhob ich mich, als er mir winkte, als trüge ich Ketten und er hielte das Ende dieser Fesseln in der Hand. Unbeholfen stieg ich über die Ruderbänke des Bootes und sprang dann auf den schleimverschmierten Pier. Meine Füße schlurften, und mein Verstand schrie: Lauf fort! Du kannst die Treppe nicht hinauf. Du darfst es nicht.

Das Wasser neben dem Boot schwappte träge, eine dunkle, übelriechende Flüssigkeit. Ich konnte das Rauschen des großen Flusses hören, der dort hinten durch die schwarze Schlucht drängte, durch die der Fährmann mich gefahren hatte. Außerdem hörte ich ein Heulen. Es kam von oben aus den Ruinen der verwunschenen Stadt auf dem Plateau über der Schlucht. Es war nicht das Jaulen von Schakalen oder gar von Werwölfen. Weit oben, weit außerhalb des vom Fluß gegrabenen Schlundes, in der Stadt, im zerstörten Amphitheater, auf von Göttern behauenen Steinen, saßen die Wesen geduldig im Kreis. Sie saßen dort oben in der mondlosen Nacht und heulten wie Hunde, und sie hatten keinerlei Ähnlichkeit mit irgend etwas Irdischem. Der Gedanke keimte auf, sie könnten Menschen gewesen sein, irgendwann einmal. Menschen, die einen schrecklichen Pakt eingegangen waren.

Der Fährmann nahm eine der Fackeln, die zu beiden Seiten der Treppe flackerten, und winkte erneut. Im Schein des brennenden Pechs sah ich deutlich seinen Arm, die angespannten Muskeln, und schreckte zurück: ein Arm, knorrig wie ein Olivenbaum, der sich durch öden Stein zum Sonnenlicht emporgekämpft hatte. Doch fiel kein Sonnenlicht in seine Welt. Ich wußte, daß die Mißbildungen seines Körpers von der Folterbank stammten, von der glühend heißen Stange. Er wandte sich um, zufrieden, da ich ihm folgte, und stieg die abgewetzten Steinstufen hinauf, Stufen, die schon viele hinaufgestolpert waren, laut schreiend vor Schmerz. Doch niemand war sie je wieder heruntergekommen. Niemand außer den Meistern. Oder diesem Mann und seinen Kumpanen.

Ich wußte das, ohne mir erklären zu können, woher dieses Wissen kam.

Der Mann trug nichts als schwarze Kniebundhosen. Auf seinem Rücken sah ich die Spuren der Peitsche, alte und neue. Ich wußte, er rühmte sich dieser Peitschennarben. Auch auf meinem Rücken brannten Wunden, und ich spürte das Glühen, die Scham, den Kampf und den Augenblick des Stolzes, der nicht nachlassen wollte.

Auch ich war gefoltert worden.

Irgendwo dort oben wartete jemand. Eine große Trommel setzte ein, und ihr Donnern verdrängte das düstere Heulen aus den Ruinen auf dem mitternächtlichen Plateau über uns.

Die Stufen endeten.

Wir traten in ein großes Zimmer. Steinerne Rundbögen ragten in die Finsternis: das Begrüßungszimmer eines Königs. Es war leer, bis auf den Mann und mich. Noch einmal winkte er mir. Ich hörte das Scheppern eines Beckens, vielleicht nur in Gedanken, während ich meinem Begleiter ins Gesicht sah. Es war zerfurcht von tausend Sünden, von tausend sorgsam ausgewählten Qualen. Seine Nase war gebrochen, dann noch einmal gebrochen, bevor sie verheilt war. Seine Lippen waren verkniffen und seine Ohren gestutzt. Sein Gesicht war von einem Grinsen durchschnitten, und schiefe, schwarze Zähne verhöhnten mich. Ein Auge glitzerte schwarz. Das andere war eine klaffende Höhle. Doch etwas rührte sich in dieser Höhle. Ein winziges, rot zuckendes Feuer. Ein Feuer, das mehr sah als das Auge, das mich anstarrte.

»Ja, Amalric, meine Beute, mein Feind, mein Freund, mein Lohn, mein Partner in spe und mein Ehrgeiz«, sagte er. »Wir sind bald da. Du hast es so gewollt. Dies ist dein Schicksal. Komm… komm… Es dauert zu lang, und Er wartet schon.«

Er lachte, und das Lachen wurde begleitet von einem lauten Donnern aus der Ferne. Dieses Brüllen kam von einem, der nur im Peitschen Freude finden konnte. Es nahm zu, hallte wider im wahnsinnigen Heulen der Alptraumgestalten in der verwunschenen Stadt, dann begrub es sie und wurde seine eigene Dissonanz.

Ich lächelte und trat vor, mit offenen Armen, und hieß die dunkle Kameradschaft willkommen.

Ich schreckte hoch, bebend und schwitzend, erschöpfter als vor dem Schlafengehen. Anfangs glaubte ich, dieser Traum könnte ein Omen oder ein Fluch wegen meiner Besessenheit von Melina sein. Doch um das wirklich zu akzeptieren, hätte ich mich dieser Besessenheit stellen und den Wahnsinn meines Tuns erkennen müssen. Also verdrängte ich den Traum jedesmal und schmiedete weitere Pläne, wie ich an Geld oder Geschenke für Melina kommen konnte.

Schließlich kam der Tag der Abrechnung. Von meinen Freunden verschmäht, von meinen Feinden verhöhnt und kurz davor, von meinem Vater enterbt zu werden, saß ich in meinem Zimmer und betrachtete den spärlichen Besitz, den ich noch nicht versetzt hatte. An jenem Abend sollte ich Melina wiedersehen. Einer ihrer Sklaven hatte mir eine Einladung ins Haus gebracht. Unten auf die Karte hatte sie selbst mit ihrer zarten Handschrift geschrieben: *Komm früher, mein Geliebter, damit wir ein paar kostbare Augenblicke für uns allein haben.* Hoffnung brannte in meiner Brust und meinen Lenden und ließ wieder nach, als ich merkte, daß ich nichts von Wert mehr zu verkaufen hatte, um ihr ein Geschenk zu machen. Ich dachte schon daran, an den Fluß zu gehen und mich dem Dämon der Strömung anheimzugeben.

Ernsthaft zog ich in Erwägung, in die Stahlkammer meines Vaters zu schleichen und dort das nötige Geld zu stehlen. Dann war ich entsetzt, daß ich überhaupt an so etwas denken konnte. Meinen Vater bestehlen? Welcher Teufel hat dich geritten, Amalric? Wie konntest du es soweit kommen lassen? Das muß aufhören. Es muß ein Ende haben. Außerdem, was ist, wenn sie mich wieder verschmäht, auch nachdem ich den Mann bestohlen habe, der mir das Leben geschenkt hat und seinem nutzlosen Sohn gegenüber so großzügig und verständnisvoll war? Es wäre unerträglich.

Aber ich *muß* sie haben, dachte ich. Sie *muß* mein werden. Ja... aber wie? Ein böser Plan reifte heran. Es widerte mich an, überhaupt daran zu denken, und ich wies ihn von mir, warf mich aufs Bett und verbarg mein Gesicht vor dem verräterischen Sonnenlicht, das über den Balkon hereinkam.

Draußen schrie ein Vogel, und ich schwöre, er rief: »Melina... Melina... Melina.« Wieder wuchs die böse Idee heran. Wenn ich genügend Geld zusammenborgen konnte ... ich kannte dunkle Orte in Orissa, an denen man angeblich gewisse Zaubertränke erwerben konnte, ohne daß einem Fragen gestellt würden und ohne daß man die Erlaubnis eines Geistersehers erfragen mußte. Ich wollte einen Liebeszauber kaufen.

Das war nicht nur böse, sondern auch illegal. Ich wußte sehr gut, daß es streng verboten war, einer Hetäre einen Liebestrank zu geben. Das gesamte Kurtisanensystem konnte zusammenbrechen – eine Verhöhnung der heiligen Butala. Die Strafen, die der Rat der Geisterseher vorsah, begannen bei der Entmannung und wurden sehr bald weit schlimmer. Und du wirst Schande über deine Familie bringen, mahnte ich mich. Denk an die furchtbare Bedrohung, unter der deine Familie bereits leidet, weil sie die Geisterseher schon früher einmal verärgert hat. Denk an die schreckliche Enttäuschung, die du deinem Vater bereiten wirst.

Ich versuchte es. Ich versuchte es wirklich. Aber alles, woran ich denken konnte, waren Melinas Lippen und Brüste und Schenkel, die sie mir so lange vorenthalten hatte. Diese Gedanken wurden drängender durch den Schwur, den ich bei unserer ersten Begegnung abgelegt hatte: Seitdem war ich bei keiner anderen Frau gewesen.

Die Lust behielt die Oberhand. Bereit, mein Leben und die Ehre meiner Familie aufs Spiel zu setzen, hastete ich hinaus, um meinen Plan in die Tat umzusetzen.

Kapitel Zwei

Janos Greycloak

In der Abenddämmerung lief ich vor Melinas Haus auf und ab. In meiner Tasche trug ich eine Flasche mit Branntwein, durchmengt mit einem Liebestrank vom Schwarzmarkt. Ich dachte nur noch an den Zauber, den der Trank versprach. Ich wartete auf die Dunkelheit... und den nötigen Mut. Der Mond war eine schmale Sichel über dem Gebäude, als ich sah, wie Leego heraustrat und davonschlenderte, ein fröhliches Lied auf den Lippen. Ich wußte, er würde sich ein paar Stunden in seiner Lieblingstaverne niederlassen. Wenige Augenblicke später stand ich oben an der Treppe, zog am Glockenstrang, und dann führte mich ein Diener in Melinas Schlafzimmer.

»Ich bin es, dein rothaariger Sklave, meine schöne Melina«, flötete ich beim Eintreten, meine Stimme so ruhig wie möglich, obwohl mein Herz vor Panik flatterte.

»Oh, mein lieber, lieber Amalric«, sagte sie, als sie mich sah. Sie strahlte so sehr, daß ich schon glaubte, es wäre vielleicht dumm von mir gewesen, zu glauben, ich bräuchte einen Liebestrank. »Ich langweile mich so sehr«, sagte sie und streckte sich auf ihrem riesigen Bett aus, das aussah, als könne sie darin eine ganze Legion empfangen. »Ich habe genug von spitzbäuchigen, alten Männern mit dürren Beinen.«

Ich warf mich ihr zu Füßen. Sie trug nichts als einen grob gewebten, sorglos drapierten Umhang. Sie kam direkt aus dem Bad und sah aus wie ein frischgewaschenes Milchmädchen mit vielsagendem Blick. Als sie den Kopf hob, um ihn auf einen Arm zu stützen, öffnete sich der Umhang. Ich sah die Haut ihrer zarten Brust, rosarote Knospen, und als sie träge am Stoff zupfte, enthüllte der Umhang das weiche Dreieck zwischen ihren Schenkeln, das Paradies, nach dem ich mich schon so lang sehnte, und ich war bereit, alles zu riskieren.

»Dann laß mich dich von alledem befreien, Melina, meine Liebe«, sagte ich mit gespielter Unbeschwertheit.

»Du würdest mich zu deiner Frau nehmen?« fragte sie. Ihre Stimme klang spöttisch, wenn auch nur ein wenig.

Jetzt war es mir ganz ernst. »Dafür würde ich alles geben«, sagte ich voller Inbrunst.

»Ich glaube kaum, daß du eine Hetäre als Mutter deiner Kinder möchtest«, lachte sie.

»Dann kennst du mich nicht, Melina«, antwortete ich. »Denn ich liebe dich mehr, als es einem Mann zusteht. Ich fürchte schon den Zorn der Götter, wenn sie merken, wie tief ich für dich empfinde.«

Melina seufzte. »Du bist wirklich süß und lieb«, sagte sie. »Aber eines Tages wirst du wieder zu Verstand kommen und unter deinesgleichen eine passende Frau finden.«

»Niemals«, sagte ich so ernst und heißblütig, wie nur die Jugend es kann.

»Außerdem«, sagte Melina, »bist du zu jung, als daß du mich

bezahlen könntest. Sei nicht gekränkt. Du weißt doch selbst, wie recht ich habe.« Sie hielt meine Hand. »Verdirb doch nicht die wenigen Stunden, die wir gemeinsam haben. Mein Rücken ist so müde, und ich brauche deine starken Hände, den Schmerz zu lindern.« Sie warf mir einen verführerischen Blick zu. »Und... danach... wenn die Zeit bleibt... wer weiß? Möglicherweise ist heute der Tag, an dem ich erfahre, ob du *tatsächlich* ein rothaariger Mann bist.«

Das Herz wurde mir schwer. Trotz ihres vagen Versprechens, wahrscheinlich gerade *wegen* ihres vagen Versprechens, sah ich zum ersten Mal ein, daß dieser Tag nie kommen würde. Inzwischen weiß ich, daß ich sie tatsächlich interessiert, vielleicht sogar erregt habe. Neugier ist ein starkes Aphrodisiakum, und Melina machte sich ernstlich Gedanken wegen der exotischen Farbe meines Haars. Außerdem weiß ich, daß es sie erregte, einen so jungen Mann ganz nach ihrem Belieben, sexuell oder anderweitig, als willigen Sklaven zu haben. Doch darüber ging es nie hinaus. Sie hätte mir alles genommen, was ich hatte, einschließlich meiner Ehre. Und dann hätte sie mich fallenlassen.

Ich zwang mich, unbeschwert zu klingen. »Zuallererst habe ich ein kleines Geschenk für dich«, sagte ich.

Melina lachte auf. »Oh, wie hübsch. Ich hoffe doch, es ist etwas Außergewöhnliches. Bitte. Bitte. Zeig es mir.«

Ich holte die Flasche aus meinem Rock. Sie verzog das Gesicht. »Was ist das?«

»Oh, nichts weiter. Nur ein alter Branntwein aus dem Keller meines Vaters. Ich dachte, wir könnten ihn probieren... und dann zeige ich dir mein Geschenk. Es ist etwas sehr Seltenes... Das verspreche ich dir.«

Wieder war Melinas Neugier geweckt, und sie benahm sich wie ein kleines Mädchen. Sie setzte sich im Bett auf, die Beine so sorglos übereinandergeschlagen, daß ich beinah den Verstand verlor. Ich holte zwei Kelche vom Tablett und schenkte ein. Melina nahm einen Kelch, roch daran, kräuselte die zarten Nüstern. »Mmmmh, köstlich«, sagte sie. Und trank alles in einem Zug. Dann sank sie in die Kissen und streckte die makellosen Beine von sich. »Jetzt zeig mir mein Geschenk«, sagte sie.

»Möchtest du noch Branntwein?« fragte ich.

»Nein. Das reicht. Ich kenne nichts Abstoßenderes als eine Hetäre, die sich dem Trunk ergibt.«

»Wie fühlst du dich?« fragte ich voller Erwartung.

»Gut. Warum fragst du?« Ihre Stimme klang scharf, gereizt.

»Oh ... nichts.« Was in Gottes Namen war fehlgeschlagen? Hatte diese Hexe in der dunklen Gasse mich betrogen? Dann fiel mir ein, daß ich den Reim singen sollte, den mir die Hexe genannt hatte. Nur waren mir vor lauter Sorge die Worte entfallen.

»Nun? Wo ist das Geschenk, das du mir versprochen hast?« drängte Melina.

Da erinnerte ich mich. »Mein Herz ist dein Herz«, stimmte ich an und ahmte die tiefe Stimme eines Geistersehers nach. »Mein Anblick füllt dein Denken aus. In dunkler Nacht will ich die Kerze sein, die deinen Schoß erhellt.«

Melina legte ihre Stirn in Falten. »Was plapperst du da? Einen albernen Knittelvers aus den Tavernen?«

Bevor ich eine Lüge hervorstottern konnte, stöhnte Melina auf. Aus grünen Augen starrte sie mich an. Ihre Pupillen waren weit, wie die einer Besessenen. Sie leckte sich die Lippen. »Butala, gelobt sei dein Name«, seufzte Melina. »Amalric, du bist so schön und jung, daß mir das Herz brechen will. Ich wette, du kannst eine Frau glücklich machen wie ein Hengst und stoßen und stoßen, die ganze Nacht.«

»Äh ... mh ... mh«, war meine wortgewandte Antwort.

»Oh, bei den Göttern ... nimm mich! Nimm mich!« Sie schleuderte ihren Umhang fort und warf sich in meine Arme, zerrte mit scharfen Fingernägeln an meinen Kleidern. »Ich will alles tun, was dir gefällt«, stöhnte sie. »Nimm mich. Wie immer du möchtest. Mein Liebhaber. Mein Mann. Mein hübscher, rothaariger Amalric.«

Leidenschaft ergriff mich, als hätte auch ich den Zaubertrank genossen. Ich riß mir die Kleider vom Leib und warf sie achtlos auf den Boden. Eine leise Stimme rief, ich solle mich schämen, doch ein Hahn kennt keine Ehre, und so verscheuchte ich die Stimme wie eine lästige Fliege. Melina lehnte sich zurück, Lust wanderte ihre Brust hinauf und rötete den schlanken Hals. Sie hatte die Beine schamlos weit gespreizt, und der rasierte Freudenspalt flehte mich an, einzudringen.

»Oh, schnell ... schnell, bitte«, stöhnte sie und wand sich, als hätte sie den Verstand verloren.

Ich warf mich auf sie wie ein siegreicher Soldat, packte die weiche, weiße Rundung ihres Hinterns, dann stieß ich in die heiße, seidige Feige, von der ich schon so lange träumte. Ich hielt mich tatsächlich für den Hengst, von dem sie gesprochen hatte, und zog mich zurück, um wieder zuzustoßen.

Hände schlossen sich um meine Kehle. Mit Wucht wurde ich dem Tor zum Paradies entrissen und durch den Raum geschleudert. Selbst noch in der Verwirrung des gestörten Liebesakts erinnerte ich mich mitten im Flug meiner sportlichen Ausbildung. Ich drehte mich im Fallen und sprang auf. Schwer atmend stand ich da, beschämend nackt, und mein rotes Schamhaar beantwortete endlich Melinas Frage, wenn auch nicht so, wie ich es mir erträumt hatte.

»Tu ihm nichts, Leego«, flehte Melina. Der Kuppler hatte einen Dolch gezückt, die blassen Lippen ein Strich hinter der Spinnenmaske.

»Ich liebe ihn so sehr«, fuhr Melina fort. »Laß ihn nicht gehen. Ich muß bei ihm sein. Für immer bei ihm.«

Leegos Antwort war ein Schrei. Ich hörte Schritte näher kommen. Der Kuppler trat auf mich zu. Ich hatte keine Angst vor ihm. Ich war Manns genug, ihn seinen eigenen Dolch spüren zu lassen. Doch war ich im Unrecht, ein Feind im Schlafgemach eines anderen mit einer Frau, auf die ich kein Anrecht hatte. Es gibt für einen Mann in solcher Lage nur eines. Hastig raffte ich meine Kleider und das Rapier zusammen, dann rannte ich zum Fenster.

Kopfüber hechtete ich hinaus und hörte noch Leegos Stimme hinter mir. »Das wirst du mir bezahlen, Amalric Antero. Das wirst du mir bezahlen.«

Angst schüttelte mich, als ich durch das Fenster segelte. Es waren mindestens zwanzig Meter bis zum harten Boden, der mich zum Krüppel machen würde. Gerade noch rechtzeitig bekam ich ein Kloakenrohr zu fassen. Der Schwung ließ mich im Bogen fliegen, und ich schlug gegen die Hauswand. Mit instinktivem Schamgefühl hielt ich meine Kleider fest. Einen Herzschlag lang klammerte ich mich mit nur einer Hand ans Rohr. Ich fand festen Halt, warf mir Kleider und Rapier über die nackte Schulter, umfaßte das Rohr mit beiden Händen und glitt zu Boden. Im letzten Moment war ich klug genug, mich abzustoßen, und ich landete ein paar stinkende Zentimeter entfernt von der Grube, in die sich das Abwasserrohr entleerte. Von drinnen hörte ich Stiefelgetrampel auf der Treppe. Eine große Echse zuckte aus dem Dunkel hervor. Ich trat nach ihr, und sie zischte, sie hielt meinen nackten Leib wohl für ein seltsames Schwein auf zwei Beinen. Ich hetzte in die Nacht hinein. Und bald schon waren die Stimmen und Schritte in meinem Rücken verklungen.

Barfüßig stampfte ich in die Taverne und band mir das Rapier um meinen dreckverschmierten Staat. Schuldgefühle und Verwirrung kreiselten in meinem Kopf. Ich mußte dringend wieder zu mir finden, bevor ich heimschlich wie der Hundsfott, zu dem ich mich gemacht hatte. Die finsteren Männer, deren Augen glitzerten, als sie mich sahen, nahm ich kaum wahr. Ich sah auch kaum, daß sich einige Soldaten in strammen Uniformen auf ihren Stühlen lümmelten. Der

Schankwirt, ein kleiner, rattengleicher Mann, starrte mißtrauisch zu mir herüber. »Wein, mein guter Mann«, krächzte ich. »Kein Wasser. Besser noch, vergeßt den Wein. Gebt mir Branntwein.«

»Laßt erst eine Münze sehen, junger Herr«, knurrte der Wirt. »Ich werde mich von Euresgleichen nicht noch einmal täuschen lassen.«

Ungeduldig langte ich in meine Tasche, dann merkte ich, daß mein Geldbeutel fort war. Der Wirt nickte wissend. Mit einer Hand griff er nach dem Knüppel unter seinem Tresen. Ich riß einen Knopf von meinem Wams. Er stammte aus einem fernen Hafen, war aus feinsten Knochen gearbeitet und wertvoll genug, einen Gutteil der Taverne zu erwerben. »Nehmt es davon«, sagte ich.

Ich spürte jemanden in meinem Rücken. Ich drehte mich um und sah einen der Soldaten, einen Sergeanten, wie ich an seinen Rangabzeichen erkannte. Er war ein älterer Mann mit ehrlichem Gesicht. Er wirkte besorgt. »Etwas Gesellschaft ist an einem Ort wie diesem keine schlechte Sache.« Er nickte zu den dunklen Gestalten hinüber.

»Ich danke Euch«, antwortete ich, »aber ich ziehe es tatsächlich vor, allein zu sein. Ich habe über einige … Probleme nachzudenken.«

Er sah meine verdreckten Kleider an und erriet die Art meiner Probleme. »Ich hoffe, niemand wurde verletzt«, sagte er.

»Nur mein Stolz, Sergeant«, versicherte ich ihm. Ich deutete auf den Wirt. »Gebt diesen ehrenwerten Herren etwas zu trinken«, sagte ich. »Zieht es von dem ab, was ich Euch schon gegeben habe.« Ich spürte die groben Dielen unter meinen nackten Füßen. »Und wenn Ihr schon dabei seid«, fuhr ich fort, »wäre ich froh, wenn ich bei Euch ein Paar Schuhe kaufen könnte.«

Dem Wirt gefiel das alles nicht. Er wollte soviel wie möglich vom Wert des Knopfes für sich behalten. »Holt ihm ein paar Stiefel«, fuhr der Sergeant ihn an. »Und wenn ich erfahren muß, daß Ihr dem jungen Herrn hier Ärger macht, kostet es Euch die Lizenz.« Der Wirt fluchte, ging aber, um Stiefel zu holen.

»Seid Ihr sicher, edler Herr«, fragte der Sergeant, »daß Ihr uns die Freude Eurer Gesellschaft vorenthalten wollt?«

»Ich danke Euch noch einmal«, antwortete ich. »Aber, nein. Branntwein und meine Gedanken: Das ist genau die Medizin, die ich jetzt brauche.«

Der Sergeant kehrte zu seinen Gefährten zurück. Ich packte den Kelch, den der Wirt mir gebracht hatte, und trank den Branntwein aus. Ich winkte nach mehr und band die Lederreste zu, die mir das Rattengesicht gebracht hatte. Dann, verlassen, wie ein Zwanzigjähriger nur sein kann, kehrte ich zu meinem angeschlagenen Kelch zurück, starrte hinein und dachte über meine Sünden nach. Es waren unzählige, begonnen mit dem Liebestrank. Ich hatte Melina hinterhältigerweise zu einem Verhalten genötigt, das keineswegs in ihrem Sinne war. Ihr nackter Leib, der sich mir entgegenwand, erschien vor meinem inneren Auge. Das Bild war nicht erotisch, eher beschämend. Es kam der Augenblick, der hoffentlich im Leben eines jeden Menschen einmal kommt. Mein Blickwinkel änderte sich. Man hatte mich hinters Licht geführt. Abgezogen und ausgenommen, zum Objekt des Betrugs gemacht, wie jene, die sich von den Falschspielern auf dem Marktplatz vorführen lassen. Ich verwende bewußt nicht das Wort *Opfer*, denn wie bei den Betrogenen im Basar war es meine eigene Gier gewesen, die mich in diese Lage gebracht hatte. Ich, Amalric Emilie Antero, hatte Melina und Leego mit großem Enthusiasmus geholfen und sie unterstützt. Niemand hatte mir einen Zaubertrank eingeflößt, wie ich es mit Melina getan hatte. Ich hatte sie begehrt und war bereit gewesen, jeden Preis dafür zu zahlen – die Achtung meiner Freunde, die Liebe meiner Familie. Und hatte mit der Zeit einen unglaublichen Trottel aus mir gemacht.

Wind ließ die Fensterläden der Taverne klappern, und es kam mir vor, als stünde ich zu Hause vor dem Altar meines langverstorbenen Bruders. Ich spürte sogar, wie sein Geist in die schäbige Hütte trat. Halab war das Glückskind der Familie gewesen, und sein Schicksal in den Händen der Geisterseher warf noch immer einen langen Schatten auf die Familie der Anteros. Obwohl meine Erinnerung an ihn die eines Dreijährigen war, der zu seinem großen Bruder, dem strahlenden Helden, aufsah, meinte ich, sein Gesicht dort bei der Tavernentür zu sehen. Halab lächelte. Er hielt den Daumen hoch, er ermutigte mich, weiterzumachen. Das Bild verflog, aber ich spürte, wie mein Ehrgefühl zurückkehrte. Es war nur ein Anfang, aber immerhin ein Keim, den ich pflegen konnte. Ich beschloß, mich reinzuwaschen. Ich wollte meine Gewohnheiten ändern, angefangen mit meiner lang überfälligen Jungfernfahrt als Kaufmann. »Suche deinen eigenen Wind«, wie es in der Tradition hieß. Mein Vater hatte mich mit wachsender Ungeduld gedrängt, mich meiner Pflichten zu besinnen. Doch war ich diesem feinen, alten Herrn stets nur zur Last gefallen.

Die Tür flog auf, und drei Männer traten ein. Es waren große Männer, harte Männer, die etwas an sich hatten, das selbst die anderen Ganoven nervös werden ließ. Einer sah mich an, dann flüsterte er seinen Kumpanen etwas zu. Sie bestellten zu trinken und zogen sich in eine Ecke zurück. Ich widmete mich wieder meinen Gedanken.

Ich war das mit Abstand jüngste Kind aus der ersten und einzigen Ehe meines Vaters, mit Brüdern und Schwestern in den Dreißigern und Vierzigern. Daher neigte ich zu Eigensinn. Von vorn bis hinten verwöhnt, neugierig nur um der Neugier willen, sagten meine Kritiker. Eanes, mein Leibsklave, behauptete, ich sei einfach stur wie alle Rothaarigen und mein Temperament entspräche eben meinem Schopf.

Ich war ein intelligenter, wenn auch fauler Schüler gewesen. Dabei hatte auch sicher nicht geholfen, daß es sich bei dem Hauslehrer, der meine Streiche am längsten ertrug, um einen Schulmeister handelte, der mit Hilfe gefälschter Papiere zu seiner Anstellung gekommen war. Er war nicht nur langweilig, sondern irrte sich wiederholt grundlegend und beharrlich. Um etwas gegen die Langeweile zu tun, forderte ich ihn bei jeder Gelegenheit heraus. Bei unseren Studien der Anatomie beispielsweise behauptete er, der Körper eines Mannes sei dem einer Frau unendlich überlegen. Ich lachte laut über diese Theorie. Meine Schwester Rali war den meisten Männern von Orissa physisch ebenbürtig. »Aber das ist etwas anderes, junger Herr«, sagte er.

»Warum ist es etwas anderes?« höhnte ich. »Rali ist eine Frau. Eine schöne Frau, wie viele sagen. Außerdem ist sie eine großartige Kriegerin, die Euch mit einem Hieb den Kopf abschlagen könnte.« Zur Demonstration ließ ich eine imaginäre Klinge durch die Luft sausen.

»Eine Ausnahme widerlegt keine Tatsache, junger Herr«, beharrte mein Lehrer. Langsam wurde er böse, ließ sich von mir provozieren.

»Meine Schwester ist nicht die Ausnahme«, stachelte ich ihn an. »Sie gehört zu einem ganzen Regiment von Frauen. Heldinnen Orissas. Erklärt mir das.«

Der Hauslehrer fing vor Wut bald an zu stottern und schlug mit der Faust auf das dicke Lehrbuch der Anatomie. »Tatsachen bleiben Tatsachen«, brüllte er. »Es ist allgemein bekannt, daß Frauenkörper minderwertig sind. Allein schon ihre Zähne sind Beweis genug.«

»Was stimmt nicht mit ihren Zähnen?«

»Frauen haben weniger Zähne als Männer.« Er schlug das Buch auf, um mir die Seite zu zeigen, auf der es stand. »Seht her ... Männer haben zweiunddreißig Zähne, Frauen niemals mehr als achtundzwanzig.«

Ich sah ein junges Hausmädchen vorübergehen. »Das werden wir sehen«, sagte ich und lief ihr nach, um sie einzufangen. Mit freundlichen Worten und dem Versprechen auf ein paar Münzen für ihre Mühe lockte ich sie herein und brachte sie dazu, den Mund zu öffnen. Ich zählte und kam auf zweiunddreißig. Ebenso viele wie ein Mann. Mein Lehrer stürmte hinaus; er weigerte sich, seinen Irrtum zuzugeben. Den Rest des Tages verbrachte ich mit meinen Freunden in der Sporthalle, in die ich mich im Laufe der Jahre immer wieder flüchtete, während ich lernte, meinen Lehrer und seine Nachfolger bis aufs Blut zu reizen.

Als ich so in meinen Branntwein starrte, wurde mir klar, daß mein Vater mir trotz allem eine Erziehung hatte angedeihen lassen. Er hätte mich bestrafen können, als der Lehrer sich beklagte. Statt dessen hatte er mich stets ermutigt, althergebrachtes Wissen in Frage zu stellen und die Wahrheit durch eigene Beobachtung herauszufinden. Es war ein Geschenk, daß er mir erlaubte, mir eine eigene Meinung zu bilden. Tränen der Scham brannten in meinen Augen. Ich wischte sie fort und nippte an meinem Branntwein. Es wurde Zeit, so dachte ich, mein kindisches Gehabe abzulegen und meinem Vater Grund zum Stolz zu geben. Er brauchte mich, damit ich ihm die Bürde des Kaufmannslebens erleichterte. Jedesmal, wenn er zum Reisen gezwungen war, kehrte er entsetzlich erschöpft von seinen Bemühungen heim. Mit jedem Jahr fiel es ihm schwerer, sich davon zu erholen. Meine älteren Brüder waren ihm keine Hilfe. Sie waren steife, förmliche Männer, die besser darin waren, die Landgüter zu leiten oder die Bücher zu führen. Fast alle Eigenschaften, die ein Kaufmann braucht, gingen ihnen ab. Sie verachteten fremde Menschen und Dinge und zeigten nicht die leiseste Risikobereitschaft.

Sie waren das Gegenteil von mir, denn ich hatte mich immer schon an den Geheimnissen des Hafens von Orissa erfreuen können, an all den fremden Sprachen und Trachten auf den Schiffen, die entladen wurden. Außerdem hatte Geographie zu den wenigen Studienfächern gehört, an denen ich nie das Interesse verlor. Alte Karten und Legenden von kühnen Entdeckungsfahrten hatten mich fasziniert, bis ich ein Alter erreicht hatte, in dem es als kindisch galt, dies zuzugeben. Ich hatte sogar die Weltsicht meines Lehrers hingenommen, obwohl sie konventionell war, und mein gesundes Mißtrauen gegenüber jeglicher Konvention habe ich bereits erwähnt. Die Erde habe die Form eines großen, schwarzen Hühnereis, sagte er. Die Sonne, die uns Licht und Feuer schenkte, sei von den Göttern in Bewegung gesetzt. Nur die bekannten Länder und das Meer, das sie trennte, seien mit diesem Licht gesegnet. Alles andere liege in tiefstem Dunkel, in dem strenge Hexenmeister regierten, die uns unterwerfen und schließlich die Sonne zum Erlöschen bringen wollten, womit sie uns der kalten Finsternis und der Gnade fremder Götter ausliefern würden. Mein Lehrer sagte, früher einmal sei überall Licht gewesen, und unsere Vorfahren hätten viel von der Zauberei verstanden. Aber sie waren faul und dekadent, sagte er, sie hatten den Respekt vor den Traditionen der Familie, der Stadt und ihren Geistersehern verloren. Als die Zauberer der Finsternis sie bedrohten, hatte es sie völlig unvorbereitet getroffen. Doch unsere Götter hatten Mitleid gehabt und diesen kleinen Hoffnungsschimmer vor der vollkommenen Barbarei gerettet. Im Laufe der Zeit hatten wir uns wieder einiges von dem verlorenen Wissen angeeignet. Und unsere Schiffe setzten wieder Segel und schoben die Finsternis mit jeder erfolgreichen Suche weiter zurück. Aber unsere Zukunft sei begrenzt, lehrte er. Und diese Grenze sei beinahe erreicht.

Es gab eine Geschichte – eine Fabel eigentlich – die mich besonders interessierte. Es war die Legende von den Fernen Königreichen. Ein Land, so die Sage, in dem die Nachfahren unserer Großen Alten lebten, ein Land, an dem die Sonne inmitten einer schwarzen Wüste schien, über die die bösen Hexenmeister wachten. Angeblich sollten die Prinzen und Geisterseher der Fernen Königreiche unvorstellbar gut und weise sein. Es war ein Land, in dem die Lieder und Weine stets lieblich waren. Alle Taschen waren voller Gold und alle Herzen unbeschwert. Könnten wir uns ihnen nur anschließen, so fuhr die Sage fort, würden all unsere Feinde fortgeschwemmt, und die Welt könne sich wieder im ewigen Licht sonnen.

Es war eine hübsche Geschichte, die mich früher einmal sehr bewegt hatte. Aber ich hatte sie zu meinem Kinderspielzeug geworfen, sobald ich alt genug war, ein Rapier anzulegen und mir einzureden, ich sei ein Mann.

Ein harsches Lachen entfuhr mir, als ich daran dachte, und ich schwor erneut, mich umgehend zu ändern. Ich kippte meinen Branntwein hinunter, um diesen Handel zu besiegeln. Als ich mich umwandte, um mir noch einen Nachttrunk zu bestellen, stellte ich besorgt fest, daß die Atmosphäre umgeschlagen war. Die Soldaten waren fort, und ebenso die ursprünglichen Gäste. Nur die harten Männer, die nach mir gekommen waren, saßen noch an ihrem Tisch. Sie beäugten mich ganz unverhohlen, gluckten leise und stießen einander mit den Ellbogen an. Ich sah, daß auch der Wirt verschwunden war. Ein Schauer lief mir über den Rücken. Irgend etwas würde geschehen – besonders wenn ich blieb und das Schicksal herausforderte. Lässig erhob ich mich von meinem Stuhl und wollte zur Tür hinüber, gab vor, mich für die drei Männer nicht zu interessieren. Falls sie mir folgten, so dachte ich, wäre draußen zumindest genügend Platz für einen Kampf.

Es ist nicht die Prahlerei eines alten Mannes, wenn ich behaupte, daß ich damals ein guter Schwertkämpfer war. Zwar gehörte ich nicht zu den Besten von Orissa, doch war ich gut genug, mich dieser Besten erwehren zu können. Zwei Duelle hatte ich ausgefochten und beide Male als erster getroffen. Außerdem war ich – nach all den Jahren, in denen ich meinem Lehrer auf das Sportfeld entflohen war – ein schneller Läufer. Wenn nötig, würde ich Fersengeld geben und laufen wie der Wind.

Als ich nach draußen trat, hörte ich, wie die Männer ihre Stühle zurückschoben und mir folgten. Bevor ich meinen Schritt beschleunigen konnte, ragten in der Dunkelheit zwei finstere Gestalten vor mir auf. Als ich nach meinem Rapier griff, sah ich das Spinnenzeichen auf dem Gesicht eines der beiden. Leego! Hinter mir ließen die drei Ganoven aus der Taverne die Falle zuschnappen. Augenblicklich hatte ich meine Klinge draußen und wollte ihnen Respekt beibringen – und machte mich erneut zum Narren, als ich mit meinem Rapier an einem Knopf hängenblieb. Klirrend fiel die Waffe zu Boden, und ich stand da und grinste wie ein Affe, den rechten Arm ausgestreckt, die Faust geballt und dann geöffnet. Ein Arm hielt mich im Würgegriff, ich trat nach dem Mann in meinem Rücken und hörte ihn vor Schmerz aufschreien. Aber für Häme blieb mir keine Zeit, denn starke Hände packten und hielten mich, während Leego vorstürmte und mir seine Faust in den Magen rammte. Mit meinen Bauchmuskeln fing ich den Schlag ab, und an Leegos ersticktem Grunzen hörte ich, daß er sich weh getan hatte.

Ich empfand keine Freude über seinen Schmerz, denn schon einen Augenblick später drückte er mir sein Messer an den Hals.

»Seid kein Narr, Leego«, sagte ich, und mein gesunder Menschenverstand hielt meine Zunge im Zaum. »Wenn Ihr mich tötet, seid Ihr der erste Kandidat für den Kuß der Steine im kommenden Jahr.« Ich meine den Pflanzfestritus, bei dem die Geisterseher ein Opfer brachten, indem sie einen Menschen zwischen zwei riesigen Steinen zerquetschten. Vorzugsweise Verbrecher fanden sich bei diesem jährlichen Geschenk an die Götter wieder.

Leego lachte mir seinen üblen Atem ins Gesicht. »In dieser Gegend gibt es keinen Schutz für Euch, junger Herr«, schnarrte er. »Keine Zeugen für das,was immer ich mit Eurem wertlosen Leben anzufangen gedenke.« Er drückte die Klinge fester an meinen Hals. Ich spürte ein Stechen, dann Blut. »Andererseits«, fuhr er fort, »ist Euer Ruf ein Schutz für *mich*. Jeder weiß, daß Ihr in den dunklen Vierteln dieser Stadt verkehrt. Man kennt Eure ausschweifenden Gewohnheiten. Eure extravagante Art, Geld auszugeben und Eure unehrenhaften Schulden nicht zu begleichen. Wenn ich Euch die Kehle durchschneide, werden die Leute glauben, Wegelagerer hätten es getan. Oder ein betrogener Schuldner. Nein, mein Freund,

Eure Herkunft ist Euch hier kein Schutz. Und am liebsten wäre es mir, wenn Eure Eingeweide in der Morgensonne glänzten.«

Wieder lachte er und schlug mir ins Gesicht. Einmal, zweimal und dann noch einmal. Harte, brennende Schläge, die mir nicht wirklich etwas ausmachten, aber ich wußte, er wollte sich nur für das, was kommen sollte, in Stimmung bringen. Hinter ihm, im Schlund einer dunklen Gasse, sah ich eine große, düstere Gestalt, die an einem Haus Wasser ließ. Einer von Leegos Schlägern dachte ich, leert seine Blase, bevor er sich dem Spaß anschließt. »Der einzige Grund, warum ich Euch noch nicht getötet habe, junger Herr«, fuhr der Kuppler fort, »ist der, daß ich zwischen Rache und Profit schwanke. Was Ihr Melina angetan habt, kostet mich so manchen fetten Geldbeutel. Ich werde sie weit fortschicken müssen. Und es wird ein Vermögen kosten, sie von der Wirkung dieses Zaubertranks zu kurieren.«

»Ich scheiße auf Euer Geld, Leego«, sagte ich. »Ihr habt mir in den letzten Monaten mehr als genug abgenommen. Und bekommen habe ich dafür nichts.«

Wieder schlug Leego zu. »Das kommt davon, wenn man einen kleinen Jungen an einem Männerspiel teilnehmen läßt«, schnarrte er. »Ihr glaubt noch immer, Ihr hättet in dieser Sache die Wahl«, sagte er. »Das habt Ihr nicht. Die Wahl liegt bei mir. Wenn ich mich für den Profit entscheide, werdet Ihr mir alles Geld geben, das ich verlange. Was wohl der Rat der Geisterseher sagt, wenn ich diese Angelegenheit melde? Einer Hetäre einen Liebestrank zu geben, ist ein schweres Verbrechen. Ich kann mir gut vorstellen, wie glücklich die Geisterseher wären, einen Antero in die Hand zu bekommen.«

»Ich habe kein Geld, Leego«, sagte ich müde. »Ihr und Melina habt mir alles genommen.«

»Euer Vater wird es Euch geben, junger Herr«, lachte Leego. »Er möchte doch sicher nicht, daß sein kleiner Liebling in die Hände der Geisterseher gerät.«

»Dann könnt Ihr mich ebensogut umbringen«, antwortete ich. »Denn ich werde meinen Vater um keine einzige Münze bitten. Und wenn er versucht, sie mir dennoch zu geben, werde ich sie zurückweisen.«

»Oh, das glaube ich kaum«, sagte Leego. »Ich kenne die Männer. Insbesondere die reichen Männer. Und trotzdem ... Profit ist dabei nicht unbedingt mein Motiv. Denn ich verachte Euch und Euresgleichen, Amalric Antero. Euch und Eure weichliche, verwöhnte Art. Ihr glaubt, Ihr seid besser als andere, nur weil Ihr in einem feinen Bett geboren seid.« Seine Klinge fuhr über meine Brust. Mein Wams und Hemd klafften auf, legten nackte Haut frei. »Euch zu töten wäre so viel angenehmer«, sagte er und strich mit der Klinge über meine Haut. Ich spürte das Blut. »Ein schöner, langsamer Tod. Ich reiße Euch das Gesicht vom Knochen und schneide das rote Haar ab. Euren Schwanz und die Eier auch. Niemand wird je erfahren, daß Ihr es seid.«

Wieder gewann meine Wut die Oberhand. Ich spuckte ihm ins Gesicht. Er taumelte rückwärts, und ein dicker Klumpen Speichel hing am Spinnennetz. Dann brüllte er auf, hechtete vor und stach mit seinem Dolch nach meiner Brust. Bevor er mich erreichte, kam die dunkle Gestalt aus der Gasse gesprungen und stieß Leego mit einem mächtigen Schlag zu Boden.

»Macht euch fort, ihr Hunde«, donnerte der Mann, und ich sah Stahl blitzen, als er sein Schwert zog.

Einer meiner Häscher lockerte den Griff, und ich bückte mich, fiel auf die Knie. Ein Mann segelte über meinen Kopf. Der andere sprang zur Seite und griff nach seinem Dolch. Er schlug nach meinem Retter, der die Klinge mit Leichtigkeit parierte, dann stieß er zu, und das Gedärm des Mannes spritzte in den Dreck. Ich suchte mein Rapier im Schlamm und fand es gerade, als ein Mann nach mir schlug. Ich duckte mich unter dem Hieb und stach dem Angreifer in die Kehle. Dann war ich auf den Beinen, Schulter an Schulter mit meinem Retter, als unsere Feinde sich neu formierten und uns übermannen wollten. Nur das Klirren von Stahl war zu hören, schweres Atmen und angestrengtes Stöhnen. Leego sprang auf, rief seine Männer zum Angriff. Einen Moment lang sah es aus, als würden wir überwältigt. Dann zückte mein neuer Freund ein langes Messer und griff an. Schwert und Dolch bahnten sich ihren Weg. Einer trat hinter ihn, doch diesem Mann durchbohrte ich den Rücken und hörte das Pfeifen, als die Luft aus seinen Lungen wich. Plötzlich rannten die Männer und stießen Leego um, panisch bemüht, meinem dämonischen Retter zu entkommen. Ich wollte ihnen folgen, doch mein Freund streckte einen Fuß aus, und ich stürzte mit dem Gesicht voran in den Dreck.

Als ich aufgestanden war, hatte der Mann Leego schon seinen schweren Stiefel an den Hals gesetzt und hielt ihn so am Boden. Ich zog Feuerperlen aus meiner Tasche, hielt sie hoch und flüsterte den Zauber, der sie zu Leben erweckte.

»Bring sie näher, Kamerad«, sagte der Mann. »Ich brauche bei der Arbeit etwas Licht.«

Jetzt konnte ich ihn deutlich sehen. Er war Soldat, so nahm ich an, ein Offizier. Er war ziemlich groß, muskulös und auf geheimnisvolle Weise gutaussehend, mit einer zerklüfteten Narbe über dem Bart, die sein Äußeres trübte. Seine Zähne glitzerten so hell wie sein Schwert.

»Bitte, Herr«, flehte Leego, »es ist nur ein kleines Mißverständnis. Ich bin sicher, ich kann alles erklären.« Er heulte auf, als mein Freund ihn fester gegen die Luftröhre trat.

»Wie heißt er?« fragte der Soldat.

»Leego«, antwortete ich. »Er ist ein Kuppler.«

Der Mann hörte zu, dann beugte er sich über ihn. »Sieh dir mein Gesicht genau an, Leego«, sagte er. »Ich möchte, daß du es dir gut merkst.« Leego gurgelte und nickte. »Mein Name ist Janos Greycloak, elender Hurensohn«, fuhr der Mann fort. »*Hauptmann* Greycloak, um genau zu sein. Ich habe dein Gespräch mit diesem Herrn dort belauscht, also könnte ich deine Drohungen bezeugen.«

»Nichts für ungut«, krächzte Leego. »Es war nur geschäftlich, edler Hauptmann.«

»Na, wenn Erpressung dein Geschäft ist«, sagte Janos, »will ich dich warnen: Falls du diesen Mann anzeigst, werde ich ihm zur Seite stehen und jede deiner Behauptungen lächerlich machen. Falls du ihn töten willst, muß ich dir ganz deutlich etwas sagen: Sollte ihm etwas zustoßen, werde ich dich finden, Leego, und du wirst noch darum betteln, daß man dich ermordet.«

»Kein Haar werde ich ihm krümmen, guter Herr«, jaulte Leego. »Ich schwöre bei allem, was mir heilig ist.«

»Keine Blasphemie«, sagte Hauptmann Greycloak. Er trat zurück, als wollte er Leego aufstehen lassen. Dann schob er sein Schwert in die Scheide, und als Leego sich auf die Ellbogen stützte, trat der Hauptmann wieder zu. Er nahm Leegos Ohr zwischen zwei kräftige Finger. Leego heulte auf. »Um absolut sicherzugehen, daß wir eine Vereinbarung haben«, sagte Greycloak, »werde ich dir etwas abnehmen.«

Sein Messer zuckte, und Leego schrie auf. Hauptmann Greycloak hielt das Ohr des Kupplers in der Hand, und Blut rann über das Spinnengesicht. Der Hauptmann schüttelte das Ohr, er ließ das Blut wie Regen spritzen. »Wenn dieser junge Mann in Zukunft Ärger mit dir hat«, sagte er, »werde ich diesen Stumpf einer alten Hexe geben, die ich kenne. Sie weiß ganz besonders abscheuliche Flüche. Verstehst du, was ich meine?«

»Ja, edler Herr«, wimmerte Leego.

»Dann geh mir aus den Augen«, sagte der Hauptmann.

Leego floh die Straße hinunter, ohne sich noch einmal umzusehen. Als er fort war, betrachtete der Hauptmann den blutigen Fetzen in seiner Hand. Er lachte, schleuderte ihn von sich und wischte seine Finger seltsam pedantisch an den Kniebundhosen ab. »Als hätte ich was für Hexen übrig«, sagte er.

»Hauptmann Greycloak«, sagte ich, »für das, was Ihr heute abend für mich getan habt, werde ich Euch immer zu Diensten sein.«

»Wie ich mich freue, das zu hören«, sagte er, »denn ganz plötzlich bekomme ich furchtbaren Durst.« Er schlug mir auf die Schulter und führte mich in die Taverne. »Ihr würdet mir einen großen Gefallen tun, edler Herr, wenn Ihr mich wie einen Freund anredetet. Und meine Freunde – leider nur sehr wenige, wie ich fürchte – nennen mich Janos.«

»Dann also Janos, mein Herr«, sagte ich voll Inbrunst. »Und Ihr müßt mich Amalric nennen. Wenn ich noch Knöpfe habe, die mir der Wirt hier tauschen kann, kaufe ich ein Meer von Branntwein, um diese Freundschaft zu besiegeln.« Benommen vor Erleichterung marschierte ich in die Kneipe, um den rattengesichtigen Wirt zu einem reichen Mann zu machen.

Bald schon hatten wir den ersten Becher Branntwein geleert und waren beim zweiten. Ich dachte daran, daß ich eben einen Mann in den Tod geschickt hatte. Höchstwahrscheinlich würde auch der, dessen Lunge ich durchstochen hatte, die Nacht nicht überleben, und doch empfand ich weder Schuld noch Scham, ganz im Gegensatz zu dem, was uns in alten Balladen vorgegaukelt wird. Je länger ich über die Rauferei vor der Tür nachdachte, desto deutlicher wurde mir, daß ich eine solche Rettung nicht verdient hatte.

»Der Streit«, sagte ich, »ging um eine unehrenhafte Tat meinerseits. Ich war Euer Eingreifen nicht wert.«

»Nun quält Euch nicht voreilig, mein Freund«, antwortete Janos. »Ich weiß nur sehr wenig über Männer wie Leego, aber ich bezweifle stark, daß Ihr bei Euren Geschäften mit ihm jemals die Oberhand gewonnen hättet.«

»Ich war ein Narr«, sagte ich. Diese Worte auszusprechen, hatten reinigende Wirkung.

Janos nickte. »Ich vermute, Ihr habt recht«, sagte er. »Das passiert normalerweise, wenn ein Mann mit seinen Lenden denkt und nicht mit seinem Hirn.« Er lachte. »Allerdings *habe* ich etwas belauscht, das mich neugierig gemacht hat. Etwas von einem Liebestrank, der einer teuren Hure eingegeben wurde.« Seine Augen funkelten. Ich hielt es für amüsierte Neugier. Später erfuhr ich, daß sein Interesse an mir keineswegs zufällig war.

Ich errötete. »Ich fürchte, was Ihr gehört habt, war die Wahrheit. Ich habe eine furchtbare Sünde begangen und bereue sie zutiefst.«

»Ach, seid nicht so ein prüder Stoffel! Was gibt es zu bereuen? Die Dirne und Leego werden Euch schon genügend Geld abgeluchst haben, das garantiere ich Euch.«

Ich legte eine vollständige Beichte ab, angefangen bei dem Augenblick, in dem Melina und ich uns kennengelernt hatten, bis zu meiner Flucht aus ihrem Schlafzimmer. Janos war ein bemerkenswerter Beichtvater. Er zeigte Mitgefühl, ohne sentimental zu werden. Er unterbrach mich nur, um ein Detail zu erfragen – stets eines, das angetan war, mir Mut zu machen – oder um einen Witz zu reißen, der mich aufheitern sollte. Es war, als würde ich mit einem wesentlich älteren Bruder sprechen, obwohl ich wußte, daß er kaum fünf Jahre älter sein konnte als ich. Als ich fertig war, schenkte er den letzten Branntwein ein, dann drehte er die Flasche um, als Zeichen dafür, daß es unsere letzte war.

»Meiner unmaßgeblichen Meinung nach, Amalric«, sagte er, »ist dies eine Geschichte, die traurig beginnt und glücklich endet. Ihr habt eine Lektion erhalten, der die meisten – wenn überhaupt – erst im Alter gegenüberstehen. Vergeßt Eure angebliche Schande. Ich versichere Euch, diese Geschichte werdet Ihr einmal ganz wunderbar Euren Söhnen erzählen können, wenn Ihr ein alter Mann seid. Heute abend jedenfalls habt Ihr Eure Sache gut gemacht. Also laßt es gut sein.«

Ich dankte ihm, obwohl ich nicht überzeugt davon war, daß es so leicht sein sollte, sich von seinen Sünden reinzuwaschen.

Janos hob seinen Becher zu einem Trinkspruch. »Auf den neuen Amalric Antero! Möge seine Zukunft so süß sein wie dieses hier.« Unsere Becher klirrten aneinander, und wir tranken. Als wir die Trinkgefäße senkten, sah ich, wie Janos mich über den Tisch hinweg nachdenklich betrachtete. »Ich glaube, auch mein Glück hat sich heute abend gewendet, Amalric«, sagte er ganz ernst. »Denn habe ich nicht einen rothaarigen Mann kennengelernt? Und ist das nicht ein Zeichen größten Glücks, wie es die Seher in ihren Kristallkugeln finden können?«

»Ich hoffe es«, sagte ich, »um Euretwillen. Ich fürchte nur, das gilt nicht für den Rothaarigen selbst.«

Janos lachte, dieses tiefe, dröhnende Lachen, von dem ich anfangs schon gesprochen habe. »Nun, hier ist das Rätsel, das des größten Geistersehers würdig wäre«, sagte er. »Weit eher als die Frage, wie viele Dämonen auf einem Stecknadelkopf herumtollen können. Wenn das Omen etwas Gutes ankündigt, heißt es auch, daß es schließlich zu einem guten *Ende* führt?«

Selbst aus der Distanz, nach allem, was seit unserem ersten Treffen geschehen ist, kenne ich die Antwort auf dieses Rätsel nicht. Und ich werde sie wohl auch erst erfahren, wenn eines Abends der Dunkle Sucher kommt, um meine Seele mit sich fortzunehmen.

Meine Stimmung verbesserte sich zusehends, während ich über sein Rätsel nachsann. Endlich ein geistreicher Freund! Schließlich gab ich mich geschlagen und schüttelte den Kopf. »Selbst wenn es nicht so spät wäre«, sagte ich, »bezweifle ich, daß ich Euer Rätsel lösen könnte. Tatsächlich scheint es mir von einer Art zu sein, dessen Antwort so schwer zu finden ist wie...« Ich suchte nach einem Vergleich, und ein bestimmter kam mir in den Sinn. »Die Fernen Königreiche.« Ich lachte, doch ich lachte allein. Janos starrtemich an, mit feurigem Blick.

»Was ist?« fragte ich.

»Warum habt Ihr das gesagt?« fragte er.

Ich war verwundert. »Ihr meint... das mit den Fernen Königreichen?«

»Ja.« Seine Stimme klang schroff, provozierend.

»Ich... kann es nicht sagen. Nur, daß ich gerade daran gedacht hatte, als Leegos Schläger kamen.«

Janos betrachtete mich eingehender, und plötzlich fühlte ich mich ziemlich albern.

»Das ist die Sorte Kindereien in meinem Kopf, die mich daran hindern, Verantwortung zu übernehmen«, sagte ich leicht erhitzt. »Vergebt mir mein Geplapper.«

»Wenn Ihr *mich* kennen würdet«, sagte Janos, »wüßtet Ihr, daß wenn es um zielloses Geplauder geht, Janos Greycloak erst noch seinen Meister finden muß.« Ich lachte, als er mich zur Tür zog. »Wir sollten lieber gehen, mein Freund«, sagte er, »sonst erleiden wir noch Schiffbruch an den Ufern von Branntwein und Geplapper.«

Wir traten in die Nacht hinaus. Am Ende der Straße sah ich eine Fackel und mußte noch einmal an die Fernen Königreiche denken. Doch schon war der Gedanke fort, und was blieb, war nur die Nacht.

Kapitel Drei

Die Suche

Als ich am nächsten Morgen erwachte, war ich noch ganz umnebelt, und wie eine sterbende Fliege klebte mein Verstand im Bodensatz des Weins vom vorangegangenen Abend. Ich atmete den frischen, reinen Frühlingswind, der an das Fenster meiner Kammer wehte, und der Nebel verflog. Überrascht stellte ich fest, daß ich seit Tagen zum ersten Mal nicht von diesem schrecklichen, einäugigen Mann geträumt hatte. Ich trat vom Schlafgemach ins Vorzimmer, wusch mich, dann kniete ich nieder und sprach leise das rituelle Gebet an den Hausgott. Der Handspiegel – wie nah ich ihn auch halten mochte – zeigte mir, daß ich heute eine Rasur brauchen würde. Also zog ich die Kleider über, die man mir bereitgelegt hatte.

Da stutzte ich. »Eanes!« Lautlos trat er in mein Schlafgemach, mit der sorgsam einstudierten Miene höflichen, wenn auch nur beiläufigen Interesses, die – wie ich später einmal erfuhr – für Leibsklaven überlebensnotwendig war. Ich deutete auf die Kleider, die er mir bereitgelegt hatte: Das Hemd war schlicht, die Kniebundhosen von gedeckter Farbe, der Wams von schlechter Qualität, und die Mütze hätte auch einem Senior gestanden. »Was, glaubst du, ist geschehen?«

Ein Lächeln zuckte über sein Gesicht und verflog. »Ich glaube gar nichts, Mylord. Aber da meine Anwesenheit nicht vonnöten war, nachdem Ihr erst kurz vor Morgengrauen in Begleitung zweier Soldaten heimkehrtet *und* ich Wein- und Schmutzspuren an Euren Kleidern fand, die verstreut lagen, als hätte der Monat der Winde vorzeitig in Eurer Kammer gewütet, *und*...«

»Genug!«

»Wie Ihr wünscht, Herr.«

»Ich hatte nur ein paar unerwartete Begegnungen.«

»Ich wußte nicht, daß man das *so* nennt.«

Ich zog es vor, seine Worte zu ignorieren. Von Kindesbeinen an hatten mich meine Lehrer immer wieder gemahnt, ich ginge allzu vertraulich mit den Sklaven und den unteren Schichten um und brächte meinen Eltern und Vorgesetzten nur ungenügenden Respekt entgegen. Allerdings dürfte es jedem, in dessen Brust ein Herz schlägt, unmöglich sein, einem kahlen, kleinwüchsigen Sklaven gegenüber den jungen Lord zu spielen, wenn dieser einen schon beim Namensgebungsritual aus den Armen des Vaters genommen und dem wartenden Geisterseher gebracht hat.

»Aber ich dachte«, fuhr Eanes fort, »Eure Kleidung für den heutigen Tag solle... sagen wir: von einer Farbe sein, die weder ein blutiges Auge betont noch einen Vater schmerzt, der den Krawall gehört hat, als Ihr heut nacht nach Hause kamt.« Es mag Eanes überrascht haben, daß ich nicht erblaßte, aber ich mußte tatsächlich meinen Vater sprechen. Es gab eine Schuld zu begleichen, und dank Melina und meiner eigenen Torheit fehlten mir die entsprechenden

Mittel. Ich trat in die Kleiderkammer und wählte sorgsam mein Kostüm: grüne Kniebundhosen und die dazu passende Mütze mit goldenem Garn, einen blumenbestickten, gegürteten Waffenrock, knöchelhohe Stiefel, da das Wetter mild zu sein schien, und einen kurzen Umhang. Eingedenk der peinlichen Situation in der letzten Nacht wählte ich ein einfaches Rapier ohne verschnörkelte Quillons, nahm es von einem Degengehenk, auf dem das Familiensiegel prangte, und betrachtete mich. Mein Spiegelbild zeigte genau das, was ich darstellen wollte: Dort stand ein vernunftbegabter, junger Erbe, aber keine Trauergestalt. Ein junger Mann, der – wenn auch lebensfroh in seiner Art – nicht der Typ war, der mit Huren verkehrte, egal welcher Preislage, ganz zu schweigen von deren Zuhältern.

»Ich verstehe«, sagte Eanes. »Sie hat Euch also wieder alles aus der Tasche gezogen. Und jetzt wollt Ihr ausgehen und Euch noch etwas amüsieren. Ich nehme an, dafür braucht Ihr mein Beisein nicht.«

»Ich mag meinen Lehrern keine übermäßige Beachtung geschenkt haben, aber an einen erinnere ich mich – wenn auch nicht daran, ob es der Bursche war, der irgendwann ins Hafenbecken fiel, oder der, dessen Robe auf unerklärliche Weise Feuer fing. Er erzählte mir die Geschichte von dem Gelehrten, der sich der Genauigkeit seiner Vorhersagen rühmte. Und während er so eines Tages vor seinen Schülern prahlte, spazierte er noch an einem Kliff entlang, als der feste Boden unter seinen Füßen längst ein Ende genommen hatte. Also starb die Plaudertasche unter dem Beifall und zur Erleichterung seiner gepeinigten Schüler. Die Wahrheit ist: Ich wäre unendlich froh, wenn du mich begleiten könntest, selbst wenn ich fürchten muß, daß die Senilität von dir Besitz ergreift. Wir werden in Kürze gehen.«

»Ja, edler Amalric, mein niemals hinreichend zu preisender Eigner. Obwohl ich hinzufügen muß: Es stimmt, daß Ihr Eurem Unterricht nie die nötige Beachtung geschenkt habt. Nehmt die Fabel, deren Moral Ihr soeben verdrehtet. In Wahrheit begingen nach dem tragischen Tod dieses armen, weisen Mannes mehrere seiner Schüler Selbstmord, aus Verzweiflung darüber, daß sie nicht mehr auf seinen Rat zurückgreifen konnten. Und bedenkt man, daß es heute allem Anschein nach stürmen und regnen wird und ich mehr als nur den Anflug einer Erkältung habe – hervorgerufen durch mein langes Warten bis tief in die Nacht, in Sorge um meinen armen Herrn, der betrunken durch irgendeine verdreckte Straße taumelt und sich von üblen Strolchen überfallen läßt – solltet Ihr von den beschämenden Suiziden dieser Schüler erfahren und einige Zeit darüber nachsinnen, daß ich nicht ewig bei Euch sein werde.«

Wie üblich hatte Eanes das letzte Wort.

Brunnen glitzerten im Garten im Herzen unserer Villa, und zahme Vögel in allen Farben des Regenbogens flatterten auf knospenden Bäumen von Ast zu Ast. Mein Vater saß an einem langen Tisch, neben sich einen Teller Obst und ein Glas gut verdünnten Weins zum Frühstück. Um sich herum hatte er Tegry, sein Faktotum, und eine stattliche Reihe von Schriftrollen, Tafeln, Günstlingen und Lakaien versammelt. Ich setzte mich ans andere Ende des Tisches und wartete. Vater bemerkte mich, ließ mich jedoch grußlos lange Minuten sitzen. Er drückte sein Siegel auf ein Dokument, und dessen Überbringer ging hinaus. Vater hob eine Hand, und der nächste wartete respektvoll in einigen Metern Abstand.

»Hast du gegessen?« fragte er mich.

»Noch nicht.«

»Sicher hast du keinen Appetit.«

»Nein, Sir. Ich meine, ja, doch, habe ich.«

»Hmmm. Nachdem man mir erzählt hat, was für ein Spektakel du gemacht hast, als du nach der letzten Drehung der Sanduhr nach Hause kamst, hätte ich gedacht, du könntest heute nur Branntwein und Milch vertragen.« Er ließ mir keine Gelegenheit zu antworten.

»Ich nehme an, du willst etwas. Weiterhin nehme ich an, daß ich voraussagen kann, was es sein wird, selbst mit meinen äußerst mäßigen seherischen Fähigkeiten.« Ich starrte zu Boden, dann nickte ich.

»Es wäre das dritte Mal...«, setzte Tegry an.

»Ich glaube, ich bin mir der Wünsche meines Sohnes sehr wohl bewußt und erinnere mich der Quantitäten gut. Ich habe nicht die Absicht, unsere Zeit damit zu vergeuden, einem erneuten Flehen um Gold zu lauschen, mit dem du eine dahergelaufene Dir...« Mein Vater hielt inne. Trotz seiner Gefühle, die ich damals als Wut verstand, von denen ich heute jedoch weiß, daß sie eher seine Enttäuschung widerspiegelten, wollte er mich vor einem Sklaven nicht beschämen. »Amalric, ich glaube, du solltest noch einmal in dich gehen, bevor du deinen Wunsch äußerst.«

Ich sah zu ihm auf. »Das Geld ist nicht für... sie. Ich möchte eine Schuld begleichen.«

Tegry sah mich an. »Ein Geldverleiher, Lord Antero.«

Meine Ohren brannten wie Feuer. »Eine Ehrenschuld, Tegry. Vielleicht sollte man das Wort in eine Euch bekannte Sprache übersetzen.« Tegrys Miene verfinsterte sich, und mein Vater warf ihm einen bösen Blick zu.

»Eine Ehrenschuld«, sagte mein Vater langsam. »Also gut. Ich werde dein Ansinnen nicht zurückweisen – und auch dich nicht dafür, daß du mich gebeten hast. Tegry! Kümmere dich darum.«

»Danke, Vater.«

»Bleib sitzen. Du hast noch nichts gegessen. Komm zur Vernunft: An jede Mahlzeit, die du jetzt ausläßt, wird dich dein Körper in späteren Jahren oft genug erinnern.« Mein Vater hob die Hand, und ein Hausdiener trat neben mich. »Nun, Tegry«, fuhr er fort, als sei ich plötzlich unsichtbar geworden, »ich habe über das Elfenbein aus Laosia nachgedacht und bin zu dem Schluß gekommen, daß sich die Familie J'hana entweder aus Dummköpfen zusammensetzt oder sie uns für solche halten. In beiden Fällen möchte ich, daß spätestens gegen Mittag ein Kurier entsandt wird, und zwar mit folgenden Instruktionen ...«

Tegry händigte mir den Geldbeutel mit so ungerührter Miene aus, daß man glauben konnte, die unfreundlichen Worte zwischen uns seien nie gefallen. Oft genug hatte man mir gesagt, solches Verhalten zeuge von Geschick, aber noch immer verstand ich diesen Mann nicht, dessen Blut aus Tinte bestand, die Knochen aus Gold und Silber, und dessen Verstand eine Vermögensaufschlüsselung war. Ich schauderte in der dunklen Kühle des Vorzimmers unserer Villa. Vor dem Altar blieb ich stehen, nahm ein Quentchen Sand und wollte es schon in Gedanken vor dem Bild meines Bruders Halab verstreuen, wie wir alle es jedesmal taten, wenn wir das Haus verließen. Dann sah ich mir das Bild noch einmal genauer an: Die Darstellung war angeblich nicht nur gut getroffen, sondern ein getreues Abbild, dessen Pigmente aus Halabs liebsten Besitztümern gefertigt waren. Der Maler schwor, man habe sämtliche Riten befolgt, und Halabs Schatten sei dem Gemälde wohlgesonnen. Ich verstreute den Sand und fragte mich: Genügte das? Man hatte keine Leiche gefunden, nicht mal einen Knochensplitter, als der Prozeß zu Ende war. Gab dieser Sand Halabs Geist den Frieden wieder? Oder wanderte er noch immer in dieser Welt hin und her und konnte keine Ruhe finden? Wieder schauderte ich: Ich hoffte, wenn ich einmal starb, nicht ohne Beichte, unbestattet und ungerächt zu bleiben, sollte mich kein natürlicher Tod ereilen.

Eanes wartete beim inneren Tor. Er sah meinen Gesichtsausdruck und erkannte ihn: Halab ... sein Tod ... was hätte sein sollen ... und was niemals sein würde ... all das hing noch immer drohend über uns. Ich war sehr froh, als ich die Wärme der Frühlingssonne spürte.

»Ihr wollt Euch freiwillig zum Militär melden?« erkundigte sich Eanes und klang ernstlich besorgt. »Ich weiß, es entspricht der Tradition, daß junge Männer, die sich in Herzensangelegenheiten verstrickt haben, zu derart drastischen Maßnahmen greifen, und dennoch muß ich mich dagegen aussprechen. *Imprime*, meine Gesundheit würde keinem Feldzug standhalten, nicht einmal dem seichten Kriegsspiel, das unsere Armee in letzter Zeit betreibt. Daher müßte Eure Rüstung allzuoft unpoliert bleiben, und Ihr wäret gezwungen, Eure Rationen kalt zu essen. *Secun*, die beiden Männer unter meinen Bekannten, die sich wegen einer Frau gemeldet haben, schwören, sie konnten sich nicht einmal mehr an den Namen der Schönen erinnern, nachdem sie sich von dem Trinkgelage anläßlich ihrer Musterung erholt hatten. *Tert*, sie schwören außerdem, sie seien Narren gewesen, da sich alle anderen gemeldet hatten, um Schulden oder einer Rache zu entgehen, oder aber, weil sie mehr als einmal täglich essen wollten. *Quat*...«

»Viertens«, sagte ich. »Ich melde mich nicht, dafür verkaufe ich dich als Kanonenfutter. Halt den Mund. Wir sind geschäftlich hier.« Die beiden Wachtposten am Kasernentor sahen meine Kleidung und wußten, daß sich ihnen ein Edelmann näherte. Sie grüßten und schlugen die Kolben ihrer Spieße auf das Kopfsteinpflaster.

»Ich suche Hauptmann Janos Greycloak von der Wache des Hohen Rates«, sagte ich.

Einer der Wachen runzelte die Stirn. »Oh. Der Lycanther. Er ist bei der Zweiten Kohorte, Herr.« Er blinzelte in die Sonne. »Höchstwahrscheinlich sind sie noch auf dem Übungsplatz. Er nimmt seine Männer hart ran.«

Der Soldat erklärte mir den Weg. Als wir durch das Labyrinth von Unterkünften liefen, wunderte ich mich über das, was der Soldat gesagt hatte. Ein Lycanther? In Orissas Diensten? In einer Eliteeinheit, die für die Sicherheit des Hohen Rates zuständig war? Wenn ich genau überlegte – obwohl ich am Abend zuvor keinen Gedanken daran verschwendet hatte –, war mir tatsächlich die Spur eines Akzents in Janos' Aussprache aufgefallen, nur ähnelte dieser kaum dem, was ich von lycanthischen Kaufleuten im Ohr hatte.

Ich sah Staub und Bewegung am anderen Ende des Exerzierplatzes. Dicke Balken standen vertikal in den Boden gerammt, um als Zielscheiben oder Übungsfeinde zu dienen. Zwei solcher Balken standen auch hinter der Villa meines Vaters, wo ich im Umgang mit Waffen unterrichtet worden war. Man hörte, daß jemand *»Stillgestanden«* bellte, und der Staub legte sich und gab etwa fünfzig Soldaten in Zweiergruppen preis. Sie trugen kleine, runde Schilde, Lederwamse mit hohen Kragen, lederne Beinschienen und Helme. In Kriegszeiten würde das Leder an strategischen Stellen mit Eisen oder Stahlplatten verstärkt, und darüber hinaus – falls es eine schwere Schlacht werden sollte – außerdem noch mit Kettenhemden. Einer aus jedem Paar hielt einen kurzen Speer, der andere ein Schwert. Der Speer hatte eine Schutzhülle, und die Schwerter steckten fest in ihren Scheiden. An der Seite stand Janos Greycloak. Im Gegensatz zu den anderen trug er einen Vollschutzhelm mit Nasensteg und ein ungewöhnliches Lederwams, das links einen langen Ärmel hatte. Dieser Ärmel war eng mit Stahlplatten besetzt und stellte zusammen mit einer Verstärkung des Wamses einen Brustpanzer mit Schulterschutz dar. In seiner Rechten hielt Janos das lange, schmale Schwert, das ich ihn am Abend vorher so wirkungsvoll hatte einsetzen sehen, und im Gegensatz zu seinen Soldaten trug er in seiner Linken einen runden Schild. Den Mann, der die Soldaten hatte stillstehen lassen, erkannte ich ebenfalls. Es war der ältere Sergeant, der mir am Abend zuvor zum Branntwein geraten hatte.

Janos sah mich und nickte, grüßte aber nicht. Er trat in die Mitte. »Das war ganz gut«, sagte er, doch lag nur wenig Lob in seiner Stimme. »Gut genug für einen Paradesoldaten. Sergeant?«

»Hier!«

»Wenn Ihr vortreten und wie von der Tarantel gestochen mit Eurem Speer nach mir stoßen würdet?«

Der schwergewichtige Mann tat wie geheißen. Kaum hatte er ausgeholt, wies Janos ihn an, aufzuhören.

»Ein Exerzierplatz ist ein Exerzierplatz«, sagte er wie nebenher. »Ein Krieg ist etwas ganz anderes. Ich werde euch vieles beibringen, ganz abgesehen von dem, was ihr als frischgebackene Rekruten gelernt habt. Nichts davon ist falsch, wenn ihr den Angriff überlebt, und nichts davon ist richtig, wenn der Speer euren Geist in alle Winde versprengt. Hier ist einiges, was man tun kann.« Während er sprach, bewegte er sich langsam wie ein Mann unter Wasser. »Packt den Speer, der auf euren Schild eindrischt, dreht den Schild zur Seite und schlagt zu. Oder schlagt den Speer mit eurem Schwert hinter dem Heft… vielleicht könnt ihr ihn so zerbrechen. Eine weitere Methode, falls euer Feind sein Gleichgewicht verliert – danke, Sergeant, genau so –, wäre, ihm auszuweichen und dann direkt über oder unter der Rüstung zuzustechen. Nur, wenn ihr es tut, vergeßt nie, daß euer Feind einen Nebenmann hat, und wenn ihr euch zu sehr auf euer Ziel versteift, wird es euch nur den eigenen Tod bringen. Ein guter Trick – einer, den junge Herren nirgendwo lernen – ist es, eine Handvoll Staub in der Faust zu halten und sie dem Gegner ins Gesicht zu schleudern, bevor er angreifen kann. Wenn ihr schnell genug seid, könnt ihr euch ducken und ihm die Achillessehne durchtrennen, obwohl das ein riskantes Unterfangen ist. Eine weitere riskante Sache – je kräftiger ihr seid, desto geringer das Risiko – ist es, den Speer mit einem Schwerthieb zu parieren und dann mit dem Schild wie mit einer Waffe zuzuschlagen. Ich habe gesehen, wie Männer vom Schildbuckel geblendet waren und ohne Gegenwehr niedergemetzelt werden konnten. Das Wichtigste, was ihr lernen müßt, ist, nie auf den Schild zu achten, nie auf das Schwert, sondern in die Augen des Mannes zu sehen, gegen den ihr kämpft. Sie verraten *immer*, was er vorhat.«

Janos trat zurück. »Nun, Sergeant Maeen wird euch dieselbe Figur ausführen lassen. Aber diesmal ohne das Eins-Zwei-Drei – und ohne vorgegebene Parade oder Attacke. Sergeant!« Sein Befehl rief weiteres Gebrüll des Sergeanten hervor, und wieder wirbelte Staub auf. Ich beschloß, keines der beiden Duelle zu erwähnen, die ich ausgefochten hatte, denn sicher wären sie in Hauptmann Greycloaks Augen nichts als konventionelle Kämpfe um die Hackordnung junger Hähne auf dem Bauernhof gewesen. Achillessehne durchtrennen... Sand werfen... Blenden... nein. Auch wenn ich sie damals ernst genommen hatte, wie sicher auch meine Gegner, hatte es sich bei diesen beiden Ehrenhändeln, die schon nach dem ersten Blutstropfen geklärt waren, zweifelsohne nicht um echte Schlachten gehandelt.

Janos sah dem Drill ausdrucks- und kommentarlos zu, dann kam er zu uns herüber. »Guten Morgen, mein Freund«, sagte er. »Wie Ihr seht, verhindere ich gerade, daß aus diesen feinen Soldaten Kleiderständer werden. Wie geht es Eurem Kopf heute morgen?«

»Das ist das erste, was mich alle fragen«, sagte ich. »Ich glaube kaum, daß ich *so* betrunken war.«

»Das glauben wir nie«, sagte Janos. »Womit kann ich Euch zu Diensten sein?«

Ich nahm den Geldbeutel von Eanes und reichte ihn weiter. »Bitte nehmt diese kleine Entschädigung für meine ungebrochenen Knochen – und meinen Ruf.«

Janos wog den Beutel, dann gab er ihn zurück. »Danke, aber es bedarf keiner Belohnung dafür, daß man eine Hyäne von einem schlafenden Opfer verjagt.«

»Ich... ich wünschte, Ihr würdet es annehmen«, sagte ich vorsichtig. »Allen Ernstes, der Schatten meiner Schuld Euch gegenüber ist schon überlang.«

Janos nickte nachdenklich und nahm den Beutel. Dann wandte er sich den Kämpfenden zu. *»Stillgestanden.«* Sein Schrei ließ den des

Sergeanten wie das Quieken einer Maus erscheinen. »Dieser hohe Herr«, sagte er ohne Vorrede, »hat aus mir unbekanntem Grund beschlossen, euch eine Vergünstigung zukommen zu lassen.« Janos warf Maeen den Beutel zu. »Die Kohorte wird heute zum Abendessen Fleisch bekommen«, kündigte er an. »Und je einen Schlauch Wein für zwei.«

Vereinzelt war Beifall zu hören, dann fiel Stille wie ein Vorhang über die Männer, als Janos' Miene zu Eis erstarrte. »Keineswegs«, sagte er mit ruhiger Stimme, »habe ich irgend jemandem von euch Erlaubnis zu sprechen gegeben. Von Rechts wegen sollte ich mich für euch schämen und eurem hochgestellten Bewunderer das Geld zurückgeben. Doch das werde ich nicht tun. Ihr scheint noch gut bei Atem zu sein, und das ist gut so. Sergeant, schickt sie auf den Gipfel des Aephens'. Ihr selbst bleibt unten. Schickt sie hinauf und hinunter, bis Ihr nicht mehr zusehen mögt.« Der Berg Aephens war drei Wegstunden entfernt und beinah eine Wegstunde hoch, mit dichtem Gestrüpp, tiefen Schluchten und zerklüfteten Felsen. »Da sie heute abend schlemmen werden, wird ihnen das Fasten über Mittag guttun. Das wäre alles.« Wenige Augenblicke später trotteten die Soldaten der Kohorte von dannen, und Maeen bellte irgendeinen obskuren Singsang.

»Niemals«, sagte Janos, als er sich zu uns gesellte, »darf man Soldaten glauben lassen, man versuche, sich bei ihnen einzuschmeicheln.« Dann blieb er stehen und lächelte entschuldigend. »Tut mir leid. Den ganzen Morgen spiele ich jetzt den Einpeitscher, und es fällt mir schwer, dieses Mäntelchen wieder abzulegen.«

Er schob sein Schwert in die Scheide. Mit einigem Interesse hatte ich bemerkt, daß die Klinge dieser Waffe länger und schmaler war als die üblichen Schwerter der Armee. Dazu war sie auf beiden Seiten geschärft. Seltsamer noch fand ich das Wellenmuster darauf. Offensichtlich bestand sie aus feinstem, gewässertem Stahl, doch der Korb war schlicht und einfach. Sicher hätte sich ein Hauptmann doch –

selbst wenn er erst kurz in Orissas Diensten stand – ein wenig Gold und Silber oder Verzierungen leisten können, um mit seinem Rang zu prahlen. Greycloak trug die Scheide um den Rücken geschlungen, so daß der Griff des Schwertes über seiner rechten Schulter aufragte. Höchst ungewöhnlich, aber ein solches Arrangement hatte ich schon gesehen, und zwar bei einem Barbaren aus dem Grenzgebiet jenseits von Lycanth. Darauf angesprochen hatte mir der Bursche erklärt, diese Lösung erleichtere es einem nicht nur, die Waffe zu ziehen, wenn man zu Fuß oder zu Pferde unterwegs war, sondern sie verhindere außerdem, daß einem das Schwert zwischen die Beine geriet und einen stolpern ließ, wenn man betrunken war. Wie der Barbar trug auch Janos seinen Dolch so in seinem Gürtel, daß er ihn mit links greifen konnte: eine praktische Waffe mit einer Klinge, die nicht länger als ein Unterarm war, ganz im Gegensatz zu den großen, spitzen Dolchen, die Meuchelmörder bei sich trugen. Wie bei dem Schwert waren auch Knauf, Griff und Korb des Dolchs ohne jeden Schmuck. Ich nahm mir vor – sollte mein Plan gelingen –, dafür zu sorgen, daß Greycloak auf eine Weise bewaffnet würde, wie es einem Gefolgsmann der Familie Antero gebührte – und bewies damit, daß ich sogar noch weniger von echten Waffen verstand, als man annehmen sollte.

»Laßt mich den Staub vom Gesicht waschen und mich umziehen«, sagte Janos. »Ich kenne eine Weinschänke, die für den Sold eines Soldaten ganz anständige Trauben bietet. Wollt Ihr mich begleiten?«

Das wollte ich allerdings.

Das Wirtshaus war mir nicht unbekannt. Es handelte sich um einen beliebten Treffpunkt für Kaufleute, nicht nur nah am Zentralmarkt gelegen, sondern auch direkt am Fluß. Ein mißtrauischer Händler konnte zusehen, wie seine Ware ge- oder entladen wurde, und dabei schon den nächsten Vertrag abschließen. Ich warf Eanes eine Viertelmünze zu, und er gesellte sich in einer nahegelegenen Laube zu anderen Sklaven, die dort der Anweisungen ihrer Herren harrten. Wir fanden einen Tisch, und ein Kellner brachte Wein, Wasser, einen Teller mit eingelegten Oktopus-Tentakeln, Oliven in Öl und dazu Käse. Beide verdünnten wir unseren Wein. Ich wollte nicht, daß Greycloak mich für einen Säufer hielt.

»Heute morgen beim Essen«, begann Janos beiläufig, »erwähnte ich unser Treffen gestern abend, wenn auch ohne die interessanten Details preiszugeben. Einer der Offiziere sagt, Ihr plant eine Reise. Er nannte es … suche deinen eigenen Wind? Er sagte es, als wäre es ein Brauch, den ich kennen sollte, was nicht der Fall ist.«

Ich nahm mich zusammen, versprach jedoch, unserem Hausgott zu opfern und allen anderen Göttern, die über unsere zufällige Begegnung gewacht hatten. Es war, als wäre ich ein alter Mime, und ein anderer Schauspieler rezitiere die einstudierten Worte … und gäbe mir mein Stichwort. Ich erklärte, die Suche nach dem eigenen Wind sei weder ein Gesetz noch ein Ritus in Orissa, sondern ein Brauch, genau wie Janos es ausgedrückt hatte. Wenn der Sohn eines Kaufmanns mündig wurde, leitete er der Sitte nach eine Handelsexpedition. Zur Mannschaft gehörten dabei der junge Mann, so viele Begleiter oder Freunde, wie er für nötig erachtete, selbstverständlich ein Geisterseher, und um der Sicherheit willen eine kleine Militäreskorte. Der junge Händler sollte neue Länder entdecken, neue Reichtümer und neue Kunden, wie schon sein Vater und der Vater seines Vaters es getan hatten. Dieser Brauch diente dem Zweck, daß Orissa auch in der kommenden Generation Königin der Handelsstädte der uns bekannten Welt blieb, bis der junge Mann selbst einen Sohn großzog und diesen auf die Suche nach seinem eigenen Wind schickte.

Janos lauschte aufmerksam, als wären meine Worte das einzige, was auf dieser Welt existierte. Ich muß zögerlich geklungen haben. Etwas zu erklären, was man stets für allgemein bekannt gehalten hat, ist sehr schwierig, aber ich wollte mich klar und präzise ausdrücken, denn der Grund, weshalb ich Hauptmann Greycloak aushorchte, war der, daß ich testen wollte, ob er zum Kommandeur meiner eigenen Wache geeignet wäre. Ich kannte nur wenige Soldaten, und die hatten sich eher in Weinschänken und bei Zeremonien bewährt als in einem Hinterhalt von Feinden. Traditionell wurden die Teilnehmer an Entdeckungsfahrten und Handelsexpeditionen aus der Armee Orissas rekrutiert. Die Stadt sparte Sold, wenn die Männer einem Kaufmann dienten, und die Soldaten erhielten außerdem einen Bonus, der sich nach dem Erfolg der Expedition richtete.

Nachdem ich meine sorgsam formulierten Ausführungen beendet hatte, dachte Janos einen Moment lang nach und fragte dann: »Wie lange wird das schon so gehandhabt?« Ich wußte es nicht genau, aber mein Vater hatte mir von der Entdeckungsfahrt des Vaters seines Vaters seines Vaters erzählt. Soweit ich wußte also: schon immer.

»Das verblüfft mich«, sagte Janos. »Jedes Jahr fährt jemand – oder fahren mehrere – hinaus, um neue Welten zu entdecken. Und doch gibt es auf den Karten, die ich in Orissa gesehen habe, große Gebiete, die als unbekannte Länder gekennzeichnet sind. Werden die Funde einer solchen Suche denn geheimgehalten und sind nur euch Kaufleuten und euren Herrschern gekannt?«

Alle Händler haben Geschäftsgeheimnisse, und jede Neuentdekkung behält man für sich, solange sie profitabel ist, aber das war nicht alles. In Wahrheit führte die Suche der jungen Männer heute nicht mehr in vollkommen unbekannte Länder, sondern mit großer Wahrscheinlichkeit gen Westen in Städte und Regionen, die den Orissanern bekannt waren. Ein verwegener Sucher mochte vielleicht ein Stück gen Süden reisen, wenn nicht gar bis zum Reich der Eisbarbaren. Eben das hatte mein Vater bei *seiner* Suche getan. Aber damit hatte er sich auch gleich den Ruf erworben, unnötig verwegen zu sein – so zumindest hatte ich es die Kaufleute seiner Generation sagen hören, wenn der Wein ihre Zungen gelöst hatte. Manch junger

Mann hoffte, seine Reise würde vor allem zur Erkundung feiner Weine und williger Mädchen fremder Städte beitragen. Außerdem war es in gewisser Weise ein Test: Ein Mann, der von der Suche heimkehrte und die Fähigkeit bewiesen hatte, mit den Kunden seines Vaters auszukommen, oder ein paar neue Märkte oder Waren erschlossen hatte, und dem es gelungen war, sich nicht von Banditen überfallen und umbringen zu lassen … einen solchen Mann lobte und rühmte man. Es war tatsächlich nicht ganz ungefährlich: Ich hätte mir Janos nicht ausgesucht, wenn die Suche nicht mehr als eine Abfolge üppiger Landschaften, Frauen, Mahlzeiten und Getränke gewesen wäre. Doch da ich der wahre Sohn des wortgewandtesten Kaufmanns von ganz Orissa war, legte ich das Hauptgewicht auf die Romantik, nicht auf die Gefahr.

»Jetzt verstehe ich.« Janos drehte den Kelch zwischen den Fingern. »Also dann: In welche Richtung soll Eure Suche gehen?«

Ich starrte ihn an. Entweder hatte ich mich nicht deutlich genug ausgedrückt, oder eine solche Suche war in der Welt, aus der er kam, etwas vollkommen Unbekanntes. »Nun, nach Westen natürlich.«

Es folgte eine Pause. Janos sah mich an, dann lächelte er, und die Sonne kam noch einmal durch. »Ja. Wie Ihr sagtet: Natürlich.« Er leerte seinen Kelch. »Vielleicht sollten wir etwas Gehaltvolleres als diese Bissen zu uns nehmen, bevor wir weitertrinken. Wenn ein Ausländer wie ich jegliche Ambitionen auf eine Beförderung über den Rang eines Hauptmanns hinaus aufgeben will, torkelt er am besten schon vor Sonnenuntergang durch die Straßen. Betrachtet Euch von mir eingeladen.«

Er klopfte mir auf die Schulter, warf Münzen auf den Tisch, und wir verließen die Schänke. Er sagte nichts … und seine Miene gab noch weit weniger preis. Dennoch hatte ich das Gefühl, als hätte ich eine Prüfung nicht bestanden.

Orissa war damals, als wir an diesem sonnigen Frühlingstag durch die verschlungenen Straßen wanderten, eine wunderschöne Stadt. Und wenigstens dieses eine Mal versuchte Eanes nicht, seine Weisheit zur Schau zu stellen, und blieb fünf Schritte hinter uns. Orissa war damals viel bescheidener als heute. Man fand noch einen Bauernhof neben einer Schmiede und die Hütte eines freien Bauern gleich hinter einer weitläufigen Villa wie der meines Vaters. Damals gab es noch viel weniger Menschen hier, und daher war das Land offener. Die große Stadt und ihre Vororte und Außenbezirke zählten nicht mehr als dreimal zehntausend Freie und dieselbe Anzahl Sklaven. Kein Narr hatte bisher einen großen Plan für die Stadt erarbeitet, wie er erst kürzlich vorgelegt wurde, der Orissa in einen ebensolchen Alptraum an Ordnung wie Lycanth verwandeln sollte. Die Hügel, auf denen die Zitadelle des Hohen Rates thronte, schillerten wie Regenbogen, jedes Haus und jeder Laden bunt bemalt, wie es seinem Besitzer gerade gefiel. Die zahllosen Schattierungen von Rot, Blau, Gold und sogar Violett ließen Orissa wie die Palette eines Malers aussehen. Ein Besucher aus dem Westen hatte einmal gesagt, Orissa wirke wie ein Elsternnest, würdelos durch die Vielfalt der Farben. Mein Vater hatte ihn mit kaum verhohlener Geringschätzung angesehen und gefragt, ob er glaube, man würde Orissa auch noch als Königin der Städte bewundern, wenn – wie in Lycanth – die Häuser und Straßen grau und schwarz wären oder man sie schamerfüllt in ihren üblichen steinernen oder hölzernen Farben beließe. So machten es die großen, behaarten Unmenschen der nördlichen Tropen, um ihre Unterstände im Dschungel zu verbergen, und auch die Barbaren im Eis versuchten vorzugeben, ihre großen, nackten Steinmonolithen demonstrierten allein tugendhafte Schlichtheit und keineswegs einen Mangel an Phantasie oder an Mut, neidischen Göttern ihre Pracht ins Gesicht zu schreien.

Schließlich fanden wir uns auf der Straße der Götter wieder. Mitten auf der Fahrbahn – als wäre dort kein anderer Verkehr – kam uns ein Meistergeisterseher entgegen. Sein Name war Jeneander. Vor ihm schritten nackte Dienerinnen, die Leiber kahlgeschoren, und hinter ihm sein Gefolge von Handwerkern, Experten und Sekretären. Ich wandte mich ab, verbeugte mich nicht und tat, als sei ich urplötzlich wie entzückt von einem schäbigen Tabernakel, in dem einer Gottheit der Obstbauern gehuldigt wurde. Aus dem Augenwinkel sah ich, daß Janos ein Zeichen der Ehrerbietung machte. Dann drehte er sich in dieselbe Richtung um, in die ich blickte. Er stieß ein kaum hörbares Glucksen hervor.

»Selbst hier in Orissa«, murmelte er, »gilt es als Zeichen größten Unglücks, wenn ein Geisterseher deinen Weg kreuzt. In manchen Orten, die ich besucht habe, bedeutete die Begegnung mit einem solchen Mann oder einer solchen Frau, daß man heimkehren und umgehend ins Bett sollte, oder sonst mit dem allerschlimmsten aller namenlosen Schicksale rechnen muß.«

Ich nickte und sagte etwas in der Art von: Ja, sogar die Vernünftigsten von uns folgten einem gewissen Aberglauben. Doch die wahre Erklärung gab ich ihm nicht. Es war kein Aberglaube, sondern blanker Haß, denn die Geisterseher hatten meinen Bruder ermordet.

Kapitel Vier

Tanz der Fernen Königreiche

Wir schlenderten durch einen Skulpturengarten in der Nähe unserer Villa, als ich wieder auf mein Thema zu sprechen kam. Wir hatten uns über alles und nichts unterhalten und jeder den anderen beäugt. Schließlich hatte ich meinem neuen Freund gegenüber genug Vertrauen geschöpft, daß ich etwas äußerte, was mich schon länger beschäftigte. »Ich habe Euren mißbilligenden Blick gesehen, als ich sagte, meine Entdeckungsfahrt solle gen Westen gehen«, sagte ich.

Abrupt blieb Janos stehen, brummte gedankenverloren und strich seinen Bart glatt. Was er tat, ermöglichte mir einen weiteren Einblick in die Absichten des Gottes, der über die Gesichtsbehaarung wacht: Bartstreichen schien einem argwöhnischen Mann eine wundervolle Möglichkeit zu geben, seine Worte genau zu wählen, bevor sie herausstolperten. »Ich muß wohl um Verzeihung bitten«, sagte er.

»Ich dachte, ich sei geübter in der Kunst der Höflichkeit, als dies offensichtlich der Fall ist. Ihr scheint einiges Talent zum Seher zu besitzen.«

»Das ist keine Zauberei«, sagte ich. »Ich bin nur jemand, der es leid ist, für einen reichen Dummkopf gehalten zu werden. Ihr solltet die unzähligen Fliegen sehen, die einen umschwirren, wenn man einen reichen Vater hat, und die einem unaufhörlich versichern, wie klug man sei, wie gutaussehend, wie fähig als Mannschaftskapitän beim Sport. Selbst deine Liebeskunst ist angeblich schwindelerregender als alles, was sie je erlebt haben. Und könntest du vielleicht etwas aus deinem Geldbeutel entbehren, nur für ein paar Tage, Amalric, mein Freund?«

Janos nickte. »Die beste Art zu leben – und ich wünschte, sie wäre möglich – besteht darin, ehrlich zu sein. Wir müssen nur eine Welt finden, in der alle um uns herum ebenso tugendhaft sind. Und so dickhäutig. Ich gestehe, daß ich mißbilligt habe, was Ihr für die Suche nach Eurem eigenen Wind geplant habt, weil ich Euer Vorgehen nämlich nach dem beurteilt habe, was *ich* an Eurer Stelle tun würde.«

»Und was *würdet* Ihr tun, Freund Janos? Wenn Ihr Euch auf geheimnisvolle Weise in Amalric Antero verwandeln könntet?«

»Zuerst würde ich einen gewissen Janos Greycloak mit Reichtümern ausstatten, die seine kühnsten Träume übersteigen, damit er niemals wieder vor fetten, alten Narren strammstehen muß. Dann würde ich meinen eigenen Wind suchen – im Osten. Und falls ich es überlebte, würde meine Suche mich nicht nur reich machen und mir Wissen und Macht verleihen, die selbst die des altehrwürdigsten Geistersehers überstiege, sondern dafür sorgen, daß mein Name von jenem Tag an bis ans Ende aller Zeiten unvergessen bliebe.«

»Ah«, sagte ich lächelnd. »Ihr würdet die Fernen Königreiche suchen.«

»Genau die.«

Ich fing an zu lachen, denn ich hatte nur im Scherz gesprochen. Aber dann sah ich, daß es ihm todernst war. »Ihr glaubt, daß dieses Land existiert?«

»Ich glaube es nicht, ich *weiß* es.«

»Oh.« Ich merkte, daß bei mir eine Klappe fiel, wie es geschieht, wenn ein anerkannter Lehrer verkündet, es gäbe Welten jenseits unserer eigenen, oder ein weiser Mann wegen einer hohlköpfigen Dirne wie ein läufiger Ziegenbock zu sabbern beginnt.

Als Junge hatte ich begierig den Geschichten von der Macht der Fernen Königreiche gelauscht, die im fremden Osten liegen sollten, weit abseits der bekannten Welt. Die meisten Darstellungen stimmten darin überein, daß sie am anderen Ufer der Meerenge des Schmalen Meeres liegen sollten, jenseits der gottverlassenen Pfefferküste, in unerforschtem Territorium. Wenn ein Mann eine derart haarsträubende Seereise überstand, was – worin sich alle einig waren – kein Lebender schaffen würde, da wir den Riesen aus alten Zeiten nicht das Wasser reichen konnten, sollte er sich angeblich in einem Land sagenhaften Reichtums und phantastischer Zauberkünste wiederfinden. Stets war ich – obwohl ich einige der Geschichten als Knirps selbst erzählt hatte – davon ausgegangen, die Fernen Königreiche seien Denkbeispiele der Philosophen, Bauernträume oder Märchen der Barden. In der Vergangenheit hätte ich bei einer Bemerkung, wie Janos sie eben gemacht hatte, höflich gelächelt, eine Weile weitergeplaudert, mich entschuldigt und mich dann aus dem Staub gemacht, um mir für meine Suche einen anderen Offizier zu suchen. Doch jetzt – hart auf meinem neuen Kurs der Ehrlichkeit – drängte ich ihn, fortzufahren.

»Wie mein Vater und alle *gebildeten* Männer, die ich kenne, habe ich immer angenommen, die Fernen Königreiche wären nur ein Traum. Es gibt ja auch Bauern, die glauben, es hätte früher mal ein Goldenes Zeitalter existiert, in dem alle Männer Helden waren, alle Frauen Jungfrau-Hure-Mutter, und in dem alles umsonst war.«

Und Janos fragte: »Was könnte Euch davon überzeugen, daß ein Traum tatsächlich wahr ist?«

Seine Frage ließ mich zusammenzucken, was ich verbarg, da mir eben ein anderer Traum einfiel: der Traum von dem einäugigen Mann in der Höhle am Fluß – der Alptraum, der mich plagte, seit ich Melina kannte. Es war, als sei der Frühlingstag ganz plötzlich abgekühlt. Dann zwang ich mich, nicht mehr daran zu denken und mich statt dessen Janos' Frage zu widmen. »Ich weiß nicht so genau. Und ich will auch nicht klingen wie ein Gelehrter, der darüber lamentiert, ob ein Mann träumt, er sei ein Schmetterling, oder ein Schmetterling träumt, er sei ein Mann. Schmerzen? Ich habe in Träumen schon geblutet. Daß sie scheinbar ewig weitergehen? Ich habe fast alles im Leben schon geträumt.«

»Ich will Euch drei Argumente nennen, wenn auch nicht so, wie die Logiker es uns lehren«, erwiderte Janos. »Mit dem schlagendsten fange ich an. Mit diesem.« Er nahm eine dünne Kette von seinem Hals und reichte sie mir. Es hing etwas daran: die kleine, zerbrochene Statuette eines tanzenden Mädchens, das seine Arme über dem Kopf ausstreckte. In einer Hand mochte die Tänzerin einmal ein flatterndes Tuch oder einen Schleier gehalten haben. An der Hüfte war die Figur zerbrochen. Sie war vielleicht aus Silber oder irgendeinem anderen mehr oder weniger kostbaren Material gefertigt, doch inzwischen war sie angelaufen. Die Qualität jedoch war exquisit. Das Mädchen strahlte vor Glück, und mit einem Goldschmiedeglas hätte man jedes Detail des Gesichts und der Arme erkennen können. »Eine Schönheit«, sagte ich schließlich. »Aber in den Werkstätten unserer Meister habe ich schon ähnliche Arbeiten gesehen.«

»Berührt sie.« Das tat ich – und die Figur begann zu leben. Die Kette schien zu verschwinden, und die halbe Frau tanzte auf einer unsichtbaren Plattform direkt vor meinen Augen. Statt des angelaufenen Silbers war ihre Haut nun von sanftem Elfenbein, mit dunkelroten Knospen. Ihr Haar war schwarz, ihr dünnes Kleidchen violett. Ich zog meinen Finger zurück, und wieder hielt ich nur ein schmutziges, zerbrochenes Schmuckstück in Händen.

»*So* etwas habe ich noch nie gesehen und auch nie davon gehört«, gab ich zu.

»Und auch sonst niemand in diesem Land«, sagte Janos. »Ich habe Priester und Geisterseher konsultiert, aber keiner kennt die nötigen Zaubersprüche, mit denen sich ein solches Ding erschaffen ließe. Tatsächlich hat mir ein Dummkopf erklärt, es widerspräche sämtlichen Gesetzen der Thaumaturgie, und daher müsse es sich hier um Schwarze Magie handeln. Er verlangte, ich solle es ihm aushändigen, damit er es ›reinigen‹ könne. Ich nahm es wieder an mich und beschrieb ihm detailliert, womit er rechnen müsse, wenn er die Figur irgend jemandem gegenüber erwähnen sollte.«

»Woher habt Ihr sie?«

»Mein Vater hat sie mir zu meinem ersten Geburtstag geschenkt. Damals war sie noch nicht zerbrochen. Als ich sechs war, erzählte er mir, woher sie kam. Meine Mutter sagte, die Tänzerin habe ihn drei Schlachtrösser gekostet, Hengste, deren Stammbaum bis zum Pferdegott persönlich zurückreichten.«

»Euer Vater sagte, sie stammt aus den Fernen Königreichen?« mutmaßte ich.

»Ja.«

Ich schwieg und dachte wieder an jene Bauernmärchen von den geheimnisvollen Ländern im Osten. Daß dort große Hexenmeister herrschten und sie Schlachtenzauber schaffen konnten, der selbst dem stärksten Gegenzauber widerstand. Daß die Straßen und Statuen aus purem Gold seien. Hier hatte ich den Beweis für die Arbeit eines echten Meisterzauberers, etwas, das selbst der geschickteste Geisterseher von Orissa als Krönung seiner Laufbahn betrachtet und eines königlichen Hochzeitsgeschenks für würdig erachtet hätte.

»Wie ist es zerbrochen, wenn ich fragen darf?«

Janos' Miene rührte sich nicht. »Heute ist nicht der Tag für eine solche Geschichte«, sagte er.

Ich wechselte das Thema. »Euer erstes Argument hatte Gewicht«, sagte ich und gab Janos die Figur zurück. »Aber um der Sturheit willen muß ich sagen, daß niemand alle Zauberer der Welt kennt. Nicht nur solche aus noch unentdeckten Städten, sondern auch diejenigen, die in einsamen Refugien leben … im Dschungel oder in den Bergen.«

»Wohl wahr. Doch keine sehr schlagende Erwiderung. Mein zweites und mein drittes Argument sind etwas weniger substantiell, da ich Euch nichts in die Hand geben kann. Ihr habt gehört, daß man mich einen Lycanther nennt. Allerdings bin ich keiner, auch wenn ich einige Jahre in ihren Diensten gestanden habe. In Wahrheit komme ich aus einem Land am Schmalen Meer gegenüber von Lycanth, aus Valaroi. Ein Land mit hohen Bergen und kleinen Tälern. Kostroma heißt die Stadt.«

»Ich habe noch nie davon gehört«, gestand ich.

»Nein. Das habt Ihr sicher nicht.« Er wollte sich näher erklären, dann änderte er seine Meinung. »Nicht weit von der Festung meiner Familie verlief eine Handelsroute. Die Händler zahlten meinem Vater Wegezoll und hielten dort Basare ab. Diese Märkte fanden zweimal, manchmal dreimal jährlich statt, und für uns waren sie so aufregend wie der Tag der Ansaat. Manchmal lud mein Vater einen der Kaufleute in unser Haus und bewirtete ihn überschwenglich. Nicht nur aus Höflichkeit, sondern weil es für unser abgelegenes Land die einzige Möglichkeit war, die Welt kennenzulernen. Unter den Geschichten, die sie erzählten, war auch die von den Fernen Königreichen.«

»Ich muß Euch unterbrechen«, sagte ich. »Ihr wollt mir doch nicht erzählen, Ihr würdet dem Wort eines Händlers trauen? Wir sind bekannt dafür, daß wir schwören, ein Meter Ware sei speziell für die große Zeremonie einer Hohepriesterin gewoben worden, wenn so der Preis um eine Kupfermünze oder zwei nach oben zu treiben ist.«

»Nichtsdestoweniger«, sagte Janos, »war es höchst interessant, ihren Erzählungen zu lauschen, und keiner von ihnen hat je behauptet, er habe die Fernen Königreiche bereist. Ebensowenig hat einer vorgegeben, er sei auch nur deren Grenzsteinen nahe gekommen. Aber *alle*, die gen Osten gereist waren, hatten bestimmte Waren gesehen. Luxusgüter, die man von Hand zu Hand gereicht hatte und deren Preis mit jedem Tausch gestiegen war. Manchmal zeigten sie uns sogar ein solches Spielzeug, etwas, das den bescheidenen Gewinn aus den Herden meines Vaters weit überstieg: Lauten, die einen Stallburschen wie einen erstklassigen Troubadour klingen ließen, einen Umhang oder auch einen Schleier, der die derbste Dienstmagd in eine strahlend schöne Verführerin verwandelte. Und es gab noch andere Dinge – wie mein kleines, tanzendes Mädchen –, die noch viel erstaunlicher waren. Zauberdinge jenseits von allem, was wir kannten. Und bis heute übertreffen sie alles, was ich auf meinen Reisen erlebt habe.«

Ich sagte nichts. Für Janos mag dieses zweite Argument nur leeres Geschwätz gewesen sein, doch nicht für den Sohn eines Handelsfürsten. Auch wir hatten von Dingen gehört, die uns in Staunen versetzten, selbst wenn sie nicht so exotisch waren wie Janos' kleine Tänzerin. Und es wurde behauptet, sie stammten aus den Fernen Königreichen, was rundum stets schallendes Gelächter hervorrief. Da bekannt war, daß sich manch mächtiger Zauberer an einsamen Orten versteckte, schrieb man diese Dinge gewöhnlich dem einen oder anderen unter ihnen zu. Doch wieso – das fragte ich mich plötzlich – hielt man es für logischer, an einen Hexenmeister zu glauben, der sich in einem Sumpf versteckte, an einen Zauberer im Dschungel, einen Magier auf dem Gipfel eines Berges, als theoretisch davon auszugehen, es könne eine einzige Quelle für all diese Wunderdinge geben?

Diese Frage stellte ich Janos. »Das ist leicht zu beantworten«, sagte er. »Seit wann nimmt ein Mensch gern an, daß es einen Menschen oder einen Ort gäbe, der kultivierter und zivilisierter wäre als er selbst und seine Heimat?«

Ich nickte. »Ja. Mein Vater hat mich oft genug daran erinnert, wenn ich in die Ferne ginge, solle ich nicht laut mit den Wundern Orissas prahlen. Solche Großtuerei, selbst wenn sie der Wahrheit entspricht, erntet bei Provinzlern nichts als Ablehnung, selbst wenn sie zu staunen vorgeben, während man prahlt. Eure Argumente greifen besser als ich dachte, Hauptmann Greycloak. Was ist das dritte davon?«

»Vielleicht sollten wir eine andere Weinschänke finden, bevor ich es Euch unterbreite, denn diese Geschichte scheint einem gut geölt leichter einzugehen. Und sie sollte nur erzählt werden, wenn man genug getrunken hat, denn draußen herrscht Sturm, und bald ist Mitternacht.«

»Eine Geistergeschichte? Dafür habe ich eine Schwäche«, sagte ich.

»Geister? Ich weiß nicht. Ihr könnt sagen, was Ihr wollt, aber dieses Geschichte habe ich selbst erlebt.«

Wir fanden eine Schenke mit angrenzendem Garten und ein freundlich lächelndes Mädchen, das uns edlen Wein servierte.

»Es gab Zeiten«, sagte Janos, »in denen unser Aruspex träumte, der Augenblick sei gekommen, ein bestimmtes Tier zu opfern, das man aus der Herde meiner Familie wählte. Meist gaben die Eingeweide nichts preis, nur gelegentlich sah der Wahrsager etwas Entsetzliches. In einem solchen Fall verfügte er eine Ausgangssperre. Alle Männer und Frauen, Mädchen und Jungen aus unserem Tal mußten von Sonnenuntergang bis Sonnenaufgang in den Häusern bleiben. Die Herden wurden freigelassen, die Wachttürme vier Nächte nicht besetzt.

Unser Volk saß kauernd um die Öfen, die Fensterläden und

Vorhänge fest verschlossen. Manchmal... selten... hörte man ein Donnern wie von Reitertruppen, wenn sie auf Patrouille gehen. Es gab welche, die behaupteten, sie könnten das Knarren der Geschirre und sogar das Klappern von Hufen auf dem Kopfsteinpflaster hören, wenn die Patrouille über einen unserer wenigen gepflasterten Plätze ritt. Nur fanden sich im Morgengrauen keine Hufspuren auf den Straßen. Nirgendwo.«

»Was war bei Nacht da draußen?« fragte ich. »Oder war es nur ein Gewitter? Die Götter können bezeugen, daß ich mir – wenn ich als kleiner Junge nachts wach lag – oft genug sicher war, alle möglichen Dämonen auf den Straßen vor unserer Villa gehört zu haben, oder manchmal auf dem Dach gleich über meinem Balkon, wo sie darauf warteten, über mich herzufallen. Ich nehme an, ich wäre dumm genug gewesen, unbemerkt hinauszuschleichen, um mir diese Geisterreiter anzusehen.«

»Genau das habe ich getan.« Janos lächelte beinah, zur Anerkennung meiner theoretischen Kühnheit. »Ich ließ mich aus meiner Schlafkammer mit einem Seil hinunter, das ich aus dem Wachraum gestohlen hatte, als der Prophet gerade seine letzte Warnung rief.«

»Aber natürlich erschienen die Reiter an diesem Abend nicht«, mutmaßte ich.

»Im Gegenteil. Klugerweise hatte ich allen Berichten gelauscht und mir eine kleine Karte der Gegend um unsere Zitadelle geschnitzt. Auf ihr hatte ich markiert, wo die Reiter am häufigsten gehört worden waren. Einer dieser Orte war ein schmaler Paß, etwa acht Speerwürfe – so maßen wir die Dinge in Kostromo, was etwa das Drittel einer Wegstrecke wäre – jenseits der Ställe meines Vaters. Ich versteckte mich in einem Olivenbaum unterhalb des Passes. Der Mond stand etwas mehr als halbvoll. Dann wartete ich. Da ich vielleicht acht oder neun war, habe ich wahrscheinlich geschlafen, trotz der Aufregung. Lärm weckte mich. Genau wie die Hirten gesagt hatten, hörte ich das Donnern von Pferdehufen.«

»Aber gesehen habt Ihr nichts.«

»Nicht auf dem Paß«, sagte Janos und blickte in seinen Kelch, als wäre dieser ein Orakelteich, in dem die Vergangenheit zu sehen war. »Aber ich sah, wie etwas – zweimal etwas – auf den Hügel über dem Paß kam. Zwei Reiter. Männer, so glaubte ich. Sie trugen Rüstungen, oder zumindest sah ich Schild und Speere schimmern. Helme mit hohen Kämmen. Selbst ihre Pferde schienen gepanzert, denn ich sah, wie sich der Mond am Schädel eines Rosses spiegelte. Sie postierten sich genauso, wie ich es jetzt anordnen würde, wenn ich eine Patrouille in feindliches Gebiet führen sollte – mit Blick über den Paß, damit meine Streitkräfte nicht in einen Hinterhalt gerieten. Das Donnern der Hufe wurde lauter und verging. Als das Geräusch vom Paß verschwunden war, galoppierten die beiden Vorreiter hinab, um sich den anderen anzuschließen. Dann erstarb das Donnern. Sie ritten gen Osten – wo der Legende nach die Fernen Königreiche liegen sollen. Ich floh zurück in unsere Burg und in mein Bett, als würde ich verfolgt.«

»Und am nächsten Morgen, als Ihr noch einmal dort wart?«

»War nichts zu sehen. Keine Hufspuren im weichen Boden des Hügels und auch nicht auf dem Paß. Keine Anzeichen dafür, daß ein Spähtrupp vorbeigeritten war.«

»Ein Traum«, sagte ich enttäuscht, weil in Janos' Geschichte weder ein blutiger Schädel, ein verschollener Bauer oder eine Herde vorgekommen war, die sich in Panik über ein Kliff gestürzt hatte.

»Zweifelsohne«, stimmte Janos mir zu. Er sah auf die Sonnenuhr draußen vor dem Garten. »Und im Augenblick habe ich den Alptraum, daß ich heute abend Wachhabender bin und mir kaum noch Zeit bleibt, in die Kaserne zurückzukehren und mich herauszuputzen, damit ich auf meinem Posten mit den Waffen klirren kann.

Ich habe diesen Tag genossen, mein Freund«, sagte er und zog gegen meinen Einwand Silber aus seinem Gürtel. »Und Ihr habt mich davon überzeugt, daß es so etwas wie die Fernen Königreiche gar nicht geben kann. Vielleicht treffen wir uns eines Tages wieder? Vielleicht kann ich Euch helfen, Eure Suche zu planen, denn einige kleinere Reisen gen Westen habe ich schon unternommen.« Und fort war er.

Ich blieb sitzen und bestellte noch einen Krug Wein, zum Teil, weil ich neugierig war, wen von uns beiden die Kellnerin angelächelt hatte, zum Teil, um darüber nachzudenken, was er mir erzählt hatte. Denn irgendwie spürte ich – trotz Janos' Beteuerungen, er sei zur Logik bekehrt – irgendwo dort draußen, weit im Osten, die drohende Finsternis und das Gold der Fernen Königreiche.

In den folgenden Wochen traf ich Janos mehrmals, wenn er dienstfrei hatte. Von Melinas Zauber befreit, bereitete ich mich auf meine Suche vor, sprach mit älteren Händlern und sammelte unten am Hafen Erzählungen von Reisenden und Seeleuten, wie ich es schon als Junge getan hatte. Nur wußte ich diesmal, was ich suchte. Vater nahm meine neue Ernsthaftigkeit offenbar anerkennend auf, denn immer seltener bekam ich seine ironischen Kommentare zu hören. Außerdem sammelte ich alle möglichen Erzählungen über die Fernen Königreiche, in dem Versuch, einen Sinn darin zu finden. Es war unmöglich. Für jede Geschichte, die Fernen Königreiche hätten einen Zauber, der Pferde fliegen ließ, gab es andere, die besagten, die dortigen Geisterseher seien so mächtig, daß gar keine Pferde nötig waren – Dinge und Menschen flögen aus eigener Kraft durch die Lüfte.

Einige dieser Geschichten erzählte ich Janos. Höflich, wenn auch skeptisch, hörte er zu. Fast war es, als interessiere er sich gar nicht so sehr dafür. Tatsächlich verhielt er sich so, wie ich es heutzutage tue, wenn ich einem knauserigen Schneider eine Ladung Brokat anbiete, die etwas mehr kostet, als er zu zahlen bereit ist. »Ich gebe Euch recht, mein Herr, daß dieser Stoff, egal wie außergewöhnlich und fein er sein mag, teuer ist. Ich selbst mußte zwei Wochen lang schrecklich schachern, bis ich ihn mir leisten konnte.« Oder: »Natürlich muß dieses Material sorgsam bearbeitet werden und ist nur für anspruchsvollste Kunden gedacht.« Und so weiter und so fort, bis sich der arme Kerl mit Mordgedanken trägt, wenn ich ihm die Ware nicht verkaufen will.

Eines Abends lud Janos mich ein, in der Offiziersmesse gemeinsam mit anderen, ranghöheren Soldaten zu speisen. Ich fühlte mich geehrt, denn die Wache des Hohen Rates zählte sich zur Elite Orissas, und Einladungen waren höchst selten. Außerdem gab es etwas, was ich Janos möglicherweise erzählen, und etwas, was ich ihn fragen wollte. Das Problem war nur, wie ich ihm die Sache unterbreiten sollte. Janos begleitete mich zur Villa meines Vaters, wo ich mich wusch und Hosen und Weste aus schwarzem Samt überzog, dazu ein rotes Seidenhemd mit breitem Spitzenkragen, kniehohe Stiefel und einen langen Umhang mit Kapuze. Eanes erklärte ich, er brauche mich nicht zu begleiten, Diener gäbe es dort mehr als genug.

Als wir in der Abenddämmerung zur Kaserne spazierten, wagte ich die Frage, wieso Janos, wenn er doch so dringend fremde Welten sehen wolle, bei der Hohen Wache diente? Sicher sei es eine Ehre, aber seine Pflichten bestanden doch größtenteils darin, die Ratsmitglieder, Geisterseher und die großen, öffentlichen Gebäude Orissas zu bewachen, was nicht gerade Abenteuer versprach. Janos gab mir recht. Es *war* eine zweifelhafte Ehre, aber er hatte keine Wahl gehabt. Als er sich in der Kaserne vorstellte, war er im selben Augenblick verdammt, als sie den Namen seiner Mutter hörten.

»Sie würden es nie wagen, die Familie Kether zu entehren – obwohl ich kaum Verbindung zu meinen Verwandten habe –, indem sie einen davon als Kundschafter an der Grenze dienen lassen, wo möglicherweise Blut fließen könnte oder ein Schwert im Zorn geschwungen wird. Was ursprünglich mein Wunsch gewesen war. Statt dessen wurde ich Hauptmann bei der Wache des Hohen Rates.

Intellektuell ein ungemein fordernder Posten. Wußtet Ihr, daß es gegen die guten Sitten verstößt, sich in der Offiziersmesse über den Krieg, die Taktik der Einheit, Religion oder Frauen zu unterhalten! Pferde, Hunde und die Jagd, immer und immer und immer wieder. Wenn ich noch einmal erzählt bekomme, daß eine Meute Hunde bei der Suche nach Wild fast magische Qualitäten an den Tag legt, sehe ich mich gezwungen, davon zu berichten, wie ich mich einen Monat lang von Hunden ernährt habe, als ich einen Wachtturm der Lycanther im Süden besetzt hielt. Gar nicht übel eigentlich, gespickt mit Schinken und mit Kartoffeln gebraten«, sagte er träumerisch. »Ach, na ja. Es gibt keinen Soldaten, der nicht bei jeder Gelegenheit sein Leid klagen würde. Es ist sein gutes Recht und wird ihm zusammen mit Übungsschwert und Messingputztuch zugeteilt.«

Die Offiziersmesse der Hohen Wache war prunkvoll. Teller und Besteck bestanden aus Silber, die Kelche waren aus Kristall und alle Tische mit feinem Leinen bedeckt. In der Mitte der Tische standen die Regimentstrophäen, und die Kriegsehrungen hingen von den hohen Dachsparren herab und füllten die Wände. Janos entschuldigte sich, dann kehrte er in voller Montur zurück: kurze, weiche Lederstiefel, Schultercape, brokatbesetztes Hemd und Waffenrock. Darüber trug er ein ärmelloses Wams, gepolstert und so gearbeitet, daß er aussah wie gepanzert. An Stelle des üblichen Schwerts auf dem Rücken trug er einen Gurt mit einem konventionellen, kurzen Schwert und einem Dolch. Auf seinem polierten, offenen Helm saß eine große Feder. Die anderen Offiziere trugen ähnliche Gewänder.

Diener mit vollen Weintabletts schoben sich durch die Menge. Einer blieb vor Janos stehen. Mein Freund zögerte, dann schüttelte er den Kopf. »Zum Essen trinke ich Wasser.«

Ich hörte ein lautes, wissendes Lachen. Ich staunte... Janos war keineswegs Asket. Dann fiel mir etwas ein, was mein Vater einmal gesagt hatte, als ich mich in tiefster Verzweiflung meines jugendlichen Alters quälte und schwor, ohne eine Münze in der Tasche alle

Brücken hinter mir abzubrechen und zur Armee zu gehen. Er hatte freundlich gelacht und gefragt, welcher Einheit ich beitreten wolle. Vielleicht der Hohen Wache? Damals hatte ich – angetan von deren Pracht und Herrlichkeit – schmollend ein »vielleicht« hervorgepreßt. Er erklärte mir, was es kostete, im Regiment zu dienen. Der Sold eines jungen Subalternen würde gerade reichen, seine Essensrechnung zu bezahlen, seinen Wein, den Branntwein und den Beitrag zu speziellen Diners. Die Hohe Wache war nur etwas für Reiche. Nach einigen Schätzungen brauchte man bis zu zehntausend Silberstücke im Jahr, um sich seinem Rang entsprechend auszustatten. Wenn man das gute Dutzend verschiedener Uniformen bedachte, das halbe Dutzend Schlachtrösser, die persönlichen Bediensteten, noch über die üblichen Untergebenen hinaus, und so weiter. Ich erinnerte mich, daß Janos heute zweimal von Armut gesprochen hatte.

Ich verstand seine Misere. Als Junge hatte ich mich einer Fechtmannschaft angeschlossen, der ausschließlich Söhne anderer Kaufleute, Geisterseher und Ratsmitglieder angehörten. Niemand dachte an Geld, aber es gab einen Jungen – ein Jahr jünger als ich selbst –, dessen Vater ein paar unglückliche Investitionen getätigt hatte, so daß der junge Mann nicht jedesmal einen neuen Waffenrock trug. Außerdem besaß er nur ein Florett, und das war auch noch gebraucht. Es war für ihn entwürdigend, obwohl ich mich nicht erinnern kann, daß meine Freunde oder ich irgend etwas dazu gesagt hätten. Der Junge war begabt, das fiel mir noch ein, und dann überlegte ich, was aus ihm geworden war. Ich konnte mich nicht erinnern. Eines Tages war er einfach nicht mehr dagewesen.

Janos konnte sich keinen Wein leisten. Also schön. Ich rief einen der Diener zu mir und stellte sicher, daß den Sitten und Gebräuchen Genüge getan wurde. Wenige Augenblicke später verkündete der Kellermeister der Versammlung, der Wein an diesem Abend sei eine bescheidene Spende von Amalric Antero zu Ehren der ehrenwerten Soldaten, deren Gast er heute sein dürfe. Kelche wurden gefüllt, und man trank mir zu. Ich fing einen Seitenblick von Janos auf, wenn auch nur einen flüchtigen.

Nach der nächsten Runde Wein wurde gegessen, weit besser als ich es von Soldaten erwartet hätte. Ich dachte an die Sergeanten und Speerträger draußen in den Kasernen, und mir fiel ein, daß ich dem Regiment schon einmal Proviant spendiert hatte. Ein Fleischgericht für die einfachen Soldaten, was darauf hindeutete, daß sie normalerweise nicht besser aßen als das gemeine Volk. Das war nicht recht. Vater hatte mir erklärt, ein Kaufmann äße entweder dasselbe wie seine Angestellten oder aber im stillen daheim. Niemand hatte etwas für die Protzerei eines reichen Mannes – oder eines Offiziers – übrig, wenn nicht alle den Luxus teilen konnten.

Als das Mahl beendet war, empfahlen sich die hohen Offiziere. Jetzt gehörte der Abend den unteren Rängen, dem Trester und den Trauben. Immer mehr wurde getrunken, Wein und Branntwein. Der Abend versprach, in ein langweiliges Besäufnis auszuarten. Ich versuchte, mich im Zaum zu halten, da ich meiner Familie keine Schande machen wollte, indem ich kopfüber aufs Desserttablett kippte. Andere jedoch ließen nicht die gebotene Vorsicht walten. Die Stimmen wurden lauter, die Scherze rüder, das Gelächter lärmender. Dann hörte ich in einer kurzen Pause deutlich die Worte: »Natürlich ist ein Halbblut nicht *vollkommen* wertlos. Mischlingsfrauen sind manchmal sensationell. Und als Soldaten können sie wohl tapfer sein, obwohl ich vermute, daß sie ebenso schnell vor einer Schlacht fliehen, wie sie sich hineinstürzen.«

Es wurde totenstill. Alle sahen Janos an. Sein Gesicht hinter dem gewachsten Lockenbart war leichenblaß, eine starre Totenmaske. Der Offizier, der gesprochen hatte, trug die stilisierten Schulterstücke eines Hauptmanns. Jemand versuchte, das Schweigen mit einem Scherz aufzulockern, kam aber über die ersten drei Worte nicht hinaus.

Janos winkte einem Diener. Er nahm dem Mann das Silbertablett aus der Hand, zückte seinen Dolch und legte ihn mit dem Heft zuerst auf das Tablett. Dann winkte er einem Untergebenen. »Bringt diese Klinge Hauptmann Herron. Sagt ihm, sie hätte eine Schwester, die Hauptmann Janos Kether Greycloak aus Kostroma und Orissa gehört. Die beiden sollten sich treffen. In einer Stunde auf dem Exerzierplatz.«

Ich wußte, diese Herausforderung würde nicht – wie damals bei mir – nach dem ersten Treffer zu Ende sein. Heute abend würde mindestens einer tot im Sand liegen. Der junge Offizier – aschfahl wie Janos – ging zu dem anderen Hauptmann hinüber, hielt ihm das Tablett mit dem Dolch hin und wiederholte Janos' Worte. Herron nahm den Dolch nicht an. Statt dessen errötete er, starrte zu Boden und murmelte: »Es war doch nur ein Scherz.«

»Setzt den ehrenwerten Hauptmann davon in Kenntnis, daß ich den Witz darin nicht sehen kann. Vielleicht kann unser Treffen mich belehren. Oder vielleicht möchte der Hauptmann sich entschuldigen«, sagte Janos und umging das Protokoll des Ehrenhandels, indem er – wenn auch indirekt – mit dem Beleidiger sprach.

Wieder folgte bleierne Stille. Schließlich sprach Herron, noch immer undeutlich und zögernd: »Ich möchte mich für jede Kränkung entschuldigen, die meine beiläufige Bemerkung bei Hauptmann Greycloak hervorgerufen haben mag.«

Janos holte dreimal tief Luft. »Ich nehme die Entschuldigung an«, sagte er. »Und die Sache ist vergessen. Meine Einladung ziehe ich zurück, Herron.« Als der Dolch zurückgenommen und weggesteckt war, dachte ich – wie jeder andere im Raum – darüber nach, daß Janos absichtlich vermieden hatte, Herron mit seinem Rang anzusprechen oder ihn als Waffenbruder zu bezeichnen, »kommentfähig« oder welche Formulierung auch immer wahre Vergebung signalisieren mochte. Herrons Feigheit würde lange Zeit unvergessen bleiben. Zumindest hielt ich den Hauptmann damals für feige, als mein Blut noch so rot war wie mein Haar. Inzwischen weiß ich, was einem Mann ein Grund zum Kampf ist und wie ein Narr leichtfertig den Tod findet.

Janos griff schon nach dem nächsten Kelch, dann sah er meinen Blick. »Vielleicht«, sagte er, »sollten wir spazierengehen? Die Luft hier drinnen ist dick geworden.« Ohne eine Antwort abzuwarten, trat er in den Garderobenraum hinaus. Ich folgte ihm. Draußen zog er seinen Umhang um die Schultern und sah zu den erleuchteten Kasernen unter uns hinab.

»Ihr seht, wie es ist«, sagte er ebenso zu sich selbst wie zu mir. »Wenn ich weiter in diesem Käfig bleibe, auf und ab laufe, wütend knurre und die Gitterstäbe anstarre, wird früher oder später jemand den Tod finden. Vielleicht ein Bauer wie Herron, vielleicht ich selbst. Diese Stadt und ihre protzige Leere kann mich nicht länger halten.« Er schritt den Hügel hinab, und ich folgte ihm.

»Wohin gehen wir?«

»Wer weiß?« sagte Janos. »Ich brauche Männer um mich, nicht Laffen. Männer ... und Frauen. Vielleicht am Hafen.«

Ich zuckte die Achseln. Warum nicht? Auch ich hatte genug von Förmlichkeiten und hielt sie für ebenso hohl wie die Zunftbankette meines Vaters.

Unser Weg führte uns durch eines der Stadttore. Wie gewöhnlich – nur nicht in Zeiten großer Gefahr – standen die gepanzerten Portale aus Eisenbaum offen. Nur die feinverzierten Ausfalltore waren abgesperrt. Durch sie konnten wir – nicht weit entfernt auf einem Feld – ein Feuer flackern sehen, das die Tücher vieler Zelte beleuchtete. Wir konnten Stimmen hören, Lachen, das Wimmern von Flöten und das Schlagen der Trommeln.

»Wache«, rief Janos einem Posten zu. »Wer liegt da draußen?«

»Ein Stamm der Ifora, Hauptmann. Sie dürfen bei Nacht nicht in die Stadt, weil ...«

»Die Gründe sind mir bekannt, Soldat. Öffnet das Tor. Die kommen mir heute gerade recht.«

Ich wußte ebensogut wie Janos, warum diese Leute nicht in die Stadt durften. Sie gehörten zu den Gefahren, mit denen ein Kaufmann fertig werden muß, und daher hatte mein Vater mir ihre barbarische Kultur gründlich erklärt. Die Ifora waren Nomaden, umherziehende Stämme aus den Wüsten im Süden. Sie waren als verschlagene Diebe bekannt, die sich an den Wachen einer jeden Karawane vorbeischlichen, die ihr Gebiet durchfuhr, und stahlen, wo sie konnten. Oder – wenn sie zu vielen waren oder die Leiter der Karawane nicht klug genug – massakrierten sie die Männer und verschleppten die Frauen in ihre Lager. Auch für ihren Mut waren sie bekannt, ihre Unnachgiebigkeit gegenüber Feinden und für ein außergewöhnliches Talent im Foltern. Gelegentlich kamen sie nach Norden in zivilisierte Gebiete, und dann nur, um ihre kunstvoll gewobenen Teppiche, feine Ziegenwollkleider und exotischen Silberschmuck zu tauschen. Keine Stadt ließ sie in ihre Mauern, denn die Ifora hielten es für ihre heilige Pflicht, Leute wie uns, die sie als kränkliche Schwächlinge betrachteten, von allem Besitz zu befreien, den sie brauchen konnten, und dafür war ihnen jedes Mittel recht – per Diebstahl oder mit dem Schwert – und ohne Rücksicht auf mögliche Folgen wie Verhaftung und Prozeß.

Mir war danach, Janos etwas zu fragen. Er hatte die Gelegenheit versäumt, seinen Hals bei einem Duell zu riskieren ... Suchte er jetzt eine andere Möglichkeit, jemandem die Kehle durchzuschneiden? Doch da ich jung war und zu stolz, meine Angst zu verraten, sagte ich nichts. Außerdem, all die Sagen von Schädelhaufen und schreienden Frauen, die in die Wüste verschleppt wurden ... Ich war neugierig, was für Monstren die Ifora wirklich waren. Ich lockerte mein Rapier in seiner Scheide und bereute, keinen Dolch und auch kein Kettenhemd bei mir zu haben. Außerdem wünschte ich, ich hätte Janos, der vorauslief, noch erinnert, daß er nur das traditionelle, kurze Schwert seiner Einheit trug, statt der zweischneidigen Klinge, die er doch bevorzugte.

Ein Riese von einem Mann ragte aus den Schatten auf, als wir dem

Lager näher kamen. »Orissaner ... nein. Nicht kommen. Nicht willkommen. Wird verletzt. Kommt um.« Janos schleuderte ihm einen Schwall von Worten entgegen. Der Koloß knurrte und antwortete ihm anscheinend im selben Idiom. Auch hierin also war Janos gebildet: Er kannte sich mit den Ifora aus. Ich hätte es mir denken können, obwohl ich in gewisser Weise spürte, daß er an diesem Abend ebenso in ihre Zelte getreten wäre, wenn es sich um todbringende Fremde gehandelt hätte. Ein Wort gab das andere. Der Fremde lachte wie ein Bär. Janos wandte sich um, deutete auf mich. Weitere Worte. Ein Grunzen. Janos runzelte die Stirn, dann sprach er noch einmal. Wieder lachte dieser grobe Mensch.

»Nehmt Eure Waffe«, sagte Janos. »Drückt sie Euch an die Stirn und reicht sie ihm.« Ich zögerte, doch dann fügte ich mich. Der Mann nahm die Waffe entgegen, drehte sich um und bellte etwas zum Lager hinüber. Einen Augenblick später kam ein großer, eindrucksvoller Mann auf uns zu. Seine Haut schimmerte im Licht der Flammen schwarz wie die Nacht. Flankiert wurde er von Wachen mit Schwertern, beide hellhäutig, wie auch der Riese, der uns aufgehalten hatte.

»Das«, sagte Janos leise, »wird ihr *Ham'u* sein, ihr Häuptling. Die Ifora glauben, je dunkler die Haut eines Mannes ist, desto mehr sei er von den Göttern gesegnet. Da sie vorwiegend hellhäutig sind, halten sie einen schwarzen Mann automatisch für auserwählt. Wenn er oder sie Menschen führen kann, ist solch ein Mann oder eine Frau dazu bestimmt, dem Stamm voranzustehen. Dieser Glaube stammt noch aus alten Zeiten, als die Ifora etwas waren, was sie als ›barbarisch‹ bezeichnen. Ihre Sklaven haben revoltiert, die Macht übernommen und ihnen gezeigt, wie man sich die Wüste untertan macht. Damit begann ihre Größe.« Verständnislos sah ich ihn an, und die Gefahr war für den Moment vergessen. Nichts davon hatte mein Vater mir erzählt, und auch in den grotesken Märchen, die andere Händler so gern zum besten gaben, kam davon nichts vor.

Der schwarze Mann grüßte Janos, der sich verbeugte. Ich verstand den Wink und tat dasselbe. Janos zog sein Schwert, hielt es an seine Stirn und reichte es dem Häuptling, dem *Ham'u.* Der schwarze Mann tat es ihm nach und gab die Waffe zurück. Wieder sprach Janos und deutete auf mich. Der *Ham'u* nahm mein Rapier von der Wache, tat, was er mit Janos' Klinge getan hatte, und gab es mir zurück. Noch einmal verbeugten wir uns, und der *Ham'u* trat beiseite, winkte uns ins Lager.

»Jetzt sind wir die ehrenwerten Gäste der Ifora. Von nun an bis zum Morgengrauen in drei Tagen sind wir Blutsbrüder. Während dieser Zeit werden sie uns mit dem Besten bewirten, was sie haben, und sollten uns Feinde bedrängen, werden sie diese vernichten, als hätte man einem der Ihren Unrecht getan.«

»Was geschieht, wenn wir nach drei Tagen noch da sind?«

»Ach«, sagte Janos und wackelte mit dem Kopf, als wollte er sagen ›vielleicht dies, vielleicht das‹. »Wir müßten dann noch ein bißchen reden. Zumindest würden sie uns einen gewissen Vorsprung lassen.«

Man führte uns zur Mitte des Lagers, wo das Feuer brannte. Der Boden war mit Teppichen ausgelegt, und Kissen zu Sitzen und Lehnen gestapelt. Im Hintergrund standen lange Zelte mit runden Dächern, die aus irgendwelchen rotgefärbten Tierhäuten gearbeitet waren. Fünfzig bis sechzig Männer und Frauen lagen um das Feuer. Ich wurde einem Mann vorgestellt, der sich verbeugte, als hätte er eben den König der Welt kennengelernt, und mir einen Platz suchte. Er winkte, und ein Mädchen, das einige Jahre jünger war als ich, trat aus dem Schatten hervor. Die beiden unterhielten sich. Sie kicherte und verbeugte sich vor mir. Dann verschwand sie in einem der Zelte und kehrte mit einer Schale zurück. Ich nahm sie entgegen und sah hilfesuchend zu Janos. Der hatte sich schon in der Nähe auf einem Kissen ausgestreckt. Zwei junge Frauen schmiegten sich an ihn.

»Trinkt.«

»Was ist das?«

»Trinkt einfach. Ich sag es Euch hinterher. Nehmt einen tiefen Zug, sonst beleidigt Ihr sie.« Ich fügte mich, und mein Hinterkopf explodierte. Die Welt um mich herum wurde unscharf. Mein Magen bäumte sich protestierend auf, aber irgendwie blieb der Trunk unten. Wärme breitete sich aus, Wärme, die zu Feuer wurde, Feuer, das zu einem heißen Regenbogen wurde, und ich hielt es für das beste, mich zu setzen. Sofort. Das Mädchen nahm mir die Schale ab, als ich zusammensank.

»Der Trunk heißt *depish'*«, sagte Janos. »Gegorene Milch von ihren Stuten, gegorenes Blut von ihrem Vieh. Das wird dann mit bestimmten Sträucherblüten vermischt, die ihr *Ham'u* nimmt, um einen klaren Kopf zu bekommen. Man könnte glauben, sie wären der Destillation kundig, bedenkt man die Wirkung. Aber der *Ham'u* spricht nur eine Zauberformel über der Mixtur, und sie nimmt ihre jetzige Form an. Bis jetzt ist es mir noch nicht gelungen, einen von ihnen zu überreden, mir die Formel zu verraten«, sagte er. »Wenn ich sie wüßte, bräuchte ich keine Armee, kein Schwert und niemanden, der mir die Reisen finanziert, die ich unternehmen will.«

Eine der beiden Frauen neben ihm hielt Janos eine ebensolche Schale hin. Er leerte sie und warf sie über seine Schulter. »Die beste Ware der Ifora sind ihre Töchter. Obwohl sie die Schwächlinge der Wasserländer, wie sie – bis auf die Ifora – alle Menschen nennen, verachten, meinen sie, es wäre für junge Frauen ein Segen, eine Zeitlang Kurtisane zu sein. Sie kehren mit Silber beladen zurück, von dem Ziegen und Pferde gekauft werden, und sie heiraten in allen Ehren. Wie reich sie heiraten, hängt von dem Erfolg in ihrem früheren Beruf zusammen. So sieht das Schicksal einer jungen Frau aus, falls nicht die Auspizien – wenn sie ein Jahr alt ist – zeigen, daß sie entweder Häuptling oder Ratsmitglied wird, was die allergrößte Ehrung ist. Ansonsten wird aus ihnen eine Lagerfrau, was in gewisser Weise eine Enttäuschung darstellt. Die Frau neben Euch ist übrigens die Tochter des Mannes, den der *Ham'u* als wert erachtet hat, Euer Gastgeber zu sein. Sie heißt Tepon.«

Es mag der *depish'* gewesen sein, oder vielleicht gewöhnte ich mich schon an die beunruhigenden Vorgänge jenseits der Mauern Orissas, doch anstatt die Stirn zu runzeln über etwas, was für die meisten Orissaner übelste Verworfenheit bedeutete, wandte ich mich um und lächelte das Mädchen an, das, davon ermutigt, näher rückte, wodurch ihr Kleid ein Stück weit klaffte. Ich roch Rosen und Moschus.

Tepon lächelte. Ihre Lippen waren rauh, ihr Atem süß, und ihre Zähne zu hübschen Nadelspitzen gefeilt, die ihrem Aussehen etwas Exotisches verliehen. Ich nahm noch einen Schluck vom *depish'*. Das Mädchen sprach auf mich ein, mit sanfter, singender Stimme. Ich schüttelte den Kopf. Ich verstand sie nicht.

»Sie sagt, ihr gefällt Eure Haarfarbe. Wie ein Sonnenaufgang in der Wüste«, übersetzte Janos.

Meine Reaktion war geistlos. Dann wurde ich mir der Realitäten wieder bewußt. »Janos, mein Freund. Ich nehme doch an, die Ifora sind Menschen?«

»Allerdings.«

»Dann muß ihre Gastfreundschaft einen Preis haben. Es sei denn, sie wären schlichtweg fasziniert von meinem Haar und deinem Vokabular.«

»Es gibt einen Preis«, begann Janos, und da erhob sich ein Mann und tippte an einen kunstvoll geschnitzten Glockenstiel. Eine Flöte ertönte, dann eine weitere. Glöckchen klingelten. Eine große Trommel schlug rhythmisch. »Ah«, sagte Janos. »Das kenne ich. Der Preis ist gering.«

Er stand auf, löste sich von einem der Mädchen, das neugierig geworden war, was unter seinem Waffenrock sein mochte, und zog sein kurzes Schwert. Er warf es in die Luft, daß es sich drehte, und fing es am Griff. »Nein«, sagte er, »ich brauche ein richtiges Schwert, kein Ornament«, und wieder warf er die Klinge. Diesmal bohrte sie sich bis zum Heft in die Erde. Er rief etwas in der Sprache der Ifora, und aus dem Dunkel wurde ihm ein mächtiger Krummsäbel zugeworfen. Janos warf, fing, warf wieder, die Klinge wirbelte herum, spiegelte den Feuerschein, daß es in meinen Augen blitzte. Der *Ham'u* erhob sich und begann einen rhythmischen Singsang. Es mögen die Kräuter in meinem Trunk gewesen sein oder auch nur meine Einbildung, doch verstand ich die Geschichte sehr deutlich, die Janos darstellte, indem er tanzte, langsam erst, dann immer schneller. Bald trug er nur noch seinen Kilt. Es war die Geschichte eines großen Kriegers, der von einem bösen Zauberer besiegt und gezwungen wurde, aus seinem Lager in die Wüste zu ziehen, wo nicht einmal die Knochen wilder Esel zu finden waren. Er wanderte eine Weile. Es gab böse Wesen in den trockenen Salzseen, die versuchten, ihn zu fressen – hier blitzte Janos' Schwert in einer Reihe von Arabesken auf. Doch er überwältigte sie. Er war verloren, verlassen, taumelte, bereit zu sterben, und der Gott des Wüstenwinds zeigte Mitleid. Die beiden Mädchen, die bei Janos gewesen waren, standen neben ihm, wiegten sich, Feuerschein und Seide, berührten ihn. Er sammelte Kraft, und die Geschichte ging weiter. Der Odem des Windes nährte ihn, stärkte ihn und führte ihn über den wehenden Sand zurück zu den Zelten seiner Feinde. Plötzlich tanzte Janos allein, sein Schwert ein hektisches Flirren, als kämpfe er mit einem unsichtbaren Gegner. Schließlich triumphierte der Krieger, und sein Feind lag tot am Boden. Alle Reichtümer des Mannes gehörten nun ihm. Statt dessen jedoch wählte der Krieger den anderen Weg. Er zog es vor, in die Wüste zurückzukehren, in die Arme des Wüstenwinds.

Janos hielt inne, als der Singsang endete. Nur das Knistern der Flammen war zu hören. Dann erklang ein Glöckchen, einmal, zweimal, dreimal. Plötzlich wehte Wind durchs Lager. Janos verneigte sich. Vor den Ifora? Vor dem Wind? Vor dem Tanz? Ich wußte es nicht. Die beiden Frauen näherten sich ihm und nahmen ihn bei der Hand. Sie führten ihn fort in eines der Zelte.

Eine Schale berührte meine Lippen. Ich nahm einen großen Schluck. Dann lehnte ich mich zurück, an Tepons Körper, und ihre Finger fuhren zart über meine Haut. Aus irgendeinem Grund schien der richtige Zeitpunkt gekommen.

»Janos!« Meine Stimme war nicht laut.

»Ich höre.«

»Willst du mich begleiten? Zu den Fernen Königreichen?«

Gelächter erscholl aus dem Nichts. »Natürlich! Natürlich! Ich dachte schon, du würdest niemals fragen.«

Und dann war nur noch Tepon da, das Zelt, das plötzlich um uns wuchs, und ihr Körper und der Feuerschein.

Kurz nach Morgengrauen erwachte ich. Ich war nackt, nur mein Umhang lag um meine Hüften. Ein neugieriger Ziegenbock starrte mich aus kaum einem halben Meter Entfernung an. Ich lag im prallen Sonnenlicht auf felsigem Boden. Tepons Kopf ruhte auf meinem Bauch. Die große Trommel der letzten Nacht war jetzt in meinem Kopf.

Und ich war unterwegs zu den Fernen Königreichen.

Kapitel Fünf

Die Geisterseher

Meine Schwester kam vom Übungsplatz hereingestapft, legte ihren Harnisch ab und warf ihn auf den Boden. »Wenn du mich liebst, bester Bruder«, stöhnte sie, »hol mir was zu trinken, bevor ich verdurste.« Eilig lief ich zur Feuerstelle und brühte ihr einen starken, würzigen Punsch, nahm den Eisenkrug von der Asche und goß den dampfenden Trunk in einen Kelch. Es war Ralis Lieblingsgetränk. Sie lächelte, als ich ihr den Kelch reichte. »Welch ein aufopfernder Bruder!« sagte sie. »Und so selbstlos. Liest mir jeden Wunsch von den Augen ab und erwartet niemals etwas dafür.« Sie nahm einen tiefen Zug.

»Verspotte mich nicht, Rali«, flehte ich. »Seit wir uns zum letzten Mal gesehen haben, habe ich kaum geschlafen.«

»Oh, bitte beklag dich nicht bei mir über deine Schlafgewohnheiten«, sagte sie lachend. »Wahrscheinlich hast du wieder irgendeiner

Dirne einen Liebestrank eingeflößt, und seither schleicht sie ständig um dein Bett.« Rali zog die Sandalen aus, ließ sich auf dem Sofa nieder und streckte genüßlich die hübschen langen Beine aus. »Komm, reib mir die Füße«, befahl sie, »und dann werde ich dir nach und nach alles erzählen.«

Eilig tat ich ihr den Gefallen, begierig zu erfahren, auf wessen Seite meine Schwester stehen würde. Sollte sie dagegen sein, standen die Chancen schlecht, daß mein Vater Janos' Plan, die Fernen Königreiche zu suchen, zustimmen würde. Falls sie versprach, auf meinen Vater einzuwirken, bestand eine geringe Chance, daß er den Plan absegnete und meine Jungfernfahrt finanzierte.

Rali seufzte, während ich mit Bedacht die verkrampften Muskeln und Sehnen an ihren müden Füßen lockerte, und nahm noch einen Schluck. »Das süße Leben wird mich noch umbringen«, sagte sie. »Jeden Tag dasselbe. Bei Tagesanbruch aufstehen und meine Frauen drillen und trainieren. Verwaltungsarbeit bis zum Abend, und dann noch einen Trunk und ein Stück Braten oder zwei mit Otara. Am Abend bin ich vor lauter Langeweile so erschöpft, daß es ein wahres Wunder ist, wenn ich überhaupt Notiz von Otara nehme. Was sie in letzter Zeit sehr oft beklagt.«

Otara war seit vielen Jahren Ralis Lebensgefährtin. Sie war eine kleine, mütterliche Frau von zarter Schönheit, die meine Schwester abgöttisch liebte und bis in den Tod kämpfen würde, um sie zu beschützen. Nicht, daß Rali Hilfe benötigt hätte. Sie war groß, mit langen, sehnigen Muskeln und schmalen Hüften. Rali war gut zehn Jahre älter als ich und stand in der Blüte ihrer Kampfkraft. Flink wie ein Schattenwolf im Angriff und doppelt so tödlich. Sie war mit dem Schwert ebenso begabt wie mit dem Wurfspieß und ihrem kräftigen Bogen aus den Hörnern eines Widders. Doch niemand hätte sie versehentlich für einen Mann gehalten, und ebensowenig ahmte sie in ihrer Art die Männer nach. Rali hatte eine ansehnliche Figur und war geschmeidig und zart in ihren Bewegungen, wenn auch unverblümt wie ein Soldat in ihren Worten. Ich erinnere mich – als ich klein war und noch in ihr Schlafgemach durfte – wie verblüfft ich von der weichen, milchigen Farbe ihrer Haut an den Stellen gewesen war, die die Sonne auf dem Exerzierplatz nicht erreichte. Während ich feuerrotes Haar hatte, war ihres von der Farbe blassen Strohs, und ihre Augen waren klar und blau wie das Meer.

»Was ich brauche, ist ein richtiger Kampf, damit mein Blut in Wallung kommt«, fuhr Rali fort, während ich ihre wunden Füße rieb. »Oder wenigstens einen Gewaltmarsch mit einem Ziel, nicht nur zur Übung. Einen Feind zum Einschüchtern. Eine Stadt zum Besiegen.« Sie hob den Kelch an ihre vollen Lippen und trank noch etwas. »Allerdings habe ich keine große Hoffnung, daß so etwas demnächst passiert«, sagte sie. »Die Ratsmitglieder fürchten sich, uns aus Orissa fortzulassen. Ich glaube, sie haben Angst, eine Horde Barbaren würde sich zusammenraufen und in unserer Abwesenheit die Stadt plündern.«

Rali bekleidete den Rang eines Hauptmanns in der Maranonischen Garde. Damals bestand diese Truppe aus fünfhundert Kriegerinnen – Frauen, die der Kriegsgöttin Maranonia einen Eid geleistet hatten. Sie schworen der Ehe ab, der Mutterschaft und auch allen anderen »normalen« Funktionen einer Frau in unserer Kultur. Die Wächterinnen waren gut trainiert und hatten sich ganz der Verteidigung Orissas verschrieben. Nur wenige waren Männerhasserinnen, obwohl sie alle Frauen für ihr Liebesleben bevorzugten.

»Soll ich dir noch einen Becher Punsch holen?« fragte ich. »Oder etwas zu essen? Ich könnte dir dein Badewasser einlassen, wenn du willst. Oder sonst einen Botengang erledigen, der einem Bruder gebührt, wenn er am Boden kriecht und um die Gunst seiner Schwester buhlt. Einer Schwester, die so schön wie weise ist. So kriegerisch wie zart besaitet. So ...«

»Hör auf, bevor mir schlecht wird«, lachte Rali. »Also schön, Amalric. Du hast gewonnen.«

Mein Reiben wurde zu sanftem Streicheln. »Oh, sprich zu mir, Seherin«, intonierte ich. »Sag mir, was dir auf dem Herzen liegt.« Rali wurde von einem Lachkrampf geschüttelt. Nicht unbedingt, weil ich so verschlagen war, sondern weil ich ihr geschickt die Füße kitzelte. Ihren Schwachpunkt hatte ich schon gefunden, als ich noch ein kleiner Junge und sie eine grüne Rekrutin war.

Rali gehörte zu den ganz wenigen Menschen, bei denen ich vollkommen unbefangen war. Es gab kein Geheimnis, das ich ihr nicht anvertraut, keine Sünde, die sie mir nicht vergeben hätte. Und niemals mißbrauchte sie dieses Vertrauen, indem sie sich in meine Angelegenheiten mischte. Ich schätzte ihren Rat über alles. Wahrscheinlich war dies der Grund, warum ich mich während der Monate, in denen ich Melina verfallen war, von ihr ferngehalten hatte. Ich war viel zu brünstig, um auf einen vernünftigen Rat hören zu wollen. Doch als ich schließlich zu ihr kam, äußerte sich Rali ähnlich wie Janos: »Ich sage dir nicht: Geh fort und sündige nie mehr«, hatte sie erklärt. »Aber *was* ich sage, ist: Beim nächsten Mal solltest du versuchen, nicht so teuer zu sündigen ... und nicht so öffentlich.« Dann hatte sie mich mit ihren klaren, blauen Augen angesehen und gefragt, was ich als nächstes plane. »Es wird Zeit, daß ich mich auf meine Suche mache«, hatte ich geantwortet, »und unseren Vater bei seinen Geschäften unterstütze.«

»Noble Worte, bester Bruder«, gab sie zurück. »Aber ich frage mich, ob es das ist, was du *wirklich* willst. Ich vermute schon länger, daß dein Betragen in jüngster Zeit einen tieferen Grund als nur jugendliche Torheit haben muß. Vielleicht siehst du dem Leben eines Kaufmanns nicht gerade mit Freude entgegen.« Ein weiteres Mal wurde mir klar, wie klug meine Schwester doch war. Vielleicht wehrte ich mich tatsächlich gegen eine langweilige Zukunft und fürchtete die Gesellschaft von Männern, die sich nur für Geld interessierten.

»Du siehst es genau richtig«, hatte ich ausgerufen. »Wenn ich ein

Kaufmann wie unser Vater werden soll, will ich weit mehr tun als nur die Familiengeschäfte übernehmen. Ich will meinen eigenen Weg gehen und mehr sein als nur der Sohn eines reichen Mannes, der von den Jugendtaten seines Vaters lebt.«

»Wie willst du das erreichen? Hast du dir darum schon Gedanken gemacht?« hatte sie gefragt.

Ich erzählte ihr von den Fernen Königreichen und meinem Wunsch, sie zum Ziel meiner Suche zu machen. Und ich erzählte ihr von Janos. Sie hatte gut zugehört und sich nicht weiter dazu geäußert, bis ich fertig war. Dann hatte sie gesagt: »Ich sage nicht nein. Und ich sage auch nicht ja. Tatsächlich werde ich mich vorläufig einer Meinung enthalten. Allerdings ... möchte ich Näheres darüber erfahren. Und wenn ich mehr weiß, besonders über deinen neuen Freund Janos Greycloak, werde ich dir meinen Entschluß mitteilen.«

Und jetzt war der Zeitpunkt gekommen. Obwohl ich scherzte und kitzelte, wartete ich doch voller Spannung auf das Ergebnis. Meine Schwester zog die Füße weg und setzte sich auf. »Hol mir bitte noch etwas zu trinken«, sagte sie, »und ich werde dir erzählen, was ich herausgebracht habe.« Einen Augenblick später hatte ich ihren Wunsch erfüllt und saß wieder neben ihr, kaum fähig zu atmen.

»Du wirst mir vergeben, Amalric«, sagte sie, »denn ich bin in dieser Sache auf etwas unhöfliche Weise vorgegangen. Anstatt der Frage nachzugehen, ob deine Suche von Wert ist, habe ich zuerst nach dem Beweis gesucht, daß dein Freund ein Ganove ist.« Mit erhobener Hand erstickte sie meinen Protest im Keim. »Du mußt zugeben, daß deine Begleiter in letzter Zeit von höchst fragwürdiger Art waren. Nach allem, was ich wußte, war Janos Greycloak nur ein neuer bester Freund.« Ich nickte, gab ihr recht.

»Zuerst«, sagte sie, »habe ich in aller Stille ein paar Worte mit einem meiner Bekannten aus der Hohen Wache gewechselt. Ich bin zu dem Schluß gekommen, daß Janos nicht nur ein ausgezeichneter Soldat, sondern auch ein erfahrener Führer und Organisator ist.«

Erleichtert stöhnte ich auf. »Nicht so vorschnell«, warnte Rali. »Nicht alles ist eitel Sonnenschein. Hauptmann Greycloak scheint ein Mann zu sein, der sich in seiner kurzen Zeit bei der Wache so manchen Feind gemacht hat. Wenn auch sicher meist, weil er ihren Neid weckt. Außerdem ärgert seine siegessichere Art einige dieser reichen Hurensöhne, die ihre Soldaten von der Taverne aus führen.«

Ich unterbrach sie. »Und dann ist da noch seine Abstammung und die Zeit, die er in Diensten Lycanths stand.«

»Darüber bin ich mir im klaren«, antwortete meine Schwester. »Aber auf seltsame Weise sprechen all diese Dinge am Ende für ihn. Janos' Mutter kam aus Orissa, sie entstammte der Familie Kether. Sie hatte den Ruf, eine hitzköpfe junge Frau mit sturem Hang zur Romantik zu sein. Janos' Vater war ein Prinz aus Kostroma, der auf Handelsreise nach Orissa kam, wo er die junge Kether kennenlernte. Sie verliebten sich ineinander. Es war damals ein großer Skandal. Besonders, da Janos' Mutter sich dem Willen ihrer Familie widersetzte und mit dem strahlenden jungen Prinzen davonlief.«

Das erklärte zum Teil Janos' Widerwillen, mir viel von seinen Eltern zu erzählen. »Wie er in die Dienste Lycanths geraten ist, weiß ich nicht«, fuhr meine Schwester fort. »Aber ich vermute, er mußte irgendwie seinen Lebensunterhalt verdienen, nachdem sein Vater und seine Mutter tot waren.«

»Er ist ziemlich arm«, sagte ich. »Ich habe den Eindruck, als würde er all seine Ersparnisse brauchen, um bei der Wache bleiben zu können.«

»Ganz genau«, sagte meine Schwester. »Offenbar war es für ihn eine Investition. Damit er den Richtigen kennenlernt, der seine Karriere fördert.«

»Und ich bin dieser Richtige?« fragte ich, erneut beunruhigt. Hatte man mich wieder einmal zum Narren gehalten?

Rali strich mir über die Hand. »Zieh keine voreiligen Schlüsse«, sagte sie. »Er mag arm sein, aber ich glaube nicht, daß er es auf Geld abgesehen hat.«

»Er hat es selbst gesagt«, gab ich zurück und bereute, ihn eben noch verteidigt zu haben.

»Es scheint, daß die Familie Kether – oder was davon übrig ist – sehr beunruhigt war, als Janos in Orissa auftauchte. Sie glaubten, er würde ihnen bald einen Besuch abstatten und aufgrund der Blutsverwandtschaft um ihre Hilfe bitten. Natürlich hätten sie ihn zurückgewiesen. Ihrer Ansicht nach hat er kein Anrecht, da die direkte Linie seiner Mutter nicht mehr existiert. Ihr Vater, so wird gesagt, starb an gebrochenem Herzen, nachdem seine Tochter Schande über ihn gebracht hatte und mit einem Barbarenprinz durchgebrannt war.«

»Aber er ist nicht hingegangen, *oder*?« sagte ich zufrieden.

»Wenn ich ehrlich sein soll, doch. Nach einiger Zeit stattete er seinem Onkel, dem alten Geizhals, einen Besuch ab. Zu dessen Erleichterung aber gab sich Hauptmann Greycloak nicht nur respektvoll, sondern machte seinem Onkel auch unmißverständlich klar, daß er keineswegs die Absicht habe, seine Verwandtschaftsbeziehungen zu Geld zu machen.«

»Gut für Janos«, sagte ich.

»Ja. Es sieht so aus, als hätte er ehrliche Absichten. Leider trug dies nicht dazu bei, den stetigen Geldfluß aus seiner Börse zu stoppen.« Rali trank aus und stellte den Kelch auf den Tisch. »Um sicherzugehen, daß mich mein Eindruck nicht täuschte«, fuhr sie fuhr fort, »habe ich ihn besucht.«

Mir fehlten die Worte. Ich saß da, gespannt, wartete. »Und?« drängte ich.

Meine Schwester lachte. »Ich glaube, dein Freund ist ein Verrückter, ein Halunke und Schlawiner.« Ich runzelte die Stirn, da sie bei ihren Worten lachte. »Besonders, was Frauen angeht«, sagte sie. »Er weiß, wie man mit Frauen spricht; daß man eher ihrem Verstand als ihrem Aussehen schmeicheln muß. Und er blickt einem offen in die

Augen und lauscht jedem deiner Worte, als wäre es ein Schatz. Wir haben uns ganz wundervoll unterhalten. Am Ende machte er deutlich – auf subtile, vornehme Weise – daß ihm nichts lieber wäre, als mit mir ins Bett zu gehen!«

»Was?« Fast schrie ich, wütend auf Janos, daß er meine Schwester beleidigt hatte.

Rali lachte nur noch um so mehr. »Oh, du solltest dein Gesicht sehen! Zusammen mit deinem Haar könntest du eine Arena bei Neumond beleuchten. Du mußt mich nicht beschützen. Zumal das gar nicht nötig ist. Wie gesagt, blieb er sehr vornehm, deutete seine Absichten nur an. Eigentlich ganz schmeichelhaft. Um die Wahrheit zu sagen: Sollte ich je in Erwägung ziehen, mit einem Mann das Bett zu teilen – so widerwärtig der Gedanke auch sein mag –, käme dein Freund in die engere Wahl. Er ist *äußerst* attraktiv. Hätte er nicht diese Narbe, wäre er vielleicht sogar zu hübsch.«

Ich war besänftigt. »Dann bist du mit Janos einverstanden?«

»Das bin ich allerdings. Er ist ein guter Soldat. Ein echter Soldat. Und ich glaube, er würde alles tun, um dafür zu sorgen, daß du gesund von deiner Suche heimkehrst.«

»Was ist mit der Reise selbst?« fragte ich. »Mit meinem Plan, die Fernen Königreiche zu finden?«

»Ich halte den Plan für verrückt«, verkündete meine Schwester und wurde ernst. »Aber ich glaube, du würdest es den Rest deines Lebens bereuen, wenn du es nicht tätest.«

Sie beugte sich vor, vertieft in das, was sie sagen wollte. »In gewisser Weise bin ich neidisch auf dich, Amalric. Ein Neid, der mich gegen alle Männer aufbringt. Als ich ein Mädchen war, habe ich von einem solchen Abenteuer geträumt. Nur mußte ich bald lernen, daß ich aufgrund meines Geschlechts von Geburt an verdammt bin. Ich durfte heiraten, einem Schwein von Mann Kinder gebären und mich jeden Augenblick meines Lebens herumkommandieren lassen. Ich konnte Konkubine werden, was bei meinen Vorlieben eine ebensolche Hölle wäre. Und auch dieses wäre mir verweigert worden, da ich aus einer angesehenen Familie stamme. Zum Glück wurde ich mit der athletischen Gabe der Anteros geboren und hatte einen liebenden Vater *und* eine liebende Mutter, die so verständnisvoll waren, mir den Eintritt in die Maranonische Garde zu gestatten. Glaub mir, ich ziehe meine Langweile der meiner Schwestern jederzeit vor.«

»Also wirst du dich bei unserem Vater für meine Sache einsetzen?« fragte ich.

»Das werde ich. Wenn auch aus einem ernsteren Grund als zur Befriedigung deines jugendlichen Wandertriebs. Wenn du Erfolg hast, wirst du für die gesamte Familie Antero eine Lanze brechen. Und wir könnten diese Gerüchte aus der Welt schaffen, die der Rat der Geisterseher verbreitet. Halab wird nicht gerächt werden, aber zumindest kann unser armer Bruder in Frieden ruhen.«

»Neulich in der Taverne habe ich geglaubt, ich hätte seinen Geist gesehen«, sagte ich. »An dem Abend, als ich Janos kennenlernte. Er hat mich angelächelt und aufmunternd seinen Daumen hochgereckt.«

»Ein ausgezeichnetes Omen«, sagte meine Schwester. »Halabs Geist muß geahnt haben, was geschehen würde.«

Langes Schweigen folgte. So war es immer, wenn Halabs Name fiel. Es war sein Unglück gewesen, daß er die Familie in die Nähe der Geisterseher geführt hatte. Es war ein noch größeres Unglück gewesen, daß er mit dem Talent eines Geistersehers zur Welt gekommen war. Als Kind hatte er die Mädchen mit Prophezeiungen ungewollter Schwangerschaften erschrecken können, die sich später als zutreffend herausstellen sollten. Rali hatte mir einmal anvertraut, Halab habe im voraus gewußt, daß unsere Mutter sterben würde, und schon sechs Monate getrauert, als es schließlich geschah.

Ich erinnere mich nur an ein paar Tricks, mit denen er mich

amüsiert oder getröstet hatte. Ich hatte ein kleines Frettchen, das ich überallhin mitnahm. Es wohnte in meiner Tasche und schlief bei Nacht auf meinem Kissen. Mein Frettchen wurde krank und starb. Es geschah kurz nach dem Tod unserer Mutter und war ein schwerer Schlag für einen so kleinen Jungen. Ich trauerte so sehr, daß ich krank wurde und beinah am Fieber starb. Halab aber holte das Frettchen aus seinem Grab im Garten, wo ich es bestattet hatte. Ich weiß noch, daß ich von seinen Gesängen wach wurde. Er saß am Boden vor meinem Bett und ließ den vertrockneten Leichnam des winzigen Tieres über einer blauen Flamme baumeln, die aus einer Kupferschale flackerte. Der Geruch von brennendem, verwestem Fleisch stieg mir in die Nase. Halab streute ein Pulver in die Flammen, sang immer weiter, und plötzlich wurde der üble Gestank ganz lieblich. Dann hauchte er das tote Tier an und wirbelte es am Schwanz herum.

Er setzte es mir auf die Brust und legte meine Hand auf den kalten Körper. »Hauch es an, Amalric«, sagte er mit einer Stimme, die so sanft war, daß ich sie noch jetzt durch all die Jahre hören kann. Ich hauchte. Und ich spürte, wie aus der Kälte Wärme wurde. Dann ein Zucken. Dann ein Quieken. Und die Nase des Frettchens lugte zwischen meinen Fingern hervor. Ich stieß einen lauten Freudenschrei aus, als das maskenhafte Gesicht erschien und die kleinen Augen lebendig blitzten. Man sagt, mein Fieber habe sich nach einer Stunde gelegt. Eine Woche später sprang ich wieder herum, so quirlig wie eh und je, mit meinem Frettchen in der Tasche.

Bis heute weiß ich nicht, ob ich lachen oder weinen soll, wenn ich daran denke. Wir alle liebten meinen Bruder und bewunderten seine Gaben. Inzwischen weiß ich, daß diese Bewunderung, was meinen Vater anging, von Sorge getrübt war. Halab war entschlossen, Geisterseher zu werden. Er wollte das Wissen erwerben, das nur sie lehren durften. Doch dieser Wunsch widersprach der damaligen Politik. Mein Bruder war ein Idealist, ein Romantiker, der seine

Gaben für das Wohl der Menschen von Orissa nutzen wollte. Er träumte davon, die Kranken zu heilen und die Not der Armen und Versklavten zu lindern.

Die Geisterseher jedoch wollten ihren Einfluß auf Orissa erhalten. Kein Ratsmitglied – wie wichtig oder alteingesessen seine Familie auch sein mochte, durfte ohne ihren Segen handeln. Kein Kaufmann, Handwerker, Händler und auch keine Kurtisane durfte seinen oder ihren Beruf ausüben, ohne den verordneten Zehnten zu entrichten. Mein Bruder war offen und ehrlich, was seine Absichten anging. Nur höchst widerwillig einigten sich die Geisterseher darauf, ihn für eine Aufnahme in Erwägung zu ziehen. Sie testeten ihn gründlicher – so erzählte mir meine Schwester – als die meisten. Und sie waren rüde in ihren Fragen, als sei er von niedriger oder fragwürdiger Geburt.

Sie wiesen ihn zurück, behaupteten, er sei gescheitert. Doch Halab ließ sich nicht beirren. Er forderte das Äußerste: ein Gottesurteil. Die gesamte Stadt, so sagt man, sei auf den Beinen gewesen, als der Tag kam. Mein Bruder hatte sich geweigert, die Weisheit des Rates zu akzeptieren, und zog es vor, sein Anliegen den Göttern direkt zu unterbreiten. Die Einzelheiten des Verfahrens blieben geheim, doch alle wußten, daß ein Scheitern für ihn den Tod bedeutete. An diesem Tag betrat er den Tempel … und kehrte nie zurück. Die Geisterseher verbreiteten, er sei gestorben. Nur gab es keine Leiche, die wir in Ehren hätten bestatten können. Es wurden keine Riten vorgenommen, die ihm seine Reise erleichtert hätten. Halabs Geist war dazu verdammt, in einer kalten Vorhölle zwischen dieser und der nächsten Welt umherzuwandern.

Es war ein hoher Preis, den wir alle für Halabs Träume zahlten. Meine Brüder beklagten sich im stillen ständig darüber. Sie waren Duckmäuser, die vor Scham zu Kreuze krochen. Mein Vater sprach vor anderen nie darüber. Nicht aus Angst um mich, sondern um seine Familie und die kommenden Generationen. Ich weiß, daß er die Geisterseher haßte. Es war ein Haß, den meine Schwester und ich mit ihm teilten.

Rali lehnte sich zurück. Sie lächelte mich an, doch an ihren Mundwinkeln sah ich, daß ihre Gedanken durch dieselben düsteren Wälder gewandert waren wie die meinen. »Laß mir eine Woche Zeit«, sagte sie. »Du weißt, wie sehr Vater in mich vernarrt ist. Aber trotzdem brauche ich Zeit, um meine töchterlichen Ränke zu schmieden.«

»Nimm Otara mit, wenn du ihn besuchst«, riet ich. »Er ist gern in ihrer Gesellschaft.«

»Oh, das werde ich. Das werde ich. Nur eines mußt du mir versprechen, Bruderherz«, sagte sie.

»Alles. Nenne mir den Berg, und ich werde ihn besteigen. Die Wüste, und ich werde sie durchqueren. Den Schatz, und ich werde ihn für dich stehlen.«

»Geh einfach jeglichem Ärger aus dem Weg.«

»Schon schwieriger«, sagte ich. »Aber ich werde mein Bestes tun. Versprochen.«

»Ich habe nicht die Absicht, diese Expedition zu unterstützen«, sagte mein Vater. Seine Worte trafen mich vollkommen unerwartet. Rali hatte gute Vorbereitungen getroffen, und ich war sicher, er würde zustimmen.

»Ihr müßt, Vater«, flehte ich. »Ich bezweifle, daß sich jemals in meinem Leben wieder eine solche Gelegenheit ergibt. Bitte, Ihr müßt mir Euren Segen geben.«

»Ich *muß* überhaupt nichts, Amalric«, erwiderte mein Vater. »Das einzige, was ich wirklich muß, ist, den Zehnten an die Geisterseher, meine Steuern an den Hohen Rat und eine Goldmünze an den Dunklen Sucher zu zahlen, damit meine Reise in die andere Welt schmerzlos und zügig vonstatten geht. Diese Dinge *muß* ich tun. Die törichte Reise eines hitzköpfigen Knaben von einem Sohn zu unterstützen, stellt für mein Dasein glücklicherweise keine Notwendigkeit dar.«

»Verzeiht mir das Wort, Vater«, flüsterte ich ernüchtert. »Nur sagt mir doch, wie ich Euch überzeugen kann. Ist es das Ziel, das Ihr unwürdig findet? Ihr bezweifelt die Existenz der Fernen Königreiche?« Mein Vater blickte mich nur an. Nicht böse, nur ernst, wenn auch mit großer Müdigkeit. Er mußte nichts sagen. Ich erinnere mich, daß mein Vater damals schon sehr alt war, obwohl ich jetzt weit älter bin als er am Tage dieser Konfrontation. Sein Haar war weiß und nach der Mode seiner Generation kurzgeschoren wie ein Helm. Er trug einen kleinen, gepflegten Bart, und seine Haut war ledern von dem vielen Reisen, die Hände übergroß und voller Altersflecken. Inzwischen jedoch bin ich mir darüber im klaren, daß Paphos Karima Antero, der Patriarch unserer Familie, seine besten Jahre noch nicht lange hinter sich hatte, und das hohe Alter, an das ich mich erinnere, eher eine Frage meines jugendlichen Blickwinkels war. Er wirkte damals so *weise*. Ich denke, ich habe in ihm eine Art Gott gesehen. Als er mich mit seinem Blick fixierte, verließ mich der Mut, und ich fühlte mich klein und wertlos. Denn ich verstand, daß *ich* der Mangel war. *Ich* war der Grund, warum die Reise zu den Fernen Königreichen nicht stattfinden würde.

Nur das Knistern des Feuers im Kamin hinter dem Schreibtisch meines Vaters war im Raum zu hören, während ich überlegte, wie ich für meine Sache kämpfen konnte. »Ich weiß, ich bin Euch eine große Enttäuschung gewesen, Vater«, sagte ich schließlich. »Mein Betragen war unverzeihlich. Zu sagen, es täte mir ehrlich und zutiefst leid, wäre nur ein schwacher Ausgleich für meine Sünden, und keine Entschuldigung – möge sie noch so verzweifelt sein – könnte die Waage zu meinen Gunsten ausschlagen lassen.«

Ruhig und prüfend sah er mich an.

»Es mag Euch wie plötzliche, ungestüme Begeisterung erscheinen. Und bedenke ich meine Vergangenheit, würde auch ich diesen

Plan ablehnen, wenn ich der Vater eines solchen Sohnes wäre. Nur flehe ich Euch an, in Eurem Herzen zu suchen und die Wahrheit zu erkennen, die dort liegt. Ich wünsche nichts sehnlicher, als Euch zu erfreuen. Das Mißtrauen gegenüber meinen Motiven auszumerzen. Mich des Namens Antero würdig zu erweisen, damit mein Vater auf dem Marktplatz voller Stolz von mir sprechen kann.« Ich schwieg, unsicher, wie ich fortfahren sollte.

»Ist das alles, was du mir zu sagen hast?« fragte mein Vater scharf.

»Nein. Ich möchte außerdem deutlich machen, daß ich Eure Entscheidung – wie immer sie ausfallen mag – klaglos akzeptieren werde, und ich will mein Bestes tun, jede Suche zu vollenden, die Ihr meiner als würdig erachtet. Bevor Ihr jedoch die Tore fest verschließt, bedenkt bitte folgendes: Für die meisten Männer meines Alters ist eine solche Suche nur eine Ausflucht, auf Kosten ihrer Väter reisen und sich vergnügen zu können. Nie wird etwas Neues entdeckt. Das Wissen der Welt wird nicht erweitert. Und unsere Handelsrouten enden nach wie vor an den Grenzen von Einflußsphären, die die Orissaner an ihrer wahren Bestimmung hindern. Eure Generation war die letzte, die diese Grenzen verschoben hat. Ihr selber habt es gewagt, die Karten nach Eurer Suche vor vielen Jahren neu zu zeichnen. Und vieles von Eurem Wissen der entferntesten westlichen Regionen basiert auf Euren späteren Handelsreisen. Nur müßt Ihr zugeben, daß die Tradition, seinen eigenen Wind zu suchen, heutzutage eine Farce geworden ist. Sie ist eine Ausrede für die Söhne der Reichen, das Geld ihrer Väter für fremden Luxus, Frauen und Wein auszugeben, außer Sichtweite der prüden Augen Orissas. Und sie kehren mit nichts als dem Wissen um die besten Tavernen und Sporthallen der zivilisierten Welt zurück.«

»Du gedenkst, es anders zu machen?« sagte mein Vater trocken.

»Ja, das tue ich, Vater. Aus diesem Grunde bitte ich nur um ein Zehntel des Geldes, das normalerweise für eine solche Reise bestimmt ist. Es soll eine *echte* Suche werden. Ich will mir keine eleganten Kleider kaufen, um Kurtisanen zu beeindrucken. Ebensowenig verlange ich auch nur eine Münze für das übliche Gefolge von Freunden. Ich brauche auch keines der Luxusgüter, die derartige Karawanen für gewöhnlich mit sich führen: feine Zelte und Teppiche und Kissen zur Erleichterung der Reise, Weine und Delikatessen als Ausgleich zur Barbarenkost, Sklaven, die die Arbeit machen, oder Frauen, die unseren Trieb befriedigen, wenn man uns die Schönheiten der Gastländer vorenthält. Ich habe die Absicht, diese Expedition so knapp und professionell wie möglich auszurüsten. Und bei so geringen Kosten ist die Wahrscheinlichkeit groß, daß sie Gewinn abwirft, selbst wenn wir unser Ziel nicht erreichen. Weiterhin glaube ich, daß ich großes Glück hatte, Hauptmann Greycloak kennengelernt zu haben, dessen Teilnahme an einem solchen Unternehmen die Erfolgschancen sicher verdoppelt.«

»Was wäre, wenn ich der Suche zustimmte, nur zu einem anderen Ziel?« fragte mein Vater.

»Ich würde es ebenso machen«, antwortete ich. »Nur würde ich es nicht so gut machen, weil Hauptmann Greycloak nicht bei mir wäre. Ich wäre enttäuscht, ganz sicher. Aber Euch meinen Wert zu beweisen, Vater, ist wichtiger als einer Enttäuschung zu entgehen.« Damit schwieg ich. Mir wollten keine weiteren Argumente einfallen. Ich machte mich auf seine Ablehnung gefaßt und flehte Halabs Geist an, mir dabei zu helfen, diese Ablehnung gut aufzunehmen.

Ein Klopfen an der Tür war zu hören. Tegry, der Diener meines Vaters, steckte seinen Kopf herein. In seinem Gesicht sah ich ein feines Lächeln der Genugtuung. Es wurde breiter, als er mein offensichtliches Unwohlsein bemerkte. Ohne Zweifel lachte er in sich hinein, weil ich endlich die gerechte Strafe für mein Tun erhielt.

»Was ist?« fragte mein Vater gereizt. Tegrys Grinsen verflog. Der Ton meines Vaters klang bedrohlich. »Ihr wolltet informiert werden, Herr, wenn Hauptmann Greycloak eintrifft.«

Ich war perplex. Offenbar hatte mein Vater Janos gebeten, meiner endgültigen Erniedrigung beizuwohnen. Ich versuchte, mich nicht aufzuregen, weil dies auch Janos gegenüber unhöflich gewesen wäre. »Schick ihn herein«, sagte mein Vater. »Und bring uns etwas Wein. Nur nicht diesen Essig vom Markt! Hol eine gute Flasche aus dem Keller.« Der Magen zog sich mir zusammen, als Tegry einen bösen Blick in meine Richtung warf und verschwand, um zu tun, was man ihm aufgetragen hatte.

Das Verhalten meines Vaters war verwirrend. Und was er als nächstes zu mir sagte, war noch verwirrender. »Dies eine Mal habe ich gegen einen deiner Gefährten nichts einzuwenden. Und ich habe mich bei meinem Urteil über Janos Greycloak nicht allein auf die Einschätzung deiner Schwester verlassen. Hauptmann Greycloak scheint ein ausgezeichneter Soldat zu sein, der die militärische Seite einer solchen Expedition übernehmen kann ... falls sie genehmigt wird. Um die Wahrheit zu sagen, hat er mich so sehr beeindruckt, daß ich ihn persönlich eingeladen habe, um ihm zu sagen, daß ich an ihm nichts auszusetzen habe. Alles andere wäre unhöflich.«

Ich hörte Janos' Stiefel auf dem Korridor und wollte mich am liebsten davonstehlen wie ein inkontinenter Köter, der eben seinen Lieblingsplatz am Kamin beschmutzt hat. »Kommt herein, guter Hauptmann«, rief mein Vater mit lauter Stimme, als Tegry Janos ankündigte. »Danke, daß Ihr meinem Wunsch so prompt nachgekommen seid.«

Janos hatte sich sorgfältig gekleidet und machte einen guten Eindruck, als er eintrat und sich tief verneigte. »Es war meine eigene Freude über Eure freundliche Einladung, die mich so schnell hierher geführt hat, Lord Antero«, antwortete er.

»Nein, nichts davon«, sagte mein Vater. »Wir sollten hier als Gleichberechtigte sprechen, wenn Ihr die Expedition meines Sohnes zu den Fernen Königreichen leiten wollt. Nennt mich Paphos ... bitte.«

Mein Kinn schlug beinah am Holzboden auf. Mein Kopf drehte sich vor Verwirrung, dann vor reiner Freude. Tränen stiegen mir in die Augen, und ich hatte einen Klumpen im Hals, der drohte, ein schwerer Seufzer der Erleichterung zu werden. Ich wollte mich meinem Vater zu Füßen werfen, um mich wimmernd zu bedanken.

Er lächelte und zwinkerte mir zu. »Schenk uns doch etwas von dem Wein ein, den Tegry geholt hat, Amalric«, sagte er. »Ich möchte Janos' Meinung dazu hören.«

Ich schenkte ein und reichte die Kelche herum. Janos warf mir einen seltsamen Blick zu, doch ich wandte mich ab, um mich nicht komplett zum Esel zu machen. Das Gespräch, das sich während der folgenden Stunde entspann, nahm ich kaum wahr. Die Unterhaltung muß angenehm gewesen sein, nicht zuletzt durch Janos' Beiträge, denn ich hörte viel Gelächter über die Scherze meines Vaters und respektvolles Schweigen, wenn er einige seiner Lieblingsanekdoten erzählte.

Noch immer fragte ich mich – was war mir entgangen? Einen Augenblick zuvor war mir meine Suche verweigert worden. Jetzt wurde sie herzlich begrüßt und mit Trinksprüchen beim besten Wein meines Vaters besiegelt. Mit anderen Worten: Was hatte ich richtig gemacht? Was hatte ich gesagt, um den notorischen Dickkopf eines Paphos Karima Antero umzustimmen? Dann verstand ich, zumindest teilweise. Seine Weigerung war ein Test gewesen. Es war nicht das, *was* ich gesagt hatte, sondern die tiefe Leidenschaft meiner Verteidigung. Es war ein Trick, den ich seit jenem Tag oft angewendet habe. Er hat mir gute Dienste geleistet.

»Da ist eine Sache, über die wir uns von Anfang an im klaren sein müssen«, hörte ich meinen Vater zu Janos sagen.

»Und was ist das, Sir?« fragte Janos.

»Meiner Erfahrung nach liegt einer der wichtigsten Gründe für das Scheitern solcher Expeditionen in der mangelhaften Klärung von Autorität und Verantwortung.«

»Eure Weisheit ist weit größer als meine«, sagte Janos. »Daher würde ich Euch hierin nicht widersprechen. Besonders, da meiner geringen Erfahrung nach Eure Worte voll und ganz zutreffen.«

»Gut«, sagte mein Vater. »Dann werdet Ihr meiner ersten und einzigen Anweisung auch nicht widersprechen. In allen Fragen der Sicherheit dieser Expedition seid allein Ihr zuständig. Mein Sohn wird bei Eurem Vorgehen, was die Soldaten betrifft, in keiner Weise eingreifen.

In sämtlichen Fragen des Geschäfts jedoch, des Budgets oder des Handels, ist das Wort meines Sohnes Gesetz. Es ist *seine* Suche. *Seine* Expedition. Und am Ende wird er mir für den Erfolg oder Mißerfolg Rechenschaft ablegen. Abgemacht?«

»Ohne das leiseste Zögern«, sagte Janos.

Mein Vater wandte sich mir zu. »Amalric ... Sollte darüber Uneinigkeit bestehen, ist jetzt der Augenblick, davon zu sprechen. Du solltest es nicht aufschieben, bis du in der Wüste bist und eine Horde Dämonen über die Dünen stürmt. Also ... stimmst du ebenfalls zu?«

Noch immer war ich viel zu ergriffen, als daß ich mehr hätte tun können als wild zu nicken und meine Zustimmung zu krächzen.

Janos schaltete sich ein. »Wenn ich so unverschämt sein dürfte, Sir«, sagte er. »Ich hätte selbst auch eine kleine Bedingung.«

Seine Worte ließen mich zusammenzucken. Was tat er? Mein Vater hatte schon zugestimmt. Warum drängte Janos nach mehr? Ich war sicher, mein Vater würde es sich auf der Stelle anders überlegen.

»Und was sollte das sein, Hauptmann?« hörte ich meinen Vater fragen und war erstaunt über seinen jovialen Tonfall.

»Ich möchte nur Eure Meinung über unser Ziel hören, Sir. Denn ich muß Euch warnen, daß ich alles riskieren werde, was wir gewonnen haben, wenn wir uns diesem Ziel einmal nähern. Doch falls Ihr glaubt, wir würden nur einer Fabel nachjagen ... das wäre der Punkt, an dem sich unsere Wege trennen.«

Jetzt hat er alles kaputtgemacht, dachte ich. Mein Vater war kein

Freund von Fabeln. Ich bekam meinen Willen, so dachte ich, weil er sich von dieser Reise einigen Gewinn versprach. Es war egal, wie das Ziel hieß, solange auf dem Weg dorthin Gelegenheit zum Handeln war. Und jetzt wurde sein guter Wille von Janos' Ultimatum zerstört. Dennoch war ich neugierig, wie er reagieren würde. Ich erinnerte mich daran, daß auch ich diese Frage gestellt hatte... ohne eine Antwort bekommen zu haben.

Ich erwartete zu sehen, daß mein Vater wütend das Gesicht verzog. Aber statt dessen wirkte er sanft und nachdenklich. »Das ist nur fair«, sagte er schließlich. »Ich würde dasselbe wissen wollen, wenn ich in Euren Stiefeln steckte.« Er schenkte sich nach und trank. »Wir haben einen gemeinsamen Traum, Hauptmann«, sagte er schließlich. »Die Fernen Königreiche halten mich in ihrem Bann, seit ich ein kleiner Junge war.«

Er muß gehört haben, daß ich nach Atem rang, denn er wandte den Kopf und warf mir ein seltsam ironisches Lächeln zu. »Ich habe nie jemandem davon erzählt«, erklärte er. »Aber ich habe einmal dort gesessen, wo du jetzt sitzt, mein Sohn. Und ich habe meinen Vater angefleht, mich auf eine solche Expedition gen Osten ziehen zu lassen. Er hat es mir verweigert. Und seit damals habe ich es jeden Tag bereut.«

Ich suchte nach Worten. Vor wenigen Augenblicken noch hatte ich meinen Vater im stillen beschuldigt, ein geldgieriger Kaufmann zu sein, mit einer Seele, die zu klein für Fabeln oder Träume war. »Aber... wie konnte er? Jeder weiß, was für ein großer Reisender du warst. Viele unserer Handelswege würden ohne dich nicht existieren!«

Mein Vater winkte ab. »Das hätte jeder tun können. Und aus mir spricht keine falsche Bescheidenheit, denn Gott weiß, ich bin kein bescheidener Mann. Tatsache ist, daß zu meiner Zeit keine jungen Männer auf eine wichtige Suche gehen wollten. Daher fiel es mir leicht, mich hervorzutun. Ich sah damals, daß Orissas Welt schrumpfte, statt weiter zu expandieren. Und seit unserem Sieg über Lycanth ist das noch schlimmer geworden. Inzwischen gehört nicht viel dazu, reich zu werden. Wir müssen nur die alten, sicheren Häfen anlaufen. Deshalb hat es seit meiner Zeit nur noch so wenige wichtige Entdeckungen gegeben. Und das ist auch der Grund, warum ich dir meinen Segen gebe. Wenn Orissa sich nicht auf die Suche begibt, wird es bald nicht mehr existieren.«

»Dann *glaubt* Ihr an die Fernen Königreiche?« fragte ich.

Mein Vater zögerte lange. Dann: »Laß es mich so sagen... Ich möchte daran glauben. Es muß für Suchende immer einen Ort geben, den sie suchen können. Wir alle sind mit derselben Sehnsucht im Herzen geboren. Und wenn die Antwort darauf nur ein Kanten Brot ist, den wir unseren Brüdern nehmen, was hat das alles dann für einen Sinn? Deshalb gebe ich dir meinen Segen, Sohn. Und auch Euch, mein guter Hauptmann. Sucht die Fernen Königreiche! Findet sie, wenn Ihr könnt. Bei den Göttern, falls die Fernen Königreiche existieren, werde ich glücklich aus dem Leben scheiden, denn ich weiß, ein Antero hat ihre Luft geatmet.« Er hob den Kelch an die Lippen und trank. »Ist Euch das Antwort genug, Hauptmann?« fragte er energisch.

»Mehr, als ich mir zu erhoffen wagte, Sir«, antwortete Janos respektvoller, als ich es je von ihm gehört hatte. »Ich danke Euch.«

»Keine Ursache«, erwiderte mein Vater. Er wandte sich mir zu. »Dann ist es also abgemacht. Jetzt fehlt dir nur noch die Genehmigung vom Rat der Geisterseher.«

Mein Herz setzte einen Augenblick beinahe aus. Die Geisterseher hatte ich ganz vergessen! Keine Handelsexpedition durfte ohne ihre Zustimmung durchgeführt werden, und diese Zustimmung war nicht zu bekommen, wenn nicht Geld und die Aussicht auf noch mehr Geld im Spiel war. Und selbst dies war keine Garantie, daß die Omen günstig ausfielen. Besonders für ein Unternehmen wie dieses, von dem ich meinem Vater gegenüber geprahlt hatte, es sei mit den gewöhnlichen Suchen meiner Altersgenossen nicht zu vergleichen. Man würde Knochen werfen. Und wie die Geisterseher diese Knochen deuteten, war stets zweifelhaft. Besonders bei einem Antero.

Mein Vater sah mich an und füllte unsere Gläser. »Mal sehen, wie ich dir helfen kann«, sagte er. »Ich habe da einige offene Rechnungen, die längst hätten beglichen werden sollen. Bis dahin ...« Er hob seinen Kelch. »Auf die Fernen Königreiche!«

»Auf die Fernen Königreiche«, wiederholten wir. Während wir tranken, sah ich Janos über meinen Kelch hinweg an. Auch er lächelte, aber ein wenig unsicher. Zumindest war ich nicht der einzige, der sich wegen des Rats der Geisterseher sorgte.

Zu Zeiten meiner Suche erstellte man die Kostenplanung einer Expedition mit Hilfe von etwas, das wir Kaufleute das »Gesetz der Drei« nannten. Ein Drittel der Kosten war für die Ausrüstung bestimmt, das zweite für die Mannschaft und das dritte für die Götter. Gewinne aus einer erfolgreichen Expedition teilte man nach dem »Gesetz der Vier«: zwei Viertel für Kaufmann und Geldgeber, ein Viertel für die Mitglieder der Expedition oder deren Hinterbliebene in der Heimat, und das letzte Viertel ging wiederum an die Götter. Die Geisterseher kassierten die Gottessteuer, und damals sagte man im Scherz, der Älteste der Geisterseher würde die Münzen wohl in die Luft werfen. Was oben blieb, gehörte den Göttern. Was wieder herunterkam, blieb bei den Geistersehern.

Unseligerweise waren beide Faustregeln für eine korrekte Buchhaltung nicht zu gebrauchen. Allein die Kosten für eine Anhörung vor dem Rat konnten einen kleinen Silbersee füllen, wenn der Kaufmann den Schreibern der Geisterseher und den Priesterhelfern »Geschenke« zusteckte. Ein noch kostbareres »Geschenk« war jenem Mitglied des Rates zu machen, das die Interessen des Kaufmanns vor seinen Kollegen vertreten sollte. Es gab keine Möglichkeit, sich dem zu entziehen, obwohl das Gerücht ging, manch einer hätte es versucht, sei erwischt und dann lebenslang von jeglichem Handel ausgeschlossen worden … vorausgesetzt, die Geisterseher waren überhaupt so freundlich, den Abtrünnigen am Leben zu lassen.

Es folgten endlose und ausschweifende Läuterungsriten, dann wurden von einem der Bittsteller die Knochen geworfen. Ein gutes Omen war nicht unbedingt gesichert, selbst wenn aus dem kleinen Silbersee inzwischen ein ganzes Meer geworden war. Manchmal war ein böses Omen so stark, daß es sich unmöglich leugnen ließ. Garantiert war dieses böse Omen jedoch, wenn sich der Kaufmann knauserig mit seinen Geschenken gab. Was die Regeln der Gewinnaufteilung anging, so vergrößerte ein umsichtiger Kaufmann den Anteil der Geisterseher am besten mit einigen zusätzlichen Silberstücken aus eigener Tasche. Dieses geschah, um ein weiteres Gesetz Orissas zu umgehen, welches besagte, daß jedes Objekt, das eine heimkehrende Expedition bei sich führte, auf seine spirituelle Reinheit zu prüfen war. Außerdem war es üblich – und keine noch so große Menge an »Geschenken« konnte dies verhindern –, daß alles, was den Zauberkünsten förderlich war, automatisch den Geistersehern zufiel. Jedes Buch, jeder Talisman, jedes Pulver, jeder Trank, auf den das zutraf, war ihnen unverzüglich zu übereignen. Die Strafe für einen Verstoß gegen dieses Gesetz war der Tod.

Da meine Suche aus dem einzigen Grunde unternommen wurde, einen Weg über die geheimnisvollen und tödlichen Grenzen – manche greifbar, andere durch Zauberkraft gesetzt – zu finden, die unsere Welt damals beengten, würde man diesem Gesetz viel Aufmerksamkeit schenken. Kompromißlos würde der Rat der Geisterseher Garantien fordern, falls er unsere Expedition zu den legendären Fernen Königreichen gestatten sollte.

Mein Vater jedoch war in solchen Dingen ungemein erfahren. Die Kunst, Geistersehern zu schmeicheln, beherrschte Paphos Karima

Antero wie kaum ein anderer. Trotz seiner Unbeliebtheit im Rat kannte er sich in den Nischen und Winkeln des Verwaltungslabyrinths so gut aus, daß er nur selten seinen Willen nicht bekam und fast immer einen besseren Preis als die meisten erzielte. Ein Federstrich in einem Hauptbuch oder das Fehlen eines solchen kann manchmal zu erstaunlichen Resultaten führen. Während ich also aus dem Blickwinkel des jungen Mannes einen schier unüberwindlichen Berg vor mir sah, machte sich mein Vater ans Werk, ließ hier ein Wort fallen, dort eine Geldbörse, und löste alte Verbindlichkeiten ein.

Endlich kam der entscheidende Tag. Es war Frühsommer, die Zeit der Morgennebel und der warmen Nachmittage. Der Duft von Orangen und knospendem Rosmarin hing in der Luft. Wir warteten im Garten hinter dem Palast der Geisterseher, in die blütenweißen Roben der Bittsteller gekleidet, frisch geschrubbt und mit Ölen gesalbt. Unsere Mägen knurrten nach dem dreitägigen Fasten und Entschlacken, das für die Riten nötig war. Meine Anspannung hatte sich durch die letzten Worte meines Vaters noch verstärkt, als wir das Haus verließen. »Sei auf der Hut«, hatte er mich gewarnt. »Tu genau, was man dir sagt, und nichts weiter. Das Ziel, das du dir für deine Suche gewählt hast, hat das Interesse unserer Feinde geweckt. Sie werden dich beobachten und genau zuhören.«

Auch Janos war ungewöhnlich schweigsam. Ich blickte über den Kopf des kleinwüchsigen Schreibers hinweg, der unseren Fall bearbeitete, und sah, daß er nervös an seinem Bart zupfte. Er sah mich, und der fragende Ausdruck auf seiner Miene wandelte sich zu einem leisen Lächeln. »Kein Grund zur Sorge«, sagte er. »Das Schlimmste, was sie tun können, ist, nein zu sagen.« Ich dachte an Halab und antwortete nicht.

Ein Sklave kam die Treppe heruntergelaufen. »Man ist bereit für Euch, Ihr Herren.« Der Schreiber zupfte an meinem Ärmel. »Legt das hier an, Herr«, sagte er und reichte mir einen langen Streifen aus rotem Tuch. »Zieht es fest und entfernt es erst, wenn man Euch die Erlaubnis gibt.« Dann gab er auch Janos eine Augenbinde, und ich betete leise zu unserem Hausgott und legte das Tuch über die Augen, bis alles dunkel war. Dann stolperten wir hinter dem Schreiber her eine breite Steintreppe hinauf in den Palast.

Der Palast war voller Düfte und fremder Geräusche: eine Mischung aus Parfum und Schwefel, klingelnder Glöckchen und dem *klapp, klapp, klapp* von hohlem Holz auf Stein. Als wir von Raum zu Raum gingen, wurde die Luft kalt, dann warm, dann plötzlich wieder kalt. Gleichbleibendes Flüstern war zu hören, dunkles Zischen drang aus allen Ecken. Es rauschte, als eine große Tür geöffnet wurde, und wir traten in einen Raum, der nach trockener, schuppiger Echsenhaut roch. Ein Zupfen an meinem Ärmel brachte mich zum Stehen.

»Ihr könnt Eure Tücher abnehmen, edle Herren«, sagte eine unbekannte, barsche Stimme. Ich zog die Augenbinde ab und fand mich in einer Welt von grauem Stein und schmutzig gelbem Licht wieder. Eine Gestalt im Talar stand vor uns. Es war der Geisterseher, dem Janos und ich vor einiger Zeit auf der Straße begegnet waren.

»Ich heiße Euch willkommen, edle Herren«, sagte er. »Mein Name ist Jeneander. Ich werde Euer Führer sein an diesem entscheidenden Tag.«

Einen Augenblick stand ich ganz still, dann spürte ich Janos' Ellbogen in meinen Rippen. »Gepriesen seien die Götter, daß Ihr uns leuchten sollt«, intonierte ich, zog eilig eine Börse aus meiner Robe und preßte sie in Jeneanders wartende Hände. Er ließ sie so schnell verschwinden, wie eine Meerechse Möwen aus der Luft schnappt.

Jeneander beugte sich vor und flüsterte: »Ich werde Euch jetzt einen Moment allein lassen. Erfrischt Euch in meiner Abwesenheit mit diesem hier.« Er reichte uns ein kleines, in Öltücher gewickeltes Bündel. »Ich freue mich, verkünden zu können, daß einer unserer vielversprechendsten jungen Geisterseher Interesse an Eurer geplanten Expedition zeigt«, sagte er laut. »Er wird gleich kommen, um dem Werfen der Knochen beizuwohnen. Ihr mögt von ihm gehört haben. Sein Name ist Cassini.«

Ich unterdrückte ein Stöhnen. »Das Glück scheint uns auch weiterhin hold zu sein«, brachte ich hervor. Wir verneigten uns voreinander, und Jeneander schwebte davon, um sich auf die Zeremonie vorzubereiten. Hastig wickelte ich das Bündel aus und fand mehrere große Brocken von weingetränktem Schwarzbrot darin. »Aber was ist mit unserem Fasten?« flsüterte ich Janos zu. »Ich dachte, alles Essen sei verboten?«

Janos lachte leise und griff sich ein Stück Brot. »Ich habe gelernt, mein lieber Amalric, daß es so viele Nuancen dieses Wortes gibt wie Münzen in der Schatzkammer eines reichen Mannes.« Er schlang das Brot herunter. »Iß! Ich glaube, unser neuer Freund sorgt sich mehr um unseren ausgehungerten Verstand als um diesen kleinen Akt der Blasphemie.« Ich aß, kaute das Brot mit Genuß. Augenblicklich wandelte sich meine Stimmung, und ich begann, die Dinge klarer zu sehen.

»Wer ist dieser Cassini?« fragte Janos. »Ich dachte, wir könnten uns den Geisterseher aussuchen, den uns der Rat mit auf die Reise gibt.«

»Manchmal«, sagte ich. »Manchmal nicht.«

Janos nahm mich in Augenschein. »Deine Miene – kunstvoll verborgen, wie ich gern zugebe – hat mir den Eindruck vermittelt, als hättest du von diesem Cassini schon gehört.«

»Du meine Güte«, sagte eine Stimme. »Es ist kaum Mittagszeit, und schon höre ich ständig meinen Namen.« Beide drehten wir uns um, den Sprecher zu begrüßen. Er war hochgewachsen und etwa in meinem Alter, mit wenig Fleisch auf den Knochen und einem verwöhnten Zug um den weichen Mund. Seine Robe war für einen so jungen Mann reich bestickt und deutete auf eine wohlhabende Familie hin.

»Ah, da seid Ihr ja, Cassini«, erwiderte ich. »Gerade wollte ich meinem Begleiter … Hauptmann Janos Greycloak … Eure einnehmende Persönlichkeit beschreiben.«

Als ich ihn vorstellte, verbeugten sich beide. »Cassini und ich waren einmal Kameraden auf dem Sportfeld und in der Taverne«, erklärte ich Janos. »Manch einer trauerte, als Cassini berufen wurde und uns den kindlichen Spielen überließ.« Janos sah an meinem Fingerzeig, daß ich nicht zu den Trauernden gehört hatte. »Wir kannten einander nicht sonderlich gut, was mein Pech und sein Glück war.«

Cassini trat vor, ein betuliches Lächeln auf den weichen Lippen. »Dann seid Ihr nicht enttäuscht, daß ich Euch auf Eurer Suche begleiten möchte? Seid bitte ehrlich, mein Freund, wenn ich Euch so nennen darf.«

»Oh, absolut nicht«, log ich. »Verflucht will ich sein, wenn ich so etwas je gedacht haben sollte.«

Ich wandte mich Janos zu. »Unsere Reise ist von Anbeginn gesegnet«, sagte ich. »Denn in Cassini wirst du einen gelehrten und gottesfürchtigen Geisterseher wie auch einen höchst angenehmen Gefährten finden.«

»Nicht so übermäßig gottesfürchtig, daß ich gegen die Leckerbissen in Euren Händen etwas einzuwenden hätte«, sagte Cassini mit künstlichem Lachen und deutete auf die Reste unseres Festmahles aus Brot und Wein. Wir waren klug genug, zu erröten und uns eilig von den Spuren zu befreien.

»Willkommen in unseren Reihen, guter Mann«, sagte Janos. »Mir ist beinah, als wären die Knochen schon geworfen und wir befänden uns schon auf dem Weg, mit einem guten Omen, das uns den Weg leuchtet. Darf ich fragen, was Euch erlaubt, unseren Bemühungen freundlich gesonnen zu sein?«

»Nun, das Ziel natürlich«, sagte Cassini.

»Dann gehört Ihr nicht zu denen, die die Existenz der Fernen Königreiche in Frage stellen?«

»Soweit würde ich nicht gehen«, antwortete Cassini. »Bisher liegen nicht ausreichend Beweise vor, daß ich zu einer abschließenden Meinung kommen könnte. Das Unternehmen selbst ist sicher nützlich. Was immer am Ende wahr sein sollte: Es wäre mir in jedem Falle eine Ehre, meinen Obersten die Nachricht zu bringen.«

Janos nickte. Am Funkeln in seinen Augen sah ich, daß er mehr verstanden hatte, als Cassini lieb sein konnte. Denn Cassini war ein junger Mann von vornehmer Abstammung, doch nur geringem Talent. Tatsächlich bezweifle ich, daß er auch nur ein Zehntel der Fähigkeiten meines Bruders besaß. Reichtum und Verbindungen seiner Familie hatten ihm einen Platz unter den Geistersehern eingebracht, doch jetzt stagnierte seine Karriere – vielleicht endgültig. Er brauchte dringend einen Erfolg, um diese Erstarrung abzuschütteln. In den Fernen Königreichen sah er seine Chance. Janos verstand, daß Cassini aus persönlicher Not handelte, denn in der Stimme des Geistersehers lag ein Unterton, in seinem Habitus eine erzwungene Ruhe, die durch das Scharren der Füße und nervöse Spielereien der Finger Lügen gestraft wurde.

»Ihr habt recht, wenn Ihr glaubt, mit dieser Expedition ließe sich viel erreichen«, sagte Janos. »Doch würde ich Euch keinen Dienst erweisen, wenn ich nicht darauf hinwiese, daß auch eine große Gefahr darin liegt. Niemand ist jemals dort gewesen, wohin wir fahren wollen ... und keiner wäre je zurückgekehrt, um davon zu erzählen.«

»Ich bin nur ein leerer Krug, den die Götter füllen ... oder brechen werden«, sagte Cassini. »Das Wissen um ihre Ziele ist mir Gewinn genug.« Wie üblich folgte auf diese pathetische, verlorene Bescheidenheit drückendes Schweigen, unterbrochen von Jeneanders Rückkehr.

Er begrüßte Cassini mit einem Lächeln. »Nun hat sich auch der dritte Abenteurer zu uns gesellt.« Er winkte. »Kommt. Der Rat erwartet uns.«

Wir folgten ihm durch schwere Vorhänge einen langen Korridor entlang, von Feuerperlen erleuchtet, die an den Köpfen alter Götterstatuen und mit Reißzähnen versehener Untiere hingen, die einmal Günstlinge gewesen sein mochten. Unheimliche Schatten tanzten an den Wänden. Hörner, spitze Zähne und scharfe Klauen. Der Korridor führte in eine riesige, dunkle Grotte von einem Raum. Jeneander führte uns auf eine steinerne Plattform, die einige Fuß hoch über dem Boden stand. Sie war von großen Fackeln eingefaßt, die tropften, qualmten und Funken sprühten. Lange standen wir da, blinzelten und versuchten, uns zu orientieren. Ich kann nicht für Janos sprechen, doch mein Herz war voller Furcht. Es tat einen Ruck, als eine mächtige Stimme rief: »Wer sind diese Sterblichen, die hier vor uns stehen?«

»Suchende aus der Stadt Orissa, Hohe Herren«, antwortete Jeneander.

»Und wer bürgt für ihre Gottesfürchtigkeit und ihren Wert?«

»Ich bürge, Hohe Herren. Ich ... Jeneander, bringe sie zu Euren Gnaden.«

»Wer wird für sie sprechen?«

Schweigen. Dann spürte ich, daß Janos' Zeh an meinen Absatz stieß. Es dauerte, bis ich meine sieben Sinne beisammen hatte. »Ich spreche für sie, Hohe Herren«, antwortete ich. »Ich, Amalric, Sohn Eurer Tochter Emilie, Sohn Eures Sohnes Paphos Karima Antero.«

Inzwischen sah ich etwas klarer. Direkt vor der Plattform konnte ich nackten Steinboden ausmachen. Er war überzogen von Zauberquadraten, Dreiecken, geheimnisvollen Ziffern und Symbolen. Das Ganze war von einem enormen Kreis umgeben, gezeichnet mit reinem Goldblatt. Der Rat der Geisterseher saß auf der anderen Seite des Zirkels, in all seinem Prunk, mit schwarzen, goldbetreßten Roben. Es waren zehn, und sie saßen auf Thronen aus geschliffenen Smaragden. An der Wand darüber wirbelten Farben und Rauch und schlängelnde Schatten herum. Der Sprecher saß auf dem mittleren

Thron. Sein Gesicht war faltig und falkengleich, als hätte man den Raubvogel aus einem Apfel geschnitzt und ihn dann vertrocknen lassen. Sein Haar und der Bart glänzten weiß und fielen herab, als wären sie seit Jahren nicht geschnitten. Die Augen glühten gelb und schienen bis in meine Seele vorzudringen. Das war Gamelan, der Älteste der Geisterseher.

»Und was ist dein Begehr, Amalric, Sohn der Emilie, Sohn des Paphos Karima Antero?« fragte Gamelan.

»Wir wollen zu den Fernen Königreichen, Hohe Herren. Zum Nutzen Orissas und der Ehre seiner Götter.«

Es folgte eine Pause, als die Geisterseher untereinander flüsterten. Ich wußte nicht, ob das so üblich war, sah dann aber an Cassinis besorgtem Blick, daß dem nicht so war. Schließlich sprach Gamelan. »Einer unter euch ist ein Fremder, geboren aus dem Schoß einer Tochter Orissas.«

»Dieser Mann bin ich, Hohe Herren«, antwortete Janos. »Janos, Sohn der Kether, Sohn des Prinzen Greycloak von Kostroma.«

»Wir haben von deinem Interesse an der Kunst der Geisterseher gehört.«

Furcht ergriff mich. Welchen Zweck verfolgte diese Frage? Wer verbreitete Geschichten über meinen Freund? Das war nicht mit Sicherheit zu sagen. Seher sind allwissend. Falls Janos es bestritt, zweifelte er ihre Macht an. Doch wenn er es zugab, mochte es sein, daß wir Halabs Schicksal teilten. »Es ist wahr«, antwortete Janos leichthin. »Ich habe ein geringes Talent, was nicht von Zauberei und Hexenkünsten stammt, das kann ich Euch versichern. Als Soldat bei den Lycanthern war ich gezwungen, mich auf meinen in Orissa geschulten Verstand zu verlassen. Ich hatte einigen Erfolg mit Furunkeln und der Fußfäule, unter der meine Männer litten. Und einmal habe ich eine Wunde am Hintern meines Sergeanten behandelt.«

Ich meinte, gedämpftes Lachen zu hören, doch es muß wohl meine Phantasie gewesen sein, denn war nicht Gelächter für so hochstehende Persönlichkeiten unschicklich? »Hatte ich erst einmal Orissas Tore geküßt«, fuhr Janos fort, »warf ich das wenige, das ich erfahren hatte, eilig beiseite. Ich halte selbst die Heilung von Furunkeln ohne professionellen Beistand für tollkühn. Und als ich vor wenigen Augenblicken erfuhr, daß einer der geschicktesten jungen Geisterseher des ganzen Reiches uns auf unserer Reise begleiten soll, gelobte ich noch im selten Moment, dem Gott, der uns gewogen ist, ein fettes Lamm zu opfern.«

Fast konnte ich spüren, wie Cassini sich plusterte und sein Ego die Federn spreizte wie ein Pfau beim Balztanz. Dem Nicken der Geisterseher nach zu urteilen schien Janos' Antwort auf Zustimmung zu stoßen. »Nun gut, also«, sagte Gamelan, als das Flüstern erstorben war. »Die Zeit ist gekommen, die Knochen zu werfen. Bist du bereit, Amalric Emilie Antero?«

»Ich bin bereit, Hohe Herren«, antwortete ich.

Jeneander trat an mich heran und öffnete eine verzierte Schachtel. Sie war in zwei Fächer geteilt. Auf einer Seite lagen zwei dicke Stücke von etwas, das einmal der Oberschenkel eines Lebewesens gewesen sein mußte. Im anderen lagen Teile eines menschlichen Schädels. Doch was sollte ich zuerst nehmen? Meine Hand zögerte, dann ergriff eine Macht von ihr Besitz und zog sie nach links. Ich nahm die Oberschenkelknochen aus der Schachtel. Ich hielt sie in der rechten Faust, und mit der Linken schlug ich mir fünfmal an die Brust, während ich sprach: »Oh, großer Herr Te-Date – Gott und Beschützer aller Reisenden. Ich rufe deine Weisheit für unsere heilige Suche der Fernen Königreiche.« Ich warf die Knochen in den goldenen Zirkel. Dann nahm ich die Schädelstücke heraus, schlug mir noch dreimal an die Brust und beendete meine Beschwörung. »Segne uns, großer Te-Date, mit deiner Weisheit. Und enthülle unser Schicksal mit diesen Knochen.« Die Schädelstücke gaben ein trockenes Klappern von sich, als ich sie neben die anderen warf.

Eine Stille folgte, die in der Welt der Menschen ihresgleichen sucht. Kalte Dunkelheit breitete sich aus, bis nur noch der leuchtende Zirkel zu sehen war, doch meine Kopfhaut juckte und brannte, als stünde ich vor einem gewaltigen Feuer. Meine Zunge wurde so trocken wie die Schuppen einer Echse, und meine Augen waren heiße, tränenlose Höhlen. Die Oberschenkelknochen rührten sich. Sie lösten sich vom Boden, und ihr Scharren auf dem Stein schmerzte in meinen Ohren. Sie schwebten einen Augenblick, dann schoben sie sich langsam zusammen, bis sie einander berührten. Bei dieser Berührung stiegen roter Rauch und Schwefelwolken auf. Entsetzen nahm von mir Besitz, und ich wollte fliehen, doch eine ungeheure Macht hielt mich zurück. Die Wolke wirbelte, sprühte Funken und nahm Form an. Ein mächtiges Tier trat daraus hervor, knurrte und brüllte und drohte mit den Klauen. Auf zwei massiven Beinen ragte es über uns auf und schlug mit seinem scharfkantigen Schwanz um sich. Das Untier war gehörnt, mit grausigen, roten Augen und blutigen Zähnen von der Größe meines Unterarms. Die Schuppen waren grün wie eine Leiche aus dem Fluß. Dann sah es mich. Als ich in diese Augen blickte, schien mir, als hätte ich so etwas Böses noch nie gesehen.

Der Dämon brüllte auf, sprang vor, und ein Stöhnen war zu hören, als er die Grenze des goldenen Zirkels überschritt. Wieder versuchte ich zu fliehen, doch ich war gefesselt, als sollte ich geopfert werden. Der Rachen des Ungeheuers klaffte weit, und fast war ich überwältigt von seinem heißen Atem, der nach allen toten und faulen Dingen dieser und aller anderen Welten roch. Das Untier beugte sich, um mich mit seinen Riesenzähnen zu zerreißen. Aber plötzlich war ein schwerer Donnerschlag zu hören, der durch die Höhle der Geisterseher hallte. Der Dämon hielt inne. Ich war nur Zentimeter vom Tod entfernt. Wieder donnerte es, erschütterte mich bis ins Mark.

Das Untier drehte sich, wandte den gehörnten Kopf dem goldenen Zirkel zu. Ich sah, wie es zuckte, als es etwas entdeckte. Es stieß ein Kreischen aus, das die Luft weißglühend machte, und sprang vor, die Klauen kampfbereit erhoben. Jetzt sah auch ich den Herausforderer. Ein nackter, unbewaffneter Mann stand dort, wohin ich die Schädelstücke geworfen hatte. Doch war er kein Mann, wie ich ihn bis dahin – oder seither – gesehen hatte. Er war nicht groß, sondern dick und kräftig gebaut, mit kurzen Säulen von Beinen und Armen. Brust und Rücken waren dicht behaart, und sein Gesicht von einem langen Bart verdeckt. Sein Kinn ragte vor, und dunkle Augenhöhlen funkelten unter knochigen, geschwungenen Brauenbögen. Der Mann brüllte den Dämon an und stampfte mit dem Fuß auf. *Wumm*. Der Raum erzitterte. Der Nackte stampfte mit dem anderen Fuß. *Wumm*. Wieder und wieder forderte er den Dämon heraus. *Wumm*. *Wumm*. *Wumm*. Alle drei wußten wir, daß unsere einzige Hoffnung auf diesem nackten, unbewaffneten Mann ruhte.

Er lief dem drohenden Dämon entgegen und schlug ihn mit der Faust, daß der Raum erbebte. Das Untier taumelte rückwärts, und der Mann fletschte seine gelben Hauer und machte sich bereit, ihm an die Kehle zu springen. Mir entrang sich ein Stöhnen, als der Dämon Feuer und Rauch spie und unseren Krieger blind machte. Der Mann stolperte, und schon war das Untier über ihm, und Zähne ließen Knochen bersten. Der Dämon packte den Mann, schüttelte ihn, daß es Blut regnete, und warf die Leiche auf den Stein. Dann hob er den gehörnten Kopf und trompetete seinen Sieg heraus. Als es mir beim Lärm seines furchtbaren Freudengeheuls in den Ohren summte, wußte ich, daß sich unser Traum von den Fernen Königreichen zerschlagen hatte.

Das Herz schlug mir bis zum Hals, als ich sah, wie Leben in die Leiche unseres Kriegers kam. Der nackte Mann erhob sich geschmeidig. Seine Haut zeigte keine Spur von Verletzungen. Er stampfte einmal auf, und wieder erschütterte uns das *Wumm*. Der Dämon zuckte, und vor Staunen stand das Maul mit den Reißzähnen weit offen. Dann fing er sich und schlug mit seinem stacheligen Schwanz. Doch unser Krieger wehrte den Hieb ab und drosch dem Dämon vor die Brust. Lautes, trockenes Bersten von Knochen war zu hören, und das Untier heulte vor Schmerzen. Der Mann sprang hoch und packte seinen Gegner im Nacken. Er legte seine säulendicken Arme um den Dämon und drückte fest zu. Ein Aufschrei war zu hören, ein Knakken, und der Mann sprang zurück, als das Untier zu Boden taumelte. Der Krieger wandte sich uns zu. Hob seine Hand triumphierend und stieß einen Schrei aus. Weißer, süßlich riechender Qualm stieg auf... und fort war er.

Der Qualm teilte sich und wurde zu einem Fenster auf einen fernen Ort. Das Bild raubte mir den Atem. Ich sah grünen Wald, silberne Bäche und eine zerklüftete Ebene von der Farbe blühenden Senfs. Dahinter, weit am Horizont, erhob sich eine Bergkette. Sie kauerte auf dem Land wie eine grobknochige Faust. Vier Gipfel hatte die Kette, und ein runder fünfter war der Daumen. Die Gipfel waren aus schwarzem, schneebedecktem Vulkangestein. Schneewehen hoben die einzelnen Finger der Faust hervor. Das Tal zwischen Daumen und Zeigefinger stieg sanft an... ein Weg über die schwarzen Berge.

Ein Weg in – mit staunendem Flüstern vollendete Janos meine Gedanken – »... die Fernen Königreiche«. Dieser Anblick beflügelte mich. Ich konnte fliegen wie ein Drache und sehnte mich danach, das fremde Land zu sehen. Ein Land, das kein Reisender aus der bekannten Welt jemals betreten hatte.

Ein Kreischen zerriß das Bild, und es verschwand. Mit offenem Mund stand ich da, als der Dämon sich erhob, unbefleckt und stark wie zuvor. Ihm gegenüber stand der nackte Mann. Wieder stampfte er auf, der Dämon brüllte, und sie stürmten durch den Zirkel aufeinander zu. Doch bevor die Kämpfer sich berühren konnten, waren sie verschwunden. Der goldene Kreis war leer.

Ich blinzelte, als die Finsternis verflog. Ich drehte mich um und sah Janos an. Über dem Bart war sein Gesicht blutleer, doch die Augen strahlten von innerem Feuer. Er sah mich an, als wollte er sprechen, dann schüttelte er den Kopf. Neben mir rührte sich Cassini. Ich wandte mich um, und unsere Blicke trafen sich. Seine Augen strahlten wie Janos', doch waren sie von Gier und Ehrgeiz entflammt. Ich bin nicht sicher, ob ich mir dessen damals bewußt war. Vielleicht beschönige ich meine Erinnerung. Doch ich weiß noch, daß ich Freude empfand ... und Unbehagen.

»Gepriesen sei Te-Date«, sagte Gamelan von der anderen Seite des Raumes her, »Beschützer der müden Reisenden.«

»Gepriesen sei Te-Date«, murmelten wir alle zur Antwort.

»Das Omen ist deutlich«, sagte Gamelan. »Eure Expedition hat gleiche Chancen auf Erfolg wie auf einen Mißerfolg.«

»Zumindest wissen wir, daß das Ziel ein wertes, heiliges ist«, sagte Cassini. »Das Omen zeigte an, daß die Fernen Königreiche jenseits der schwarzen Berge liegen, die wie eine Faust aussehen.«

»Laßt nicht zu, daß Euch die Wünsche den Verstand vernebeln, junger Bruder«, mahnte Gamelan. »Das Bild zeigte Berge ... nicht was dahinter liegt.« Cassini zögerte, und ich fürchtete in dieser Pause, wir könnten unsere Chancen vertan haben. Das Omen sagte weder ja noch nein. Die endgültige Entscheidung lag noch immer beim Rat der Geisterseher.

»Darf ich etwas fragen, Hohe Herren?« fragte Janos. Gamelan nickte, gab ihm die Erlaubnis. »Ihr sagt, vor uns läge eine große Gefahr, und der Ausgang der Expedition sei fraglich?«

»So sagt es das Omen«, stimmte Gamelan ihm zu.

»Aber war dort eine Gefahr für Orissa zu erkennen? Wird jemand bedroht oder muß jemand leiden, falls wir scheitern?«

»Nur eure Familien«, sagte Gamelan. »Denn ein Scheitern bedeutet den unmittelbaren Tod. Darin war das Omen ganz deutlich.«

»Jeder hier ist gewillt, alles zu riskieren, Hohe Herren«, unterbrach ich. »Tief in unseren Herzen wissen wir, daß großer Ruhm daraus entstehen kann. Ruhm für unser geliebtes Orissa ... die Blüte der zivilisierten Welt.«

Die Geisterseher dachten lange nach, dann flüsterten sie miteinander. Schließlich drehte sich Gamelan wieder zu uns um. »Die Erlaubnis ist erteilt«, sagte er. »Gepriesen sei Te-Date.«

»Gepriesen sei Te-Date.« Unsere Antwort war ein Freudenschrei. Vor meinem inneren Auge erhoben sich die Faust der Berge und der verschneite Paß, der sie durchzog. Und einen Moment lang meinte ich einen Schimmer zu sehen. Nur ein Blitzen von goldenem Licht, wo Daumen und Zeigefinger sich trafen. Ein Blitzen, wo die Fernen Königreiche warteten.

Kapitel Sechs

Lycanth

Die Götter hätten die Kulisse kaum sorgfältiger wählen können. Der Tag war sonnig, der wolkenlose Himmel von zartem Blau, und eine sanfte, salzige Brise wehte vom Meer herein. Vor diesem freundlichen Hintergrund erhob sich Lycanth – ein unpassender Ort an einem solchen Tag. Dunkel hätte es sein sollen, mit Sturmwolken, die über den Himmel zogen. Ein eisiger Wind hätte klagen sollen wie verlorene Seelen, das Meer ein gräulich weißer Mahlstrom. Das hätte dem alptraumhaften Bild entsprochen, das Lycanth selbst bot.

Es hat sich seit damals sehr verändert, daher will ich es genau beschreiben. Man hatte die Stadt auf dem Ende einer Halbinsel errichtet, deren Spitze sich wie ein Finger krümmte, und innerhalb dieser Krümmung liegt einer der größten bekannten Tiefwasserhäfen. Der Sage nach gab es an der Spitze der Halbinsel früher einen Vulkan. Als dieser ausbrach, Ewigkeiten bevor der Mensch seine Ketten sprengte und aus dem Götterheim floh, um sich auf der Erde niederzulassen, rang hier das Feuer mit dem Wasser. Doch wie immer blieb das Meer Sieger. Der Hafen ist der Krater dieses Vulkans, von dem viele Orissaner hofften, er möge wieder zu Leben erwachen, da Lycanth unserer Stadt oft genug Tod und Verderben gebracht hat. Der Krater ist steil und zerklüftet, und es gibt nur einen Weg von der Halbinsel hinunter zum Hafen, einen sanft abfallenden Pfad, der wohl aus erkalteter Lava besteht. Der Zahn der Zeit und Menschenhand hatten diesen Pfad geglättet, bis er beinah eine Rampe war. Um den Hafen herum und auf dieser Halbinsel haben die Lycanther ihre Stadt errichtet.

Die Halbinsel ist schmal, und während man Orissa flächig über die Hügel gezogen hatte, bauten die Lycanther in die Höhe. Mächtige Gebäude ragten in den Himmel, als hätte ein finsterer Riese sie aus einem einzigen Stein gehauen. Die Sonne schien täglich nur wenige Augenblicke in die dunklen Straßen zwischen den Häusern. Janos hatte mir erzählt, die Gebäude seien wahre Labyrinthe von Wohnungen und Werkstätten. Je höher das Stockwerk, desto teurer der Wohnraum. Doch das Auge nahm die Steintürme anfangs kaum wahr. Es wurde von der drohenden Festung an der Spitze der Halbinsel angezogen. Von dort aus regierten die Archonten, die beiden Priesterkönige von Lycanth, zusammen mit ihrem Rat der Zauberer. Hier befanden sich ihre Schatzkammern, und tiefer unten Lycanths feuchte Kerker und Folterkammern.

Die Festung schien uneinnehmbar. Und doch war sie einmal bezwungen worden, in einer Schlacht, die bei Nacht mit einem Verrat begonnen und mit Feuer und Schwert geendet hatte. Zwanzig Jahre vor meiner Geburt war Lycanth während der entscheidenden Schlacht im zweiten Krieg der Städte in Orissas Hände gefallen. Nach fünf Generationen Knechtschaft unter der Knute der Besatzer hatten wir unsere Freiheit wiedererlangt. Als der Sieg unser war, schlossen wir – anstatt Lycanth und alle Lycanther dem Erdboden gleichzumachen – mit ihnen einen ehrenhaften Frieden. Unsere Ratsmitglieder führten an, gäbe es Lycanth nicht, würde sich eine andere Macht aufschwingen, die uns vielleicht ebenso feindlich gesonnen war. Möglich auch, daß das unbesiedelte Land den Nährboden für Anarchie bieten würde. Wir waren auch nicht bereit, Lycanth als Vasallenstaat zu halten, denn mit einem besetzten und feindlich gesonnenen Land ist wenig Gewinn zu machen. Aus diesem Grunde ragte die Festung noch immer am Hafen auf. Wenn man die Stadt schon stehen ließ, verlangten sowohl die Menschlichkeit und auch die Götter, Lycanth in die Lage zu versetzen, daß es sich gegen die Piraten verteidigen konnte, von denen es im Schmalen Meer nur so wimmelte. Wir forderten nur Reparationen für die Schäden, die in Orissa entstanden waren, Opfer für die Geister der Gefallenen in diesen beiden Kriegen und Totengaben für deren Hinterbliebene. Doch es gab noch eine andere Bedingung. Es sollte eine bleibende Erinnerung an den Irrtum geben, Orissa sei eine Stadt der feisten Händler und machtlosen Götter. Aus diesem Grunde ließen wir die riesige Mauer einreißen, die sich über die Halbinsel erstreckte. Wir zwangen die Zauberer, uns den Schutzbann der Mauer preiszugeben, und unsere einflußreichsten Geisterseher verbanden ihre Kräfte zu einem mächtigen Zauber von Zerstörung und Verfall. Ihre Reinigung vor diesem Ritual dauerte über ein Jahr, der Bannspruch selbst einen vollen Monat. Drei Geisterseher starben während der Beschwörung, und selbst noch als sie beendet war, mußten Legionen lycanthischer Kriegsgefangener den Schutt beseitigen und die zum Teil noch stehenden Steine umreißen.

Als wir uns Lycanth näherten, winkte mir Eanes. Ich fiel ein wenig zurück. Eanes fuhr gemeinsam mit Sergeant Maeen und den zehn Gardisten, die sich freiwillig für die Reise gemeldet hatten, in einem großen, von Ochsen gezogenen Kremser. In diesem befanden sich auch unser Gepäck und die Kisten mit dem Gold und Silber. Janos, Cassini und ich reisten zu Pferd.

»Warum nur«, fragte Eanes, während er auf das Ödland deutete, auf dem die Mauer einst gestanden hatte, »bauen die Lycanther nicht hier draußen, nachdem ihre Zinnen bei den Fischen liegen? Oder fürchten sie die Waldgeister?«

»Eine gute Frage, mein Freund«, sagte Janos. »Und es gibt auch eine Erklärung dafür. Lycanth hält es für eine Schmach, daß die Mauer eingerissen wurde, und ich habe gehört, wie Männer böse knurrten, eines Tages würde man sie neu errichten. Daher reichen die Baupläne nur bis zu dieser Ödnis, und kein Lycanther wird hier bauen, aus Angst, man könne dies für ein Eingeständnis ihrer Niederlage halten.«

»Wir hätten ihre Männer an die Ifora verkaufen sollen«, sagte Cassini, »ihre Frauen entführen, die Stadt Stein um Stein einreißen und den Boden versalzen. Mein Talent für Prophezeiungen ist nicht sonderlich ausgebildet, aber ich spüre in den Knochen, daß wir Probleme mit Lycanth bekommen.«

»Harte Worte«, sagte Janos. »Ich weiß nicht, ob ich Euch zustimmen soll, daß Lycanth hätte ausradiert werden sollen. Auf der anderen Seite des Schmalen Meeres, in Valaroi, ist das, was Ihr vorschlagt, Methode, und ich habe das Ergebnis gesehen. Doch habt Ihr recht, daß Lycanth seine alte Macht wiedererlangen will. In Lycanths Diensten habe ich solcherart Gerede oft genug gehört. Und falls dies geschieht, werden sie erneut gegen Orissa ziehen. Die Lycanther vergessen nie, was sie für Unrecht halten. Ich hielt es für nötig, meine Zunge zu hüten ... wie wir alle es von jetzt an tun werden. Wir mögen Orissaner sein oder in Orissas Diensten stehen, doch ein Beharren darauf wird uns nur wenig neue Freunde bringen. Nicht hier in Lycanth und sicher noch viel weniger am anderen Ufer des Schmalen Meeres in Valaroi. Ich weiß nicht, wie weit der Einfluß Lycanths reicht, obwohl ich geholfen habe, manchen ihrer Wachtürme zu besetzen, die wir während der letzten zwei Tage gesehen haben. Wir werden als anonyme Kaufleute reisen und uns den Anschein geben, als seien wir niemandem verpflichtet. Das ist weit sicherer.«

Er hielt inne und lächelte etwas beschämt. »Ich bitte um Verzeihung, Lord Amalric«, sagte er ganz förmlich. »Ich meinte natürlich, ich würde Euch einen solchen Anschein der Neutralität empfehlen... aber die Entscheidung liegt selbstverständlich bei Euch.«

Ich lachte, denn ich nahm es ihm nicht übel. Cassini mochte etwas dagegen einzuwenden haben, aber ich weigerte mich, meine Suche rangbesessen wie eine Armee zu führen. »Jeder von uns, der meint, etwas besser zu wissen, sollte seine Stimme erheben, da wir es ansonsten nie bis zu den Fernen Königreichen schaffen. Wir reisen ohne Banner und Signalhörner, ganz, wie du es uns geraten hast.« Janos nickte und wirkte immer noch etwas beschämt.

Eanes kicherte und sagte ganz leise, nur für meine Ohren bestimmt: »Man sagt, kein Löwe fräße gern verdorbenes Fleisch.«

Wir hatten eine zügige, wenn auch besonnene Reise hinter uns. Besonnenheit war wegen der Menge an Münzen, die ich mitgenommen hatte, besonders nötig. Wäre meine Suche nach dem gängigen Muster verlaufen, hätten wir nur wenig Geld gebraucht, und was immer für Handel und Auslagen nötig war, hätte sich mit dem Kreditbrief meines Vaters bei lokalen Banken beschaffen lassen. Doch da unsere Reise in Lycanth beginnen sollte, war dies nicht möglich. Die Stadt war nicht nur militärisch ein alter Feind, sondern auch ein erbitterter Handelsrivale. Der meistgehaßte Konkurrent meines Vaters, ein Clan mit Namen Symeon, dem jetzt der jüngste und – wie mein Vater schwor – übelste Sohn Nisou vorstand, stammte aus Lycanth. Sie hatten uns nicht nur bei manchen Geschäften hintergangen, sondern auch – da war er sicher – ihr Wissen um unsere Handelspraktiken ausgenutzt und ortsansässige Wegelagerer angeheuert, die dann mehrere unserer Karawanen überfielen. Mein Vater hatte mir geraten, sehr vorsichtig zu sein, solange wir uns in Lycanth aufhielten.

Auf der Reise hatte es keine Zwischenfälle gegeben – wenn man einmal von der Hexe absah. Die Straße war schmal und ausgefahren gewesen und hatte unter riesenhaften, knorrigen Bäumen hindurchgeführt. Wir alle waren nervös, da es der perfekte Ort für einen Hinterhalt war. Plötzlich hatte mitten auf der Straße eine Frau gestanden und uns den Weg versperrt.

Sie war nackt, doch kein Mann hätte bei ihrem Anblick Lust verspürt, auch nicht nach einem Liebestrank, selbst wenn er zehnmal so stark gewesen wäre wie der, den ich Melina verabreicht hatte. Ich hielt sie eher für jung, war mir dessen jedoch nicht sicher, denn sie war dreckig, als hätte sie ihr letztes Bad in der Flüssigkeit im Schoß ihrer Mutter genommen. Das blonde Haar hing ihr zottig ins Gesicht. Bevor die Kutscher ihre Zügel an sich reißen konnten, hob sie eine Hand – die Innenfläche zu uns gewandt – und die Ochsen blieben stehen, als hätten sie mit dem Schlachtermesser einen Schlag zwischen die Augen bekommen. Ich konnte das Flüstern der Soldaten hören, das Sergeant Maeen mit einem Knurren zum Schweigen brachte. Sie hob die andere Hand. Darin lag ein Stück Seil. »Ein Tribut… eine Liebesgabe«, leierte sie.

»Wir zahlen niemandem, Mütterchen«, sagte der Kutscher.

Sie wedelte mit dem Seil herum. »Tribut… oder dieses Seil… dieses Tau… dieses Garn… baumelt lose, baumelt schlaff… tapfere Soldaten… baumeln schlaff, baumeln lose, und keiner von euch wird seine Frau beehren können… baumelt lose… baumelt schlaff…« Die Soldaten wurden unruhig, und ein Protest war zu hören, trotz des Befehls des Sergeanten.

Cassini glitt von seinem Pferd und trat vor. Er sah zur Sonne auf, die durch die Zweige schien… dann lächelte er die Hexe freundlich an: »Ach, Frau, ach, Frau, siehst du den Baum… siehst du den

Schatten... der Schatten des Baumes ist der Baum... der Baum wurzelt tief, weit unten in der Erde...«, sang er. »Wie dieser Baum sollst du stehen, wirst du stehen, stehen mußt du... und kein Reisender wird dich sehen... und das nächste soll die Axt des Baumes sein, die Axt zu *deinem* Baum.«

Die Frau stand starr wie eine nackte Statue. Ich sah, wie ihre Lippen sich zu regen versuchten.

Cassini stieß ein grausames Lachen aus und sagte: »Sprechen darfst du, sprechen darfst du, hast auch meinen Segen, Baum.«

»Verzeihung, Verzeihung«, kamen die Worte hervor. »Ich wußte nicht, daß einer mit der Macht unter Euch ist. Ich bitte inständig um Verzeihung.«

»Nicht mich, oh, Baum«, sagte Cassini. »Bitte diese Männer um Verzeihung, die du tapfere Soldaten genannt hast.«

»Eisenmänner, Eisenmänner, Ihr seid wie Eisen, wenn Ihr liebt, das Seil ist fort, das Tau ist fort, das Garn ist fort, ward nie gewoben... Ihr seid Eisen, Ihr seid Stahl.«

»Wir danken dir, Frau«, sagte Cassini. Er kehrte zu seinem Pferd zurück und stieg auf. »Amalric«, fragte er, »spricht etwas dagegen, sie ihrem Schicksal zu überlassen?« Ein Heulen kam von ihren Lippen.

»Du bist ein Baum, o Baum«, fuhr der Geisterseher sie an, und sie schwieg. Ich betrachtete die versteinerte Frau. Nein. Es gab keinen Grund. Ich nahm drei Goldstücke aus meinem Beutel und warf sie auf den Weg.

»Sie kann gehen«, sagte ich.

»Du hast gehört, o Baum«, sagte Cassini zögernd. »Du sollst frei sein, doch wirst du stehen, sollst du stehen, stehen sollst du, bis der Schatten dieses Baumes, der du bist, dich nicht mehr berührt.«

Ich nickte den Kutschern zu, und sie schlugen den Ochsen die Zügel auf dem Rücken, lenkten den Kremser um die Hexe herum, und wir setzten unsere Fahrt fort. Ich blickte zurück, bevor wir um die nächste Kurve bogen, und sah zum letzten Mal diese Frau, die mitten auf der Straße stand, als sei sie die Gestalt eines Verdammten in einem Fries entlang der Straße der Götter.

Janos ritt neben Cassini. »Ein interessanter Bann.«

»Das stimmt«, gab er zurück. »Ziemlich unkompliziert... und er hilft ungeheuer, wenn man ihn bei einem einfachen Gemüt anwenden kann.«

Ich wunderte mich. Cassinis Worte machten keinen Sinn. Zaubersprüche wirkten bei jedem gleich, vom Ratsmitglied zum Bauern, vom Herrn zum Sklaven... oder nicht? Meine Gedanken kehrten in die Gegenwart zurück, als die Räder des Kremsers schepperten und die Hufe meines Pferdes klapperten.

Wir waren nicht mehr auf dem unbefestigten Weg, sondern auf einer mit Steinen gepflasterten Straße. Eine Schranke versperrte die Straße, daneben stand ein niedriger Bau. Aus diesem Bau kamen fünf Soldaten gelaufen. Neben der Straße blieben sie stehen und nahmen Grundstellung ein. Sie waren adrett und sauber gekleidet und behandelten ihre Waffen, als wären sie mit deren Gebrauch vertraut. Einer von ihnen – ich vermutete, ihr Wachhabender oder Sergeant, rief uns zu, wir sollten halten. Zollkontrolle.

»Wer sind Eure Passagiere?« fragte der Mann.

»Lord Amalric Antero. Ein Kaufmann aus Orissa. Und sein Gefolge.«

Ein finsterer Ausdruck zuckte über das Gesicht des Mannes. »Passiert... wartet.« Er trat zu Janos und sah ihn sich genau an. Er wollte etwas sagen, dann hielt er inne und trat zurück. »Passiert. Willkommen in Lycanth«, sagte er in einem Tonfall, als hätte er es mit Steuereintreibern zu tun.

Der Kremser setzte sich in Bewegung, und ich trieb mein Pferd an, bis ich neben Janos ritt. »Was hatte das zu bedeuten?«

»Der Kerl hat mich erkannt«, sagte er. »Er wollte mich gerade fragen, was ein lycanthischer Offizier im Gefolge eines Schleimwurms aus Orissa zu suchen hat. Dann hat er sich eines Besseren besonnen... vielleicht bin ich ein Spion, der von einem Auftrag heimkehrt.«

»Dann hat er noch nicht gehört, daß du die Armee von Lycanth verlassen hast?«

»Manchmal werden lycanthische Soldaten entlassen oder sogar unehrenhaft hinausgeworfen, um dann einen geheimen Auftrag auszuführen.«

Inzwischen erröte ich über meine Naivität, doch damals saß ich tatsächlich staunend da und fragte: »So etwas tut Lycanth?« Es gereicht Janos zur Ehre, daß er nur nüchtern nickte, anstatt seine Verachtung für jemanden zu zeigen, der derart unbedarft war. Um uns herum ragten Bauten auf. Wir waren in Lycanth.

Wir fanden ein Gasthaus und begannen unsere letzten Vorbereitungen. Die Soldaten erfuhren nicht, in welche Richtung unsere Reise gehen sollte, und keiner erwähnte ihnen gegenüber die Fernen Königreiche. Ihre Aufgabe war es, das Gold zu bewachen und zu helfen, wo es nötig war. Eanes sollte unser Haushofmeister sein, und Cassini wurde damit beauftragt, Glücksbringer und andere Zauberutensilien zu besorgen, wie etwa unsere Windgeister. Ich sollte ein Schiff beschaffen, das uns zum entferntesten Hafen Valarois brachte, den Janos kannte. Als ich seine Karte betrachtete, war ich erneut schockiert, wie wenig über diese Gegend bekannt war. Unser Reiseziel, der Hafen von Redond, lag nur zwei Fingerbreit östlich von Lycanth am gegenüberliegenden Ufer. Noch weiter nach Osten schloß sich die Pfefferküste an, über die üble Gerüchte kursierten. Alles andere war ein Mysterium. Auf diesem Teil der Karte war nichts eingezeichnet, keine Städte, keine Angaben über Stämme oder Staaten. Und jenseits der Pfefferküste lag eine große Bergkette, die Janos auf der Karte verzeichnet hatte. Diese Berge waren nur ihm bekannt, da seine Heimat Kostroma irgendwo dort oben lag.

»In Lycanth habe ich Geschichten gehört«, erklärte er mir, »in denen behauptet wurde, die Archonten hätten heimlich Kundschafter nach Osten geschickt, jenseits von Redond, jenseits selbst der Pfefferküste. Nur habe ich nie jemanden getroffen, der ehrlich von sich behaupten konnte, er habe an einer solchen Expedition teilgenommen. Daher habe ich diese Geschichten immer mit Vorbehalt betrachtet.«

Sergeant Maeen fiel die Aufgabe zu, unsere Waffen zu bewachen, gemeinsam mit Janos, damit wir mit unserer Herkunft aus Orissa niemanden provozierten. Den Rest unserer Ausrüstung – Pferde oder Mulis, Vorräte, Zelte und ähnliches, wollten wir in Redond kaufen oder fertigen lassen.

Janos ließ mich wissen, er müsse noch einiges regeln, um den Erfolg unserer Expedition zu sichern – Angelegenheiten, in die sich jemand von meinem Stand nicht verwickeln lassen sollte. Er meinte, ich solle mich von seinem unsteten Kommen und Gehen nicht beunruhigen lassen, und auch nicht von einigen der Leute, mit denen er zu tun hatte. Es war gut, daß er mich gewarnt hatte, denn sonst hätte ich Maeen und die lycanthische Wache gerufen, als ich den Mann über den Hof des Gasthauses schlurfen sah. Im Laufe der Jahre habe ich gelernt, daß diejenigen, vor denen man sich am meisten in acht nehmen sollte, die Züge eines Gottes oder einer Göttin und die mildtätige Art eines Heiligen haben können, wohingegen der wahre Heilige die äußere Erscheinung eines Monstrums haben mag. Doch Greif sah aus wie der Schurke, der er war. Eanes fiel er zuerst auf. Er stieß einen leisen Pfiff aus und wies mich auf den Mann hin, der unter uns vorüberging. »Bestimmt ist er reich«, meinte Eanes. »Mütter sichern sich seine grausigen Dienste schon Monate im voraus, um ihren Kindern Benehmen beizubringen.« Greif war vielleicht zwei, drei Zentimeter größer als ich, aber doppelt so schwer. Er hatte die kräftige, stämmige Statur eines Lastenträgers oder Brauers. Doch sollte er je in einem dieser beiden Berufe gearbeitet haben, waren die Gründe für seine Entlassung offensichtlich. Greifs Ohren waren gestutzt – auch in Orissa das Zeichen für einen dreimal verurteilten Dieb. Seine Arme waren verkrüppelt. Zuerst glaubte ich, sie seien mißgebildet, dann sah ich unter den aufgekrempelten Ärmeln seiner schmutzigen Seidentracht Narben, die von den Seilen einer Streckbank stammten.

Ich rief hinunter und fragte, was er wolle. Er erklärte, er suche Hauptmann Janos Greycloak, einen Mann, der früher in Lycanths Diensten gestanden habe. Seine Stimme war ein sanfter Baß, der einem Betenden gut zu Gesicht gestanden hätte. Eanes erkundigte sich nach seinem Namen.

»Greif.«

»Gut gewählt«, murmelte mein Leibsklave. »Und in welcher Angelegenheit?«

»Privat... mit dem Hauptmann«, sagte der Mann.

Janos trat aus seinen Gemächern auf den Balkon hinaus. »Ich bin Greycloak. Wer schickt dich?« Der Mann antwortete nicht, zumindest nicht mit Worten. Statt dessen hob er die Hand vor seinen Körper und tat heimlich drei schnelle Bewegungen.

»Hier oben, Kamerad«, sagte Janos. »Eanes. Wir brauchen Wein.« Der Schurke mochte die Folterkammer kennen, doch war er kaum ein Krüppel. Er sprang die Treppe hinauf, wie ich es bei großen Affen aus dem Norden gesehen hatte, wenn sie in den Gärten Orissas durch ihre Käfige stiegen. Seine Robe flatterte, und ich sah die Scheide einer verborgenen Waffe. Janos rief ihn in sein Zimmer, wo sie zwei volle Stunden blieben. Dann kam Janos wieder heraus und bat mich um ein doppelt Maß an Goldmünzen. Ich zögerte, denn ich fand keinen Gefallen an irgendwelchen Geschäften mit diesem Greif, doch mir wurde klar, daß ich mich albern verhielt. Ohne Zweifel würden wir in den vor uns liegenden Tagen Schurken begegnen, angesichts derer wir uns an Greif nur mit Wohlwollen erinnern würden.

Ich hatte selbst genug Probleme, denn was ich für die leichte Aufgabe, ein Schiff zu mieten, gehalten hatte, entpuppte sich als schier endlose Verhandlungsarbeit. Ich interessierte mich für ein langes, elegantes Schiff, welches – wie mir ein Tagedieb am Pier erzählte – mit einem Lateinsegel ausgerüstet war, das momentan an Deck um eine Rah gewickelt lag. Das große, geschwungene Zwei-Mann-Ruder führte im Bogen hinauf zu einem Möwenschnabel, was sicher ein gutes Omen war, wenn ich die See sanft und schnell durchfahren wollte. An Bug und Heck war das Schiff zum Teil überdacht, doch die Quartiere sahen eng aus. Es war entweder neu oder außergewöhnlich gut gepflegt. Da ich fürchtete, mein Magen würde auf meine erste Seereise empfindlich reagieren, war es für mich von größtem Interesse, daß es entlang der linken Seite einen Ausleger gab, der an zwei hübsch geschwungenen Trägern hing. Ich stieg vom Umleger zum Schiff über drei Boote, von Deck zu Deck. Ein Mann erwartete mich. Er sah aus, wie ich mir einen Seemann vorstellte, barfuß und kahl, mit formlos-wollenem Wams und Kniebundhosen.

Er bemerkte meine Kleidung und nickte respektvoll. »Mein Herr. Ihr sucht eine Überfahrt?«

Der Mann stellte sich als L'ur vor, Herr und Eigner der *Möwenschwinge*. Bevor er auf mein Eröffnungsangebot reagierte, bestand er darauf, mich auf seinem Schiff herumzuführen. Damals verstand ich nicht viel von Schiffen, doch inzwischen weiß ich notgedrungen eine ganze Menge über diese verdammenswerten Erfindungen, da ich weit mehr von ihnen besitze, als ich mir je hätte träumen lassen. Ehrlich gesagt fände ich es nur angemessen, ein Schiff als Boot zu bezeichnen, den Bug als Kopf und das Heck als Hintern, und all die sinnlosen Namen, die Seeleute benutzen, abzuschaffen. Endlich kehrten wir zum Heck des Schiffes zurück, was L'ur als Achterdeck bezeichnete, und er ließ uns miserablen Wein bringen. Ich verdünnte meinen stark. L'ur sagte, er habe über meinen Wunsch nachgedacht und fühle sich geehrt, uns nach Redond bringen zu dürfen. Er nannte den Preis – in Gold – im voraus. Ich mußte mich anstrengen, ihm das harzige Gesöff nicht aufs Deck zu speien, dann erklärte ich, ich wolle sein kleines Spielzeug mieten, nicht kaufen. Er lächelte, als machte ich Witze, und wies mit trauriger Stimme auf die Gefahren der Pfefferküste hin.

Ich bat ihn, mir mehr von diesen angeblichen Gefahren zu berichten. Seine Liste war eindrucksvoll: Felsen, die ihren Standort von Reise zu Reise änderten, große Strudel, Meeresungeheuer, Piraten, windumtoste Klippen ohne jede Möglichkeit zur Landung, Stürme, die trotz klaren Himmels wehten und zweifellos von einem großen, bösen Geisterseher irgendwo an der Pfefferküste hervorgerufen wurden, außerdem Sterne, die den Kurs nicht hielten, so daß sich ein Navigator seines Standorts niemals sicher sein konnte. Nachdem er diese beängstigenden Erscheinungen aufgezählt hatte, sagte er: »Mein Schiff ist schnell, und ich werde die fähigsten Männer anheuern, die sowohl einen Stopp oder eine Balliste beherrschen als auch ein Segel einrollen können. Und ich hoffe, einige aus Eurem Gefolge wissen, wie herum man einen Pfeil auf die Kerbe legt.«

So fing alles an. Jeden Tag fuhr ich zum Hafen, und wir schacherten und logen, hin und her und her und hin. Als wir dann eine Vereinbarung für Schiff und Mannschaft getroffen hatten – etwa das Doppelte meines ursprünglichen Angebots, die erste Hälfte bei Abreise, die andere bei der Ankunft in Redond –, war ich willens und wäre wahrscheinlich auch in der Lage gewesen, mir alle vierzehn Mann auf den Rücken zu schnallen, dazu die Geldkisten, und an die Küste des gottverfluchten Valaroi zu *schwimmen*. Nichts, das sollte ich hinzufügen, hat sich am Geschäftsgebaren der Seeleute geändert, seit damals bis zum heutigen Tag.

Einen Tag bevor ich L'ur endlich breitgeschlagen hatte, geschah etwas höchst Merkwürdiges. Greif wartete schon, als ich ins Gasthaus kam. Er trug einen fest verschlossenen Beutel bei sich, in dem, wie er sagte, einige der »Preziosen« steckten, die er für Janos besorgt hatte. Ich bot an, sie entgegenzunehmen, doch das lehnte er ab. Hauptmann Graycloak hatte darauf bestanden, daß Greif sich von ihm bezahlen ließ und auch nur ihm verantwortlich war. Ich wollte entgegnen, ich sei Janos' Dienstherr, und vor mir sollte es keine Geheimnisse geben, doch ich spürte, wie müde ich nach dem endlosen Feilschen mit L'ur war. Aus reiner Höflichkeit bot ich Greif Wein an. Er nahm das Angebot an, und wir suchten uns eine ruhige Ecke im Schankraum des Gasthauses.

»Ist schon komisch«, sagte er. »Ich, der Findling, trinke hier mit einem Handelsfürsten. Das glaubt mir zu Hause keiner.« Er lachte vor Freude und zeigte seine schwarzen Zähne. »Der Wein schmeckt sogar noch süßer, wenn ich weiß, daß ich einem Antero zu Gefallen bin.«

»Woher kennst du meinen Namen?«

»Einer der Soldaten hat ihn erwähnt. Seinem Kameraden gegenüber. Weil er nicht wußte, daß meine Ohren zwar gestutzt sind, aber – in die richtige Richtung gehalten – so gut hören wie alle anderen auch. Nur keine Sorge! Geheimnisse, die Greif über einen Freund weiß, behält er für sich. Ich habe gelernt, meinen Mund zu halten.« Seine Hand strich fast zärtlich über den vernarbten Arm. Ich wünschte mir Janos herbei. Dieser Mann ließ mich erschauern, als wäre ich von Läusen befallen.

»Du hast von meiner Familie gehört?« fragte ich.

Greif nickte, drehte den Stuhl und hob seinen Umhang. Mein Magen rebellierte. Ich hatte schon früher Narben von Auspeitschungen gesehen, weiß und kreuz und quer auf einem Rücken, doch niemals so tiefe. Die Peitsche schien bis auf den Knochen gegangen zu sein. »Damals«, sagte Greif, drehte sich wieder um und zog seinen Umhang herunter, »hatte mich das Glück verlassen, und ich ließ mich auf einen Job für Nisou, den obersten der Symeonen, ein. Ja. Ich sehe Euren erschrockenen Blick. Die Symeonen. Selbst ein

Straßenköter wie ich hat von Eurer Fehde gehört. Jedenfalls war es nicht er, der zahlte, sondern ich. Ein volles Dutzend. Die Peitsche hat er selbst geführt. Unter dem Familienbesitz der Symeonen gibt es Zellen und eine Folterkammer. Ich weiß nicht, ob ich geschrien habe oder nicht. Wahrscheinlich schon. Die meisten schreien, wenn Metall ins Leder der Peitsche gewoben ist.« Er lächelte und leckte sich die Lippen, als erinnerte er sich an die Umarmung seiner Liebsten. »Dann hat er mich ins Hafenbecken werfen lassen. Sie haben nicht geglaubt, daß ich überleben würde. Und doch lebe ich. Und ich habe geschworen, daß meine Zeit kommen wird. Irgendwann. Irgendwo. Ich habe alles mögliche Zeug vor mich hingeredet, um nicht ohnmächtig zu werden. Und wenn ich Euch bei dem helfe, was Ihr gegen die Symeonen vorhabt, kann ich es ihnen vielleicht heimzahlen. Nur ein wenig. Ein bißchen hier und ein bißchen da... Ich habe Mäuse gesehen, die auf diese Weise ein ganzes Brot gefressen haben.«

Er leerte seinen Becher und winkte nach mehr. Dann schlurfte er zum Abort. Ich sah mich im Schankraum um. Die wenigen Gäste interessierten sich eher für Greifs Hinken als für mich. Ich bückte mich und betastete das Bündel, das er für Janos hatte, wie ein Kind, das herauszufinden sucht, was es zum Geburtstag bekommen soll. Ein paar Flaschen... eine Schachtel... einige andere Dinge, die raschelten wie getrocknete Pflanzen... ein paar Päckchen mit rundlichen Samen... und dann schnitt ich mich. Der Schimmer einer Klinge war zu sehen, sie hatte das Leinen des Bündels durchtrennt. Eilig riß ich es ein Stück weit auf. Die Klinge war geschwungen. Es handelte sich um eine winzige Sense, eine Miniatur des Gerätes, mit dem Bauern das Getreide schneiden. Doch diese war aus Gold gefertigt, und ohne hinzusehen wußte ich, daß auf der Klinge selbst geheimnisvolle Buchstaben zu sehen wären. Die Sichel war zum Schneiden von Kräutern und anderen Pflanzen gedacht, wenn auch nicht für einen Koch oder eine Dienstmagd. Diese Pflanzen würden für einen Bann gebraucht. Von einem Geisterseher.

Ich fragte mich, was Janos Greycloak mit dem verbotenen Zauberwerkzeug wollte. Ich fragte mich, was sonst noch in dem Bündel war, und glaubte, es zu wissen. Ich erinnerte mich an die Frage, die Gamelan, der Älteste der Geisterseher, Janos noch in Orissa gestellt hatte, und wie Janos sie mit einem Scherz beiseite geschoben hatte, ohne sie zu beantworten. Doch erzählte ich Janos nicht, was ich gesehen hatte, als er eintraf – fast gleichzeitig mit Greifs Rückkehr vom Abtritt. Darüber würde ich später mit ihm unter vier Augen sprechen, denn die Strafen für den Besitz oder die Benutzung von Zaubergeräten durch einen Nichteingeweihten reichten von Kerker über Verbannung bis hin zum Tod.

In dieser Nacht suchte mich zum ersten Mal seit drei Monaten wieder mein Alptraum heim. Ich weiß nicht, wie das Gesicht meines Wächters vorher ausgesehen hatte, aber von diesem Tag an sah der Mann, der mich vom Boot in die Verdammnis führte, aus wie Greif. Doch fehlte ihm in meinem Traum ein Auge, und eine Art Wurm oder Feuer quoll aus der Augenhöhle hervor.

In der Nacht darauf befiel mich erneut Entsetzen, doch diesmal war es ausgesprochen realer Art. Der Vollmond fiel mir auf, als ich hinauf in mein Zimmer ging. Ich las noch vor dem Einschlafen, als das Bellen begann. Ich nahm mein Rapier und trat auf den Balkon hinaus. Zwei flackernde Fackeln am Tor zeigten mir die Kreatur, die dort mitten im Hof kauerte. Sie war keinem irdischen Schoß entstiegen, sondern dem Zauber eines Geistersehers. Man stelle sich eine Hyäne vor, eine haarlose Hyäne, fast verhungert und mit Menschengesicht.

Das Wesen sprach mit der Stimme eines Mannes, der direkt den Verliesen der Archonten entstiegen sein mochte. »Man ruft Euch«, kreischte die Kreatur. »Man ruft Euch ins Schloß. Alle Männer, alle Frauen, die nicht Lycanther sind. Man ruft Euch. In einer Stunde. Das Orakel hat den Zeitpunkt bestimmt. Euer Erscheinen wird befohlen.

Euer aller. Es ist ein Befehl der Archonten. Ihr müßt gehorchen. Man ruft Euch. Laßt jene, die nicht folgen wollen, den Tod finden, den Tod im Feuer, den Tod im Wasser, den Tod zwischen Steinen, den Tod im Fallen. Ich bin die Stimme der Archonten. Eine Stunde.«

Das Wesen hoppelte vom Hof über das Kopfsteinpflaster der Straße zu einem anderen Gasthaus. Ich wandte mich um und sah Janos' steinernes Gesicht. »Er bringt den Tod«, sagte er. »Ich hatte schon befürchtet, daß sie uns aufspüren würden.« Er nickte mir zu. »Befiehl, daß sich alle anziehen. Niemand darf eine Waffe tragen, nicht mal ein stumpfes Messer. Wir müssen auf dem Platz sein, bevor der Sand durchs Uhrenglas gelaufen ist … Andernfalls werden wir *alle* sterben.«

Die Straßen von Lycanth waren unheimlich. Hier und da sah man Fackeln in den Händen verwirrter Fremder. Schweigende Patrouillen von lycanthischen Soldaten marschierten durch die Straßen, weigerten sich, Fragen zu beantworten, und wiederholten nur, den Befehlen der Archonten sei Folge zu leisten. Die hohen Gebäude waren finster, als wäre niemand hinter den Fenstern, aber dann entdeckte ich durch Zufall ein bleiches Gesicht, das herausblickte und schnell hinter Vorhängen verschwand.

Janos hatte sich eilig auf sein Zimmer zurückgezogen, während ich die Anweisungen gab. Ich hörte, daß etwas zerschlagen wurde, dann nichts mehr. Dreimal mußte ich rufen, bis er herauskam. Und als wir durch die Straßen liefen, hörte ich, wie er mit Maeen sprach. Dann trat er an Eanes heran, und ich hörte ihn im Flüsterton fragen, ob Eanes lesen könne. Mein Sklave mochte sich fürchten, hatte aber noch genug Selbstvertrauen, daß er zurückgab, selbstverständlich könne er lesen, er sei doch kein lycanthischer Barbar.

Dann kam er zu mir. »Hier«, flüsterte er und hielt ein Stück in der Hand. »Präge es dir ein. Rezitiere es zum gegebenen Zeitpunkt. Du wirst wissen, wann. Ich habe auch Maeen und Eanes eins gegeben.«

»Was ist mit Cassini?« flüsterte ich zurück. Unser Geisterseher ging ein paar Schritte vor uns.

»Er muß sich keine Sorgen machen«, sagte Janos. »Das Mäntelchen der Ebenbürtigkeit wird sich über ihn decken.« Er reichte mir eine Mütze, wie Diener sie benutzen, um ihr Haar vor Staub zu schützen. »Setz sie auf. Wir sollten denen nicht auch noch den Weg leuchten.«

Vor uns lag die Festung. Über ihrem Haupteingang – das Tor war herabgelassen, die Fallgitter aufgezogen – sah man ein großes Licht, eine wilde Flamme, freischwebend in der Luft. Ich hörte das Flüstern eines der Soldaten. »Gestank... Zauberei...«

»Bei deinem Leben«, zischte Janos, »sag nichts und denk nichts Schlechtes über das, was gleich geschehen wird.«

Inzwischen war es hell genug, daß ich erkennen konnte, was ich in Händen hielt. Es war ein Stück poliertes Messing. Jetzt verstand ich den Lärm, den ich vorher gehört hatte. Das Messing gehörte zum Schirm einer der Zimmerlampen in unserem Quartier. Mit einer Messerspitze eingeritzt standen dort die Worte:

Spiegel bin ich
Bleibe ungesehen
Ich denk wie du
Gedanken sind die Mauer
Spüre nichts
Denke nichts
Was du siehst, ist was du bist
Was du siehst, ist was wir sind
Spiegel bin ich

Sosehr ich mich fürchtete, machte ich mir doch meine Gedanken. Erst das Bündel thaumaturgischer Objekte und dann dieser Zauberspruch. Hielt Janos Greycloak sich für einen Magier? Doch blieb mir keine Zeit für weitere Überlegungen. Soldaten nahmen uns in ihre Mitte, als wir durch das Tor und in den großen Hof im Innern der Festung kamen.

Am gegenüberliegenden Ende erhob sich eine Tribüne wie ein großes Podium. Darauf standen zwei Männer. Ihre Körper leuchteten, und sie schienen größer zu sein, als Menschen sein sollten. Beide trugen das Diadem der Archonten. Ich schauderte ... Das ließ Schlimmes vermuten. Gewöhnliche Menschen – ganz zu schweigen von Fremden – durften Lycanths Archonten, die Meistergeisterseher, nicht zu Gesicht bekommen. Ich hörte einen Soldaten beten, und dann das dumpfe Geräusch, als Maeen ihn schlug. Von lycanthischen Soldaten wurden wir zu Zweierreihen formiert. Drei- bis vierhundert von uns standen wohl auf dem Platz. Bekleidet oder halb bekleidet, trug doch keiner von uns die Tracht Lycanths. Männer und Frauen, Edelmänner und Sklaven, Kinder und Alte. Manche von uns weinten, manche waren betrunken und gaben sich den Anschein der Courage.

Dann erschien eine weitere Kreatur zwischen den beiden Archonten. Ich hörte eine Stimme von überall, von nirgendwo.

»Unheil, Unheil, Unheil droht in dieser Nacht
Für mich, für Lycanth, Unheil, das ein Ende haben muß
Das Bild ist klar, das Bild ist klar
Dies ist die Stunde
Dies ist die Stunde
Such, Bote, Inquisitor, Geliebter.«

Die dritte Kreatur – ich sah jetzt, daß es der unheimliche Bote war, der uns herbestellt hatte, ein Wesen Schwärzester Magie – sprang vom Podium herab. Sie hüpfte zu uns herüber, und ich wußte, worin ihre Aufgabe bestand: sie war ein Spürhund. Ich hörte sein Schnüffeln, als er näher kam. Ich wußte, daß die Zeit gekommen war.

Spiegel bin ich/Bleibe ungesehen…

Langsam schritt das Wesen unsere Reihe ab. Als es zu mir kam, fiel ein Soldat in Ohnmacht. Ich hörte, wie er auf die Steinplatten sackte.

…*Spüre nichts/Denke nichts*…

Der Dämon stand direkt vor mir. Ich wagte nicht, nach unten zu sehen. Ich spürte, wie sein abscheuliches Maul mein nacktes Bein berührte, und konnte mich kaum zurückhalten.

Was du siehst, ist was du bist…

Ich stürzte nicht. Das Untier war fort. Ich hörte ein verdutztes Jaulen am Ende der Reihe, wagte jedoch nicht, hinzusehen. Die Kreatur klang genau wie einer meiner Hunde, wenn er wußte, daß, was er suchte, ganz nah war, doch immer noch verborgen. Dann kehrte das Schnarren der Krallen zurück… zu mir.

Was du siehst, ist was wir sind…

Wieder zog das Untier weiter. Diesmal trat es aus unserer Reihe und trottete auf das offene Feld zwischen uns und den Archonten. Es hockte da und heulte den untergehenden Mond an. Einmal. Zweimal. Ein drittes Mal. Eine Gestalt trat aus der Menge, ging zum Spürhund, vom Heulen magisch angezogen.

Es war eine junge Frau. Noch jetzt kann ich mich genau erinnern, wie schön sie war. Sie war sehr jung, vielleicht noch Jungfrau. Sie trug nichts als ihr Nachtgewand. Bei anderer Gelegenheit hätte ich vielleicht Lust verspürt, doch nicht diesmal. Nicht hier. Lycanth hatte seine Opfer gewählt. Sie trat vor die Bestie. Es war, als wolle sie laufen, fliehen. Doch der Zauber ließ sie nicht los. Ihr hübsches Gesicht war vor Entsetzen ganz verzerrt. Dann sahen wir ein Leuchten in der Luft vor ihr, ein Leuchten, wie es auch die Archonten umfing. Das Leuchten wurde ein Dolch, nicht groß und mit leicht gebogener Klinge. Die Jungfrau selbst hatte vielleicht so ein Messer in ihrer Küche, falls sie eine Bürgerliche war, oder einer ihrer Sklaven hatte ihr damit die Morgenfrucht geschnitten, sollte sie von Adel sein.

Ganz langsam nahm die Frau den Dolch. Sie drehte die Klinge zu sich. Dann führte sie den ersten Stoß. Der Zauber, dem sie unterlag, erlaubte ihr zu schreien. Keiner von uns konnte sich rühren oder auch nur den Kopf bewegen. Wieder stach sie zu. Und wieder. Bis zum heutigen Tag gehen mir die Schreie nicht aus dem Kopf. Es war fast Morgengrauen, bis sie nicht mehr schreien konnte und man sie sterben ließ. Der Dämon verschwand, und das Podium war leer.

Wir wandten uns ab und taumelten hinaus. Auf dem Platz – beleuchtet von sterbenden Fackeln – lag nur die ausgestreckte Leiche von einer, die einmal sehr schön gewesen war.

»Das ist in Lycanth so Sitte«, erklärte mir Janos später, als ich endlich darüber sprechen konnte. »Wenn die Archonten oder ihre Wahrsager ein Verhängnis oder ein Unheil für die Stadt voraussehen, muß es ein Opfer geben.«

»Und natürlich ist es jedesmal ein Ausländer.«

»Nicht immer«, sagte er. »Ich habe auch schon gesehen, daß sich Einwohner der Stadt freiwillig melden, einmal sogar ein junger Geisterseher. Wer sich freiwillig zur Rettung Lycanths meldet, ist meist jung. Meist gutaussehend. Manchmal haben sich die Auserwählten gegen Lycanth geäußert. Oder sie sind Erbfeinde der Stadt. Oder sie fallen einfach auf. Deshalb hatte ich dich gebeten, die Mütze aufzusetzen. Vielleicht war das der Grund, warum die ... die Kreatur, deren Name man nicht sagen darf ... bei uns stehengeblieben ist. Aber vielleicht auch nicht. Vielleicht hatte die Frau größere Geheimnisse und tiefere Gefühle zu verbergen als irgendeiner von uns. Und – das war nicht der schlimmste Tod, den ich bei einem Auserwählten gesehen habe.«

Ich zögerte, wollte ihn schon fragen, woher er den Gegenzauber kannte, entschied mich aber dagegen. Eine solche Frage durfte man in Lycanth nicht laut stellen.

Es wurde Zeit für unsere Abreise. Schiff und Mannschaft waren bereit. In zwei oder drei Tagen wollten wir fahren, eine Nippflut nutzen. Janos hatte offenbar alles, was er vom Schwarzmarkt brauchte, denn Greif ward nicht mehr gesehen.

Janos, Cassini und ich gingen in eine der größten Waffenhandlungen der Stadt und suchten passende Ausrüstung für die Reise, Waffen, die unsere Herkunft nicht allzu deutlich verrieten. Ich fand ein wunderschönes Rapier aus gewässertem Stahl, dessen Stichblatt, Knauf und Griff aus juwelenbesetztem Gold gearbeitet waren. Daneben lag der passende Dolch. Der Schmied murmelte etwas davon, ein Geisterseher habe beide Waffen mit einem Zauber belegt, der sie unbesiegbar mache. Ich fragte den Schmied, ob ich sie ausprobieren dürfe. Beide schienen in meiner Hand zu fließen. Doch da ich kein erfahrener Krieger war, wandte ich mich an Janos, um ihn zu fragen, was ich bei mir tragen solle. Er selbst hatte seine Waffen schon dabei, dieselben wie auf dem Exerzierplatz in Orissa.

»Nimm, was du willst«, sagte er. »Niemand sollte sich seine Waffen vorschreiben lassen, wenn er in die Schlacht zieht, es sei denn, der Befehlshaber hätte besondere Gründe dafür. Nur diese beiden, so hübsch wie sie sein mögen, würde ich persönlich nicht wählen. Erstens ist es nicht ratsam – besonders nicht in einer kleinen Gruppe – wenn Offiziere leicht zu erkennen sind. Daher trägt man keinen Helmbusch, keine Goldverzierungen an der Rüstung ... und auch keine Juwelen an der Klinge. Nichts läßt einen Soldaten so schnell den Mut verlieren wie der Anblick seines Kommandeurs im Todeskampf. Außerdem habe ich schon gesehen, wie Strolche aus dem Hafenviertel einen Mann nur wegen seines Schwerts ermordet haben. Und was diese Zaubersprüche angeht ... Kannst du dir vorstellen, daß jemand in die Schlacht zieht – sei es ein Bauer mit einem messingbeschlagenen Knüppel oder ein hoher Herr – ohne daß seine Waffen gesegnet worden wären? Von einem Geisterseher, einer Hexe, einem kleinen Magier oder gar einem der Archonten?

Auf einem Schlachtfeld wimmelt es nur so von Zauber und Gegenzauber, dichter als der Staub, den der Kampf aufwirbelt. Ich habe schon immer das Gefühl gehabt, daß Schlachtenzauber und Waffenamulette gegeneinander arbeiten und sich so negieren. Aber das ist nur mein Eindruck oder vielleicht auch mein Zynismus. Ansonsten mag das Rapier gut gearbeitet sein, aber sieh dir statt dessen lieber diesen Pallasch an.«

Er zeigte darauf, und der Schmied reichte ihm das Schwert eilig herüber. Es war geformt wie ein Säbel, aber kürzer, und der Griff war für nur eine Hand gedacht. »Robust. Doppelklinge. Unverwüstlich. Wahrscheinlich könnte man das, was ich dir gleich zeige, mit beiden Klingen anstellen.« Er nahm die Spitze der Klinge in eine Hand, den Griff in die andere, und bog die Klinge mit schwellenden Muskeln. Ich wußte, das Metall würde brechen, aber statt dessen ließ es sich beinah zu einem Halbkreis biegen. Janos löste langsam die Spannung und nickte dem Schmied zu. »Keine Zauberei, Meister Kanadis. Nur allerbeste Metallurgie.«

»Ihr habt mich durchschaut.« Der Schmied grinste. »Ich teile Eure Skepsis, was die Zauberei auf dem Schlachtfeld angeht, obwohl ich der letzte wäre, der vor einem Kampf den Segen eines Geistersehers ablehnt. Allerdings hat ein Geisterseher einen Zauber gegen den Rost gesprochen – wie bei allen anderen damaszierten Klingen – damit man sie zum Beispiel auch an Bord eines Schiffes benutzen kann, ohne daß der Besitzer den lieben, langen Tag fluchend und schrubbend mit einem Öllappen verbringen muß.«

»Ein robustes Schwert«, fuhr Janos fort. »Für die Reise besser als ein Rapier, da du dieses Schwert für alles mögliche benutzen kannst, als Zeltstange, als Buschmesser und als Bratspieß, auch wenn ich dich harsch zurechtweisen werde, wenn ich sehe, daß du das Metall auf diese Weise schändest. Und diese simplen, geraden Quillons dienen dazu, den Hieb eines Feindes aufzufangen, ohne seinen zu behindern wie ... wie manche andere Waffe, die mir dazu einfällt.«

Ich errötete leicht. Ich hatte gehofft, Janos hätte meine mißlungene Vorstellung als Meister des Duells unten am Hafen von Orissa inzwischen vergessen.

»Hier ist das passende Messer dazu«, sagte Janos und reichte mir ein eher schlicht gearbeitetes Scramasax, ein einschneidiges Messer mit langer, breiter Klinge, auf beiden Seiten eingekerbt. »Damit kannst du dir Unterholz, Kadaver oder Diebe vornehmen, und du kannst es immer bei dir tragen. Das Schwert wird unbequem werden, und gerade, wenn du es am dringendsten bräuchtest, wird dir einfallen, daß du es am Sattel oder am Lagerfeuer zurückgelassen hast. Dieser Dolch kann deine Rettung sein. Ansonsten brauchst du nur ein kleines Messer zum Fleischschneiden, das du dir drüben in der Besteckabteilung aussuchen kannst. Gebt Ihr mir recht, Meister Kanadis?«

»Allerdings.«

»Zwei Männer, die es besser wissen müssen«, sagte ich. »Nur fühle ich mich manchmal gar nicht mehr als Leiter dieser Expedition, mehr als ihr Schirmherr, als wäre ich ein alter Tattergreis, der sich von seichtem Geschwätz einwickeln läßt.«

»Und wir Huren danken dir«, sagte Janos lächelnd.

»Eins noch«, fuhr er dann fort. »Da wir gerade vom... mh... Gepränge sprechen. Dein Haar. Ich kenne große Häuptlinge, die sehr stolz auf ihre Locken sind. Und wage es nur kein Feind, sie zu scheren! Ich habe sie bewundert! Aus der Ferne. Besonders in der Schlacht. Wir werden durch Gegenden reisen, in denen es die Leute für eine von den Göttern gesegnete Tat halten, einen feuerköpfigen Mann zu jagen und ihn vom nächsten Kliff zu stürzen, um sich eine gute Ernte zu sichern oder auch nur besseres Wetter für den nächsten Tag.«

Ich überlegte. Janos hatte ein Lächeln auf den Lippen, doch es breitete sich nicht aus. Ich dachte an den Schloßhof und den Spürhund. »Wenn wir wieder im Gasthof sind, werde ich mich von Eanes scheren lassen wie ein junges Lamm«, versprach ich und griff nach meinem Geldbeutel, um den Schmied zu entlohnen.

Cassini, der unserem Gespräch wortlos gelauscht hatte, erstand das exotische Rapier und dessen Gefährten.

»Gib mir nicht den Spiegel«, flehte ich Eanes an. »Sag mir nur, wonach ich aussehe.« Meine Hand griff ins Leere, wo mir mein Haar in Wellen auf die Schultern gefallen war.

»Vielleicht«, sagte Eanes nachdenklich, »wie ein Galeerensklave.«

»Oder ein Dieb kurz vor dem Kuß der Steine«, warf Janos hilfreich ein und lugte um die Ecke.

»Ein Verbrecher«, stöhnte ich. »Ein Verdammter.«

»Ihr seid zu streng, Herr! Ihr könntet ebenso als heiliger Mann durchgehen, der sich dem Zölibat verschrieben hat.«

»Das bestimmt«, sagte Janos. »Wahrscheinlich sogar ein Kastrat.«

»Ich glaube«, sagte ich, »ich sollte nach nebenan in die Gemächer von Geisterseher Cassini gehen und ihn bitten, einen kleinen Zauber vorzubereiten, der euch beiden Kahlköpfigkeit beschert.«

»Zu spät«, sagte Eanes und tätschelte seinen schimmernden Schädel. »Und paßt auf, daß der Bann nicht – wie so viele Zaubersprüche – seinen Verursacher trifft.«

»Langsam glaube ich, von einem hohen Kliff gestürzt zu werden, ist besser, als euch beiden zuzuhören. Janos. Es war deine Idee. Du darfst mir unten einen Branntwein … nein, mehrere Gläser davon … spendieren.«

Ich stand auf und nahm mein neues Schwert. Noch immer mußte ich mich an sein Gewicht gewöhnen, da es etwas schwerer war als die Rapiere oder Kurzschwerter, die ich in Orissa getragen hatte. Sorgsam sammelte Eanes die Tücher ein, die er vor dem Haareschneiden um meinen Stuhl herum ausgebreitet hatte. Er schüttelte sie in einen Lederbeutel.

»Du warst klug genug, keine von seinen Locken auf den Teppich fallen zu lassen?« fragte Janos ernst.

»Das war ich, Hauptmann. Wie ich es gewesen bin, seit man mich zu seinem Leibsklaven ernannt hat, als er noch ein wimmerndes Baby war. Behutsam mit dem Haar, behutsam beim Schneiden seiner Nägel, behutsam mit dem Flaum, der irgendwann einmal ein Bart werden soll, sogar behutsam, als er noch ein widerwärtiger Schnösel war und sich wie ein Brunnen in alle Richtungen erbrach. Und das, obwohl ich hin und wieder liebend gern einer bösen Hexe ein Stück von meinem Herrn verkauft hätte, vorausgesetzt, sie würde Höflichkeit und gesunden Menschenverstand unter den Zauber mischen, dem sie ihm auferlegt.«

»Gut«, sagte Janos noch immer ernst. »Nur werft das geschnittene Haar nicht in den Abort. Bringt es hinaus zum öffentlichen Abfallgraben, wo man sicher sein kann, daß ständig Wasser fließt.«

Eanes' Lächeln verschwand, und er wurde so ernst wie Janos. »Ich will tun, was Ihr sagt«, sagte er. »Ich weiß zwar nicht, ob Ihr eine Vorahnung habt, aber allein der Umstand, in dieser Stadt der toten Steine und verdammten Seelen zu sein, läßt mich glauben, unser Schicksal wartet ständig hinter der nächsten Ecke.«

Wir alle kreuzten die Finger. Eanes stieß einen tiefen Seufzer aus. »Es ist so schlimm«, sagte er, »daß ich mich schon auf das Meer freue, wo ich Lord Amalrics Kopf über die Reling halten und ihn dann darauf hinweisen muß, wie unklug es ist, gegen den Wind zu spucken. Gott sei Dank besitze ich selbst einen solide geschmiedeten Magen.« Er nahm den Beutel und ging hinaus.

»Nach allem, was ich weiß«, sagte ich, »ist Klatschbase Eanes in seinem ganzen Leben noch nicht auf einem Boot gewesen, außer vielleicht auf einem Gartenteich.«

Janos lächelte ein wenig. »Er erinnert mich an mein Kindermädchen. Hastend, heulend, klagend, sich sorgend, aber immer...«

Ein Schrei ließ die Nacht erstarren. Janos und ich stürzten auf den

Balkon. Mein Freund hatte sein Schwert schon in der Hand. Mühsam zerrte ich meines hervor. Wir klapperten die Treppe zum Hof hinunter. Die beiden Wachsoldaten am Tor spähten hinaus, die Waffen bereit. Weitere Soldaten kamen aus ihren Kammern geschlurft und legten ihre Rüstung an.

»Eanes«, rief einer der Soldaten und deutete auf die Straße hinunter. Die Wache hatte Order, sich durch nichts und niemanden von ihrem Posten locken zu lassen. »Er ist nur eben...«

Den Rest hörte ich nicht mehr, da wir auf die Straße stürmten. Janos nahm im Vorübergehen eine Fackel aus ihrer Halterung. Am Ende der Straße sah ich drei Männer kämpfen. Wir griffen an. Einer von ihnen machte sich los und verschwand in der Dunkelheit. Der andere blieb lang genug, daß ich sehen konnte, wie sein Arm über die Brust des Dritten fuhr, der daraufhin zusammenbrach. Dann lag nur noch ein schlaffer Körper auf dem Pflaster.

Es war Eanes. Wir drehten ihn um. Zweimal war auf ihn eingestochen worden – einmal am Arm bis auf den Knochen, und dann einmal tief in seinen Körper. Noch lebte er.

»Ruf Cassini«, rief ich Janos zu. Er stürzte los, um den Geisterseher und seine Heilkräuter herbeizuholen.

Eanes schlug die Augen auf, dann sah er mich. »Sie... haben es nicht bekommen«, ächzte er. »Sie wollten...«

»Sei still.« Janos kniete neben ihm. Er hielt den kleinen Lederbeutel mit meinem geschnittenen Haar. Mir zog sich der Magen zusammen. Die Schurken hatten geglaubt, der gutgekleidete kleine Mann hätte einen Beutel mit Münzen bei sich.

»Sie sagten... sie wollten, was von... Euch käme... daß ich belohnt würde, wenn ich es ihnen gäbe. Und wenn nicht...« Eanes sog die Luft in sich hinein, auch wenn es seinen aufgeschlitzten Lungen keine Linderung war.

»Warte«, sagte ich. »Cassini hat die Macht. Er kennt Mittel und Zaubersprüche. Du wirst wieder gesund.«

Eanes schüttelte den Kopf. »Nein«, flüsterte er. »Eine letzte Gunst, Herr. Eine allerletzte Gunst.« Ich wußte, er würde sterben. »Laßt mich frei«, brachte er hervor. »Laßt mich als freien Mann sterben.«

Es war keine Gunst. Es war mein Fehler, daß er auf diesem rauhen Kopfsteinpflaster in dieser verdammten Stadt sterben mußte. Doch war es alles, was mir zu tun blieb. Ich suchte nach Worten. Noch nie hatte ich einen Sklaven freigelassen. Janos rührte sich.

»Sprich mir die Worte nach«, sagte er. Ich wurde sein Echo.

»Ich... Lord Amalric Antero aus Orissa, erkläre diesen Sklaven Eanes, Eanes aus... aus...«

»Aus Mangifera«, kam das Flüstern.

»Aus Mangifera... zu einem freien Mann. Jetzt muß er keinem Menschen Referenz erweisen... nur denen, die ihm durch Rang oder Pflicht vorstehen... Er hat das Recht auf Besitz... auf eine Frau... auf Kinder, die ebenso frei sein sollen... und er hat das Recht auf ein eigenes Leben... bis zu seinem Tode... Ich, Amalric Emilie Antero, erkläre dies... freiwillig und öffentlich... hier vor den Augen aller Götter... Ich erhebe keine Ansprüche... nicht jetzt und nie mehr... diesem Mann gegenüber, seinen Kindern, seiner Familie oder seiner Seele.«

Eanes' Lippen öffneten sich, als wolle er sich bedanken oder lächeln. Dann wandelte sich sein Blick, und er sah durch mich hindurch, sah in die Weite. Ins Nichts. Plötzlich wurde sein Körper ganz schwer.

Sein Gesicht konnte ich im Dunkel nicht erkennen. Jemand nahm mir den Toten ab. Janos half mir aufzustehen. Dann erinnerte ich mich. Ich kratzte eine Handvoll Sand zwischen den Steinen hervor und ließ sie auf Eanes' Leiche rieseln. Jetzt brauchte sein Geist nicht mehr auf Erden zu wandeln. Und ich versprach, den Rest meiner Pflicht zu erfüllen, daß er vom Dunklen Sucher gesegnet und sein Tod gerächt würde. Doch empfand ich damals keine Wut, nur große Trauer und Scham, denn während all seiner Jahre in meinen Diensten hatte ich meinen treuesten Diener und besten Freund nicht einmal gefragt, aus welchem Land er stammte.

Janos legte einen Arm um meine Schultern. »Wir trauern später«, sagte er schroff. »Heute segeln wir.«

Wir packten in Eile. Ungeschickt suchte ich meine Sachen zusammen, da es zum ersten Mal in meinem Leben niemanden gab, der mir sagen konnte, wohin welche Bürste kam, welche Robe wie zu falten war und so weiter. Als mir bewußt wurde, was ich gerade dachte, verfluchte ich mich für meine Gefühllosigkeit. Eben erst war ein Mensch gestorben, und ich dachte nur daran, ob meine Pomade ordentlich verkorkt und im richtigen Koffer verstaut war. Sergeant Maeen stellte einen Soldaten für mich ab, aber leider war der Mann keine große Hilfe. Wenigstens war ich höflich genug, ihn nicht anzuknurren.

Ich suchte den Gastwirt und beglich unsere Rechnung. Er schwor, er würde jemanden kennen, der mit den Zeremonien Orissas vertraut war und Eanes' Leiche nach dem Ritual verbrennen ließe, wie unser Glauben es uns befahl, so daß kein Magier die tote Erde wecken und zu dienstbarem Fleisch machen konnte. Janos hatte gesagt, dem Wirt sei zu trauen, also sparte ich mir die Mühe, ihn darauf hinzuweisen, daß die Familie Antero nie etwas vergißt und es höchst unklug wäre, wenn er sein Versprechen nicht hielt. Ich glaube, er hat mir in die Augen gesehen und wußte es auch so.

Als wir uns im Hof versammelten, stellte Janos uns in einer Reihe auf und gab jedem einen kleinen Zahn, vergoldet und an einer Kette. Er sagte, sie stammten von Frettchen und würden es schwer machen, uns zu töten. Ich dachte an mein kleines Frettchen, als ich Kind war, und wie Halab es zum Leben erweckt hatte. Vielleicht war das ein gutes Omen für eine Reise, die von Anfang an unter einem schlechten Stern gestanden hatte. Cassini runzelte die Stirn – eigentlich sollten Glücksbringer von ihm kommen –, sagte aber kein Wort, und wie alle anderen zog er sich das Amulett eilig über den Kopf.

Janos stand mitten auf dem Hof und starrte den überzähligen Zahn an. Vielleicht fragte er sich, ob Eanes noch leben würde, wenn er ihm den Glücksbringer zwei Stunden früher gegeben hätte.

Erst lange nach dem Morgengrauen konnte die *Möwenschwinge* auslaufen. Es dauerte, bis L'ur aufgestanden war, bis er die angeheuerten Seeleute gefunden, bis er eine Hafenhexe aufgetrieben hatte, die eine zufriedenstellende Prophezeiung für unsere Reise aussprach. Dichter Sommernebel hing über dem Hafen, als wir endlich unsere Leinen losmachten, und vier Matrosen standen an den langen Rudern, um uns weit genug hinauszubringen, daß wir ein Segel setzen und die leichte Brise vom Land her einfangen konnten. Unser Bug deutete auf die offene See. Zur einen Seite lag die monströse Festung der Archonten, und zur anderen der schmalen Hafeneinfahrt der Hafenturm, wie Klauen einer Felsenhand, die uns nur widerstrebend gehen ließ.

Ich drehte mich um und sah Lycanth im Nebel verschwinden. Der Nebel lichtete sich, und ich sah den Pier, von dem wir abgelegt hatten. Dort stand jemand ... so reglos, daß ich ihn anfangs für einen Poller hielt. Dann erkannte ich ihn, obwohl die Entfernung eigentlich zu groß war, als daß meine Augen ein solches Detail hätten ausmachen können. Und doch wußte ich es. Ich wußte es.

Der Mann, der unsere Abreise beobachtete, war Greif.

Kapitel Sieben

Der Sturm der Archonten

In den folgenden Tagen schwor ich reuig Rache für Eanes. Die Sonne schien, der Wind war frisch, die Wogen gingen hoch. Wie ein Lebewesen pflügte die *Möwenschwinge* durch die See, und das große Segel trieb uns prallgefüllt voran. Dieses eine Mal erfüllten sich Eanes' Vorhersagen nicht. Ich fühlte mich auf See so wohl wie an Land. Oft mußte ich an ihn denken, wenn die Wellen über das Schiff hereinbrachen und uns alle bis auf die Haut durchnäßten. Die Soldaten waren ständig an der Reling zu finden, wo sie sich – zum Vergnügen von L'ur und den anderen Seeleuten – in die Gischt erbrachen. Zu den Gebeutelten gehörte auch Cassini, was Janos eine persönliche Genugtuung war. Seekrankheit, so lachte mir Janos ins Ohr, ließe sich nicht wegzaubern. Damals konnte ich darüber lachen, denn noch nie im Leben hatte ich mich so gesund gefühlt.

Während wir uns zum Hafen von Redond vorkämpften, fühlte ich mich von Stunde zu Stunde kräftiger. In meinem Blut brodelte der Abenteurergeist, und alle Gedanken an Greifs finstere Gestalt waren verflogen. Was Eanes anging, schwor ich, daß ich aus seinem Tod lernen wollte, wenn ich auch nicht recht wußte, welche Lektion daraus zu ziehen war. Im stillen widmete ich ihm diese Expedition, versprach, ihm ein fettes Schaf zu opfern, und verwahrte ihn in meiner Schachtel der Tragödien, zusammen mit Halab und meiner Mutter.

Es ist kein Wunder, daß Reisende auf ihrer Fahrt zu neuen Ufern den Mitreisenden anfangs wenig Beachtung schenken. Jeder Ausblick ist so neu und anders, daß das Verhalten und Vorgehen der Gefährten dagegen im Schatten steht, daher kann ich nicht genau sagen, womit die anderen ihre Tage verbrachten. Ich erinnere mich, daß Cassini ununterbrochen krank war. Ich erinnere mich an die knurrenden Seeleute, auch wenn ich ihr Knurren für unbedeutend hielt. An unsere Soldaten erinnere ich mich kaum, nur daß Sergeant Maeen sie von den Seeleuten fernhielt und mit kleinen Aufgaben und Übungen beschäftigte. Ich erinnere mich, daß Janos meist für sich allein blieb und über Karten und geheimnisvollen Dokumenten brütete.

Anfangs sah ich andere Schiffe – allesamt aus weiter Ferne, denn L'ur war ein umsichtiger Kapitän, der Piraten nicht in Versuchung führen wollte. Doch wie alle Landratten träumte ich ihnen hinterher, fragte mich, woher sie kamen und wohin sie fahren mochten. Mir wurde klar, daß niemand ein so wundersames Land suchte wie ich, und ich lachte über ihre armseligen Erwartungen. Als wir erst einmal weit draußen auf See waren, sahen wir keine Schiffe mehr, denn nur wenige wagten diese Reise, und taten sie es doch, waren sie ebenso vorsichtig wie wir.

Das Meer wimmelte von den unterschiedlichsten Kreaturen. Es gab Fische, die aus dem Wasser flogen, Schildkröten mit Panzern, auf denen Platz für mehrere Männer gewesen wäre, Insekten so groß wie Menschenköpfe mit langen, spindeldürren Beinen, auf denen sie flink von einem Algenteppich zum nächsten hüpften. Ich erspähte ein Wesen, das doppelt so lang war wie unser Schiff und Wasser aus einem Loch auf seinem Kopf spritzte. Es floh bei unserem Anblick. Später sah ich zwei mächtige Vögel oder Tiere, die wie Vögel aussahen, mit riesigen, ledernen Flügeln und langen, scharfen Schnäbeln. Sie ließen sich auf einem dunklen Ding nieder, das auf den Wellen trieb, kreischten vor Vergnügen und rissen an seinem Fleisch. Als wir näher kamen, entdeckte ich, daß es der Kadaver des spritzenden Ungetiers war, das ich gesehen hatte. Mehrere Speere steckten in seiner Flanke.

An einem anderen Tag brach eine Meerechse aus dem Wasser hervor. Sie war riesenhaft und alt, mit langen Muschelstreifen an den Seiten. Anfangs sagten die Männer, sie brächte uns Glück. Doch sie folgte uns, und mit der Zeit wurden die Seeleute argwöhnisch und warfen finstere Blicke zurück. Lange Zeit folgte uns das Tier, und aus den Blicken wurden Flüche, bis die Meerechse schließlich verschwand. Doch die Männer vergaßen sie nicht.

Kurz darauf wechselte das Meer seine Farbe und das Aussehen, als wir in eine Region von großer Tiefe kamen. Die Matrosen flüsterten, hier hätte die See keinen Boden und ein böser Gott wohne in der ungeheuren Tiefe, ein Gott, dessen Name kein Lebender je hatte nennen können. Der Kapitän lachte über das Gerede, verspottete es als abergläubisches Geschwätz, eines wahren Seemanns unwürdig. Doch spürte ich, daß sein Spott falsch war, und sah, wie er mit seinem Talisman spielte. Er tat nichts, um das Geflüster zu unterbinden.

Trotz aller Befürchtungen der Seeleute gab es auf unserer Fahrt über die Tiefe keine besonderen Vorkommnisse. Und doch verstand ich ihre Nervosität. Während wir diese Gewässer durchfuhren, bekamen wir kein einziges Lebewesen zu Gesicht, keinen Fisch, keine

Meerechse und auch keinen verirrten Vogel. Es war, als seien wir in eine Wasserwüste geraten. Als dann ein Seemann eines Tages fremde Segel erspähte und dies meldete, liefen alle zum Schanzkleid, anstatt eilig die Flucht vorzubereiten. L'ur wollte die Gelegenheit nutzen, seine Position zu überprüfen und frische Lebensmittel einkaufen, und hielt auf das fremde Schiff zu, während an unserem Mast die Flagge der Freundschaft mit dem darauf abgebildeten Händedruck flatterte. Wie wir führte auch das andere Schiff Lateinsegel, nur hatte es drei davon. Es hielt seinen Kurs, während wir uns näherten, und versuchte weder heranzukommen noch zu fliehen. Wir riefen hinüber, wir seien Freunde. Niemand antwortete. Als wir einen Speerwurf weit an das Schiff herankamen und sein Deck deutlicher sahen, wurde uns klar, daß niemand antworten konnte. Die Segel des Schiffs spannten sich und knarrten und knackten unheimlich im Wind. Entsetzt erkannten wir, daß das Ruder eingeholt worden war. Wer steuerte, und wie? »Magie«, hörte ich einen Seemann.

L'ur bellte die Anweisung, Abstand zu halten, aber es ließ sich nicht verhindern, daß wir dem seltsamen Schiff näher kamen. Das Deck war mit geronnenem Blut bespritzt, frisch geronnenem Blut, das wie Pocken rot das Deck überzog, und noch mehr Blut tropfte vom Hauptmast. Doch Leichen waren keine zu sehen und auch kein Stöhnen Verwundeter zu hören. Erschrocken flohen wir. Die Seeleute fegten über Deck, um L'urs laut gebrüllte Befehle zu befolgen, als hätte der Dunkle Sucher seine Hunde losgelassen. Die *Möwenschwinge* setzte sich von dem Geisterschiff ab, und als wir ein ganzes Stück gefahren waren, drehte L'ur bei, damit wir uns berieten.

Einige Männer glaubten, es sei das Werk eines bösen Zauberers. Andere vermuteten, Menschen hätten es getan. Die Menschen, die sie sich dabei vorstellten, waren halb Mann, halb Dämon und lauerten unschuldigen Seeleuten auf, um sich aus deren Fleisch eine Mahlzeit zu bereiten oder sie in ihre Viehställe zu treiben. Auf Janos'

Drängen hin beruhigte Cassini seine bebenden Eingeweide soweit, daß er eine kleine Rede über freundlichere Götter und sanftmütigere Menschen halten konnte. Seine Worte zeigten wenig Leidenschaft und waren nicht gerade überzeugend, nicht so sehr aus Übelkeit als aus Angst. Er hatte sich offenbar mit den Dingen abgefunden, die ihm im Laufe der Expedition widerfahren und die ihn wohl übermannen würden. Er merkte, wie wenig seine Worte bewirkten, daher drängte er auf ein Opfer für die Götter dieser Gegend. Das rief einen Streit hervor. Manche sagten, wir sollten auch unseren eigenen Göttern opfern, damit diese nicht neidisch würden. Manche sagten, wir sollten *nur* unseren eigenen Göttern opfern, sonst würden sie uns für immer verlassen. Es gab nur ein kleines Schwein, das geopfert werden konnte, das Schiffsmaskottchen. Cassini blieb bei seinem ersten Rat, hielt sich eher an das Naheliegende als an das Ferne. Das Schwein quiekte, als er ihm den Hals durchschnitt, und er ließ es in eine Kupferschale bluten, in die Geheimsymbole graviert waren.

»Das wird nichts nützen«, hörte ich einen Mann sagen.

»Wir brauchen ein besseres Geschenk«, meinte ein anderer.

»Es ist nur unser armes Schwein«, flüsterte einer neben mir.

»Er tötet unser ganzes Glück«, war zu hören.

Ich hörte jemanden sagen: »Der Rotschopf ist schuld. Jeder weiß, daß rotes Haar auf einem Schiff Unglück bringt.« Janos packte meinen Ellbogen, und ich ließ mir nicht anmerken, daß ich es gehört hatte. Als er mich wegzog, hörte ich eine letzte Bemerkung. »Er sollte es sein, nicht das Schwein. Dann wäre das Glück auf unserer Seite.«

»Ich verstehe, was du mit meinem roten Haar gemeint hast«, seufzte ich. »Es war von jeher ein Fluch.«

»Es nützt nichts, etwas zu beklagen, mit dem du geboren wurdest«, beruhigte mich Janos. »Es sollte mich nicht wundern, wenn es Königreiche voller Rothaariger gäbe, in denen ein beklagenswerter Schwarzhaariger verflucht ist.«

»Was soll ich tun?« fragte ich.

»Mach dir keine Sorgen. Es sind nur noch wenige Tage bis Redond. Warum den Kessel zum Kochen bringen, wenn ein leichtes Sieden niemandem schadet? Außerdem haben wir unsere eigenen Leute, gute, loyale Soldaten Orissas, mit denen sich die Seeleute kaum anlegen werden.« Er betrachtete mich trotz der warmen Worte grimmig. »Aber halte deinen Dolch bereit. Falls sich bei Nacht jemand über dich hermacht.«

Cassini beendete das Opfer, schüttete das Blut und eine Mixtur aus Zauberingredienzen ins Meer und rief den Göttern mit lauter Stimme zu, wir seien friedliche Männer und würden ihr Reich schon bald verlassen. Wir setzten das Segel, und die Gemüter der Männer beruhigten sich etwas. Das Geflüster erstarb, doch nach wie vor zog mein Haar die Blicke an. Als wir dann in eine Gegend kamen, von der jemand sagte, sie sei mit frischen Winden gesegnet, war die Mannschaft wieder bester Laune. L'ur änderte unseren Kurs, um geradewegs nach Redond zu fahren, und wir flogen über die Wellen wie ein geflügelter Fisch. Am Nachmittag legte sich der Wind.

L'ur sagte seinen Männern, sie sollten sich keine Sorgen machen, es sei nur eine vorübergehende Flaute, und er versichere ihnen die allseits bekannte Verläßlichkeit der Winde in dieser Region. Die ganze Nacht über blieb es still. Am Morgen sprangen wir auf, bereit für die frischen Winde des neuen Tages. Nichts geschah. Auch am späten Nachmittag blieben die Winde aus. Ebenso versagten sie uns während der Nacht ihre Gunst. Groß und heiß ging die Sonne am nächsten Morgen auf. Uns taten die Köpfe weh, je länger die Flaute dauerte. Die Matrosen bekamen Blasen an den schwieligen Händen und Füßen, und die Haut löste sich, wenn sie zu fest ruderten. Am strahlenden Himmel war keine Wolke zu sehen, die uns Hoffnung auf frischen Wind vom Horizont her hätte geben können.

Am späten Nachmittag kam L'ur zu mir. »Es wird Zeit, daß Euer Priester die Windgeister ruft«, sagte er. »Ich habe sie in dieser Gegend noch nie gebraucht und wollte eigentlich vorschlagen, sie für die tückische Gegend vor Redond aufzubewahren.« Er blickte in den wolkenlosen Himmel auf und schüttelte den Kopf »Aus irgendeinem Grund sind wir verflucht«, sagte er. »Und ich denke, wir sollten schnell von hier verschwinden.«

Ich setzte mich mit Janos und Cassini zusammen. Man zahlte einen hohen Preis für einen ordentlichen Beutel Windgeister, und manche alte Hexe verdiente sich ihren Lebensunterhalt in einem der Häfen, die ihr Gewerbe erlaubten, indem sie verirrte Windgeister in einem Zaubersack fing und sie an Seeleute verkaufte, für den Fall, daß der Wind ausblieb. Die Beutel jedoch waren äußerst kostspielig, und man benutzte sie nur im Notfall. Wir waren alle einig, daß ein solcher Notfall gekommen war.

Cassini machte eine enorme Zeremonie daraus und zeichnete gleich hinter dem Schiffsschnabel mit Kreide ein Pentagramm aufs Deck. Er läuterte den Bereich ums Pentagramm, verstreute Asche aus seltenen Gewürzen und den verbrannten Teilen ebenso seltener Tiere. Er legte seinen besten Talar an und nahm den Beutel mit den Windgeistern. Wir alle versammelten uns, als er die Hände hob und mit lauter Stimme Te-Date anrief. Diese erste Anrufung des Gottes der Reisenden dauerte eine halbe Stunde, danach brachte er fast eine Stunde damit zu, Te-Dates Namen zu preisen und ihn um Wohlwollen gegenüber unserer Reise zu bitten. Die Hitze war unerträglich, doch niemand klagte, aus Furcht zu stören und einen Fehlschlag hervorzurufen. Wir ertrugen Cassinis schier endlose Zeremonie und hielten Kameraden aufrecht, die von der Hitze überwältigt wurden. Ich erinnere mich sehr gut an die pralle Sonne und Cassinis sonore, flehentliche Worte. Nicht die kleinste Wolke beglückte uns.

Endlich kam der Augenblick. Cassini legte den Beutel aufs Deck, packte das Zugband, riß fest daran und trat eilig zurück, um der Wucht der austretenden Windgeister zu entgehen. Man erzählt sich Geschichten von Männern, die dabei umgekommen waren. An diesem Tag war keine Wucht zu spüren. Statt einer großen Wolke, die zum Himmel eilte, um Winde auszubrüten, rülpste nur ein kränklicher Seufzer aus dem Sack hervor. Er brach an Deck zusammen, ein armes, flaues, totes Ding ohne jede Hoffnung für uns. Bestürzt stand Cassini da, mit offenem Mund, ein Narr, herausgeputzt im Talar eines Geistersehers. Überrascht schrien die Männer auf.

Einer trampelte dreist in das heilige Pentagramm und hob den Beutel auf. Ich kannte seinen Namen nicht, aber er hatte die gestutzten Ohren eines Mannes, der den Preis als Dieb gezahlt hatte. Er betrachtete das Siegel am Band und heulte ungläubig auf. »Ich kenne dieses Zeichen«, rief der Gestutzte, »und auch die Schwindlerin, die dahintersteht. Sie verkauft ihre Geister billig, die Alte. Kümmerliche Dinger, die nicht die kleinste Wolke bringen.« Er drehte sich zu mir um und schüttelte vorwurfsvoll den Sack. »Der Rotschopf ist ein Geizkragen, Leute«, rief er. »Will lieber unsere Frauen zu Witwen machen als einen fairen Preis für faire Ware zahlen.« Wütend schrie die Mannschaft auf, ignorierte L'urs Flehen um Ruhe. Mancher von ihnen legte die Hand an den Dolch und forderte meinen roten Skalp, um die Götter zu besänftigen.

Janos bellte einen Befehl, und urplötzlich waren Sergeant Maeen und die Soldaten da. Schwerter kamen klirrend aus den Scheiden, und die Mannschaft schwieg. Janos sprang auf ein kleines Faß. »Hört mich an, Männer der *Möwenschwinge*«, rief er. »Sollte einer von euch Hand an diesen Mann legen, werde ich unseren Soldaten Befehl geben, euch alle niederzumachen. Wir sind nah genug an Redond, daß mir der Verzicht auf eure Seemannskünste keine Sorgen macht. Das kann ich euch versprechen.« Maeen schlug mit dem Schwert an seinen Schild, um die Worte des Hauptmanns zu untermauern. Die Soldaten taten es ihm nah, und dieses Klirren von Eisen auf Eisen ließ die Mannschaft weichen. Schweigend zogen sie sich zurück.

»Der Wind kommt, wenn der Wind kommt«, sagte Janos. »Wir

haben genug zu essen und zu trinken und müssen nur die Hitze ertragen. Bald schon wird Te-Date uns segnen. Offenbar ist er augenblicklich mit dem Kummer anderer beschäftigt, die *wirklich* in Gefahr sind. Sicher wird er sich uns bald widmen. Hat nicht ein großer Geisterseher Orissas ihn gerufen? Niemals würde Te-Date so jemand ignorieren. Nun geht euren Geschäften nach und laßt uns allein.«

»Ihr habt ihn gehört, Hurensöhne«, bellte L'ur. »Es gibt genug, womit ihr die Zeit totschlagen könnt. Und wenn ihr keine Arbeit findet, gebe ich euch welche.«

Die Seeleute zerstreuten sich, und L'ur gab einigen von ihnen Eimer, damit sie Meerwasser an Bord holten und zur Abkühlung das Deck spülten. Ich suchte den Mann mit den gestutzten Ohren, der mich beschuldigt hatte, sah ihn aber nirgendwo. Janos sprang von seinem Faß und ging zu Cassini. Ich folgte ihm auf dem Fuße. Das Gesicht des Geistersehers war kalkweiß, und seine Augen zuckten nervös, als wir näher kamen.

»Was habt Ihr getan, Mann?« knurrte Janos wütend und vergaß dabei den üblichen Respekt vor einem Geisterseher. »Ich habe Euch reichlich Geld gegeben. Ich habe Euch zum besten Laden für Windgeister geschickt. Warum habt Ihr nicht auf mich gehört?«

Cassini schüttelte den Kopf. Er wußte keine Antwort.

»Ich werde Euch sagen, was Ihr getan habt«, sagte Janos. »Ihr dachtet, Ihr kauft billig ein und behaltet den Rest für Euch. Ihr habt geglaubt, Ihr hättet genug Talent, die Guten unter den Schlechten rauszusuchen. Habe ich recht?«

Noch immer antwortete Cassini nicht. An seinem Blick erkannte ich, daß Janos ins Schwarze getroffen hatte. Dann sah ich Cassinis geröteten Hals und wußte, daß in seinem Innern Schuldgefühle mit Wut rangen. Es hatte keinen Sinn, Lügner oder nicht, Narr oder nicht, wir brauchten Cassini. Das Gesetz Orissas und der Rat der Geisterseher hatten ihn zu uns gebracht, und er mußte uns begleiten, bis wir heimkehrten.

»Es war sicher nur ein Versehen, Janos«, sagte ich. »Vielleicht ist er bei seiner Suche nach dem Laden falsch abgebogen.«

Cassini griff nach dem rettenden Strohhalm. »So wird es gewesen sein«, sagte er. »Ich war mir sicher, den richtigen Laden gefunden zu haben. Und ich habe den vollen Preis bezahlt. Mein Irrtum tut mir leid.«

»Macht Euch keine allzu großen Gedanken«, sagte ich. »Wir alle werden auf dieser Reise Fehler machen. Und bitte verzeiht Hauptmann Greycloak seinen Zorn. Das Wetter macht uns allen zu schaffen.«

Janos verstand, was ich im Schilde führte, und änderte sogleich seinen Kurs. »Du hast recht«, sagte er. Er wandte sich Cassini zu. »Bitte verzeiht meine Grobheit... und die dummen Anschuldigungen. Ich war nur aufgebracht.«

»Da gibt es nichts zu verzeihen«, sagte Cassini. »Vergeben und vergessen.« Wir lächelten alle drei und versuchten, die Mißstimmung zu verdrängen. Doch an der Spannung in Cassinis Lächeln sah ich, daß Janos' ungezügelte Worte keineswegs vergeben und vergessen waren.

Die Winde, die Janos versprochen hatte, kamen nicht, und die Tage vergingen in erstickender Not. Während die *Möwenschwinge* dahintrieb, die Segel schlaff und leblos, lagen wir, wo immer Schatten zu finden war, und hechelten wie die Hunde. Eines Tages, als ich unter einem Sonnensegel lag und mir mit Janos einen Krug gut verdünnten Weins teilte, fiel mir jener erste Abend ein, an dem wir uns kennengelernt hatten, als Leego und seine Häscher mir vor der Taverne auflauerten.

»Überleg mal, Janos«, sagte ich. »Vielleicht bringt mir mein Haar *Glück*. Der rote Schopf hat mich in Melinas Klauen geführt, was vordergründig ein Unglück sein mag. Aber die Götter sind wundersam in ihren Taten, denn ohne dieses Unglück hätte ich dich nie kennengelernt und wäre nicht auf diese Reise gegangen. Und die

Begegnung selbst war ein ungeheures Glück. Denn hättest du dir keine Gasse gesucht, um dich zu erleichtern, hätte Leego mich sicher getötet.«

Ich hatte es mir als eine Art müden Scherz gedacht, doch Janos schenkte mir nicht das leiseste Lächeln. Statt dessen legte er die Stirn in Falten und rang einen Moment lang mit sich. Was ich dann hörte, erstaunte mich. »Ich schäme mich, dir sagen zu müssen, daß dieses Zusammentreffen keineswegs ein Zufall war«, kam seine Erwiderung. »Ich glaube, es ist an der Zeit, dir zu gestehen, was tatsächlich geschehen ist.« Er nahm einen Schluck Wein. Dann: »Maeen kam, um mich zu holen, nachdem du ihn zurückgewiesen hattest. Er sagte, da sei ein junger Mann von edler Geburt, der den Anschein machte, als suche er Streit. Zuerst habe ich ihn ausgelacht. Was kümmern mich die Söhne reicher Männer?«

Er sah mich an, doch ich zeigte keine Reaktion, denn ich war ganz verwirrt von diesem verspäteten Geständnis. »Doch dann dachte ich, vielleicht wäre das eine Gelegenheit«, fuhr er fort. »Wie du weißt, habe ich seit meiner Ankunft in Orissa nach Unterstützung für eine Expedition gesucht. Ich wußte nicht, ob du der richtige Mann wärst, mir zu helfen, doch es schien mir klug, es zu versuchen.«

»Also hast du die ganze Zeit draußen gewartet?« fragte ich.

Janos nickte. »Ich hätte aus Pflicht- oder Ehrgefühl auf Maeens erste Aufforderung hin kommen sollen, aber zu meiner Schande muß ich gestehen, daß mein Motiv der pure Eigennutz war.«

Ich war wie verzaubert von seinem Geständnis. Es ließ Janos viel menschlicher wirken. Keinen Augenblick zweifelte ich daran, daß unsere Freundschaft von nun an auf dem Boden dieser Ehrlichkeit erblühen würde. Warum sonst hätte er so etwas eingestehen sollen? Es brachte ihm keinen Vorteil, ein schlechtes Licht auf seine Taten zu werfen. Ich habe, seit mir mein kindlicher Verstand nur schwacher Schutz war, einiges dazugelernt, denn Männer und Frauen tun vielerlei Dinge aus vielerlei Motiven. Ich bin inzwischen überzeugt, daß er mich als Freund betrachtete, aber trotzdem hatte er mit meinen Schwächen spielen müssen. Denn er war ein Opfer seiner Besessenheit.

Ich schenkte uns Wein nach, und was ich erfahren hatte, ließ mich die Hitze vergessen. »Ich danke dir dafür«, sagte ich. »Es braucht einen starken Mann, um einen Fehltritt zuzugeben.«

Janos lächelte reumütig. »Ich habe mehr Fehler als Stärken, mein Freund«, sagte er. »Aber ich bin dir für deine Worte trotzdem dankbar.«

»Du bist ein wirklich seltsamer Mensch«, sagte ich. »Meine Schwester nennt dich einen Verrückten, einen Halunken, einen Schlawiner. Und meine Schwester täuscht sich nicht oft. Erzähl mir doch von dir. Alles, was ich weiß, sind die Gerüchte vom Marktplatz und ein paar Andeutungen, die du gemacht hast. Wie kommt es, daß du hier bei mir bist und auf die Winde eines faulen Gottes wartest?«

Janos' Miene verfinsterte sich. Zuerst glaubte ich, ich hätte ihn mit meiner Neugier gekränkt. Seine nächsten Worte erschütterten mich. »Verdammt sollen alle Götter sein«, sagte er mit heiserer Stimme. »Sie kommen nie, wenn man sie braucht! Und sie treffen erst ein, wenn die Katastrophe nicht mehr abzuwenden ist. Verlaß dich nicht auf Götter, Amalric. Denn sie sind verschlagen und böse wie Dämonen.«

Ich war zu erschrocken über diese Lästerung, als daß ich hätte sprechen können. Eilig fuhr Janos fort. »Ich will dir sagen, was mit denen geschieht, die auf Götter vertrauen, anstatt sich auf sich selbst zu verlassen. Wie du weißt, war meine Mutter die Tochter eines Edelmanns aus Orissa und mein Vater ein Prinz aus Kostroma, als sie heirateten. Als er mit seiner Braut in die Heimat zurückkehrte, war sein Vater inzwischen gestorben, und das Volk wartete darauf, ihn zum König zu krönen. Es war eine große Verantwortung, und er hatte Brüder, die diese Last hätten auf sich nehmen können, doch die Leute wollten ihn; höchst widerwillig nahm er an.«

»Wieso wollte er nicht König werden?« fragte ich.

»Aus vielen Gründen, wie du sehen wirst, wenn du alt genug bist. Doch in Kostroma war das Los eines Königs besonders schwierig, denn ein König von Kostroma trug die Verantwortung für das Glück der ganzen Stadt. Dem Gesetz nach mußte der König, wenn es eine Katastrophe gab und alle Hoffnung verloren war, als höchstes Opfer sein Leben für das Königreich geben. Die Familie meiner Mutter hatte zum Teil recht, wenn sie Kostroma als Barbarenland bezeichnete. Nur war meine Familie weit zivilisierter, als sie es sich vorstellen konnten, und in den wenigen Jahren, die ich meine Eltern erlebt habe, hatte ich verschiedene hochbegabte Hauslehrer, die jeden Mangel an Zivilisation ausglichen.«

»Verzeih, wenn ich an einen wunden Punkt rühre«, sagte ich, »aber ich habe gehört, deine Eltern wären tot. Hat diese Geschichte etwas damit zu tun?«

»Mit all dem«, sagte Janos. »Kostroma hatte viele Feinde, doch mit Geschick sorgte mein Vater dafür, daß sie sich nicht zusammenschlossen, und vertrieb sie von unseren Feldern. Dann erreichte uns eines Tages die Nachricht, eine mächtige Horde Soldaten nähere sich unseren Ländereien. Ich weiß nicht, wer sie waren oder sind, denn ich war zu jung, um mehr zu wissen, als daß sie gefährliche und besonders bösartige Feinde waren. Mein Vater schickte Späher aus, und diese kehrten mit Berichten von so vielen Feinden wieder, daß er wußte, wir waren verloren. Kostroma war dem Untergang geweiht.

Da legte mein Vater seine Priesterrobe an und nahm das Banner unseres Gottes und Beschützers. Allein trat er auf das Feld vor unserer Stadt hinaus, wo sich das Heer der Feinde versammelt hatte, und rief unseren Gott an, er möge sein Opfer annehmen und die Stadt retten. Das war die Abmachung, die wir mit unserem Gott getroffen hatten. Ich will seinen Namen nicht nennen, denn mein Haß könnte ihn zum Leben erwecken.

Der Feind griff an, und mein Vater stand zwischen den Fremden und der Stadt. Noch einmal flehte er um Hilfe und blieb tapfer stehen. Ein Reiter lachte und schlug ihm mit einem einzigen Hieb den Kopf ab. Sein Körper wankte, der Reiter spießte den Kopf mit der Schwertspitze auf und führte die Armee durch die Tore der Stadt. Sie töteten jeden, der sich ihnen widersetzte, und verschleppten die anderen als Sklaven. Meine Mutter war unter den Toten. In gewisser Hinsicht war es ein Glück, denn als endgültige Erniedrigung Kostromas wurden sämtliche Edelfrauen den Horden vorgeworfen, damit sie mit ihnen tun konnten, was sie wollten.

Erst später erfuhr ich, was in der Stadt vor sich gegangen war, denn ich war an diesem Tag bei meinem Vater gewesen. Obwohl ich ihm kaum bis zur Hüfte reichte, war ich doch ein Prinz und wußte, daß ich ihm zur Seite stehen mußte. Als er stürzte, tat ich alles, um das Banner aufrecht zu halten. Ich weiß noch, wie schwer es war. Wie ängstlich ich war. Aber ich wußte, wenn ich es aufstellte und den Gott rief, würde er schnell kommen und alles wieder gutmachen. Jemand ritt auf mich zu, rief etwas und schwenkte sein Schwert. Ich schlug ihn mit dem Banner, aber er stieß es beiseite und hob mich vom Boden in den Sattel.«

Janos' Blick wirkte gequält. »Nach der Schlacht steckte man mich in den Sklavenstall.«

»Doch du bist entkommen«, rief ich. »Das mußt du, sonst könntest du mir die Geschichte nicht erzählen.«

»Nein«, sagte Janos leise. »Sie trieben mich manche Tagesreise vor sich her, ich war fast tot vor Erschöpfung und Durst. Schließlich kamen wir nach Redond zum Sklavenmarkt, wo ein Käufer der lycanthischen Armee für mich bot, als sei ich eines der Lämmer meines Vaters.«

Ich glotzte ihn an und staunte über mich selbst, daß ich nicht vor jemandem zurückschreckte, der mir eben eröffnete, daß er der niedrigsten Schicht angehört hatte. Wieder starrte ich den Mann mit dem dunklen Bart und der vernarbten Wange an und sah nur meinen Freund. »Wie hast du überlebt? Du bist geflüchtet und heimgekehrt. Ja, so muß es gewesen sein.«

Und wieder schüttelte Janos den Kopf. »Nein. Ich bin geblieben. Und was Kostroma angeht . . . es existiert nicht mehr. Unsere Feinde haben die Stadt vollständig zerstört und die Steine verstreut. Jetzt leben nur noch Tiere dort.«

Er holte das tanzende Mädchen unter seinem Hemd hervor. »Nur das ist mir als Erinnerung an meinen Vater geblieben. Das ist alles, womit ich die Erinnerung an ihn wachhalten kann. Und die an meine Mutter. Es ist an jenem Tag zerbrochen und war so besudelt, daß niemand seinen Wert erkannte und es mir nahm.«

Janos leerte seinen Becher und verlangte nach mehr. Eilig schenkte ich nach, begierig, auch den Rest seiner Geschichte zu hören. »Viele Jahre diente ich den Soldaten als Sklave«, sagte er. »Anfangs mühte ich mich in den Küchen ab oder putzte die Latrinen. Ich war ein widerborstiger Bursche mit üblen Launen und hielt ein scharfes Messer für jeden bereit, der mich zu seinem Liebesdiener machen wollte. Man entdeckte meine Sprachbegabung. Als man eine Armee zusammenstellte, die dort kämpfen sollte, wo einst Kostroma gewesen war, nahm man mich mit, weil ich die Sprache dieser Gegend beherrschte. Von da an fuhr ich immer mit, wenn eine Armee ausrückte. Man bildete mich zum Töten aus und behandelte mich verächtlich. Doch ich war ermutigt, meine Sprachtalente einzusetzen, so daß ich mit der Zeit viele Völker und Kulturen kennengelernt habe.«

»Wie kommt es dann, daß du frei bist?« fragte ich.

»Die Lycanther sind ein übler Haufen, und ich verachte sie alle, wie sie da sind«, antwortete Janos. »Aber in einer Hinsicht sind sie den Orissanern weit voraus. Lycanther gestatten es Sklaven, sich freizukaufen. Von da an können sie jede gesellschaftliche Position einnehmen. Und genau das habe ich getan. Ich habe gespart, alles, was ich verdienen ... oder stehlen konnte. Und schließlich hatte ich genug beisammen, um mir die Freiheit zu erkaufen. Von jeher hatte ich das Land meiner Mutter sehen wollen. Doch mein Stolz hielt mich noch Jahre zurück. Stolz und anderes.«

Wieder betastete er das tanzende Mädchen. »Das hier hat in all den Jahren verhindert, daß ich verrückt wurde«, sagte er. »In zahllosen Nächten habe ich von den Fernen Königreichen geträumt und mir vorgestellt, sie wären ein wundersamer Ort, in dem mein Leid ein Ende finden sollte. Ich stellte sie mir als ein Land noch oberhalb der Götterheime vor. Ein Ort, in dem niemand des anderen Sklaven ist und nur freundliche Worte geprochen werden. Wohin auch immer ich ging, was immer ich tat, das Ziel, die Fernen Königreiche zu finden, war das Motiv für mein Tun. Es war die Phantasie eines Kindes. Doch es wurde zu weit mehr. Ich schwor, ich würde sie zu Gesicht bekommen. Also blieb ich bei den Lycanthern und stieg bis zum Hauptmann auf. Wieder legte ich Kapital beiseite, bis ich genug beisammen hatte, daß ich die Stadt verlassen konnte.«

»Träume hätten mich nie davor bewahren können, verrückt zu werden«, sagte ich. Ich war erschüttert, denn ich konnte mir nicht vorstellen, Sklave eines anderen zu sein.

»Du wärest überrascht, mein Freund«, sagte Janos, »was ein Mensch für seinen nächsten Atemzug zu tun bereit ist. Was den Wahnsinn angeht, so bin ich ihm vielleicht verfallen. Aber, wie gesagt, was ich noch an Verstand besitze, verdanke ich meinem Traum. Ich habe Sprachen erlernt. Ich habe Völker studiert, damit ich sie aus allen Richtungen betrachten und auch in ihre Herzen sehen konnte. Und es wird dich nicht überraschen – da ich deinen Blick sehen konnte, als ich in einer stillen Ecke des Schiffs geübt habe –, daß ich ein unziemliches Interesse an der Kunst der Geisterseher entwickelt habe. Ich habe mit Schamanen in abgelegenen Dörfern gesprochen und die Sitten barbarischer Priester studiert. Ich hoffe, ich bleibe noch immer dein Freund, wenn ich gestehe, daß ich einiges Wissen um die Zauberei angesammelt und mich in alte Texte vertieft habe.«

»Das hatte ich vermutet, als du mir den Frettchenzahn gegeben hast«, sagte ich. »Und obwohl ich weiß, daß die Geisterseher sagen, es wäre für gewöhnliche Menschen gottlos, ihre Kunst zu betreiben, ist doch meine Meinung von diesen Hurensöhnen so schlecht, daß mir die Sünde, die du hier gestehst, geringfügig erscheint.« Ich sagte es barsch heraus, doch ein tiefer Schauer in meinem Innersten erinnerte mich an Janos' Lüge, als die Geisterseher ihn befragt hatten. Ich betete, daß diese Lüge nie entdeckt würde.

Ich verbarg mein Unbehagen mit einem Lachen und füllte unsere Kelche. »Auf neue Freunde und alte Feinde«, sagte ich, und Janos' Kelch klang an meinem.

»Was ist mit den Winden?« fragte ich und nahm den Ausgangspunkt unseres Gespräches wieder auf. »Wann, glaubst du, werden sie kommen?«

Janos zuckte mit den Achseln. »Wenn wir sie am wenigsten erwarten«, antwortete er. Dann drehte er sich um und schlief ein.

Am nächsten Morgen wachten wir auf und stellten fest, daß das Schiff in einem unübersehbar großen Algenteppich festsaß. Er erstreckte sich in alle Richtungen, so weit das Auge reichte. Als wir entdeckten, daß wir in der Falle saßen, begannen manche zu verzweifeln. Der Verwesungsgeruch war überwältigend, wenn auch nicht so überwältigend wie das Gefühl, *beobachtet* zu werden. Das Gefühl wurde zur Gewißheit, als ein Seemann aufschrie und wir zwei riesige Augen entdeckten, die aus dem Tang hervorlugten. Die Augen waren nicht weiter als eine Schiffslänge von unserer Backbordseite entfernt. Wir sollten sie noch bestens kennenlernen. Es waren gelbe Augen, mit roten Adern durchzogen. Während sie uns beobachteten, war unter der Oberfläche ein ständiges Blubbern und Arbeiten, als weidete das Tier. Der Kapitän befahl einem der Seeleute, auf den Mast zu klettern, um nachzusehen, ob er von dort oben mehr erkennen könne. Während der Mann hinaufkletterte, rollten die Augen nach oben, folgten ihm.

Kurz bevor er die Spitze erreicht hatte, schoß ein enormes, purpurrotes Seil aus Fleisch aus dem Wasser hervor. Der Seemann schrie, als die Zunge – denn das war es, besetzt mit kleinen, scharfen Zähnen – zulangte und den vor Entsetzen heulenden Mann vom Mast riß. Er wand und wehrte sich, als die Zunge ihn ins Wasser und dann in den Schlund des noch immer nicht erkennbaren Untiers zerrte. Ein letzter, blubbernder Schrei war zu hören, als er verschwand. Es folgte ein kurzer Kampf, und Blut stieg auf. Die Augen kehrten zu ihrer vorigen Position zurück… und beobachteten uns weiter.

Die Nacht brach über uns herein, schwärzer als ich es je erlebt hatte. Wir konnten die Augen des Untiers nicht mehr sehen, aber wir wußten, daß wir beobachtet wurden. Ich hörte Männer weinen. Ich hörte ängstliches Flüstern. Ich hörte jemanden rufen: »Den Rotschopf will der Dämon!« Janos ließ Sergeant Maeen die Soldaten rufen. Nach ihren Stimmen zu urteilen, hatten sie ebensolche Angst wie die Matrosen. Maeen beruhigte sie, wappnete sie gegen die Nacht. Nur wußten wir nicht, woher die größere Gefahr drohte – von dem Wächter im Meer oder unseren eigenen Leuten.

Ich fiel in unruhigen Schlaf und hatte einen Traum von seltsamen Stimmen ohne Gesichter. Anhaltendes Geflüster war zu hören, dessen Sinn ich nicht ausmachen konnte, aber ich wußte, sie besprachen mein Schicksal. Unheimliches Licht breitete sich aus. Das Licht wandelte sich zu blauen Flammen, die höher und höher schlugen, als würden sie von Zauberhand angefacht. Ich wollte fliehen, nur waren meine Glieder steinerne Säulen. Ein Schrei war zu hören, der in meiner Seele hämmerte, und aus den Flammen platzten die beiden Archonten von Lycanth hervor. »Hebt an, ihr Winde«, rief der eine, und seine Stimme war ein Donner.

»Von Nord und von Süd«, rief der andere, »Ost und West. Sammelt euch, ihr Winde, sammelt euch.« Seine Stimme war ein Blitz.

»Sucht den Rothaarigen«, befahl der Donner. »Und den mit Namen Greycloak. Sucht ihn auf dem Meer, wo kein Wind weht.«

»Wehet widrig, wehet wild«, sagte der andere. »Dann noch wilder und widriger. Weht, ihr Winde, weht.« Eine schwarze Wolke explodierte aus den Flammen, und die schwarzen Archonten waren fort. Die Wolke strotzte vor schwarzen Mächten, wirbelte hierhin und dorthin. Dann konnte ich die Archonten in der Wolke erkennen. Sie deuteten auf mich! *»Weht, ihr Winde, weht!«* hörte ich sie rufen. Die schwarze Wolke stürmte mir entgegen.

Ich schreckte hoch. Es war Morgen. Ich sah mich um, erschüttert von meinem Traum, und sah, wie die anderen Männer sich vom Deck erhoben. Sie lächelten. Ich spürte eine kühle Brise an meiner Wange, was der Grund für ihr Lächeln war. Janos schlug mir auf den Rücken. »Unser Glück ist wieder da«, rief er. »Die Winde sind zurück.« Die Seeleute beeilten sich, Kapitän L'urs Befehle zu befolgen. Schon bald rührte sich das Segel im aufkommenden Wind. Ich lief an die Reling und sah, daß das Ungeheuer fort war. Der Wind teilte die treibende Masse von Tang. Ein Knall war zu hören, als sich das Segel füllte, und die *Möwenschwinge* machte einen Satz nach vorn. Ich hörte die Männer jubeln, doch mir blieb die Freude versagt. Denn drüben am Horizont ragte die dunkle Wolke aus meinem Traum auf – wenn es denn ein Traum gewesen war und nicht ein Ausblick auf unser Schicksal. Die Antwort kam, als sich die Wolke schwarz und bedrohlich einfärbte und bald den ganzen Himmel ausfüllte. Janos schrie etwas, aber seine Worte wurden fortgerissen, als der Wind von einer steifen Brise zum wilden Sturm wurde, der die See aufbrachte und gegen das Schiff warf. Aus Freudenschreien wurde entsetztes Geheul. Ein Seil riß und peitschte herab, fegte übers Deck. Ich warf mich auf die Planken, um der Wucht des Windes zu entgehen. Jemand prallte gegen mich, und ich packte und hielt den Mann unten, als der Wind ihn mit sich reißen wollte. Als er festen Halt gefunden hatte, sah ich, daß dieser Mann Janos war.

Eine mächtige Hand hob das Schiff und schleuderte uns voran. Die *Möwenschwinge* grub sich in eine Woge, und wir alle ertranken beinah, als die See über uns hereinbrach. Das Schiff kam wieder hoch, und ich fühlte mich wie schwerelos, als es über die Wellen flog. Stunde um Stunde klammerten wir uns an alles, was wir finden konnten, während der Sturm ohne Unterlaß wütete. Oft waren wir so lange unter Wasser, daß ich die Götter um Kiemen anflehte. Irgendwie tauchten wir aber immer wieder auf, da die *Möwenschwinge* sich den Winden der Archonten nicht beugen wollte. Wir waren, das keuchte mir Kapitän L'ur ins Ohr, weit ab von Redond, in unbekannten Gewässern. Vor uns mußte die verwunschene Pfefferküste liegen! Niemand wagte es, ein Segel einzuholen, und vielleicht war das unsere Rettung. Oder vielleicht genügte das Schweineblut, welches Cassini geopfert hatte, die lokalen Götter zu besänftigen, denn unser Lateinsegel hielt, als wäre es mit Zaubergarn genäht, und ließ uns über die See fliegen.

Eine Faust schlug mir an die Schulter, und ich drehte mich um und sah, daß Janos auf etwas deutete. Ich blickte auf, hörte ein trockenes Knacken, und der Mast spaltete sich kurz über dem Fuß. Wenn er nachgab, wäre alles verloren. Janos zerrte an mir, schrie Worte, die ich nicht hören konnte. Ich wußte, was er wollte – irgendwie mußten wir den Mast retten. Wir kämpften uns vorwärts. Ich glaubte, Janos hätte den Verstand verloren, denn er nahm ein dickes Stück Tau und begann es um den Mast zu wickeln. Es schien mir eine nutzlose Verstärkung, die nur einen kurzen Moment aushalten würde.

Dann verstand ich sein Rufen. »Hilf mir, Amalric!« Da ich diesen Augenblick für den letzten meines Lebens hielt, tat ich, was er mir zeigte, und wickelte Tampen um den wachsenden Spalt im Mast. Janos riß einen eisernen Marlpfriem aus dem Ständer und stieß ihn durch das Tau. Er tastete in seiner Tasche herum und nahm etwas hervor, das am Ende eines Fadens hing. Ich sah, daß es ein Frettchenzahn war, der Zahn, der für Eanes gedacht gewesen war. Janos wickelte das Halsband um den Spieß, schloß die Augen und hob einen mächtigen Singsang an, wobei er über den Zahn strich. Wieder gab der Mast ein Knacken von sich, und das Segel klapperte furchterregend. Bevor es jedoch nachgeben konnte, spürte ich, wie sich die Taue unter meinen Händen härteten und strafften, bis sie stark wie frischgeschmiedeter Stahl waren, und der Mast hielt.

Erschöpft brachen wir auf dem Deck zusammen. Weitere Stunden verrannen, doch jetzt ließen die Winde nach. Janos und ich erhoben uns, um eine Bestandsaufnahme zu machen. Wir entdeckten L'ur, der allein versuchte, das Ruder wieder an seinen Platz zu bringen. Wir kämpften uns zu ihm hinüber und mußten dabei peitschenden Leinen und loser Ladung ausweichen. In der Ferne hörte ich ein Tosen, und als ich herumfuhr, sah ich Land. Im grauen Licht konnte ich das Ufer erkennen. Felsenriffe bleckten ihre Zähne in der weiß wogenden Brandung. Eine Welle schleuderte uns auf diese Riffe zu. Wir machten uns für den Schiffbruch bereit. Als wäre sie ein lebendes Wesen, schüttelte sich die *Möwenschwinge* im Wasser und neigte sich zur Seite, als sie auflief. Eine Ewigkeit brach das Meer über uns herein. Gerade als ich glaubte, ich könnte die Luft nicht länger anhalten, zog sich das Wasser zurück.

Das Schiff war gestrandet und hockte auf dem höchsten Riff. Die nächste Woge rollte herein, doch der Sturm ließ nach, und die Brandung umschäumte harmlos unseren Kiel. Janos und ich richteten uns auf. Beinah lachte ich, denn sein Staunen darüber, noch am Leben zu sein, war sicher ein Zwilling meiner eigenen Überraschung. Ich hörte, daß Männer etwas riefen, und wandte mich um, weil ich helfen wollte. Erstaunlicherweise hatten Maeen und seine Soldaten überlebt, und auch die Zahl der Seeleute schien nicht wesentlich geringer zu sein.

»Dort drüben«, keuchte Janos und deutete auf etwas. Drei Seeleute waren bei der Strandung über Bord gegangen. Sie wateten durch die hüfthohe Brandung zum felsigen Strand. Einer von ihnen war der Mann mit dem gestutzten Ohr. Er wirkte kräftiger als die anderen und schritt energisch voran. Einer seiner Begleiter, geschwächt und blutend, griff hilfesuchend nach ihm, doch er schüttelte ihn ab und stampfte weiter.

Plötzlich stieß Janos ein Stöhnen aus. »Die armen Schweine.« Ich sah den Grund für sein Klagen. Hunderte dunkler Gestalten huschten über den Strand hinüber zu den watenden Seeleuten. Sie reichten einem Menschen bis zur Hüfte und schienen eine harte Schale und ein scharfes Rückgrat zu haben. In diesem Augenblick durchbrach die Sonne den Sturmhimmel. Die Gestalten waren keine Tiere. Es waren kleine Menschen, eigentlich Wilde, jeder mit einem Dreizack bewaffnet, sie trugen Schilde und Waffen, die aus einer Art dickschaligem Tier gearbeitet waren. Unmengen von ihnen stürzten in die Brandung, den Seeleuten entgegen. Der Gestutzte bellte eine Warnung und versuchte zu fliehen. Augenblicke später machten sie sich über ihn her. Bald schon lagen er und die anderen Seeleute am Strand. Einer der kleinen Krieger beugte sich über ihn und schnitt ein Stück Fleisch aus dem strampelnden, schreienden Mann heraus.

Der Wilde hielt den Streifen blutender Haut hoch. Herausfordernd rief er zum Schiff herüber, dann hob er den Kopf und verschlang das Fleisch am Stück, wie ein Kormoran einen Fisch. Er fuhr herum und machte sich weiter über sein Opfer her. Wir konnten nichts tun, nur zusehen, wie die Wilden unseren Kameraden bei lebendigem Leibe verspeisten.

Kapitel Acht

Der Krieger im Bernstein

Janos bellte: »Mir nach!« Ich sah, daß er ein Fischnetz in der Hand hatte. Es hatte sich verhakt, und ich fragte mich, wieso mein Freund ans Fischen dachte, wenn uns doch diese gräßlichen Gestalten am Ufer fressen wollten. Wieder bellte er, löste damit meinen ängstlichen Griff um das Geländer, und ich stolperte ihm zur Hilfe. Wir befreiten das Netz, dann warf Janos es sich über die Schulter und stieg auf die Reling. »Komm schon«, rief er. Er sprang hinunter. Ich überlegte nicht, sondern warf mich ihm hinterher. Spritzend und hüpfend folgte ich ihm über das Riff ins seichtere Wasser, wohl wissend, daß er verrückt war, aber scheinbar war ich noch verrückter.

Janos schrie die Ufermenschen an. Anfangs waren die Worte unverständlich, dann merkte ich, daß es die Sprache der Kaufleute war. »Hütet euch vor Geistern!« rief er. »Hütet euch! Das waren böse

Menschen. Hütet euch vor Geistern! Hütet euch!« Damit waren wir unter den Feinden. Auch sie müssen uns für verrückt gehalten haben, denn anstatt wie echte Wilde über uns herzufallen, traten sie zurück, glotzend, Schilder und Speere gesenkt. »Böse Menschen … Hütet euch vor Geistern!« rief Janos immer wieder, und sie machten Platz und ließen uns durch. Ich sah in erschrockene Gesichter, verdutzte Gesichter, auch einige dankbare. Jeder Schritt, den wir taten, und jeder Schrei, den Janos ausstieß, ließ sie glauben, sie seien einer schrecklichen Gefahr ausgesetzt, wobei nicht wir diese Gefahr waren. Als wir zu dem Haufen kamen, der sich an unseren Kameraden gütlich tat, breitete Janos das Netz aus. »Zurück«, rief er. »Tretet zurück. Hütet euch vor Geistern!«

Die kleinen Männer sprangen erschrocken zur Seite, als Janos das Netz in die Luft warf. Wie ein Bergvogel breitete es seine Flügel aus und segelte herab, weiter, immer weiter. Die Wilden hielten den Atem an, sahen, wie es fiel, und ich weiß, sie riefen ihre eigenen Götter an, das Netz zu lenken. Ein Seufzen hob an, als es über die Toten fiel. Sie waren vor den Geistern sicher.

Janos fuhr herum, und als er den Krieger entdeckte, der uns gedroht hatte, als wir noch an Bord des Schiffes waren, sprach er ihn an. »Den Göttern sei Dank, daß Ihr diese Männer getötet habt«, sagte er aufgebracht. »Bitte sagt uns, welche Gottheiten dieses Land segnen, und wir werden sogleich ein Opfer bringen. Denn wir sind Männer aus Orissa, der ganzen Welt für seine Frömmigkeit bekannt.« Ich hörte, wie das Wort Orissa durch die Menge ging. Verständiges Seufzen war zu hören, aber auch Staunen. Die Krieger hatten von unserer Stadt am Fluß gehört, doch offenbar waren wir die ersten Orissaner, die sie zu sehen bekamen.

Der Anführer starrte Janos an. Seine Muschelrüstung raschelte leise, als er sich unschlüssig rührte. »Diese Lycanther waren Eure Feinde?« fragte er. Ich hörte weiteres Rascheln, als die anderen Krieger näher kamen.

»Aus Lycanth zu kommen heißt, ein Feind aller zivilisierten Völker zu sein«, sagte Janos wie selbstverständlich. Grimmige Zustimmung war zu hören. »Aber diese Männer, die Ihr getötet habt, waren schlimmer«, sagte Janos erhitzt. »Entweder waren sie Dämonen in Menschengestalt oder von Dämonen besessen. *Ihretwegen* finden wir uns gestrandet an Euren Ufern wieder und bitten um Eure Gastfreundschaft.«

Halb wandte er sich zu mir um und redete noch immer mit der Sprache der Kaufleute, damit alle ihn verstehen konnten. »Wir können uns sehr glücklich schätzen, auf dieses Volk gestoßen zu sein, edler Lord. Ich fürchte, Euer alter Vater müßte bald um seinen jüngsten Sohn weinen, wären sie nicht Zeugen unserer Misere geworden. Und hätten uns nicht geholfen, uns dieses, dieses …«, Janos spuckte auf die Leichen, »… lycanthischen Abschaums zu entledigen!« Ich blickte zum Netz und sah, daß der Gestutzte noch im Tod zu grinsen schien. Doch Janos drängte mich, schnell auf sein verzweifeltes Spiel einzugehen. Die meisten Krieger machten einen verwirrten Eindruck, schienen zu allem bereit. Doch immer noch sah ich Zweifel. Einige beäugten uns sogar grüblerisch. Wenn sie unsere Retter waren, welchen Preis konnten sie dann für unsere Rettung verlangen?

»Die Verbrechen der Lycanther sind aller Welt bekannt«, sagte ich und setzte eine feierliche Miene auf. »Doch nicht alle diese Männer waren böse. Seht Ihr nicht, Hauptmann Greycloak, wer zwischen unseren Feinden liegt?« Ich deutete auf den einzigen, der sofort ins Auge fiel: den Gestutzten.

Janos verstand meinen Plan. Er sah sich das Netz genauer an, und alle Krieger taten es ihm nach. Als er den Gestutzten »entdeckte«, stieß er einen tiefen, traurigen Seufzer aus. »Wenn das nicht unser Bruder, der Heilige Stutzohr, ist.« Er unterdrückte ein Schluchzen. »Der arme Stutzohr! Und er war so gut zu heimatlosen Kindern und hungernden Witwen.«

»Dieser Mann war nicht böse?« sagte der Krieger verwirrt. »Aber... aber er ist Lycanther! Man sieht es an seiner Tracht.«

»Natürlich ist er das«, sagte ich. »Aber er ist einer, den die Götter mit dem Wissen um die Verderbtheit seines Volkes gesegnet haben. Er kam vor vielen Jahren nach Orissa und hat so viel Barmherzigkeit geübt und Frommes getan, daß unsere Geisterseher ihn für geläutert erklärten. Seither war er einer unserer Helden und ein Vorbild für die Kinder.«

Der Krieger war noch immer nicht überzeugt. Er deutete auf die narbige Erinnerung, daß der Gestutzte ein mehrfach verurteilter Schurke war. »Warum trägt er diese Narben?«

»Er hat sie sich selbst beigebracht«, sagte ich. »Der Heilige Stutzohr wollte, daß die Götter ihm die Sünden anderer aufbürden.«

Ich hörte mitfühlende Äußerungen aus der Menge. Der oberste Krieger war so niedergeschlagen, daß Janos es wagte, einen Schritt näher zu treten, und schrumpfte dabei ein wenig – mit Geschicklichkeit, nicht Zauberei –, um nicht allzusehr über dem kleinen Mann aufzuragen. »Trauert nicht, mein Freund. Ihr konntet es nicht wissen.« Er zeigte hinaus zu unserem Boot auf dem Riff. »Die Lycanther haben uns auf See überfallen. Mit Zauberei, versichere ich Euch, nicht mit Waffen, denn unsere Soldaten hätten die Piraten schnell überwältigt. Sie wollten unser Schiff benutzen, mit uns als Sklaven, um ihren verderblichen Einfluß zu verbreiten, wo immer es ging. Aus irgendeinem Grund wollten sie hierher, um ihre ersten finsteren Verbrechen zu begehen.«

Das Gemurmel in der Menge wurde lauter, was bewies, daß Janos richtig geraten hatte. Mehr als einmal waren Piraten und Lycanther mit den Ufermenschen aneinandergeraten. »Unser eigener Geisterseher war krank – sonst hätte ihr Zauberer nicht sein Spiel mit uns treiben können –, aber er tat sich später mit dem Heiligen Stutzohr zusammen, um ihnen ein Strich durch die Rechnung zu machen. Denn wir alle hatten von dem stattlichen Volk der Pfefferküste gehört, und was es von den Lycanthern hatte erleiden müssen. Als wir in den Sturm gerieten, glaubten wir, wir seien gesegnet. Wenn wir sterben mußten, wären damit zumindest diese Teufel aufgehalten. Doch der Sturm warf uns an Eure Küste, und diese Männer«, verächtlich deutete er mit dem Daumen auf sie, »versuchten, an Euer Ufer zu fliehen, wo sie großes Unheil anrichten wollten. Der Heilige Stutzohr versuchte, sie aufzuhalten. Doch ...« Er schüttelte den Kopf. »So ein Fehler kann einem leicht unterlaufen, mein Freund. Ich bin sicher, er würde Euch verzeihen.«

Der Kriegerhäuptling nahm seinen Helm ab und wischte eine Träne fort. Ich hörte, wie einige Soldatennasen geschneuzt wurden. Mein Kaufmannsinstinkt meldete sich. Es wurde Zeit, den Handel zum Abschluß zu bringen. »Das würde er sicher«, sagte ich. »Und ich glaube, daß aus alledem etwas Gutes erwachsen wird. Denn endlich sind wir Orissaner und die Ufermenschen zusammengekommen. Sicher werden unsere Götter eine solche Verbindung gutheißen. Und außerdem ist daraus für beide Völker einiger Gewinn zu erzielen. Freundschaft und Handel werden an diesen überreichen Ufern blühen.«

Ich hob meine Hand zum förmlichen Gruß. »Ich bin Amalric Emilie Antero, Sohn des Paphos Karima Antero, des größten Handelsfürsten von ganz Orissa. Und in seinem Namen entbiete ich Euch die Freundschaft unseres edlen Hauses.«

Auch der Krieger hob eine Hand. »Ich bin Haizahn, Schamane und Häuptling der Ufermenschen. Willkommen, Männer von Orissa. Willkommen.« Als seine Hand herabsank, deutete er mit dem Kinn auf die Toten. »Und außerdem schulden wir Euch Dank dafür, daß Ihr deren Geister gefangen habt. Wir wußten nicht, daß sie Dämonen sind, als wir anfingen, sie zu essen.«

»Macht Euch darum keine Sorgen, Haizahn«, sagte Janos. »Aber wenn es Euch nicht allzu große Mühe macht ...« Er deutete auf die ramponierte *Möwenschwinge* und unsere verzweifelten Kameraden, die vom Wrack zu uns herüberspähten. »Vielleicht könnten wir ein Kommando abstellen, das diese Leute dort ans Ufer holt?«

Haizahn lächelte. Es war freundlich gemeint, wurde jedoch von den gefeilten Zähnen verdorben.

»Vergeßt die Ladung nicht«, sagte ich.

»Richtig«, sagte Janos »Könntet Ihr auch die Ladung holen?«

»Es wird geschehen sein, bevor die Flut kommt«, sagte Haizahn. Er bellte Anweisunen in seiner Sprache, und während ich mir gratulierte, daß ich noch am Leben war, legten die Kannibalen von der Pfefferküste ihre Waffen nieder und schwärmten zur *Möwenschwinge* aus, um unseren Freunden zu helfen. Haizahn hielt Wort und holte alle herunter und unsere Sachen auch, bevor die Flut das Riff überspülte. Bis zum Einbruch der Dunkelheit hatten sie uns geholfen, einen Unterstand zu bauen, mitten in ihrem Dorf, das in einer nahen Bucht, nicht weit von der Mündung eines Flusses, lag, und Janos, Cassini, Kapitän L'ur und ich saßen um ein Treibholzfeuer und schlürften das Fleisch aus gerösteten Krebsscheren.

Der Tribut an Menschenleben war gering. Abgesehen von dem Gestutzten und seinen armen Matrosenfreunden, gab es nur noch einen weiteren Toten, und auch dieser war ein Seemann. Haizahn und seine Leute hatten unsere Beteuerungen willig angenommen, daß die Lycanther – L'ur eingeschlossen – wie der Heilige Stutzohr zu einer neuen, erstaunlichen Sorte von reformierten Lycanthern gehörten. Die Soldaten hatten nur leichte Blessuren erlitten, und Sergeant Maeen kümmerte sich um sie, als wir am Feuer saßen und über unsere Zukunft sprachen. Doch konnte ich mich meines Glücks nicht so recht freuen, als ich dort saß und aß. Statt dessen starrte ich trübsinnig in die Flammen und sann nach. »Könnt Ihr ein neues Schiff bauen?« fragte ich den Kapitän.

»Aye«, sagte er. »Das wäre zu schaffen. Natürlich keines wie die *Möwenschwinge*. Aber es wird ein stabiles Boot. Wir haben einen ganzen Wald von Pfefferbäumen, und das ist erstklassiges Holz für den Schiffbau. Ich werde nicht genug Zeit haben, das Holz zu lagern, aber es ist, auch wenn es grün ist, robust genug für unsere Zwecke.«

»Es tut mir leid um die *Möwenschwinge*«, sagte ich. »Aber ich werde es wiedergutmachen, wenn wir zurückkommen.« L'ur lächelte erleichtert, was ich auch beabsichtigt hatte. Ich brauchte seine volle Unterstützung. »Wie lange wird es dauern, ein neues Schiff zu bauen?«

»Zwei, vielleicht drei Monate«, sagte L'ur. »Das hier sind unberechenbare Gewässer, wie wir alle gesehen haben. Also werden wir beim Bau sorgsam vorgehen. Das neue Schiff wird mehr sein müssen als nur seetüchtig, wenn wir es bis nach Redond schaffen wollen.«

»Das ist kein so langer Zeitraum«, sagte Cassini. Unter den gegebenen Umständen wirkte er seltsam gut gelaunt. »Wir werden bald zu Hause sein, und ganz Orissa wird uns feiern.«

»Wie könnt Ihr das sagen?« rief ich. »Wir haben Schiffbruch erlitten, bevor meine Suche überhaupt *begonnen* hat.«

»Oh, ich denke, das Orakel hat sich klar geäußert, als es unsere Schwierigkeiten voraussah«, sagte Cassini. »Aber außerdem hat es einen Erfolg angedeutet. Und da sind wir, an der Pfefferküste, wo kein Orissaner je gewesen ist. Ihr habt selbst gesagt, die Handelsmöglichkeiten wären fabelhaft. Der Kapitän hat gerade den Wert des Holzes angesprochen. Sicher gibt es hier kostbare Metalle, und wir haben wundervolle Tiere und Vögel gesehen, mit denen wir die Menschen daheim erfreuen können. Wir haben unseren Schatz *gefunden*, mein Freund Amalric. Es gibt keinen Grund, weiterzusuchen.«

»Aber … die Fernen Königreiche bleiben uns versagt«, warf ich ein. »Ich kann nicht dafür garantieren, daß mein Vater eine weitere Expedition finanzieren wird. Und ich bezweifle außerdem, daß Eure Obersten einer weiteren Reise zustimmen.«

»Nein«, sagte Cassini. »Ich bin sicher, das würden sie nicht. Bestimmt werden sie sagen, es hieße, das Orakel zu mißachten. Aber seht Ihr denn nicht? Wir brauchen die Fernen Königreiche gar nicht mehr.«

Ich antwortete nicht. Ja, an dieser Küste war viel zu verdienen, Profit und Ruhm für die Anteros. Obwohl wir unsere Reise nicht beendet hatten, war dies doch das erste neue Land, das Orissa seit vielen Jahren erschlossen hatte. Doch all das bedeutete mir nichts. Das einzige, woran ich denken konnte, war der Glanz von goldenem Sonnenlicht, das von jenseits der schwarzen Faust lockte. Zu den Fernen Königreichen.

»Ihr könnt Euer Gold behalten, Cassini«, knurrte Janos. »Und auch den Jubel der guten Leute von Orissa könnt Ihr allein einstreichen. Ich für meinen Teil habe die Absicht, weiterzuziehen.«

Obwohl ich wußte, daß er sich wie ein Narr verhielt, tat mein Herz einen Sprung, als ich Janos sprechen hörte. »Das obliegt nicht Eurer Entscheidung, Hauptmann Graycloak«, sagte Cassini. »Diese Expedition kann ohne meinen Segen nicht weitergehen, selbst wenn es möglich wäre. Was es definitiv nicht ist.«

Janos war so wütend, daß ich dachte, er würde sein Messer ziehen. Eilig mischte ich mich ein. »Warte, Janos. Und auch Ihr, Cassini, bitte. Es gibt keinen Grund für harsche Worte zwischen uns. Ebensowenig wie es einen Grund für eine schnelle Entscheidung gibt. Warum überdenken wir es nicht einige Tage … bis unsere Lage klarer ist.«

»Ich brauche keine weitere Klarheit.« Cassini weigerte sich, das Thema fallenzulassen.

»Ach, braucht Ihr nicht, ja?« gab Janos zurück. »Nun, ich will Euch etwas fragen..Wovon, schlagt Ihr vor, sollen wir uns drei Monate lang ernähren?«

Cassini setzte an: »Die Ufermenschen …«

»Kommen ganz gut zurecht, besten Dank«, unterbrach Janos. »Und sie haben auch manches übrig, was sie entbehren können.« Er deutete auf die Reste des gerösteten Krebses. »Aber sie sind ein Volk von Fischern. Im Grunde nicht einmal das. Sie leben von allem, was sie auf den Felsen oder aus der Brandung unter Wasser sammeln können. Sie pflanzen hier und da etwas Getreide und ernten Früchte und Nüsse. Aber es reicht nicht, um uns drei Monate oder länger zu ernähren.«

»Wir haben unseren Proviant«, protestierte Cassini.

Janos schnaubte. »Trockenfutter. Und ein paar Delikatessen aus der Heimat. Aber die waren zur Sicherheit gedacht. Wir wollten uns im Land selbst verpflegen, wenn Ihr Euch erinnert. Und sagt nicht, wir könnten es, denn wir können es nicht. Wenn wir hierbleiben, wird der Ertrag dieser Küste bald dürftig sein. Und Ihr werdet sehen, daß die Früchte und Nüsse nicht in Gärten wachsen, sondern spärlich im Wald verstreut, was in diesem Landstrich üblich ist. Und selbst das Jagen wird sich nach einem Monat kaum noch rentieren. Die Ufermenschen werden schon bald merken, daß wir schlechte Gäste sind. Die Seeleute mögen uns nützen, weil sie beim Fischen helfen können. Aber wir drei und die Soldaten sind keine großen Jäger, die mehr erlegen können, als sie verzehren. Denkt an meine Worte: Sie werden uns eher töten als selbst zu verhungern.«

»Woher wollt Ihr das alles wissen?« höhnte Cassini. »Wir sind erst wenige Stunden hier. Eine solche Einschätzung läßt sich unmöglich bereits jetzt treffen.«

Ich trat zwischen die beiden, bevor der Streit weiterging. »Ich habe Euch gebeten, ein paar Tage ins Land ziehen zu lassen«, sagte ich mit Nachdruck. »Noch ist es *meine* Suche. Finanziert von meinem Vater. Und ich bestehe auf dieser Bedenkzeit.«

»Ich werde nicht...«, begann Cassini, doch mit ungeduldiger Geste schnitt ich ihm das Wort ab.

»Ich vertraue Euch soweit, daß Ihr dann tun werdet, was für uns das beste ist«, sagte ich. »Laßt es für den Augenblick genug sein.«

Danach schwiegen die beiden. Cassini zog sich schmollend in eine Ecke des Zeltes zurück, und Janos trat hinaus, wahrscheinlich um Sterne zu zählen. Oder um sich mit Maeen zu besprechen. Ich blieb mit L'ur am Feuer, denn ich wußte, dies war nicht der Augenblick, mit meinem Freund zu diskutieren. L'ur schlief bald nach dem Streit ein, und im Schlaf legte sich ein Lächeln auf sein Gesicht. Er murmelte Dinge wie: »Das Plankenmaß.« Und: »Denkt an den Mast.« Ein seliger Handwerker, der die vor ihm liegende Arbeit plante. Ach, wenigstens hatte er ein Ziel. In drei Monaten wollte er ein Schiff bauen. Glücklich war in dieser Nacht nur L'ur.

Nach einiger Zeit trieben mich meine eigenen Gedanken nach draußen. Ich fand Janos zusammengekauert auf einem Felsen vor, wo er der einsamen Brandung lauschte. Ich grüßte ihn nicht, setzte mich nur neben ihn, vertieft in meine Gedanken. »Danke ... für den Aufschub der Entscheidung«, brachte Janos schließlich mühsam hervor. Ich antwortete nicht, denn die Gnadenfrist war im Grunde keine. Wenn die Zeit kam, würden wir kaum eine Wahl haben. Dann sagte er: »Ich frage mich, was dein Vater sagen würde, wenn er hier wäre.«

»Kehrt um, denke ich. Für gewöhnlich denkt mein Vater weit voraus.«

»Nicht immer«, sagte Janos. »Er bereut noch jetzt, daß er auf *seinen* Vater gehört und vor langer Zeit nicht selbst die Fernen Königreiche gesucht hat.«

»Er hatte keine andere Wahl. Er mußte sich fügen«, antwortete ich.

Janos seufzte. »Dein Vater ist ein weit besserer Mann, als ich es je sein könnte. Er sagte, er würde glücklich sterben, wenn er wüßte, daß sein eigener Sohn geschafft hat, was ihm verwehrt blieb. Das allein würde mir keine Befriedigung geben.« Grimmig lächelte er mich an. »Ich würde ihn verfluchen, weil ich nicht der erste war.«

»Was willst du tun?« fragte ich, »wenn unsere schlimmsten Befürchtungen wahr werden?«

Janos zögerte, dann: »Darüber möchte ich jetzt lieber nicht nachdenken«, sagte er. »Aber ich muß dich warnen. So leicht werde ich nicht aufgeben. Laß mir den Hauch einer Chance, und ich werde diese Expedition auf meinem eigenen Rücken tragen, wenn ich muß.«

»Hüte dich vor Cassini«, warnte ich. »Er kann uns sehr schaden.«

Janos legte eine Hand an sein Messer. »Nicht so sehr wie ich ihm«, sagte er. Seine Worte ließen mich erschauern. Es war kein inhaltsloses Gerede, das am nächsten Morgen vergessen wäre.

»Du wirst nicht hören, daß ein Antero einen Geisterseher in Schutz nimmt«, sagte ich. »Aber du solltest wissen, daß Cassini nur versucht, unserem Versagen die Maske des Frohsinns aufzusetzen. Er *braucht* einen Erfolg. Er übt schon, was er in Orissa sagen will. Denk daran, daß seine eigene Karriere auf dem Spiel steht.«

»Gottverfluchte Karrieren«, knurrte Janos. Doch im selben Augenblick schien er seinen Ausbruch zu bereuen und schwieg. Dann fragte er: »Was ist mit dir, Amalric? Was ist mit deiner eigenen Karriere?«

»Ich fühle mich ähnlich wie du«, sagte ich. »Ja, hier gibt es Reichtümer. Und, ja, auch ich könnte eine fröhliche Maske aufsetzen und mit diesem Erfolg vor ganz Orissa prahlen. Aber…« meine Stimme versagte.

Scharfes, höhnisches Gelächter kam von Janos. »Dich hat es also auch erwischt, mein Freund! Du hast dich mit der Krankheit der Fernen Königreiche infiziert. Bald schon wirst du bereuen, daß wir uns je getroffen haben.« Der Mond brach hinter einer Wolke hervor, umgab Janos mit unheiligem Glanz. »Gegen dieses Gebrechen gibt es kein Mittel«, sagte er. Er zeigte mit dem Finger. »Bis auf eines.« Ich brauchte nicht hinzusehen. Er deutete nach Osten zu den Fernen Königreichen.

Am nächsten Tag kam Haizahn zu uns. Er trug keine Rüstung, war statt dessen gekleidet wie das einfache Volk, mit einer braunen Robe aus Fell. Als einziges Zeichen seines Standes hatte er sich ein Schamanenauge auf die Stirn gemalt. Er war nervös, fast demütig, falls ein so wilder Mann überhaupt demütig sein konnte.

Es begann ohne Vorrede. »Ich bin gekommen, um eine Gunst für mein Volk zu erbitten«, sagte er. »Wir haben keinen Anspruch darauf, da wir an unserem Leid selbst die Schuld tragen. Wegen einer unverzeihlichen Sünde, die wir vor langer Zeit begangen haben.«

Ich konnte mir nicht vorstellen, welche Sünde ein Kannibalenvolk bedrücken sollte, doch äußerte ich höflich das eine oder andere, was die großen Dienste anging, die sie uns erwiesen hatten, und versprach, wir würden tun, was wir konnten. Haizahn wandte sich Janos zu. »Ihr habt großes Geschick mit Geistern bewiesen«, sagte er. Cassini hüstelte daraufhin, doch Haizahn schien es nicht zu bemerken. »Wir dachten, Eure Begabung könnte uns helfen.«

»Bitte, fahrt fort«, sagte Janos. »Obwohl Ihr wissen solltet, daß es sein«, er deutete auf Cassini, »Zaubernetz war, das ich geworfen habe. Allerdings könnte es sein, daß wir als Außenseiter einen klaren Blick für den Grund Eures Unglücks haben.«

Haizahn zeigte sich über Janos' Bescheidenheit hocherfreut. Er ließ Kissen aus Seegras bringen und Trinkschalen, randvoll mit einer berauschenden Flüssigkeit. Wir nahmen Platz, um seine Geschichte zu hören. »Es war zu Zeiten meiner Großmutter«, begann er. »Sie war noch eine junge Frau und hatte ihr erstes Kind noch nicht geboren. Damals waren wir ein glückliches Volk, das Meer segnete uns mit seinem Reichtum, und auch die Wälder schenkten uns ihre Früchte, so daß die Ufermenschen immer genug zu essen und zu trinken hatten. In jenen Zeiten war die Welt freundlicher, und wir hatten nur wenige Feinde. Dann rief eines Tages der Schamane, der ihr Vater war, sein Volk eben an diesem Ort zusammen«, Haizahn deutete mit der Hand auf die Stelle, an der wir saßen, »und warnte, im Dorfkessel brodelten böse Omen. Der Geruch sei nicht richtig, sagte er, und als er mit einem Stock in den Topf stach, tauchte ein doppelköpfiges Robbenjunges auf.

Wie es dorthin gelangt war, konnte niemand sagen, aber alle waren einig, daß keiner von uns es hineingetan haben konnte, denn wer würde seinem eigenen Volk schon so etwas wünschen? Die Leute fürchteten sich und riefen dem Schamanen zu, er solle ihnen sagen, wovor sie sich hüten müßten. Aber er konnte es ihnen nicht enthüllen, denn der böse Zauber in diesem stinkenden Topf hatte seine seherischen Fähigkeiten zunichte gemacht. Die Leute fingen an zu raten, welches Übel zu erwarten sei. Manche sagten, ein schwerer Sturm würde über uns hereinbrechen. Andere sagten, wir sollten unsere Waffen holen, denn es könne nur einen Angriff von unseren Feinden, den Dalree, bedeuten, die wenige Wegstunden von hier leben.«

Haizahn sah uns mit ernstem Blick an. »Ihr solltet wissen, daß Ihr großes Glück hattet, an unserem Strand zu landen«, sagte er. »Die Dalree sind ein böses Volk, denen das Leben eines Fremden nur wenig gilt. Es sind wilde Männer, die ihren Opfern nicht einmal die Ehre tun, ihr Fleisch zu essen.«

Wieder hüstelte Cassini. Es mochte auch ein Lachen gewesen sein. Ich füllte Haizahns Schale, damit er die Grobheit nicht bemerkte.

»Aber es waren nicht die Dalree, die wir zu fürchten hatten, obwohl meine Großmutter sagte, Vorsichtsmaßnahmen seien getroffen und Angebote gemacht worden. Viele Male kam und ging die Flut, bis selbst der Schamane das Omen fast vergessen hatte. Eines Morgens, kurz bevor die Sonne die Nebelgeister vom Strand vertrieben hatte, hörte das ganze Dorf ein lautes Donnern. Es war der Sturm, dachten sie, der schließlich doch noch kam. Nicht die Dalree. Alle rannten hinaus, um zu kreischen, zu heulen und sich im Kreis zu drehen, wie der Schamane ihnen geraten hatte. Auf diese Weise, sagte er, würde der Sturm glauben, sein Bruder griffe uns an, und er würde sich andere suchen, denen er Unglück bringen konnte. Wie etwa die Dalree.«

Im Augenwinkel sah ich, daß Cassini zustimmend nickte. Seltener Beifall eines Geistersehers aus Orissa. »Doch war keine Wolke in Sicht, und bald schon merkten die Leute, daß der Donner nicht von einem Sturm kam. Und er kam auch nicht vom Meer, sondern vom Land in unserem Rücken.«

Haizahn deutete nach hinten, und wir alle drehten uns um und sahen zu den hohen Klippen jenseits eines kleinen Waldbestandes. »Östlich«, sagte er, »gleich hinter diesen Klippen, gibt es eine Schlucht. Einen Abgrund, von dem niemand weiß, wie tief er ist. Und hinter dieser Schlucht liegt ein so steiles Kliff, daß nicht einmal ein Teufel es erklimmen könnte. Von dort, edle Herren, kam das Geräusch.

Der Schamane befahl den Kriegern, sich für die Schlacht zur rüsten, und er schickte einen Trupp unserer mutigsten Männer, damit sie herausfanden, was uns bedrohte. Als sie an die Schlucht kamen, konnten sie niemanden entdecken, und der Donner war verklungen. Sie staunten über dieses Mysterium und machten sich für den Rückweg bereit. Bevor sie es jedoch konnten, setzte der Donner wieder ein. Anfangs sahen sie nichts, dann deutete einer von ihnen schreiend auf das Kliff. Oben, am Rand des Abgrunds, sahen sie Metall blitzen. Dieses Kliff, wie ich schon sagte, war nicht zu ersteigen. Aber dennoch waren dort Männer zu sehen, wie das Blitzen von Metall bewies. Männer und auch Pferde.«

Janos beugte sich vor, konzentriert, die Stirn in Falten, und plötzlich erinnerte ich mich an die Geschichte, die er von seinem Kindheitserlebnis mit den Geisterreitern erzählt hatte. Haizahn bemerkte es. »Ihr wißt von solchen Männern?«

»Ich bin nicht sicher«, sagte Janos. »Trugen sie Rüstungen?«

»Ja, sie waren gepanzert. Sowohl die Männer als auch die Pferde, auf denen sie saßen. Die Helme waren merkwürdig geformt, sagten die, die es bezeugen konnten. So etwa ...« Mit einem Finger zeichnete Haizahn einen hoch aufragenden Helm in die Luft. Genau wie die Helme, die Janos beschrieben hatte.

»Was ist passiert?« fragte ich.

»Zuerst nichts«, erwiderte Haizahn. »Sie schienen nur zu beobachten, oder zumindest wurde es später so beschrieben. Die meisten Männer waren klug genug, Zauberer zu erkennen, wenn sie welche sahen, also warfen sie sich demütig auf den Boden. Dann flohen sie, bevor ihre Anwesenheit den Zorn der mächtigen Reiter weckte. Doch einer der Männer war nicht so klug. Meine Großmutter sagte, es sei einer der älteren Krieger gewesen, der den Jüngeren ihren Erfolg neidete. Anstatt sich in Demut zu üben und zu fliehen, wie es weise gewesen wäre, forderte er die Reiter heraus. Einer von ihnen sah ihn an, fühlte sich beleidigt und warf seinen Speer.«

Haizahn stöhnte auf. »Das Kliff war zu hoch, als daß der Speer eine Gefahr hätte sein können«, sagte er, »doch das war den Göttern, die die Ufermenschen hassen, kein Hindernis. Das Pferd des Mannes scheute, und der Zauberer stürzte in den Abgrund, der zu tief war, als daß seine Gefährten die Leiche hätten bergen können. Sie ritten davon, ohne ihm ein angemessenes Begräbnis zu geben. Und bis zum heutigen Tag liegen seine Knochen dort, ein Fluch über unser aller Leben.«

Ergriffen von seiner eigenen Erzählung zog Haizahn die Nase hoch, dann leerte er sein Gefäß. »An diesem Tag verließ uns das Glück«, fuhr er fort. »Jeglicher Handel versiegte, und nur Piraten und lycanthische Diebe kamen an diese Küste. Und wißt Ihr ...«, er beugte sich vor und sprach leise und vertraulich, wie es sich für ein aufrichtiges Eingeständnis gehört, »... man hat furchtbare Lügen über uns erzählt. Es gibt viele, die uns wegen dieser teuflischen Lügen fürchten.«

»Was Ihr nicht sagt«, antwortete Janos ohne den leisesten Spott in der Stimme. »Ein so sanftmütiges Volk wie das Eure?«

Haizahn nickte traurig, die Augen rot vom Trinken. »Es ist nicht recht, aber was können wir tun? Wir haben kein Glück.«

»Was wäre, wenn wir diesen Krieger heraufholen würden?« fragte Janos. »Wenn Ihr einen Schrein bauen und seine sterblichen

Überreste unter diesem Schrein bestatten würdet, damit der Geist des Zauberers Ruhe findet?«

Tränen traten in Haizahns Augen. Er war beinah zu ergriffen, um sprechen zu können, doch sein Nicken war bemitleidenswert vielsagend. »Das hatten wir … uns erhofft …«, brachte er erstickt hervor.

Janos sah mich ernst an und dann Cassini. »Was meint Ihr, meine Freunde? Wie können wir uns diesen guten Menschen versagen?«

Der Mond verbarg sein Gesicht, als man uns in jener Nacht durch den Wald führte. Es war unnatürlich still. Weder das Schnarren des Fleischfressers noch das Fauchen einer Schattenkatze auf der Jagd war zu hören. Es war, als hätten sämtliche Lebewesen des Waldes von unserem Vorhaben gehört und versteckten sich. Haizahn und seine Männer brachten uns bis an die Klippen. Dann bat er uns um Verzeihung und zog aus seinem Beutel eine kleine Seegraspeitsche. Er schlug uns symbolisch damit, einen nach dem anderen, damit man den Ufermenschen nichts von dem anlasten konnte, was wir tun würden. Dann verschwanden sie in die Nacht. Mit einem seltsamen Glanz in den Augen blickte Cassini ihnen nach. »Das Peitschen wird nichts nützen«, sagte er leise, »wenn diese Zauberer so mächtig sind, wie er sagt.« Er öffnete das Bündel, das er trug, und nahm die Dinge heraus, die er den ganzen Tag über vorbereitet hatte.

»Dann glaubt Ihr seine Geschichte von dem Fluch?« fragte ich.

»Ich wäre ein Narr, wenn ich es nicht täte«, kam seine Antwort. Janos murrte. Ich wußte, *er* glaubte es. Die Beschreibung der Späher zu Pferde war dem, was er als Kind beobachtet hatte, nur allzu ähnlich. Wir zogen unsere Kleider aus und schwärzten uns mit Kohlenstaub, damit kein böser Blick auf uns fallen konnte. Cassini flüsterte einen Bann, der die Geister überlisten sollte. Dann schlangen wir uns Bündel von gräsernen Seilen um die Schultern und kletterten den steilen Hang der Klippen hinauf. In dieser Nacht war ich stolz auf meine Kameraden. Janos ging vor, leise wie ein Panther, und zeigte den Weg. Cassini folgte ihm, so tapfer wie möglich, eine goldene Scheibe bereit, um jeden Zauber abzuschmettern, den man uns entgegenschleudern mochte. Die jämmerliche Seekrankheit und seine generell abscheuliche Art hatten mich vergessen lassen, daß sich Cassini in der Sporthalle sehr wohl den Ruf eines mutigen Mannes erworben hatte. Was mich anging, so würde ich nicht gerade behaupten, daß ich mutig war, ich war nur zu jung und zu dumm, um zu wissen, was Angst ist.

Oben auf den Klippen erstreckte sich ein breites, felsiges Plateau. Doch anstelle herumliegender Findlinge oder scharfer Steine, die unsere Füße auf eine harte Probe stellten, schien der Boden weich, wie von Zauberhand gegossenes Glas, und wir kamen gut voran. Man konnte kaum die Hand vor Augen sehen, spürte jedoch die Nähe des mächtigen Kliffs, das Haizahn beschrieben hatte. Es war, als lächelten uns die Götter, denn plötzlich hellte sich der Mond hinter seinem Wolkenschleier auf, und abrupt kamen wir zum Stehen, als es direkt vor unseren Füßen in die Tiefe ging.

»Wir müssen verrückt sein«, flüsterte ich, »es bei Nacht zu versuchen.«

»Tritt *aus* der Finsternis *in* die Finsternis«, flüsterte Cassini zurück. »So lautet die Regel.«

»In jedem Fall«, sagte Janos mit normaler Stimme, die uns zusammenzucken ließ, »haben wir den Streit darüber, ob ein Geist bei Nacht sehen kann oder nicht, bald beigelegt.«

»Schscht«, zischte Cassini. »Er könnte uns hören.«

»Es wäre mir fast lieber, wenn er es täte«, sagte Janos. »Wenn wir uns anschleichen, wird er glauben, wir wären ihm feindlich gesonnen.« Doch auch dies kam als Flüstern. Cassini deutete auf den Packen, den ich trug. Ich stellte ihn hochkant, und ein dicker Ballen von trockenem Unkraut rollte heraus. Cassini entkorkte eine Flasche, die er an einem Band um seine nackten Hüften trug, und träufelte langsam eine stinkende Flüssigkeit auf das Kraut. Er flüsterte einen Zauberspruch, und tief im Inneren des Ballens sah ich etwas leuchten. Eine Flamme züngelte, und als sie zu knisterndem Feuer wurde, trat Cassini das ganze Ding eilig über die Kante.

Wir sahen, wie es fiel, doch anstatt sich unseren Blicken zu entziehen, wurde das Feuer immer größer, bis es den Spalt von einer Seite zur anderen auszufüllen schien. Dann schlug es auf, explodierte zu schwarzem, öligem Qualm und blieb liegen. Offenbar war der Abgrund doch nicht endlos. Ich spähte hinunter. Mein Magen krampfte sich zusammen, denn endlos oder nicht, es war jedenfalls ein weiter Weg nach unten. Janos wickelte sein Seil ab. »Ich gehe zuerst«, sagte er zu meiner Erleichterung.

»Was, wenn das hier nicht die richtige Stelle ist?« fragte ich. Janos deutete nur auf die Tiefe. Jenseits des Feuers blitzte wie zur Antwort etwas Metallenes auf. Das mußte der Krieger sein.

Als zweiter zu gehen, war nur ein geringer Trost. Wir mußten alle drei Seile zusammenbinden, und noch immer waren sie gut sechs Meter zu kurz. Doch bevor ich etwas dazu sagen konnte, schlang Janos unser Seil um einen Findling und warf es über die Kante. Eilig glitt er hinab, kam ans Ende, trat sich von der Wand ab und fiel. Ich hörte, wie er einen Zauber flüsterte, und sah den Glanz von Leuchtperlen. Ich folgte ihm, und meine Hände rutschten auf dem Schweiß seiner Hände. Es hätte einfach sein sollen. Ich war in solchen Dingen, wie schon erwähnt, geübt, doch hatte ich kaum ein Drittel des Weges hinter mir, als ich alle Hoffnung verlor. Ich sah hinab, und plötzlich schien das Licht am Boden des Abgrunds unendlich weit entfernt. Aus den fehlenden sechs Metern wurden plötzlich vierzig, dann zweihundert. Die Oberfläche des Seils verwandelte sich in Schleim, und sehr schnell glitt ich hinab. Ich trat mit den Beinen, um meinen Fall zu bremsen, doch der Fels unter meinen Füßen zerstob zu Kiesel und Staub.

Janos rief etwas, und sein Rufen gab meinen Händen Kraft, bis sie durch den Schleim drangen. Abrupt kam ich zum Stehen. Meine

Finger brannten, und mein ganzer Körper fühlte sich an, als hinge ein schweres Gewicht daran. Dann merkte ich, daß ich die Augen geschlossen hatte, und schlug sie wieder auf. Zuerst sah ich Cassinis Gesicht, das mit großen Augen im fahlen Mondlicht zu mir herabspähte. Seltsamerweise schien er gar nicht so weit entfernt. Dann schaute ich hinab. Ich war ebenso weit vom Boden entfernt wie vor dem Fall.

»Es passiert nur in deinem Kopf«, rief Janos voll Sorge. »Ein Zauber, den die Freunde des Kriegers zurückgelassen haben.«

Ich wollte schreien: Was soll ich tun? Ich bin kein Zauberer. Cassini leerte einen Beutel über der Kante, ich sah das Glitzern von Zauberstaub auf mich herabrieseln. Bald bin ich in Sicherheit, dachte ich, doch während der Staub noch rieselte, wußte ich, er würde mich erst erreichen, wenn es zu spät war. Wieder krampfte mir die Hoffnungslosigkeit den Magen zusammen, und ich spürte, wie meine Finger nachgaben. Ich hörte eine Stimme, ganz nah an meinem Ohr. »Amalric«, flüsterte sie. »Fürchte dich nicht.«

»Halab?« rief ich, denn ich glaubte, es sei mein Bruder.

»Leicht wie die Luft«, sagte die Stimme. »Schnell wie ein Falke auf der Jagd.«

Die Hilflosigkeit verflog, meine Hände packten zu, und dann rieselte der Staub auf meine Schultern. Ich brach aus dem Zauber hervor wie ein Ertrinkender, der an die Luft strampelt. Ich glitt am Seil herab, leicht wie ein Baumbewohner. An seinem bitteren Ende ließ ich mich fallen und landete auf beiden Beinen. Janos legte eine Hand auf meine Schulter. »Alles in Ordnung, Amalric?« fragte er. Einen Augenblick glaubte ich, es sei seine Stimme gewesen, die mir ins Ohr geflüstert hatte. »Paß auf«, sagte Janos. »Cassini kommt.« Und schon schien keine Ähnlichkeit mehr zu bestehen. Ich trat zur Seite, als sich Cassini neben uns fallen ließ. Jetzt war es egal, wessen Stimme es gewesen war, denn der Zauber war gebannt, und wir standen sicher am Boden des Abgrunds. Uns blieb keine Zeit für

Gratulationen, denn ein plätscherndes Geräusch durchbrach die Stille. Einen endlosen Augenblick später hörten wir das Plätschern wieder, und dann wieder. Es kam von dort, wo der alte Krieger lag. Kaum hatten wir das herausgefunden, als ein höchst wunderlicher Duft aufstieg, süßer als jede Blume, schwerer als jedes Parfüm einer Kurtisane. Zögernd näherten wir uns dem Geräusch und dem Duft.

Der tote Krieger lag zerschmettert auf einem großen, flachen Stein. Im Schein von Cassinis Läuterungsfeuer war seine Leiche deutlich zu sehen. Janos murmelte etwas, und obwohl ich ihn nicht verstehen konnte, wußte ich, daß es eine Reaktion auf die Form der Rüstung und des Helms war, die der Krieger trug. Sie waren genau so, wie er die Reiter aus seiner Kindheit beschrieben hatte. Der Krieger war ein großer Mann gewesen, größer noch als Janos, mit breiten Schultern und mächtiger Brust. Er hatte ein spitzes Gesicht wie ein Raubvogel, mit tiefliegenden, noch immer geöffneten Augen, die auf ewig in unendliche Ferne starrten. Ein Schwert war um seine Hüften geschnallt, und ein zerbrochener Speer lag neben ihm. Sein ganzer Körper schimmerte in tiefem, irdenem Braun, als sei er von mehreren Farbschichten überzogen.

Cassini deutete nach oben, und wir sahen, wie sich dickliche Flüssigkeit an einem Felsen über der Leiche sammelte, zu einem Tropfen wurde und auf den Krieger herabklatschte. Als der Tropfen zerplatzte, stieg erneut der süße Duft auf, und fasziniert beobachteten wir, wie sich die Flüssigkeit auf dem Krieger ausbreitete und eine braune Spur hinterließ. Janos winkte uns heran, und wir konnten sehen, daß der Tote von der seit Generationen herabtropfenden Flüssigkeit konserviert worden war. Schmerzverzerrt stierte der Mann zu uns auf, als hätte er eben erst sein Leben gelassen.

»Ich habe einmal Insekten gesehen, die auf diese Weise konserviert waren«, sagte Janos, »aber nur in uralten Wäldern. Die Einheimischen sagten, sie seien gefangen im Saft, der aus den Bäumen lief. Sie verkaufen sie als Glücksbringer, wenn der Saft getrocknet ist.

Man nennt es Bernstein, glaube ich.« Neugierig berührte Janos den konservierten Leichnam. »Ein Krieger im Bernstein«, brummte er.

»Ich sehe hier keine Bäume«, sagte ich. »Nur Stein.«

»Offensichtlich ist es ein Zauber, den seine Gefährten zurückgelassen haben«, sagte Cassini, »um ihren Kameraden vor den Elementen zu schützen. Da sie ihn nicht gebührend zur Ruhe betten konnten, haben sie getan, was sie konnten, um seinen Geist zu trösten.«

Cassini füllte eine Gurde mit der Asche seines Läuterungsfeuers und schüttete diese über dem Toten aus. Funken und Rauch regneten herab, als Cassini um den Stein ging und beschwichtigende Worte sang, um den Geist des Kriegers zu versöhnen. Er versprach ihm einen hübschen Schrein, mit vielen Gaben der Ufermenschen, die ihn in Ehren halten wollten. Aus dem Dunkel hörte ich ein langes Seufzen. Die Augen des Kriegers schienen zu glitzern, dann waren sie leer. Wir nahmen dies als Zustimmung und hoben den Leichnam zu dritt vom Stein. Es ging so einfach, daß ich beinah stürzte. Er war leichter als ein Kind, ohne all die Flüssigkeiten und das Fleisch, das einem Lebenden sein Gewicht verleiht. Als wir den Krieger auf den Boden legten, rutschte ein Beutel herunter und zerriß, so daß sein Inhalt auf die Erde fiel. Es waren einige durchbohrte, alte Münzen, ein Wetzstein für das Schwert und etwas, das wie eine Schriftrolle aussah. Ich streckte die Hand aus.

»Warte«, sagte Janos. Aber ich hatte sie schon mit einem Finger berührt, bevor ich meine Hand zurückreißen konnte. Eine Ecke des Leinens zerfiel zu Staub.

»Tut mir leid«, sagte ich. Niemand hörte mich.

»Sieht aus wie eine Art Landkarte«, sagte Cassini.

Janos' Augen wandten sich dem Geisterseher zu. »Könnt Ihr sie rekonstruieren?«

Cassini antwortete nicht, doch auch er schien neugierig zu sein. Er fischte in seinem Bündel nach einer kleinen Phiole mit schwarzer Flüssigkeit und einem Kräutermesser. Er schüttete ein paar Tropfen der Flüssigkeit in die Meßkerbe, dann sprenkelte er eine Prise des Leinenstaubs darüber. Die Worte seines Zauberspruchs waren nicht zu verstehen, so schnell und leise sprach er sie. Es wurde deutlich, daß er lange Erfahrung in solchen Dingen hatte. Ich erinnerte mich, daß alle jungen Geisterseher in der Bibliothek arbeiten und täglich Fetzen von Schriftrollen oder Manuskripten zu Dutzenden von Duplikaten vervielfältigen mußten.

Während er sich dem Zauber widmete, warf ich einen Blick auf den Beutel, aus dem die Karte gefallen war, und staunte, daß der Bernstein sogar das Leder, aus dem er geschnitten war, bewahrt hatte. Auf der Oberfläche war etwas zu sehen, das ich anfangs für eine entfärbte Stelle hielt, dann merkte ich, daß sie zu regelmäßig war. Ich beugte mich vor, ohne den Beutel zu berühren, denn ich hatte meine Lektion gelernt.

Ins Leder war ein Emblem geprägt: eine Schlange, die einen Stern umschloß. Auf dem Emblem waren Farbpigmente zu sehen, blau die Schlange und gelb der Stern, der, wie ich dann feststellte, in Wahrheit ein Sonnenrad war. Ich wies Janos darauf hin, und er prüfte das Emblem so eingehend, wie ich es getan hatte.

»Ein Familienwappen«, mutmaßte ich.

Er schüttelte den Kopf. »Unwahrscheinlich bei einem Soldaten, der in einer Truppe dient. Ich würde sagen, es ist das Wappen der Leute, deren Späher er war. Vielleicht ein Prinz, vielleicht ein Zauberer, vielleicht ein König. Vielleicht ist es das Emblem der Fernen Königreiche selbst.«

Gerade wollte ich mich über die Bestimmtheit seiner Worte wundern, als Cassini verkündete, daß der Zauber jetzt wirkte. Er blies über die Mixtur. Ein Stückchen Pampe fügte sich ans nächste, ein kleiner Klumpen fügte sich an seinen Bruder. Im nächsten Augenblick sahen wir, wie das Stück Leinen wuchs, und hastig warf Cassini das, was auf seinem Messer war, auf die Mutterrolle. Ein Knistern und Zischen war zu hören, als würde ein Feuer geschürt, und die Leinenrolle begann, sich zu bewegen. Augenblicklich war keine Spur von Alter mehr zu sehen, und das Leinen breitete sich vor uns aus, frisch und weiß wie an dem Tag, als es gewebt worden war. Die Federkritzeleien waren zu deutlichen Strichen schwarzer Tinte geworden, die glitzerte, als käme sie eben erst aus der Flasche.

Cassini hob die Leuchtperlen an, und zu dritt lehnten wir uns vor, um die Schrift zu beobachten. Es war, wie er vermutet hatte, eine Karte. Aber eine höchst ungewöhnliche, denn dort, wo ein menschlicher Kartograph Gefahren wie Sümpfe, Abgründe und undurchdringliche Dschungel eingetragen hätte, war das Leinen leer. Eingezeichnet waren Berggipfel, jede Klippe sorgsam skizziert, Flüsse, die aus der Luft zu sehen waren, und bestimmte Stellen, an der ein Späher Posten beziehen konnte. »Eine Karte«, murmelte ich, »für die Vögel.«

»Oder«, sagte Janos, »für Menschen, die fliegen oder sich zumindest per Zauberkraft von einem Gipfel zum nächsten bewegen können.«

Zu erkennen waren die Umrisse der Pfefferküste, als sei dies die Grenze dessen, was den Späher interessierte, dann breitete sich die Karte gen Osten aus. Am östlichsten Rand lag eine große Bergkette, wie eine große, schwarze Faust.

Wir hörten ein Seufzen, fuhren herum und sahen, daß die Augen des Kriegers wieder glitzerten. Er schien mich anzusehen. Ich bin sicher, die anderen empfanden es ebenso, doch einen Augenblick lang glaubte ich, der tote Krieger versuche, mit mir zu sprechen. Dann drang ein fürchterliches Rasseln aus seiner Kehle, als habe er sich all die Jahre an sein Leben geklammert und würde jetzt erst erlöst. Wieder verloren seine Augen jeden Ausduck, doch jetzt glich die Grimasse eher einem Lächeln.

Janos sprach mit rauher Stimme. »Genügt Euch dieses Omen, Cassini? Was braucht Ihr mehr?«

Cassini schwieg, doch ich spürte die wachsende Anspannung und sah, daß seine Mundwinkel vor Wut zuckten.

»Also?« drängte Janos. »Kehren wir immer noch um? Oder ziehen wir weiter?«

Vier Tage später marschierten wir gen Osten. Wir ließen L'ur und seine Mannschaft bei Haizahns Leuten zurück, der ewige Dankbarkeit geschworen hatte, weil wir sie von diesem alten Fluch befreit hatten. Der Häuptling verkaufte uns sogar kleine Esel, die uns mit den Lasten helfen sollten, und wies uns einige seiner Leute als Eseltreiber und Führer zu, »bis ans Ende der Welt, wenn Ihr wollt«. Außerdem versprach er – wenn der Schrein für den Krieger in Bernstein gebaut wäre –, L'ur beim Bau eines neuen Schiffes zu helfen, das uns heimwärts bringen sollte, wenn wir zurückkehrten.

L'ur selbst war jetzt ein enger Freund der Familie Antero. Für den Fall, daß uns ein Unglück ereilte und wir innerhalb von sechs Monaten nicht wieder da wären, hatte ich ihm einen Brief für meinen Vater übergeben, mit der Bitte um Bezahlung seiner Wartezeit und einer Entschädigung für die *Möwenschwinge*. Ich zweifelte nicht daran, daß L'ur warten würde, und nicht nur wegen des kleinen Vermögens, das ich ihm versprochen hatte. Wie uns alle hatte auch ihn das Fieber gepackt, als ich die Karte zu den Fernen Königreichen entrollte.

»Zum ersten Mal in meinem Leben«, sagte der alte Seemann, »wünschte ich, ich wäre zum Wanderer geboren.«

Kapitel Neun

Nomaden am Ende der Welt

Der Fluß führte landeinwärts durch eine hügelige Gegend, die wir meist vergeblich nach einem Hof, einem Dorf oder nach Menschen absuchten. Es gab wenige Hinweise auf menschliche Existenz in dieser Wildnis. Wir kamen an ein paar kleinen Dörfern vorbei, deren zerlumpte Siedler uns ohne ein Lächeln oder irgendeine Geste weiterziehen ließen. Unsere Soldaten hatten bald genug davon, den wenigen gutaussehenden Frauen Obszönitäten hinterherzurufen, weil diese ihre Derbheiten überhaupt nicht beachteten.

»Diese Menschen«, erzählte Janos, »sehen aus wie die armen Leute in den Bergen, da oben, wo ich aufgewachsen bin. In jedem Mann mit einem Schwert, so fest es auch in der Scheide stecken mag, sehen sie einen Feind. Vielleicht erinnerst du dich, was ich zuvor gesagt habe«, fuhr er fort und hob die Stimme, an Cassini gewandt, der nicht weit von uns ging, »was es mit dem Krieg auf dieser Seite des Schmalen Meeres auf sich hat? Der Blick in den Augen dieser Menschen sagt mehr, als ich über ihr Leben erzählen kann.«

Cassini zuckte mit den Achseln. »Die Starken haben immer schon auf Kosten der Schwachen gelebt, und sie werden es auch weiterhin tun. Die Natur und Gott befehlen, der Mensch gehorcht.«

Nach einiger Zeit sahen wir keine bewohnten Dörfer mehr. Einoder zweimal identifizierte Janos eine nachträglich von Unkraut überwachsene Stelle als den wahrscheinlichen Standort eines vor vielen Jahren verfallenen Landgutes oder Dorfes. Das Klima war vielleicht etwas wärmer als in Orissa, doch regnete es öfter. Nur fiel der Regen weich wie Nebel und war eine willkommene Erleichterung angesichts der Hitze am Tage. Wir hielten mit Hilfe des Kompasses eine östliche Richtung ein und überprüften sie von Zeit zu Zeit anhand der Zauberkarte des Spähers, die Cassini neu erschaffen hatte. Auf ihr waren zwar nur Gipfel und gewisse Besonderheiten der Landschaft verzeichnet, dennoch war sie von Nutzen, und wir konnten unsere Reise in der vorherbestimmten Richtung fortsetzen.

Für mich gab es viele Dinge von Interesse, und nicht nur, weil ich zu den ersten zivilisierten Menschen gehörte – zivilisierte Menschen aus Orissa, sollte ich sagen –, die dieses Land sahen, sondern auch, weil ich zu diesem Zeitpunkt begann, die Dinge mit den Augen meines eigenen Volkes zu betrachten. Der Ehrlichkeit halber muß ich hinzufügen, daß ich als Kaufmannssohn auch das viele Gold sah, das sich im Tresor der Anteros häufen würde. Hier gab es einen Fisch, dessen delikates, weißes Fleisch sich räuchern ließ. Und eine grünviolett leuchtende Frucht, deren Geschmack im Mund explodierte. Ein kleiner Zauber gegen die Fäulnis würde genügen, und sie könnte zur neuesten Nachspeise Orissas werden. Wir entdeckten Samen, schärfer als jeder getrocknete und gemahlene Pfeffer, den irgendeiner von uns je probiert hätte.

Nach fünf Tagen war unser größtes Problem das ständige Niesen, das uns alle bei Anbruch der Dämmerung heimsuchte. Wir reisten, als schlenderten wir durch einen Park – ein Park nur zu unserer persönlichen Erbauung. Dann, nach einer weiteren Woche, änderte sich manches. Ich lief gerade neben Cassini und dachte müßig daran, wie leicht der Weg in der vergangenen Stunde doch gewesen war. Die Route war über kleine Hügel gegangen, gefolgt von einer Reihe flacher Täler. Plötzlich blieb Cassini stehen, und Sergeant Maeen, der direkt hinter uns ging, konnte gerade noch ausweichen, um ihn nicht umzustoßen. Cassini achtete nicht darauf. Leeren Blickes und reglos starrte er... ins Nichts. Ich nahm ihn zur Seite und winkte Janos heran, der augenblicklich zu uns kam. Ich fürchtete, unser Geisterseher könne plötzlich auf unbekannte Weise verzaubert sein. Doch das war nicht der Fall, da Cassini sogleich wieder völlig aufmerksam wurde. Er sah sich um und bemerkte, daß die ganze Gesellschaft angehalten hatte und ihn anblickte.

»Dieses Land«, sagte er ohne Einleitung, »war so, wie der Schamane der Ufermenschen sagte. Ich habe die Seelen Tausender Menschen gespürt. Einige haben auf diesen Hügeln gelebt, einige sind auf diesem Weg gereist, auf dieser Straße, deren Resten wir folgen.« Ich nickte unwillkürlich, weil ich verstand, warum unser Weg so leicht gewesen war. Natürlich waren wir auf einer lange vergessenen, verschütteten Straße. »In diesem Tal dort hinter uns«, sagte Cassini, »das man von hier nicht sehen konnte, gab es ein berühmtes Wirtshaus... an einer Kreuzung. Viele kehrten dort ein. Es war ein fröhliches Haus.«

»Was ist geschehen?« fragte Janos.

»Mord«, sagte Cassini. »Mord und Totschlag. So viel Blut über so viele Jahre, daß diejenigen, die noch lebten, geflohen sind. Sie flohen oder gaben die Hoffnung auf.«

»Wer hat ihnen den Tod gebracht? Woher kam er? Was war es? Stahl... oder Hexerei?«

»Ich glaube... beides«, sagte Cassini langsam. »Ich fühle ein starkes Echo von diesen Hügeln. Einen Zauber. Wer hat ihn gebracht? Ich weiß es nicht. Woher ist er gekommen? Ich weiß auch das nicht.«

Dann war er wieder ganz normal. »Genug«, sagte er. »Ich bin kein Versager, keine Hexe, die ungewaschenen Bauern beim Pflanzfest Ehrfurcht einflößt. Du! Soldat! Bring mir Wein. Und sieh nach den Schnürsenkeln an meinen Stiefeln, wenn du zurückkommst. Ich fürchte, ich laufe mir eine Blase.« Cassini war ein kaltherziger Mann, selbst für einen Geisterseher.

Eine Stunde später schrie einer der Esel, bäumte sich auf, und seine Last fiel zu Boden. Das Bündel war klein, aber recht schwer, da es den Leinensack mit der Hälfte unseres Goldes enthielt. Der Sack schlug dumpf am Boden auf und zerriß. Die Münzen rollten über den Rasen. Maeen wies den Eseltreiber zurecht, aber der schüttelte den Kopf, er habe dem Tiere keine Angst gemacht. Er sei gar nicht in der Nähe des Esels gewesen, als die Ladung fiel. Die anderen Ufermenschen bestätigten, daß er die Wahrheit sagte.

»Dann trifft dich doppelt Schuld«, schrie Maeen. »Weil du dann die Knoten heute morgen beim Beladen schon so schlecht gebunden hast, daß das Seil durchgescheuert und gerissen ist. Du bist selbst ein Esel, und dein Tier sollte eher dich führen als umgekehrt.« Der Ufermensch stammelte, das Seil müsse alt gewesen sein, aber davon wollte Maeen nichts wissen.

Ich ging zu dem Bündel und seinem verstreuten Inhalt und hob das Seil auf. Es war recht neu … L'ur hatte es aus dem Wrack der *Möwenschwinge* geholt, um daraus Trageriemen zu machen. Ich untersuchte das Ende des Seils. Es war abgeschnitten worden, sauber durchtrennt, als habe ein sehr starker Mann es mit einem sehr großen, sehr scharfen Messer gekappt. Ich nahm das Seil mit zu Janos, der es Cassini zeigte. Janos sagte Sergeant Maeen, es sei genug. »Laßt die Esel beladen, setzen wir die Reise fort.« Keiner von uns sagte ein Wort, aber was wir dachten, war klar. Ich erinnerte mich an die kleine, goldene Sense, die Janos in Lycanth erworben hatte und die sich jetzt in seinem Gepäck befand. Ich wußte, daß man mit ihr nicht nur magische Kräuter und dergleichen schneiden und verarbeiten, sondern auch aus der Ferne Zauber bewirken konnte. Sicherlich gab es noch andere solcher Sensen und Zauberer, die sie zu nutzen wußten. Ich mußte wieder an die Opferwahl in Lycanth denken, und wie nah diese Kreatur mir gekommen war. Dann fiel mir der Sturm der Archonten ein. Ich blickte zurück über die Schulter und schauderte, obwohl ich nichts entdeckte, was dies hätte rechtfertigen können.

Kleinere Ärgernisse häuften sich auf unserer weiteren Reise. Wir wurden von Schwärmen schwarzer Milben angegriffen, deren Bisse wie Feuer brannten. Viele kleine Mißgeschicke ließen den Eindruck erwecken, als steckten wir alle plötzlich tief in den Wirren jugendlicher Unbeholfenheit. Auch die geheimnisvollen Niesanfälle suchten uns wieder heim.

Deutlich wurden unsere Probleme in jener Nacht, als wir die Ruinen fanden. Ein niedriger Paß hatte es uns erleichtert, dem Flußlauf zu folgen. Der Fluß wurde plötzlich seicht und war mit seinen Sandbänken gut zwei Speerwürfe breit. Das erschien mir unnatürlich, zumal ich bemerkt hatte, daß der Fluß in der Ferne wieder sanft dahinfloß wie zuvor. Da ich in einer Stadt am Fluß aufgewachsen war, glaubte ich zu wissen, was mich erwartete, und sah genauer hin. Dieser Fluß mußte vor Ewigkeiten umgelenkt worden sein. Ich ließ anhalten und durchstreifte das Unterholz auf der Suche nach weiteren Hinweisen. Ohne große Schwierigkeiten fand ich, wonach ich suchte. Die »Ufer« des Flusses bestanden aus sorgfältig gemörtelten Steinmauern. Und diese Mauern lagen beinahe zehn Meter voneinander entfernt. Janos stand neben mir. Auch er wunderte sich über die U-förmige Konstruktion.

»Von Menschenhand erbaut«, sagte er. »Aber wozu?«

»Eine Reihe von Schleusen«, erklärte ich. »An jeder Seite müssen

Holztore gewesen sein. So konnten Boote hineinfahren und entweder angehoben oder auf eine andere Ebene abgesenkt werden, um dann weiter ihrem Kurs zu folgen. Da drüben«, ich zeigte auf die Sandbänke, »war wahrscheinlich der Überlauf, wenn die Schleusen nicht in Betrieb waren. Nachdem man sie dann verlassen hat und einige Zeit vergangen war, wurde der Fluß seiner Fesseln überdrüssig, hat den Überlauf durchbrochen und sich ein neues Bett gesucht.«

Keiner von uns sagte ein Wort. Alle stellten sich die Schleusen voller Boote vor, mit Handelsgütern beladen, wartend auf die Weiterreise auf dem Fluß. Die Größe der Schleuse bewies, daß das Land tatsächlich so wohlhabend gewesen war, wie Cassini es sich ausgemalt hatte.

Janos ließ Maeen Kundschafter aussenden, und sie kamen schnell mit weiteren Hinweisen auf Zivilisationsspuren zurück. Weiter flußaufwärts fand ein Mann einen gewundenen Pfad. Es mußte ein Treidelpfad gewesen sein, nahm ich an, damit Boote flußaufwärts nicht auf Muskelkraft, Wind oder energieraubende Zauber angewiesen waren, derer es bedurfte, um schwerbeladene Boote zu bewegen. Einige Meter entfernt, hinter einer Wand von Weinreben versteckt, lag ein Gebäude mit dicken Steinmauern und kleinen Fensterschlitzen. Die großen Balken, die das Dach gehalten hatten, standen noch an ihrem Platz, auch wenn sie vom Alter schwarz geworden waren. Davor befand sich ein kleineres, kreisförmiges Gebilde.

Hierfür war Janos der Experte. »Eine Kaserne«, sagte er. »Der kleine Bau war für den Zoll und die Wache. Wir können hier Schutz suchen«, sagte er. »Die Zeltbahnen der Lasten können wir als Dach über die alten Balken ziehen.« Er befahl einen Halt für die Nacht, obwohl bis zur Dämmerung noch zwei Stunden vergehen würden. Er kommandierte zwei der Ufermenschen ab, die behaupteten, einige Erfahrung mit Netzen, Gift und Fischzauber zu haben, damit sie etwas Frisches für das Abendessen fingen.

Gedankenverloren stand ich mitten in dem Treiben. Ich gehörte damals wie heute nicht zu jenen Dummköpfen, die glauben, man hätte ein Recht, Häuser und Läden zu errichten, wo immer man will. Doch damals habe ich erkannt, und habe seither immer gedacht, daß Ruinen etwas Trauriges und Erschreckendes an sich haben. Hier lebten einmal Menschen und sind dann verschwunden: freiwillig oder nicht, wer konnte das wissen?

Dann kam mir ein anderer, noch merkwürdigerer Gedanke. Leise erzählte ich Janos davon. »In welche Richtung, glaubst du, haben die Soldaten auf ihrer Wache gesehen? Kamen ihre Feinde aus dem Osten? Oder wollten sie einer Gefahr von hinten begegnen?« Janos hob die Schultern und verzichtete auf eine Vermutung.

Wir hörten einen Schmerzensschrei, dann verärgerte Stimmen. Plötzlich klirrte Schwert an Schild. Wir liefen in die Ruinen. Zertretenes Feuer ... ein umgekippter Kochtopf ... zwei Soldaten mit gezückten Schwertern. Janos brüllte, doch die beiden Männer, die einander wütend umkreisten, schenkten ihm keine Beachtung. Seine Hand zuckte schnell und gewaltsam vor, wie ich es schon vor der Taverne in Orissa gesehen hatte. Sein Breitschwert blitzte auf und schlug beide Klingen der Soldaten fort. Sie kamen wieder zur Besinnung und murmelten etwas in der Art wie: »... der Kerl hat mich angestoßen ...« »... gelacht ...«, »tumber Affe ...«, dann ein Befehl.

»Genug!« bellte Janos. »Nieder mit den Schwertern, alle beide!« Stahl klapperte auf Stein. »Gegen einen Bruder den Arm zu heben! Wie könnt ihr es wagen? Ihr kennt die Strafe: Verbannung, wenn kein Schaden entstanden ist, Tod, wenn einer verletzt wurde! Das ist ...«

Eine ruhige Stimme unterbrach ihn. »Das ist ein Zauber, Hauptmann.« Wir drehten uns um. Es war Cassini.

»Wir sind verflucht«, sagte er in seiner gewohnt schroffen Art und schenkte der Reaktion auf seine Feststellung keinerlei Beachtung. »Kleine Flüche«, fuhr er fort, »aber sie verfolgen uns seit Tagen. Das Niesen ... diese Milben, die zu den unangenehmsten Zeiten erscheinen ... und daß wir alle so schnell und ohne Grund in Zorn ausbrechen.«

»Wer hat uns verflucht?« knurrte ein Soldat trotz Maeens finsterer Miene. »Die verdammten Ufermenschen?« Düstere Blicke richteten sich gegen unsere kleinen Gefährten.

»Ich denke nicht«, sagte Cassini. »Aber es muß für diesen Zauber einen Gegenzauber geben. Jeder dieser Flüche ist klein, ein Geisterseher kann sie ohne Kraftverlust aus weiter Ferne ausüben und leicht aufrechterhalten.«

»Aber sie können töten«, sagte Janos ruhig. »Lione, wenn dieser erste Schlag mit dem Schwert getroffen hätte, dann müßten wir jetzt womöglich für Cherfas beten.«

Dann war ich an der Reihe. Ich fühlte ein leichtes Aufflackern von Stolz, als mir die Worte so leicht über die Lippen kamen. »Gut gefolgert, Geisterseher. Wiederum müssen wir feststellen, wie glücklich wir uns schätzen können, daß Ihr uns begleitet.« Mein Kompliment war natürlich nicht ganz aufrichtig. Nur wußte ich, daß die Männer größtmögliches Vertrauen in Cassini haben mußten, wenn die Zeremonie gelingen sollte. »Hauptmann Greycloak«, fuhr ich feierlich fort. »Schickt einen Mann … zwei Männer … zum Fluß und laßt unsere Fischer holen. Heute abend sollte niemand das Lager verlassen. Stellt außerdem Wachtposten in angemessener Stärke auf. Geisterseher Cassini, unsere geballten Kräfte stehen Euch zur Verfügung, um den Gegenzauber auszusprechen.«

Cassini sonnte sich in meinem Lob, bis mir beinahe der Geduldsfaden riß, und schickte dann die Leute hierhin und dorthin, um seine Vorbereitungen zu treffen. Eine Stunde später, als die Nacht hereinbrach, begann die überraschend simple Zeremonie. Cassini ließ zwei Soldaten einen Umhang voller Lehm vom Flußufer holen. Wir stellten uns in einer Reihe auf, jeder von uns mußte eine Handvoll Lehm nehmen und, während Cassini in einer uns unbekannten Sprache betete, daraus eine Figur formen. Danach ließ er uns ein Stück von unserer Kleidung abschneiden und es in die Figur kneten. Er schärfte uns ein, weder Speichel noch Fingernägel oder sonst etwas zu benutzen, das von unseren Körpern kam. Dann führte er uns aus der Kaserne ins Unterholz, wo ein kleines Feuer vorbereitet worden war. Er beschrieb einen Kreis um dieses Feuer und wies uns an, die Puppen in den Kreis zu legen. Wir bildeten dann einen zweiten Kreis, um unsere ganze Aufmerksamkeit auf die Puppen zu konzentrieren. Wir sollten versuchen, an nichts anderes als an unsere Figur zu denken und daran, daß sie uns vollkommen glich. Der eine oder andere Soldat mag über die ungelenken Skulpturen gelacht haben. Doch wir alle hatten Angst, vor diesem Zauber hier, wie vor der Zauberei im allgemeinen. Ich glaubte, spüren zu können, wie die Kräfte der Nacht uns umfingen, als Cassini das Feuer entzündete und dann zu singen begann, als Rauch sich erhob.

»Rauch soll steigen
Rauch soll fliegen
die Augen ersticken
den Geist ersticken …«

Leise warnte er uns, in unserer Konzentration nicht nachzulassen, bis er dreimal in die Hände klatschte, und wie befohlen wandten wir uns ab, drehten Puppen und Feuer den Rücken zu. Ohne uns noch einmal umzusehen, kehrten wir ins Lager zurück. Ich hörte, wie Cassini hinter uns seinen Gesang fortsetzte.

»Nun schlafen wir
Nun bleiben wir
Nun suchest du
Nun findest du
Der Kreis wird halten
Der Kreis wird greifen
Der Kreis wird sammeln
Der Kreis wird halten …«

Eine Stunde später stieß er wieder zu uns und sagte, wir sollten jetzt essen und dann schlafen gehen. Wenn die Natur ihr Recht fordere, könnten wir ruhig im Unterholz austreten, nur dürfe keiner von uns zu den Überresten des Feuers zurückkehren. Wir sollten so wenig Lärm wie möglich machen, uns aber auch entspannen und nicht mehr sorgen. Der Gegenzauber sei ausgesprochen, und ab jetzt würden die Figuren all den ärgerlichen Zauber an sich ziehen.

Die Soldaten und die Ufermenschen machten einen erleichterten Eindruck. Sie vertrauten Cassini und seinen Künsten. Für sie waren die Probleme bereinigt. Ich nahm Cassini beiseite, und auch Janos trat zu uns. Ich versprach, dem Geisterseher in Orissa eine Prämie für das zukommen zu lassen, was er in dieser Nacht für uns getan hatte. Ich fragte, ob diese Flüche jetzt tatsächlich dort draußen in finsterer Nacht an die Puppen gekettet seien. Cassini sagte, er sei sicher, man brauche keinen allzu starken Gegenzauber, um unsere Gegner zu täuschen, da sie keine tödlichen Absichten verfolgten. Er hielt es für besser, die Flüche abzulenken und sie weiter wirken zu lassen, als sie völlig zu brechen. »Ich hoffe, unsere Feinde sind zufrieden, wenn sie davon ausgehen können, daß wir immer noch von ihren Zaubern geplagt werden und daher keine weitere Aufmerksamkeit verdienen.«

»Unsere Feinde?« fragte Janos. »Wer?«

Cassini schien seiner Sache nicht sicher zu sein. »Zuerst dachte ich, diese Beschwörungen kämen aus Lycanth, wo wir bekanntlich Feinde haben, angefangen bei den Symeonen bis… hin zu anderen.

Tatsächlich habe ich Emanationen aus dieser Richtung gespürt. Doch war da noch etwas anderes. Etwas… von Euch ist niemand Geisterseher, ich kann also nicht die Sprache meiner Zunft sprechen… etwas wie eine große rollende Welle, eine Flut vielleicht. Es kommt von Osten her.«

Janos und ich merkten auf. »Aber… keiner von uns war schon über diese Gegend hinaus, dessen bin ich sicher«, sagte ich. »Außer vielleicht der eine oder andere Ufermensch.«

«Es macht kaum Sinn«, stimmte Cassini zu. »Was ich jedoch noch verwirrender fand… diese Flut, diese Präsenz – ich habe sie nicht als böse empfunden. Zumindest habe ich keine besondere Bedrohung für irgendeinen von uns gespürt. Es war…«, er suchte nach Worten, »… als sei eine große unsichtbare Kraft über uns, eine Kraft, die… die… ah, mir fehlen die Worte«, sagte er. »Denkt an einen großen Fisch in einem See, der weiß, daß er von vielen kleinen Barschen umgeben ist. Im Moment ist er nicht hungrig, doch er behält die kleinen Fische im Auge. Und in einer Stunde oder in einer Woche, wenn er hungrig ist, sieht er sie sich näher an.« Cassini schüttelte den Kopf. »Das ist der beste Vergleich, der mir einfällt.«

Es wurde beschlossen, in dieser Nacht besonders aufmerksam Wache zu halten. Wir sorgten uns nicht so sehr wegen eventueller Eindringlinge als wegen unserer eigenen Männer, die vielleicht neugierig werden, den Schauplatz von Cassinis Zauberspruch untersuchen und damit die ganze Arbeit zunichte machen konnten. Janos, Cassini, Sergeant Maeen und ich wollten Wache halten. Cassini übernahm die erste Schicht, die gleich begann. Janos erzählte mir später, er habe den Geisterseher ausersehen, weil noch alle wach waren und er sich keine Sorgen über die Fähigkeiten des Zauberers als Wächter machen mußte. Maeen war der nächste, dann kam ich an die Reihe, und Janos würde die letzte Wache in den gefährlichen Stunden vor Sonnenaufgang übernehmen.

Ich hatte fest geschlafen, als Maeen mich für meine Wache weckte. Ich nahm meine Waffen und fand Platz direkt hinter der Kasernentür, von wo aus ich in die sternenglänzende Nacht blicken konnte, ohne gesehen zu werden. In regelmäßigen Abständen verließ ich das Gebäude und umrundete es, um sicherzugehen, daß niemand sich anschlich. Alles war friedlich und still. Das Rauschen des Flusses wirkte beruhigend. Ich fühlte mich durch den Schlaf gestärkt. Es war, als sei durch Cassinis Kunst eine schwere Last von mir genommen. Ich stellte fest, daß ich mich ebenso wie meine Männer von kleinen Zaubereien beeindrucken ließ. Ich sah zum Paß zurück. Es lag vielleicht ein Sechstel einer Wegstunde hinter uns. Mein Blick wurde von einer Felsformation auf dem Hügel angezogen. Dann bewegte sich der Fels, und es wurden zwei Männer daraus. Zwei Männer zu Pferd.

Eigentlich hätte ich auf solche Distanz nicht derart deutlich sehen können, wie mein Verstand es mich glauben machen wollte. Aber ich schwöre, daß ich sogar ihre Rüstung erkennen konnte, sowie Helme mit einem Helmbusch, was in diesem von Armut heimgesuchten Land höchst eigenartig war. Innerlich hörte ich noch einmal Janos' Erzählung an jenem sonnigen Nachmittag unter der Laube einer Weinschänke in Orissa. *»Selbst ihre Rösser schienen gepanzert, als ich im Mondlicht einen Blick auf den Kopf eines ihrer Tiere werfen konnte. Die Position, die sie einnahmen, war genau die, die ich anordnen würde, wenn ich eine Patrouille in feindliches Gebiet anführen sollte: mit freiem Blick über den Paß...«*

Fast hätte ich Alarm geschlagen, hielt mich jedoch zurück. Der Tag hatte mit Beschwörungen geendet, und alle waren ängstlich. Alte Soldaten, Freunde meines Vaters, hatten Geschichten von jungen Wachtposten erzählt, die in einem Busch einen angreifenden Feind sahen, der sich sofort wieder in einen Busch verwandelt hatte, nachdem der Wachhabende alarmiert oder ein Speer geworfen worden war. Dann konnte ich auf dem Hügel nichts mehr erkennen. Die Reiter waren fort. Offenbar hatte es sich um eine nächtliche Sinnestäuschung gehandelt. Als ich Janos zur letzten Wache weckte, wartete ich dennoch, bis er ganz wach war, und berichtete ihm von meiner Vision.

Janos zupfte nachdenklich an seinem Bart. »Also«, sagte er nach einer Weile, »könnte es doch sein, daß Cassinis großer Fisch eigene

Absichten verfolgt. Wir könnten, wenn wir wollten, nach Sonnenaufgang auf den Hügel reiten. Bestenfalls werden wir dort Pferdeäpfel und Hufabdrücke finden und damit beweisen, daß uns in diesem Land irgendein menschliches Lebewesen beobachtet. Wenn wir solche Spuren aber nicht entdecken... dann hast du sie dir entweder eingebildet oder...«, Janos schnaubte. »Ich glaube, wir sollten weder etwas davon erzählen noch überhaupt etwas unternehmen, mein Freund. Wenn dort auf dem Felsen Späher sind... woher wissen wir überhaupt, daß sie uns gesehen haben? Nimm einmal an, es wäre so. Sind sie notwendigerweise unsere Feinde? Noch nie hat man in Kostroma davon gehört, daß diese geisterhaften Wächter jemandem ein Leid zugefügt hätten. Und... selbst wenn sie uns beobachten, und angenommen, sie wüßten alles über die großen Zauberkünste ihrer Führer, wäre es nicht denkbar, daß sie uns nichts Böses wollen? Immerhin haben wir einem ihrer Kameraden nach Kräften das letzte Ritual bereitet. Soldaten jeder Rasse... selbst solche, die nicht menschlichen Lenden entstammen, wissen gewiß Ehren wie diese zu schätzen. Selbst wenn man bedenkt, daß wir den Talisman entwendet haben.«

Darüber mußte ich lächeln. »Freund Janos, jetzt klingst du wie ein Dummkopf beim Glücksspiel. Hatte ich beim letzten Mal nur einen Stein in meiner Hand, dann sollte ich diesen einen auch diesmal in der Hand behalten, selbst wenn ich sage, ich hätte einen, zwei oder keinen. Vielleicht sollte ich es meinem Freund nachtun, doch nein, er wüßte gleich, daß ich es ihm nachgetan, und drei Würfe zuvor war eben dies mein Plan, so daß ich also dieses Mal...« Meine Stimme wurde leiser. Janos kicherte.

»Ich danke dir. Ich habe mich selbst durcheinandergebracht wie eine Schulklasse, die sich fragt, ob ein Spiegel Reflexion oder Wirklichkeit ist. Ob diese Späher für uns Gutes oder Schlechtes bedeuten, ob sie sich für unser Leben so wenig interessieren wie der satte, große Fisch, wird sich zweifellos in absehbarer Zeit herausstellen.«

»Sollten wir Cassini um Rat fragen?«

»Ich ... ich würde vorschlagen, es nicht zu tun. Laß uns beobachten, wie sich die Situation entwickelt.« Ich vermutete, Janos Greycloak machte sich mehr Sorgen, als er mich spüren ließ. Schließlich war er derjenige, der sie als Junge schon einmal gesehen hatte.

Zwei Nächte später, weiter flußaufwärts, wo das Wasser sich schon flach und schmal in Nebenflüssen verzweigte, wurden die Späher wiederum gesehen. Diesmal von drei Männern: Sergeant Maeen, einem Soldaten und einem der Ufermenschen. Wieder saßen sie nur auf ihren Pferden und verschwanden dann. Cassini bestand darauf, einen Fragezauber auszusprechen, um herauszufinden, wer diese Späher seien und ob ihre Anwesenheit uns Gutes oder Böses versprach.

»Einen Zauber in ihre Richtung auszusprechen«, murmelte Janos. »Wie intelligent. Wenn sie uns bisher noch nicht entdeckt haben, dann jetzt.«

Cassinis Zauber blieb ohne Ergebnis. Seinen Zauberkünsten zufolge konnten diese Späher nichts anderes als eine natürliche Täuschung sein, eine Art Wunder. Auch Janos hatte überlegt, ob die Späher einen viel weitreichenderen Schutzpanzer als jenen haben mochten, der mit bloßem Auge zu erkennen war. Diesem ersten Fehler ließ Cassini etwas folgen, was ich für gefährlich arrogant hielt. Am nächsten Tag trug er eine brennende Fackel auf den höchsten Gipfel in Sichtweite, um im Namen Orissas Anspruch auf das Land zu erheben. Ich meine damit nicht, daß er physisch Ansprüche im Namen seiner selbst oder unserer Stadt stellte. Selbst in jenen Tagen hätte keiner von uns, nicht mal ein Geisterseher, eine derartige Unverfrorenheit besessen. Die Zeremonie bestand aus Gebeten und dem Pflanzen von Samen, die wir aus unserer Stadt mitgebracht hatten. Sie sollte von den körperlichen und körperlosen Wesen der Stadt Orissa und seiner Menschen künden. Weiter bat die Zeremonie – und in meinen Ohren klang es eher wie eine Forderung – um das gleiche Maß an Respekt, Ehrfurcht und Schutz, das auch sämtliche Wesen dieses Landes nach den Gesetzen der Richter und Geisterseher Orissas für sich beanspruchen konnten.

Ich habe solche Zeremonien noch nie für gut befunden und bin dankbar, daß es mir gelungen ist, diesen Brauch der Orissaner auf Auslandsreisen zu verbieten. In solch einem fremden Land nun hielt ich ihn für höchst unangemessen, in diesem Land mit all seinen »Zauberschwingungen«, seinen unbekannten Menschen und Bräuchen, und vor allem seinen geisterhaften Spähern. Weder Janos noch ich konnten jedoch etwas einwenden. Hätte ich Cassini befohlen, die Zeremonie weder hier noch irgendwo anders abzuhalten, hätte er mich zweifellos nach seiner Rückkehr dem Rat der Geisterseher gemeldet. Und dieser hätte mir meinen Befehl, da ich ein Antero war, sicher als selbstsüchtig und gar verräterisch ausgelegt. Wieder ein Problem, das ich nicht lösen konnte – also versuchte ich, es aus meinen Gedanken zu verbannen.

Cassinis Eitelkeit verärgerte alle. Er schien zu glauben, die gesamte Expedition sei seinem Kommando unterstellt, und es sei die Pflicht aller Mitreisenden, für die gute Ernährung, gute Kleidung und die Sicherheit ihres Geistersehers zu sorgen. Je beschwerlicher unsere Reise wurde, desto dringlicher fragte ich mich, ob es wohl ein großes Risiko wäre, eine solche Reise ohne einen Geisterseher durchzuführen, und wie heiter es mich stimmen würde, wenn Cassini etwas zustoßen sollte, was ihn unschädlich machte.

Der Fluß wurde zusehends flacher, später sahen wir kleine Tümpel und Marschland. Irgendwann standen wir vor einem malerischen Teich, in dem eine Quelle sprudelte.

»Es ist das erste Mal, daß ich jemals einem Fluß von seiner Mündung bis an die Quelle gefolgt bin«, bemerkte Janos. »Berechtigt es mich, oh, Geisterseher, zu einer besonderen Segnung?« Cassini lächelte dünn, sagte aber nichts. Wenn die anderen sich schon nicht gut mit Cassini verstanden, so mußte man, was Janos'

Verhältnis zu ihm anging, schon fast von offener Feindschaft sprechen.

Glücklicherweise war keiner von beiden so dumm, die Fehde weiterzutreiben, wenn ich auch vermutete, daß es nach unserer Rückkehr unweigerlich zur Konfrontation kommen würde.

In dieser Nacht lagerten wir an der Quelle. Janos und ich unterhielten uns längere Zeit darüber, woran wir uns von hier aus orientieren wollten. Die alte Karte des Spähers zeigte wenig von dem, was uns auf den langen, öden Wegstunden erwartete. Wir bestimmten zwei Orientierungspunkte hinter uns, die auch auf der Karte der Späher zu finden waren, und setzten von dort eine Kompaßrichtung an, die uns dem Gefühl nach zum nächsten Orientierungspunkt führen würde. Ich hatte ein verborgenes Talent entdeckt: Ich konnte Karten lesen und zeichnete sie gern selbst. Sorgfältig hatte ich das Gebiet hinter uns festgehalten, und selbst wenn wir umkehren müßten, war ich sicher, daß ich schnell wieder an diese Stelle zurückfinden konnte, ohne die bisherigen Streifzüge zu wiederholen, die uns gelegentlich in die Sümpfe geführt hatten, in Sackgassen oder durch quälende Täler.

Nach dem Abendessen suchte mich der Mann auf, der für unsere Viehtreiber sprach. Er sagte, die Ufermenschen wollten – entgegen unserer Vereinbarung – nicht weitergehen. Am nächsten Tag würden sie sich mit ihren Reittieren auf den Weg zurück zur Küste machen. Beinah hätte ich einen Wutanfall bekommen und war stolz, daß ich mich gerade noch beherrschen konnte. Ich sagte dem Mann, er und seine Brüder hätten sich für die gesamte Reise verpflichtet, und diese habe eben erst begonnen. Das sei nicht richtig, antwortete er. Sie hätten zugestimmt, mit uns bis ans Ende der Welt zu kommen. Diese Quelle – der Ort, an dem der Fluß begann – sei dieses Ende. Mit einer Geste in die Ferne erkundigte ich mich nach dem Land jenseits der Quelle. Oder nach dem kleinen Wäldchen dort in der Nähe. Der Mann zuckte mit den Schultern. Die Antwort war offensichtlich. Er sagte, es müsse eine andere Welt sein, denn alle wüßten, daß diese Welt an der Quelle ende. Die Welt dort hinten müsse ganz gewiß einem anderen Stamm gehören. Er lächelte und sagte, jener Stamm würde so gute Menshen wie uns sicher wohlwollend behandeln. Ihr werdet neue Freunde finden, meinte er, und vielleicht könnt ihr von denen auch neue Lasttiere bekommen.

Der Streit begann. Bald schon nahm ich Abstand von moralischen Argumenten und konzentrierte mich auf Belohnungen. Es hatte offenbar eine Art Mißverständnis gegeben, ob nun mein Fehler oder ihrer, das war jetzt egal. Ich eröffnete ihnen nicht nur Gelegenheit, bei ihrem eigenen Volk zu Ruhm zu kommen, Ruhm, der auch mich in meine Heimat begleiten würde, sondern außerdem zu Reichtum. Gold hatte ich ihnen bereits versprochen, und jetzt verdoppelte ich mein Angebot. Ich sagte ihnen, wenn wir zur Pfefferküste zurückkehrten, könnten sie sich aus unseren Waffen und unserer Kleidung eine Auswahl zusammenstellen, ausgenommen nur die persönlichen Dinge. Das interessierte den Mann. Aber es würde sehr schwierig werden, sagte er traurig. Sehr, sehr schwierig. Ich erhöhte mein Angebot: Wir würden L'ur und seine geschickten Seeleute und Schiffbauer noch vor unserer Abreise neue und bessere Hütten für sie bauen lassen. Und da ich sofort von Orissa wieder zurückkehren würde, um diese neue Handelsregion weiterzuentwickeln, würden sie bei meiner Rückkehr mit kostbaren Geschenken aus Orissa belohnt. Noch immer schüttelte er den Kopf: sehr, sehr schwierig. Gewürze, die ihre Fische vor lauter Geschmack das Fliegen lehren würden? Hm? Ein Schimmer von Interesse, dann: Tut mir leid, aber es bleibt sehr, sehr schwierig. Ich nahm Gold aus der Kiste und gab jedem Mann als Beweis meiner Ernsthaftigkeit zwei Stücke. Wir sind sehr dankbar. Aber... ich muß nachdenken... Vielleicht... wenn wir der Weiterreise zustimmen... aber, nein, das wäre sehr, sehr schwierig. Neue Netze und sogar neue Boote zum Fischen. Schön, aber sehr, sehr schwierig. Stell dir vor, welche Kleidung eure

Frauen, eure Konkubinen, eure Töchter besitzen würden, die besten Farben und die feinste Seide. Hm?

Es war nach Mitternacht, als ich mit meinen Angeboten am Ende war. Der Mann saß nachdenklich da, umgeben von den anderen Ufermenschen. Dann sagte er: »Ihr habt uns große Ehre erwiesen. Haizahn war weise, Eure Freundschaft zu suchen.«

»Dann werdet ihr weiter mit uns kommen?«

»Die Reise ... sie wird sehr, sehr schwierig werden.« Er lächelte dann und klopfte mir als Zeichen des Respektes für einen Ebenbürtigen auf die Schulter. »Aber was ist das Leben schon ohne das sehr, sehr Schwierige ...«

Erschöpft ging ich zu Bett, während in der Feuerstelle noch die Asche flackerte, doch war ich von Stolz erfüllt: vielleicht war die honigsüße, diplomatische Zunge des Paphos Karima Antero doch auf seinen zunehmend ehrerbietigen Sohn übergegangen. Mit erhabenem Gefühl schlief ich ein. Doch als ich erwachte, fühlte ich mich wie ein Idiot. Irgendwann vor Sonnenaufgang waren die Ufermenschen verschwunden. Ihre Spuren führten gen Westen, zurück zur Küste in ihre Heimat. Anfangs war ich ärgerlich. Hatten sie nicht zugestimmt? Janos gab sich Mühe, nicht zu lachen, als er erklärte, es gäbe eben Leute, die nicht nein sagen könnten und jede Möglichkeit ergriffen, dem zu entgehen.

»Wie zum Beispiel mit ›sehr, sehr schwierig‹«, sagte ich bitter.

»Wie zum Beispiel mit ›sehr, sehr schwierig‹, um nicht jemanden direkt zurückweisen zu müssen und ihn sich damit zum Feind zu machen«, erwiderte Janos.

Soviel zu meiner honigsüßen Zunge und zu den Goldstücken, die ich ihnen zugesteckt hatte. »Eigentlich«, sagte Janos, »hast du es ganz gut gemacht. Du hast es vielleicht noch nicht bemerkt, aber sie haben ihre Esel dagelassen, und das Geschirr. Vielleicht war das der Gegenwert fürs Gold. Vielleicht lag es aber auch an deiner, hm, honigsüßen Zunge.«

Wir hatten keine Zeit mehr zu verlieren, so unangenehm mir die Sache auch sein mochte. Mühsam beluden wir die Esel, was bei den Ufermenschen immer so leicht ausgesehen hatte, wofür wir jedoch fast einen halben Tag brauchten. Wir zogen weiter und lernten dabei die Aufgaben eines Eseltreibers kennen. Noch eine ganze Weile kam es immer wieder vor, daß jemand einen Freund mit ernster Miene ansah und dann eben noch in meiner Hörweite sagte: »Die Lage ist sehr, sehr schwierig.« Ich bemühte mich, es zu überhören.

Das Land wurde immer trockener: hügeliges Grasland, selten ein Wäldchen, darin immer schlammigere Quellen und später Bäche. Eine Zeitlang waren uns diese Haine ein Hinweis auf Wasser, doch dann wurden die Bäume zunehmend dorniger, ohne feuchte Erde in der Nähe. Ihre Wurzeln mußten wohl auf der Suche nach Wasser bis in die Unterwelt reichen, um auf Feuchtigkeit zu stoßen. Wir selbst waren jedoch nie in Gefahr, und das verdankten wir Janos' Erfahrung. Er lehrte uns, der Antilope zu folgen, ihre Wasserlöcher bei Sonnenuntergang auszumachen und sie dann sauber und schnell zu töten. Wir aßen die Tiere und fertigten aus ihren Mägen Wasserschläuche. Die Häute waren grün und stanken, doch hielten sie das Wasser. Die geduldigen Esel schrien, nahmen die zusätzlichen Lasten jedoch auf sich. Die Sohlen unserer Sandalen wurden immer dünner, so daß Janos die Zeit für gekommen hielt, daß wir gehen lernten, wie die Götter es geplant hatten: barfuß. Er sagte, wir müßten unser Schuhwerk für rauhere Gegenden schonen. Cassini jammerte so sehr, daß wir ihm lieber alle zwei, drei Tage aus der grünen Antilopenhaut neue Sohlen für seine Stiefel machten, als ihn zu zwingen, barfuß zu reisen. Weitere Lektionen folgten: Wild mußte mit Speeren gejagt werden, oder besser noch mit dem Netz. Pfeilspitzen aus Metall wurden ersetzt durch handgeschnitzte, stumpfe, dicke Holzspitzen. Sie waren für die gutgenährten, flugunfähigen Vögel um uns herum gedacht. Die Spitze betäubte den Vogel gerade so lange, wie der Jäger brauchte, ihm den Hals umzudrehen, doch der Pfeil durchschlug die Beute nicht und ging entsprechend auch nicht im Unterholz verloren. Wir lernten, daß es generell unklug ist, eine neue Frucht oder Beere zu essen, wenn der Saft wie Milch aussieht, und daß rote Beeren und Früchte manchmal gefährlich sein können. Wenn du eine Pflanze oder Frucht für eßbar hältst, schneide sie auf und reibe sie über deinen Arm. Wenn auf deiner Haut Pusteln entstehen, iß sie nicht. Neben manchen Wasserlöchern entdeckten wir große Bäume, die in ihrem Innern Wasserreservoirs aus der Regenzeit gebildet hatten.

Wenn das eben Beschriebene den Eindruck vermitteln sollte, meine Suche habe sich plötzlich in einen rauhen Überlebenskampf verwandelt, dann war das keineswegs meine Absicht. Trotz aller Schwierigkeiten aßen wir gut, hatten ausreichend Wasser und waren gesund, wenn auch verdreckt.

Während unserer Reise zog die Sonne ihren Bogen über unsere Köpfe, und die Luft schien in der trockenen Stille zu glühen. Die Welt war überwiegend braun, ein gelegentliches Grün sprang sofort ins Auge. Vor uns schien nichts anderes zu liegen als immer nur Steppe. Ich bemerkte kaum, wie sich die Steppe allmählich in Wüste verwandelte. Neben den Antilopen gab es noch andere Tiere. Rudel wilder, hundeähnlicher Kreaturen, jagende Familien von Schattenwölfen, die uns eine Zeitlang folgten, bis sie merkten, daß es keine Nachzügler gab, die sie leicht hätten überwältigen können. Außerdem sahen wir verschiedene Exemplare mächtiger Schattenkatzen. Sie lungerten herum, und die Jungen kletterten ausgelassen aus den Beuteln der Mütter. Die Katzen bedeuteten keine Gefahr für uns, dennoch näherten wir uns ihren Höhlen und Verstecken nie. Einmal entdeckten wir in der Morgendämmerung einen großen Löwen mit schwarzer Mähne auf einem steilen Fels. Neben ihm tauchten plötzlich zwei der berittenen Späher auf. Der Löwe beachtete sie gar nicht. Einer der Späher streckte eine gepanzerte Hand nach ihm aus, der Panzer glitzerte in der gerade aufgehenden Sonne, und er streichelte dann den Kopf des großen Tieres. Der Löwe putzte sich, als sei er zahm ... und schon waren die Späher verschwunden.

Schließlich ging auch dieser Traum von einem heißen Sommertag zu Ende. Jetzt waren wir endgültig in der Wüste. Der Boden wellte sich um uns herum, glühende Felsen und Sand, durchzogen von Schluchten voll trockener Büsche. Wir verfügten über mehrere Kompasse, um nicht einer einzigen Magnetnadel mit vielleicht nachlassender Kraft vertrauen zu müssen. Die Landkarte vervollständigte ich angesichts der wenigen erkennbaren Orientierungspunkte, so gut ich konnte, aber dennoch waren wir verunsichert, was die einzuschlagende Richtung anging. Janos sprach sich dafür aus, die gegenwärtige Richtung beizubehalten. Beim nächsten Orientierungspunkt auf der Karte, einer Bergkette in weiter Ferne, wären wir dann in der Lage, unseren Standort genauer zu bestimmen. Wir dürften das Vertrauen weder in unseren Kompaß noch in unseren gesunden Menschenverstand verlieren, sonst würden wir bald immer kleinere Kreise durch die Wüste ziehen und schließlich um unser eigenes Sitzfleisch rotieren. Es beruhigte mich, daß wir nicht die ersten Menschen waren, die diese Wüste durchquerten, denn wir hatten Spuren einer Karawane entdeckt. Wir folgten ihnen, wodurch es noch schwerer wurde, unseren Kompaßkurs einzuhalten, doch blieb uns keine Wahl. Die Spuren führten nicht nur jeweils durch das Gelände, das am leichtesten zu bewältigen war, sondern auch von einem Wasserloch zur nächsten Oase.

Dann entdeckten wir die Urheber der Spuren. Weit am Horizont sahen wir eine Reihe von Reitern. Nomaden, vermutete Janos. Sie schienen uns noch nicht gesehen zu haben, obwohl wir das kaum glauben konnten. Seine Annahme bestätigte sich einige Stunden später, als wir ihre Fährte kreuzten und Pferde- und Ziegenkot fanden. Janos bezweifelte, daß die Späher in solchen Gruppen reisten und ihren eigenen Proviant mitnähmen.

»Welch ein Pech«, sagte ich, »daß diese Leute nicht Blutsverwandte der Ifora sind. Auf diesem Weg könnten wir alte Bindungen erneuern. Ich fand dieses Mädchen Tepon *ziemlich* reizvoll. Trotz ihrer eingefeilten Zähne.«

Janos lächelte. »Wenn du deine Memoiren schreibst, Freund Amalric, und diesen Teil der Reise als beschwerlich und auf Schritt und Tritt gefährlich wiedergibst, dann solltest du deine letzte Bemerkung nicht erwähnen. Es ist unmöglich, gleichzeitig zu verdursten und mit dem Unterleib zu denken. Und was die Ifora angeht, so sollte ich dir nicht verheimlichen, daß ich beim ersten Zusammentreffen mit ihnen eine berittene Patrouille der lycanthischen Kavallerie zur Verfügung hatte, und sie selbst waren nicht mehr als zwanzig Mann, ein Verhältnis, das man um jeden Preis aufrechterhalten sollte. Soweit ich feststellen konnte, sind Wüstenvölker allesamt günstigenfalls unberechenbar, und besitzt du ihrer Meinung nach etwas Interessantes, sind sie zu erstaunlichen Grausamkeiten fähig.«

»Laßt uns also hoffen, daß wir unbeobachtet geblieben sind«, sagte ich. Janos nickte und blieb zurück, um Sergeant Maeen Anweisung zu geben, seine Männer jederzeit in Alarmbereitschaft zu halten.

Am nächsten Tag entdeckten wir zwei Reiter zu beiden Seiten unseres Weges. Zuerst nahm ich an, sie seien wieder die geisterhaften Späher, doch hielten sie stundenlang dieselbe Richtung ein, jeweils etwa eine halbe Meile neben uns. Cassini verkündete, man habe weitere Beschwörungen gegen uns ausgesprochen, die sich anders »anfühlten« als die bisherigen Zaubereien. Auch Janos spürte etwas. Das altbekannte Jucken in den Daumen? fragte ich. Er schüttelte den Kopf: anders, eher, als schaue ihm jemand über die Schulter.

Bei Tagesanbruch sahen wir weitere Reiter hinter uns sowie Fußvolk bei den beiden Reitern, die uns flankierten. Auch sie hielten Distanz. Wir versuchten, einen gleichmäßigen Schritt zu halten, um Kraft zu sparen und keine Angst zu zeigen. Gegen Mittag verdoppelte sich die Gruppe auf zwanzig. Janos ermahnte uns zu doppelter Vorsicht.

Der Angriff begann fast unsichtbar. Hätte ich nicht zufällig gerade in die Richtung gesehen, wäre er mir beinah entgangen. Bewegung... dann bäumte sich schreiend einer der Esel auf, zwei Pfeile in seiner Flanke. Erneutes Rufen, Schmerzensschreie, und ein Mann stolperte aus der Reihe. Ein dritter Pfeil steckte tief in seinem Schenkel. Wir wurden angegriffen – und der nächste Bogenschütze war noch eine halbe Wegstunde entfernt! Schon erschallten Befehle... ich wies die Männer an, sie sollten sich zu Boden fallen lassen und darauf achten, daß ihnen die Esel nicht durchgingen... Janos und Maeen brüllten, die Soldaten sollten Kettenpanzer anlegen... Schreie von Verwundeten...

Ich packte Cassini am Arm. Er starrte die aus dem Nichts heransurrenden Pfeile an. »Verdammt«, rief ich. »Ein Gegenzauber... schnell!«

Cassini öffnete und schloß den Mund wie ein gestrandeter Fisch. Sein Blick... sein Verstand... waren leer.

Janos hörte meinen Ruf und verstand. »Ungewißheit«, rief er. »Der Zauberer ist verunsichert.«

Cassini sah ihn verwirrt an, dann riß er sich zusammen. Er stammelte einen Satz, und schließlich wurden die Wörter flüssiger. Allmählich kam ihm der Zauberspruch wieder ins Gedächtnis. Wieder flogen Pfeile, landeten kurz vor uns im Sand. Sechs Stück waren es gewesen.

»Gut«, sagte Janos. »Noch einmal. Die nächsten sollten noch weiter vorn bleiben.« Dann besann er sich. Er zog einen der Pfeile aus dem Sand und reichte ihn dem Geisterseher. »Ein besserer Zauber: Bruder zu Bruder.«

Cassinis sonnenverbranntes Gesicht wurde noch ein wenig röter. »Wie könnt Ihr...«

»Tu es, Mann, oder wir sterben hier!«

Cassini nahm den Pfeil in beide Hände und führte ihn an die Lippen. Ich konnte sein Flüstern nicht verstehen, doch wurde es zu einem Singsang. Dann brach er den Pfeil sauber in der Mitte durch. Erwartungsvoll sah ich zu den anderen Pfeilen, die uns angegriffen hatten … auch sie waren zerbrochen.

»Gut«, lobte Janos. »Sprecht den Zauber jetzt. Und laßt ihn weithin hören.«

Cassini gehorchte. Mit welcher Wirkung weiß ich nicht, doch folgten keine Pfeilattacken mehr. Janos wollte etwas sagen, unterbrach sich jedoch und formulierte als Frage, was sonst wie ein Befehl geklungen hätte. Es schien wie der Gedanke eines Mannes, der nur wenig von Zauberei verstand: »Nun, Cassini, könnt Ihr etwas zwischen die Feinde und uns stellen? Vielleicht Unsichtbarkeit?«

Cassini hatte wieder Kraft genug gesammelt, um die Lippen zu schürzen. »Es würde mich überanstrengen und allzusehr angreifen. Es gibt etwas Einfacheres … und Besseres.«

Er nahm eine Handvoll Sand und ließ sie durch die Finger rinnen. Dann warf er sich zu Boden, noch immer murmelnd. Ich blickte zurück zu den Nomaden und bemerkte zwischen ihnen und uns kleine, herumwirbelnde Staubteufel in Kniehöhe. Cassini, durch den Erfolg ermutigt, lief zum Esel, der seine Ausrüstung trug, und suchte seine Zauberutensilien hervor. Unsere Soldaten trugen jetzt den vollen Kettenpanzer und schmorten entsprechend in der Sonne, waren jedoch bei weiteren Angriffen geschützt. Ich erinnerte mich an den Verletzten und ging zu ihm, doch er war schon tot. Auf mein Zeichen kam Janos herüber, sah den Toten und nickte grimmig. Eines unserer Packtiere war ebenfalls tot, obwohl es nur eine kleine Verletzung davongetragen hatte.

»Auf den Pfeilen liegt ein Zauber«, vermutete ich.

»Unwahrscheinlich«, entgegnete Janos. »Eher ein Gift an der Pfeilspitze. Die Wüste brütet viele Mörder aus, von Schlangen bis zu Skorpionen. Es gibt keinen zwingenden Grund, Zaubersubstanzen zu verschwenden, wenn die Natur einen schnelleren Tod bereithält, der auch aus großer Entfernung wirkt.«

Cassini hatte Puder und Trunk zur Hand, Pentagramm und Symbole in den Sand gezeichnet. Die Staubteufel waren größer geworden, erhoben sich wohl fünfzehn Fuß in die Höhe.

»Gut«, sagte Janos. »Der Sandsturm wird zumindest weitere Angriffe verhindern. Solange jemand unsere Flanken bewacht, können wir allerdings kaum fliehen. Zumal diese Männer unser Ziel kennen werden... Ich muß jetzt zwei Wunden heilen.«

Er wandte sich den am Boden kauernden Soldaten zu. »Gut«, sagte er. »Ihr wart sehr schnell. Ich habe meine Männer gut gewählt.« Ich blickte in ihre Gesichter, sah keine Furcht, allenfalls Ärger und einen Anflug von Besorgnis. Selbst der Tod ihres Kameraden, mochte auch Zauberei ihn verursacht haben, war kein schwerer Schock. Alle wußten, was das Wort vom »Soldatenschicksal« bedeutete.

»Steht auf«, befahl Janos. »Wir marschieren, und zwar sofort. Sergeant Maeen, zwei Männer zu jedem Esel, damit sie uns im Falle eines Angriffs nicht durchgehen. Und verteile das Bündel vom toten Esel auf die anderen. Wir werden für unseren toten Kameraden ein Gebet sprechen, sobald der Geisterseher seine Beschwörung beendet hat.«

Cassini hatte sein Werk schließlich vollbracht, und Janos ging zu ihm hinüber, als er gerade seine Sachen packte. »Ich bitte um Entschuldigung, Geisterseher«, begann er. »Ich wußte nicht, daß Ihr schon Pläne hattet.«

Kalt sah Cassini ihn an. »Ihr habt einmal Interesse an der Zauberei bekundet«, sagte er. »Es muß recht groß sein, wenn Euch eine Beschwörung wie die von Bruder zu Bruder bekannt ist. Solches Wissen könnte in Orissa eine Erklärung vor dem Rat erfordern.«

»Offen gesagt«, erwiderte Janos leichthin, »erinnerte ich mich nur an den Regimentszauberer aus meiner Zeit in Lycanth. Wir hielten damals eine ausländische Streitmacht besetzt und mußten mit Attaken von den Dächern rechnen.«

Ich fragte mich, ob Cassini dumm genug war, ihm zu glauben. Der Geisterseher sah Janos an. »Euer Gedächtnis«, sagte er kalt, »arbeitet in Augenblicken der Gefahr ausgesprochen schnell.«

»Das hat man mir schon öfter gesagt. Darf ich Euch beim Befestigen Eurer Ausrüstung behilflich sein? Wir müssen bald aufbrechen.«

Nah der Zeremonie für den getöteten Soldaten fragte ich Janos nach seinen Plänen. »Angenommen«, antwortete er, »dieser Teil der Route gleicht den anderen, so werden wir binnen zwei Tagen auf eine Wasserquelle treffen, sei es ein Brunnen oder eine Oase. Sollten wir die Nomaden dann noch nicht abgeschüttelt haben, warten wir dort so lange, bis der Durst sie zum Rückzug zwingt.«

»Du glaubst nicht, Cassinis Zauber könnte sie so sehr entmutigt haben, daß sie einfach aufgeben?«

»Niemals«, antwortete Janos. »Wir haben ihnen gezeigt, daß wir uns zu wehren wissen, was nur bedeutet, daß wir etwas Wertvolles bei uns führen. Nein, die Schlacht hat eben erst begonnen.« Ich betete, Janos möge unrecht behalten.

Wir marschierten die ganze Nacht, orientierten uns an den Sternen und der Fährte. Bei Sonnenaufgang glaubte ich schon, meine Gebete seien erhört worden, denn von unseren Verfolgern war nichts zu sehen. Janos wirkte allerdings noch besorgter, wollte mir jedoch den Grund nicht nennen. Zwei Stunden später sahen wir am Horizont ein schimmerndes Grün, das kein Trugbild sein konnte. Wir erreichten die Oase eine Stunde vor der Dämmerung. Sie war schön. Blaue Teiche spiegelten das Licht durch niedriges Unterholz und schattenspendende Bäume. Erwartungsvoll sahen wir der Oase entgegen – endlich Farben nach all dem Braun, durch das wir gestrauchelt waren.

Wir waren zwei Speerwürfe von der Oase entfernt, als das Geheul begann. Die Nomaden waren uns zuvorgekommen. Ein Pfeilhagel, von Muskel-, nicht von Zauberkraft in Gang gesetzt, schoß bis wenige Meter vor uns aus dem Busch.

Janos bellte einige Befehle. »Ihr Männer dort, bewegt eure Hintern in die Senke. Sergeant Maeen, übernehmen. Cassini … Amalric … bleibt hier bei mir. Sie werden mit Sicherheit einen Unterhändler schicken.«

Wie konnte Janos nach einigen Pfeilen, die zudem ihr Ziel verfehlt hatten, zu einem solchen Schluß kommen? »Laßt eure Waffen in der Scheide, solange ich nichts anderes befehle«, fuhr Greycloak fort, bevor ich fragen konnte. »Wenn sie kommen, will ich stolze und kampfbereite Männer sehen, keine geschlagenen. Unsere Feinde wollen uns lebend.«

Cassini fragte, woher Janos das wußte. »Der Pfeilangriff sollte uns einschüchtern, nicht verletzen. Die Nomaden wollen uns entweder als Sklaven oder für den Opferstein. Wahrscheinlich ersteres, da kein Wüstenbewohner freiwillig etwas an unsichtbare Götter verschwendet.«

Drei Männer traten aus dem Unterholz, das die Oase umgab. Sie waren in etwa gleich gekleidet: sackartige Reithosen und Tunikas mit weiten Kapuzenumhängen. Krummsäbel steckten an der Hüfte in Scheiden. Zwei von ihnen trugen umgedrehte Speere mit einem weißen Tuch dazwischen, der dritte öffnete die Hände weit. Sie kamen näher, und auch ich wollte ein Symbol unserer Friedfertigkeit zeigen. Janos schüttelte den Kopf. »Nein.«

Er hob die Stimme. »Halt!« Die drei blieben stehen. »Wie könnt Ihr Frieden verkünden«, fragte er in der Sprache der Kaufleute, »und uns mit Pfeilen empfangen? Einen von uns habt Ihr bereits getötet, obwohl wir keinerlei Feindseligkeit gezeigt haben. Haltet Ihr uns für Narren?«

Der vordere Mann lachte scharf und antwortete gebrochen in derselben Sprache, als spräche er sie nicht oft. »Ich halte Euch nicht für Narren, nein. Ich sehe Euch als … vielleicht als Lämmer. Lämmer, die ihre Herde verloren haben und durch diese Einöde irren, bedroht von Wölfen und Adlern. Ich… ich bin der Hirte, der Sicherheit und Schutz bietet.«

»Ohne Zweifel nur, weil Ihr eine gütige Seele seid«, sagte Janos.

Der Mann hob leicht die Schultern. »Niemand handelt nur aus Gutmütigkeit«, sagte er. »Sonst wäre er ein Gott. Der Hirte bietet dem Lamm Sicherheit. Das Lamm versorgt ihn mit Wolle und schließlich mit seinem Fleisch, damit der Hirte die nächste Generation beschützen kann. So ist es vorherbestimmt.«

»Wie gütig von Euch«, sagte Janos. »Aber… vielleicht stimmt etwas mit meinem Sehvermögen nicht. Ihr sprecht davon, ein Hirte zu sein… und ich sehe nur drei krächzende Krähen, die nach Dung riechen und von Honig reden.« Er nahm das verärgerte Zischen nicht zur Kenntnis und fuhr einfach fort. »Außerdem sind wir keine Lämmer.« Als Janos sein Schwert zückte, sprang auch der Sklavenhändler mit der Hand am Schwert zurück. »Lämmer haben keine Reißzähne«, sagte Janos. »Vielleicht hat die Wüstensonne Eure Sinne benebelt und Ihr merkt nicht, daß wir Wölfe sind.« Dann wandte er sich an mich. »Möchtest du das Angebot dieses Schakals annehmen und Ketten tragen?« fragte er in der Sprache der Kaufleute.

Die Antwort erübrigte sich. »Ich auch nicht«, fuhr Janos fort. »Nie wieder.« Cassini machte einen zögerlichen Eindruck. »Geisterseher«, sagte Janos, »Ihr seid in dieses freundliche Angebot nicht einbezogen, sondern werdet vielmehr geopfert, um die Macht ihrer Schamanen zu vergrößern.«

Cassini überspielte sein Zögern. »Ich stehe natürlich zu Euch.«

»Und ich spreche für die Soldaten«, schloß Janos. »Ihr müßt uns mit dem Schwert holen, Leichenfresser«, sagte er zum Sklavenhändler. »Und werdet nur Kummer in Eure Zelte tragen.«

Der Nomade hob anerkennend die Hände. »Du hast tapfer gesprochen. Morgen… oder vielleicht am Tag danach, wenn Ihr kein Wasser mehr habt… wird es anders klingen. Oder meine Wüstenlöwen werden nicht mehr gnädig warten wollen, bis Ihr zur Besinnung kommt.« Die drei zogen sich zur Oase zurück und verschwanden.

»Cassini«, bellte Janos, »einen Schutzzauber. Sofort!« Cassini hatte mit seinem Gemurmel kaum begonnen, als aus der Deckung ein Pfeil direkt auf Janos flog. Als wären wir mit Bernstein überzogen, konnte ich sehen, wie der Pfeil zitterte und der Zauber des Geistersehers ihn erfaßte. Janos trat einen Schritt zur Seite, streckte die Hand aus, ein Huschen, und plötzlich hielt er den Pfeil in der Hand. Er zerbrach ihn, warf ihn fort und drehte sich um, eilte zur Senke. Wir folgten ihm.

Janos versammelte die Männer und erklärte ihnen, was geschehen war. Ein oder zwei Soldaten machten den Eindruck, als seien sie zu einem anderen Schluß gekommen, wichen seinem Blick jedoch ebenso schnell aus wie Cassini. Wir drei zogen uns zurück, um Pläne zu machen.

Janos sagte: »Vielleicht warten sie mit weiteren Schritten, bis wir alle zusammengebrochen sind. Allerdings ist soviel Geduld höchst unwahrscheinlich. Eher lassen sie unsere Gehirne zwei oder drei Tage schmoren und greifen dann an. Wenn wir wachsam sind, werden sie jetzt bestimmt nicht zuschlagen. Krieg wird immer blutiger, je mehr Soldaten ins Feld ziehen. Wenn nur wenige kämpfen und viele sterben, verlieren letzten Endes alle. Daher kämpfen Nomaden aus dem Hinterhalt und greifen plötzlich und unerwartet an.«

Cassini runzelte die Stirn. »Wenn das stimmt, Hauptmann ... können wir sie dann nicht zur Aufgabe zwingen, indem wir ihnen standhalten und Verletzungen beibringen?«

»Genau«, sagte Janos. »Weshalb wir noch vor Einbruch der Dämmerung den Eindruck erwecken müssen, als hätten wir kein Wasser mehr und würden von Stunde zu Stunde schwächer. Getrunken wird nur in der Dunkelheit, und alle müssen Kräfte sparen. Sollten sie weiter abwarten, können wir die Esel töten und Blut und Magensäfte trinken.«

Es war keine wirkliche Idee, und ich hatte auch keine konkreten Vorstellungen, was ich sagen wollte, aber ich begann langsam und wurde dann aber immer schneller, als sich ein Gedanke an den nächsten fügte: »Die Sklaventreiber halten uns für Städter oder vielleicht Bauern, richtig? Wenn sie ihr Spiel mit uns gespielt haben, können wir das nicht auch gegen sie verwenden? Wie etwa... wie etwa ein Läufer von niemandem ernst genommen wird, wenn sein Öl ranzig ist oder die Gewänder, die er auf der Linie ablegt, zerfleddert und schmutzig sind?« Dessen hatte ich mich selbst schuldig gemacht und seither immer bereut.

Janos grinste breit. »Ich möchte wetten, du hältst ihren Gedanken den Spiegel vor. Und ich gebe dir recht. Fahre fort. Das Glas des Redners ist in deiner Hand.« Selbst in diesem gefährlichen, sonnenüberfluteten Augenblick bewunderte ich Janos' Fähigkeit, seine Zunge im Zaum zu halten und nicht mit dem Naheliegenden herauszuplatzen.

»Heute nacht«, sagte ich. »Du und ich, Sergeant Maeen und noch einer. Jeder wird von einer Wache gesichert, wie du es deine Truppen gelehrt hast.«

Janos war überrascht. »Aber die anderen...«

»Nein. Laß die anderen ihre Rolle als Schafe spielen, damit sie keine Fehler machen. Ihr, Geisterseher, müßt bei ihnen bleiben. Wir brauchen einen Zauber, wie sie ihn zuvor selbst benutzt haben – Ungewißheit, oder etwas Ähnliches.« Mir fielen Janos' Worte im Geschäft des Waffenschmieds bezüglich der Zauberei auf dem Schlachtfeld ein, doch dieses war etwas anderes. Mein Plan hatte – wenn er funktionierte – ebensowenig mit einer Schlacht zu tun, wie es die bevorstehende Attacke der Sklaventreiber in zwei oder drei Tagen haben würde.

»Besser noch als Ungewißheit«, ergänzte Janos, »wäre ein Zauber, der im rechten Augenblick Angst hervorruft. Wie ein armer Bauer sie empfindet, wenn im Sommer aus klarem Himmel ein Gewitter herabfährt.«

»Sobald ich den Sinn von Lord Anteros Plan wirklich verstanden habe«, sagte Cassini mit einiger Schärfe, »kann ich auch mit ebenso subtilen und komplizierten Kunstgriffen aufwarten wie Ihr auf Eurem eigenen Feld, in das ich mich nie einmischen würde.«

Janos schluckte seine Antwort herunter. »Sehr gut, also zu viert. Die beste Zeit wird sein... kurz nach Monduntergang, dann bleibt noch genügend Zeit bis zur Morgendämmerung. Zunderbüchsen... wir kratzen Teer von den Bündeln unserer Tiere, machen ihn im Feuer flüssig und schmieren unsere Vogelpfeile damit ein. Sobald wir in der Oase sind, zünden wir sie am Feuer an, um ihr Sterben zu beleuchten...« Sein Murmeln war nicht zu verstehen, als er meinen Plan zu Ende dachte.

Der Mond ging unter, und zu viert machten wir uns auf den Weg, ausgerüstet nach Janos' Anordnungen, dazu je einen kurzen Speer. Sergeant Maeen hatte den heißblütigen Lione, der schnell zuschlagen konnte, als vierten Mann gewählt.

In der Oase brannten noch drei Feuer, die das Lager der Nomaden verrieten. Verirren konnten wir uns jedenfalls nicht. Wir liefen ein Stück weit im Bogen, dann hielten wir auf die Oase zu. Sie erinnerte mit ihrem starken Unterholz und den hoch aufschießenden Palmen an einen Park, nur gab es wenig Gras und Wurzeln, über die man hätte stolpern können. Wir entdeckten einen gewundenen Pfad, von Reisenden zwischen Wasserteichen und Lagerplätzen ausgetreten, und trotteten den Nomaden entgegen. Janos hatte mir geraten, nicht den Blick auf ihr Lagerfeuer zu richten, sobald meine Augen sich an die Dunkelheit gewöhnt hätten, doch stellte sich dies als schwierig heraus. Außerdem wurde es immer schwieriger, zwischen uns und dem Feuerschein etwas zu erkennen, je näher wir dem Lager kamen.

Ich stolperte im Schlamm und wäre fast in einen der Teiche gefallen, wenn der Sergeant mich nicht aufgefangen hätte, dann drückte er mich auf die Knie. Eine massige Gestalt ragte vor uns auf. Es konnte keine Palme sein, nur ein Wachtposten. Eine weitere Gestalt folgte, und ich hörte das dumpfe Keuchen eines Mannes, der einen Schlag unter die Lungen bekommt. Janos ließ den Wachtposten los, dann blitzte Stahl auf, als er seinen Dolch aus der Leiche zog.

Wir waren jetzt am Rand ihres Lagers. Janos winkte uns heran. Wir versteckten uns im Unterholz und beobachteten. Das Lager bestand aus zwei Zelten für ungefähr zehn Mann. Dort schliefen vermutlich die Nomaden. Zwischen dem langsam verglimmenden Feuer und den Zelten lagen schlafende Frauen und Männer. Ich bemerkte das Schimmern von Metall und eine Kette, die sich von einem Menschen zum nächsten zog. Die Sklavenhändler hatten einen Teil ihrer »Herde« schon gefunden. Ein halbwacher Mann bewachte die Sklaven, ein weiterer Posten stand vor einem kegelförmigen Zelt. Vermutlich gehörte es dem Anführer der Nomaden.

Ich schauderte, als wehe ein kühler Wind durch meine Seele, als wandere ich unsichtbar durch eine dunkle Wüste voll riesenhafter Ungeheuer, die mich lieber ohne mein Wissen schlachten sollten, als ihre ganze Schrecklichkeit in meinem letzten Augenblick zu offenbaren. Cassinis Zauber funktionierte.

Maeen und Janos legten Pfeile auf, während Lione und ich die Zunderbüchsen öffneten, Funken in ein kleines Feuer bliesen und unsere geteerten Pfeile daran entzündeten. Eine Flamme... und Janos zischte. Bogensehnen peitschten... und schon schlugen die Pfeile hart und tödlich ein. Die Wachen fielen lautlos. Erst schossen Lione und ich unsere Feuerpfeile auf die Zelte ab, dann folgten Maeen und Janos. Wir sprangen auf und griffen an.

Werden die Ereignisse so knapp auf weißem Leinen zusammengerafft, könnte der Eindruck entstehen, ich sei entweder ein Selbstmörder oder ein Lügner. Nichts wäre falscher. Stellt euch einen

Wüstennomaden vor, der friedlich schläft und vielleicht gerade von der reichen Beute törichter Händler draußen in der Wüste träumt. Dann Schreie... Flammen... Angst erfaßt dich... du greifst nach deinem Schwert... stolperst aus deinem Zelt... und stehst vor heulenden Dämonen. Ein Speer kommt aus dem Dunkel geflogen, dann schlagen bluttriefende Schwerter zu wie Staubteufel mit tödlichem Stahl in die Hand, die mit Fackeln aus deinem eigenen Feuer die Zelte anzünden. Hättest du, mit solchen Tatsachen konfrontiert, nicht ebenso reagiert wie die Sklavenhändler? Hättest du uns nicht auch mit deinem Schreien zu übertönen versucht, um dann in die Nacht zu fliehen? Und hätte der grauenvolle Anblick von sechs Kameraden mit aufgeschlitzten Bäuchen deine Flucht in die Wüste nicht beschleunigt?

Ich stand neben dem kegelförmigen Zelt, das Schwert zum tödlichen Stoß bereit, als die Eingangsplane weggerissen wurde. Der Nomadenhäuptling sollte den Tod aus meiner Hand empfangen. Ich holte zum tödlichen Hieb aus, und in den Lichterschein des Feuers stolperte eine Frau. Heute danke ich den Göttern, daß ich damals noch kein Krieger war wie Janos oder Maeen – oder wie ich selbst in späteren Jahren. Mein Angriff erfolgte langsam genug, daß ich innehalten und den Hieb ins Leere gehen lassen konnte. Die Konkubine des Häuptlings, vermutetete ich, dann sah ich im Flackern des Feuers das Glitzern zwischen ihren Handgelenken. Auch sie war für die Sklaverei bestimmt.

Die Frau war jung, sie trug ein weites Männerhemd und eine ebensolche Hose. Ihr schwarzes Haar fiel ihr bis auf die Schultern. Als stünden wir in der Mittagssonne, als hätte ich alle Zeit der Welt, bestaunte ich Gold und funkelnde Edelsteine an ihrem Hals. Sie war sehr schön.

»Wer seid...« fragten wir gleichzeitig. So glaubte ich jedenfalls, denn die Frau sprach in einer mir unbekannten Sprache. Ich sagte etwas wie »Retter«, und sie schien zu verstehen. Sie blickte hinter mich. Ich fuhr herum und sah unsere Soldaten ins Licht des Feuers stürmen, unter ihnen auch Cassini. Die Sklaven waren aufgesprungen. Maeen hatte Schlüssel gefunden und öffnete ihre Ketten. Janos bevorzugte die direkte Methode und brach mit der großen Klinge die Kettenglieder auf.

Etwas hatte die Neugier der Frau geweckt. Sie ging an mir vorbei zu einem der Nomaden, ohne auf das blutige Schwert in meiner Hand zu achten. Er lag auf dem Rücken, und sie beugte sich über ihn. Da erkannte ich den Mann. Es war der Häuptling der Bande. Die Frau spuckte ihm ins Gesicht, lachte bitter und sagte dann etwas in ihrer Sprache.

»Janos!« Er befreite den letzten Gefangenen und kam zu mir, nahm dabei Feuerholz von einem Stapel und stieß es in die Flammen, daß sie in die Höhe schossen. Die Gefangenen machten verdutzte Gesichter.

Janos versuchte es mit der Sprache der Kaufleute. Ein Mann schien etwas zu verstehen, wenn auch nur wenig. Janos untermalte seine Worte mit möglichst allgemeinverständlichen Zeichen.

»Ihr seid frei« – er warf eine der Ketten von sich – »wir müssen weiter ... wir reisen nach Osten«, er schlug sich an die Brust und zeigte, »ihr müßt mit uns kommen ... die Sklaventreiber werden wiederkommen ... morgen schon«, er deutete in die Dunkelheit und krümmte eine Hand wie die aufgehende Sonne, »mit mehr Männern ... mehr Waffen«, wieder die Kette, dann spreizte er die Finger mehrmals, zeigte Zahlen. »Kommt mit uns ... ihr seid frei.«

Die Männer und Frauen sahen sich zögernd an. Keiner bewegte sich. Schließlich trat die schöne Frau vor. Sie kam zu mir und sagte ein Wort, das ich nicht verstand. Dann wiederholte sie es, diesmal in einer anderen Mundart, und ich verstand das Wort »frei«. Sie benutzte es mit sichtlichem Gefallen. Daraufhin drehte sie sich um und rief den befreiten Gefangenen einige Sätze zu, die nun ihrerseits die Sprache wiederfanden und alle durcheinanderredeten. Erst ging einer, dann zwei, dann fünf zu Janos. Die anderen waren plötzlich still, senkten den Blick und setzten sich. Janos versuchte es noch einmal: Keiner reagierte. Janos faßte sogar einen Mann am Arm und zog ihn hoch. Der humpelte nur und ließ sich fallen. Janos war verärgert, er kochte innerlich – ich wußte, er hätte jetzt am liebsten zugeschlagen oder laut geschrien.

Maeen griff rechtzeitig ein. »Sir, Hauptmann Greycloak! Es dämmert bald. Wir müssen weiter.«

Janos zwang sich zur Ruhe. »Ich hätte mich erinnern sollen«, sagte er zu den Gefangenen. »Es gab schon Menschen wie euch, als ich ... war, was ich war. Menschen, die lieber in Ketten leben wollten als frei zu sterben.«

Dann existierten sie für ihn nicht mehr. Er feuerte uns an, zum Lager zurückzulaufen und die Esel zu packen. Die Nomaden würden wahrscheinlich mit Verstärkung zurückkommen. Bis dahin mußten wir weit weg sein... in der Wüste. Wir plünderten das Lager und ließen nur Nahrung für die ewigen Sklaven zurück. Alles andere wurde verbrannt. Wir schickten ihre Pferde in verschiedene Richtungen, um falsche Spuren zu legen. Sie mitzunehmen wagten wir nicht. Die Nomaden mochten jede Wasserquelle genau kennen, wir nicht. Und wir wollten unseren Weg nicht mit einer Reihe von Kadavern säumen. Dann marschierten wir los. Als wir im ersten Morgenrot die Oase verließen, kam die Frau zu mir, klopfte mir an die Brust und fragte etwas. Ich brauchte einen Augenblick, bis ich verstand.

»Amalric«, antwortete ich. Sie berührte ihre eigene Brust.

»Deoce.«

Dann zogen wir weiter in die Wüste, und die letzten Flammen des Nomadenlagers verloren sich im Glanz der aufgehenden Sonne.

Kapitel Zehn

Deoce

Während der nächsten Tage mochten Deoce und ihre Gefährten ihre Rettung oft genug bedauert haben. Die Nächte in der Wüste waren so kalt, daß unsere Knochen schmerzten. Die Tage waren das genaue Gegenteil, und wir sehnten uns nach der Annehmlichkeit der Nacht. Es war fast unmöglich, den schnellen Schritt beizubehalten, den Janos vorgab. Erleichtert bemerkten wir eines Tages, daß die Sklavenhändler uns nicht folgten. Während die Sonne auf uns niederbrannte, die Esel elendig brüllten und wir wünschten, wir hätten nur genug Tränen, um weinen zu können, wurde uns klar, daß nur ein Dummkopf uns verfolgen würde. Wie wir alle wäre er dem Untergang geweiht. Die Tiere dort draußen, stammten sie aus dieser Welt? Nachts heulten sie nach unserem kühlen Blut. Am Tage folgten sie uns, gerade außer Sichtweite.

Zum dritten Mal brach die Abenddämmerung über unser Martyrium herein, als Cassinis Wünschelrute schwach zuckte. Sofort fielen wir alle in den Sand und begannen, wie Hunde zu wühlen und zu graben. Ich knurrte zufrieden wie die anderen auch, als ich nassen Sand in den Fingern spürte, schaufelte ihn heraus, stopfte ihn in den Mund, sog begierig daran und spuckte ihn schließlich trocken wieder aus. Dann füllte ich die Hand erneut. Als ich meinen Durst beinah gestillt hatte, doch immer noch am Sand lutschte, als handelte es sich um süßes Fruchteis, hob ich den Blick und sah Deoce. Ihr Gesicht war schmutzig, und als sie mich anlächelte, sah ich Sand an ihren Zähnen kleben. Ich selbst sah wohl kaum besser aus, Deoce mußte darüber lachen, und als auch ich über sie lachte, fand sie dies noch lustiger und lachte immer lauter.

Deoces Lachen war wundervoll. Ich kann es immer noch hören, während ich hier schreibe und nach den rechten Worten suche. Es war nicht melodisch und klang auch nicht wie eine Glocke. Ebensowenig paßt einer dieser Vergleiche vom »Wind im heiligen Hain«. Ihr Lachen lief von den Zehen aufwärts, ein tiefes, herzliches Lachen, das jeden in ihrer Gesellschaft berührte. Bald lachten wir alle, und Janos brauchte die Männer kaum aufzufordern, das Loch zu vergrößern und zu vertiefen, damit auch die Tiere trinken konnten.

Ich behaupte nicht, daß wir nach dieser Nacht völlig wiederhergestellt oder auch nur erfrischt gewesen wären, doch waren wir weit besserer Laune. Als eines der Tiere in der Ferne heulte, ahmte Lione es nach, und bald heulten alle Männer, bis wir nur noch uns selbst hörten.

Deoce saß während des Essens neben mir, und nach einiger Zeit versuchten wir eine Unterhaltung. Sie deutete auf mich, nannte meinen Namen und gestikulierte herum. Dann wiederholte sie meinen Namen, diesmal fragend. »Ah«, sagte ich. »Du willst wissen, woher ich komme.« Ich zeigte nach Westen. Sie runzelte die Stirn und schüttelte den Kopf, als sei das unmöglich. Ich nickte bekräftigend und zeigte erneut nach Westen. Als sie darüber nachdachte, nannte ich ihren Namen und gestikulierte, wie sie zuvor es getan hatte. Woher kam sie? Sie deutete gen Süden und dann mehrere Male mit den Fingern auf mich, womit sie eine große Entfernung andeuten wollte. Fragend hob ich beide Hände, zeigte nach Süden und dann wieder dorthin, wo wir den Nomaden begegnet waren. »Was ist geschehen?« fragte ich. »Wie bist du in ihre Hände geraten?« Deoce schüttelte ratlos den Kopf. Also deutete ich auf ihre Handgelenke, ahmte Fesseln und Ketten nach und hob wieder fragend die Hände. Ihre lieblichen Augen leuchteten auf, als sie verstanden hatte. Aufgeregt antwortete sie in ihrer Sprache, dann ahmte sie mit den Fingern im Sand Gehbewegungen nach. Ihr Gesicht nahm den Ausdruck seliger Unschuld an, und sie summte, als gäbe es keine Sorgen auf dieser Welt. Sie stellte den Beginn ihrer Reise dar, machte Bewegungen, die viele Begleiter und eine starke Bewachung andeuteten. Dann nahm sie plötzlich die Rolle der Nomaden ein, das Gesicht verschlagen, böse, lauernd. Und ich verstand, daß ihre Gesellschaft in einen Hinterhalt der Nomaden geraten war. Sie ahmte einen Sprung nach, machte Geräusche eines Kampfes, fiel in die Rolle von Soldaten, die sich ein hartes Gefecht lieferten, und legte dann die Arme um sich, zeigte ihre Gefangennahme. Sie berührte beide Handgelenke als Hinweis auf die Handfesseln und machte dann Gehbewegungen, jetzt mit einem Ausdruck schrecklicher Verzweiflung. Sie seufzte und markierte unterdrücktes Schluchzen. Dann zeigte sie gen Osten. In diese Richtung hatten die Sklavenhändler sie verschleppt. Sie deutete einen Beutel voller Münzen an, der den Besitzer wechselte. Ich verstand, daß sie an einen weit entfernten Ort gebracht werden sollte, um dort verkauft zu werden.

Selbst in der weiten Hose und dem großen Hemd und mit einer schmalen Sandspur auf den Lippen war Deoce eine bemerkenswert schöne Frau. Der Nomadenhäuptling hätte einen guten Preis für sie erzielt.

Eine Weile schwiegen wir und überlegten beide, wie das Gespräch fortzusetzen wäre. »Vielleicht kann ich helfen, mein Freund«, sagte Janos. Ich hatte nicht bemerkt, daß er zu uns gekommen war, und sah ihn überrascht an. Er gab mir eine kleine hölzerne Schreibschachtel und kauerte sich an meine Seite. »Ich habe in diesen Dingen einige Erfahrung, wie du dich erinnern wirst.«

»Ich bin nicht sicher, ob du helfen kannst«, sagte ich. »Unsere Sprachen scheinen überhaupt keine Ähnlichkeit zu besitzen.«

Janos lachte. »Ich habe es dir schon einmal gesagt, Amalric. Das beste Wörterbuch ist eines, das man mit ins Bett nehmen kann.«

Ich war von diesem Vorschlag schockiert. »Also wirklich, Janos! Ich würde das Mädchen niemals ausnutzen. Sicher stammt sie aus guter Familie, mindestens so gut wie meine eigene. Und sicher ist so noch Jungfrau. Es wäre schlecht von mir...«

»Du solltest nicht so tun, als wärest du gerade jetzt im friedlich-langweiligen Orissa, Amalric. Das hier ist das Leben, das richtige Leben.« Er deutete in die Wildnis. »Nimm, was du kriegen kannst, mein Freund. Oder du wirst es den Rest deiner Tage bereuen.«

Ich wollte protestieren, doch Janos wandte sich in unserer Sprache an Deoce. »Mein Freund findet Euch wundervoll, edle Dame«, sagte er. »Und er hält Euch für eine Prinzessin. Solltet Ihr eine sein, so würdet Ihr gut zu ihm passen. Amalric ist beinahe ein Prinz.«

Deoce runzelte die Stirn über seine unverständlichen Worte, lächelte jedoch und nickte, während er sprach. Sie antwortete in ihrer Sprache, zeigte auf die Schreibschachtel, und Janos öffnete sie. Er entnahm ihr unbeschriebene Leinenbögen und Schreibutensilien. Deoce griff lachend danach, hatte sofort seine Absicht begriffen. Sie zog an ihrem Ärmel, sagte ein Wort, wiederholte das Wort dann... langsam... und schrieb es auf das Leinen. Sie überreichte es mir und gab mir zu verstehen, das gleiche zu tun. »Ärmel«, sagte ich. »Ärm...«

»Sei nicht so eng in deinem Denken, Kaufmannsfreund«, ermahnte mich Janos. »Offensichtlich meint sie das ganze Kleidungsstück. Mach du so weiter, und du wirst die ganze Nacht über Einzelheiten der Bekleidung reden. Von der Masche über die Manschette bis zum Kragen.«

»Du glaubst also, sie meint das ganze Hemd?« fragte ich und kam mir etwas dumm vor.

»Darauf möchte ich wetten«, antwortete Janos.

Während wir uns unterhielten, blickte Deoce ungeduldig vom einen zum anderen. Sie zog an ihrem Hemd, sagte wieder dasselbe Wort. Dann zeigte sie auf das geschriebene Wort. »Hemd«, sagte ich. »Hemd.« Ich schrieb das Wort auf. Deoce klatschte vor Freude in die Hände. Sie ergriff eines ihrer Hosenbeine. »Hose«, sagte ich. Und Deoce wiederholte … »Ho-se.«

Janos stand auf. »Interessant wird es erst«, sagte er, »wenn ihr über die Kleidung zur Anatomie kommt.«

Ich errötete vor Zorn, so sicher war ich, daß Deoce seinen Tonfall verstanden hätte. Ich wandte mich um und wollte mich für die lüsterne Bemerkung meines Freundes entschuldigen, bemerkte aber Deoces fragenden Blick. Vorsichtig hob sie die Hand und berührte erst mein Haar, dann mein Gesicht. Für den nächsten Begriff brauchte ich kein Wörterbuch, es konnte sich nur um ein Wort handeln … »rot«.

Janos verschwand in der Dunkelheit und rief mir noch über die Schulter zu: »Ich verstehe nicht, warum du für die liebreizende Melina einen Liebestrank benötigt hast, Amalric. Dein feuriges Haar reicht bei den meisten Frauen völlig aus.«

Deoce tätschelte meine Hand. »Me-li-na?« fragte sie. »Melina?« Ich sollte das Wort auf den Block schreiben.

»Melina gehört in eine spätere Lektion«, sagte ich und schüttelte den Kopf. »Viel später.«

Am Ende des nächsten Tages kamen wir in freundlichere Gefilde, und in einer schmalen Schlucht entdeckten wir sogar einen kleinen

Bach, an dessen Ufern eine Reihe von Bäumen und Unterholz stand. Als wolle man uns besänftigen, wurde der Bach bald darauf größer und die Vegatation üppiger. Das Wasser kam von einer großen Spitzkuppe, die weit aus der Ebene emporragte. Auf der Karte war sie mit einem großen X in der Mitte versehen, daher hofften wir auf einen Rastplatz. Alle waren wir vom langen Marsch allzu erschöpft und wünschten uns nichts sehnlicher als ein ruhiges Plätzchen. Aber auch wenn Wasser über die Felsen schoß, schien die Spitzkuppe so verlassen wie die große Ebene. Janos versetzte Maeen und die Männer in Alarmbereitschaft, für den Fall, daß dort Menschen leben sollten. Und als die Sonne unterging, kämpften wir uns hinauf.

Ein Wunder erwartete uns. Die Spitzkuppe war in ihrem Innern hohl, dicke Wände schützten sie vor den widrigen Elementen. Der Krater war von Wand zu Wand mit Bäumen und Blumen übersät, kleine Bäche flossen kreuz und quer. Wir sahen Tiere an diesen Bächen trinken, und im schwindenden Tageslicht entdeckten wir am Himmel Tausende von zwitschernden Vögeln, die in dichten Wolken nach fetten Insekten jagten.

Deoce stieß einen leisen Schrei der Verwunderung aus und zeigte auf einen der zahlreichen Teiche. Dort entdeckten wir sechs schlanke, im Wasser spielende Antilopen. Zwei Tiger gesellten sich dazu, spritzten mit Wasser und drehten sich auf den Rücken, schlugen ihre Tatzen in spielerischem Kampf wie Kätzchen in die Luft. An Beute waren sie nicht interessiert. Über allem lag ein wunderbares Gefühl von Frieden und Freude, und plötzlich hatte ich das Bedürfnis, zu den Tieren zu laufen und mit ihnen zu spielen. Deoce lachte mir mit funkelnden Augen zu, als sie etwas in ihrer Sprache sagte, und ich erwiderte ihr Lachen. »Glücklich«, sagte ich. »Sehr glücklich.«

»Glücklich«, wiederholte sie. Dann fügte sie hinzu: »Ja... glücklich. Deoce sehr glücklich.« Dies war ihre erste Äußerung in der Sprache der Orissaner.

Es war dunkel geworden, und wir waren vorsichtig genug, nicht weiterzuwandern, denn der Weg am Kraterrand entlang konnte gefährlich sein. Am Morgen schickte Maeen Lione und ein paar andere Männer aus, die Gegend zu erkunden und sich zu überzeugen, daß nirgendwo Feinde lauerten. Während wir warteten, wurde wenig gesprochen. Alle waren zufrieden damit, herumzulümmeln und müßig die Landschaft zu betrachten. Deoce und ich verbrachten Stunden damit, unsere Wörterbücher mit weiteren Tieren, Pflanzen und Bäumen zu vervollständigen.

Lione kam kurz vor Einbruch der Dunkelheit lachend und scherzend mit den Männern zurück. Als Soldaten waren sie kaum wiederzuerkennen, eher benahmen sie sich wie herumtollende Lämmer. »Es gibt ein Problem, Hauptmann«, sagte er zu Janos. »Wie dumm müssen wir sein, von hier wieder wegzugehen?« In den höchsten Tönen schwärmte er von ihrem Tagesausflug. Überall gab es Leben im Überfluß. Tiere mit Hufen und Pfoten, mit Fell und Schuppen. Grasfresser mit stumpfen Zähnen und Fleischfresser mit Hauern. Schattenbäume und Obstbäume sowie alle nur denkbaren Sorten von Blumen, und zu jeder gehörte ein Tier, das ihren Nektar trank. »Das ist alles, was wir rauskriegen konnten«, sagte Lione. »Nur Menschen fehlen, keine Spur von ihnen, nirgendwo. Aber doch. Eins noch. Große Sache, wirklich. Die Tiger und das Wild, das wir gestern beim Spielen gesehen haben?« Janos nickte. »So was gibt es überall im Tal. Tiere, die sich ducken und verstecken müßten, laufen mutig herum, daß es eine Freude ist. und Tiere, die jagen und töten müßten, interessieren sich überhaupt nicht dafür.«

»Aber wovon leben sie?« fragte ich stellvertretend für alle.

Lione bekam große Augen, als er über eine Antwort nachdachte. »Das ist das Verrückteste daran. Es war den ganzen Tag friedlich, wie ich sagte. Kurz bevor wir zurückkamen, wurde das anders. Das Wild raste erschrocken herum, die Tiger immer hinterher, genau wie die anderen Viecher. Tiere, die nach einem guten Abendessen aussahen, suchten sich plötzlich ein Versteck, und andere waren hinter ihnen her, um zu töten und zu fressen. Aber das Merkwürdigste war, daß die Jäger nur das nahmen, was sie fressen konnten ... mehr nicht. Dann, ganz plötzlich, war das ganze Spektakel zu Ende.« Er kratzte sich am Kopf, ein albernes Grinsen auf dem ganzen Gesicht. »Ist das nicht das Verrückteste, was Ihr je gehört habt?«

Ich sah Cassini an, ein wenig unsicher ob dieser Friedfertigkeit. »Ein Zauber?«

Cassini überlegte, dann schüttelte er den Kopf. »Ich kann nichts Derartiges spüren«, sagte er. »Aber ich fühle so etwas wie ... Gutartigkeit. Ja, das ist es. Gutartigkeit. Ihren Ursprung kenne ich nicht. Ich vermute allerdings, daß meine Beschwörungen zu unserer Sicherheit endlich zusammenwirken und uns schützen.« Er deutete auf die dicken Kraterwände. »Vielleicht hat dieser Ort dazu beigetragen, meinen Zauber zu konzentrieren.«

Janos schnaubte. »So sind also all diese Kreaturen plötzlich zahm geworden, als Ihr am Kraterrand erschienen seid? Gesegnet durch die Gegenwart des Meistergeistersehers? Ich bitte Euch, Cassini! Wäre das die Erklärung, so müßten Eure Oberen in Orissa ihre heiligen Texte neu schreiben.«

Cassinis Miene verfinsterte sich. »Genug davon«, unterbrach ich. »Statt zu fragen und zu streiten, schlage ich vor, wir genießen, worauf wir so zufällig gestoßen sind. Wir können uns hier ausruhen und erholen, solange es notwendig erscheint. Das ist alles, was mich im Augenblick interessiert.«

»Genau, genau«, unterbrach Lione. Maeen, der neben ihm stand, sah ihn böse an. »Verzeihung«, sagte Lione, »ich wollte nicht meine Nase in Dinge stecken, die mich nichts angehen. Aber ich glaube, Lord Antero hat einen guten Vorschlag gemacht. Hier gibt es viel zu genießen. Wenn der Morgen graut, werdet ihr schon sehen.«

Am nächsten Morgen, als der Tau noch frisch war, stiegen wir mit unserer ganzen Habe und den Tieren ins Tiefland hinab. Dort war die mildeste Luft, die ich je geatmet habe, und Vögel sangen laut und klar. Alles, was Lione berichtet hatte, stimmte. An diesem Tag schlugen wir kaum ein Lager auf, befreiten lediglich die Esel von ihren Lasten, und sie brüllten erleichtert, liefen zum nahen Teich und tollten wasserspritzend dort herum. Zwei große Echsen, jede dreimal so groß wie ein Mensch, kamen aus dem Wasser und beobachteten ihr Spiel. Lächelnd zeigten sie ihre großen Zähne, zwischen die problemlos ganze Esel gepaßt hätten. Die Esel beachteten sie nicht, schienen sich vollkommen sicher zu fühlen, und wenig später waren wir mitten unter ihnen, streiften die Zivilisation mit unserer Kleidung ab. Wir benahmen uns wie Verrückte, als das kalte Wasser den Schmutz des langen Marsches von uns wusch.

Ich schwamm wie eine Wasserratte, tauchte tief, glitt leicht durch das kalte Wasser. Es war so klar, daß ich ohne Probleme meine herumtollenden Kameraden ausmachen konnte, wie auch die fetten Körper der Echsen mit ihren kurzen, kräftigen Beinen. Auf einer Seite entdeckte ich eine dunkle Öffnung, die aus dem Teich herausführte. Ich schnappte nach Luft, tauchte wieder ab und folgte dem Wasserlauf, der von sanften, moosbedeckten Ufern gesäumt war. Jedes Kind in Orissa wird praktisch bei der Geburt mit unserem großen Fluß vertraut gemacht, kleine Kinder spielen in Strömungen, die anderswo selbst Männer meiden. Auch ich hatte es stets genossen, unter Wasser zu schwimmen und den Atem so lang wie möglich anzuhalten, um die vielen Wunder dort unten zu erforschen. Daher hatte ich eine größere Strecke zurückgelegt, bevor ich wieder Luft holen mußte.

Träge glitt ich an die Oberfläche und entdeckte dabei zarte Gliedmaßen in der Nähe des Ufers. Anstatt ganz aufzutauchen, schwamm ich näher und sah die hellbraunen Beine einer Frau, und den zarten, schwarzen Fleck, wo sie sich trafen. Darüber Hüften und eine schlanke Taille. Gedankenverloren stieg ich weiter auf, genoß den Anblick und kam an die Oberfläche. Dann machte ich den Mund auf, um nach Luft zu schnappen, und hörte ein Kichern, ein Planschen, und schon schluckte ich Wasser. Hustend und nach Luft ringend stolperte ich aufs Ufer zu. Ich versuchte gleichzeitig, das Wasser aus meinen Lungen zu bekommen und die Augen zu öffnen. Ich hörte weiteres Planschen, als jemand ans Ufer watete. Zwar konnte ich jetzt wieder atmen und sehen, doch die Besitzerin dieser Gliedmaßen war nirgendwo in Sicht. Nicht, daß ich Zweifel gehabt hätte, wem sie gehörten.

Deoces Gesicht lugte zwischen wippenden Weidenzweigen hervor. »Ich sehe Amalric«, rief sie. Zwischen den Zweigen erhaschte ich einen Blick auf ihre wohlgeformte Brust. Sie bemerkte es und zog die Zweige zusammen. Dann schnitt sie eine Grimasse. »Amalric sieht auch Deoce.« Sie lachte. »Macht Amalric glücklich, ja?«

»Sehr glücklich«, antwortete ich, und zum ersten Mal wußte ich Janos' Ausführungen über die Sprache so richtig zu schätzen. Deoce zeigte auf mich, ich sah an mir herab und stellte fest, daß ich nur noch bis zur Mitte der Oberschenkel im Wasser stand. »Deoce sehr glücklich. Amalric schön.«

Während ich mit offenem Mund dastand, verschwand sie. Einen Augenblick später flog ein vielfach geflicktes, langes Hemd zwischen den Zweigen hervor. Ich zog es über. Es reichte mir bis zu den Knien. »Amalric, komm sprechen mit Deoce, jetzt«, rief sie. Ich stieg aus dem Wasser und sah sie ausgestreckt am Ufer liegen. Sie hatte ihr Kleid gewaschen und genäht – kaum vorstellbar, daß es vor kurzem noch fast ein Lumpen gewesen war. Sie berührte den Boden neben sich. »Sprich mit Deoce«, sagte sie. Meine Herrin befahl. Ich konnte mich nur fügen.

Meine Hoffnungen schwanden allerdings, als sie die Schreibschachtel hervorholte, sobald ich mich gesetzt hatte. »Deoce lernt mehr viele ...« Sie runzelte die Stirn und suchte. Dann murmelte sie ungeduldig etwas und holte ihr Wörterbuch aus der Schachtel. Sie berührte die Fingerspitzen mit ihrer rosigen Zungenspitze und blätterte. »Aha«, rief sie und deutete auf eine Kritzelei. »Deoce lernt mehr viele... Wörter.« Sie lächelte mich an und blinzelte. »Ja?«

»Absolut«, sagte ich. Ich erinnerte mich an Janos' Rat einer Lektion in Anatomie und berührte ihren kleinen Zeh. »Zehe«, sagte ich. »Zehe.« Deoce wiederholte gehorsam: »Zehe.« Sie kritzelte etwas ins Wörterbuch und gab es mir, um das orissanische Wort daneben zu schreiben. Danach ließ ich meine Hand weitergleiten. »Bein«, sagte ich. »Bein.« Sie riß die Augen weit auf, als sie meine Absicht verstand, dann zeigten sich Lachfältchen. Meine Hand glitt weiter. »Knie«, sagte ich. »Knie«, wiederholte sie, doch ich spürte, wie sie ihre Muskeln spannte, um das Objekt meiner Forschungen in Sicherheit zu bringen. Anstatt also weiter in diese Richtung zu gehen, berührte ich ihren Arm. »Arm«, sagte ich. Mit schiefem Blick sah sie mich an, als ich meine Taktik änderte. »Arm«, wiederholte sie vorsichtig. Ich beugte mich zu ihr, und sie zuckte nicht zurück. »Kuß?« fragte ich und kam ihrem Gesicht noch näher. Ihre Antwort war ein Flüstern. »Kuß?« Ich berührte ihre Lippen und erzitterte, als ich spürte, wie weich sie waren. Ich legte meine Hand in ihren Nacken, um sie näher zu mir zu ziehen und mehr von diesen wundervollen Lippen zu spüren. Eine kleine Hand jedoch stieß mich sanft von sich. Ich gehorchte ein wenig atemlos. »Kein Kuß mehr«, sagte sie, doch war ihre Stimme heiser, und Röte stieg ihr ins Gesicht. »Amalric lehrt Deoce Wörter, nicht Kuß«, sagte sie.

Ich nickte und nahm das Wörterbuch, innerlich um Gleichgewicht ringend. Deoce bemerkte meine Verwirrung und streichelte meine Hand. »Kuß schön«, sagte sie. »Macht Deoce glücklich.« Sie strich ihr Kleid glatt und setzte sich aufrecht hin – züchtig. »Lern Kuß später«, sagte sie. Und als Hoffnungsschimmer über mein Gesicht glitt, lachte sie. »Viel später«, sagte sie. Dann: »Vielleicht...«

In jener Nacht berief Janos ein Treffen der Expeditionsleiter ein. »Ich halte es für klug«, sagte er, »über einige Dinge Einigkeit zu erzielen. Zum Beispiel, wie lange wir hierbleiben wollen, und wie wir uns während dieser Zeit verhalten.«

»Ich weiß, wie gern du weitermarschieren würdest, Janos«, entgegnete ich, »aber wir brauchen etwas Ruhe, bevor wir wieder losziehen. Die Reise dürfte kaum leichter werden, und wir können den kommenden Herausforderungen besser trotzen, wenn wir ausgeruht sind und unsere Ausrüstung überholt haben.«

»Dagegen ist nichts einzuwenden«, entgegnete Cassini. »Nur Eure Frage zu unserem Verhalten wundert mich.«

»Ich spreche von dem Abkommen, das die Kreaturen in diesem Krater offenbar miteinander geschlossen haben«, sagte Janos. »Ich finde, wir sollten ihre Regeln befolgen, wenn man das so sagen kann, und unsere Jagd ebenso begrenzen, wie sie es tun.«

Cassini warf ihm einen scharfen Blick zu. »Ihr glaubt also, geistlose Tiere könnten eine solche Abmachung treffen?« spottete er. »Ihre Friedfertigkeit ist zu unserem Vorteil, und allein zu unserem Vorteil.«

»Ihr denkt also immer noch, das alles hätte mit Euch zu tun?« fragte Janos, ohne seinen Mißmut zu verbergen.

»Welche andere logische Erklärung könnte es geben?« entgegnete Cassini. »Seit Beginn dieser Reise habe ich mit meinem Zauber für unsere Sicherheit und unser Wohlergehen gesorgt. Außerdem haben wir den mächtigen Segen des Rates der Geisterseher. Deshalb sind bisher keine Pfeile in unsere Haut gedrungen, und wir haben mitten in der Einöde Wasser gefunden. Jetzt haben sie uns eine Ruhepause gegeben.«

Janos bedachte Cassinis Worte und antwortete keineswegs hitzig. »Helft mir, mein erfahrener Geisterseher«, sagte er, und sowohl Cassini als auch ich waren über das Fehlen jeglichen Spottes in seinem Tonfall erstaunt, »die Weisheit Eurer Logik zu verstehen.

Ohne die tiefen Geheimnisse Eurer Kunst zu verraten: Wie wählt Ihr einen Zauber aus? Und woher wißt Ihr, wie dieser Zauber letztlich wirken wird?«

»Das ist sehr einfach«, antwortete Cassini, »für uns, die wir mit den Kräften eines Geistersehers gesegnet sind. Wir studieren die Zauber, die unter der weisen Aufsicht eines Meistergeistersehers aufgeschrieben wurden, und vertrauen diese Zauber unserem Gedächtnis an.«

»Aber es muß unzählige Zauber geben«, sagte Janos. »Ist es nicht selbst einem Geisterseher unmöglich, sich alle zu merken?«

»Gewiß«, antwortete Cassini. »Und wie es Geisterseher mit größerer und geringerer Kraft gibt, so können sich auch einige besser erinnern als andere. Ich zum Beispiel habe ein ausgezeichnetes Gedächtnis. Ich will mich nicht preisen, aber diese Eigenschaft hat schon mein erster Lehrer herausgestrichen, als ich von meinen Brudergeistersehern aufgenommen worden bin. Wer nicht damit gesegnet ist – und auch ich kann mich selbstverständlich nicht an alles erinnern –, muß nur in die Archive gehen, wo alle Zauber aufbewahrt werden.«

»Wenn Ihr auf Reisen seid«, bemerkte Janos, »könnt Ihr keine Bibliothek bei Euch tragen.«

Cassini deutete auf seine Stirn. »Ich bewahre sie hier auf«, erklärte er. »Weswegen Ihr Euch glücklich schätzen könnt, Hauptmann, daß ich dieser Expedition zugeteilt wurde.«

»Ja, das verstehe ich«, antwortete Janos. »Ich möchte allerdings klarstellen, daß Eure Beschwörungen mechanisch auswendig gelernt sind. Heißt es nicht, Weisheit sei über die Jahrhunderte durch die alten Texte überliefert worden?«

»Genau«, sagte Cassini. »Wir wissen, daß sie gelingen, weil sie noch immer gelungen sind. Man muß nicht wissen, warum. Menschen können das nicht verstehen, nur die Götter wissen es.«

Janos starrte ihn an. Cassini errötete, als er merkte, welche Wendung das Gespräch genommen hatte. Nur um sicherzugehen, fügte Janos hinzu: »Dann können wir den Ursprung dieses kleinen falschen Paradieses also nicht ergründen. Oder habe ich etwas falsch verstanden?« Cassini stotterte, fand keine Antwort. »Wir wissen also nicht«, fuhr Janos fort, »ob der Frieden, den wir hier gefunden haben, das Werk von Menschen ist... oder von Tieren. Richtig?«

»Richtig«, antwortete Cassini gezwungenermaßen.

»Dann schlage ich vor, die Absichten der Götter nicht zu durchkreuzen«, sagte Janos. »Vielmehr sollten wir die Regeln, die wir hier vorgefunden haben, befolgen, als hätten die Götter sie selbst erlassen.«

»Das ist in jedem Fall das Sicherste«, sagte ich und stellte mich auf Janos' Seite. »Sollte sich Janos dennoch täuschen, so ist kein Schaden entstanden. Und für den Fall, daß er recht hat, können wir überhaupt keine Vermutungen anstellen.«

»Also gut«, sagte Cassini und biß die Zähne zusammen. »Ihr habt gewonnen.«

»Wir halten alle die Zeiten ein?« fragte Janos nach.

»Ja«, antwortete Cassini. Er erhob sich, bevor Janos weitere Fallstricke sprachlicher Art auslegen konnte, und stolzierte davon, fort vom Feuer.

»Ist es nicht verblüffend, mein Freund«, sagte Janos, »daß etwas so Grundlegendes wie die Zauberei über keinerlei Gesetzmäßigkeit verfügt, abgesehen von den Regeln der Zauberer selbst, mit denen sie dafür sorgen, daß sie ihr Wissen für sich behalten?«

»Ich nehme an, es ist der Gang der Dinge«, antwortete ich.

»Glaubst du das wirklich?« fragte Janos.

Ich setzte zu einer Antwort an, schüttelte dann aber den Kopf. »Wer kann das sagen? Ich habe meinen Lehrer mit solchen Fragen fast zum Wahnsinn getrieben, als ich ein Junge war.«

»Aber jetzt bist du ein erwachsener Mann!«

»Ich bin nicht Cassini«, sagte ich, »du brauchst mir nichts vorzumachen. Sag, was dir auf der Zunge liegt! So aufgewühlt wie du bist, wirst du es ohnehin nicht für dich behalten können.«

Janos mußte über meinen Weitblick lachen. »Oh, hören wir uns nicht alle gern reden?« sagte er. »Es muß einen kleinen Teufel der Selbstbewunderung geben, der den Klang unserer eigenen Stimme abgöttisch liebt.« Er nahm einen Schluck vom süßen Wasser aus einer Kürbisflasche und gab sie dann mir. »Ich habe meine eigenen Theorien, wie du schon sagtest, und sie haben nichts mit Cassinis Geplapper zu tun, wonach eine Sache gelingt, weil sie immer gelungen ist.«

Ich nickte ihm ermutigend zu. »Ich glaube, es gibt hinter allem bestimmte Prinzipien«, sagte Janos. »Eines ist, daß ähnliche Dinge wiederum Ähnliches produzieren, woraus folgt, daß das Ergebnis an seinen Ursprung erinnert. Ein anderes lautet, daß Dinge, die einmal Kontakt miteinander hatten, sich weiterhin aufeinander beziehen, wie groß die Entfernung zwischen ihnen auch sein mag. Ein Beispiel, das beide Prinzipien illustriert: Will ein Geisterseher jemanden vernichten, sucht er nach etwas Persönlichem, einer Locke vom Haar zum Beispiel. So hat man es mit dir in Lycanth versucht. Er stellt etwas dem Feind Ähnliches her, wozu das Haar benutzt wird, und greift dann dieses Ähnliche an, durch Verbrennen zum Beispiel. Ist dies richtig vollbracht, muß der Feind leiden und manchmal sogar sterben.«

»Schwarze Magie«, murmelte ich.

»Das ist ein Beispiel für die Gesetze der Geisterseher«, sagte Janos. »Sie teilen die Zauberei in schwarz und weiß, gut und böse.«

»Du glaubst nicht an den Unterschied?«

»Niemals. Wer einen Feind zu vernichten sucht, wird vielleicht Zauberei benutzen. Weiß, mit anderen Worten. Für das Opfer ist sie mit Sicherheit schwarz, es kommt nur darauf an, wo man steht.«

»Warum belastest du dich mit solchen Dingen?« fragte ich. »Warum läßt du sie nicht, wie sie sind?«

»Es ist ein Mittel zum Zweck, nehme ich an«, erklärte Janos. »Als Sklave fing ich an, mich dafür zu interessieren, um eine Art von Kontrolle über ein Leben zu bekommen, das andere nach Gutdünken auslöschen konnten.«

Ich schüttelte den Kopf. »Ist das gesund? Oder vielmehr – ist es weise?«

»Beides nicht, fürchte ich«, entgegnete Janos. »Eine andere meiner Theorien besagt, daß jeder Zauber auch eine Auswirkung auf den Zauberer hat. Er sollte sich also darüber im klaren sein, daß nach vielen Beschwörungen seine eigene Substanz Schaden nimmt. Das Problem ist, daß Zauberei eine derart verführerische Wissenschaft ist... und eine Wissenschaft wird sie eines Tages tatsächlich sein, davon bin ich fest überzeugt. Wenn man ein Ziel vor Augen hat, das nicht mehr angezweifelt werden kann, dann darf alles aufs Spiel gesetzt werden.«

Ich dachte an den Liebestrank und Melina und mußte ihm einfach zustimmen. »Was willst du mit diesen Studien bewirken?« fragte ich.

»Ich will mein Ziel erreichen«, antwortete Janos sanft. »Sonst nichts.« Er sah tief ins Feuer. »Es wird in der Zukunft weisere Menschen geben, Amalric«, sagte er. »Menschen, die alle Gesetze aufspüren... sei es die der Zauberei oder dessen, was wir Natur nennen. Warum fließt ein Fluß den Berg hinunter und nicht hinauf? Warum hebt ein Stock, auf einen Stein gelegt, einen Gegenstand, den du mit bloßer Muskelkraft niemals bewegen kannst? Wie findet ein geweihter Stab das Wasser? Wie ist es möglich, die Windgeister in einem Lederbeutel zu fangen, und später damit Segel zu füllen? Vielleicht bin ich ein Dummkopf, aber hinter diesen Dingen müssen Gesetzmäßigkeiten stehen. Und wäre es nicht wunderbar, mein Freund, wenn sie alle ein und dasselbe wären? Ohne Unterschied zwischen dem Natürlichen und dem Spirituellen?«

»Glaubst du das wirklich?« fragte ich verwundert.

Ein leises Lachen von Janos. »Nein, das wäre zu einfach. Solltest du lange genug leben, um einige dieser Denker in ferner Zukunft zu treffen, sei nicht überrascht, wenn sich wenigstens einiges von dem, was ich sage, als wahr herausstellt.«

Das war das Ende unseres Gesprächs. Ich habe seit jenen Tagen im Paradies oft über die Worte meines Freundes nachgedacht. Ganz deutlich erinnere ich mich an eine plötzliche Herausforderung, die von seinen Ansichten ausging. Wenn es tatsächlich Gesetze gäbe, Gesetze der Zauberkraft, die jeder Mann und jede Frau lernen könnten, dann wäre das ein großer Segen für alle. Wenn dieser Tag je käme, grübelte ich, würde dann der Einfluß der Geisterseher auf einfache Menschen wie mich geringer werden? Oder auf meinen Bruder? Mir kam ein Gedanke: Janos' Ideen können ebenso wichtig sein wie meine Suche selbst. Dann hörte ich Deoce an einem nahen Lagerfeuer lachen, und der Gedanke war dahin.

Die folgenden Tage vergingen sehr schnell. Heute zähle ich sie zu den glücklichsten meines Lebens. Wir paßten uns schnell der würdevollen Lebensweise im Krater an. Wir schwammen und tobten mit den Tieren, ernährten uns von Früchten und Nüssen, und jagten nur in der vorgesehenen Zeit zu unserem eigenen Bedarf. Vom Schmutz des Marsches war unsere Haut bald gereinigt, und die erschlafften Muskeln wiederhergestellt.

Deoce und ich kamen uns näher. Sie hatte mir gleich gefallen, doch in diesen friedlichen Tagen wurde sie bemerkenswert schön. Ihre Gliedmaßen wirkten noch wohlgeformter, ihre Haut und ihr Haar strahlten vor Gesundheit. Ihre Augen waren blinkende Leuchtfeuer, die jede Kluft überbrückten, wenn die Sprache versagte. Unsere Kameraden gaben vor, uns zu ignorieren, wenn wir Hand in Hand durch den üppigen Krater spazierten. Viele ruhige Bäche und sanfte grüne Täler luden zum Verweilen ein. Wir haben sie während dieses Intermezzos wohl alle besucht. Mit großen Fortschritten setzten wir unsere Sprachlektionen fort, und nach kurzer Zeit wechselten wir so geschickt von ihrer Muttersprache in meine, daß sie uns fast wie ein und dieselbe erschienen.

Wie ich vermutet hatte, war Deoce eine Prinzessin. Ihre Mutter war das Oberhaupt eines kleinen, aber wohlhabenden Fürstentums mit Namen Salcae. In ihrem Stamm, erzählte Deoce, waren die Männer für die Zelte und die Herden verantwortlich, da sie dabei am geschicktesten waren, nur nicht in Kriegszeiten, wenn alle kämpfen mußten. Die Frauen waren Kundschafter, Befehlshaber und Kriegshauptleute. Aus politischen Gründen hatte ihre Mutter Deoce mit einem Adligen eines anderen Landes verlobt, auf dem Weg zur Hochzeit jedoch geriet ihre Gesellschaft in den Hinterhalt der Sklavenhändler.

Ich war äußerst bestürzt, als ich von der bevorstehenden Heirat erfuhr. Deoce versuchte, mich zu beruhigen, und erklärte, der »Adlige« sei ein Junge, noch keine sechs Jahre alt. Da sie sich nun über einen längeren Zeitraum ohne Anstandsdame in der Gesellschaft fremder Männer aufgehalten habe, sei ihr Wert auf dem Heiratsmarkt ohnehin gesunken. Als ich das hörte, wich mein Selbstmitleid der Sorge um sie.

Deoce kicherte, als sie den Grund dafür erfuhr. »Es bedeutet nur, daß ich keinen kleinen Jungen heiraten muß«, erklärte sie. »In meinem eigenen Stamm ist es nicht so bedeutsam, Jungfrau zu bleiben. Es ist nur wichtig... für andere Leute. Menschen wie...«, ein Schauer lief ihr über den Rücken, »die Sklavenhändler, die mich als Ernteopfer verkaufen wollten.« Deoce lachte bitter. »Wäre ich keine Jungfrau, hätte ich bessere Überlebenschancen gehabt.«

Gedankenverloren sah sie mich an. Was mochte wohl in ihr vorgehen? Dann seufzte sie: »Manchmal«, sagte sie, »wäre es einfacher, wenn wir weniger... Worte hätten.«

»In welcher Hinsicht?« fragte ich. Sie schüttelte nur den Kopf und sagte: »Unwichtig.« Trotz meiner Frage hatte ich verstanden. Seit jenem Tag am Ufer, als ich einen Kuß riskiert hatte, war ich als Freier überhöflich. Die neuerworbene Leichtigkeit beim Sprechen brachte mich ihr viel näher, als reine Lust es gekonnt hätte. Beim Plaudern waren wir schnell Freunde geworden, und unsere Freundschaft wurde enger, als sie mich nach meiner Reise fragte und ich genug Zutrauen gewonnen hatte, ihr meine Absicht zu erklären.

»Die Fernen Königreiche?« rief sie, als ich das Ziel unserer Reise genannt hatte. »Glaubst du wirklich, du wirst sie finden?« Ihre Augen glänzten vor Begeisterung und Ehrfurcht, und mehr denn je war ich froh, diese Route gewählt zu haben.

»So die Götter wollen«, sagte ich.

»Ich bin sicher, sie wollen es«, sagte sie. »Sonst wärst du nicht so weit gekommen. In Salcae heißt es, eines Tages würden unser Volk und die Völker der restlichen Welt mit den Fernen Königreichen vereint, und alle Gewalt finde ein Ende, keine Räuber mehr und auch kein Krieg.«

»Kein Krieg mehr?« Ich lachte. »Das ist ein schöner Gedanke. Ich fürchte, meine schöne Deoce, Krieg ist eine immerwährende Sorge und hat nichts mit den erleuchteten Menschen der Fernen Königreiche zu tun. Mit Zauberei vielleicht, in diesem Falle böser Zauberei. Das Töten gehört zum Lauf der Dinge. Dazu bedarf es nicht der Hilfe dunkler Kräfte.«

Als Antwort deutete sie auf die Quelle, die an den Wurzeln eines großen Baums sprudelte. Unter diesem Baum floh eine Hyäne in gespielter Angst vor der Attacke eines fetten jungen Affen. »Hier ist es nicht so«, meinte sie. Das konnte ich nicht widerlegen.

Dann sagte sie wie aus heiterem Himmel: »Ich will es selbst herausfinden. Ich werde mit dir gehen.«

»Das ist unmöglich«, gab ich beunruhigt zurück.

»Was sonst hast du mit mir vor?« fragte Deoce. Eine vernünftige Frage. Ich hatte sie schon seit einiger Zeit vor mir her geschoben. »Ihr könnt mich nicht nach Salcae zurückschicken. Ihr könnt nicht umkehren... nicht so nah vor dem Ziel. Ich kann mich in diesem öden Land auch keiner Handelskarawane anschließen, denn so etwas gibt es hier nicht. Wir können nur weiterziehen. Es scheint mir nur vernünftig, wenn ihr mir Waffen gebt – ich bin eine erfahrene Kriegerin wie alle Frauen in Salcae. Nimm mich als Reisegefährtin mit, nicht als lästiges Gepäck.«

Erneut konnte ich ihr nicht widersprechen. Ich lachte, und sie schien gekränkt, daher erklärte ich ihr, wie sehr sie mich an meine Schwester Rali erinnerte, die auch nie ein Blatt vor den Mund nahm. »Meine Schwester würde dir gefallen«, sagte ich.

»Das glaube ich bestimmt«, meinte ich zu verstehen, aber sie sprach so leise, daß ich mir nicht sicher war. »Wie bitte?« fragte ich.

Sie öffnete den Mund zur Antwort, dann schüttelte sie den Kopf. »Oh, Amalric«, sagte sie, »sind alle Männer in Orissa so wie du?«

»Ich weiß nicht, was du meinst.«

»Genug«, rief sie. »Was muß eine Frau für den Kuß tun, den du ihr versprochen hast?«

Damit stürzte sie sich auf mich. Sie war zwar klein, aber es gelang ihr, mich zu Boden zu werfen, und sie küßte mich. Einen Augenblick war ich verblüfft, doch nur einen kurzen Augenblick, bis ich das gierige Fleisch einer Frau auf meiner Haut spürte und das Feuer, das ich so lange unterdrückt hatte, aufflackerte. Wir rissen an unseren Kleidern, bis uns nichts mehr trennte. Ich warf mich auf sie, sie hatte die Beine weit gespreizt, ihr Becken kam mir entgegen, und wie ein Wilder drang ich in sie ein. Ich spürte einen Widerstand und hörte sie stöhnen. Ich hielt es für Schmerz, wollte zurück, doch sie packte mich beim Hintern und zog mich fester an sich. Der Widerstand gab nach, und wieder ergriff mich Lust. Ich trieb sie immer weiter. Unsere Hüften schlugen aneinander, mit nie gekannter Heftigkeit fand mein Mund zu ihrem Mund, meine Hand zu ihrer Hand.

Wir liebten uns die ganze Nacht. Am Morgen badeten wir, schlangen ein schnelles Frühstück herunter und entfernten uns dann wieder weit von unseren Gefährten. Bis zur Erschöpfung liebten wir uns immer wieder. Die Tage vergingen, und unsere Leidenschaft wuchs ungehemmt. Es war keine Frage, daß Deoce uns auf der Reise begleiten würde. Freimütig gestehe ich, wenn ich ein Meistergeisterseher wäre, würde ich einen mächtigen Zauber sprechen und mich in diese Zeit mit Deoce in der friedvollen Wildnis des rätselhaften Kraters zurückversetzen. Dort würde ich mit ihr leben bis an das Ende unserer Tage.

Ich weiß nicht, wie lange wir dort geblieben sind, so sehr war ich mit Deoce beschäftigt. Als die Zeit vorüber war, ging etwas Wertvolles verloren, das ich in meinem ganzen Leben nicht wiedergefunden habe.

Es war kurz nach der Jagdzeit, in der die Tiere zu ihrem normalen Wesen zurückkehrten und fraßen. Sorgfältig hatten wir unseren Teil des Abkommens während des Aufenthaltes im Krater eingehalten. An jenem Tag hatten wir zwei Antilopen und einige Fische erlegt, die wir grillten und mit großem Appetit verspeisten. Das übriggebliebene Fleisch legten wir zum Trocknen aus. Janos und ich hatten uns auf einer Bank ausgestreckt und aalten uns nach dem Mahl zufrieden im letzten Sonnenlicht. Cassini zog seinen Bogen neu auf, nachdem – zu seiner großen Freude – eine Antilope seinem Pfeil zum Opfer gefallen war. Es war merkwürdig, daß ein Geisterseher eine derartige Befriedigung aus Dingen ziehen konnte, die einfache Menschen zum täglichen Überleben leisten mußten. Cassini stolzierte wie der männlichste aller Jäger umher, nachdem er das Tier erlegt hatte.

Deoce stieß einen Schrei des Entzückens aus. Ich stützte mich auf den Ellbogen. Sie stand unter einem wild wuchernden Obstbaum und deutete nach oben. »Sieh dir den Affen an«, rief sie. »Er ist wunderbar.«

Ich versuchte, einen Blick zu erhaschen und entdeckte ihn auf einem Zweig. Er kaute an einer reifen Frucht und schimpfte mit Deoce. Sein Fell war erstaunlich, funkelte in vielen Farben, grün, rot, blau und gold wild durcheinander, in den bemerkenswertesten Mustern. »So einen habe ich noch nie gesehen«, sagte Janos. Wir erhoben uns, um ihn näher zu betrachten.

Aus dem Augenwinkel sah ich, wie auch Cassini sich erhob, den Bogen in der Hand, doch dachte ich mir nichts dabei. Wir gesellten uns zu Deoce unter den Baum. Der Affe sprang von Ast zu Ast, und wir lachten über seine Eskapaden. »Genau die Größe für einen schönen Hut«, sagte Cassini.

Ich drehte mich verwundert um. »Was tut Ihr ...« Voller Entsetzen sah ich, daß er den Bogen gespannt und einen Pfeil eingelegt hatte.

Janos rief: »Nein, Cassini!« In diesem Augenblick ließ er den Pfeil losschnellen. Fast hätte er sein Ziel verfehlt, weil die kleine Kreatur gerade von einem Ast zum nächsten sprang. Nur ist das Glück Mensch und Tier in solchen Momenten selten hold. Hilflos sahen wir, wie der Pfeil sein Ziel erreichte, er sank in die Brust des Affen. Das Tier stieß einen Schmerzensschrei aus. Es klang so sehr wie ein Mensch, daß man glauben mußte, Cassini habe eben einen Mord begangen.

Der Affe fiel Cassini vor die Füße, und voller Stolz hob er ihn auf. »Ich habe nicht mal einen Zauber gebraucht«, prahlte er.

Starr vor Schreck stand Deoce da, Augen und Mund weit aufgerissen.

»Verflucht, Cassini«, rief Janos. »Ihr habt das Abkommen gebrochen.«

Cassini zuckte die Achseln. »Na und? Es war ohnehin ein dummer Handel. Und jetzt habe ich das Material für einen wundervollen Hut, der meinem Kopf Schatten spenden wird.« Janos hob die Faust, als wollte er ihn schlagen. Ich sah, daß Deoce nach dem Schaft ihres Messers griff. Auch in mir kochte die Wut, und mit einer Waffe zur Hand hätte ich mich über ihn hergemacht. Ekel überkam mich, und ich wandte mich ab, um auszuspucken. Plötzlich hörten wir ein schreckliches Brüllen, ein Tiger heulte nach Blut. Jemand schrie vor

Angst, wir fuhren herum und sahen Männer, die um ihr Leben liefen. Der Tiger war ihnen direkt auf den Fersen.

Janos rannte hinterher, im Lauf nahm er ein Holzscheit aus dem brennenden Lagerfeuer, schleuderte es dem Tiger ins Gesicht, und das Biest heulte auf. Es sprang über die Männer hinweg und verschwand in den Bäumen. Doch kaum war die Gefahr gebannt, hörten wir schon Wutgeschrei.

»Was ist?« rief Deoce. Dann schrie sie vor Schmerz auf, als etwas aus dem Baum geschleudert wurde und sie am Arm traf. Es folgten noch ein Dutzend Wurfgeschosse, dann prasselten jede Menge harter Gegenstände aus den Bäumen auf uns herab. Wir konnten die Angreifer nicht sehen, erkannten jedoch die wütenden Schreie der Affen. Hunderte mußten sich versammelt haben, denn die Bäume bogen sich unter ihrem Gewicht. Die Tiere im Krater schrien nach Vergeltung. Im Teich sah ich die beiden großen Echsen ans Ufer schwimmen, wo sich ein Haufen Hyänen zu ihnen gesellte. In wenigen Augenblicken wimmelte das Ufer von Fleischfressern, die sich zum Angriff sammelten.

»Lauft um euer Leben«, rief Cassini und rannte zum Lager. In diesem Augenblick brach der Himmel auf, und eine Sintflut stürzte über uns herein. Der Regen war so schwer, daß wir kaum atmen konnten. Erleichtert bemerkten wir, daß der Regen auch die Tiere behinderte. Unsere Feinde gingen in Deckung. Die Ruhepause konnte jedoch nicht lange währen. Nach dem Sturm würden sie wieder angreifen. Es gab keine Hoffnung, daß sich unser Trupp gegen die vereinigten Kräfte des Kraters würde behaupten können.

Wortlos wußten wir, was zu tun war. Während wir unsere Sachen packten, sie auf die Esel luden und flohen, blitzte und donnerte es, und der Regen prasselte auf uns nieder.

Deoce und ich blieben am Rand des Kraters stehen. Wir warfen einen letzten Blick auf den Ort, an dem unsere Liebe erblüht war. Im wilden Sturm war nichts mehr zu erkennen. Janos trat hinzu und legte uns die Hände auf die Schultern, um uns zu besänftigen. Zu dritt blieben wir dort lange stehen, und der Regen prasselte auf unsere verlorenen Gestalten nieder.

Dann sagte er: »Es wird Zeit zu gehen, Freunde. Kommt.« Wir drehten uns um und verließen stolpernd das Paradies.

Kapitel Elf

Die Einöde

Wir flohen aus dem Tal in eine Einöde. Über endlose Wegstunden erstreckte sich das flache Land voller Steine, Flint und Schiefer. Die einzigen Bäume waren grau und verbogen, und ihre Äste hingen wie die Arme eines alten Mannes tief auf den Boden herab. Wildlebende Tiere konnten wir nicht entdecken, und die einzige Wasserstelle, die wir fanden, war so brackig, daß wir stundenlang graben mußten, bis wir auf feuchte Erde stießen.

Wir trugen wieder unser zerlumptes Fußwerk, doch schon bald waren die Sohlen so durchgescheuert, daß wir Lappen um die Füße wickeln mußten. Für die armen Tiere, die sich mit dem Gepäck quälten, schnitten wir Leinenstrümpfe zurecht, um ihnen die Last ein wenig zu erleichtern. Cassini muß bitter bereut haben, daß er sich Stiefel hatte fertigen lassen, bevor wir in das Tal kamen. Es dauerte keinen Tag, bis sein letztes Paar durchgescheuert war, und es gab nichts, woraus man neue machen konnte. Nicht, daß jemand sich für ihn die Mühe gemacht hätte. Alle sprachen nur das Notwendigste mit dem Geisterseher. Unser Ärger wuchs noch, als es ihm zunehmend schwerer fiel, den Zauber für die Reste der alten Karte zu sprechen. Immer mehr waren wir darauf angewiesen, uns nach der Sonne zu orientieren und nachts die Sterne für den nächsten Tag zu lesen.

Wir sprachen immer weniger miteinander, und wenn, dann mit aufgesprungenen Lippen, und es schien, als haßten wir einander zunehmend. Nur zwischen Deoce und mir gab es keinen Streit, allerdings hatten wir auch kaum noch genug Energie für die Liebe. Einige Männer, insbesondere Lione, murmelten etwas von den Privilegien der Reichen. Sie warfen mir vor, ich täte weniger als die anderen Männer, und nahmen überhaupt keine Notiz davon, daß ich mich zum Koch der Expedition gemacht hatte, nicht wegen eines besonderen Talents oder der Neigung zur Kochkunst, sondern weil ich meinem Vater recht gab, der mir vor vielen Jahren einmal gesagt hatte: »Wenn du das größte Stück des Kuchens nimmst, mußt du am Tag auch die meiste Arbeit geleistet haben und dabei gesehen worden sein.« Das Kochen war keine schwierige Aufgabe: man gab Wasser, zerstampfte Maiskörner und getrocknetes Gemüse mit Gewürzen in einen Topf und schnetzelte ein wenig getrocknetes Fleisch in die »Suppe«. Noch wollte niemand die Esel töten, um sie zu essen.

Ansonsten fiel uns vor allem die Abwesenheit der Späher auf. Sollte ich darüber erleichtert sein, ängstlich oder vielmehr besorgt, daß wir eine falsche Richtung eingeschlagen hatten? Mochten sie nun gut- oder böswillig sein, wir hatten uns daran gewöhnt, sie als Punkte am Horizont oder auf einem der Tafelberge zu sehen.

Eines Nachts schlugen wir wieder einmal unser Lager auf, kauten mechanisch herunter, was unsere Mägen aufnehmen wollten, und legten uns dann schlafen. Jeder grub sich ein kleines Loch, in dem er sich einrollte. Ich lag auf dem Rücken, eine Hand nach Deoce ausgestreckt. Es war weder heiß noch kalt, der Himmel war klar und dunkel, die Sterne schienen besonders nahe zu sein. Dann wurde es plötzlich diesig, als stünde ein Sandsturm bevor. Starr blieb ich liegen, schlief bald ein und träumte.

Die ganze Nacht mußte ich geträumt haben, denn als ich erwachte, schmerzten alle Muskeln, als hätte ich kein Auge zugetan. Deoce wirkte nicht wacher: sie hatte dunkle Ringe unter den Augen. Ich war dumm genug, eine Bemerkung darüber zu machen, und sie fuhr mich an, entschuldigte sich jedoch sogleich. Alle anderen sahen ebenso mitgenommen aus wie wir. Wortlos packten wir unsere Sachen für die Reise. Plötzlich machte Janos unserer Benommenheit ein Ende, als er uns zu sich rief.

Ohne Vorrede begann er: »Cassini, ich habe in der letzten Nacht geträumt.« Ich erwartete eine sarkastische Erwiderung des Geistersehers, doch Cassini nickte nur, als wüßte er schon, wovon Janos sprach.

»Ich glaube«, fuhr Greycloak fort, »keinem ist es anders ergangen. Habe ich recht?« Überraschtes Nicken, Grunzen, Zustimmung von allen Seiten. »Ich könnte euch meinen Traum in allen Einzelheiten erzählen, aber wir sollten nicht zuviel Zeit darauf verwenden. Kurz gesagt: In meinem Traum war die Gegend, durch die wir gerade marschieren – diese verbrannte Heide – nicht von den Göttern erschaffen, sondern anderen Ursprungs. Ich habe geträumt, dies sei früher einmal friedliches Brachland gewesen. Es gab Städte und Dörfer, größer noch als in dem Land, das Cassini in seiner Vision jenseits der Grenzen der Ufermenschen gesehen hat. Dieses Land wurde zerstört und niedergebrannt, in nur einer Woche vernichtet. Die Menschen wurden getötet oder vertrieben, daran erinnere ich mich nicht mehr genau. Das Wasser im Boden sank immer tiefer, und selbst Hügel und Berge wurden zerstört, als wären sie Ameisenhügel, die ein Stiefel zertritt. Habt ihr auch davon geträumt? Dann lasse ich unseren Geisterseher fortfahren. Was hat diese Zerstörung ausgelöst?«

Cassini machte einen weitaus gequälteren Eindruck als wir alle. »Ein Zauber«, flüsterte er. »Ein Zauber oder ein Netz von Zaubersprüchen. Sie müssen von Geistersehern stammen, deren Kräfte weit über den meinen liegen, weit über der Zauberei, die die große Mauer von Lycanth niederriß oder den Sturm der Archonten auslöste, dem wir knapp entronnen sind. Dieses Land wurde nicht nur zwischen Dämmerung und Morgengrauen ausgelöscht. Die Kräfte des Zaubers wirken fort. Es kann niemals wieder fruchtbar sein.«

Janos fragte: »Könnt Ihr sagen, woher der Zauber kommt?«

Cassini schüttelte den Kopf. »Nur, daß Euer Traum richtig war, und daß der Zauber von Menschen ausgesprochen wurde ... oder von Wesen, die einmal Menschen waren, aber keine Götter.«

»Aus den Fernen Königreichen«, murmelte einer der Männer. Sein Name war Sylv. »Und wir laufen ihnen in die Arme wie Rehe, die durch das Netz bis in den tödlichen Ring laufen.«

»Nein«, entgegnete Cassini matt. »Ich spüre großen Zauber aus dem Osten, wo unserer Karte zufolge die Fernen Königreiche liegen müssen. Aber dieser hier kommt nicht aus der Richtung ... er kommt von überall ... und nirgends.«

Janos erhob sich. »Wenn sich dieser Zauber also hält ... um auf deine Worte über die tödliche Falle zurückzukommen, Sylv, schaffen wir uns am besten außer Reichweite von Speeren, selbst wenn diese Speere verzaubert sein sollten.«

Beide hatten kurz und knapp gesprochen, und ebenso schnell packten und marschierten wir. Nur waren die Ängste der Männer keineswegs besänftigt. Immer mehr finstere Blicke fielen uns auf, Blicke voller Ärger, Furcht und Schuldgefühlen. Blicke, die gesenkt wurden, sobald einer der vier Expeditionsleiter sie bemerkte. Janos hielt sich jetzt ständig in der Nähe der beiden Esel mit dem Wasservorrat auf, Maeen blieb bei unserem Schatz. Ich fragte Janos, ob er mit einer Meuterei rechne, doch er glaubte nicht daran. »Noch nicht«, sagte er. »Sie sind zu müde, keiner ist bisher umgekommen, und vor allem weiß niemand, wohin er fliehen sollte. Am wahrscheinlichsten wäre es, daß diejenigen revoltieren, die wir vor den Sklavenhändlern gerettet haben, denn deren Zuhause liegt am nächsten. Nur sind sie noch immer von ihrer Gefangenschaft ganz ausgezehrt. Nein, keiner wird uns im Schlaf ermorden, noch nicht.«

Am nächsten Tag verlor Cassini seine Zauberkraft. Seine Rufe weckten mich in der Morgendämmerung, und ich rannte zu ihm, in dem Glauben, eine Wüstenschlange hätte wohl wegen der Wärme bei ihm Unterschlupf gesucht. Cassini saß dort, in den Umhang gewickelt, den er meist als Decke nahm, und wirkte so verständnislos und verängstigt wie ein Kind, das gerade nach seinem ersten Alptraum aufgewacht ist.

»Ich ... ich habe keine Macht mehr«, sagte er. »Ich ... mein Verstand ist wie leergefegt!« Er konnte kaum sprechen, und erst nach einiger Zeit fanden wir heraus, was geschehen war. Er war aufgewacht und hatte einen einfachen Zauber gegen die Fliegen versucht, die sich in seinem Umhang niedergelassen hatten. »Aber ich kann mich nicht ... nicht ... an die Götter in der Zauberformel erinnern, und auch nicht an die Zauberformel selbst, oder welche Symbole gezeichnet werden müssen ... Ich kann mich tatsächlich an kein anderes Symbol erinnern als an den Kreis. Und der einfachste Tölpel weiß, daß der mit der Zauberei zu tun hat.«

»Dann stehen wir wie nackt da«, sagte Maeen unbeherrscht. Ich glaube nicht, daß ihn irgend jemand sonst gehört hatte, und das war auch besser so. Hatte Cassini seine Zauberkräfte wirklich verloren, waren auch all die kleinen Zauber unmöglich, angefangen bei solchen, die ein Leck in unseren Wasserhäuten beseitigten, bis hin zu schützenden Worten, die uns vor fremden Beschwörungen abschirmten. Wir waren nackt. Schlimmer noch war, daß auch so der Talisman des Spähers, unsere Landkarte, wertlos war. Immerhin waren wir vorgewarnt gewesen, und Janos hatte andere, wenn auch weniger verläßliche Formen der Orientierung entwickelt. Mit etwas Glück führte uns der eingeschlagene Weg noch immer zu den fünf Gipfeln, die ich für die Faust der Götter hielt. Betrübt marschierten wir voran, und die Verzweiflung wuchs.

Ich wartete, bis Janos einmal etwas abseits von den anderen ging, und gesellte mich zu ihm. Ich wählte meine Worte sehr genau. »Du hast mir einmal anvertraut, daß du ein wenig von der Zauberei verstehst«, begann ich. »Wenn mir ein Plan einfiele, um Cassini zu beschäftigen, ihn zum Beispiel unter einem Vorwand mit einem Soldaten als Späher vorzuschicken...« Ich schwieg. Janos sah mich ebenso abgespannt an wie zuvor Cassini.

»Mein Freund«, sagte er. »Ich habe schon lange die wenigen Worte vergessen, die ich einmal gekannt haben mag. Ich habe nichts gesagt, nicht wegen der Gesetze, nur...«

Er brach ab, brauchte nichts weiter zu erklären. Wenn die Männer erfahren würden, daß sowohl Janos als auch Cassini ihre Kräfte zur selben Zeit verloren hatten, würden sie diesen Verlust mit Sicherheit einem anderen Geisterseher zuschreiben, einem Zauberer, der nur unser Feind sein konnte und jetzt selbst in dieser Einöde nach uns suchte, um uns zu vernichten. Lione beobachtete uns mißtrauisch, und ich bemühte mich um eine fröhliche Miene, genau wie Janos. Ich lachte und wußte doch, daß es gespielt wirken mußte.

Und es geschah, was Cassini befürchtet hatte: Schutzlos wurden wir von einer Unzahl von Widrigkeiten heimgesucht. Deoce und ich fuhren uns wegen Nichtigkeiten an und vertrugen uns bald wieder, doch unsere Worte blieben gezwungen und oberflächlich. Ich erwischte mich dabei, daß ich eine Liste aller Expeditionsteilnehmer aufstellte und darin festhielt, wie unfähig, böse und arglistig ein jeder war und daher nicht wert, an meiner Suche teilzunehmen. Dann wandte sich mein Abscheu nach innen: Woher nahm ich die Kühnheit, die Fernen Königreiche zu suchen? Hatten es nicht schon tapfere Männer versucht und waren dabei umgekommen? Hatten die so mächtigen Fernen Königreiche nicht ebenso mächtige Feinde, deren Territorien wir durchqueren müßten, um das Land zu finden? Falls die Fernen Königreiche überhaupt existierten, was mein innerer Dämon bestenfalls für eine alberne Idee hielt. Wir sollten umkehren, und zwar sofort. Vielleicht könnten wir zum Fluß zurückkehren und zu unseren Freunden, den Ufermenschen. Oder... aber was machte es schon, wenn wir in der Wüste von Sklaventreibern überwältigt würden? Wenigstens wären wir dann noch am Leben. Und selbst wenn sie uns töteten, was machte das schon? Unsere schmutzigen und stinkenden Leiber waren ohnehin am besten für den Misthaufen geeignet. Meine Gedanken drehten sich immer weiter, der Kopf verschluckte den Schwanz, und der Kreislauf ging weiter. Doch kamen wir voran... oder sollte ich sagen, daß Janos uns mit meiner Unterstützung zwang, weiterzumarschieren? Er machte uns Versprechungen, stieß Drohungen aus, überredete uns zu jedem nächsten Schritt, zur nächsten Wegstunde, zu einem weiteren Tag. Deoce stellte unter Beweis, daß sie die Tochter einer starken Königin war, und trieb die Männer auf jede erdenkliche Art an, genau wie Janos und ich.

Am folgenden Tag kam die Krankheit: Lethargie, Fieber, Schmerzen in den Gliedern, Schwäche. Zwei Männer, Sylv und Yelsom, wurden so krank, daß wir ihnen aus Decken und Speeren Tragbahren fertigen mußten, die von den Eseln gezogen wurden. Yelsom starb am nächsten Tag. Dann wurden wir alle mehr oder weniger krank. Gequält sagte ich mir, zumindest brächte jetzt keiner mehr die Energie für eine Meuterei auf. Doch der Bann blieb über uns – weder Cassini noch Janos konnten sich im geringsten an irgendwelche Einzelheiten der Zauberei erinnern. Ihre Geräte, Utensilien und Kräuter waren ihnen unbekannte Wunderdinge.

Zwei Tage nachdem wir Yelsom beerdigt hatten, veränderte sich das Land um uns herum. Es war nicht mehr flach und steinig, sondern sandig. Von Zeit zu Zeit sahen wir ein wenig Grün, niedriges Buschwerk. Einmal glaubte ich sogar, ein Tier entdeckt zu haben, eine kleine Antilope vielleicht, die von einem Dickicht zum nächsten schoß. Nie hätte ich mir träumen lassen, daß ich mich einmal über eine Wüste würde freuen können, doch genau so war es. Ich hoffte, wir hätten das Schlimmste hinter uns. Die Wüste würde grüner werden, dann müßte bewässertes Land folgen, und schließlich würden sich Berge vor uns erstrecken.

Wegen der vielen tiefen Gruben waren wir von nun an zu manchem Umweg gezwungen. Ich lernte mehr darüber, wie man sich orientieren konnte. Wenn wir uns einer solchen Grube näherten, versuchten wir, solange wie möglich auf dem von Janos vorbestimmten Kompaßkurs zu bleiben. Dann schlugen wir eine Richtung im rechten Winkel dazu ein und zählten die Schritte, bis wir weitab von der Grube waren. Dort nahmen wir den ursprünglichen Kurs wieder auf, bis wir am Loch vorüber waren, bogen wieder im rechten Winkel ab, und gingen dieselbe Anzahl von Schritten zurück, mußten somit wieder in die richtige Richtung laufen. Es war zum Verrücktwerden.

Einige dieser Vertiefungen waren sehr flach, andere wiederum so tief wie fünfzig Speerwürfe. Ich fragte mich, woher sie stammen konnten. Vielleicht stimmte, was ich gehört hatte, daß die Sternschnuppen, die Orissas Sommernächte erhellten, nicht Signale der Götter waren, sondern Steine aus dem Jenseits, richtige Steine, die aus dem Haus der Götter auf die Erde fielen. Doch warum sollten es so viele sein, ausgerechnet in dieser Einöde?

Während ich noch darüber nachgrübelte, fanden wir den ersten Kadaver. Unser Späher brauchte einige Zeit, bis er herausgefunden hatte, worum es sich handelte, dann rief der Mann Sergeant Maeen zu sich. Zwar taten mir alle Knochen weh, aber ich schaffte es, mit Janos nach vorn zu stolpern. Wir sammelten uns um die Überreste einer Antilope, zumindest hielt ich sie dafür. Es war kein ganzer

Kadaver, nur das sonnenverbrannte Fell irgendeiner vierbeinigen Kreatur. Sie lag etwa zehn Fuß von der nächsten Grube entfernt. Weiter hinten sah Maeen noch ein Fell. Wie zerfetzt sah es aus. Von einer Wildkatze vielleicht? Aber eine Katze hätte das Fell verschlungen und Knochen zurückgelassen, dachte ich. Wir gingen weiter. Zumindest bedeutete dies, daß wir mehr Wasser finden würden, und auch frisches Fleisch, wenn es uns gelingen sollte, eine dieser Kreaturen zu fangen. Wir entdeckten weitere Gruben und noch mehr Tierfelle. Sie erinnerten mich an die Haut von Trauben, die man zuerst ausgelutscht und dann weggeworfen hatte. Der nächste Kadaver, den wir entdeckten, war der eines Menschen, auch dieser war auf dieselbe Art und Weise getötet worden: keine Spur von Knochen, nur die Haut lag vertrocknet am Boden. Haut von der Brust bis zu den Füßen, denn der Kopf fehlte ebenfalls. Der Mensch hatte in etwa meine Größe gehabt und war von normaler Statur. Es fanden sich keine Spuren von Kleidung oder Waffen, und somit wußten wir nicht, ob es sich um die Leiche eines Wilden oder eines Gelehrten handelte. Janos empfahl, während des Marsches enger zusammenzurücken und in Gegenden mit Buschbewuchs besondere Vorsicht walten zu lassen. Vielleicht hatte ein großes Raubtier diesen Menschen ergriffen und ihm den Kopf abgerissen. Niemand hatte eine bessere Theorie zu bieten.

Wir umwanderten gerade eine weitere Grube, als der Boden unter uns nachgab. Schon rutschten wir, obwohl wir krampfhaft im nachgebenden Sand scharrten, direkt in die Grube hinein. Ich sah, wie einer der Esel – einer, der unsere Schatzkisten trug – stürzte und vor Panik schrie. Goldmünzen flogen herum, rollten herunter – ein Soldat taumelte, versuchte, festen Boden unter die Füße zu bekommen – Cassini schrie vor Angst …

Etwas hob sich vom Boden der Grube. Ein schwarzer Alptraum. Ich habe nicht das ganze Untier gesehen, oder vielleicht wollte mein Geist es nicht zugeben. Es hatte einen riesigen, pulsierenden Unterleib, der Kopf war keilförmig, der Hals gebogen … die Kiefer wie Krummsäbel auf beiden Seiten des gespitzten Mundes … die Krallen kratzten im Sand, schaufelten, schaufelten und schaufelten, weshalb wir mit dem Sand in die Tiefe glitten – dem Tod entgegen. Cassini verlor den Halt, stürzte und rollte hinunter. Der Schrei des Esels gellte durch die Grube, dann wurde es still. Cassini bekam mit weit gespreizten Beinen wieder Boden unter die Füße, dann rutschte er ganz langsam weiter. Er schrie um Hilfe.

Auch Janos war in die Falle des Untiers gerutscht und lag ausgestreckt einige Fuß über dem Geisterseher. Er kämpfte sich hoch, kam auf die Knie … Cassini streckte flehentlich die Hand nach ihm aus, Janos bewegte sich … und hielt dann inne. Wir alle wurden Zeugen dieser fürchterlichen Situation, sekundenlang wie erstarrt. Dann sprang ich los, meine Füße gruben sich tiefer in den Sand, und ich landete unterhalb von Cassini, bis zu den Knien im Sand stekkend. Er rutschte auf mich, dann torkelten wir beide weiter. Irgendwie bekam ich mich wieder unter Kontrolle … ich stand … wagte nicht, zurückzublicken, weil ich nicht wissen wollte, wie nah wir dem furchtbaren Ding schon gekommen waren. Ich hatte mein Gleichgewicht noch nicht soweit gefunden, daß ich mein Schwert hätte ziehen können. Ich rief Cassini zu, kriech, Mann, kriech, und er kroch nach oben. Mühsam folgte ich ihm. Dann hörte ich lautes Zischen hinter mir, als fühlte sich die Kreatur betrogen, und zwischen ihren Lippen schnellten Speere hervor, gerade über meine Schultern hinweg. Aus dem Zischen wurde ein Schrei, ich stolperte hoch, rutschte wieder abwärts … Plötzlich war Janos neben uns, irgendwie gelang es ihm, in diesem trockenen Schlamm zu gehen. Und so entkamen wir der Höhle des Ungeheuers, waren ihm noch einmal durch die Fänge geschlüpft. Deoce und Maeen spannten die Bögen, und beide hielten Pfeile bereit. Nur gab es nichts mehr, worauf sie hätten schießen können.

Die Hänge der Grube rutschten immer weiter, während der Sand wieder die vollendete Form eines Trichters annahm. Am Boden der Grube war nichts zu sehen. Kein Untier, kein Esel, keine Schatztruhe. Ich glaubte, das Glitzern von einigen Münzen zu sehen. Wenn das Untier nicht die Fähigkeit besaß, sich unsichtbar zu machen, oder ein Dämon aus irgendeiner unbekannten Hölle war, dann konnte es sich nur selbst beerdigt haben. Ich mußte an all die anderen Gruben denken, die wir passiert hatten. Womöglich beherbergte jede davon ein solches Monstrum, doch wies ich diesen abscheulichen Gedanken zurück. Dann bemerkten wir, daß einer der Soldaten – Aron – fehlte. Wir haben seine Leiche nie gefunden. Ich befahl den Abmarsch unseres Trupps, bevor das Untier genug Zeit gehabt hatte, die Körpersäfte unseres Kameraden zu trinken und die hohle Leiche zwischen uns zu spucken. Cassini blickte Janos finster an, aber Greycloak wich diesem Blick aus. Dann marschierten wir weiter, immer weiter.

In jener Nacht wachte ich auf und sah einen massigen Schatten abseits von unserer Gruppe. Das konnte nur Janos sein. Leise stand ich auf und gesellte mich zu ihm. »Ich hätte verdient«, sagte er sanft, »daß man mich in den Mannschaftsstand zurückversetzt und Sergeant Maeen die Verantwortung übernimmt. Ich habe heute versagt.«

Langsam aber sicher hatte ich genug davon, daß Janos nicht zugeben konnte, auch nur ein Mensch mit Fehlern zu sein. »Der mächtige Greycloak, er fürchtet sich«, sagte ich so sarkastisch wie möglich. »Die Sterne brechen aus ihrer Bahn, die Erde bebt, am Mond klebt Blut. Als hätte dieses verdammt große Ungeheuer nicht auch all die alten Helden erschauern lassen!«

»Es war keine Angst«, sagte Janos, und ich wußte, daß er die Wahrheit sagte. »Kein Soldat darf sich von seiner Todesangst, die wir alle kennen, lähmen lassen.«

»Du hast dir also gewünscht, Cassini würde sterben. Verdammt, ich habe keine Ahnung, warum ich ihm nachgelaufen bin, wenn man bedenkt, wie oft ich ihm schon die Pest an den Hals gewünscht habe.«

»Was ich Cassini gegenüber empfinde, hat nichts damit zu tun. Und ich muß hinzufügen, daß wir ohne ihn nicht auskämen, sosehr wir ihn auch verachten mögen. Um die Fernen Königreiche zu erreichen, brauchen wir seine Fähigkeiten als Geisterseher dringend, und ich spüre, daß wir unserem Ziel jetzt sehr, sehr nah sind.«

»Also was?« fragte ich ungeduldig.

»Wie gesagt: die Fernen Königreiche«, fuhr Janos fort. »Der Gedanke kam mir, als ich Cassini wie einen gestrandeten Karpfen zappeln sah. Wie idiotisch wäre es, wenn... ich... hier sterben würde, dem Traum meines Lebens so nah. Um diesen Traum in Erfüllung gehen zu lassen, hätte ich in Kauf genommen, daß Cassini die Lebenssäfte ausgesaugt werden.«

Ich hätte nicht fragen sollen, tat es aber doch. »Und wäre ich an seiner Stelle gewesen? Wäre in den Rachen des Ungeheuers gerutscht? Wärst du wie eine Statue stehengeblieben?«

Langes Schweigen folgte, und ich wurde schon ärgerlich. Dann: »Ich glaube nicht, mein Freund. Jedenfalls hoffe ich es nicht. Nein. Ich hätte dir geholfen.« Doch die Frage blieb im Raum stehen.

Ich kehrte zu meinen Decken und Deoce zurück und ärgerte mich über das, was eben geschehen war. Wenn ich an jene Nacht zurückdenke, suche ich nach Worten, um meine kindlichen Überlegungen zu beschreiben, und mir wird klar, wie verletzt ich damals war, wie sehr ich mich von meinem Freund betrogen fühlte. Doch verstehe ich aus der Distanz, was ich damals noch nicht einsehen konnte, da ich heute weiß, was der junge Amalric noch nicht wußte. An den folgenden Tagen machte Janos' Haltung mir gegenüber eine subtile Wandlung durch. Er wirkte irgendwie... unbeschwerter in meiner Gegenwart. Als sei eine Schranke gefallen und eine starke Bindung entstanden. Bis zu diesem Tag hatte ich Janos zwar längst als Freund betrachtet, das war keine Frage, doch hatte er mir gegenüber immer noch Distanz gewahrt. Nach dem Erlebnis am Abgrund war Janos Greycloak wahrhaftig mein Freund geworden, soweit er überhaupt irgend jemandes Freund sein konnte.

Am nächsten Morgen zeigte Janos mir die Figur des tanzenden Mädchens. Sie schimmerte, als hätte ein Silberschmied viele Stunden daran poliert. Noch verblüffender war jedoch, daß die Figur stellenweise neu gestaltet war. Bisher war sie an den Hüften zerbrochen gewesen, jetzt war sie bis zu den Knöcheln hin vollständig. In ihrer Hand steckte jetzt eine silberne Feder, und der Schal, den ich für einen Teil des Originalgusses gehalten hatte, bestand aus feinem Gewebe... und war echt. In diesem Moment zweifelte ich nicht mehr daran, daß wir uns den Fernen Königreichen näherten!

Einen Tag später bemerkte Deoce als erste, daß sich der Horizont dunkelblau färbte. Wir beteten, dies möge auf Berge hindeuten. Wenn dem so wäre, mußten sie allerdings manchen Tagesmarsch von uns entfernt sein. Die Frage war, ob wir noch die Kraft hatten, sie zu erreichen. Ich glaubte nicht daran. Allenfalls glaubte ich an eine Oase, mit Wild und Fischen. Wir brauchten Ruhe, um uns zu erholen, da die Krankheiten schlimmer wurden. Wenn wir rasteten, würde der Fluch, der uns verfolgte, vielleicht verschwinden und Cassinis Kräfte zurückkehren.

Lione war der erste in der Reihe, ich selbst ging etwa einen Speerwurf hinter ihm. Die Landschaft war inzwischen hügelig geworden. Ich kam über eine dieser Kuppen, und direkt vor uns öffnete sich ein kleines Tal, wie ein Spalt in der Erde, als hätte ein Riese beide Hände in die Erde gezwungen und sie auseinandergedrückt. Darinnen konnte ich gerade noch ein tiefes Grün ausmachen, das auf gut bewässerte Bäume hindeutete. Ich rief Lione, der noch immer auf den Spalt zulief, als wolle er direkt hineinfallen. Verwundert sah er mich an und kam dann zurück.

Ich fragte ihn: »Warum hast du nicht gerufen, als du es gesehen hast?«

»Was gesehen?«

Ich hielt ihn für halsstarrig, dann merkte ich, daß auch er krank war. Ich deutete auf den Horizont. Lione drehte sich um, und es war, als risse man ihm einen Schleier vom Gesicht. »Es ... es ... war noch nicht da. Ich habe ... nur Berge gesehen«, stotterte er. »Ich wollte schon zurückkommen und vorschlagen, eine andere Richtung zu nehmen.«

Vielleicht wolle jemand ihn das glauben machen, überlegte ich. Langsam bewegten wir uns zum Rand des Kliffs vor, bemüht, einen unkriegerischen Eindruck zu machen, doch hatten wir Bogen und Speere bereit. Als wir ankamen, erwarteten uns dort zwei Männer und eine Frau. Die Frau stand vorn, daher hielt ich sie für die Anführerin. Sie zeigten uns ihre leeren Hände, die Handflächen nach oben. Alle drei waren festlich gekleidet, trugen farbenfrohe, weite Kleider, deren Stoff wie Seide aussah. Offenbar waren sie nicht bewaffnet. Die Frau sagte etwas. Ich verstand sie nicht direkt, eher war es, als erinnerte ich mich an ein bekanntes Gesicht oder einen Traum, kurz nachdem ich aus tiefem Schlaf erwacht war. Deoce hielt vor Überraschung den Atem an. »Sie sprechen meine Sprache«, sagte sie. Dann fuhr sie in ihrem eigenen Idiom fort. »Seid ihr von meinem Volk?«

Die Frau lächelte und plapperte los, so daß ich nur hin und wieder ein Wort verstand. Deoce runzelte die Stirn, denn auch sie konnte nicht ganz folgen. Sie hob eine Hand, und die Frau hielt inne. »Die Sprache ist ... nicht ganz wie meine«, sagte sie und suchte vorsichtig nach Worten. »Sie spricht wie die alten Leute ... nein, das ist nicht das richtige Wort ... wie nach Ansicht der Weisen mein Volk früher gesprochen hat, vor vielen Jahren.«

Deoce stellte uns vor. Der eine Mann hieß Morgendunst und war ihr Schamane, der andere hieß Landhüter. Die Frau nannte sich Tauperle, und sie war das Oberhaupt. Sie sprach mich an, sehr langsam, damit ich sie besser verstehen konnte. »Wir beobachten euch schon seit zwei Tagen. Wir hofften, ihr würdet uns auch sehen.« Ich verstand zwar die Worte, doch nicht ihren Sinn, und bat um weitere Erklärungen. Diese gab sie mir mit Deoces Hilfe, und ich erfuhr so, warum Lione das Tal nicht gesehen hatte. Ein mächtiger Schutzzauber lag darüber. Niemand, der Böses im Sinn hatte, konnte den Spalt sehen. Er würde nur immer mehr Hügel erblicken, von denen er sich schließlich abwenden müßte, ohne zu wissen, warum.

Cassini hörte sich die Übersetzung an. »Es gibt wahrlich große Geisterseher in diesem Land«, sagte er halb ängstlich, halb trauernd, und ich spürte einen Anflug von Sympathie. Cassini wirkte wie ein Mann, dessen Leben und Arbeit auf klarem Blick beruhten und der nun blind geworden war. Es war ein Anflug von Mitleid, weiter nichts. Noch war mir das Paradies, das er aufs Spiel gesetzt hatte, in zu frischer Erinnerung. Außerdem war ich jetzt, wie jeder Reisende, der ein neues, freundlich gesonnenes Volk trifft, damit beschäftigt, Menschen zu begrüßen und kleine Willkommensgaben auszutauschen. Wir wurden eingeladen, Land und Hütten dieser Leute zu teilen, solange wir wollten und ihre Bräuche und Gesetze beachteten. Diese folgten, so sagte Landhüter, der ihr Gesetzesgeber war, nur dem gesunden Menschenverstand und seien kaum lästig. Ich hielt mich mit einem Urteil zurück, denn schließlich empfanden auch die Ufermenschen ihren Kannibalismus als eine völlig natürliche Sache. Doch fühlte ich mich von diesen friedlichen Menschen in keiner Weise bedroht oder provoziert. Sie führten uns zum Rand der Klippen, von wo aus eine in den Stein gehauene Treppe im Zickzack den Fels hinab zu den Bäumen führte. Von dort unten schimmerte ein See herauf, und es duftete nach Lagerfeuern. In der Nähe stürzte ein Wasserfall vom Fels ins Tal. Wir verbanden den Eseln die Augen, und sie brachten noch die Kraft auf, zu protestieren, bis sie das Wasser witterten und bergab liefen.

Kaum hatten wir ein Dutzend Stufen hinter uns gebracht, als ich Cassini schreien hörte und mit der Hand am Schwert herumfuhr.

Verblüfft stand er da und wankte, als würde er gleich in Ohnmacht fallen. Einer der Männer stützte ihn, doch Cassini schien es nicht zu merken. »Meine Macht... meine Zauberkraft... sie ist zurückgekehrt!« Schnell sah ich zu Janos, fand ein Lächeln in seinem Gesicht und wußte, Cassini hatte sich nicht getäuscht. Der Stamm an diesem Felsspalt mußte wirklich über mächtige Geisterseher verfügen.

Der ganze Stamm wartete im Dorf, das aus mehreren zentralen Gebäuden, einer Festwiese und kleinen Wohnhäusern bestand, die offensichtlich wahllos um den Versammlungsplatz herum angeordnet waren. Man hatte ein Fest vorbereitet, doch leider hätte dies keinem von uns gutgetan. Wir hätten unsere Gastgeber nur beschämt. So brachte man uns in Hütten unter, und die Frauen und Männer des Stammes boten uns frische Kleider an. Andere halfen, unsere Kranken zu entkleiden und sie in Hängematten zu betten. Die Heilerinnen teilten uns mit, Arzneien seien schon bereitgestellt, sie zu behandeln. Offensichtlich waren wir nicht die ersten Menschen, die diesen Spalt entdeckt hatten, und auch nicht die ersten, die durch diese furchtbare Einöde getaumelt waren.

Deoce und ich badeten im See und zogen uns um. Wir fühlten uns wie wandelnde Tote, zwangen uns jedoch, zum Fest zu gehen. Nur wenige von uns, darunter Deoce, Janos, Sergeant Maeen und Lione, saßen an dem großen runden Tisch. Ich aß nicht viel, weil ich fürchtete, mir würde von zuviel Speisen übel werden. Lione und Maeen passierte das tatsächlich, doch unseren Gastgebern war das egal. Schließlich konnten wir die Augen nicht mehr offenhalten, entschuldigten uns und schwankten zu unseren Hütten. An die nächsten Tage erinnere ich mich kaum, nur daß ich aufwachte, aß, badete und darauf achtete, daß meine Männer versorgt wurden.

Schließlich dann fand ich doch zu meinem wahren Ich zurück, schneller als ich es für möglich gehalten hätte. Wieder und wieder bin ich in meinem Leben daran erinnert worden, wieviel grobe Behandlung so ein Körper vertragen kann, und habe nie aufgehört, mich zu wundern, wie leicht so mancher Mensch sein Leben aushaucht. Hier in diesem Tal habe ich es zum ersten Mal beobachtet. Einer der Männer, die wir aus der Sklaverei befreit hatten, starb, später ein weiterer. Trotz der besten Beschwörungen und Kräuter, die Cassini und Morgendunst bereitstellten, ließ die Krankheit nicht von unseren Leuten ab, so daß sie nicht zu Kräften kamen. Nur Janos, Cassini, Deoce, Sergeant Maeen und ich waren nicht krank geworden. Lione weigerte sich, einzugestehen, daß auch er befallen war.

Als ich wieder zu Kräften kam, erkundigte ich mich nach dem Stamm in diesem Felsspalt. Im ganzen Tal gab es etwa zweihundert Menschen. Sie lebten ein friedliches und normalerweise langes Leben. Durch vorbeiziehende Flüchtlinge oder gelegentlich durch Händler, die sich von der Welt zurückziehen wollten, kam frisches Blut in den Stamm. Die Menschen hier lebten von den Früchten, die sie weiter oben im Tal pflanzten, wo der Wald nicht mehr so dicht war. Sie benutzten lange, ausgehöhlte Flaschenkürbisse als Rohrleitungen, um das Wasser von Quellen und Bächen auf ihre Felder umzuleiten. Mit großer Umsicht jagten sie das Wild. Jeder Hirte mußte selbst entscheiden, welches Tier getötet werden konnte, ohne die Herde zu schädigen. Früher einmal hatten sie auch Ziegen gehalten, die jedoch in der letzten Generation gestorben waren. An Rinder und Pferde erinnerten sie sich nur dunkel aus längst vergangener Zeit. Sie schienen sich ein wenig vor unseren Eseln zu fürchten – die sich – robust, wie sie waren – schnell von den Strapazen erholt hatten.

Der Stamm der Felsenmenschen war vor vielen Generationen in dieses Tal gekommen. In ihrer Heimat waren sie zwischen zwei große kriegführende Völker geraten und dem Untergang geweiht. Doch hatten sie einen großen Zauberer gehabt, wie Morgendunst mir anvertraute. »Kräfte groß … sehr groß … mehr als ich … mehr als euer Schamane … er kam aus den Fernen Königreichen. Du hast gehört davon?«

Ich konnte meine Aufregung kaum verbergen. Ich rief Deoce und Janos, um keine meiner Fragen zu vergessen, und Morgendunst gab sein Bestes, sie zu beantworten. Ja, der Zauberer sei aus den Fernen Königreichen gekommen, ein großer Mann, der sich entschlossen hatte, seine Welt von Gold und Seide zu verlassen und anderen, die nicht so stark waren, zu helfen. Zufällig war er auf den Stamm gestoßen, kurz nachdem der Krieg begonnen hatte. Er hatte sich angeboten, sie nach Westen zu führen, fort von Tod und Zerstörung. Janos unterbrach ... wußte Morgendunst, wie weit die Fernen Königreiche von den Gefilden des Stammes waren? Er wußte es nicht. Er wußte auch nicht, wie weit der Stamm unter der Führung des Geistersehers gezogen war, bis sie in dieses Tal gekommen waren. »Die alten Geschichten sagen, daß es eine lange, schreckliche Reise war.« Er zuckte die Achseln. »Aber ist nicht jede Reise eine Sage voller Gefahren, wenn man sie nachts am Lagerfeuer erzählt?«

Ich hatte eine Frage, die mir fast unerheblich schien: Die Flüchtlinge und Händler, von denen er uns zuvor berichtet hatte, waren sie aus den Fernen Königreichen gekommen? Nein, sagte Morgendunst. Tatsächlich waren, seit er denken konnte, nie Reisende aus dem Osten gekommen.

»Was«, wollte Deoce wissen, »berichten eure Geschichten von den Fernen Königreichen? Sind sie von Menschen oder von Göttern bewohnt? Sind sie gut oder böse?« Den Rest des Tages berichtete Morgendunst von den Legenden des Stammes, am Abend gesellten sich dann andere alte Männer und Frauen zu uns. Es gab nicht viel zu berichten, was wir von diesem Land der sagenhaften Zauberei und unermeßlichen Reichtums nicht schon gehört hätten. Zwei Dinge blieben festzuhalten: Sämtliche Legenden des Stammes stimmten darin überein, daß die Fernen Königreiche mildtätig waren. Warum sonst sollte dieser große Geisterseher ein so guter Mensch gewesen sein? Das Problem waren die Länder um sie herum, und hier lag nach Meinung von Morgendunst auch die Ursache für unsere Zauberprobleme – er nannte sie die Entzweiten Länder. Es waren diese Königreiche gewesen, die den Stamm der Felsenmenschen mit ständigem Krieg in die Zange genommen hatten.

Was die Späher anging, so hatte noch niemand im Tal von ihnen gehört oder sie je gesehen. Sie fürchteten sich, als wir diese geisterhaften Wächter beschrieben.

»So werden wir also weiter durch Finsternis reisen, wenn wir von hier aufbrechen«, murmelte Janos.

»Ihr müßt nicht weiterreisen«, sagte Morgendunst. »Es gibt viele junge Frauen in unserem Stamm, die noch keinen Mann gefunden haben. Den Legenden unseres Volkes nach ist auch dies ein Geschenk des großen Geistersehers, daß nämlich Reisende, die meistens männlich sind, das Gleichgewicht nicht stören, wenn sie sich zum Bleiben entschließen.« Sämtliche Männer schienen Gefährtinnen gefunden zu haben, selbst wenn die meisten zu wenig mehr imstande waren, als Brühe zu schlürfen und sich ihre fiebrige Stirn waschen zu lassen. Klar war auch, daß der Stamm mit geschlechtlichem Leben sehr freizügig umging. Die Frauen des Stammes wechselten häufig die Partner und besuchten gelegentlich paarweise besonders attraktive und potente Männer. Zwei von ihnen fragten Deoce, ob sie nicht, wie sie sich ausdrückten, »mit ihnen im Mondschein gehen« wolle. Deoce gab vor, entsetzt zu sein, doch eigentlich war sie, glaube ich, geschmeichelt. Selbst Cassini wurde einoder zweimal dabei beobachtet, wie er mit einer der Frauen im Dunkel verschwand. Ein weiterer Beweis, daß entgegen meiner Auffassung unter seinen Ahnen im Laufe der Jahrhunderte doch ein oder zwei menschliche Wesen gewesen sein müssen.

Am erstaunlichsten war Janos' Benehmen. Er wirkte wie ein Bulle in der Brunst. Ständig liefen Frauen, manchmal allein, manchmal in Gruppen, kichernd zu dem Haus, in dem er schlief. Eigentlich kann er kaum Zeit zum Schlafen gefunden haben.

Ich selbst brauchte niemand außer Deoce. Ihre Liebe war erfinderisch, stets feurig, manchmal zurückhaltend, dann wieder schamlos. Ich war damit beschäftigt, meine Stärke wiederzugewinnen, ging sogar spazieren und lief jeden Tag eine Stunde um das Tal herum. Dann fing ich an, die große Treppe in die Außenwelt hinauf- und wieder hinunterzurennen, was sich als noch anstrengender erwies. Es war eine seltsame Zeit, was mir schon damals klar war. Ich fühlte mich wie in einem großen Gewölbe unter einem Glasdach. Und draußen wütete ein schwerer Sturm, ein Sturm, in den wir wieder hinausmußten.

Ich nahm Cassini mit der Karte mehrmals bis knapp unter die Felskante und ließ ihn seinen Zauber versuchen. Der Talisman arbeitete wieder. Wir konnten die Faust der Götter sehen, und inzwischen lagen weniger von diesen rätselhaften Orientierungspunkten zwischen dem Paß und dem Standort, an dem der Talisman uns vermutete.

Ich wurde immer ungeduldiger, weiterzuziehen. Dafür gab es Gründe. Es wurde immer später, und schon nahte der Herbst. Wenn der Talisman und das Traumbild damals in Orissa recht behalten sollten, waren auf dem Weg in die Fernen Königreiche noch Berge zu überqueren. Und wir mußten unserer langen Liste von Widrigkeiten nicht noch Schnee, Eis und Stürme hinzufügen. Doch meine Männer erholten sich nur langsam. Ich wollte hier nicht überwintern, wie reizend und liebenswürdig die Menschen im Felsental auch sein mochten. Schließlich kam ich zu einer Entscheidung. Ich mußte die Gruppe teilen. Die Kranken sollten hierbleiben. Sergeant Maeen würde die Verantwortung übernehmen.

Nur vier Mann blieben übrig. Ich wollte sie antreiben, um so schnell wie möglich die Faust der Götter zu erreichen. Wir mußten den Paß überqueren und, sollten die Fernen Königreiche in Reichweite liegen, zum Felsental zurückkehren. Wären meine Männer bis dahin wiederhergestellt und wir auf keine weiteren Hindernisse gestoßen, würden wir den Weg weitermarschieren, den der Spähtrupp gegangen war. Wenn nicht, mußte ich hinnehmen, daß wir hier bei unseren Freunden überwinterten. Aus den Gesprächen der Soldaten wußte ich, daß kleine Spähtrupps oftmals schneller vorwärts kamen als große Kommandos, vor allem unbemerkter und somit sicherer. Doch hatte ich auch Geschichten davon gehört, wie verwundbar ein so kleiner Trupp sein konnte, wenn er von Feinden überrascht wurde.

Außerdem entschied ich, daß Deoce zurückbleiben sollte. Nach so vielen Jahren weiß ich jetzt, daß ich damals dumm war, denn ihr Durchhaltevermögen hatte sie genügend unter Beweis gestellt, indem sie Sklaventreiber und Einöde überlebt hatte. Nur ... wenn sie wegen meiner tollkühnen Idee, mit einigen wenigen weiterzuziehen, hätte sterben müssen ... Das hätte ich mir nie verziehen. Sie tobte, als ich es ihr sagte. Was war mit ihren Gefühlen, wenn ich entführt würde – oder Schlimmeres? Was sollte sie meinem Vater sagen, wenn sie nach Orissa käme? Wie könnte er auch nur höflich zu ihr sein, wenn sie, die Tochter eines Stammesfürsten und Enkelin eines mächtigen Satraps, ihre große Liebe hatte in die Wildnis ziehen lassen? Eines wurde mir klar, während sie mich bestürmte: Inzwischen gingen wir beide davon aus, daß wir gemeinsam nach Orissa zurückkehren und dort zusammenbleiben würden. Ich hielt mich für besonders klug, als ich ihre wütenden Beschimpfungen unterbrach und ihr die Heirat vorschlug. Fast hätte sie mich geschlagen. Statt dessen warf sie mich aus ihrer Hütte. Ich könnte schlafen, wo und mit wem ich wollte. Und was die Hochzeit betrifft ... das heißeste und staubigste Leben soll dir nach deinem Tode blühen, Amalric Antero. Der Großteil der Dorfbewohner hatte unseren Streit mitangehört. So wurde ich mit spöttischem Mitgefühl und verstecktem Lächeln begrüßt. Ich fand eine kleine, freie Hütte und brütete darüber nach, wie kompliziert die Frauen seien – nicht ohne weiter meine Pläne zu bedenken.

Nichts von dem, was Deoce gesagt hatte, änderte etwas an meinen

Vorstellungen. Janos, Cassini und ich würden weiterziehen. Ich fragte mich nur, wie ich das Thema dem Geisterseher gegenüber anschneiden konnte, und kam zu keiner Lösung. Er mochte ebenso neugierig auf die Fernen Königreiche sein wie ich, oder es zumindest irgendwann einmal gewesen sein. Ein solcher Vorstoß zu dritt jedoch würde ihm wohl eher selbstmörderisch erscheinen. Während der Reise war er kaum ein Segen gewesen, als er die Soldaten noch als persönliche Sklaven behandeln konnte. Jetzt würde er sein Gepäck allein tragen müssen. Außerdem war der Mann kein Soldat, während ich mich selbst inzwischen für mindestens so fähig hielt wie den geringsten unter Maeens Soldaten, insbesondere nach dem Überfall auf das Lager der Sklavenhändler.

Also blieben Janos und ich. Ihn hatte ich in den letzten Tagen, während ich mit meinen Plänen zu kämpfen hatte, kaum gesehen. Er war mit seinen Konkubinen beschäftigt und, so nahm ich an, mit jenen geheimnisvollen Utensilien, die er aus Lycanth mitgebracht hatte. Ich ging zu seinem Häuschen. Gesang war zu hören, dann ein Stöhnen. Ich wartete einige Minuten, bevor ich an seinen Türrahmen klopfte.

»Wer da?«

»Amalric. Dein gelegentlicher Führer.«

»Tritt ein, mein Freund.«

Ohne zu ahnen, was mich erwartete, trat ich ein. Was ich sah, hätte ich mir so nie ausmalen können: Weihrauch hing dick im Zimmer. Alle Möbel hatte man entfernt. An den Wänden hingen drei Pergamentrollen mit Symbolen, die ich nicht entziffern konnte. Der Boden war mit weißem Sand bedeckt. Darauf war mit rotgefärbtem Sand ein Pentagramm gezeichnet, darin ein Dreieck in einem Kreis. Im Raum befanden sich sieben Personen. Sechs davon waren Frauen, der siebte war Janos. Er trug ein dünnes, rotes Gewand. Fünf der Frauen trugen nur eine rote Schnur um ihre Hüften. Sie knieten an jeder Ecke des Pentagramms und hielten die sechste Frau an

Händen, Füßen und dem Haar, ohne wirklich Kraft zu brauchen. Sie war nackt. Keine von ihnen schien mich zu bemerken, nur Janos. Mir war klar, warum die sechste nichts mehr wahrnahm: Sie kehrte eben von jenem fernen Ort zurück, den wir im Orgasmus erreichen. Der Sand und das Pentagramm um ihre Schenkel waren aufgewühlt. Die anderen schienen verzaubert, als würden sie einer Erfahrung teilhaftig, die nicht zu übertreffen war.

»Es ist vorbei, meine Freundinnen«, sagte Janos sanft, und die Mienen der Frauen wurden wieder normal. Sie halfen der sechsten, sich aufzurichten, und brachten ihr Wein. Dann erkannten und begrüßten sie mich. Keine von ihnen schien sich der etwas bizarren Umstände bewußt zu sein.

Janos führte mich in ein anderes Zimmer. »Ich fürchte, die Nachwehen unserer Vergnügungen könnten ein wenig zu sehr ablenken«, sagte er trocken. »Was führt dich zu mir?« wollte er wissen. »Ich dachte, du und Deoce, ihr hättet inzwischen … euren eigenen Himmel gefunden.«

Ich sagte ihm nicht, daß Deoce und ich im Augenblick nicht einmal die Existenz des anderen anerkannten. Doch erzählte ich ihm von meiner Entscheidung. Er griff nach der Figur des tanzenden Mädchens, die an seiner nackten Brust hing.

»Interessant«, grübelte er. »Eine kleine Gruppe, die das Land erkunden soll. Amalric, manchmal glaube ich, du hättest besser Kundschafter werden sollen, nicht reicher Kaufmann.«

Ich bedankte mich und setzte ihn davon in Kenntnis, daß ich in den nächsten ein, zwei Tagen aufbrechen wollte, sobald wir Proviant und Waffen zusammengestellt hatten.

»Ah«, sagte er, und plötzlich schien es mir, als hätte er jegliches Interesse an unserer Suche verloren, wie auch in allem anderen außer dem, womit er sich gerade beschäftigte. »Ja. Wir sollten aufbrechen. Nur sollten wir die Stunde und den Tag unseres Aufbruchs sorgfältig wählen. Vielleicht«, sagte er und klang dabei äußerst unbestimmt, »sollten wir unseren Geisterseher Runen werfen lassen, um die günstigste Stunde zu ermitteln. Vielleicht sollten wir auch besser warten, bis alle Männer gesund sind. Bedenke dies, Amalric. Keiner von uns ist bisher erkrankt, doch ist es keine Garantie. Es wäre unangenehm, irgendwo dort drüben zu sein und einem Leiden zum Opfer zu fallen. Ich glaube, meine Freundinnen im Nebenzimmer wären weitaus bessere Pfleger als du.«

Ich wollte etwas entgegnen, hielt mich jedoch zurück. »Ich verstehe.« Ich blieb stehen. »Offenbar habe ich dich zu einem schlechten Zeitpunkt besucht. Wir sprechen später darüber. Morgen.« Ich versuchte, meinen Ärger zu verbergen, was mir kaum gelang, und ging.

Ohne weiteres hätte ich noch wütender werden können, doch bot sich mir keine Gelegenheit, denn in meiner Junggesellenhütte wartete Deoce. Es ist unerheblich, was gesagt wurde und wie viele Tränen flossen. Liebende, die sich wieder versöhnen, stehen unter einem guten Stern. Auf alle anderen jedoch wirken sie entweder langweilig oder abscheulich sentimental.

Janos erwartete mich in der Morgendämmerung, als ich mich eben waschen wollte. Überschwenglich entschuldigte er sich. Er konnte sich überhaupt nicht vorstellen, was in ihn gefahren sei, außer vielleicht ... nun, ich würde mich sicher an seine Freundinnen erinnern. Ich möge ihm verzeihen. Natürlich würde er an meinem Spähtrupp teilnehmen. Es sei ein trefflicher Plan. Der Traum unseres Lebens könne schon in einigen Stunden oder Tagen in Erfüllung gehen, so zumindet hoffe er das. Wenn mir danach sei, könnten wir noch heute aufbrechen. Vorausgesetzt, ich wolle noch immer einen Dummkopf oder ein Faultier als Begleiter. Ich mußte lachen. Als wäre ich selbst nie in einem ungeeigneten Augenblick mit einer guten Idee konfrontiert worden und hätte sie abgelehnt.

Schon konnte ich die Fernen Königreiche ahnen, ihren Geruch schmecken und mir die Reichtümer durch die Finger rinnen lassen, als wäre ich ein vom Wahn besessener Geizhals mit seinen Säcken voller Gold.

Zwei Tage später brachen wir auf, mit leichtem Gepäck und getrockneten Lebensmitteln. Janos Greycloak und ich griffen nach der Faust der Götter.

Kapitel Zwölf

Die Faust der Götter

Unser Marsch dauerte länger als die paar Stunden und Tage, die mein Freund veranschlagt hatte. Janos lachte und hielt das für eine wertvolle Lektion, die jeder gute Befehlshaber von Soldaten lernen sollte. Sage einem einfachen Soldaten nie, eine Entfernung übersteige fünf Wegstunden, um seinen Elan nicht zu zerstören. Fünf Stunden zur Zeit, erklärte er mir, und du kannst die ganze Welt erobern.

Wir marschierten schnell, viel schneller als zu Beginn unserer Reise, als wir von der Pfefferküste losgezogen waren. Doch kamen wir nur umständlich voran, da wir offenes Gelände mieden, und falls dies nicht möglich war, hielten wir sorgfältig nach Gefahren Ausschau, bevor wir von Deckung zu Deckung preschten. Unsere Nachtlager blieben ohne Feuer. Mittags kochten wir mit trockenem Holz und aßen abends und morgens kalt. Außerdem bestand ich darauf, Karten anzulegen, wodurch sich unsere Reise weiter verzögerte. Janos genügte es, die Fernen Königreiche zu entdecken. Ich dagegen mußte in der Lage sein, hierher zurückzukehren und, was noch wichtiger war, meinen Händlern die Route zu erklären.

Aus den Hügeln wurden Gebirgsausläufer, die zu den Bergen in der Ferne führten. Sie schienen nie näher zu kommen. Cassini hatte Janos widerwillig die Zauber zur Beschwörung des Talismans beigebracht, und wir nahmen die erste Peilung vor, als wir drei Tagesmärsche vom Felsental entfernt waren. Das war unser erster Fehler. Der Talisman zeigte uns, wir wären genau auf der beabsichtigten Route, die Faust der Götter läge direkt in unserer Marschrichtung. Doch weniger als zwei Stunden nach der Beschwörung hatte ich plötzlich das Gefühl, beobachtet zu werden. Es war ein Gefühl – das merkte ich jetzt –, das mich begleitete, seit die Ufermenschen uns verlassen hatten. Und selbst Cassinis Zauber auf dem Fluß hatte es nicht verdrängt. Nur im Felsental hatte ich es nicht gespürt. Ich hielt es für törichte Gedanken, bis Janos darauf zu sprechen kam. Er hatte dieselbe Empfindung. Zuerst verglich er sich mit einem Kaninchen, das einen hungrigen Habicht über sich entdeckt, oder mit Cassinis Vorstellung von einem großen Fisch, der sich in seinem Becken treiben läßt. Dann verbesserte er sich. Er hatte nicht das Gefühl, daß derjenige, der nach uns suchte, unbedingt böse war – falls es sich nicht überhaupt um ein Hirngespinst handelte. Doch spürte er auch kein Wohlwollen. Was immer es war, es schien lediglich Interesse an uns zu haben.

Es war der Tag, an dem wir die Späher wieder sahen. Zwei von ihnen saßen auf einem Bergrücken, nicht allzuweit entfernt, auf ihren Rossen. Wir entdeckten sie, als wir gerade aus einem Wäldchen kamen. Ich wäre weitergegangen und hätte sie ignoriert, wie wir es schon früher getan hatten, doch Janos blieb stehen. Wortlos bedeutete er mir, mich hinter einem Busch auf den Boden zu legen.

»Du bist das Reh«, flüsterte er. »Versuch, wie ein Reh zu denken.« Ich glaubte schon an einen Sonnenstich, tat jedoch mein Bestes, ohne zu verstehen, was er wollte. Ich wußte nur wenig über das Leben der Rehe, und so versuchte ich, mich an diejenigen zu erinnern, die wir auf dem Weg gesehen hatten, und mir ihre Sorgen vorzustellen. Meine Gedanken wanderten zu den Reitern auf dem Bergrücken, und irgendwie wußte ich, daß dies nicht gut war. In diesem Augenblick *nicht* an die Späher zu denken, war, als würde man jemandem sagen, er solle nicht an die Farbe Rot denken. Einige Augenblicke später stieß Janos mich an, ich solle mich aufrichten. Er deutete auf den Bergrücken – die Späher waren verschwunden.

»Das gefällt mir nicht«, sagte er. »Wir kennen die Absichten der Späher nicht. Wir wissen noch nicht mal, ob sie uns im Visier haben. Allerdings, ich befürchte das Schlimmste. In letzter Zeit waren sie nicht zu sehen, aber gerade als wir die Zauberkarte gebraucht haben, sind sie wieder aufgetaucht. Ich kann nicht vergessen, daß diese Karte einem von ihnen gehört hat. Gleiches zieht immer Gleiches an, in der Zauberei wie im Leben. Den Talisman sollten wir nur so wenig wie möglich benutzen. Wir dürfen jetzt keine Aufmerksamkeit auf uns lenken.«

Ich persönlich hielt es für zu spät. Es konnte kaum Zufall sein, daß die Späher quer zu unserer Richtung auf einem Berg erschienen, kurz bevor wir ihn passierten. Doch Janos' Vorsicht konnte nicht schaden. Von diesem Augenblick an nahmen wir uns noch mehr in acht. Während der nächsten Tage versuchten wir, uns nie auf Hügelkuppen sehen zu lassen, beim Überqueren eines Stromes lieber auf Steine zu treten, als Fußabdrücke im Sand des Ufers zu hinterlassen, und niemals den natürlichsten und einfachsten Weg zu wählen.

Wir fanden Ruinen. Die erste war eine runde, steinerne Festung. Sie war nicht einfach verlassen, sondern im Sturm erobert und vernichtet worden. Das große, hölzerne Tor war niedergerissen und lag einige Fuß weit vom Eingang entfernt. Alles Holz, ob Dächer oder

Stützbalken, war verkohlt. Die Eroberer hatten die Festung niedergebrannt. Jetzt verstand ich, warum Janos Cassinis Begleitung für so wichtig gehalten hatte. Es hätte mich interessiert, ob die Soldaten der Festung in fairer Schlacht oder durch Zauberei geschlagen worden waren. Und obwohl die Schlacht schon vor vielen Jahren stattgefunden haben mußte, spürte ich dennoch an diesem düsteren Tag die Gegenwart eines Zaubers. Zumindest jedoch machten die Ausmaße des Portals und der Treppen klar, daß dieses Land von Wesen menschlicher Größe und nicht von Riesen besiedelt worden war. Wir nutzten die Ruinen nicht als Zuflucht, sondern marschierten eilig weiter.

Das Fort mochte ein Grenzposten gewesen sein, jedenfalls wurden die Ruinen immer zahlreicher. Ich fragte Janos, wie lange es her sei, daß der Krieg diese Berge überzogen hatte. Er wußte es nicht genau, doch mußte es wohl ein Menschenleben her sein. Außerhalb eines niedergebrannten Dorfes hörten wir ein Bellen und sahen, wie ein Rudel Hunde eine gestreifte Antilope jagte. Das unterschiedliche Aussehen der Hunde deutete darauf hin, daß sie nicht wirklich wild waren. Ein bäuerlicher Stamm, was die Menschen hier gewesen sein mußten, hätte seine Hunde nicht freiwillig ausgesetzt. Dennoch fand ich neben einer zerstörten Hütte ein kleines, handgeschnitztes Pferd, wie es ein Vater für seinen Sohn schnitzen würde. Kein Kind läßt ein Spielzeug zurück, wenn es nicht kaputt ist oder ihm gewaltsam entrissen wird. Soldaten mußten in dieses Dorf eingefallen sein und alles Wertvolle mitgenommen haben, auch die Einwohner. Keiner hatte fliehen können, anders als unsere Freunde vom Felsental. Die Entzweiten Länder hatten ihren Namen verdient.

Wir schliefen in dieser Nacht nicht weit hinter dem Dorf und wurden von Pferdehufen geweckt. Fast versanken wir im Boden und hofften, unsichtbar zu sein. Dem Geräusch nach mußten es mehrere Reiter sein. Janos hob die Finger einer Hand dreimal. Ich glaubte, weniger als einen Speerwurf entfernt, Federbüsche auf den Helmen gesehen zu haben, doch wahrscheinlich hatte ich mich getäuscht. Am nächsten Morgen untersuchten wir die Gegend vorsichtig, konnten aber dort, wo die Reiter vorbeigekommen sein mußten, weder Kot noch Spuren finden.

»Jetzt reiten die Späher ihre Patrouillen in halber Kompaniestärke«, sagte Janos. »Wir sind nahe dran.«

Eine Stunde später etwa betraten wir einen dichten Wald, der weit über unsere Köpfe reichte. Hier waren lange keine Bäume mehr gefällt worden. Wir sahen die Sonne nicht mehr und mußten uns auf unseren Kompaß verlassen. Als die Nacht hereinbrach, waren wir immer noch tief in der Wildnis. Wir schliefen schlecht, nicht nur wegen der vielen Geräusche unbekannter Kreaturen, die in der schwarzen Nacht jagten und gejagt wurden. Ich fühlte mich wie eingesperrt, denn schließlich war es der erste Dschungel, in dem ich je gewesen war. Einmal hörte ich den Flügelschlag eines mächtigen Nachtvogels über unseren Köpfen. Am nächsten Morgen aßen wir hastig und eilten weiter. Wir mußten uns einen Weg durch Ranken und dichtes Unterholz bahnen.

Plötzlich war der Wald zu Ende. Wir standen am Rande einer großen, zerklüfteten Ebene, die braun zu werden begann, da der Monat des Rauches bevorstand. Kurz zuvor mußte das Gras noch gelb wie blühender Senf gewesen sein. Ansonsten herrschte das Grün der Wälder und das Silber fließender Gewässer vor.

Dahinter lag die Bergkette. Zu ihr gehörten vier Gipfel, ein fünfter bog sich wie ein großer Daumen. Wir hatten die Ebene erreicht, die sich zur Faust der Götter erstreckte. Es war noch zu früh für Schnee, und wir schienen noch näher dran zu sein, als ich es im Traumbild vor mir gesehen hatte, so daß man an den Gipfeln die Riefen gleich unterhalb des pechschwarzem Vulkangesteins erkennen konnte. Bei allem, was mir heilig ist, dachte ich, wir *haben* die Faust der Götter gefunden. Dahinter liegen die Fernen Königreiche.

Janos sah mich an, und ich drehte mich zu ihm. Beide waren wir in den nächsten Augenblicken wie im Wahn. Zuerst kamen Verwirrung und Schock, ungläubiges Starren, dann redeten wir durcheinander, ohne daß einer dem anderen zuhörte. Schweigen.

»Wir haben es gefunden«, sagte ich.

»Das stimmt.«

»Hast du wirklich geglaubt, daß wir es schaffen würden?«

Keiner sah dem anderen in die Augen oder gab eine Antwort. Vielleicht hatte es während dieser Suche zuviel Zauberei, Gefahr und Enttäuschung gegeben, als daß man sich die Überheblichkeit hätte bewahren können. Dann aber war es mit der Feierlichkeit vorbei, und wir alberten herum wie die kleinen Kinder. Schließlich kamen wir wieder zu uns.

»Verdammt und zugenäht«, sagte ich. »Ich hätte in meinem Gepäck Platz für eine Flasche lassen sollen, mit der wir es begießen könnten.«

»Das brauchen wir nicht, Amalric«, entgegnete Janos. »Der Strom da vorn wird uns besser schmecken als jeder Wein. Wir können uns dort niederlassen, und ich schätze, daß wir nicht mehr als drei oder vier echte Tagesmärsche bis zum Paß brauchen.«

»Dann drei Tage in den Bergen vielleicht«, murmelte ich, »über den Paß und …«

»Und die Fernen Königreiche liegen vor uns«, fuhr Janos fort.

Wir schulterten unser Gepäck und gingen dem Strom entgegen. Ich hätte fliegen oder schweben mögen. Ich spürte die Wunden, die der dornige Dschungel auf meiner Haut hinterlassen hatte, die wunden Zehen und Sohlen nicht mehr. Wir hatten es geschafft. Wir waren so weit vorgedrungen wie kein Orissaner und Lycanther je vor uns. In diesem Augenblick wußte ich, daß wir nicht nur Geschichte gemacht, sondern auch die zukünftige Geschichte verändert hatten. Wenn wir erst die Fernen Königreiche auf der anderen Seite des Passes gesehen haben und sicher zurückgekehrt sein würden, woran ich keinen Zweifel hatte, würde nichts mehr sein wie zuvor.

Ich bemerkte ein paar Späher weit entfernt auf einer Seite, abseits unserer Marschrichtung, beachtete sie jedoch nicht weiter.

Wir waren keine zehn Meter jenseits der Baumgrenze, als eine Trompete erscholl. Aus einem Wäldchen, nur wenige Speerwürfe entfernt, kamen drei Reiter. Von der Seite kamen weitere zwanzig. Es konnten keine Späher sein, denn wir hörten ihr Rufen, wie das der Jäger aus Orissa, wenn der Eber seine Deckung verläßt, sie ihre Speere anlegen und ihn jagen. Es waren auch keine Kavalleristen im makellosen Paradepanzer, sie steckten im praktischen, stahlverstärkten Leder einfacher Soldaten. Ich sah, wie sich einige Männer in den Steigbügeln aufrichteten und ihre Bogen spannten. Die Pfeile schlugen wenige Meter vor uns im Boden ein, und wir kehrten um und rannten weg. Wir liefen in den Dschungel zurück. Noch nie war ich so froh, Dornenzweige, Gestrüpp, Ranken und strangulierendes Gebüsch zu sehen, wie in diesem Augenblick.

Ich brauchte jetzt keinen Hinweis von Janos, wie ein verblüffter Hase, Backenhörnchen, Igel oder Dachs zu denken, der von Hunden oder Jägern gehetzt wird. Während wir uns einen Weg durch das Dickicht bahnten und die Ranken uns festhalten wollten, als sei dies alles der Alptraum eines kleinen Kindes, hörten wir hinter uns Pferde, die in den Wald eindrangen, Schreie, Befehle und Kommandos. Jetzt verloren sie Zeit, weil sie absteigen und uns zu Fuß folgen mußten oder vielleicht umkehrten und den Wald umkreisten, damit sie uns in einen Hinterhalt locken konnten. Doch das war einerlei. Wir zwei hätten in diesem Dickicht jahrelang ausharren können, bis sie mit ganzen Armeen wiederkommen würden. In diesen Waldungen konnten wir den Feind warten lassen. Sie waren mir so wertvoll wie mein eigenes Schlafgemach, wenn draußen Winterstürme tobten.

Mein Mut erlebte einen Höhenflug. Wir hatten die Faust der

Götter gesehen. Jetzt brauchten wir nur noch unsere Verfolger abzuschütteln, zum Felsental zurückzukehren und uns dann gewitzt noch einmal auf die Reise zu machen. Unsere Männer würden sich inzwischen erholt haben. Sergeant Maeen und seine Leute waren mehr als fähig, eine Kavalleriepatrouille abzuschütteln, der wir nicht ausweichen konnten.

Es gab nichts, was uns aufhalten konnte. Noch vor Wintereinbruch würden wir in den Fernen Königreichen sein.

Das glaubte ich zumindest. Als wir jedoch zum Felsental zurückkehrten, trafen wir nur Deoce und Sergeant Maeen an. Die anderen hatten uns verlassen.

Janos und ich hatten die Gebirgsausläufer und das hügelige Land ohne jeden Zwischenfall durchquert. Es hatte allerdings Patrouillen gegeben, die nach uns suchten. Sie alle hatten aus sehr realen, echten Soldaten bestanden. Auf Janos hatten sie einen fähigen Eindruck gemacht. Nur unser Geschick als Waldläufer hatte es uns ermöglicht zu entkommen. Janos vermutete, sie hätten nach einer wesentlich größeren Gruppe gesucht und uns nur für die Vorhut gehalten. Wir hüteten uns, den Talisman für einen schwarzen Zauber zu mißbrauchen, und hielten uns statt dessen an meine sorgfältig gezeichnete Karte, die Janos anfänglich als reine Zeitverschwendung angesehen hatte.

Im sicheren Felsental angelangt, kam meine Welt ins Wanken, da ich den Schaden sah, den dieser Schweinehund von einem Geisterseher angerichtet hatte. Niemand sagte etwas, während ich wütete. Janos stolzierte mit düsterer Miene zum See hinab.

Schließlich hatte ich mich wieder unter Kontrolle und fragte, was geschehen sei. Nur zwei Tage nach unserem Aufbruch war Sergeant Maeen erkrankt. Da mußte Cassini seine Chance gewittert haben. In jener Nacht war Rauch in seltsamsten Farben aus seiner Hütte gedrungen.

In der nächsten Morgendämmerung hatte er düster bekanntgegeben, Janos und mir sei Schlimmes zugestoßen. Wir seien in Feindeshand geraten. Er war sich nicht einmal sicher, ob wir überhaupt noch lebten.

Ich verfluchte Cassini mit allen unflätigen Schwüren, die mir einfallen wollten. Dann sagte ich: »Deoce, wie ist es dir ergangen? Es tut mir so leid, daß er euch überflüssigen Kummer bereitet hat.«

Deoce schüttelte den Kopf. »Ich habe mich nicht gegrämt, Amalric. Ich wußte, daß du noch lebtest und unverletzt warst.«

»Wie das?«

»Glaub mir ... wenn – wenn du je von uns gehst, dann werde ich es wissen. Ich werde es wissen.«

Ich fragte nicht weiter. »Und nachdem Cassini seine Lügen verbreitet hatte?«

Deoce hatte versucht zu widersprechen. Sie hatte Morgendunst gebeten, Knochen zu werfen, um sich ihre Ahnung bestätigen zu lassen. Morgendunst hatte keine Anzeichen gefunden, daß uns etwas passiert sei, allerdings auch keine Hinweise auf unser Wohlergehen. Die Gruppe müsse, so sagte Cassini, augenblicklich den Rückzug antreten, zur Pfefferküste ... und dann nach Orissa.

An diesem Punkt wäre Sergeant Maeen, der sich von seiner Krankheit beinah schon erholt hatte, fast in Tränen ausgebrochen. »Ich habe sie ausgebildet«, sagte er gebrochen. »Ich glaubte, diese Mistkerle zu kennen. Ich dachte ... ich dachte, sie würden durchhalten.«

Das taten sie nicht. Insbesondere nicht, als Cassini behauptete, daß wir Spuren zurückgelassen hätten ... Spuren, die unsere Feinde zum Felsental führen würden. Es machte nichts, daß die Obersten des Felsentals dies für unmöglich hielten. Panik breitete sich aus. Innerhalb eines Tages hatten sie Vorräte gesammelt, die Tiere bepackt und waren die Treppen aus dem Felsental hinaufgestiegen – in Richtung Westen.

»Ich habe sie verflucht«, sagte Deoce. »Aber ich bin kein Geisterseher. Ich habe auch Morgendunst gebeten, sie zu verfluchen, aber er erwiderte, dazu sei sie nicht in der Lage. Es würde den großen Zauber zerstören, und sie wären in der Einöde so nackt, wie wir es gewesen waren.«

»Hoffentlich kommen die Schweine in der Wüste um«, schimpfte Maeen. »Oder werden von den Ungeheuern des Abgrunds gefressen.«

»Nein.« Es war Janos. Er war zurückgekehrt und hatte sich wieder unter Kontrolle. »Nein, das wird nicht geschehen. Ich mache eine andere Prophezeiung. Wer vor den Fernen Königreichen flieht, hat wenig zu befürchten, höchstens die Treulosigkeit gegenüber seinem eigenen Land. Irgendwie habe ich das Gefühl, daß Cassini es bis nach Orissa schaffen wird.«

»Dann werden wir dort mit ihm abrechnen«, sagte ich düster.

»Falls wir dazu in der Lage sind. Aber das ist nicht von so großer Bedeutung«, sagte Janos, und seine Augen glänzten wie beim ersten Mal, als er mir von seinem großen Traum erzählt hatte. Ich wußte, was er meinte. Wir hatten einen Fehlschlag erlitten, das stimmte. Aber es war der erste Versuch gewesen. Es würde einen weiteren geben und noch einen … und noch einen, falls erforderlich. Ich streckte meine Hand aus, und Janos ergriff sie.

Bei den Göttern, wir würden zurückkehren … und die Fernen Königreiche würden unser sein.

Die zweite Reise

Kapitel Dreizehn

Helden und Lügner

Zwei Monate später segelten wir mit einer steifen Morgenbrise im Rücken in den Haupthafen von Orissa. Es war zwar schon vormittags, doch war niemand im Hafen, der L'urs gekonnte Manöver mit der *Möwenschwinge Zwei* im starken Wind hätte bewundern können. Ich suchte das Ufer nach bekannten Gesichtern ab, doch erwiderte lediglich ein alter Fischer meinen Blick.

»Wie ich sehe, hast du Orissas Größe nur geringfügig übertrieben, mein Lieber«, sagte Deoce trocken. »Der von Menschen wimmelnde Hafen, die breiten Alleen, das geschäftige Treiben auf dem Marktplatz.« Erneut blickte sie zum verlassenen Flußufer und wandte sich dann Janos zu. »Sag mir, Janos, ist es hier immer so voll, oder sind wir an einem besonders geschäftigen Tag gekommen?« Janos schüttelte den Kopf ebenso erstaunt wie ich.

»Ich verstehe nicht«, sagte ich. »Normalerweise könnten wir uns in dem Stimmengewirr nicht einmal verständigen.«

Deoce lachte. »Und wieder versucht er, der hübschen Barbarin den Kopf zu verdrehen.« Sie ahmte die tiefe Stimme eines Mannes nach. »Ja, meine Liebe, ich bin ein großer Mann in meinem Land. Ein reicher Mann. Mit einer schönen Villa und vielen Dienern. Verweile nur noch einen Augenblick in meinem Zelt…« Sie kniff mich, weil ich die Stirn runzelte. »Sei nicht traurig. Selbst wenn du arm bist, liebe ich dich doch genauso.«

»Glaube mir, Deoce«, sagte Janos, und er genoß ihren Scherz sichtlich. »Unser Freund ist nicht arm. Nimm mein Wort dafür.«

»Das werde ich, Janos«, entgegnete Deoce. »Erspare mir in Zukunft nur bitte Beschreibungen…«, sie deutete auf das verlassene Ufer, »von Häfen voller Menschen.«

Ich sprang vom Schiff und lief mit großen Schritten zu dem alten Fischer hinüber. »Wo sind all die Menschen geblieben, Großvater?« fragte ich.

Aus wäßrigen Augen sah er zu mir auf, band mit knotigen Fingern sein Netz, während er mich, meine Aufmachung und meine zwei Begleiter musterte. »Wenn Ihr heute entladen wollt, habt Ihr großes Pech«, sagte er und nickte in Richtung der *Möwenschwinge*. »Genaugenommen hättet Ihr auch gestern Pech gehabt, am Tag davor und dem Tag *davor* ebenso.« Er schüttelte den Kopf, als er sich unser Unglück ausmalte, und genoß es in vollen Zügen. »Und achtet auf meine Worte, morgen wird es nicht anders sein. Vielleicht wird es danach wieder normal. Doch viele werden noch vor Euch an der Reihe sein, sehr viele.«

»Wir kommen schon zurecht, Großvater«, sagte ich, »doch danke ich Euch für Euer Mitgefühl. Ich möchte allerdings gern wissen, was hier geschehen ist. Wohin sind sie alle verschwunden?«

»Ihr seht wie ein Orissaner aus«, sagte der alte Mann. »Ihr müßt lange weg gewesen sein, wenn Ihr nichts davon wißt.« Er musterte

Deoce und ließ seinen wachen Blick einen Augenblick verweilen. »Sie kommt nicht aus Orissa«, sagte er. Ruckartig wandte er sich ab, als Deoce schon aufbrausen wollte, und sein Blick fiel auf die Münze, die ich ihm entgegenhielt. Er entriß sie mir und fing dann wieder an, Knoten zu knüpfen. »Danke dafür«, sagte er. »Ich hab mächtigen Durst, und der will gelöscht werden. Nun zu Eurer Frage, junger Lord. Und zu meiner Antwort. Es ist 'ne Menge los, seit vier oder fünf Tagen. Die meisten Leute haben vom vielen Feiern dicke Köpfe. Ich hab' nur deswegen keinen dicken Kopf, weil mir das Geld ausgegangen ist. Hab' meinen ganzen Beutel leergetrunken.«

»Und was wird hier gefeiert, mein Freund?« fragte Janos.

»Ihr Jungs müßt 'ne ganze Weile weg gewesen sein«, sagte der alte Mann. »Wußtet Ihr nicht, daß wir die Fernen Königreiche entdeckt haben?«

Ich tauschte Blicke mit Janos und Deoce. »Das sind ja erstaunliche Neuigkeiten«, entgegnete ich.

Der alte Mann lachte keuchend. »Nicht im geringsten«, sagte er. »Wir Orissaner sind jetzt Sieger auf der ganzen Linie. Und die Lycanther schlucken unser Kielwasser. Natürlich haben wir nicht wirklich einen Fuß reingesetzt, sind aber doch verdammt nah dran, sag' ich Euch. Verdammt nah.«

»Und wer ist der Held, der so weit gekommen ist?« fragte ich und gab mir Mühe, nicht mit scharfer Stimme zu sprechen.

»Ein junger Geisterseher«, sagte der alte Mann. »Vorher war der Kerl nicht viel wert, hab' ich gehört. Jetzt ist er in den Augen der Leute was Besonderes. Er heißt Cassini. Schon von ihm gehört?«

»Ja, das haben wir«, war meine ganze Antwort.

»Jetzt ist Cassini wahrscheinlich der größte Held in der Geschichte von Orissa«, fuhr der Alte fort. »Er ist vor einigen Monaten zurückgekommen. Die Mächtigen haben es erst geheimgehalten, bis sie sich die ganze Geschichte angehört hatten. Hat nichts genutzt, in der ganzen Stadt schwirrten Gerüchte herum. Wir haben doch alle immer gedacht, das mit den Fernen Königreichen wär nur 'ne Geschichte für Kinder, oder? Aber jetzt stimmt sie. Bald geht's zurück, und dann schütteln wir den Leuten aus den Fernen Königreichen die Hände. Nichts kann uns dann noch halten. Ja, mein Herr, auf Orissa warten glorreiche Zeiten. Und ich bin froh, daß ich es noch erleben durfte. Von jetzt an gibt's Gold und Spaß im Überfluß.«

Der alte Mann grinste und entblößte dabei blaues Zahnfleisch. »Jedenfalls wollten sie eine große Ankündigung machen. Ist auch passiert. Und die Geisterseher und der Hohe Rat haben eine ganze Woche zum Feiern bestimmt. Die ist jetzt fast zu Ende. Heute nachmittag sollen sich alle Bürger, die noch nicht zu betrunken sind, im großen Amphitheater versammeln. Cassini erhält eine große Ehrung. Und wahrscheinlich wird er die nächste Expedition leiten, die jetzt gerade vorbereitet wird. Und diesmal werden sie's richtig machen. Keine halben Sachen mehr mit ein paar Soldaten, sondern eine große Streitmacht. Und ich sag' Euch, nichts wird uns im Wege stehen. Ja, mein Herr, es ist eine stolze Zeit für einen Orissaner.«

Plötzlich hämmerte es in meinen Schläfen wie verrückt. »Wir müssen schnell zum Haus meines Vaters«, sagte ich zu Janos und Deoce. Sie fragten nicht weiter nach, wir waren schon im Begriff zu gehen, als der alte Mann fragte: »Wer mögt Ihr sein, junger Lord? Laßt mich Euren Namen wissen, damit ich auf Euch anstoßen kann, wenn ich in der Taverne Eurer gütiges Geschenk einlöse.«

Ich fuhr herum, gab mein Schauspiel auf. »Ich bin Amalric Emilie Antero, zu Euren Diensten.«

Der alte Mann sah mich an, den Mund weit aufgerissen. Dann johlte er los. »Amalric Antero. Das ist ein guter Witz, würde ihn aber nicht bei anderen versuchen, junger Lord. Weil die Fernen Königreiche *seine* Suche waren. Nur hat der gute Amalric es nicht zurück geschafft. Er und der Rest sind tot wie stinkender Fisch. Cassini hat's gesehen.«

Es war keine Überraschung, daß Cassini uns für tot erklärt hatte. Er hatte seine Lügen schon bei Sergeant Maeen und Kapitän L'ur versucht und viele Wochen Zeit gehabt, seine Rolle einzustudieren, bevor er nach Orissa kam. Auf unserer Heimreise hatte ich mir den Kopf darüber zerbrochen, wie meine Familie auf die traurige Nachricht reagieren würde. Die Sorge hatte uns Flügel verliehen. Auch Treue hatte geholfen, unsere Rückkehr zu beschleunigen, denn L'ur hatte Cassinis Geschichte ebensowenig Glauben geschenkt wie Sergeant Maeen. Als Cassini erschienen war, hatte er eingewilligt, den Geisterseher bis nach Redond zu bringen, doch nicht weiter. Dort war der gute Kapitän geblieben und hatte, wie vereinbart, an der Pfefferküste gewartet.

»Es konnte nicht sein, daß ausgerechnet einer wie Cassini es als einziger schaffen sollte«, hatte er erklärt. »Ich hab' ihm gesagt: ›Ich bleib beim jungen Antero, Sir. Und bei Hauptmann Greycloak.‹ Cassini gefiel das überhaupt nicht, aber er konnte nicht viel machen, weil er jemanden brauchte, der ihm eine Koje auf einem schnellen Schiff nach Orissa besorgte.«

Als ich nun zur Villa meines Vaters eilte, kochte mein ganzer Haß auf Cassini hoch. Und dieser Haß erwies sich als begründet. Mein Vater schwebte zwischen Leben und Tod, und meine Schwester Rali erschrak bei meinem Eintreffen, weil selbst gute Nachrichten einen solchen Schock bedeuteten, daß er vielleicht sterben würde. Sie ging zu ihm, um ihn auf meine Wiederauferstehung vorzubereiten, kam nach einer Weile zurück und führte mich in sein Zimmer. Ich war entsetzt, als ich ihn so schwach und totenbleich dort liegen sah. Sein Körper war der eines alten Mannes, die Haut war wächsern und hing schlaff von den zerbrechlichen Knochen. Seine Augen jedoch, tief in dieser Totenmaske, glänzten vor Freude, als er mich sah. »Te-Date sei Dank, du bist in Sicherheit«, rief er und rang nach Luft. Ich war so überwältigt, daß ich mich ihm zu Füßen warf und beinah weinte. »Weine nicht, Amalric«, beruhigte mein Vater mich. »Noch vor einer Stunde spürte ich die Gegenwart des Dunklen Suchers. Ich war versucht, ihm zu folgen, doch habe ich ihn noch einmal vertrieben. Hätte ich es nicht geschafft...«, er legte mir eine zitternde Hand auf den Kopf, »...ich hätte dieses Glück nicht mehr erlebt.«

Er redete mir gut zu und klopfte neben sich aufs Bett. Ein wenig Farbe kehrte auf seine fahlen Wangen zurück. »Komm, berichte von deinen Abenteuern, Sohn«, sagte er. »Hast du die Fernen Königreiche gefunden?«

»Nein«, sagte ich. »Allerdings habe ich die schwarze Faust der Berge gesehen und den Paß zur anderen Seite.«

»Ich habe es gewußt«, sagte mein Vater. »All die Jahre habe ich davon geträumt. Jetzt weiß ich, daß es nicht nur der Traum eines Narren war.«

Ich blieb nicht lange bei ihm und schilderte nur kurz unsere Abenteuer. Vor allem war er von der Nachricht entzückt, daß ich mit meiner zukünftigen Frau heimgekehrt war. Er nahm meine Hand. »Was auch immer dich noch erwarten mag, Amalric«, sagte er, »halte sie stets vor allem anderen in Ehren, und du wirst als glücklicher Mann sterben.« Sein Griff löste sich, die Augen fielen zu, schon befürchtete ich, er sei tot. Dann entdeckte ich ein Lächeln auf seinem Gesicht, und sein Bart zuckte leicht. Er schlief. Ich schlich aus dem Zimmer und gesellte mich zu den anderen.

Meine Schwester war zwischen ihrem Zorn auf Cassini und der Freude über unsere sichere Heimkehr hin- und hergerissen. »Der Schweinehund hat allen Ruhm für sich beansprucht«, sagte sie, als ich eintrat. »Ihr seid der Held, Janos Greycloak. Ihr und mein Bruder.«

»Die Frage ist«, entgegnete Janos, »wie wir reagieren sollen. Um ehrlich zu sein, spiele ich nicht gern den Helden. Es belastet mich eher, als daß es mir Freude macht, und schnell ist man von seinem Podest gestürzt.«

»Während wir hier reden, wird schon die nächste Expedition

vorbereitet«, sagte ich. »Und ein Held muß sie anführen. Im Augenblick ist Cassini dieser Held.«

»Er ist ein Lügner«, sagte Deoce. »Fordert ihn heraus. Seine Lügen haben genug Schaden angerichtet. Tötet ihn. So würden wir Frauen aus Salcae mit einem solchen Mann umgehen.«

Rali lachte, und es war eine Freude, sie nach so langer Zeit wieder zu hören. »Ich mag sie, Amalric. Sie ist viel zu gut für dich.« Dann, an Deoce gewandt: »So anders sind wir hier in Orissa gar nicht, meine liebe Deoce. Cassini ist allerdings ein Geisterseher. Man kann einen Geisterseher nicht zum Duell fordern. Ein wenig angenehmer Tod wäre noch die geringste Strafe, die du zu erwarten hättest.«

Deoce verzog das Gesicht. »Jetzt weiß ich mit Sicherheit, daß hier Männer regieren«, sagte sie. »Keine Frau mit Charakter würde ein solches Gesetz gutheißen.«

Janos schlug schwer mit der Faust auf den Tisch, daß dieser erzitterte. »Und auch kein Mann sollte es tun«, sagte er. »Aber es wäre zu einfach, ihn zu töten und dann um das betrogen zu werden, wonach ich mich am meisten sehne. Die Fernen Königreiche werden mir gehören, verdammt. Und keinem anderen.«

»Dann laß ihn uns stellen«, sagte ich. »Bald werden die Menschen sich versammeln, um ihn zu ehren. Laß uns hingehen und demonstrieren, daß wir noch leben, was wir mitnichten diesem lügnerischen Feigling zu verdanken haben, der uns im Stich gelassen und auch die anderen dazu verleitet hat.«

Und genau das taten wir. Ich überredete Rali und Deoce dazu, die Villa zu bewachen, falls es nicht gut ausgehen sollte. Ich ließ Pferde satteln, und ohne unsere derben Kleider von der Reise zu wechseln, ritten wir zum großen Amphitheater. Hier waren die Straßen schon belebter. Und hatte der alte Fischer mir auch nicht geglaubt, so mußte er anderen von dem jungen Narren erzählt haben, der behauptete, er sei Amalric Antero. Die Menschen starrten die reitenden Männer an, und manche erkannten uns. »Ist das nicht Greycloak?«

hörte ich die Leute fragen. »Und ist das daneben nicht Lord Antero selbst? Dann stimmt es also. Sie sind am Leben!«

Einer rief aus: »Wohin des Weges, Hauptmann Greycloak?«

Janos rief zurück: »Wir wollen einen großen Lügner beschämen.« Diese Worte und die Nachricht von unserer Rückkehr sprachen sich schnell herum, so daß uns bald eine große Menge folgte, die uns unterstützte und Cassini einen Lügner schimpfte. Bald kamen wir zum großen Amphitheater. Vom Lärm der Menge alarmiert, eilte eine starke Wachmannschaft herbei, um uns den Weg zu versperren. Der Hauptmann der Wache erhob seinen Speer und forderte uns lautstark auf, anzuhalten.

»Wie könnt Ihr es wagen, so mit einem Bürger von Orissa zu sprechen«, rief ich zurück. Doch war mein Protest überflüssig. Sobald der Mann Janos gesehen hatte, senkte er staunend seinen Speer. »Bei Te-Date, es ist Janos Greycloak«, rief er. »Lebendig wie am Tag, als seine Mutter ihn gebar.« Er trat zu Janos. »Ich wußte, daß ein Geisterseher solche Taten nicht vollbringen kann.« An seine Männer gewandt: »Hab ich's nicht gesagt, Freunde? Hab' ich nicht gesagt, nur ein Soldat könne vollbringen, wessen er sich gerühmt hat?« Die anderen Soldaten jubelten. Der Hauptmann der Wache schlug Janos aufs Bein. »Hinein mit Euch, Mann«, brüllte er. »Die Fernen Königreiche gehören uns allen –, Soldaten und Bürgern, und keinem verdammten Geisterseher.« Wir stiegen ab, übergaben der Wache die Zügel und traten durch die Tore. Die Menge strömte uns nach.

Cassini war an diesem Tag in keiner beneidenswerten Lage. Ich stelle mir vor, wie es ihm ergangen war, bevor wir eintrafen. Das große Amphitheater war voll besetzt. Wie groß wäre sein Triumph gewesen. Sicher hatte er die Ehrenzeremonie genau einstudiert und nächtelang die Rede des demütigen Helden geübt. Während er geduldig den einleitenden Ansprachen lauschte, hätte er sich in der Bewunderung gesonnt. Dies war der Gipfel, der Höhepunkt seines Lebens, eines Lebens, so hatte er noch vor kurzem befürchtet, das bisher nicht ausreichend geschätzt worden war. Schon bald hätte er von künftigen Triumphen geträumt. Er würde die nächste Expedition bis zum Tor der Fernen Königreiche führen und mit noch größerem Ruhm zurückkehren. Ja, eine Zeitlang wußte Cassini, was es hieß, der Mann der Stunde zu sein. Dann traten wir hinzu, und alles zerrann zwischen seinen Fingern.

Jeneander, der alte Schwindler, stand bereit, seinen Protegé vorzustellen, als wir eintraten. Er befand sich auf der breiten Hauptbühne, und Stimme und Erscheinung wurden vielfach durch einen besonderen Zauber verstärkt, den einhundertzwölf Geisterseher ausgesprochen hatten, als der erste Stein gemauert worden war. Um ihn scharten sich Würdenträger aller Schichten und Berufe Orissas. Besonders hervorgehoben saßen Gamelan, der Älteste aus dem Rat der Geisterseher, und Sisshon, sein Pendant im Hohen Rat. In der Mitte, auf dem Thron der Helden und mit einem Heldenkranz geschmückt, saß Cassini.

Jeneander war mitten in seiner Ansprache, als die uns folgende Menge unsere Namen rief, so daß sich alle im Amphitheater zu uns umwandten. Dann wurde das Theater zum Tollhaus. Man hörte Rufen und Schreie, und plötzlich gab es wilde Raufereien. Im Chor rief man meinen Namen, doch hauptsächlich riefen sie Janos. Janos. *Janos.* Cassini stand verblüfft neben Jeneander, das Entsetzen wie eine offene Wunde im Gesicht. In seiner Erniedrigung war er wie erstarrt, doch kam allmählich wieder Leben in die Männer um ihn herum. Einige beendeten durch fluchtartiges Verlassen der Bühne jede weitere Beziehung. Andere begannen, ihn zu schelten, doch leider konnte ich ihre Worte bei dem Lärm der Menge nicht verstehen. Unter den Geistersehern fand zuerst Gamelan seine Beherrschung wieder. Er eilte zu Jeneander und Cassini, legte seine Arme um sie, hob den Kopf zum Himmel und sprach einen Zauber. Rauch und Feuer stiegen auf, und schon waren sie verschwunden.

Dann hoben uns wohl tausend Arme in die Luft, und weitere

tausend trugen uns quer durch die Arena zur Hauptbühne. Ich war der erste, der wieder auf den Füßen stand. Kaum hatte ich mich zurechtgefunden, als Janos schon neben mir auftauchte. Er sah sich um, ein wenig verwirrt, ganz wie ein Soldat, dem die Blicke so vieler Zivilisten nicht geheuer sind. Ich schob ihn weiter und erriet die Stelle auf der Bühne, an der wir ins Riesenhafte vergrößert würden. Aus dem plötzlichen Schweigen der Menge schloß ich, daß ich richtig geraten hatte.

»Volk von Orissa«, sagte ich. Die Wörter explodierten förmlich und hallten dann zurück, so daß ich durch die bloße Wucht ihres Klanges schwankte. »Ihr kennt mich, denn ich bin einer von euch.«

Die Menge rief meinen Namen. »Amalric. Amalric. Amalric.«

Ich hob meine Hand, und sie beruhigten sich. »Und wenn ihr ihn vielleicht noch nicht kennt, so habt ihr doch gewiß von meinem Freund gehört.«

Jubel brandete auf, als ich Janos vorstellte. Ich drängte ihn nach vorn, da ich merkte, daß die Menschen sich Janos eng verbunden fühlten. Ich flüsterte ihm zu: »Sprich zu ihnen. Sie wollen dich hören.«

Janos' Augen wurden glasig. »Was soll ich sagen?«

Ich stieß ihn wieder an. »Erzähl' ihnen einfach die Wahrheit.«

Es war das letzte Mal, daß Janos an Lampenfieber litt. Plötzlich richtete er sich auf, und alle Furcht und Unsicherheit fiel von ihm ab. Voller Zutrauen trat er vor, als sei er für diese Rolle geboren.

»Volk von Orissa«, donnerte er. »Ich bringe euch Neuigkeiten von den Fernen Königreichen…«

Noch wochenlang wurde die Rede gepriesen, die Janos an jenem Tag hielt. Es hätte auch nichts ausgemacht, wenn sie aus lauter Unsinn bestanden hätte; einen Helden wie Janos Greycloak hatte Orissa noch nie gehabt. Er war ein Mann von vornehmer, und doch exotischer Abstammung. Und er war ein Kämpfer, ein Soldat, der zu leiden gelernt hatte. Und nicht nur das: Es hieß, er sei sogar einmal

Sklave gewesen, und daher war man sicher, daß ihm die Last und die Mühe der einfachen Menschen nicht unbekannt waren. Außerdem hatte er einen Geisterseher als Narren und Lügner entlarvt, und trifft es nicht bis zum heutigen Tage zu, daß sogar die liebenswürdigsten Zauberer zwar respektiert, doch nie *geliebt* werden? Vor allem jedoch hatte er ihnen Stolz zum Geschenk gemacht. Was man noch vor wenigen Monaten für unmöglich gehalten hatte, war einem völlig durchschnittlichen Menschen gelungen. Und dann versprach er noch, diese Leistung zu überbieten, indem er seinen Fuß in ein magisches Land setzen wollte, das jedem Herz Versprechungen im Überfluß bot.

Was mich anging, so gab es Ehrungen, Bankette, und viele Menschen erhoben Anspruch auf meine Zeit. Ich will keine falsche Bescheidenheit bemühen: auch ich war ein Held. Schließlich war es meine Suche gewesen, die diese ganze Sache ins Rollen gebracht hatte. Ich hatte jeden Schritt getan, den Janos gegangen war, und hatte erlitten, was er erlitten hatte. So entschlossen ich auch gewesen sein mochte, sofort eine neue Expedition zusammenzustellen und dort weiterzumachen, wo wir aufgehört hatten, war ich doch nun zu Hause, und mein Herz sehnte sich nicht mehr so sehr nach den Fernen Königreichen. Mein Vater war krank, und meine Brüder waren eher sanftere Naturen, so daß die Last der Familiengeschicke auf meinen Schultern lag. Meine Brüder hatten keinen Grund zum Streit, als unser Vater bekanntgab, ich sei zum Oberhaupt der Familie ausersehen. Die Anerkennung, die ich durch meine Suche gewonnen hatte, hatte den Makel von unserem Namen genommen. Zumindest schien es nicht mehr ratsam, uns zu attackieren.

Und dann war da noch etwas… Deoce. Sie entzückte meinen Vater, und er nutzte jeden Vorwand, in ihrer Gesellschaft zu sein. Wenn seine Gesundheit auch weiterhin zu wünschen übrig ließ, hätte man ihn doch für einen jungen Mann halten können, sobald sie sein Zimmer betrat. Kein Wunder, denn sie scherzte mit ihm und umgarnte ihn erbarmungslos. Bis zum heutigen Tag bin ich davon überzeugt, daß ihre Aufmerksamkeit die Zeit, die ihm noch blieb, verlängerte. Auch Rali hielt sie in ihrem Bann, indem sie ohne Vorankündigung auf den Exerzierplatz stürmte, wo sie sich nach den neuesten Kniffen erkundigte, was Waffen anging, und auch selbst mehr als nur einen Trick beisteuerte.

»Es gibt keine einzige Frau in meiner Garde, die nicht mit dir um sie kämpfen würde«, erzählte mir Rali. »Was sie zurückhält, ist nur die Tatsache, daß dieses liebreizende Wesen so offenkundig bis über beide Ohren in dich verliebt ist.«

Unsere Hochzeit blieb notgedrungen eine kleinere Feier. Mein neugewonnener Ruhm hätte jede Gästeliste, die über die unmittelbaren Familienangehörigen hinausging, zum Anlaß für Kränkungen gemacht. Daher planten wir eine einfache Feierlichkeit in der Villa, unter dem Schutz unseres Hausgottes. Zuerst war ich besorgt, es könne Deoce kränken.

»Warum sollte ich beleidigt sein?« Sie zuckte die Schultern, als ich fragte. »Bei uns in Salcae ist die Ehe wichtiger als die Hochzeit selbst. Das wirklich große Fest findet erst statt, nachdem das Paar einen vollen Erntezyklus überlebt hat. Und nach jeder Ernte werden die Feiern immer größer. In Orissa ist es deswegen genau umgekehrt, glaube ich, weil Frauen in Eurer Stadt so wenig zu sagen haben. Die Hochzeitszeremonie ist nur ein armseliger Knochen, den man dem Mädchen hinwirft, bevor sie ein Leben der Knechtschaft antritt. Es ist praktisch der einzige Augenblick in ihrem Leben, da sie im Mittelpunkt des Interesses steht, wichtiger als alle anderen.« Ich konnte kaum etwas einwenden, denn hatte Rali sich nicht bitter über ähnliche Ungerechtigkeiten beschwert?

Deoce ergriff meine Hand und legte sie sanft auf ihren Bauch, der sich leicht um unser Kind wölbte. Wir wußten, es würde ein Mädchen sein, da Rali die Hexe, die sich um die kleineren Probleme ihrer Truppe kümmerte, um eine Weissagung gebeten hatte. Ich mußte lachen, als ich ihren Tritt fühlte.

»Wie wollen wir sie nennen?« fragte ich.

»Laß uns deine und auch meine Mutter ehren«, antwortete Deoce. »Wir sollten sie Emilie nennen nach der Familie deiner Mutter. Und Ireena nach meiner Mutter.«

»Dann stell' dir ihren Namen vor. Emilie Ireena Antero... Das gefällt mir.«

»Ich möchte, daß du mir etwas versprichst, Amalric«, sagte meine zukünftige Braut.

»Alles.«

»Ich möchte nicht, daß unsere Tochter in dem Glauben aufwächst, Frauen müßten sich so verhalten, wie sie es in Orissa tun. An ihrem Tritt kannst du schon erkennen, daß sie einen starken Willen hat. Und nachts, wenn es ganz ruhig ist, kann ich ihr kleines Herz schlagen hören. Es ist ein empfindsames Herz, Amalric, und glaub mir bitte, daß ich es weiß, selbst wenn sie und ich uns noch nicht gesehen haben.«

»Ich werde die besten Lehrer einstellen«, sagte ich. »Außerdem wird Rali ihr ein Vorbild sein und sie ausbilden.«

»Das reicht nicht«, antwortete Deoce. »Emilie wird erleben, daß andere Frauen sich gehenlassen, ihre Köpfe in Gegenwart der Männer einziehen, sich weniger wichtig vorkommen, weil sie keinen Schwanz und keine Eier haben, und sich statt dessen mit der niederen Aufgabe begnügen müssen, die Quelle allen Lebens zu sein.«

»Mit welchem Versprechen kann ich das verhindern?« fragte ich.

»Ich möchte, daß sie auch von meiner Mutter aufgezogen wird«, war die Antwort. Ich war bestürzt, denn welcher Vater möchte schon, daß ihm seine Tochter genommen wird? Sie bemerkte es und nahm meine Hand. »Bitte, du mußt es für mich tun. Wenn du nein sagst, werde ich es akzeptieren, nicht als ergebene Orissanerin, weil ich das nie sein kann, sondern weil ich dich liebe, Amalric. Kein Kind kann jemals wichtiger als diese Liebe sein. Ich möchte auch nicht, daß sie fortgeschickt wird, weil ich es ebensowenig ertragen könnte wie du. Aber ich denke, nach Ablauf von drei Jahren, noch bevor schlechte Einflüsse auf sie einwirken, sollte Emilie Ireena meiner Mutter einen langen Besuch abstatten, bis zu den Riten der Weiblichkeit im Alter von sechzehn Jahren. Danach kann nur noch persönliche Schwäche ihr Denken beeinflussen. Und ich verspreche dir, Amalric, dieses Kind wird keinen schwachen Willen haben.«

Je länger ich darüber nachdachte, desto mehr stimmte ich Deoce zu. Ich war sogar begeistert, sah es als großes Experiment. Zwei Kulturen trafen aufeinander und schufen ein perfektes Kind, ein Goldkind. Ich legte ein formelles Gelübde ab, und danach umschlangen wir uns so fest, wie zwei Liebende sich nur umschlingen können. Ich fühlte, wie Deoces Hand an meinem bloßen Schenkel entlangglitt. Sie ergriff mich, beugte sich herab, beschnupperte mich und küßte den dicken Muskel, den sie dort gefunden hatte. Dann blickte sie auf, und das dunkle Haar glitt ihr aus der Stirn, ihre Augen strahlten vor Freude. »Nach all dem Mann-gegen-Frau-Gerede«, flüsterte sie, »muß ich wohl sichergehen, daß seine Gefühle nicht verletzt wurden.« Und dann fuhr sie fort, ihn mit ihrem heißen Mund zu beschwichtigen.

Eine Woche später heirateten wir. Mein Vater konnte wegen seiner Schwäche nur im Stuhl sitzen und sich Freudentränen aus dem Gesicht wischen. Rali übernahm seine Aufgabe, durchschnitt die Kehle des Lammes und ließ das Blut in die Opferschale fließen. Janos übernahm die Rolle von Deoces Bruder und salbte unsere Stirn mit dem Blut des Opfertieres. Danach gab es ein Festgelage, und alle waren lustig und vergnügt, drei volle Tage lang.

Kurz bevor Deoce und ich auf Hochzeitsreise gingen, starb mein Vater. Ich glaube, er starb als glücklicher Mann. Sein abtrünniger Sohn war schließlich doch zurückgekehrt. Die Familie, die er zurückließ, hatte triumphiert, und der Traum seines Lebens war in Erfüllung gegangen. Wenn ich jedoch über seine Gefühle nachdenke und nach den Worten suche, die ich in diesem Tagebuch verwenden soll, muß ich an Janos' Worte an der Pfefferküste denken. Er hatte damals erklärt, daß mein Vater ein besserer Mensch als er selbst sei, weil er sich damit zufriedengab, daß sein Sohn erreichte, was ihm selbst vorenthalten blieb. Mein Vater *war* ein guter Mensch, und sicher ein besserer Mensch als Janos oder ich. Dennoch war er nicht vollkommen, und nur ein vollkommener Mensch hätte glücklich sterben können. Aber auch ihm war klar gewesen, daß die Welt nie mehr dieselbe sein würde, nachdem die Fernen Königreiche entdeckt waren.

Kapitel Vierzehn

Die zweite Expedition

Es ist keine Übertreibung, wenn ich sage, daß die Beisetzung des Paphos Karima Antero eine der größten in der Geschichte unserer Stadt war. Es wollten so viele teilnehmen, daß der Hohe Rat das große Amphitheater für die Besichtigung des Scheiterhaufens öffnen ließ. Dann traf sich ganz Orissa zur langen Prozession am Fluß entlang zu den Gräbern am Hain der Wanderer, wo wir Te-Date opferten und die Asche meines Vaters in alle Winde verstreuten.

Alle, auch ich, waren überrascht, wie beliebt mein Vater gewesen war. Von Natur aus war er ein ruhiger Mann gewesen, der Ehrungen und große Gesellschaften scheute. Wie ich in diesem Tagebuch bereits erwähnt habe, verfügte er über die geradezu unheimliche Fähigkeit, das Unglück eines verdienten Mannes förmlich zu wittern und sein Bestes zu tun, die Qualen dieses Menschen zu lindern. Er führte seine Geschäfte immer so, daß er selbst dann nie den Zorn eines Konkurrenten auf sich zog, wenn er einen Handel zu besseren Bedingungen abschloß. Daß seine allgemeine Beliebtheit nie öffentlich bekundet wurde, kann ich nur den Geistersehern und allem, was sie Halab angetan hatten, zuschreiben. Ein weiterer Preis, den meine Familie für dieses Unrecht bezahlen mußte. Jetzt jedoch zögerte niemand, seine Zuneigung zu zeigen. Mein Sieg war einfach noch zu neu. Dieses Mal mußte sich die andere Seite fürchten, denn der prachtvolle Rahmen des Begräbnisses wirkte noch lange nach, als die letzte Asche meines Vaters schon in alle Winde verstreut war. Mächtige Männer einigten sich, suchten neue Verbündete. Die Meinungsverschiedenheiten durchzogen selbst die Reihen der Geisterseher.

Das Begräbnis meines Vaters – mit all den Tränen, dem Haareraufen und den schwülstigen Reden – war ein wichtiger Nebenschauplatz der intensiven Debatte, die Orissa erfaßt hatte. Im Brennpunkt dieser Debatte stand die zweite Expedition … und Janos Greycloak. Keiner von uns bemerkte, welch großen Einfluß die Fernen Königreiche auf unser Leben genommen hatten. Plötzlich war alles Gewohnte in Frage gestellt. Menschen von den höchsten Amtsträgern bis hinab zum geringsten Sklaven beanspruchten einen Teil von dem, was geschehen würde. Alle wollten Veränderungen, und zwar sofort. Für den gewöhnlichen Mann und die Frau aus dem Volk, die Kesselflicker, die Soldaten und Sklaven, für die Jungen und Abenteuerlustigen, oder einfach für die Vorausdenkenden, wurde Janos zum Bannerträger.

Greycloak erstrahlte im hellen Licht seiner neugewonnenen Popularität. Er nahm an endlosen Banketten zu seinen Ehren teil, sammelte dann die reichhaltigen Essens- und Getränkereste ein und verteilte sie an die Armen in den Straßen. Bei vielen Gelegenheiten erzählte er wieder und wieder die Geschichte unserer Reise, sei es in luxuriösen Villen oder bei improvisierten Erzählstunden in

Elendsquartieren am Fluß. Je öfter er die Geschichte erzählte, desto frischer wurde sie. Seine Gefühle wirkten nie falsch oder abgestanden, wenn er auf den Moment zu sprechen kam, als wir zum ersten Mal die schwarze Faust und die Bergkette vor Augen hatten. Frauen sprachen ihn auf der Straße an und wollten ihm ein Kind gebären, Mütter benannten ihre Söhne nach ihm, Väter warteten stundenlang, bis er zufällig vorbeikam und sie ihm die Hände schütteln konnten. Und alle hatten sie Fragen. »Ich bin schon alles gefragt worden, von der Höhe der Steuern bis zum Preis des Weins in einer Taverne«, erzählte Janos mir eines Nachmittags, als er ein paar Augenblicke Zeit hatte. »Ob der Brotteig am besten bei Ebbe oder Flut geht und ob Pferde mit großen Hinterbacken Schlepper oder Läufer sind. Ein Fischer hat gefragt, ob es am besten sei, die Netze bei Neumond auszulegen. Und bei Butula, eine Frau hat sogar gefragt, ob ich ihre Tochter liebreizend fände, und mich dann gedrängt, herauszufinden, ob sie eine gute Liebhaberin ist.« Durch seinen dunklen Bart blitzte ein Lächeln, und er strich sich über den Schnurrbart. »Glücklicherweise war es keine Prüfung meiner Aufrichtigkeit, beide Fragen zu bejahen.«

Wenn solche Vergötterung Janos verwirrte, so ließ er sich davon doch nicht beeinflussen. Er stellte sich diesem Wahnsinn mit dem einzigen Ziel, schließlich die nächste und – so schwor er – letzte Expedition zu den Fernen Königreichen zu führen. »Ich bin kein Politiker«, sagte er. »Ich habe kein Bedürfnis, dem Hohen Rat anzugehören, oder König zu werden, wenn es so etwas in dieser Stadt gäbe. Reichtum ist für reiche Leute. Laß sie ihre Habgier genießen, wenn sie können. Eine Idee ist das einzig Wertvolle in diesem Leben, und allmählich nehme ich an, auch im nächsten wird es nicht anders sein.«

Es könnte der Eindruck entstehen, Janos habe für die Wahl der Expeditionsleitung schon festgestanden. Tatsächlich lag es eine Zeitlang *derart* nahe, daß es schon wieder unwahrscheinlich war. In unserer Naivität waren wir sogar überrascht, daß die lauteste Stimme der Opposition von Cassini kam.

Heldentum, beziehungsweise seine öffentliche Anerkennung, ist eine sonderbare Angelegenheit. Ein Mensch geht aus einer schweren Probe nicht mit einem Heldenmal auf der Stirn hervor. Heldentum muß verliehen werden. Andere müssen es per Dekret verfügen, und wieder andere müssen dies akzeptieren und gefügig den Kopf senken, wenn der Held vorbeigeht. Ist erst jemand zum Helden ernannt, so fällt es nicht leicht, wie wir feststellen mußten, diesen Deckmantel wieder loszuwerden. Cassinis Gefolgsleute hielten ihn mit großer Überzeugung für ein Opfer von Ungerechtigkeit. Seine Behauptungen wurden im allgemeinen Durcheinander völlig verfälscht. Einige vergaßen die Lügen zweckmäßigerweise, andere behaupteten, seine Worte seien vorsätzlich verdreht worden, und wieder andere vermuteten, Janos und ich hätten unseren Tod aus einem ungenannten, dunklen Grund vorgetäuscht. Wenn du die Hand eines Helden geschüttelt und seinen Namen am Herd und in der Taverne gepriesen hast, dann kannst du nicht plötzlich schlecht von ihm denken, da sein Heldentum auf dich herabstrahlt. Cassinis mächtigste Gefolgsleute hatten jedoch andere, vielschichtigere Gründe. Einfluß und somit Reichtum standen auf dem Spiel. Seine Niedertracht zuzugeben, hätte Erniedrigung bedeutet. Und an den Schalthebeln der Macht, wo Schlachten durch ein verfehltes Wort gewonnen und verloren werden, kann man Demütigung nicht dulden.

Und noch ein weiterer Hinweis stand Janos im Weg: eine unauffällige, wenn auch mächtige kleine Gruppe, die kein Interesse an den Fernen Königreichen hatte. Sie waren zufrieden mit den Dingen, wie sie waren. Ihre Geldsäckel waren prall gefüllt, ihre Sklaven fügsam, und von jeder Veränderung ging nur Gefahr für ihre Bequemlichkeit aus.

Malaren, ein Freund und Handelsgenosse, faßte es eines Tages sehr gut zusammen. Er war in meinem Alter, und auch wenn er etwas von einem Gecken hatte, war er doch ein nüchterner Denker, der seine Talente hinter einer blasierten, eher gleichgültigen Haltung versteckte. »Oh, Ihr braucht mich nicht zu überzeugen, mein lieber Amalric«, sagte er. »Ich finde das alles ziemlich aufregend. Wirklich. Jeder weiß allerdings, daß ich Orissa für eine eintönige, alte Hexe mit einem häßlichen Bart halte. Meinen Vater und seinesgleichen müßt Ihr umstimmen. Er hält Orissa noch immer für eine vornehme Schönheit. Und von seiner Warte aus hat er ja auch recht. Er braucht noch nicht einmal einen Finger zu heben, und schon strömt Gold aus seinen Schiffen. Es interessiert ihn nicht im geringsten, wenn ich ihm erzähle, daß seine Söhne und Töchter es nicht so leicht haben werden, und daß es für seine Enkelkinder noch schwerer werden wird.«

»Er muß doch verstehen, daß wir auf einen Streich den Einfluß unserer Stadt enorm vergrößern könnten«, argumentierte ich. »Und schließlich geht es nicht nur um Gewinn und Einfluß. Denkt an all das Wissen, das wir hinzugewinnen werden, Mann! Nach allem, was man hört, haben uns die Menschen aus den Fernen Königreichen viel zu bieten. Allein ihre Existenz unter so widrigen Umständen beweist ihre Überlegenheit in vielerlei Hinsicht.«

»Genau davor fürchtet er sich am meisten«, erwiderte Malaren. »Noch ist mein Vater eine große Schlange in seichten Gewässern. Er ernährt sich nach Belieben und ohne Anstrengung. Wie soll er zurechtkommen, wenn er seine Gegenspieler aus den Fernen Königreichen trifft? Was, wenn sie doppelt so groß sind wie er... oder größer?«

»Es geht nicht nur nach uns«, sagte ich. »Wir dürfen die Fernen Königreiche nicht im Land der Legenden verschwinden lassen, indem wir uns einfach abwenden. Lycanth, das versichere ich Euch, wird unseren Platz schnell einnehmen. Und dann, das garantiere ich Euch, wird sein seichter Tummelplatz schnell Vergangenheit sein.

Sein Gewinn, sogar sein Leben selbst, sind dann in Gefahr. Glaubt mir, die Lycanther werden nicht die Geduld aufbringen, ihn in Würde sterben zu lassen und dann seinen Kindern gegenüberzutreten.«

Malaren grübelte ein wenig, dann nickte er. »Euer letzes Argument«, sagte er, »ist noch nicht ausreichend hervorgehoben worden. Laßt es mich versuchen, und dann sehen wir weiter.«

Kurz danach arrangierten Cassinis Freunde zu seinen Ehren im engsten Kreis ein üppiges Bankett. Niemand wußte, was passierte, so geheim war die Veranstaltung, doch in der folgenden Woche kamen alle möglichen Gerüchte über Janos auf. Man behauptete, er stünde im Dienste Lycanths. Er solle Sohn eines Archonten sein und Schwarze Magie praktizieren, um die guten Menschen von Orissa zu verwirren.

Janos schien diese Attacken nicht zu berühren. Als ich ihn drängte, sich zu wehren, auf die Verleumdungen zu antworten, weigerte er sich. »Hinter all dem steckt Cassini, und jeder weiß es«, sagte er. »Ich kann nur wiederholen, was wir bereits angeführt haben. Er ist ein feiger, selbstsüchtiger Lügner. Unglücklicherweise fürchte ich, je öfter ich es wiederhole, desto eher wird mir wieder derselbe Vorwurf gemacht.«

»Was schlägst du also vor?«

»Kurs halten«, entgegnete Janos. »Jeden Tag wechselt eine weitere Gruppe auf unsere Seite. Außerdem werde ich mit Anfragen von potentiellen Teilnehmern an der nächsten Expedition förmlich überschüttet. Ich wollte dich um Geldmittel bitten, um das alles zu bewältigen. Ich bin Soldat, kein Schreiber. Aber ich schwöre im Namen des blutleeren Gottes dieser Zunft, wie immer er auch heißen mag, ich werde ihre Gattung nie wieder schlechtmachen. Mein Quartier quillt über von allen möglichen Schriftrollen, Dokumenten, und endlosem Für und Wider.«

»Schon geschehen«, sagte ich. »Ich kann dir jemanden ausleihen und Platz in einer unserer Schreibstuben schaffen. Aber greifst du damit nicht etwas vor? Die zweite Expedition ist offiziell noch nicht einmal genehmigt, ganz zu schweigen von einem Leiter.«

»Das weiß ich«, sagte Janos. »Aber ich will weitermachen, als stünde das überhaupt nicht in Frage. Zu viele Menschen glauben an diese Sache. Wir sollten unseren Gegnern keine Blöße bieten.«

»Das ist eine hervorragende Einstellung«, erwiderte ich. »Wenn du aber schon von all den Leuten sprichst, die dein Vorhaben ablehnen: Es gibt eine kleine Gruppe mit weitreichendem Einfluß. Und das sind die Geisterseher. Sie stehen geschlossen hinter Cassini. Ich vermute, sie haben gar keine andere Wahl, denn wenn sie ihn verdammten, könnte es ihre eigene Verdammung bedeuten. Wie viele in Orissa auch immer auf unserer Seite sein mögen... letzten Endes stehen uns die Geisterseher im Weg.«

»Glaubst du wirklich?« fragte Janos, und ich hörte den Zweifel aus seiner Frage heraus. »Laß noch etwas Zeit vergehen, und das gemeine Volk würde selbst den großen Te-Date persönlich in Stücke reißen, wenn er ihm den Weg zu den Fernen Königreichen versperrte.«

»Vielleicht hast du recht«, sagte ich. »Obwohl ich glaube, daß du die Dinge ein wenig zu rosig siehst. Die Geisterseher sind in jedem Fall eine starke Macht. Man darf sie nicht ignorieren, wenn man nicht am Ende weit mehr als nur die zweite Expedition verlieren will.«

Schließlich bewies Rali, daß meine Befürchtungen, wenn auch begründet, doch übertrieben waren. Ich entspannte mich gerade im öffentlichen Bad, als ich die Nachricht erhielt. Es war einer jener seltenen Tage, an denen es mir gelang, dem Druck der Geschäfte und der Politik zu entkommen und in der Sporthalle ausgiebig zu trainieren. Gerade entspannte ich meine müden Muskeln in einem Dampfbad. Es war später Nachmittag, und außer dem Sklaven, der sich um die heißen Steine kümmerte, waren nur vier oder fünf Männer anwesend. Während meine Verspannungen sich lockerten und ich an persönlichere Dinge dachte, wie zum Beispiel daran, für ein kleines Stelldichein mit Deoce nach Hause zu gehen, hörte ich, wie der Bademeister laut protestierte.

»Ihr könnt dort nicht hinein!«

»Aus dem Weg, du Floh«, kam die dröhnende Antwort. Sie kam ohne Zweifel von Rali.

»Kommt morgen wieder«, entgegnete der Floh. »Morgen ist Damentag. Heute ist nur für Männer geöffnet.«

»Belästige mich nicht. Ich habe schon alles gesehen, was es da drinnen zu sehen gibt.«

Es folgte ein Handgemenge, ein Schmerzensschrei, dann kam Rali herein. Sie erkannte mich im Dampf, kam herüber und ignorierte dabei die entsetzten Blicke der anderen Männer. Ich deutete neben mich auf die Steinbank und genoß das Unbehagen meiner Geschlechtsgenossen, als meine Schwester wieder einmal alle Gewohnheiten auf den Kopf stellte. »Ich habe den ganzen Morgen nach dir gesucht, Amalric«, sagte sie. Sie blickte in die Runde, und schnell sahen die Männer zur Seite. Sie wußten nicht, was sie tun sollten. Sie fühlten sich gedemütigt, ob sie nun blieben oder flohen.

»Tatsächlich bin ich von der Suche so erschöpft«, sagte sie schließlich, »daß ich mich dir anschließen werde.«

Damit stieß sie ihre Sandalen von sich und legte ihre Tunika ab. Im Nu war sie nackt und ließ ihre wundervollen Hinterbacken auf die Bank sinken. »Mehr Dampf«, rief sie dem Aufseher zu. Er gehorchte sofort. Ebenso schnell waren bis auf zwei oder drei – alle Männer geflohen.

Rali streckte sich aus, die Beine weit gespreizt. Einer der zurückgebliebenen Männer wagte es, sie anzugaffen. Anstatt die Beine zusammenzunehmen und die Brüste zu bedecken, starrte Rali zurück. »Ich könnte dich bei lebendigem Leib verspeisen, kleiner Mann«, knurrte sie. Er rannte los, und bevor noch ein weiterer

Schweißtropfen von meiner Stirn perlen konnte, waren die anderen ihm gefolgt. Ich mußte lachen, bis ich Seitenstiche bekam.

»Gut«, prustete Rali los. »Ich brauche Abgeschiedenheit für die Geschichte, die ich dir erzählen muß. Zuerst... ein wenig Wein, lieber Bruder, um meinen Durst zu stillen.«

Ich schenkte ihr Wein ein, und sie kippte ihn hinunter. Dann hob sie einen großen Krug mit kaltem Wasser und übergoß sich damit. Das Wasser lief über den Boden in einen steinerne Grube und ließ eine mächtige Dampfwolke nach oben schießen.

»Was können das für Neuigkeiten sein, Schwester, daß du mit solcher Freude diese armen Männer schikanierst?«

»Ach, vergiß es, Amalric. So haben sie was, worüber sie reden können. Was ihr langweiliges Leben würzt. Wenn ihre Frauen Glück haben, dann habe ich diese Heren jetzt so erregt, daß sie nach Hause rennen, um unter Beweis zu stellen, daß sie echte Männer sind.«

»Hör bitte auf, die Schlaue zu spielen«, sagte ich. »Die Neuigkeiten, wenn's beliebt. Die Neuigkeiten.« Ich füllte ihren Kelch, dann stürzte sie sich ohne weitere Ermahnungen in ihren Bericht.

»In meiner Truppe gibt es eine junge Frau«, sagte sie, »deren Mutter seit vielen Jahren bei den Geistersehern als Scheuerfrau arbeitet. Sie reinigt ihre Hallen seit so langer Zeit, daß sie dabei schon gar nicht mehr wahrgenommen wird. Da diese Frau klug genug war, ihre Tochter bei uns unterzubringen, damit sie nicht einer weiteren Generation von Steintopfkratzern angehört, bietet sich die Überlegung an, daß sie den Geistersehern nicht gerade wohlgesonnen ist. Tatsächlich lehnt sie diese so sehr ab, daß sie bei vielen ihrer Gespräche mein gefügiges Ohr geworden ist.«

Ich richtete mich auf. Das war wirklich ein großes Glück. Die Maranonische Garde war auf Neutralität in allen städtischen Angelegenheiten eingeschworen. So mußte sie viele »Ohren« haben, wie meine Schwester sich ausdrückte, damit nicht der Eindruck entstand, daß sie jemandem den Vorzug gab. »Erzähl mir mehr, o weise und schöne Schwester«, sagte ich.

Rali lachte, versetzte mir einen betäubenden Schlag auf den Arm und fuhr mit ihrer Geschichte fort. »Gestern mittag gab es ein Treffen des Ältestenrats. Cassini war dort, und auch sein Mentor Jeneander. Unsere Scheuerfrau fand einen schönen, schmutzigen Platz direkt daneben und hörte mit. Die Stimmen klangen recht ärgerlich, und der Gegenstand dieser hitzigen Debatte waren die Fernen Königreiche.«

»So steht uns jetzt also eine Entscheidung bevor«, sagte ich bitter. »Sie lassen ihre Truppen gegen uns antreten.«

»Weit gefehlt«, kam die überraschende Antwort meiner Schwester. »Es ist vielleicht schwer zu glauben, aber die Geisterseher sind ebenso zerstritten wie das restliche Orissa. In der Öffentlichkeit unterstützten sie Cassini, aber nur weil er zu ihnen gehört und sie sich ihm verpflichtet fühlen. Im engsten Kreis hat das Thema dazu geführt, daß mehrere Lager sich bekämpfen. Zur Zeit haben diejenigen, die hinter Cassini stehen, die Macht. Nach Auskunft unserer tapferen Scheuerfrau ist ihr Halt jedoch nicht gesichert. Der lautstärkste Verfechter eine Expedition unter Janos' Leitung ist Gamelan selbst.«

Ich ging fast zu Boden. »Er ... ist doch der Älteste von ihnen, der sich immer am stärksten bedeckt hält und die Sphäre der Geisterseher um jeden Preis schützt.«

»Das hätte ich auch angenommen«, entgegnete Rali. »Aus seinen Äußerungen geht jedoch das Gegenteil hervor ... nur stellt Gamelans unbestreitbares Alter ein Problem dar. Jedenfalls hat er wohl eine leidenschaftliche Rede gehalten, in der er von drohender Stagnation in der Stadt und von bösen Feinden außerhalb Orissas sprach. Nicht nur solle so schnell wie möglich eine zweite Expedition gestartet werden, sondern Janos solle sie leiten, da so viel von ihrem Erfolg abhinge.«

»Und was ist mit Cassini?« Ich stotterte beinahe vor Verwunderung.

»Gamelan kann ihn offensichtlich nicht brauchen. Er hat ganz offen dargelegt, Cassini habe nicht nur die Geisterseher gedemütigt, sondern auch das Vertrauen der Menschen in sie untergraben.«

Ich mußte lachen. »Vertrauen? Es ist doch mehr Angst als Vertrauen.«

»Nun ... ja. Auf jeden Fall ist Gamelan auf unserer Seite. Ich habe nie damit gerechnet, einmal den Tag zu erleben, an dem ein Geisterseher die Anteros unterstützt.«

»Ich auch nicht«, sagte ich. »Wie ist die Debatte ausgegangen?«

»Natürlich hat Gamelan verloren. Cassini ist noch immer ihr Mann. Unsere hart arbeitende Spionin sagt allerdings, der Sieg sei so knapp gewesen, daß sich jederzeit alles ändern kann. Wir müssen also nur einen Weg finden, diesem Umschwung in aller Stille nachzuhelfen.« Gegen ihre Argumentation hatte ich keine Einwände. Nur das Wie war mir nicht ganz klar. Mein Kopf schwirrte auf der Suche nach einer Lücke, die wir nutzen konnten. »Noch eins«, sagte meine Schwester. »Es scheint eine sehr kleine Gruppe zu geben, die den anderen voraus ist. Unsere Spionin berichtet von einem höchst mysteriösen Kommen und Gehen im Kellergeschoß des Gebäudes. Viele Zaubersprüche und merkwürdige Geräusche und Gerüche, selbst für ein Versteck von Zauberern. Es ist eine äußerst geheime Gruppe. Die anderen scheinen nichts davon zu wissen.«

»Was hält unsere Freundin, die Scheuerfrau, davon?«

Rali hob die Schultern. »Sie weiß es nicht. Sie hat nicht einmal eine Vermutung. Sie sagt, wenn sie eine hätte, dann wären Gamelan und die anderen auch schon darauf gekommen.«

Auch wenn alles nun nach einer schnellen Lösung aussah, zögerte es sich doch noch einige Wochen hinaus. Janos erhielt Ralis Informationen und fuhr fort, seine Widersacher einen nach dem anderen auszuschalten.

Ich selbst hatte Familie und Geschäfte, um die ich mich kümmern mußte. Kurz nach unserer Rückkehr nach Orissa hatte ich begonnen, eine Idee zu verfolgen. Die Saat dieser Idee war schon bei Eanes' Tod gelegt worden. Zuerst hielt ich es für idiotisch, mit einem solchen Gedanken zu spielen. Je mehr ich allerdings die Menschen auf den Straßen beobachtete, die die Fernen Königreiche als ihren Besitz betrachteten, als ein Geburtsrecht, desto mehr verfestigte sich der Gedanke. Ich schnitt das Thema Deoce gegenüber an.

»Wir sind erst kurze Zeit zusammen, meine Liebe«, begann ich. »In dieser Zeit bist du mir nicht nur eine liebende Ehefrau und eine gute Freundin, sondern auch die beste Ratgeberin geworden.«

»Danke, daß du das sagst, mein Gatte«, entgegnete Deoce. »Deine Einleitung ist allerdings vollkommen unnötig. Der Tag, an dem du mich nicht mehr um meinen Rat fragst und ihn nicht mehr akzeptierst, ist der Tag, an dem ich meine Rückreise nach Salcae buche. Dort bedarf es keines süßen Balsams, um eine Frau nach ihrer Meinung zu fragen.«

Ich errötete, doch Deoce lachte und umarmte mich. »Keine Angst, lieber Amalric. Ich hätte längst gemerkt, wenn du mich behandeln könntest, wie andere Orissaner Männer ihre Frauen behandeln. Und dann hätte ich ohnehin gar nicht erst mit dir geschlafen.«

Nach Bequemlichkeit suchend, drehte sie sich auf den Kissen herum und tätschelte ihren Bauch, der wegen unserer Tochter Emilie jetzt schon sehr rund war. Nach Auskunft der Hebamme sollte das Kind sehr bald schon unter uns sein. »Hör gut zu, mein Kleines«, sagte Deoce zu ihrem runden Bauch. »Dein Vater möchte dir etwas sagen.«

Ich lächelte und sagte dann: »Ich glaube, ich habe den Grund für die Unruhe in Orissa gefunden. Und genau deswegen haben die Fernen Königreiche auch jedermanns Phantasie so sehr eingenommen. Du selbst hast dieses Leiden – und als Krankheit muß man es bezeichnen – schon zu spüren bekommen.«

»Die Stellung der Frau, oder der Mangel daran, meinst du?« fragte sie.

»Es hängt eng damit zusammen. Frauen sind allerdings nur ein Faktor. In Orissa wird jeder bei seiner Geburt in eine Rolle gezwängt. Eine Frau kann nur wenig tun, was offiziell akzeptiert wird. Dasselbe trifft auf sämtliche Schichten dieser Stadt zu. Mit wenigen Ausnahmen gilt: einmal Handwerker, immer Handwerker. Ein Stalljunge wird immer Stalljunge bleiben, ein Arbeiter wird sich immer plagen müssen, und so weiter. Halab rührte an der äußersten Grenze, als er versuchte, Geisterseher zu werden.«

»Es ist eine sehr schwierige Stadt für jemanden, der Träume hat«, stimmte Deoce zu.

»Du hast es genau getroffen«, sagte ich. »Träume sind zwar in Orissa nicht verboten, bestimmt werden sie jedoch nicht gefördert. Oh, wir betrügen uns selbst. Wir erfreuen uns am frechen Gerede, und Damen und Herren belustigen sich an der Dreistigkeit des gemeinen Volkes. Doch laß diese Freiheit mehr als eine charmante Exzentrizität werden, und dieser Mann oder diese Frau sind erledigt.«

»Was schlägst du vor, um das zu ändern?« fragte sie.

»Ich würde ganz unten anfangen«, sagte ich. »Ich würde die Sklaven befreien. Beseitige diese Schranke, und die Flut wird steigen. Dann werden alle Dämme brechen, wenn jede Klasse flußabwärts donnert und dort auf die nächste trifft, bis … Nun, wer weiß. Vielleicht könnte eines Tages auch ein Sklave ein hoher Herr oder eine Dame werden.«

Deoce erfreute mich mit einem glühenden Lächeln, das mir mehr Freude bereitete als jedes andere Gefühl in meinem Leben. Sie sagte: »Als Frau, die fast eine Sklavin geworden wäre, und als Frau in Orissa fühle ich mich – außer in diesem Haus – fast überall als Sklavin und stimme dir von Herzen zu. Unser tapferer Freund Janos Greycloak ist ein Beispiel dafür, was ein Sklave erreichen kann.«

»Unsere eigenen zu befreien, wäre nur ein kleiner Anfang«, sagte ich. »Zunächst dürfen wir kein Wort darüber verlieren, weil die öffentliche Ankündigung so viele Leidenschaften wecken würde, daß es den Plan gefährden könnte.«

»Das ist klug«, sagte sie. »Wenn wir es nur wenige zur Zeit wissen lassen und die Neuigkeit erst langsam durchsickern und dann zu einem Sturzbach werden kann, wird das einen viel größeren Effekt haben.«

»Das einzige Problem stellen meine Brüder dar«, entgegnete ich. »Um den Standpunkt deutlich zu machen, müssen die Anteros ihre Sklaven komplett befreien. Es wird einen großen Familienkampf geben.«

»Gut. Das wird ihr Blut in Wallung bringen. Deine Brüder müssen ohnehin ein wenig wachgerüttelt werden. Sie haben lange genug erst von der Kühnheit eures Vaters und jetzt von deiner gelebt.«

Meine Brüder nahmen es nicht gut auf. Der Familie Antero gehörten vielleicht einhundertundfünfzig Seelen, darunter viele teure Haushaltssklaven, geschickte Hafen- und Landarbeiter, dazu ausgebildete Schreiber und Verwalter. Durch ihre Befreiung würden wir den Reichtum unserer Familie um ein Fünftel mindern. Mein ältester Bruder Porcemus sprach sich am vehementesten dagegen aus. Er war doppelt so alt wie ich und ähnelte, abgesehen von den weicheren Gesichtszügen, unserem Vater am deutlichsten. »Dein Plan ist verrückt«, sagte er. »Du bringst uns an den Bettelstab. Wer wird die Stellung der Sklaven einnehmen? Denk an die Löhne, Mann! Wir können es uns einfach nicht leisten.«

Ich entgegnete: »Um Geld geht es hier überhaupt nicht. Wenn eine Sache richtig erscheint, dann sollte man sie tun, ungeachtet der Kosten. Aber wenn du darauf bestehst ...« Ich nahm vom Stapel vor mir ein Hauptbuch. »Überprüf die Zahlen, die ich zusammengestellt habe, und du wirst sehen, daß es billiger ist, einen Menschen zu beschäftigen, als ihn zu versklaven. Ein freier Mann bezahlt selbst für seinen Unterhalt. Außerdem arbeitet er härter, weil er sein Schicksal verbessern kann, während ein Sklave immer ein Sklave bleiben wird. Warum also sollte er sich kümmern?« Ich öffnete das Dokument und zeigte auf eine Zahlenreihe. »Sieh her, Porcemus. Die Ernte in deinen Obstplantagen bleibt seit fünfzehn Jahren auf demselben Niveau. Nur einmal hat sie sich verändert, und in dieser Saison gab es einen Zuwachs.« Stirnrunzelnd betrachtete er die Zahlen. »Es war das Jahr, als ein Fieber deine Sklaven lahmgelegt hat«, fuhr ich fort. »Wir mußten freie Männer und Frauen einstellen, um ihre Arbeit zu erledigen. Und die Ernte war reicher, oder? Es ist uns auch weniger verdorben, weil alle schneller und härter arbeiteten, um mehr Geld zu verdienen.«

Meine Brüder machten einen recht überraschten Eindruck, Porcemus jedoch blieb engstirnig – ein echter Kleingeist. »Solch eine Feststellung kann man nicht auf der Grundlage einer Saison treffen«, sagte er.

»Das habe ich nicht.« Ich schob ihm einen Stapel Hauptbücher hin, die er einsehen mochte, wenn er es wünschte. »Ich habe viele Beispiele gefunden, wo sich ähnliche Vergleiche ziehen ließen. Über die Jahre verteilt, sind unsere Gewinne immer größer, wenn wir einen fairen Preis zahlen, anstatt Sklaven auszunutzen. Gerechterweise muß ich sagen, daß ich den Handel über unsere Schiffe nicht einbezogen habe, obwohl dies der Hauptteil unserer Einnahmen ist. Wie ihr wißt, nutzen wir bei den Handelsgeschäften kaum Sklaven ... aus den eben genannten Gründen. Selbst der untalentierteste Händler weiß, daß es kein besseres Motiv als den Gewinn geben kann.«

»Ich behaupte immer noch, daß ein Dämon von dir Besitz ergriffen hat«, sagte Porcemus. »Wenn jeder seine Sklaven befreien würde, hätten wir sofort doppelt so viele Bürger. Die meisten unserer Leute sind schon ignorant und schmutzig genug. Dann hätten wir noch dreißigtausend mehr davon, und das würde unweigerlich zur

Anarchie führen. Es wäre das Ende des uns vertrauten Orissa.« Verärgert schob er mir die Bücher wieder zu. »Hat deine Familie noch nicht genug gelitten? Erst Halab ... und jetzt – du.«

Ich hatte mit einer Attacke auf mich selbst gerechnet. Darauf war ich vorbereitet gewesen, und ich hatte mir vorgenommen, ruhig und vernünftig zu bleiben. Die Eifersucht meiner Brüder darauf, daß einem so jungen Sohn wie mir der Vorsitz der Familie anvertraut wurde, war nicht weiter verwunderlich, doch die Attacke auf Halab traf mich unvorbereitet, und ich reagierte töricht, indem ich vom Tisch aufsprang und dabei einen Stuhl umwarf. »Wenn du nicht von meinem Blut wärst«, sagte ich, »würde ich dich dort, wo du sitzt, töten.«

Porcemus wurde gespenstisch blaß. Meine anderen Brüder versuchten, mich zu beruhigen. Doch nicht ihre Worte besänftigten mich, sondern der Anblick von Porcemus' ängstlichem Gesicht. In meiner Wut war ich stark, und meine Muskeln hatten leichtes Spiel, waren durch die lange Reise gehärtet und auf Gewalt eingestellt. Was für ein hilfloser Haufen, dachte ich. Dann verlor sich der Ärger. Also gut, dachte ich, sie sind eine Last, na und? Für deinen Vater waren sie eine ebensolche Plage, und dir hat er die Verantwortung anvertraut.

Ich seufzte, hob den Stuhl auf und stellte ihn wieder an seinen Platz. »Entschuldige meine Verärgerung, Bruder«, sagte ich. »Ich hätte gern deine Zustimmung zu meinem Plan. Um deine Befürchtungen zu zerstreuen, werde ich dir den Wert deiner Sklaven aus meiner eigenen Tasche erstatten.« Dann wandte ich mich an die anderen. »Wird das reichen?« Allgemeine Zustimmung. Porcemus wurde sehr freundlich, umarmte mich und entschuldigte sich. Dann gingen sie.

So wurde ich, Amalric Emilie Antero, der erste, der in Orissa seinen Sklaven die Freiheit schenkte. Es war kein stolzer Augenblick, weil Habgier ihn erst möglich machte, doch immerhin war etwas geschehen. Ich lehnte mich zurück und wartete auf Reaktion. Die erste war eine, die ich am wenigsten erwartet hatte. Sie kam von Tegry.

»Was habt Ihr getan?« schrie er.

Es verschlug mir den Atem. So sprechen Sklaven nicht mit ihren Herren. Dann fiel mir ein, daß er kein Sklave mehr war. Das alles war höchst gewöhnungsbedürftig, insbesondere bei jemandem, den ich so sehr ablehnte wie Tegry und den ich nur aus Rücksicht auf meinen Vater behalten hatte.

»Beruhige dich, Tegry«, sagte ich. »Erkläre mir meinen Fehler, und ich werde mein Bestes tun, ihn zu korrigieren.«

»Ihr ... Ihr ... habt mich befreit!«

Wie ein Fisch mit offenem Maul muß ich ausgesehen haben. »Was ist daran falsch?« stotterte ich. »Ich habe alle Sklaven befreit.«

Haß lag in Tegrys Blick. »Mein ganzes Leben habe ich für meine jetzige Position gearbeitet«, stieß er mit zusammengebissenen Zähnen aus. »Jetzt ist alles vorbei. Ihr habt mir meinen Stolz geraubt.«

»Wie konnte ich das tun? Du hast noch deine Arbeit, nur für ein Gehalt. Und du bist immer noch Herr der Dinge, die vorher deine Domäne waren.«

»Ich ... ich ... verrichte meine Notdurft auf Eurem Gehalt! Ich habe – wie es mein gutes Recht ist – an einem Tag mehr gestohlen, als Ihr mir für acht bezahlt. Und was meine Stellung angeht, so habe ich bei den Dienern keine Autorität mehr. Keine echte Autorität. Ihr habt sie befreit. Was für ein Dummkopf! Wenn ich ihnen befehle zu arbeiten, lachen sie mir ins Gesicht, weil meine Art ihnen nicht gefällt. Gerade eben habe ich einem Stallburschen die Peitsche gegeben, und der Bastard hat die Dreistigkeit besessen, sie mir aus der Hand zu reißen. Und dann ... hat er gekündigt. Er ist gegangen. Ich kann ihn nicht zurückrufen, weil er mir nicht mehr gehorchen muß.«

»Du mußt dir eben ein ruhigeres Verhalten angewöhnen«, entgegnete ich. »Wenn du mit deiner Bezahlung unzufrieden bist, dann werde ich sie erhöhen. Allerdings nicht auf das Achtfache. Das, Tegry, wäre mehr Diebstahl, als dir zusteht. Aber ich verdoppele sie, und wir vergessen...«

»Nein, das tut Ihr nicht«, schrie Tegry. »Ich bin frei, und ich werde nicht für einen Mann wie Euch arbeiten. Ich habe Euren Vater gewarnt. Er wollte nicht hören. Also gut, was ein Stallbursche kann, kann ich auch. Lord Antero, ich kündige meine Stellung. In einer Stunde bin ich verschwunden, und Ihr werdet es noch bedauern, mich so mißbraucht zu haben.« Er machte auf dem Absatz kehrt und schritt hinaus.

Wenn wir meine Entscheidungen auch nicht lautstark bekanntmachten, so sprach es sich doch schnell genug herum, und es gab viel hitziges Gerede über den »verrückten Antero«, der seine Sklaven befreit hatte. Andere stellten sich jedoch auf meine Seite, besonders jüngere Geschäftsleute, die mein Argument der höheren Gewinne verstanden. Einige von ihnen befreiten ebenfalls ihre Sklaven, und allmählich floß in die Argumentation auch so etwas wie Moral und Bürgerstolz ein.

»Es heißt, wenn Barbaren wie die Lycanther ihren Sklaven erlauben, sich ihre Freiheit zu erkaufen«, berichtete Janos lachend, »dann kann Orissa es sicher besser.«

»Ich hoffe, dein Anliegen hat darunter nicht gelitten«, sagte ich.

»Im Gegenteil, es hat sogar gewonnen«, entgegnete Janos. »Dieselben Leute, die mich unterstützen, sind auch diejenigen, die zuerst ihre Sklaven befreien. Wir marschieren tatsächlich wieder Hand in Hand, als wären wir noch auf unserer Reise.« Natürlich lief nicht alles perfekt. Hitzige Wortgefechte arteten gelegentlich in Schlägereien aus. Viele Herren ärgerten sich, wenn sie auf offener Straße von ehemaligen Sklaven angepöbelt wurden, die sie beschimpften, weil sie ihre Sklaven noch nicht freigelassen hatten.

Dann wurde im großen Amphitheater eine öffentliche Versammlung einberufen. Es hieß, eine zweite Expedition zu den Fernen

Königreichen sei beschlossen worden, und nun müsse die Leitung dieser Expedition bestimmt werden. Wieder wurde Cassinis Name ins Spiel gebracht. Ich ritt mit Janos zu dem Treffen. Er trug Uniform, immer noch lieber die einfache, leichte Rüstung mit dem schlichten Schwert auf dem Rücken. Zu Pferde, den schwarzen Bart gebürstet, bis er glänzte, und mit einem Lächeln, das die großen weißen Zähne zeigte, sah er wie ein junger König aus. Vor dem Amphitheater wurden wir von einer großen Gruppe zorniger junger Männer begrüßt, darunter auch Malaren.

»Vielen Dank für die Begrüßung«, sagte Janos. »Aber was geht hier vor?«

»Das will ich Euch sagen, bester Mann«, schäumte Malaren. »Sie wollen die Leitung der Expedition übernehmen.«

»Wer sind sie?« unterbrach ich, weil Janos zu schockiert schien, um zu fragen.

Ein stämmiger Mann mit kräftigen Händen voller Schwielen antwortete: »Dieser tollwütige Hohe Rat ist es, um den es geht«, rief er. Ich bemerkte das Zeichen auf seinem Arm. Er war ein ehemaliger Sklave. »Und die verdammten Geisterseher stecken auch dahinter.«

»Nicht alle«, warf Malaren ein. »Aber in beiden Gruppen gibt es genug alte Männer und Feiglinge, die hinter Cassini stehen.«

Ich sah Janos an. Er wirkte stahlhart, seine Hand zuckte nach dem Schwert. Er schien jederzeit bereit, seinem Pferd die Sporen zu geben und im Galopp ins Amphitheater zu stürmen. Jemand rief: »Wir stehen zu Euch, Greycloak!« Andere fielen in den Ruf ein. »Wir lassen nicht zu, daß sie Euch wieder betrügen.« Weitere Stimmen erhoben sich, und viele hatten sich angeschlossen, sowohl edle Herren wie Malaren als auch gemeines Volk, Schmiede, Seeleute und auch ehemalige Sklaven. Eine schwere Auseinandersetzung schien sich anzubahnen.

Ganz plötzlich war Janos die Ruhe selbst. Er hob eine Hand, und es war ruhig. »Wir werden uns nicht wie der Pöbel benehmen«, sagte er. »Wenn Ihr mitkommt, dann in aller Ruhe. Ich will, daß ihr alle beieinander sitzt, und schwöre, daß ich für euch alle sprechen werde, wie auch für mich selbst.«

Es gab einiges Gemurmel, doch Janos' gebieterisches Wesen setzte sich durch. Wir bereiteten uns darauf vor, einzutreten. Ich fühlte, wie jemand an meiner Reithose zerrte, blickte nach unten und erkannte eine junge Dienerin aus unserem Haushalt. Sie machte große Augen und wirkte ängstlich.

»Was gibt es?« fragte ich.

»Es geht um Eure Frau«, rief sie. »Kommt schnell. Euer Kind wird geboren.«

Ihre Worte trafen mich schmerzlich. Ich war zerrissen zwischen der Glut des Augenblicks und meiner Angst um Deoce. Janos schob sich an meine Seite. »Geh«, sagte er.

»Aber ... die Versammlung ... die ...«

Er drängte mich hart. »Ich erledige das. Ich brauche dich später. Geh jetzt!« Mein Zaudern nahm ein Ende. Ich hob die Dienerin in den Sattel und jagte durch die Straßen zu unserer Villa. Hinter mir hörte ich noch das tosende Echo aus dem Amphitheater.

Das Bett bot ein Bild des Grauens, voll Blut und Schmerz. Zwei Hebammen kümmerten sich um meine arme Deoce, doch alle Medizin und aller Zauber konnten ihre Qual nicht lindern. Meine Tochter kam, aber sie kam nicht leicht. Deoce griff so fest nach meiner Hand, daß ich glaubte, sie würde mir die Finger brechen. »Ich wußte, du würdest kommen«, weinte sie. »Sie sagten, es gäbe ... eine Versammlung. Die Expedition! Aber ... ich wußte, du würdest trotzdem kommen.«

Ich suchte nach Worten, doch klang angesichts ihrer Schmerzen und ihres Glaubens an mich alles kläglich. Ich brachte nur heraus, daß ich sie liebte und daß ich sie lieben würde, bis aller Sand ins Meer gespült sei. Sie stieß einen entsetzlichen Schrei aus – und ich fürchtete schon, meine Deoce für immer verloren zu haben. Stille ...

so tief und schwer nach diesem Schrei, es droht mich noch heute zu ersticken, da ich diese Worte schreibe. Dann kam der Kopf meiner Tochter zwischen Deoces blutigen Schenkeln hervor. Wieder schrie meine Frau, und das Kind drang weiter heraus in die erfahrenen Hände der Amme. Einen Augenblick später ließ Emilie ihren ersten Schrei hören. Meine Tochter war geboren.

»Ist sie schön?« fragte Deoce mit schwacher Stimme.

Ich sah auf das blutige, kleine Wesen. Die Augen hatte sie fest zugekniffen. Sie schrie jetzt wütend, weil man sie der Wärme und Geborgenheit entrissen hatte. »Ja, meine Liebe«, antwortete ich. »Sie ist schön.« Und als sie von den Hebammen gereinigt und in weiches Leinen gewickelt worden war, um zum ersten Mal ihrer Mutter zu begegnen, glaubte ich das auch wirklich.

Von Kriegszeiten abgesehen, stellte die zweite Expedition die größte Streitmacht der Geschichte Orissas dar. Es war nicht mehr die Suche eines einzelnen, bei der ein junger Mann losgaloppierte, wohin auch immer es ihn zog, mit allen Trinkgenossen, die sein Vater sich leisten konnte. Diesmal forderten wir das Schicksal heraus, und jeder Mensch aus dieser Stadt beanspruchte einen Platz am Tisch. Insgesamt sollten sich zweitausend Leute auf die Reise machen: Truppen, Pferde und ihre Pfleger, Offiziere und deren Diener, Marketenderinnen in großer Zahl, um die Männer zu erfreuen, Köche, Bäcker, Waffenschmiede, Träger sowie schlicht Neugierige, die genug Einfluß besaßen, ihre Namen auf die Liste setzen zu lassen. Janos Greycloak wurde einstimmig zum Leiter dieser großen Streitmacht ausgerufen.

»Es war kein großer Kampf«, erzählte Janos in jener Nacht. »Cassini erschien nicht einmal auf der Bühne. Ich sah ihn nur hinter den Seitenflügeln stehen, vor Wichtigtuerei ganz aufgeblasen. Er rannte auf und ab und studierte seine Dankesrede ein. Wenn das noch kein Hinweis für einen armen, beschränkten Soldaten wie mich war, dann sagte die Tatsache, daß sämtliche Männer auf der Bühne unsere Feinde waren, zumindest soviel, daß jemand die Augen des Würfels mit Blei gefüllt hatte.« Janos schüttelte den Kopf, immer noch voll Verwunderung. »Sobald ich meinen Platz eingenommen hatte, begann die ganze Menge wieder zu schreien: ›Janos. Janos.‹ Und den ganzen Blödsinn.« Seine Zähne blitzten auf, ich wußte, daß er es überhaupt nicht für »Blödsinn« gehalten hatte. »Nur war es diesmal viel lauter. Die Stimmen klangen so wütend, daß nur ein Idiot nicht bemerkt hätte, wie ihnen das Blut in den Adern kochte. Einige Kerle waren so mutig, aufs Podium zu rennen, zogen sich jedoch zurück, als ich sie aufforderte, nicht so unhöflich zu sein, und diese ehrenwerten Herren sprechen zu lassen.«

Janos stürzte einen Becher Wein herunter, dann lachte er. »Oh, ich wünschte, du wärest dabeigewesen, mein Freund«, sagte er. »So etwas hast du noch nie erlebt.« Jeneander und seine Freunde hatten eine eilige Besprechung abgehalten, ohne auf die ungestümen Bemerkungen aus der Menge zu achten. Wie Janos schon andeutete, war in Orissa etwas Derartiges noch nie geschehen, und unsere Feinde waren in Panik gewesen, zuckten vor den Beschimpfungen der Menge zurück, als würden Steine nach ihnen geworfen. Einer aus der Menge entdeckte Cassini, und eine Gruppe wollte ihn stellen, doch er konnte gerade noch rechtzeitig fliehen. Auf der Bühne war eine Entscheidung getroffen worden, doch dann begannen sie, sich zu streiten, wer sie den wütenden Bürgern von Orissa bekanntgeben sollte. Die Menge lachte über diese Misere und stürmte wieder gegen die Bühne. Dann gab einer aus dem Hohen Rat Jeneander einen Stoß, und er stolperte nach vorn und wurde vom Vergrößerungszauber erfaßt. Bebend stand er neben Janos.

»Ich brachte unsere Freunde zum Schweigen und hieß Jeneander mit meinem freundlichsten Lächeln willkommen«, sagte Janos. »Ich legte meinen Arm um ihn wie um einen Bruder und sagte so laut, daß alle es hören konnten: ›Wie immer auch Eure Wahl ausgefallen sein mag, mein Freund, alle hier wissen, daß Ihr ehrenwerte Herren lange an Eurem weisen Entschluß gearbeitet habt.‹«

Janos lachte und nahm noch einen Schluck Wein, um seine Kehle zu entspannen. »Dann begann der arme Jeneander zu sprechen«, fuhr er fort. »Seine ersten Worte hörten sich sehr piepsig und quakend an, als hätte sich eine Maus mit einer Ente gepaart. Schließlich brachte er es dann heraus, mit zitternden Knien, als stünde er in einer winterlichen Brise. Immer noch mit dieser hohen Stimme sagte er: ›Wir geben bekannt, daß der Leiter der zweiten Expedition... Hauptmann Janos Greycloak sein wird.‹

Danach konnte man sein eigenes Wort nicht mehr verstehen. Sobald der gute Geisterseher sein Sprüchlein aufgesagt hatte, nahmen er und die anderen Reißaus von der Bühne, als wären sie Kaninchen, die gerade die Vision eines großen brodelnden Eintopfs gehabt hatten.« Ich lachte Tränen bei dieser Vorstellung. Dann füllte ich unsere Becher neu, und wir tranken auf Te-Date, der unsere Feinde so verwirrt hatte.

Dann wurde Janos ernst. »Du sollst wissen«, sagte er, »was uns auch immer noch bevorstehen mag: Ich schulde dir so viel, daß ich es nie wieder gutmachen kann.« Ich gab undefinierbare Geräusche von mir, wollte meiner Bescheidenheit Ausdruck verleihen, doch war mein Herz voller Freude. Irgendwo im Haus schrie Emilie, dann war die sanfte Stimme des Kindermädchens zu hören, das sie beruhigte. Es war ein höchst bemerkenswerter Tag.

Auch Janos hörte das Schreien und lächelte. »Ich weiß, daß es dir diesmal nicht möglich sein wird, mitzukommen«, sagte er. »Du hast jetzt zuviel Verantwortung. Du sollst nur wissen, daß ich dich schmerzlich vermissen werde.«

»Das ist sehr freundlich«, entgegnete ich. »Nur war ich beim letzten Mal so unerfahren, daß ich kaum eine Unterstützung für dich gewesen bin. Und jetzt wirst du eine große Armee zur Verfügung haben, mit vielen erfahrenen, fachmännischen Ratgebern.«

Janos schüttelte entschieden den Kopf. »Dein einziger großer Mangel, mein Freund«, sagte er, »liegt darin, daß du deinen eigenen Wert nicht kennst. Wenn sich das ändert, wirst du ein gefährlicher Mann sein, weil du ein natürliches Talent zum Abenteuer hast. Darüber hinaus hast du die Strenge eines unbeugsamen Herzens und beständigen Weitblick. Versuche nicht, es abzustreiten. Ich kenne dich gut. In manchen Dingen vielleicht besser als du dich selbst. Wir sind uns sehr ähnlich, Amalric Antero. So ähnlich, daß wir Zwillinge sein könnten. Doch, den Göttern sei gedankt, du hast nicht meine dunklen Seiten.«

Er schielte mich an, und an der Röte seiner Augen erkannte ich, wie betrunken er war. »Ich schwöre dir, Amalric«, sagte er, »wenn ich in den Fernen Königreichen stehe, werde ich dir zu Ehren ein Opfer bringen. Und ich werde den Herren dort sagen, daß ich Grüße von meinem guten Freund und Zwillingsbruder bringe ...« Er brach mitten im Satz ab. Sein Kopf war auf den Tisch gesackt. Ich nahm ihm den Becher aus der Hand, bevor er umfallen konnte, und als ich aus dem Zimmer schlich, hörte ich ihn schon erschöpft schnarchen.

Einen Monat später reiste die Expedition ab. Jedes Schiff, das sich erübrigen ließ, war zum Dienst genötigt worden, damit diese mächtige Gesellschaft in See stechen konnte. Die ganze Stadt erschien, um sie zu verabschieden. Ich stand auf einem Hügel in der Nähe der Biegung, als sie vorübersegelten, und ich muß zugeben, ich empfand ein leichtes Bedauern, daß ich nicht dabeisein konnte. Aber als das letzte Schiff verschwunden war und ich mich nach Haus umwandte, dachte ich an Deoce und Emilie, und sofort wurden meine Schritte leicht.

Kapitel Fünfzehn

Der Dunkle Sucher

Was ich nun schreiben muß, fällt mir schwer. Fast alles würde ich geben, wenn ich diese Zeit aus meinem Leben streichen könnte. Seit Jahren war Orissa von den Göttern gesegnet worden. Sie hatten unsere Opfer vielfach belohnt: die Ernte war üppig, der Fluß ruhig, die Soldaten siegreich, die Gesundheit vorzüglich und unsere Kinder folgsam. Dann verlangten die Götter ihren Anteil.

Für eine kurze Zeit nach Janos' Abreise war mein Leben die reine Freude. Jede freie Minute – und ich nahm mir auf Kosten meiner Geschäfte auch mehr Zeit – verbrachte ich mit Deoce und Emilie. Meine Frau war mir so vieles: Geliebte, Partnerin, Ratgeberin und Freundin. Sie zeigte einen Sinn für Geschäfte und kam mit mir zum Hafen, um den Handel in die Länder mitzuorganisieren, zu denen Janos und ich einen Zugang eröffnet hatten. Zu Hause entzückte sie meine Diener – viel fröhlichere Menschen, da sie nun befreit waren –, indem sie sich sofort in die Arbeit stürzte und keine dunklen Ecken scheute, in denen sich die Spinnweben sammelten. Und manchmal überraschte sie mich an meinem Pult und lockte mich in eine ruhige, grüne Laube, wo wir uns liebten, wie in den Tagen im Tal des Paradieses.

Emilie entpuppte sich als genauso reizend, wie Deoce es vorhergesagt hatte. Sie war ein fröhliches, kleines Mädchen mit pummeligen Wangen, heller Haut und Augen voller Neugier. Mir brach fast das Herz, wenn sie lachte, und sobald sie mich erblickte, schrie sie vor Vergnügen und schlang mir ihre rundlichen Arme um den Hals. Ihr Lachen und ihr milchiger Duft überwältigten mich beinah.

»Du bist wie Lehm in ihren Händen«, zog Deoce mich auf. »Wenn je ein Kind ihres Vaters kleine Tochter war, dann unsere Emilie. Du solltest vorsichtiger sein, Liebster, sonst verwöhnst du sie zu sehr.«

Natürlich war nicht alles reiner Sonnenschein. Es gab Probleme. Deoce litt an einer Verstauchung, Emilie an einer Kolik, und ein kleines Handelsschiff aus den Nordländern wurde vermißt. Als Janos abreiste, ließ er zudem unsere Feinde zurück. Eine Zeitlang waren sie noch zu ängstlich, um mehr als üble Nachrede zu riskieren.

Es geschahen jedoch auch Dinge, die wir als Warnung vor dem hätten verstehen können, was uns bevorstand. Die meisten allerdings waren in süße Träume von all den Schätzen eingelullt, die bald von den Fernen Königreichen aus fließen würden. Der Kuß der Steine war in jenem Jahr schlecht verlaufen. Der Schurke, den die Geisterseher bestimmt hatten, die Ernte zu segnen, war ein zum Dieb gewordener Hungerleider, der nur ein mageres Tröpfchen von Blut zustande brachte, als er zwischen den beiden alten Steinen zermalmt wurde. Dann gab es viele Gewitter, die die Luft mit ihrem heißen Atem aufheizten, und Hunde und Echsen heulten nächtelang. Oft tauchte die untergehende Sonne den Himmel in glühendes Rot, und dicke schwarze Wolken wirbelten herum und ließen schauderhafte Bilder entstehen. In der Gerüchteküche brodelte es. Es gab Berichte, wonach die zweite Expedition schon mehrmals die Orientierung verloren hätte, daß Janos mit seinen Offizieren im Streit läge und viel Schwarze Magie praktiziert würde, hauptsächlich zu sexuellen Zwecken. Und als reichten die Geschichten über Janos nicht aus, erhielten wir Nachrichten von Reisenden, wonach die Lycanther in heller Aufregung waren, ihre Truppen exerzieren ließen und vom Wiederaufbau der großen Mauer sprachen, die wir nach dem Sieg über sie niedergerissen hatten. Außer in müßigen Tavernengesprächen kümmerten wir uns nicht weiter darum und hielten auch dies für allgemeinen Klatsch, genau wie die Berichte über merkwürdige Lichter und Brandgeruch, der aus der Zitadelle der Geisterseher aufstieg. Ich fragte Rali danach, doch ihre Spionin erzählte nur, die Geisterseher befehdeten sich noch immer, hielten ihren Streit jetzt aber hinter dicken Türen verschlossen, wo selbst die Anwesenheit einer Putzfrau Verdacht erregen würde.

Dann kehrten die ersten Mitglieder aus Janos' Expedition zurück und verliehen den Gerüchten über ihn weitere Nahrung. Sie warfen ihm vor, ein launenhafter Expeditionsleiter zu sein, der nur seine eigene Meinung gelten ließe und öffentlich alle erniedrigte, die sich ihm entgegenstellten. Die Expedition habe sich nicht nur mehrmals verlaufen, sondern irre noch immer im Land herum und habe mehrfach Gepäck, Schätze und Menschen an plündernde Stämme verloren. Das meiste davon wurde für Unsinn gehalten, da die Rückkehrer notorische Faultiere und Feiglinge waren, die sich nach allgemeiner Einschätzung nur des schnellen Ruhmes wegen der Expedition angeschlossen hatten.

Cassini ergriff jedoch sogleich seine Chance, trat erneut öffentlich auf, kanzelte Janos ab und tat überhaupt alles, um dem Ruf meines Freundes zu schaden. Die Anhänger des Geistersehers kamen vereinzelt aus ihren Höhlen hervor, und bald war er wieder mutig genug, an öffentlichen Riten teilzunehmen. Er assistierte Jeneander bei der alljährlichen Regenzeremonie und brachte die Silberglocken zum Klingeln, die wie Regentropfen klangen, während Jeneander einem fetten Ochsen die Kehle durchschnitt.

Der Regen kam wie gerufen, aber dann hörte er nicht mehr auf. Es regnete stundenlang so stark, daß man den Tag nicht von der Nacht unterscheiden konnte. In ganz Orissa kauerten sich alle in ihre Häuser und lauschten dem schweren Niederschlag auf den Dächern. Es war ein kalter Regen. Wir mußten das Feuer in unserem Herd ständig brennen lassen, und bald wurde Brennstoff knapp. In dem starken Regen gedieh ein grüner Schimmel, der unsere Kleidung befiel und unsere Nahrung verdarb. Die Geisterseher sprachen eilends Zaubersprüche gegen diesen Schimmel. Gerade hatte er nachgelassen, als Millionen von Ameisen einfielen, die durch jede Ritze in die Häuser drangen und uns alle verrückt machten, weil wir uns immerzu kratzen mußten, während wir die Wände, uns selbst und unsere Kinder nach ihnen absuchten.

All diese Probleme waren jedoch unbedeutend angesichts der plötzlichen Angst, die uns befiel, als der Wasserspiegel des Flusses zu steigen begann. Niemand konnte sich erinnern, daß der Fluß je über seine Ufer getreten war, doch weit von seinem Bett entfernt gab es alte Narben an den Hängen, die alte Geschichten von panischer Angst und großer Zerstörung erzählten. Als der Fluß dann zu einer brodelnden Masse aus Schlamm und Geröll anwuchs und dabei eines der kleineren Docks wegschwemmte, ergriff Panik die Stadt. Nach Rücksprache mit den Geistersehern holte der Hohe Rat einen Schwerverbrecher, der seine Frau und Kinder erschlagen hatte, um sie dann für den eigenen Verzehr zu grillen, aus seiner Zelle. Die ganze Stadt wurde hinausbefohlen, aber es war eine trübe Parade zum Opferplatz. Unglücklich und unterkühlt drängten wir uns im Regen aneinander, als Jeneander und Cassini mit einer großen Zahl von Geistersehern Gesänge zur Besänftigung des Flusses anstimmten. Es schien eine Ewigkeit zu dauern. Gamelan war nicht anwesend, was ich recht aufschlußreich fand. Prevotant, der alte Dieb, war da, was mir noch mehr sagte. Die Zeremonie ging daneben, die Weihrauchtöpfe brannten nicht, und als sie den Verbrecher festbanden, lösten sich die Knoten immer wieder. Der arme Kerl kreischte und stöhnte und warf sich herum, denn der betäubende Trank, den man ihm gegeben hatte, zeigte keine Wirkung. Über all diese Mißgeschicke gerieten die Menschen in große Angst. Selbst als Jeneander mit dem Opfer rang und dabei in den Schlamm stürzte, konnte niemand lachen. Einigen tat der Mann leid, und man behauptete, er sei nur vom Regen verrückt geworden, und das sei schließlich der Fehler der Geisterseher, die zuviel Regen herbeigezaubert hätten.

Dann trat Cassini vor und schlug dem Opfer mit einem Holzscheit über den Kopf. Er und Jeneander packten ihn an Händen und Füßen und warfen ihn ohne weiteres Aufheben ins Wasser. Alle gingen unglücklich nach Hause, verärgert über die Führung der Stadt.

Niemand war überrascht, daß die Opfergabe folgenlos blieb und das Wasser des Flusses weiter stieg. Ich hetzte mit anderen umher, deren Lebensunterhalt ebenfalls vom großen Strom abhing. Wir räumten die Lagerhäuser, zogen die Boote an Land und schickten größere Schiffe fort. Als ich an jenem Abend nach Hause ging, lief das Wasser schon in die Lagerhäuser.

Noch vor Morgengrauen weckte Deoce mich. »Was ist?« fragte ich und stand sofort auf, eine Angewohnheit, die von meiner Reise mit Janos stammte und die ich seither beibehalten habe. Sie stand in einem weißen Morgenmantel neben unserem Bett und hielt Emilie fest umklammert. Deoce sah blaß aus und zitterte. Emilies Augen waren groß, jeden Moment würde sie anfangen zu weinen.

»Hör nur«, sagte Deoce.

Ich hörte ein entferntes Donnern, oder vielmehr ein Tosen. Dazwischen war noch das Krachen und Knarren größerer Gegenstände auszumachen, die zusammenbrachen. Ich sprang aus dem Bett und riß das Fenster auf. Das Geräusch übertönte selbst den prasselnden

Regen. Dieser war allerdings so dicht, die Nacht so schwarz, daß ich nicht sehen konnte, was draußen geschah. Dennoch wußte ich Bescheid. Ich sah Deoce an.

»Es ist der Fluß.«

»Sollen wir fliehen?« Deoces Stimme zitterte. Nie zuvor hatte sie Angst gezeigt, aber ich wußte ja, daß sie noch nie an einem Fluß gelebt hatte.

»Wir sind hier einigermaßen sicher«, beruhigte ich sie. »Abgesehen von dem alten Deich, den der Fluß erst selten überspült hat, liegen noch viele Hügel dazwischen.«

Ich machte mir Sorgen um die Docks und die Lagerhäuser, und noch besorgter war ich wegen der Menschen, die am Fluß lebten und arbeiteten; doch was sollte ich tun? Ich war kein Gott, der eine Flut stoppen konnte. Also zog ich meine Frau mit unserem Kind zu mir ins Bett und nahm sie in die Arme. Am Morgen hörte der Regen auf, und als ich erwachte, war mein erster Gedanke, daß Emilie kein einziges Mal geweint hatte.

Der Fluß war beinah auf seinen Normalzustand zurückgefallen. Der Schaden war groß, doch nicht so schlimm, wie ich befürchtet hatte. Einige Docks waren beschädigt, Lagerhäuser in sich zusammengefallen, Boote und Schiffe zerstört, doch hatte es nur wenige Menschen das Leben gekostet. Als wir uns sammelten, um unseren Mitbewohnern aus Orissa beizustehen und die Trümmer zu beseitigen, wurde mir klar, daß es weitaus schlimmer hätte kommen können. Ich sah mir die Markierungen an, die das abfließende Wasser hinterlassen hatte: sie waren nur halb so hoch wie die alten Narben.

Allerdings gab es nur wenige, die dankbar waren. Auf dem Weg nach Hause hörte ich bitteres Gezeter über die Lage in Orissa. Da ich für die Arbeit dieses Tages grobe Kleidung trug und eine Mütze mein rotes Haar bedeckte, konnte mich niemand erkennen.

»Ich habe gehört, in den Fernen Königreichen kennen die Geisterseher Zauber, die auch Flüsse besänftigen können«, erzählte ein Mann.

»Das hilft uns nicht«, entgegnete ein anderer. »Paß nur auf, wenn Hauptmann Greycloak wiederkommt, dann wird unser von Läusen befallener Haufen ihn einsperren. Sie schwören bei Te-Date, daß es für uns in den Fernen Königreichen nichts zu holen gibt ... Egal, was der Hauptmann gefunden hat.«

»Hängt Greycloak«, keifte eine alte Frau. »Er ist der Grund für unsere Probleme. Er ist bloß ein Schwätzer.«

»Verschwinde, du bist widerlich«, gab der erste zurück. »Greycloak ist unser größtes Glück. Er und Lord Antero mit all dem glücklichen, roten Haar. Ohne sie hätten wir überhaupt keine Chance.«

Sie zankten sich weiter, und ich ging schnell fort, bevor man mich erkannte. Zum ersten Mal seit Monaten machte ich mir Sorgen. Ich wußte zwar, daß bei der zweiten Expedition einiges in der Schwebe hing, doch mit einer so starken Truppe müßten sich die Widrigkeiten dieses harten und fernen Landes meistern lassen – so hatte ich jedenfalls immer geglaubt. Jetzt mußte ich an all die Drehungen und Wendungen auf unserer ersten Reise denken. Unsere Zauberkraft hatte versagt, dann die mysteriösen Späher, das tödliche Terrain, Fallen, die uns feindlich gesonnene Zauberer gestellt hatten. Ich mußte auch mit einem Mißlingen rechnen.

Als ich dann nach Hause kam, herzlich von Deoce begrüßt wurde und das Gesicht meiner lächelnden Tochter sah, schob ich alle Zweifel beiseite. Für sie mußte es eine Zukunft geben, eine bessere Zukunft, als sich selbst mein Vater für mich erträumt hatte. Wie konnten die Götter ein solches Paar im Stich lassen, und all die anderen Mütter und Kinder in Orissa? Es wird schon alles wieder gut werden, sagte ich mir ... alles wieder gut.

Aber die trostlose Stimmung verschlimmerte sich noch, als wir uns dem Erntemonat näherten. Die schweren Regenfälle und Fluten hatten viele Samen und junge Pflanzen fortgewaschen, die schon in die Felder gesetzt worden waren. Magere Zeiten und steigende Lebensmittelpreise standen uns bevor. Diese düstere Stimmung wurde dadurch verschlimmert, daß es überhaupt keine Nachrichten mehr von Janos und der zweiten Expedition gab. Es war, als seien sie plötzlich verschollen, doch versicherte ich jedermann, wie auch mir selbst, es habe lediglich damit zu tun, daß sie schon sehr weit gereist seien und die Nachrichten uns entsprechend langsam erreichten.

Genau zur Erntezeit, nur wenige Tage bevor die Bauern gewöhnlich auf die Felder gingen, geschah das nächste Unglück, diesmal in Gestalt eines für die Jahreszeit ungewöhnlichen Windes, der von den Bergen her wehte. Er war heiß und trocken und nahm kein Ende. Er sog jegliches Leben aus den Ackerfurchen und tötete das meiste, was der Regen für unsere Tische noch übriggelassen hatte. Der Hohe Rat erließ eine Katastrophensteuer für sämtliche Haushalte, Geschäfte und Waren, um Getreide aus dem Ausland kaufen zu können. Die Geisterseher begaben sich auf die Felder, sangen dort und sprachen endlose Zaubersprüche. Immer noch wehte der Wind, bis er eines Tages plötzlich von allein aufhörte.

Die Stadt staunte über die fortgesetzten Mißerfolge der Geisterseher. Unser ganzes Leben lang hatten sie uns vor dem Bösen in der natürlichen wie auch in der spirituellen Welt geschützt. Was war geschehen? Warum hatten wir so wenig Glück? Wenn sich nicht bald etwas änderte, könnten die Lycanther auf Ideen kommen, die gar nicht nach unserem Geschmack wären.

Einige Zeit später erfuhr ich einen der Gründe indirekt durch meinen Freund Malaren. Er kam zu mir mit der Nachricht, ein Mitglied des Hohen Rates wolle mich privat sprechen. Sein Name war Ecco, und er war ein starker, wenn auch stiller Befürworter unserer Sache gewesen, und daher sagte ich sofort zu. Wir trafen uns am folgenden Abend. Ecco war ein älterer Herr mit mehr Falten und grauem Haar, als seinem Alter entsprochen hätte. Sein Blick und sein

Schritt waren der eines Jungen, ebenso wie seine Ansichten. Er war vor seiner Zeit im Hohen Rat als Kaufmann sehr erfolgreich gewesen, und er hatte nicht vergessen, wie man schnell zur Sache kommt.

»Wenn Ihr eine Nachricht von Hauptmann Greycloak erhalten habt«, sagte er, »so wäre es für uns alle von großem Nutzen… unabhängig davon, wie diese Nachricht lautet.«

»Auf mein Wort, Sir«, antwortete ich, »ich weiß nicht mehr als alle anderen in Orissa, also gar nichts. Das ist aber nicht weiter verwunderlich. Immerhin ist jetzt die Zeit der Stürme, und Janos muß sicher Schutz suchen, bis sie vorüber sind.«

Er sah mich prüfend an, konnte keine Unehrlichkeit in meiner Miene entdecken und senkte seufzend den Blick. »Dann gibt es keine Hilfe für uns.«

»Wo liegt das Problem, Sir? Ich meine, wo genau, denn immerhin haben wir heutzutage in Orissa viele Probleme.«

»Ihr schwört, niemandem zu erzählen, was ich Euch jetzt sagen werde?« Ich schwor. Er nickte befriedigt und sagte: »Ich befürchte den Zusammenbruch. Unsere Leute verlieren zunehmend jedes Vertrauen in uns. Es gab schon kleinere Kämpfe auf den Straßen, wie Ihr wißt, und wir hatten Probleme mit dieser rebellischen Stimmung. Und wer will es den Leuten verübeln? Wenn wir noch nicht einmal den Regen und die Ernte in den Griff bekommen, warum sollten sie uns trauen? Aber ich liebe diese Stadt, mit all ihren Mißständen, und würde mich lieber zu Tode foltern lassen, als daß sie Schaden nimmt.«

»Warum tun die Geisterseher nichts?« fragte ich. »Der Hohe Rat trifft sich doch regelmäßig mit ihnen. Was sagen sie dazu?«

»Wenn Ihr Jeneander und Cassini meint«, erwiderte er voller Abscheu, »die haben nichts zu sagen. Sie kommen zu unseren Sitzungen, machen leere Versprechungen, kassieren ihren Zehnten und verschwinden wieder.«

»Was ist mit Gamelan?« fragte ich. »Und all den anderen Geistersehern?«

»Sie kommen nicht mehr, oder dürfen nicht mehr kommen – ich weiß nicht, was zutrifft. Ich kann Euch jedoch berichten, daß im Palast der Geisterseher eine Schlacht ausgetragen wird und sich unter den potentiellen Siegern keiner unserer Freunde befindet.«

»Es muß doch etwas anderes sein als ein simpler Machtkampf«, sagte ich. »Jeneander ist ein Idiot und Cassini ein Lügner. Es gibt auch fähige Geisterseher. Warum helfen sie uns nicht? Es kann doch keine Verschwörung sein, denn sie würden sich selbst ebenso schaden wie uns.«

»Mir ist nichts Genaues bekannt«, sagte Ecco, »und es widerstrebt mir, Gerüchte zu verbreiten.«

»Zögert nicht länger, Sir«, entgegnete ich. »Nicht, wenn die Gerüchte eine Erklärung nahelegen.«

»Habt Ihr von den befremdlichen Ereignissen gehört oder sie selbst beobachtet?« fragte er. Ich sagte, das hätte ich. »Nun, die Gerüchte hängen mit diesen merkwürdigen Lichtern und Gerüchen und dergleichen zusammen. Es heißt, Cassini und seine Kollegen betrieben böse Zauberei. Weiter heißt es, daß durch die Ausübung Schwarzer Magie die Stadt ihrer natürlichen Zauberenergien beraubt werde. Und deswegen hätten die Beschwörungen zu unseren Gunsten versagt, oder seien einfach zu schwach.«

»Glaubt Ihr diese Geschichten?« fragte ich.

»Nein, ich glaube sie nicht. Die Versuchung ist allerdings groß, denn es würde einiges erklären.«

»Und es würde Orissa von jeder Schuld befreien, die Götter herausgefordert zu haben«, sagte ich.

»So ist es. Aber es gibt ohnehin keine Möglichkeit, es herauszufinden, also braucht man nicht weiter zu spekulieren.«

Ecco leerte das Glas Branntwein, das ich ihm angeboten hatte, und erhob sich. »Wenn Ihr von Hauptmann Greycloak hört...«

»Ich werde Euch sofort informieren«, antwortete ich. Und schon war er gegangen und hinterließ viele offene Fragen.

Es blieb uns nichts, als zu hoffen. Doch die Hoffnung war in jenem Jahr eine Kuh mit verkümmerten Zitzen. Die schlechten Zeiten dauerten an. Kurz vor dem ersten Frost kam der schlimmste Schlag.

Es war an einem dieser idyllischen, frühen Wintertage, an denen es gerade so kalt ist, daß man sich an einem Feuer erfreut, vielleicht läßt ein kleiner Sturm die Fenster ein wenig klappern, und man gönnt sich ein warmes Bad und geht früh zu Bett. Deoce und ich liebten uns schläfrig in unserem großen Federbett. Danach wollte ich, von allen Sorgen unbelastet, noch ein wenig Brennstoff ins Feuer geben und uns einen heißen Branntwein bereiten. Ich bemerkte Deoces gerötetes Gesicht, als ich ihr das Getränk reichte, und nahm an, sie sei noch erhitzt von der Leidenschaft. Als ich meinen eigenen Branntwein holen wollte, schnappte sie nach Luft und ließ den Becher auf den Boden fallen.

Voller Besorgnis drehte ich mich um. »Was ist, meine Liebe?« Sie antwortete nicht, faßte sich dann an den Kopf und verzog das Gesicht voller Schmerz. »Du bist krank«, sagte ich besorgt. »Ich hole sofort einen Heiler.«

Ihre Antwort war schwach. »Nein, Amalric. Dort draußen tobt ein Sturm, du wirst dich erkälten und naß werden.«

»Unsinn.« Schnell zog ich mich an. Sie versuchte aufzustehen und mich zurückzuhalten, doch dann schrie sie vor Schmerz so furchtbar auf, daß ich nach der jungen Spoto, dem Zimmermädchen, rief, damit sie sich um Deoce kümmerte, während ich Hilfe holte.

Der Sturm war schlimmer geworden. Es war sehr kalt, und Hagelkörner prasselten mir ins Gesicht, während ich die Straße hinunterrannte. Bis ich das Haus des Heilers erreicht hatte, war es schon dunkel, und ich konnte gerade noch das leuchtende Symbol seiner Zulassung als Geisterseher erkennen. Er saß bei einem späten Abendbrot, doch folgte er mir ohne Murren, und schon bald ritten wir wieder zurück. Diesmal ging der beißende Wind uns bis auf die Knochen, und wir kämpften uns mit den Pferden durch Hagel und Schneeregen. Dennoch hatten wir die Villa bald erreicht, und ich eilte mit dem Heiler zum Zimmer meiner Frau.

Stöhnend lag Deoce im großen Federbett. Die Schmerzen mußten unerträglich sein, denn sie gehörte nicht zu denen, die schnell klagen. Sie schlug die Augen auf, als wir eintraten. Sie waren groß und glänzten unnatürlich. Der Heiler packte seine Sachen aus, ich trat ans Bett und küßte meine Frau. Sie war so hitzig, daß ich mir fast die Lippen verbrannte.

»Es ist nur eine Wintergrippe«, sagte Deoce, um mich zu beruhigen. Sie streckte eine Hand aus, ließ sie mit einem leisen Schmerzensschrei jedoch wieder fallen. »Bei den Göttern von Salcae, ich fühle mich schrecklich«, sagte sie.

»Jeder Knochen tut mir weh, und in meinem Kopf hämmert es ganz furchtbar.«

Ich zwang mich zu einem fröhlichen Lächeln. »Eine Wintergrippe, du hast völlig recht. Schon bald wirst du wieder auf den Beinen stehen, meine Liebe, und Emilie auf den Knien schaukeln.«

Deoce sah beunruhigt aus, als ich unsere Tochter erwähnte. »Emilie? Wie geht es ihr? Hast du dich um sie gekümmert?«

»Es geht ihr gut, Lady Antero«, sagte Spoto. »Ich komme eben aus dem Kinderzimmer. A'leen sagt, Eure Tochter schläft friedlich.«

Erleichtert atmete Deoce auf und gab sich dann in die Obhut des Heilers, der seine Glücksbringer ausgelegt hatte und einen Trank gegen den Schmerz mischte. Zuerst untersucht er sie, stieß sie hier und dort, um empfindliche Stellen zu entdecken, roch ihren Atem, leuchtete ihr mit einer Kerze in die Augen. Dann blieb mir fast das Herz stehen, als er zögerte... als sei er verwundert. Kaum wahrnehmbar schüttelte er den Kopf. Dann lächelte er, vermutlich genauso gezwungen wie ich selbst, der ich wie ein Idiot grinste, um meine Frau zu ermutigen.

»Eine Wintergrippe, wie schon gesagt, ist es nicht so, lieber Herr?« fragte ich.

Wieder ein Zögern, dann: »Uh ... Ja ... Ja! Genau das. Eine Wintergrippe. Würdet Ihr Euch jetzt bitte entspannen, Lady Antero, und diesen Trank einnehmen? Ich habe einen Löffel Honig beigegeben, um ihm die Bitterkeit ein wenig zu nehmen. Ihr werdet den Geschmack trotzdem nicht mögen. Doch seid so gut, bitte, und trinkt es mit einem Zug ...« Sie tat wie ihr geheißen und leerte den Becher so schnell sie konnte. »Jetzt könnt Ihr die Augen schließen, wenn Ihr mögt, meine Lady, und bald werdet Ihr schlafen. Ich spreche meinen Zauber, und wir werden die kleinen Dämonen austreiben. Dann werdet Ihr Euch, wie Euer Mann schon sagte, morgen früh beim Aufstehen wieder wohl fühlen.«

Ich saß neben ihr, als sie die Augen schloß, und hielt ihre Hand fest umschlossen. Die Hand war heiß vom Fieber, die Gelenke waren geschwollen. Noch einmal schlug sie die Augen auf. »Wirst du heute nacht gut auf Emilie aufpassen?« fragte sie.

»Natürlich werde ich das«, versicherte ich ihr. »Und Spoto wird die ganze Nacht an ihrem Bett wachen. Außerdem bleibt der Heiler bei uns. Du brauchst dir um Emilie also keine Sorgen zu machen, selbst wenn auch sie die Grippe bekommen sollte.« Ich küßte sie, und sie schloß die Augen.

»Ich liebe dich, Amalric«, flüsterte sie. Ich sagte ihr, daß auch ich sie liebte. »Du bist mir ein guter Ehemann gewesen. Und ein guter Vater für Emilie.« Ich antwortete, indem ich über ihre heiße Hand strich. Sie gähnte ... der Trank begann zu wirken. »Weißt du ... ich finde, Emilie sieht ... aus ... wie ... du.« Dann schlief sie ein.

Der Heiler winkte, ich solle mich zurückziehen, und ich saß auf einem Stuhl in der Ecke und beobachtete, wie er die Weihrauchtöpfe entzündete und die Ingredienzen hineinstreute, mit denen er eine Wintergrippe heilen wollte. Durch seinen Gesang erweckte er einen kunstvollen Satz von Feuerperlen zum Leben, zerbrach sie dann und verteilte sie um ihr Bett. Er warf noch mehr von dem besonderen Staub hinein, und die Lichtpunkte wurden zu einem leuchtenden Kranz. Dann hob er die Hände und flüsterte schnell den Zauber. Plötzlich verdunkelte sich das Licht, und Deoce schrie auf, ohne zu erwachen. Der Heiler schien sehr überrascht zu sein. Er schüttelte den Kopf, holte dann eine Schachtel mit einem anderen Puder und streute es in die Töpfe. Die Feuerperlen wurden heller, und erleichtert atmete der Geisterseher auf. Auf mich wirkte seine Erleichterung jedoch eher beängstigend, da ich glauben wollte, dies alles sei für ihn nur Routine. Als er erneut zu singen begann, erwartete ich starr den nächsten Schmerzensschrei. Er kam nicht, stattdessen entspannte sich Deoces Miene, die Lippen zeigten ein leises Lächeln: ein süßer Traum, betete ich. Eintönig leierte der Heiler immer weiter, und die Weihrauchtöpfe füllten den Raum mit ihrem berauschenden Duft. Bald war er fertig, holte seinen kleinen Hocker hervor, klappte ihn auseinander und setzte sich neben das Bett. Konzentriert neigte er den Kopf und ersann einen weiteren Schutzzauber. Ich hatte es viele Male gesehen, auch bei mir selbst, ja, das alles war reine Routine, die normale Heilung einer weitverbreiteten Krankheit. Ich schlief ein.

Es war kein leichter Schlaf, nicht der, nach dem ich mich gesehnt hatte. Es war, als wäre plötzlich ein Kissen in meinem Kopf, und ich triebe davon. Der Alptraum wütete, und ich traf den Bootsmann wieder ... den grauenerregenden Burschen mit der weit klaffenden Augenhöhle. Wieder mußte ich die Stufen erklimmen, hörte das Heulen und begegnete dem Schicksal, zu dem der Alptraum mich noch jedesmal entführt hatte.

Als ich erwachte, war der Dunkle Sucher gekommen und wieder gegangen.

Deoce war tot.

Ich möchte die Erinnerung an sie nicht mit weinerlichen Beschreibungen meiner Gefühle entweihen. Ich kann nur sagen, eine solche Verlassenheit, solchen Schmerz habe ich nur einmal in meinem Leben gespürt. Es gab keine Narben, die mich fürs Leben gezeichnet hätten, denn eine Narbe bedeutet keine bleibende Erinnerung. Es war ein gespenstisches Gefühl, als würde einem das Herz amputiert und man könne dennoch weiterleben.

An das, was dann geschah, erinnere ich mich kaum. Der Heiler weinte, weil er versagt hatte, doch trafen seine Tränen nur auf kalten Haß, den ich für ihn empfand. Rali kam, um mich zu trösten, und kümmerte sich um Deoces Leichnam. Ein konservierender Zauber wurde gesprochen, damit der Körper bis zur Beerdigung frisch blieb. Ich erinnere mich an die Mitteilung meiner Schwester, auch andere seien erkrankt und daran gestorben. Ihre Worte bedeuteten mir nichts, sie erreichten mich nicht in meiner Betäubung. Jahre schienen zu vergehen, aber tatsächlich waren es kaum mehr als zwei Tage. Ich verbrachte die ganze Zeit mit Emilie. Wir spielten im Garten, sie konnte jetzt laufen und »Mama« und »Papa« sagen. Ich erklärte ihr, Mama sei auf eine lange Reise gegangen und bliebe noch viele Tage weg. Emilie weinte nicht, sondern klammerte sich nur noch enger an mich. Schließlich raffte ich mich auf. Bestimmte Dinge mußten erledigt werden, ein Begräbnis will geplant sein. Es war, als wäre ich aus einem zweiten Schlaf erwacht. Im ersten war Deoce gestorben, nach dem zweiten erwachte ich und stellte fest, daß der Dunkle Sucher und seine Günstlinge in ganz Orissa tobten.

Eine solche Plage hatte noch nie an unserer Küste gewütet. Sie verheerte die Stadt, ohne daß ein Zauber der Geisterseher etwas hätte ausrichten können. Arm und reich starben ohne Unterschied, es war keine Logik zu erkennen. Ganze Viertel wurden vernichtet, in anderen wiederum war niemand betroffen. Manchmal wurde eine ganze Familie krank und starb, und die Nachbarn zogen sich verängstigt in ihre Häuser zurück, blieben jedoch bei bester Gesundheit. Manchmal war auch nur einer aus dem Haushalt betroffen, und die anderen litten nur an ihrer Trauer. Die Krankheit rief keine entsetzlichen Pusteln oder wunde Stellen hervor, dafür jedoch furchtbare Schmerzen und Fieber. Einige überlebten ... andere starben beim ersten Anfall.

Die Stadt war vor Angst wie gelähmt. Läden und Geschäfte waren geschlossen, auf dem Fluß herrschte kein Verkehr. Die Geisterseher trafen sich zu Notstandssitzungen und suchten in alten Schriftrollen nach einem Hinweis, wie der Zorn dieser Plage zu besänftigen sei. Und doch wütete sie ohne Unterlaß. Es gab keine öffentlichen Begräbnisse, weil jeder sich fürchtete, nach draußen zu gehen. Ich bestattete Deoce auf unserem Grundstück, mit einer kleinen Zeremonie, an der Rali und die Hausangestellten teilnahmen.

Die Tage vergingen, und ich wartete auf die Rückkehr des Dunklen Suchers, beobachtete ängstlich Emilies Augen und die der Diener. Draußen grassierte das Fieber nach wie vor, uns blieb jedoch weiterer Kummer erspart. Ich weiß nicht, wie viele in dieser Zeit starben, vielleicht zweitausend, vielleicht mehr.

In der Nacht, als der erste Schnee fiel, wachte Emilie auf und schrie vor Schmerz. Ich eilte zu ihr, schob Spoto und A'leen zur Seite. Emilie schrie lauter, als sie mich sah, und ich schloß sie fest in meine Arme. Mit größter Anstrengung versuchte ich, die Schmerzen mit meinem bloßen Willen zu vertreiben. Sie griff nach mir, weinte und sagte: »Pa ... Pa ... Pa.« Ich gab ihr einen Schlaftrunk und badete den schlummernden, kleinen Körper in eiskaltem Wasser, um das Fieber zu vertreiben. Es half nichts. Ich wiegte sie die ganze Nacht und summte ihre Lieblingslieder. Es hatte keinen Sinn, einen Heiler zu rufen, doch mußte ich etwas tun, was auch immer es sei.

Dann erinnerte ich mich daran, wie Halab mich geheilt hatte, indem er mein Lieblingsfrettchen wieder zum Leben erweckte. Ich eilte hinaus in den Schnee, fand das Haus eines Tierhändlers und hämmerte wie ein Besessener an die Tür. Für ein kleines Tier in einem Käfig gab ich eine Handvoll Münzen und ritt eilig damit nach

Hause. Ich suchte in meinem Zimmer und fand auch die Kette aus Tierzähnen, die mir Janos zum Schutz auf unserer Reise gegeben hatte. Ich nahm die Kette, den Käfig und Emilie mit zu Halabs Altar, wo ich ihr auf dem Boden ein Bett bereitete. Ich legte die Halskette über sie und warf mich vor dem Altar auf den Boden.

»Lieber Bruder«, sagte ich, »du hast mir schon einmal geholfen, und ich bitte dich jetzt, es wieder zu tun. Emilie stirbt. Sie ist deine Nichte, und du wärest stolz, was für ein tapferer, kleiner Antero sie geworden ist. Oh, bitte komm, Halab, heile ihre Schmerzen. Vertreibe den Dunklen Sucher von meiner Tür.«

Halab sah von dem Gemälde auf mich herab. Plötzlich kam es mir vor, als wirke sein Gesicht traurig. Meine Bitte mußte ihn berührt haben. Ich faßte mir ein Herz und nahm das Frettchen aus dem Käfig. Es zappelte um sein Leben, und die kleinen Augen waren voller Neugier. Ich legte es in die Hände der schlafenden Emilie.

Dann sah ich wieder auf Halabs Bild. »Komm zu uns, Bruder. Komm zu uns, ich flehe dich an.«

Plötzlich wurde es dunkel im Zimmer, ein Schatten huschte vorbei. Emilie stöhnte, doch das Frettchen blieb still liegen, nur seine Schnurrhaare zitterten zum Zeichen, daß es kein Stofftier war.

Dann hörte ich eine Stimme. »Amalric.« Es war Halab, ich wußte es, und mein Herz schlug voller Hoffnung. Aus dem Nichts schien ein Licht und verharrte über Emilie. Ich nahm den Geruch starken Weihrauchs wahr.

Dann flüsterte Halab wieder: »Emilie... Emilie.«

Emilie rührte sich. Sie schlug die Augen auf und lächelte, als sie mich sah. Das Frettchen bewegte sich, Emilie sah an sich herunter und entdeckte es. Sie kicherte. »Pa«, sagte sie. »Pa.«

Ich weinte vor Erleichterung. »Ja, mein Liebes«, sagte ich. »Es ist für dich. Ein Frettchen, wie ich es als kleiner Junge hatte. Frettchen. Kannst du das sagen? Frettchen.«

»Frettchen«, antwortete sie sehr deutlich und fügte ihrem kleinen

Wörterbuch ein neues Wort hinzu. Dann schloß sie die Augen und atmete erleichtert auf. Ihre Hand öffnete sich, und das Frettchen huschte davon. Noch ein langer Seufzer ... und sie starb.

Ich schrie vor Kummer und Schmerz. Ich warf mich auf ihren kleinen Körper, betete, es könne nicht wahr sein, es dürfe nicht wahr sein. Ich selbst wollte sterben – warum sollte ich weiterleben? Alles war mir genommen, alles, wofür es sich zu leben lohnte.

Dann spürte ich wieder diese Nähe, und Halabs Stimme rief: »Amalric!« Durch verweinte Augen sah ich seine Umrisse über mir, Kalter Rauch, flackernd, doch mit festen Umrissen. Die Lippen des Geistes öffneten sich. Mit großer Anstrengung flüsterte er: »Es tut mir leid ... es tut mir so leid.« Seine Hand schwebte vor und berührte mein Gesicht. Die Berührung hatte keinerlei Kraft, sie war nicht kalt, nicht warm, sie war einfach da, wie ein beruhigender Atem an meiner Wange.

Dann wieder ein Flüstern: »Du darfst nicht ... aufgeben. Du darfst dich nicht ... fügen.«

Ich wollte laut schreien, doch wozu? Welchen Sinn konnte es haben? Der Hauch einer Berührung auf meinem Gesicht. »Werde wieder gesund, Bruder«, flüsterte er. Dann: »Schlafe, Amalric ... schlafe.«

Ich schlief. Es war der Schlaf eines Toten, niemand konnte mich wecken. Die Diener trugen mich in mein Zimmer und legten mich ins Bett. Sie kümmerten sich um die arme Emilie und begruben sie im Garten neben meiner Frau. Sechs Tage später wachte ich auf. Der Kummer war wie ein großer dumpfer Knoten in meiner Brust. Ich wollte ihn mit einem Messer herausschneiden, doch nach solch düsteren Gedanken fiel mir wieder Halabs Flehen ein. Unter größten Schwierigkeiten gehorchte ich. Ich aß und trank wieder. Ich schleppte mich mit meinen Sorgen von einem Tag zum nächsten.

Draußen in der Stadt mischte sich Freude unter all die Trauer. Die Plage war vorüber. Der Dunkle Sucher hatte gespeist, und er hatte gut gespeist. Jetzt war er satt, und Orissa war wieder in Sicherheit. Für mich war alles einerlei. Tot oder lebendig, krank oder gesund, unser Schicksal hätte mir nicht gleichgültiger sein können.

Eines Nachts klopfte es an unserem Tor. Alle schliefen schon. Sie waren erschöpft von den Sorgen um mich und meine Familie, so sah ich also selbst nach, wer es war. Ich öffnete das Tor und zuckte zusammen. Ein zerlumpter, verletzter Mann sank gegen den Torpfosten. Es war Sergeant Maeen.

»Sergeant«, mir verschlug es vor Überraschung fast den Atem. »Woher kommt Ihr? Was ist geschehen?«

Maeen antwortete, und seine Stimme klang rauh und gebrochen. »Es ist alles verloren, Herr. Alles verloren.«

Kapitel Sechzehn

Die Geschichte des Sergeanten

»Was ist geschehen?« verlangte ich zu wissen. »Wo ist er?«

»In... in Lycanth«, brachte Sergeant Maeen hervor. »In ihren Kerkern. Oder schlimmer noch...« Er brach ab, und ich bemerkte, daß meine Diener sich versammelt hatten und ihn anstarrten. Schnell führte ich Maeen ins Haus. Ich ließ Speisen und Wein auftragen und schärfte allen ein, nicht weiterzuerzählen, was sie belauscht haben mochten, obwohl ich wußte, daß dies ein frommer Wunsch bleiben mußte. Maeen wollte fortfahren, doch ich befahl ihm, nicht weiterzusprechen, es sei denn, wir müßten innerhalb der nächsten Stunde Maßnahmen ergreifen. Maeen war verbittert. »Nicht in der nächsten Stunde, Lord Antero... und auch nicht am nächsten Tag. Vielleicht nie.«

Fast trug ich Maeen in ein Gästezimmer, wo Speisen und Getränke bereitstanden. Drei meiner vertrauenswürdigsten Männer ließ ich bei ihm, während er wie ein Verhungernder aß, einen Kelch Wein leerte und dann zusammenbrach. Zähneknirschend ließ ich den Mann vier Stunden schlafen, denn ich wußte, daß es zwecklos war, ihn vorher wachzurütteln. Seine zerrissenen Kleider ließ ich verbrennen. Außerdem hatte ich bemerkt, daß er ohne Waffen gekommen war. Es mußte etwas Schreckliches geschehen sein, um einen solchen Soldaten seiner Ausrüstung zu berauben. Als er erwachte, wurde er gebadet, massiert und dann in mein Studierzimmer gebracht. Ich schenkte ihm einen belebenden Kräutertrank ein, setzte mich zu ihm und bat ihn, seine Geschichte so gut zu erzählen, wie es ihm möglich sei. Ich erwartete zusammenhangloses Gerede, doch hätte ich den guten Sergeanten nicht so unterschätzen dürfen, und ebensowenig die Ausbildung, die er bei Janos genossen hatte.

Der Sergeant war erschöpft und stand sichtlich unter Schock, doch berichtete er kurz und bündig: »Lord Antero, die zweite Expedition zu den Fernen Königreichen ist aufgerieben worden. Zauberkraft von außen hat uns vernichtet… und Unfähigkeit von innen. Meines Wissens ist der einzige überlebende Offizier Hauptmann Janos Greycloak. Er wird gegenwärtig in Lycanth gefangengehalten. Ich weiß nicht, wo und unter welcher Anklage. Er gab mir die Möglichkeit zur Flucht, als wir verhaftet wurden. Daher weiß ich nichts Genaueres.«

»Aber Janos lebt?«

»Wenn die Lycanther ihn nicht hingerichtet oder zu Tode gefoltert haben. Die Soldaten gaben sich größte Mühe, den Hauptmann bei der Gefangennahme nicht zu verletzen.«

Ich bat ihn, von vorn zu beginnen, und nichts auszulassen, wie schmerzlich es ihm auch erscheinen mochte. Das tat er. Maeen war kein Barde, der die Geschichte mit einer klagenden Einleitung über den Sinn und Zweck der Reise begonnen hätte, und wie sich dann die Götter beim ersten Segelsetzen abwandten. So deutlich brauchte er nicht herauszustellen, daß vom ersten Tag an alles schiefgegangen war. Die Schiffe waren überladen gewesen, denn sobald sie die Flußmündung erreicht hatten und ins Schmale Meer gesegelt waren, wurde klar, daß man den falschen Schiffstyp gewählt hatte. Viele von ihnen waren flache Flußbarkassen oder eilig umgebaute Küstensegler.

Es kam schlechtes Wetter auf, und wenn es auch nicht so schlimm war wie der Sturm der Archonten, der die *Möwenschwinge* gebeutelt hatte, so wurde die Flotte doch dadurch auseinandergetrieben. Das Schiff der Offiziere, auf dem sich auch Janos und Sergeant Maeen befanden, hatte als eines der ersten Land gesichtet, nur wenige Wegstunden vom Land der Ufermenschen an der Pfefferküste entfernt. »Das war das einzige Glück, daß die Götter uns gewährten«, fügte Maeen hinzu.

Der Rest der Flotte hatte mehrere Wochen gebraucht, um bis zum Dorf der Ufermenschen vorzudringen; fünf der Schiffe wurden nie mehr gesehen. Pferde wurden über Bord geworfen und sollten nun an die Küste schwimmen, kleine Boote dienten als Pontons oder wurden als Lastkähne benutzt, und leichtere Teile wurden von Soldaten in langen Reihen von gestrandeten Schiffen zur Küste weitergereicht. Schließlich war die Expedition an Land. Bis zu diesem Zeitpunkt hatte es mehrere Zwischenfälle zwischen Soldaten und Ufermenschen gegeben. Einige hatten die Frauen der Ufermenschen belästigt, es hatte Schlägereien gegeben, und Vorräte der Expedition waren gestohlen worden. Es hatte großer Diplomatie von Janos und ebenso großer Vernunft von Haizahn bedurft, damit die Dinge nicht eskalierten. Maeen, der den Wachzug befehligte, war bei den meisten Besprechungen anwesend. Dort habe General Versred alle Verhandlungen für Unsinn erklärt. Die Ufermenschen seien die Aufmerksamkeit schlicht nicht wert.

Schließlich walzte die Expedition mehr oder weniger über denselben Weg, den wir bei meiner Suche genommen hatten, soweit es einer Heerschar von fast zweitausend Menschen möglich war, dieselben Pfade und Wege zu benutzen und sich vom Land zu ernähren, wie wir es getan hatten. Sie bestanden darauf, Luxusgegenstände wie etwa Zelte mitzunehmen; Verpflegungsausgabestellen, eine für die Männer und eine für die Offiziere, und auch komplette Garderoben verlangsamten die Reise enorm. Der Weg wurde von den Planwagen bestimmt. Maeen erzählte, fünf oder sechs Offiziere hätten »Freundinnen« mitgebracht, und diesen Freundinnen habe man es nicht zumuten können, zu Fuß zu reisen. Die Pferde selbst waren ein Ärgernis, viel unruhiger und wählerischer bei ihrer Verpflegung als unsere Esel. Zudem beanspruchten sie mehr Aufmerksamkeit. Männer starben schon, als die Expedition sich durch das idyllische, verlassene Land bewegte, das uns wie ein Park vorgekommen war. Sie starben aufgrund von Irrtümern, Krankheit und Ignoranz. Zweimal verirrte sich die Expedition und mußte den Weg zurückgehen. Ich verstand es einfach nicht. Wozu waren die Geisterseher da? Der Sergeant berichtete, ihre Zauber seien blockiert gewesen und fehlgeschlagen, und das in größerem Maße als bei Cassini. Ich fragte nach dem Talisman, der Landkarte des Spähers. Er hatte nur zeitweise funktioniert. Am verläßlichsten war noch eine Abschrift der Karte gewesen, die ich gezeichnet hatte. Und was war mit Janos? Janos hatte sich für eine der »Freundinnen« der Offiziere interessiert. Der Offizier schien keine Einwände zu haben. Nach Sergeant Maeens Auskunft war Janos nur mit halber Konzentration bei der Reise gewesen, doch »vielleicht schonte er seine Kräfte für die Einöde«. Ich erinnerte mich an Janos' Trägheit in der Felsenschlucht, sagte jedoch nichts.

Maeen sagte, die Expedition habe einen verwüsteten Pfad von beinahe einer Wegstunde Breite hinterlassen. Wie die Heuschrekken seiner Jugendzeit, fuhr er fort, nur daß die Heuschrecken sich erheblich schneller fortbewegt hatten. Sie erreichten das Quellgebiet des Flusses und marschierten weiter in die Wüste. Ich fragte, ob die Sklavenhändler oder ihre Zauberkräfte sie belästigt hatten. Maeen verneinte es. Ich fragte, ob die Kräfte der Geisterseher zurückgekehrt seien, und er sagte, nicht in nennenswertem Maße.

Dann sah er sich nervös im Raum um. »Seid Ihr, Herr vielleicht mit Hauptmann Greycloaks... Interessen vertraut?«

»Ihr meint die Zauberei?«

»Ja, Sir. Er ließ eines der Zelte zu seinem persönlichen Gebrauch abstellen und verbrachte dort viel Zeit. Wenn er das tat, mußte ich eine Wache vor das Zelt stellen und ihn benachrichtigen, sobald Offiziere oder Geisterseher sich näherten. Ich glaube fest, Sir, was der Hauptmann hier getan hat, war der Grund dafür, daß wir an diesem Ort nicht wie vorher von Zauberei betroffen waren.« Von den Spähern hatte es ebenfalls keine Spur gegeben.

Die Expedition hatte den Krater gemieden, fuhr Sergeant Maeen fort, obwohl Janos daran gedacht hätte, ihn als Vorratslager zu benutzen. Ich biß die Zähne zusammen, als ich mir vorstellte, was die Soldatenhorde in dem Paradies angerichtet hätte, das Deoce und ich entdeckt hatten. Dann mußte ich fast weinen, als mir wieder bewußt wurde – als sei es das erste Mal, wie zu jeder Stunde jeden Tages –, daß meine Liebe für immer von mir gegangen war. Doch ließ ich mir nichts anmerken, zeigte lediglich Interesse für Maeens Geschichte. Janos hatte seine Meinung nicht aus romantischer Rücksicht geändert, sondern weil er befürchtete, der Zauber des Kraters könne zu stark sein, und sollte der Tod das Paradies erneut heimsuchen, dann müßte die Expedition es mit fürchterlichen Verlusten bezahlen. Außerdem hatten sie ausreichend Proviant und Wasser. Sie hatten auch nicht erwogen, die Felsenschlucht zu suchen, denn das Tal hätte die Expedition nie ernähren können, auch wenn sie nur noch aus fünfzehnhundert Mann bestand.

Die Einöde war ein einziger Alptraum, doch Maeen hatte sich davon nicht verrückt machen lassen, da er wußte, daß das Ödland ein Ende haben würde. Sie folgten Janos' und meinem Weg zu den

Gebirgsausläufern, doch jetzt wurde es bereits sehr spät. Schon war der Herbst da. Vielleicht, so vermutete Maeen, lag hier die Ursache für die meisten ihrer Probleme. Janos schien aus seiner Lethargie zu erwachen, je näher sie dem Paß kamen, und er benahm sich wie ein Viehtreiber, der die Expedition zu immer größerer und größerer Geschwindigkeit anfeuern wollte. Maeen schüttelte darüber den Kopf. »Ich habe die Absicht des Hauptmanns verstanden, aber wir konnten die Strecke ja nicht gut einfetten. Wären wir eine kleinere Gruppe gewesen, mit weniger Gepäck, besser ausgebildet...« Seine Stimme versagte. »Ich hatte das Gefühl, ohne den Hauptmann und seine Art kritisieren zu wollen, daß man nicht mehr auf ihn hörte. Der General und die anderen Offiziere hielten ihn für ein zeterndes Fischweib.« Janos, General Versred und sein Stab hatten beschlossen, den Paß vor dem ersten Schneefall zu bezwingen. Auf der anderen Seite könne man dann Winterquartier beziehen.

»So weit ist es nie gekommen«, sagte Maeen. »Wir marschierten weiter und erreichten eine Stadt genau am Fuße des Passes.«

Ich erinnerte mich an den Ort. »Das muß dort gewesen sein, wo die Kavallerie uns angegriffen hat.«

Maeen nickte. »Das haben auch die Oberen der Stadt gesagt und sich dafür entschuldigt. Sie alle beherrschten die Sprache der Kaufleute. Sie sagten, sie hätten furchtbare Feinde dort drüben, und der Befehlshaber der Einheit habe vorschnell gehandelt. Sie entschuldigten sich, wie der Hauptmann sagen würde, ausgesprochen überschwenglich.« Maeen wirkte einen Augenblick lang so, als wolle er ausspucken, doch dann fiel ihm wieder ein, wo er war. »Von jenem Tag an war unser Schicksal besiegelt«, sagte er.

Die Stadt war wunderschön, ebenso wie ihre Einwohner. »Sie erzählten dem General und Hauptmann Greycloak, wie sehr sie sich über unser Kommen freuten. Es sei die Morgenröte eines neuen Tages, erklärten die Stadtväter, sich mit Orissa zu verbünden und die Krieger der Entzweiten Länder nicht länger fürchten zu müssen. Besonders angetan waren sie vom Ziel der Expedition. Im Frühling wollten sich einige der jungen Soldaten aus der Stadt der Gesellschaft anschließen und nach Osten marschieren, den Fernen Königreichen entgegen. Vor langer Zeit sei die Stadt mit Namen Wahumwa eng mit den friedlichen Gelehrten der Fernen Königreiche befreundet gewesen.

Der Sergeant hielt inne, zog eine zerfledderte Stoffrolle aus seiner Tunika und gab sie mir. »Als Beweis«, sagte er, »haben diese verlogenen Hunde dem Hauptmann das hier gegeben.«

Ich entrollte den Stoff und starrte auf das, was sich mir dort eröffnete. Es war ein Banner, wie es die Kavallerie benutzt, das Leinen alt und schmutziggrau. Doch die Zeichen waren noch recht deutlich: Vor einem gezackten Sonnenrad ringelte sich eine Schlange. Ich erinnerte mich gut an das Symbol. Meine Gedanken flogen sofort zur Pfefferküste und dem Krieger im Bernstein, dessen Geist wir beruhigt hatten. Die Schlange und das Sonnenrad waren in der Ledertasche eingraviert gewesen, die der tote Krieger bei sich hatte.

Sergeant Maeen sagte: »Sie erzählten uns, das Banner hätte ein Soldat aus den Fernen Königreichen getragen. Es sei zurückgelassen worden, als sie ihnen zuletzt beim Kampf geholfen hätten.«

»Was hielt Janos davon?« fragte ich.

»Oh, er sagte, es könne aus den Fernen Königreichen stammen. Er hielt es für das Wappen der Herrscher dort.«

»Er war seiner Sache *so* sicher«, sagte ich. Ich erinnerte mich, daß wir es beide für etwas in der Art gehalten hatten.

»Später hat er es dann mir übergeben«, erklärte Maeen, »damit ich es Euch aushändige, falls ich Euch je erreichen sollte.«

Ich rollte das Tuch wieder zusammen und legte es in meine Schreibtischschublade. Dort liegt es bis zum heutigen Tag. Dann drängte ich den Sergeant freundlich, dort weiterzuerzählen, wo er abgebrochen hatte. »Die Menschen dieser Stadt behaupteten also, mit den Fernen Königreichen gut befreundet zu sein?«

»Ja, Sir. Das haben diese Lügner behauptet«, sagte Maeen bitter. »Sie haben behauptet, mit den Barbaren aus den Entzweiten Ländern mehrere Kriege ausgefochten zu haben und dann den Kontakt zu den Fernen Königreichen verloren zu haben. Aufgrund dieser Kriege gab es ausreichend freie Wohnungen für uns. Wir brauchten unsere Zelte nicht aufzubauen oder auf dem Boden zu schlafen. Und was die Gesellschaft der zahlreichen Witwen oder ungebundenen Frauen der Stadt anging ... so brauchten wir nur zu fragen.« Maeen führte den Kräutertrunk an die Lippen, setzte ihn dann ab und bat um Branntwein.

Ich schenkte ihm einen Becher voll, und er fuhr fort. »Wir zogen also ein, und nach und nach fiel die Truppe auseinander, als die Winterstürme begannen. Warum sollten wir exerzieren oder auch nur Aufstellung nehmen, wenn wir uns am Feuer mit einer Geliebten und Glühwein stärken konnten? Ich mochte diese Tage nicht. Ich fühlte mich wie ein schlechter Scherz, als würde man uns alle zum Narren halten, und diese Leute lachten hinter unseren Rücken.«

Ich fragte mich, wieso Janos und ich bei unserer ersten Reise nicht am Tage Rauch von den Feuern der Stadt gesehen hatten, oder bei Nacht die Reflexion des Feuers in den Bergen. Aber vielleicht lag die Stadt auch in einer Senke. Maeen erzählte, Janos habe versucht, den Paß auszukundschaften, sei jedoch jedesmal vom Wetter wieder zurückgetrieben worden. Schließlich habe er sich damit abgefunden, in dieser üppigen Falle zu sitzen, bis der Schnee schmelzen würde. Und wieder widmete er sich seinen privaten Studien. »Wenn sie ihm, oder uns, letzten Endes auch wenig nützten.«

Um die Mitte des Winters zu feiern, kündigten die Bewohner der Stadt ein Fest an. Es fand in einer großen Halle statt, mit langen Tischen, seltenen Speisen, und neben jedem Mann saß eine Frau. Diener rannten mit Tellern und Krügen auf und ab, Musikanten spielten auf, und parfümierte Kerzen erfüllten die Luft mit ihrem Duft. »Ich weiß nicht, warum ich bewaffnet hinging«, sagte Maeen. »Doch genau das tat ich. Ein Kampfdolch steckte im Ärmel meines Umhanges, auch wenn es gegen alle Gesetze der Gastfreundschaft verstieß. Und den Göttern sei Dank für meine Unhöflichkeit!«

Er bemerkte kein Signal, doch die Frau ihm gegenüber stieß plötzlich einen Dolch in den Rücken ihres Gefährten. Der Wahnsinn brach los, die Halle wurde ein schreiendes Blutbad und Schlachthaus, als die Orissaner mit Schwertern und Messern niedergemetzelt wurden. »Meine Klinge schlug zu, bevor die Frau an meiner Seite die ihre ziehen konnte. Sie fiel, dann sprang der Hauptmann auf und schlug mit einem großen Kandelaber um sich. Es schien, als seien alle durch das vergossene Blut berauscht.« Er schauderte. »Über General Versred kniete eine Frau, schön und blond, wie eine Löwin, und schnitt ihm die Kehle durch. Und dann ... stillten sie und die anderen ... ihren Hunger.«

Die Männer und Frauen der Stadt machten sich über die Leichen her, sie interessierten sich nicht für die noch lebenden Orissaner. Und solange ihr Rausch andauerte, flohen die Teilnehmer der vernichteten Expedition, nahmen so viele Waffen und Vorräte mit, wie sie konnten, und rannten in den Sturm hinaus, in die Nacht und in den Winter. Unheimlicherweise wurden sie von den schrecklichen Menschen der Stadt Wahumwa nicht weiter verfolgt. »Vielleicht hatten sie nun alles, was sie brauchten«, sagte Maeen. Ich war derselben Ansicht. Doch Menschenfleisch war nicht ihr eigentliches Ziel gewesen, nur behielt ich das für mich.

Ungefähr zwei- bis dreihundert Orissaner überlebten das Massaker. Der ranghöchste Offizier war Janos, sonst hatten von den Offizieren nur zwei Legaten überlebt. Der lange Rückzug begann. Und der Sensenmann schlug stündlich zu, die Männer starben vor Erschöpfung und Durst oder wurden von Wüstenstämmen gefangen oder ermordet.

»Schließlich waren es nur noch dreißig, und Janos der einzige Offizier. Wir konnten uns nur noch an den Sternen und der Sonne orientieren. Und wir kamen von der Richtung ab. Wir erreichten das Meer an einer verlassenen Küste, westlich vom Land der Ufermenschen. Zwei der Männer waren am Meer aufgewachsen und konnten Flöße bauen. Wir banden ein primitives Boot zusammen, nähten aus entbehrlicher Kleidung ein Segel zusammen und gaben unser Schicksal in die Hände der Götter, in der Hoffnung, die Strömung möge uns nach Redond tragen.«

Sie erreichten die Handelsstadt nie. Statt dessen wurden sie von einer plündernden Galeere gefangengenommen. »Sie gaben sich als Piraten aus, doch machten allesamt den Eindruck gut ausgebildeter Seeleute. Marine aus Lycanth, vermute ich. In der Schlacht fielen acht weitere von uns. Der Rest wurde im Bug angekettet und segelte mit nach Lycanth.

Hauptmann Greycloak und ich heckten einen Plan aus, und als wir kurz vor der verfluchten Bucht von Lycanth an Deck gebracht wurden, setzten wir ihn in die Tat um. Greycloak sollte einen Streit beginnen, in der Hoffnung, daß die anderen sich beteiligen würden. Da ich als Junge ein guter Schwimmer gewesen war, sollte ich ins Wasser springen und an Land schwimmen. Wenn der Hauptmann ebenfalls ausbrechen konnte, würde er mir folgen.« Maeen schüttelte schamerfüllt den Kopf, als habe er versagt. »Zuletzt sah ich noch, wie der Hauptmann von zwei Wachen überwältigt wurde. Dann schwirrten Pfeile um mich herum, und ich mußte unter Wasser weiterschwimmen.«

Maeen erreichte die Küste gerade noch rechtzeitig, um sehen zu können, wie die Galeere die große Kette passierte, die den Hafen von Lycanth umgab. Er konnte für Janos und die anderen nichts weiter tun, als ihre Geschichte in Orissa zu erzählen. Er sprach sehr sachlich von dieser letzten Heldentat, als seien die wilden Untiere und die allgegenwärtigen Patrouillen der Lycanther nicht weiter erwähnenswert. Vielleicht war dies nach einer so langen und strapaziösen Reise auch tatsächlich der Fall.

Maeen war am Ende seiner Geschichte angelangt. Ich schenkte ihm noch einen Branntwein ein und überlegte, was zu tun sei. Binnen zweier Stunden jedoch waren mir die Dinge aus der Hand genommen. Die Nachricht hatte sich herumgesprochen, von einer Wache am Tor, jemandem auf der Straße, vielleicht sogar aus meinem Haushalt. Orissa weinte und zerriß seine Gewänder. Es hatte schon andere Katastrophen in dieser Stadt gegeben, doch ein solches Desaster hatte noch niemand erlebt. Kein Überlebender von zweitausend bis auf Maeen. Alle entweder tot, in der Wildnis verschollen oder versklavt, darunter drei Ratsmitglieder, jung, aber von allen respektiert, General Versred und sein Stab, weitere Offiziere, alle für ihre Tapferkeit bekannt, die Wache des Hohen Rates, außer der Rumpfbesetzung im Hauptquartier und einer Kohorte, und darüber häuften sich Hunderte von Leichen der einfachen Soldaten, Scharen der tapfersten und abenteuerlustigsten jungen Männer Orissas.

Maeen wurde vor den Hohen Rat gerufen und erzählte dort seine Geschichte. Ich hatte einige Auslassungen empfohlen, wie jede Kritik an General Versred, dem tödlich langsamen Vorgehen der Expedition und auch an Janos selbst. Es änderte nichts, das mußte ich einsehen, als ich die Wutschreie und die Trauerklagen hörte. Maeen erzählte seine Geschichte noch einmal auf einer Stadtversammlung im großen Amphitheater, und wieder brach Raserei aus. Orissa war hysterisch. Gerüchte, Beschuldigungen und Anklagen schossen durch die Stadt wie Flammen durch trockenes Unterholz. Sie wurden von den Geistersehern noch angefacht, Cassini allen voran. Nicht nur hätte die Expedition einzig auf Zaubermittel vertrauen sollen, sondern sie war auch dem Untergang geweiht gewesen, weil Janos Greycloak sie in eine Falle führte. Er war ein Verräter, ein Doppelagent der Archonten. Schlimmer noch, ein Teufel aus dem

Jenseits, nicht einmal menschlich. Wer sei schließlich je tief ins Landesinnere jenseits von Redond vorgedrungen und habe diese Provinz Kostroma gefunden? Es war Janos, der Orissa an seiner heiligen Mission hinderte, sich mit den Fernen Königreichen zu vereinen. Auf die Argumente von Janos' Anhängern, daß diese Tragödie von den Geistersehern ausgelöst worden sei, die den Ruhm, die Fernen Königreiche entdeckt zu haben, für sich beanspruchen wollten, um so ihre jämmerliche Theokratie zu erhalten, hörte so gut wie niemand. Selbst Gamelan hielt es politisch für angebracht, sich an seinen Zufluchtsort jenseits der Stadt zurückzuziehen, sich dort in die Weisheit anderer Welten zu vertiefen und erst später eine Erklärung zu den schrecklichen Ereignissen abzugeben.

Und wieder kamen Verleumdungen gegen die Familie Antero auf. Auch wir seien keine wahren Orissaner, sondern nur den Goldmünzen und Silberbarren ergeben. Eines Abends hörte ich sogar, wie jemand sagte, die ehrenwerten Geisterseher hätten bei meinem Bruder Halab Bestechlichkeit gewittert, aufgrund derer er gestorben sei. Ich schlug dem Mann mit dem Schaft meines Dolches die Zähne weit in den Hals und hätte ihn wie ein Schwein geschlachtet, hätte Rali mich nicht weggezogen. Sie und Maeen waren jetzt mein einziger Trost. Doch selbst diese Schlägerei gehörte schon zu den wenigen Lichtblicken, an die ich mich erinnern kann. Die ganze Welt schien in grauen Nebel gehüllt zu sein, und ein Schleier zwischen mir und dem Leben. Deoce und Emilie beanspruchten meine Gedanken mehr als alles Geschrei.

Etwa um diese Zeit kehrte der Traum zurück, der Alptraum, ein gefolterter Gefangener zu sein, der von jemandem, den ich jetzt als Greif, den Lycanther, erkannte, durch seltsame Höhlen geführt wurde, der Vernichtung entgegen, einem Schicksal, das ein Teil meiner selbst im Traum begrüßte.

Ich erwischte mich dabei, wie ich bei Tagesanbruch düster in den Fluß starrte, das dunkle Wasser beobachtete, wie es ins Meer floß, und wie ich dachte, wie sanft das Wasser doch sei, was für ein willkommenes Bett für einen alten Mann. Dann riß ich mich zusammen. Mein Vater hätte mich geschlagen, wenn er noch am Leben gewesen wäre und meine Gedanken hätte lesen können. Kein Antero hatte es sich je gestattet, im Selbstmitleid zu versinken. Doch ich mußte etwas tun, und zwar sofort.

Sobald ich diesen Gedanken hatte, wußte ich auch schon, was zu tun wäre. Orissa würde nichts zu Janos' Rettung unternehmen, selbst wenn die Stadt urplötzlich zur Besinnung käme. Also gut, dann mußte ich das übernehmen. Ich eilte heim. Ich weckte den ganzen Haushalt und gab Anweisungen. Ich erzählte Rali von meinem Vorhaben, und sie zuckte die Achseln. »Du könntest in tieferes Wasser springen, als du dir träumen läßt«, sagte sie, und bei diesem Vergleich zuckte ich unwillkürlich zusammen. »Vielleicht ist Janos wertvoller für Lycanth… oder sie glauben es jedenfalls… als wir uns vorstellen.«

»Das glaube ich nicht«, sagte ich. »Ich habe noch keinen Lycanther kennengelernt, der sich dem Gold versagt hätte. Und ich werde Janos vor der Befreiung instruieren, den Lycanthern alles zu erzählen, was er weiß. Sollen sie doch ihre eigene Expedition aufstellen, wenn sie wollen, und die Wüste überstehen, die Sklavenhändler und die Aasfresser. Janos hat nur eine fehlerhafte Karte im Kopf, wie die Tatsache beweist, daß er sich auf der Rückreise verirrt hat. Es gibt keine außer der, die ich gezeichnet habe, und meiner Erinnerung daran.«

Rali schüttelte den Kopf. »Du denkst wie ein logischer Mann, mein Bruder. Das könnte dich in Schwierigkeiten bringen. Wenn Männer sich nur noch um die Farben ihre Flaggen sorgen, wie es in unseren beiden Städten zur Zeit der Fall ist, dann schwindet alle Vernunft. Füge noch den Irrsinn hinzu, den die bloße Erwähnung der Fernen Königreiche heute auslöst…« Ihre Stimme verlor sich. »Geh, Amalric, wenn es sein muß, aber ich mache mir Sorgen um dich.«

Bei Tagesanbruch wartete die schlichte Kutsche, die ich gemietet hatte, hinter den Toren der Stadt. Darin befanden sich zwei Kisten reiner, weicher Goldbarren, die ich aus den Gewölben unter unserer Villa geholt hatte. Das würde die Lycanther begeistern, wenn nötig selbst ihre von der Zauberei berauschten Archonten. Nicht eben ein königliches Lösegeld, doch sicher ausreichend für einen Baron oder auch zwei. Das Gold wurde von sechs meiner besten Diener bewacht. Gern hätte ich Sergeant Maeen mitgenommen, doch wenn der einzige Überlebende der Tragödie die Stadt in Richtung Lycanth verließe, würden meine Feinde sich dies sofort erklären können und innerhalb von Stunden Truppen nach uns ausgesandt haben.

Die Reise nach Lycanth verlief ohne Zwischenfälle. Ich ließ die Kutsche mit meinen Männern bis auf weiteres beim letzten anständigen Wirtshaus zurück, etwa eine Tagesreise von der Stadt entfernt, und ritt allein nach Lycanth. Weder das Wetter noch eventuelle Reisende nahm ich wahr. Ich überlegte meine Argumentation und die Art und Weise, wie ich Janos befreien wollte, genau. Ohne Zwischenfall erreichte ich die Stadt und ritt zum selben Gasthaus, in dem wir schon zuvor abgestiegen waren. Ich wollte mich erfrischen und dann herausfinden, wie ich mich den Herrschern von Lycanth am besten nähern konnte, wenn ich sie um eine Gefälligkeit bitten wollte. Bis zum Wirtshaus bin ich nie gekommen.

Es dämmerte bereits, und die Straßen waren überfüllt, da die Arbeiter Lycanths auf dem Heimweg waren. Ich mußte mein Pferd durch diese Menschenmenge drängen. Plötzlich jedoch war ich ganz allein in einer fast verlassenen Straße und sah die letzten Lycanther eben noch in ihre Häuser fliehen.

Ich hörte ein Bellen, hatte gerade noch Zeit, mich zu erinnern, und dann sprang in großen Sätzen diese ekelhafte, haarlose Hyäne mit dem Menschengesicht um eine Ecke. Es war dieselbe Kreatur, die uns zum Schloß der Archonten befohlen und dann den Tod der jungen Frau bekanntgegeben hatte. Die Kreatur saß auf ihren Hinterbacken und starrte mich an. Wieder bellte sie, und die steinernen Bauten rings um mich herum warfen das Echo zurück.

Dann sprach sie. »Amalric Antero. Ihr seid vorgeladen. Ihr müßt Euch fügen.«

Hart riß ich am Zügel, um mein Roß von dem Untier abzuwenden. Doch eine Reihe Soldaten näherte sich im Laufschritt mit erhobenen Schwertern. Eine zweite Reihe tauchte hinter mir auf.

»Amalric Antero. Ihr seid vorgeladen.«

Kapitel Siebzehn

Im Kerker der Archonten

Ich wurde zur großen Festung am Ende der Halbinsel gebracht, dann durch lange, hallende, feuchte Korridore, bewachte und verschlossene Tore und hohe Zimmer geführt. Die einzigen Lebewesen in der Festung schienen Wachen zu sein, und natürlich diese üble Kreatur, die vor mir lief. Wir kamen an einen Eingang, der nur von einem schweren, dunkelgrünen Vorhang versperrt war. Die Soldaten drehten ab, wie immer ohne jeden Befehl, und marschierten davon … Nur das Untier blieb zu meiner Bewachung zurück.

»Amalric Antero. Ihr seid vorgeladen«, und dann trat es durch den Vorhang. Benommen folgte ich ihm in einen weiteren, leeren Raum. Alles in diesem Zimmer war aus Stein, angefangen bei der gewölbten Decke bis hin zu den Pfosten mit flackernden Fackeln und dem flachen Podest am anderen Ende des Raums. Auf diesem Podest befanden sich zwei flache Sockel. Die Kreatur baute sich vor der Bühne auf. Ich hörte, oder fühlte eher, ein Brummen, als sei die Luft in Bewegung. Das Brummen wurde lauter, dann sah ich ein Schimmern auf jedem der Sockel, ein Schimmern, das höher ragte als ein großer Mensch. Das Untier verneigte sich. Ich tat es nicht.

Ich nehme an, ich hätte niederknien sollen. Ich hatte und habe auch seitdem vor manchem fremden Gott, König oder vor Banditen gekniet, die sich selbst den Titel eines Lords verliehen hatten. Es kostete einen nichts und ist oft dem künftigen Gewinn oder dem unmittelbaren Überleben dienlich. Manchmal ist es auch nur eine Angelegenheit allgemeiner Höflichkeit. Doch hier, im Inneren der Festung der Archonten, blieb ich stehen. Wahrscheinlich wollte ich meinen Stolz als Antero und Orissaner zeigen. Ich wollte vor diesem wirbelnden Dunst nicht knien. Das Brummen wurde immer lauter, änderte seine Tonhöhe und wuchs zu einem verärgerten Baßsummen, wie es aus einem Nest riesiger Wespen kommen könnte, doch weiter geschah nichts, bis es schließlich erstarb.

Die Stille hielt an, und dann trat ein Mann aus der Dunkelheit jenseits der Pfeiler. Er war recht schön, ein Ausdruck, den ich sonst bei Männern nicht häufig verwende, doch dieser Mann war schön, angefangen bei seinem leicht gekräuselten, blonden Haar, bis hin zu den lächelnden, jungenhaften, vollen Lippen und seinem schlanken Körper.

»Lord Amalric. Ich hatte gehofft, unsre, äh, Aneignung Eures Lakaien würde Euch nach Lycanth locken. Ich heiße Nisou Symeon.« Das war also der Mann, fast noch ein Junge, den sowohl mein Vater als auch Greif für den Finstersten der Symeonen gehalten hatte, dieser Familie, die die Anteros seit drei Generationen bekriegte. Auch wenn ich in größten Nöten war, beobachtete ich doch interessiert sein Gesicht und stellte erneut fest, daß nur ein Dummkopf Gut und Böse nach dem Maß an Schönheit beurteilt.

Ich ging die möglichen Erwiderungen durch, verwarf die ängstlichen, überraschten, verächtlichen und stolzen. »Lord Symeon«, sagte ich schließlich. »Offenbar habt Ihr Eure Herrscher also davon überzeugt, daß Ihr einen Edelmann aus Orissa gefangennehmen könnt, ohne auf weitere Konsequenzen achten zu müssen.«

»Du meine Güte, die Archonten brauchten nicht überzeugt zu werden«, sagte Symeon. »Solltet Ihr Euch, wie die meisten Orissaner, in Träumen von Eurer Vergangenheit verloren haben, so ist Euch wahrscheinlich nicht aufgefallen, daß ein neuer Geist Lycanth durchweht. Es ist an der Zeit, unsere historische Pflicht zu bestätigen und einen angemessenen Platz an der Sonne zu suchen.« Ich erinnerte mich an Cassinis schroffes Urteil, als er kurz vor Lycanth gesagt hatte, wir hätten die Stadt und seine Bevölkerung vernichten sollen, bevor sie noch einmal an Macht gewinnen würde. Selbst jemandem wie Cassini gelingt manchmal ein Blick über den eigenen Tellerrand hinweg.

»Weiterhin«, fuhr Symeon fort, »selbst wenn wir uns um eine Reaktion aus Orissa Gedanken machten, glaube ich kaum, daß sich dort noch irgend jemand darüber aufregt, was einem Antero widerfährt. Eure Heimat singt dieser Tage kein Loblied auf Euch.« Ich bewahrte mir meinen steinernen Gesichtsausdruck und antwortete nicht, doch gewiß hatte er recht.

»Was wir von Euch verlangen«, fuhr Symeon fort, »ist eine vollständige Beschreibung Eurer Route in die Fernen Königreiche. Selbstverständlich ist Lycanth die einzig angemessene Macht, die ein Bündnis mit den Fernen Königreichen anstreben kann, insbesondere, wenn man die Katastrophe in Orissa in Betracht zieht, der Euer Untergebener bei seinem letzten Versuch, die Königreiche zu erreichen, Vorschub geleistet hat.«

»Ihr geht fehl in der Annahme, wenn Ihr meint, Hauptmann Greycloak sei in irgendeiner Hinsicht mein ›Untergebener‹ oder ›Landsmann‹.«

»Ah, Ihr seid also aus reiner Nächstenliebe nach Lycanth gekommen, um ihn zu retten? Und wenn er nicht Euer Untergebener ist, was ist er dann?« Er schürzte die Lippen. »Euer Liebhaber?«

Ich staunte. Mir war nicht klar gewesen, daß die Einstellungen der Lycanther ebenso zurückgeblieben waren wie ihre Gebäude. Es fiel mir nicht schwer, diese offensichtlich beleidigend gemeinte Frage zu übergehen. Ich grinste lediglich zynisch. »Also gut, welche Schmeicheleien habt Ihr für meine Mitarbeit anzubieten?«

»Es könnte unklug sein«, entgegnete er, »Euch Gold oder eine hohe Position in Lycanth zu versprechen. Selbstverständlich kann ich Euch nicht gestatten, nach Orissa zurückzukehren, bis es eine ... Einigung zwischen unseren beiden Städten gibt. Doch beides werde ich Euch nicht anbieten, da ich kein Dummkopf bin und auch Euch für keinen solchen halte. Es kann für Euch nur einen Preis geben ... alles andere ist daneben wertlos. Tatsächlich bräuchte ich Euch gar nichts zu versprechen, und meine Herren, die Archonten, würden mich nicht weniger als ihren treuherzigen Diener betrachten. Wir erheben Anspruch auf Euer und Hauptmann Greycloaks Wissen über die Routen zu den Fernen Königreichen, über die Gezeiten, eßbare Früchte, lästige Insekten, die Eingeborenen und jede Zauberei, der Ihr begegnet seid. Wir sind darauf vorbereitet, *sämtliche* Talente und Kunstgriffe Lycanths aufzubieten, um uns von Euch aufklären zu lassen, und wir haben keinerlei Skrupel, diese auch einzusetzen, wenn Ihr damit zu überreden seid. Wir haben es nicht sonderlich eilig, da sowohl meine Herren als auch ich uns über die Probleme im klaren sind ... die aus übereifrigem Fragen entstehen können.«

»Wie zum Beispiel Tod?«

»Entweder das«, sagte Symeon ruhig, »oder Irrsinn, oder, falls der Folterknecht nicht skeptisch genug ist, eine absichtliche oder zufällige Lüge, die geglaubt wird. Das also sind unsere Absichten. Möchtet Ihr einen Kommentar abgeben, oder vielleicht eine Bemerkung machen, Eure tapfere Ablehnung betreffend, an der wir uns gemeinsam erfreuen könnten?« Ich schüttelte den Kopf. Symeon nickte. »Das ist dann alles... für den Augenblick. Wir alle werden bald wissen, wann Ihr und Greycloak uns wieder zu sprechen wünscht, von ganzem Herzen zu sprechen wünscht. Wenn Ihr nun also dem Boten meiner Herren in Euer Quartier folgen wollt...« Ohne eine Erwiderung abzuwarten, drehte sich Symeon um und verschwand im Dunkel. Im selben Augenblick war auch der Schimmer verflogen, die Fackeln loderten auf und flackerten dann.

Ich hatte keine Wahl und folgte dem Untier zurück durch hallende Steinkorridore. Ich erwartete, in einen Kerker geführt zu werden. Statt dessen brachte mich die Kreatur zu einer Treppe, die sich immer höher und höher wand. Dann ging es durch weitere Korridore, bis wir offenbar im obersten Geschoß des riesigen Schlosses waren. Schließlich hielt das Biest vor einer riesigen, gewölbten Tür. Es riß sein Maul auf, heulte, und plötzlich war ich taub. Mein Hörvermögen kehrte zurück, als die Tür sich öffnete. Vor mir erstreckte sich die Eingangshalle palastartiger Gemächer. An den Wänden hingen Gemälde, und die Decke war mit Seide abgehängt. Ich zögerte.

»Tritt ein, wenn du von dieser Welt bist, wenn nicht, dann sei verflucht«, rief jemand von drinnen. Es war Janos' Stimme. Ich gehorchte, und die Tür schloß sich hinter mir. Ich griff nach dem Knauf, doch drehte er sich wirkungslos in meiner Hand, und ich wußte, das Untier hatte den Schließzauber erneuert. Ich ging den Korridor entlang zu dem Raum, aus dem ich Janos' Stimme gehört hatte. Auf beiden Seiten lagen große Zimmer mit hohen Decken, einige mit Betten ausgestattet, einige mit Sofas, andere waren zum Essen und zum Vergnügen gedacht. Wäre nicht der dunkle Stein, für den die Lycanther eine solche Vorliebe entwickelt hatten, so übermächtig gewesen, und hätten die Darstellungen der Gemälde, Tapeten und Skulpturen nicht diesen Hang zum Morbiden gehabt, so hätte ich, ohne mich schämen zu müssen, meinen besten Freund oder wichtigsten Gast mit seinem Gefolge dort unterbringen können.

Die nächste Überraschung erwartete mich, als ich den Hauptraum betrat. Janos saß zurückgelehnt auf einem gut gepolsterten Sofa. Er war von Büchern, Schriftrollen und Tafeln umgeben. Vor ihm stand eine Staffelei, darauf ein großes Papier, das mit Kritzeleien und Zeichnungen übersät war, die allesamt offenkundig mit Zauberei im Zusammenhang standen. Dahinter befanden sich sechs große, geöffnete Fenster, durch die ich die Lichter Lycanths und seines Hafens sehen konnte. Janos sah aus wie ein Edelmann in seiner Freizeit, gekleidet mit lässigem Umhang, Seidenhemd und Kniehose. Er entsprach kaum dem Bild eines Gefangenen, der gefoltert worden war, ob nun körperlich oder durch Zauberei. Dann schaute ich ihm ins Gesicht. Er wirkte unbeweglich, verhärmt und so erschöpft wie am Ende unserer Suche, als wir zur Pfefferküste zurückgekehrt waren.

»Willkommen, mein Freund, und als Freund hast du dich mir mehr als einmal erwiesen«, sagte er. Er stand auf und umarmte mich. »Ich kann mir keinen besseren Partner denken, wenn ich mir auch zu deinem eigenen Vorteil wünschen würde, daß du eogistischer gewesen wärest.«

»Es war nicht gerade so geplant«, sagte ich mit ein wenig Schärfe, »daß ich als Gast bei den Archonten bleibe.«

Janos ließ ein leises Lachen hören. »Vor ein paar Stunden wurde mir gesagt, du stündest vor der Stadt und würdest in Kürze erwartet. Ich hatte gehofft, du wärest vorsichtig genug, ihre Falle zu bemerken.« Er schüttelte den Kopf.

»Wie konnten sie mein Kommen voraussagen?«

»Ich weiß es nicht. Sie haben sich geweigert, es mir zu sagen, und die Schlüsse, die ich ziehen konnte, halfen mir nicht weiter. Vielleicht eine Art von Alarmzauber, oder eine Kreatur, die auf der Einfallstraße postiert wurde, oder ein Spion mit der Ausbildung eines Geistersehers aus Orissa selbst. Ich gehe davon aus, daß die treibende Kraft hinter dieser Verschwörung ein persönlicher Feind von dir ist.«

»Nisou Symeon. Ich bin ihm gerade zum ersten Mal in meinem Leben begegnet.« Ich berichtete Janos, was vorgefallen war. Er äußerte sich nicht dazu, und das war auch nicht nötig. Er bot mir von einem Getränketisch in der Nähe Wein, Säfte oder Wasser an. Ich schenkte mir einen Becher Wein ein, besann mich dann jedoch eines Besseren, setzte ihn ab und griff zum Saft.

»Nimm nur den Wein«, sagte Janos. »Oder was immer du wünschst. Soweit ich feststellen kann, sind keine Betäubungsmittel darin enthalten. Bisher hat ihr Wissensdrang sie noch nicht dazu verleitet, mich zu benebeln. Wir sollten beide soviel wie möglich essen und trinken, denn die Umstände werden sich bald genug ändern.«

Ich schenkte ein und nahm einen tiefen Zug; erst jetzt merkte ich, wie durstig ich gewesen war, und füllte den Becher wieder auf. Ich trat an ein Fenster und sah hinaus. Unsere Wohnung, beziehungsweise unsere Zelle, lag genau über dem Wasser, und weit unten konnte ich die weiße Gischt der Brandung auf den Felsen jenseits des Hafens sehen. »Liegt ein Zauber auf den Fenstern?«

»Natürlich. Nicht, daß es nötig wäre – es sei denn, du hättest irgendwo einen Satz Flügel versteckt.«

Ich drehte mich um und lächelte gezwungen. Dieses Martyrium, und so etwas würde es wohl werden, wäre mit ein wenig Humor leichter zu ertragen. Ich hatte Fragen und riskierte es, sie offen zu stellen. »Müssen wir vorsichtig sein, wovon wir sprechen?«

»Ja, in Maßen. Ich würde zum Beispiel keine Einzelheiten unserer ... gemeinsamen Abenteuer erwähnen. Im allgemeinen können wir über alles reden. Ich habe einen Zauber bewirkt, bei dem jeder, der unserer Unterhaltung lauscht, tatsächlich eine höchst langatmige Rezitation aus den Religionsstunden meiner Kindheit hört. Bisher haben sie nur geringfügige Gegenzauber versucht, denen ich widerstehen und die ich meist neutralisieren konnte. Große Beschwörungen habe ich zweimal gespürt, doch wer weiß, ob sie nicht wahrhaft große Zauber ausgelegt haben? Es wäre zum Beispiel denkbar, daß ich im Moment mit einem Werk der Archonten spreche. Und du mußt dich fragen, ob ich selbst nicht nur ein Dämon ihrer Macht bin. Hier erwartet uns der Wahnsinn.«

»Sie haben dir deine ... mh ... Interessen zugestanden«, staunte ich und benutzte einen harmlosen Ausdruck aus meiner Jugend, als ich zum ersten Mal bemerkt hatte, daß die »Interessen« meines Bruders Halab sich zum Verbotenen hin orientierten.

»Erlaubt? Diese Formulierung trifft nicht genau. Sie können keine umfassende Ächtung der Zauberei aussprechen, da es auch ihren eigenen Zauber blockieren würde. Doch sie können spezielle Bereiche abtrennen, so daß ich mich nicht mehr genau an einen bestimmten Zauber oder eine Art von Zauber erinnern kann, mit dem ich zum Beispiel Ketten oder Fesseln sprengen könnte.«

»So wie du und Cassini die Erinnerung an die Magie ... an einem bestimmten Ort verloren hattet?«

»Mehreren Göttern sei gedankt, daß ihr Zauber nicht so weit reicht. Doch sie haben es versucht. Vergib mir, wenn ich unaufmerksam erscheine oder gedankenverloren. Doch ...«

Von der Seite des Zimmers kam ein Flimmern, und einen Augenblick lang schien es, als öffne sich blitzschnell die Tür zu einer dunklen Kammer, und ich sah Männer, die von schwarz gekleideten Peinigern grausamen Torturen ausgesetzt wurden. Dann war plötzlich nichts weiter als die Wand zu erkennen.

»Das war ein Beispiel für das, was ich einen geringfügigen Zauber nenne«, sagte Janos. »Sie dienen einzig dazu, uns zu zermürben und unsere Stärke und unser Durchhaltevermögen zu erschüttern. Andere Zauber umgeben diesen Raum, Schlaflosigkeit, Gereiztheit, Einsamkeit, Niedergeschlagenheit und viele unangenehme, wenn auch harmlose, physische Schwächungen. Sie alle habe ich in Schach gehalten.«

»Dein Studium der Prinzipien der Geisterseher ist weit gediehen, seit ich zum ersten Mal dein geheimes Interesse daran bemerkt habe«, sagte ich und wunderte mich, daß ich die Abgeklärtheit besaß, eine derart unbedeutende Unterhaltung zu führen, während ich in der Falle eines so grausamen Feindes saß.

»Danke, doch empfinde ich keinen Stolz. Wenn ich wirklich so fähig wäre, sollte ich meine Bemühungen fortführen können, ohne mehr Energie zu verbrauchen, als man in der physischen Welt benötigt, einen Mückenstich zu kratzen. Vielleicht spare ich aber unbewußt auch meine Kräfte für einen Anschlag größeren Ausmaßes auf.«

»Du sagtest, sie hätten schon zweimal große Zauber versucht, wie du dich ausdrücktest. In welcher Form? Wie kann ich mich vor ihnen hüten?«

»Beide waren abscheulich. Der erste und erträglichere war eine Variation auf den Sukkubus, bei dem eine junge und schöne Zauberin in meine Träume trat und versprach, Realität zu werden, sobald wir verschiedene Arten magischer Geschlechtsakte vollbracht hätten. Im Gegenzug sollte ich ihr einige Geschichten erzählen, wie in fremden Ländern Zauberkünste ausgeübt werden. Das konnte ich ohne große Gegenwehr ablehnen, da ich erkannte, daß solche Geschichten einen Zugang zum Rest meiner Seele öffnen könnten. Daraufhin verschwand die Erscheinung wieder.

Der zweite Versuch war gefährlicher. Er begann mit vielen kleineren Zaubersprüchen, doch ausgesprochen mit der ganzen Macht eines Meistergeistersehers. Ich war niedergeschlagen, auf alles und jeden ärgerlich, vor allem auf mich selbst. Ich hielt mich für einen vollkommenen Versager.«

»War es das«, fragte ich, »was die kleinen Zaubersprüche bewirken sollen?«

»Nicht ganz«, sagte Janos. »Sie waren ein wenig anders gemeint. Sie hatten den Unterton, daß ich Großes verdient hätte und daß Götter und Menschen sich gegen mich verschworen hätten, um mir den vollen Ruhm vorzuenthalten.« Ich wußte, welche Resonanz ein solcher Zauber in Janos' gesundem Ego finden mußte. »Letztlich beschloß ich, meinem Leben ein Ende zu setzen. Nicht aus wirklichem Schmerz heraus, sondern um jemandem zu ›zeigen‹, ich weiß nicht wem oder was, wieviel Böses sie mir angetan hatten, als sie mir mein rechtmäßiges Erbe vorenthielten.«

»Ich kann erkennen, was diesen Zauber so heimtückisch macht«, sagte ich. »Nur verstehe ich nicht, wie es irgendeine Information provozieren sollte über... ein gewisses Thema von Interesse. Schlimmer noch, du könntest tot sein, und damit wäre ihre beste Möglichkeit, an dieses Wissen zu gelangen, verloren.«

»Oh, nein. Es waren Gegenzauber ausgelegt und vielleicht sogar greifbare Netze unter diesen Fenstern für den Fall, daß ich mich entschließen sollte, hinauszuspringen, ebenso weitere Schutzzauber um alles, mit dem ich mich hätte töten können, wie die Messer in unserer Küche oder die Kordeln der Vorhänge. Ich nehme auch an, daß ich beobachtet wurde. Doch ich habe den Zauber noch nicht vollständig beschrieben. Am verlockendsten kam es mir vor, der ganzen Welt eine lange Nase zu drehen, indem ich eine vollständige Beschreibung von allem gab, was die Lycanther wissen wollten.«

»Die Fer...«

»Genau. Die Suche wäre genau beschrieben.« Ich hatte verstanden und schauderte. Das war wirklich subtil, und ich fragte mich, ob ich einem so sorgfältig ausgelegten Zauber widerstehen könnte, der meine vielfältigen Schwächen ausnutzen würde.

Ich kam auf ein anderes Thema zu sprechen und fragte, warum wir seiner Meinung nach jetzt gut essen und trinken sollten und wieso unsere Umstände sich ändern würden. Ich konnte nicht glauben, daß die Archonten und ihre Geisterseher keine Zauber eingesetzt hatten, um eine Vorahnung zu verhindern. Oder hätte ich eine solche Frage nicht stellen sollen? Janos antwortete mit einem echten Lächeln, er habe überhaupt keine Vorahnung, doch würden wir einer standardisierten Frageprozedur unterzogen, die von Inquisitoren bis zu militärischen Informationsspezialisten und höchstwahrscheinlich, fügte er hinzu, selbst von Eltern auf der ganzen Welt benutzt wurde. Er nannte es gute Seite/böse Seite. Zuerst gibt man dem Gefangenen gute Speisen und Weine und behandelt ihn zuvorkommend, doch immer mit der Warnung, »andere« würden anders darüber denken, wie ein Gefangener zu behandeln sei. Der Häftling solle am besten gleich kooperieren, um wirklich furchtbare Foltern zu vermeiden. »Hat deine Mutter dir als Kind nie empfohlen, ihr die Sünden zu gestehen, die du eben begangen hattest, um deinen Lehrer zu ärgern, bevor dein Vater nach Hause käme und es erführe und du dann wirklich in der Klemme säßest?« Ich stimmte zu, denn ich wußte, was er meinte, und brauchte nicht zu erwähnen, daß ich an meine richtige Mutter keine Erinnerung hatte.

»Also«, sagte ich, »was tun wir, bis wir die andere Seite der lycanthischen ›Gastfreundschaft‹ kennenlernen?«

»Wir tun, was Gefangene immer getan haben, wir warten, wir trainieren unsere Muskeln und reden. Reden über alles... außer dem, was von Bedeutung sein könnte.«

Genau das taten wir während der nächsten Tage. Ich war nervös und fürchtete mich, doch schien ich entspannter als Janos zu sein, auch wenn meine Nächte durch die sich wiederholenden Träume zur Hölle wurden. Immer wieder führte mich der Bootsmann ohne Gesicht in die Höhle, und immer wieder wurde ich von jenem Lebewesen in die Kammer geführt, dem ich Greifs Gesicht gab, seit ich ihn das erste Mal in dieser Höllenstadt getroffen hatte. Doch mit Träumen kann man leben, mit diesem lebe ich jetzt seit Jahren.

Janos hatte noch nicht von Deoces und Emilies Tod gehört und brach in Tränen aus, laute, quälende Schluchzer eines Kriegerhäuptlings darüber, daß die besonders Unerschrockenen sinnlos sterben mußten. Doch meist waren unsere Unterhaltungen belanglos und seicht: wie man zum Beispiel am schnellsten eine Sprache erlernt, nach Janos' Theorie im Bett, und da er mindestens dreiundzwanzig Sprachen und zehn Dialekte sprach, nahm ich seine Hypothese ernst. Und ob den Lycanthern ihr Sinn für Humor bei der Geburt amputiert würde oder die Götter sie verflucht hätten. Wir einigten uns auf einen göttlichen Fluch in der Hoffnung, daß die unsichtbaren Wesen, die uns entweder durch geschickt verborgene Gucklöcher oder durch Zauberei beobachteten, sich ärgerten, und so weiter. Unsere Übungen vertrieben die Stunden der Langeweile. Endlos trainierten wir unsere Muskeln und liefen in den Gemächern wie Tiger im Käfig einer Menagerie herum. Janos zeigte mir verschiedene Techniken, wie ein Mann ohne Waffen nicht alle Hoffnung fahrenlassen muß, außer wenn er von einem oder mehreren bewaffneten Gegnern angegriffen wird.

Ich brachte Stunden damit zu, vor den Fenstern auf und ab zu laufen und mir einen Fluchtplan auszudenken. Janos dagegen schien in jenen Halbschlaf zu verfallen, den ich von der Felsenschlucht her kannte. Ich hätte ihn zurechtweisen können, doch erinnerte ich mich an die Geschichte eines kleinen Händlers, der von den Eisbarbaren im fernen Süden gefangen worden war und mehrere Jahre als ihr Gefangener verbracht hatte, bevor er freigelassen wurde. Dort hatte er gelernt, daß es nur zwei Gelegenheiten zur Flucht gab, die erste gleich nach der Gefangennahme, bevor die Wachen noch all ihre Gegenmaßnahmen ergreifen konnten, die zweite nach langer Zeit, wenn die Wachen sicher sind, daß du scheinbar dein Elend akzeptierst. Und ich wußte, daß auch Janos mit den Regeln einer Flucht vertraut war, wenn ich seine leuchtenden Augen sah, die über Lycanth hinweg zu den Bergen blickten, die die Freiheit bedeuteten, und daß er nur den rechten Augenblick abwartete.

Wir wurden gut genährt, zweimal am Tag, die Gerichte wechselten beständig. Doch sahen wir nie einen Aufseher, und ich erinnerte mich an Symeons Wort, daß er und die Archonten wüßten, wann wir gebrochen und bereit seien, alles zu erzählen. Das jedoch schien in ferner Zukunft zu liegen. Langeweile, Ärger, Verdruß, Enttäuschung, Sorge über das, was in Orissa vor sich gehen mochte, selbst wachsende Nervosität, die Janos auf die unsichtbaren Anschläge schob, welche seine Gegenzauber durchbrachen, all das reichte nicht aus. Ich beging den Fehler, mich für so unerschütterlich zu halten, daß Symeon vor mir an Langeweile sterben würde.

Es war nach Mitternacht, als sie zu uns kamen. Die äußere Tür brach auf, und schwere Schritte dröhnten durch den Korridor in Richtung meines Schlafgemachs. Ich sprang aus dem Bett. Ich hörte Schreie aus Janos' Zimmer, dann Schläge. Sechs Männer platzten in meine Kammer, Männer mit Kettenpanzern und Helmen mit Visier. Sie waren mit eisernen Schlagstöcken bewaffnet und trugen lange Dolche an den Hüften. Einen Augenblick fragte ich mich, wenn jetzt die böse Seite kommt, warum haben sie dann nicht das Untier oder andere Kreaturen aus der Tiefe geschickt, die uns Ehrfurcht und Schrecken einflößen könnten? Meine Frage wurde beantwortet, indem man mich auf den Boden warf. Ich kam wieder auf die Beine, und einer der Männer schlug mir mit dem Handschuh ins Gesicht.

»Nur um sicherzugehen, daß ihr tut, was wir sagen«, knurrte er, und ich roch schales Bier in seinem ekelhaften Bart. In jenem Moment habe ich verstanden, und seither oft bestätigt gefunden, daß der Mensch furchtbarer sein kann als der abscheulichste Dämon aus der Unterwelt. Sie befahlen mir, mich anzuziehen, ketteten Hände und Füße zusammen und schoben mich aus dem Zimmer. Janos lehnte, mit blutigem Gesicht, draußen an der Korridorwand, weitere sechs Männer und ein Offizier standen um ihn herum. Wir wurden hinabgetrieben, immer weiter hinab, noch unter das Hauptgeschoß der Festung und weit unter die Erde. Die Luft wurde feuchter, es tropfte von der Decke, und die Stufen wurden schmaler und waren mit Schimmel bedeckt. Die steinernen Böden waren Jahrhunderte lang von Männern und Frauen abgewetzt worden, die man hier heruntergebracht hatte, und ich fragte mich, wie viele dieser Opfer wohl je das Tageslicht wiedergesehen hatten.

»Jetzt seid ihr unterhalb der Bucht«, knurrte eine der Wachen. »Das gibt euch was zum Nachdenken, wenn ihr hochguckt und keinen blauen Himmel und kein grünes Gras über euch seht. Besonders, wenn die Decke anfängt zu tropfen.«

An den vergitterten und verschlossenen Toren waren keine Wachen postiert, und doch öffneten sie sich, als wir uns näherten. Schließlich hatten wir den tiefsten Punkt erreicht. Die Steine um uns waren vom Salpeter weiß und sehr alt, aufeinandergesetzt ohne sichtbaren Mörtel. Die Eisentore und Fackelständer waren schwarz und verrostet, die hölzernen Türen, gelegentlichen Tische und rohen Stühle vor Alter dunkel. Wir kamen an einer großen Zelle vorüber. Darin waren Skelette, einige hingen an rostigen Ketten, andere lagen herum, wo die Menschen gerade gestorben waren. Es schien keine Tür zu geben. Waren diese toten Gefangenen durch Zauberei hierhergebracht und dann vergessen worden? Außer Janos und mir schien niemand die Knochen zu bemerken. Danach sah ich im Schein der Fackel eine runde Metallplatte im Boden mit einer Öffnung in der Mitte, vielleicht einen Fuß lang und einen halben breit. Als wir darüber hinweggingen, hörte ich von unten ein Kichern, unterbrochen vom Fiepen der Ratten. Offensichtlich war die Platte von Anfang an in die Steinfliesen zementiert worden.

Jetzt war der Korridor gewölbt wie ein Faß. Auf einer Seite sah ich eine offene Tür, nicht größer als im kleinen Ofen eines Bäckers. Sie war der Eingang zu einer Zelle, weniger ein Raum, eher ein Sarg. In die Wand war eine steinerne Bank eingelassen. Hier konnte sich ein Gefangener weder strecken noch aufstehen. Auf einer Steinwand war ein Fleck, der aussah, als habe jemand einen Eimer Farbe verteilt und dann trocknen lassen. Eine der Wachen beobachtete, daß ich den Fleck bemerkt hatte. Der Mann berührte mich mit dem Knüppel und lächelte, als sei ihm gerade etwas besonders Amüsantes eingefallen. Ich blickte in einen anderen Raum, es war der Wachraum. Aus dem, was ich dort sah, schloß ich, daß es den Wachen gestattet war, die Gefangenen aus ihren Zellen zu holen, wann immer sie wollten. Ich wandte mich ab.

Der Korridor führte schließlich in einen großen, halbrunden Raum. In der Deckenwölbung waren schwere Stangen zwischen Steinsäulen angebracht, die ich zuerst für Trennwände zwischen den Zellen hielt; dann sah ich, daß es ein einziger großer Bereich war. Der Grund für die ungewöhnliche Anordnung des Kerkers war klar. Die Gefangenen in den Zellen sollten Zeugen dessen werden, was im offenen Raum vor sich ging. Das war die Folterkammer, durch zwei große Gittertüren gesichert, die jetzt offenstanden. Vielleicht war es dieselbe Kammer, die ich gesehen hatte, als Janos für einen Augenblick seinen Gegenzauber vernachlässigt hatte. Ich sah einen blassen Frauenkörper, auf ein Gestell geschnallt, neben ihr ein glühendes Kohlenfeuer, Zangen und andere Eiseninstrumente, die rot und weiß auf den Kohlen glühten. Der Mund der Frau stand offen, als schreie sie, doch war nichts zu hören. Vielleicht gab es einen Zauber, damit die Wachen nicht vom Schreien gestört wurden, oder die Gefangenen konnten keinen Laut mehr von sich geben. Bevor ich mich abwandte, sah ich noch mehr dem Untergang geweihte Gefangene, sechs der schwarz gekleideten Inquisitoren, Ketten, die von der Decke und von den Wänden hingen, und weitere Folterinstrumente, vom Stiefel bis zur Streckbank.

Der Offizier der Wache hielt die Hand über einen Zellenriegel, und eine Tür öffnete sich. Unsere Ketten wurden aufgeschlossen, und wir wurden in die Zelle gestoßen. »Achtet auf den Raum gegenüber«, befahl der Offizier, »damit ihr nicht denkt, wir hätten euch auf ewig vergessen.« Seine Männer fanden das urkomisch. Sie marschierten aus der Zelle, und dann gab es kein Licht mehr außer der

Fackel am Ende des großen Raums und dem grellen Schein der Schreckensszenerie gegenüber. Ich sackte in mich zusammen, in den Kot und Dreck, den vor langer Zeit verteiltes Stroh nicht mehr aufnehmen konnte.

»Amalric!« Janos' Stimme klang scharf. Ich richtete mich auf und sah sie. Unsere Mitgefangenen. Es waren etwa fünfzig Männer in der Zelle. Die meisten standen oder lagen apathisch da, nahmen die neuesten Opfer gar nicht wahr. Doch nicht alle ... eine Gruppe schlurfte zu uns herüber. Ich konnte sie riechen. Ihre Augen schienen zu glühen, so wie man sagt, daß die Augen einiger Wölfe glühen, bevor sie töten, obwohl ich selbst es nie gesehen hatte.

Ein etwas Größerer baute sich vor der Gruppe auf. »Wir nehmen die Kleider«, sagte er so monoton, daß es sich weder nach einer Drohung noch nach einem Versprechen anhörte, »und der hübsche Junge wird alle bedienen, die es verlangen.«

Janos hielt mich beim Arm, und wir gingen rückwärts zur Wand. Ohne Hast schlurften die Gefangenen hinter uns her. Warum nicht? Sie hatten alle Zeit auf Erden, und wahrscheinlich konnten sie ihr Spiel noch mehr genießen, wenn es länger dauerte. Janos warf immer wieder Blicke hinter sich. Ich glaubte, wir suchten nur Dekkung für unsere Rücken. Dann schaufelte Janos etwas hervor ... etwas Weißes ... einen Stock, und gab ihn mir. Ich hatte noch genug Zeit, um festzustellen, daß ich den Schenkelknochen eines Mannes in der Hand hielt, dann langte Janos noch einmal nach unten – die Gefangenen kamen immer näher –, und er hielt die Manschette von einem Paar Eisenfesseln in der Faust. Die Knochen des Toten, der hier gefesselt gewesen war, zersplitterten am Boden. Der erste Gefangene sprang brüllend auf uns zu, und Janos ließ die Kette wie einen Morgenstern in sein Gesicht krachen. Der Mann schrie wie ein angestochener Bär, bäumte sich auf, Blut spritzte in den Schatten, dann fiel er, als ein anderer auf mich einstürzte. Ich schlug mit meinem Knochenschläger zu, der Knochen splitterte, wie es auch die Arme der Leiche getan hatten. Ich tat einen Satz nach vorn, mein Knüppel jetzt ein scharfer Dolch, mit dem ich tief in den Magen des anderen stach. Mit einem Ruck zog ich ihn heraus, als einer von ihnen mich mit den Schultern an die Wand drückte. Ich bückte mich, um ihn über Kopf zu werfen, doch schon kam Janos mit der Kette. Die Knochen des Mannes krachten, und seine Arme sackten herab. Ich richtete mich auf. Ein weiterer Angreifer stürmte heran, wollte mich würgen, doch ich erinnerte mich an einen von Janos' Tricks, riß beide Arme hoch, kreuzte sie zwischen den Armen des Angreifers, riß sie zur Seite und schleuderte so seine Arme nach außen. Ohne abzuwarten, trat ich dem Mann gegen die Kniescheibe, wie Janos es mich gelehrt hatte, fing mich, drehte mich um und schmetterte ihm die Faust in den Rachen, so daß er glucksend zur Seite stolperte. Noch ein Krachen und ein Schrei, als Janos' Morgenstern erneut traf. Die restlichen drei Angreifer zogen sich mit erhobenen Händen zurück.

»Schon gut. Schon gut«, stieß einer hervor. »Aber es wird eine Gelegenheit geben.«

»Nein, wird es nicht«, entgegnete Janos kategorisch. »Und wenn doch, dann tötet ihr am besten uns beide ... oder wagt nie wieder zu schlafen. Schau mich an – du.« Der Angesprochene hielt inne. »Ich weiß von Dingen, die du und die Schweinehunde da drüben«, er wies mit dem Daumen nach draußen zur Folterkammer, »euch nicht einmal träumen laßt.« Bevor der Mann noch reagieren konnte, ließ Janos die Fesseln fallen, sprang vor, die hohle Hand ausgestreckt, und holte aus. Ich schwöre, er hat ihn mit seinen gekrümmten Fingern kaum berührt, doch der Mann heulte auf und krümmte sich, kreischte und hielt sich mit beiden Händen den Kiefer. »Du wirst es überleben«, verkündete mein Freund, »doch der Schmerz wird dich noch eine Woche lang an mich erinnern.« Die anderen halfen ihrem Spießgesellen und fanden Zuflucht am anderen Ende der Zelle.

»Werden sie es wieder versuchen?«

»Vielleicht«, sagte Janos gleichgültig. »Wir werden ohnehin nur leicht schlafen. Ich kann mir einige Worte ausdenken, die das Stroh unter ihren Füßen knacken lassen wie berstende Äste, falls sich uns jemand nähert.«

So begann die zweite Phase unserer Gefangenschaft. Während wir dösten, wurden die Leichen der Erschlagenen aus der Zelle entfernt. Von der Bande von Gefangenen, die unsere Zelle mit ihrer Brutalität kontrollierte, wurden wir nicht weiter belästigt. Einmal beobachtete ich, wie sie Schwächere behandelten, und wollte eingreifen. Doch Janos hielt mich zurück. »Wir haben uns eine Nische in dieser kleinen Gesellschaft von Verdammten eingerichtet. Sie werden uns in Ruhe lassen, solange wir uns nicht in ihre Angelegenheiten mischen.« Widerwillig akzeptierte ich seine Worte und versuchte, die Geräusche zu überhören, als sie sich gegenseitig befriedigten. Schließlich konnte ich auch diese Wahrnehmung ebenso abstellen, wie ich durch die Gitter in die Folterkammer schauen konnte, ohne die Qualen zu registrieren, die anderen dort zugefügt wurden. Zweimal wurden Gefangene aus unserer Zelle geführt und auf das Gestell gespannt. Einige ihrer Spießgesellen fanden das höchst unterhaltsam.

Wir konnten den Tag nicht von der Nacht unterscheiden. Ich versuchte, anhand der Mahlzeiten auf dem laufenden zu bleiben, denn ich nahm an, daß wir einmal am Tag den stinkenden Haferschleim und das verrottete Brot bekamen. Janos hielt es nicht für wichtig, denn ein weiterer allgemein beliebter Trick in Gefängnissen war es, die Mahlzeiten unregelmäßig auszuteilen. So würde der Gefangene an einem Tag dreimal essen und denken, drei Tage seien vorüber, dann wiederum bekam er drei Tage lang gar nichts und glaubte schon, der längste Tag seines Lebens sei angebrochen. Später habe ich ausgerechnet, daß wir ungefähr einen Monat in jener übelriechenden Zelle zugebracht haben.

Wir fragten unsere Mitgefangenen aus. Einige hatten sich politisch unbeliebt gemacht, sei es bei den Archonten oder in ganz Lycanth, die meisten jedoch waren gemeine Kriminelle, wenn auch von einer besonders verkommenen Art, doch befanden wir uns nicht in der Zitadelle der Verdammten. Dies bestätigte sich, als ein Mann aus der Zelle entlassen wurde. Er murmelte seinen Dank, weinte und versuchte den Stiefel des Aufsehers zu küssen, der ihm die Zellentür geöffnet hatte.

Ich wußte, wir würden bleiben müssen, bis unser Widerstand schwächer wurde. Als nächstes drohte uns wahrscheinlich die Folterkammer. »Möglich«, sagte Janos. »Vielleicht werden sie uns auch absondern und uns mit ihrer vollen Zauberkraft treffen.« Dies bestätigte, daß wir nicht im schlimmsten Teil des Kerkers der Archonten waren, doch sagte ich davon nichts zu Janos. Unsere Stimmung mußte nicht unbedingt weiter gedrückt werden.

Dann geschah etwas. Ein Gefangener bekam Besuch! Es war eine Frau, eine Hure, die behauptete, seine Frau zu sein. Sie durfte ihn nicht nur besuchen, sie durften sogar den Wachraum ein paar Minuten lang für ihre privaten Zwecke nutzen. Einige Tage später, wenn es denn Tage waren, kam der Bruder eines Mannes. Die meiste Zeit verbrachten sie damit, Pläne vom Innern eines Gebäudes zu zeichnen und dabei leise zu sprechen. Begierig erkundigten wir uns nach Einzelheiten des Besuchsrechtes und erhielten zur Antwort, daß alle Gefangenen mit ausreichend Gold Besuch bekommen könnten, ausgenommen die Gefangenen, die aus Glaubensgründen eingesperrt waren. Es kam immer auf die Laune des Wachoffiziers an. Manchmal würde auch mehr als nur Geld gefordert, sagte ein Gefangener. Die Hure, vermutete er, habe bestimmt einigen Wachen zu Diensten sein müssen, bevor sie ihren »Ehemann« habe sehen dürfen.

»Wenn jemand von draußen hereinkommt«, grübelte Janos, »dann könnte es auch möglich sein, für eine ... oder zwei Personen von drinnen nach draußen zu gelangen, oder nicht? Bevor der dritte Teil des Plans der Archonten in Kraft tritt.«

»Wie?«

»Ich weiß es nicht«, sagte er. »Laß mich darüber nachdenken, wie wir zu einem Besucher ganz für uns allein kommen können.« Doch wir brauchten keinen Plan. Kurz danach kam unser Besucher. Zwei Wachen brachten einen Mann in die Zelle. Er war nicht groß, doch unförmig und mißgebildet. Die Wachen bellten nach einem Gefangenen, der überrascht knurrte und dann zum Gitter ging. Ich sah Gold glitzern, dann zogen sich die Wachen zurück. Der Mißgebildete sagte einige Worte zum Gefangenen, dann kam der Mann, ein Schläger, der für einen besonders barbarischen Mord einsaß, zu uns herüber.

»Ihr da, er kommt zu euch.« Ich schnappte nach Luft, und dann erkannten sowohl Janos als auch ich den Mann hinter dem Gitter. Ich hätte ihn gleich erkennen müssen. Es war Greif, der Aufseher aus meinem Alptraum und Janos' Vermittler in Zauberdingen. Wieder hörte ich die weiche Baßstimme aus dem zerschlagenen Gesicht.

»Lord Antero, Hauptmann Greycloak, sieht so aus, als sei das Ruder wieder mal herumgefahren.«

»Wie habt Ihr gewußt, daß wir hier ...«, begann Janos.

»Schweigt«, sagte Greif ungeduldig. »Greif erfährt alles Wissenswerte in Lycanth. Ich hab's gehört und mich reingekauft, weil ich Rolfe kenn'. Es wird hinterher also keinen Verdacht geben.«

»Hinterher?« fragte ich.

»Ihr auch«, sagte er. »Haltet den Mund! Wir haben keine Zeit. Brauch' nicht hier zu sein, wenn ein Geisterseher der Archonten plötzlich auftaucht. Und ich nehm' an, Symeon hat seine eigenen Geisterseher, die Warnzauber um Euch errichtet haben, damit Ihr bleibt, wo er Euch hingesteckt hat.«

»Ihr könnt uns hier rausholen?« Janos hatte verstanden, was Greif meinte. Greif lächelte sein verdrehtes Lächeln und nickte.

»Kann ich. Aber es wird kosten, viel kosten. Ich kenn' auch einen Geisterseher. Arbeitet auf der dunklen Straßenseite, und ist dafür rausgeworfen worden. Ich brauche Gold... Gold genug, damit ich weit fort von Lycanth komme, weit fort vom Zorn Symeons und der Archonten.«

»Ihr bekommt es«, sagte ich. »Es wird ein neues Leben für Euch sein. In Orissa oder sonstwo. Wieviel Gold?«

»Die Hälfte«, gab Greif entschieden zu verstehen. »Die Hälfte des Goldes der Anteros. Pro Kopf gerechnet, ist das billig – da ist nur die Schwester, die kein Interesse an Gebären hat, und Brüder, deren Brut nur rechnen kann.«

»Ihr wißt sehr viel über meine Familie«, sagte ich.

»Das hier ist die eine große Chance, die ich habe«, sagte Greif. »Genug Gold, daß keine Hure und kein Bursche mein Angebot ablehnen kann. Gold, damit ich jedem Wachoffizier sagen kann, er soll in seinen Hut scheißen, und er wird es tun, ihn wieder aufsetzen und mit einem Lächeln davonstolzieren! Weil ich das wußte, habe ich mich schon umgehört, bevor ich zu Euch gekommen bin.«

»Ich habe Gold... einen großen Batzen Gold, nicht weit von Lycanth«, sagte ich. »Aber es würde viel Zeit kosten, die Hälfte meines Besitzes zu tauschen und es dann dort hinzubringen, wohin Ihr es haben wollt.«

»Und Zeit haben wir auch nicht«, warf Janos ein. »Die Geduld der Archonten ist nicht als allzu groß bekannt.«

»Tatsache ist«, stimmte Greif zu, »daß Ihr in ein paar Tagen zur Befragung kommt. Zuerst da drüben...«, er nickte in Richtung der geschlossenen Tür der Folterkammer, er wußte wirklich viel über dieses Gefängnis und unsere Probleme. »...und dann vor drei Geisterseher, die die ganze Macht des Archonten hinter sich haben. Ihr werdet zerbrechen... und es wird nichts zurückbleiben als ein paar ausgebrannte Hülsen, die nur noch auf den Straßen betteln können, wenn sie Euch eines Tages tatsächlich entlassen.«

»Wie kann ich Euch dann also reich machen?« fuhr ich fort. »Ich erwarte nicht, daß Ihr mir soweit traut, daß ich Euch nach unserer Befreiung bezahle. Und wie genau wollt Ihr uns hier eigentlich befreien?«

»Das braucht Ihr nicht zu wissen«, sagte Greif. »Und zum ersten, ich traue Euch. Hab' noch nie gehört, daß ein Antero sein Wort bricht. Um sicherzugehen, brauche ich Geschenke von Euch beiden. Ein bißchen Blut, ein bißchen Haar, ein bißchen Haut, etwas von Euren Säften. Nur zur Sicherheit.«

Ich sah Janos an. Er verzog keine Miene. Welche Wahl hatten wir? Selbst wenn die Flucht fehlschlagen würde, was sollten sie uns antun? Sie würden uns nicht töten, solange sie noch nicht hatten, wonach sie suchten. Allenfalls könnten wir geschlagen und dann in die Zelle zurückgebracht werden, und unser Treffen mit dem Inquisitor wäre nähergerückt. Ich schob meine Hände durch das Gitter, und Greif und ich berührten uns mit den Handflächen.

»Mögen meine Augen geblendet, mein Mund verbrannt, meine Ohren versiegelt werden, wenn ich den Schwur breche, Euch beide außerhalb dieser Zelle als freie Menschen wiederzusehen«, sagte er. Ich wiederholte seinen Schwur, änderte nur den Zusatz: »... wenn ich diesen Mann nicht belohne, wie er es verdient hat, und ihm die Ehre erweise, die er verdient hat.«

»Jetzt müßt Ihr warten, einfach warten«, sagte Greif, ging zurück in den Korridor und rief nach den Wachen.

Das taten wir. Eine Schale Haferschleim ... noch eine ... und dann eine dritte. Janos ging auf und ab, aß nicht und schlief nicht. Ich gab vor, die Ruhe selbst zu sein, hätte es ihm jedoch am liebsten nachgetan.

Ich erwachte beim Geräusch rauschenden Windes, schnellte hoch und sah Greif in den Raum kommen. Er hielt eine Art von Stab. Ich hörte ihn etwas murmeln, während er sich näherte. Das Murmeln und das Rauschen des Windes hörte auf. Greif flüsterte, und die

Gitter öffneten sich, das alte rostige Eisen bewegte sich geräuschlos wie neuer, gefetteter Stahl. Sofort waren Janos und ich draußen. Keiner der anderen Gefangenen schien das Öffnen der Tür, unseren Abgang oder das Schließen der Tür bemerkt zu haben. Greif setzte den Stab ab und entnahm der kleinen Tasche, die er bei sich trug, zwei Umhänge mit Kapuzen. Er gab uns Zeichen, sie umzuhängen, dann händigte er jedem ein Stück Papier aus. Auf meines waren die Worte gekritzelt: SAG NICHTS. FOLGE MIR. FLÜSTERE DIE WORTE ALOTHEM, BERENTA, ALOTHEM. Er nahm den Stab ab, hielt ihn wieder hoch und ging in Richtung der Treppe und des Wachraums, murmelte dabei weiter seinen Zauber. Das Rauschen des Windes setzte wieder ein. Trotz der feuchten Kühle trat Schweiß auf Greifs Stirn. Wir folgten ihm, gehorchten den Anweisungen und flüsterten die beiden Worte, die er von dem »verbrecherischen« Geisterseher erfahren hatte. Wir passierten den Wachraum. Die Hälfte der Wachen schnarchte, doch fünf oder sechs schienen wach zu sein. Sie sahen uns nicht. Wir gingen die Stufen hinauf. Jedesmal, wenn wir uns einer versiegelten Tür näherten, berührte Greif sie zuerst mit dem einen, dann mit dem anderen Ende seines Stabes, und danach sprangen sie auf.

Wir erreichen das Hauptgeschoß der Festung. Wachen gingen auf und ab, doch keine entdeckte uns. Janos blieb stehen und drehte sich um. Er streckte sich zu einer Fackel voller Pech und berührte sie kurz, dann ließ er die Hand sinken, als Greif sich ebenfalls umdrehte und ungeduldig Zeichen machte. Wir verließen die Seefestung und kamen in den Hof, wo es in Strömen regnete. Ich schmeckte die Süße und hörte das Plätschern des Regens, womit ich nie mehr im Leben gerechnet hatte. Eine Kutsche mit vier Pferden und einem Kutscher wartete, daneben vier Reiter. Sie sah aus, als gehörte sie einem reichen Mann, der zu dieser Tageszeit höchst private Geschäfte mit den Archonten oder seinen Priestern zu erledigen hatte. Greif schob uns in die Kutsche, dann beendete er seinen Zauber.

»Also, Ihr bleibt hier drin. Seht nicht hinaus. Das ist der nächste

Schritt. Danach geht es zur Stadt hinaus. Denkt schon mal darüber nach, Antero, wie schnell Ihr das Gold zusammenkratzen könnt.« Er knallte die Tür der Kutsche zu. Wir konnten durch die Vorhänge nichts sehen. Die Kutsche federte tief durch, als Greif auf den Bock kletterte, und dann ging es los. Erleichtert atmete ich auf.

»Noch nicht«, sagte Janos. »Erst müssen wir dort sein, wo einst ihre Mauer stand, hinter ihren Patrouillen.«

Ich zwang mich zur Wachsamkeit. »Was hast du da drinnen mit der Fackel gemacht?«

»Kein Bogenschütze trägt nur eine Sehne bei sich«, sagte Janos geheimnisvoll. »Ich hatte den Eindruck, ich könnte etwas Pech gebrauchen.« Er hielt die Finger in die Höhe und fing an zu flüstern:

»Feuer mein Freund
Feuer hörst du
Feuer mein Freund
Feuer hörst du
Feuer erinnerst du
Feuer hörst du ...«

Er sagte noch andere Worte in einer Sprache, die ich nicht verstand. Ich hatte keine Ahnung, was er da vorbereitete, und warum. Also konzentrierte ich mich auf die Geräusche von draußen, die krachenden Räder auf Kopfsteinpflaster. Ich hörte die Rufe von Patrouillen oder Wachen, Greif antwortete mit dem Paßwort, dann wieder das Knallen der Peitsche und das Klappern von Hufen. Die Kutsche schwankte, wenn wir um Ecken bogen. Ich versuchte herauszubekommen, wohin wir fuhren, und gab es dann wieder auf, da ich die Straßen von Lycanth kaum kannte. Ich fragte Janos, ob er eine Ahnung hätte, doch er gab mir Zeichen, still zu sein und sein Flüstern nicht zu unterbrechen.

Ich hörte das Geräusch großer Scharniere, als die Kutsche weitere

Tore passierte. Die Räder drehten sich jetzt nicht mehr auf Kopfsteinpflaster, sondern auf glatterem Untergrund. Das Tor schloß sich hinter uns, und die Kutsche blieb stehen. Schweigend blieben wir in der Dunkelheit sitzen, dann wurde die Tür aufgerissen, und das Licht von Fackeln leuchtete auf.

»Raus da!« Es war ein Befehl. Blinzelnd glitt ich hinaus. Wir standen in einem großen Hof. Die Kutsche hatte neben einer großen Mauer gehalten. Vor uns stand Nisou Symeon, dahinter zwanzig schwerbewaffnete Soldaten. Wir waren von einer Falle in die nächste getappt.

»Willkommen, Lord Amalric Antero, zu den gewissermaßen einzigartigen Vergnügungen meines Hauses.«

Die Welt bebte und drehte sich. Ich wollte Obszönitäten schreien, mich auf Greif werfen, der nicht weit hinter Symeon stand, ein entstelltes Lächeln voller Spott im Gesicht, wollte Symeon zerreißen, auch wenn ich wußte, daß seine Wachen mich sofort mit den Speeren aufspießen würden. Ich kämpfte um Selbstbeherrschung, der schwerste Kampf meines Lebens, und ich gewann, auch wenn es Sekunden oder Minuten dauerte.

»Was soll das?« brachte ich heraus. »Ihr hattet uns im Kerker. Früher oder später hätten die Geisterseher oder Folterer mit ihrer Arbeit begonnen. Oder erwartet uns ein besonders niederträchtiger Zauber? Ich nehme an, Ihr seid noch immer hinter den Geheimnissen her, die wir angeblich kennen.«

»Möglich«, sagte Symeon. »Und was das Warum angeht ... Die Umstände könnten sich seither geändert haben.«

»Ach so, Ihr wollt Euren Herren die Information, die Ihr von uns bekommt, vorenthalten?«

Janos ging zu Symeon hinüber, bewegte sich wie ein großer, verwirrter Trottel. »Warum wollt Ihr die Archonten betrügen?« Er streckte die Hände aus, als sei er völlig durcheinander. Mit einer Hand berührte er Symeons Mantel.

»Zurück mit Euch!« bellte Symeon, und einer der Soldaten ließ seinen Speer sinken, bis er Janos' Brust berührte. Janos gehorchte. »Ich spreche nicht mit Lakaien«, fuhr Symeon fort. »Insbesondere nicht mit einem, der seine Sache verraten hat.«

»Verraten, Nisou Symeon?« fragte ich. »Und das sagt einer, der die Archonten gerade betrügt?«

»Ich bin dem Meister treu«, sagte er, »dessen Eid ich geschworen habe! Wie ich schon sagte, die Umstände haben sich geändert. Das Wissen, das ich von Euch erhalten möchte, ist nun zweitrangig. Genug. Geht hinein, die Soldaten werden Euch zu Eurem Ruheplatz bringen. Er ist ebenso sicher wie jeder Kerker der Archonten. Ich sage Euch jetzt, daß Ihr zum letzten Mal einen Blick auf den Himmel werfen könnt, so verregnet er auch sein mag. Genießt es und verschwendet keine Worte.«

Ich merkte, daß Janos etwas flüsterte.

»Feuer mein Freund
Feuer hörst du
Feuer brennst du
Erinnere deinen Bruder
Feuer mein Freund
Feuer *brennst* du!«

Das Pech der Fackel »erinnerte« sich, flackerte auf, und Symeons Robe fing plötzlich Feuer. Flammen schossen in die Höhe, genährt von Zauberei wie von trockenem Stoff. Der Regen zeigte keine Wirkung. Symeon schrie vor Schmerz. Die Soldaten riefen verwirrt durcheinander.

»Auf«, rief Janos, sprang zur Tür der Kutsche und streckte sich nach dem Dach. Der Soldat mit dem Speer, der ihn eben bedroht hatte und etwas aufmerksamer war als die anderen, sprang wurfbereit nach vorn, doch ich trat ihm die Füße weg und hielt den Speer in der Hand. Janos federte zweimal auf dem Dach der Kutsche nach oben, dann ein drittes Mal, und er erwischte eine Ecke der Mauer und zog sich hoch. Auch ich schnellte vor, sprungbereit hatte ich den Fuß auf dem Rad, als ich zurückgezogen wurde. Ich stieß den Schaft des Speeres nach hinten und hörte einen Schrei, lauter noch als die der lebenden Fackel, zu der Symeon geworden war, und hockte auf dem Dach der Kutsche. Ich war leichter, kleiner und ein besserer Turner als Janos, so sprang ich und spürte die Mauerkante unter meinen Ellbogen. Janos zog mich hoch.

Ich hatte nur einen Augenblick Zeit, mich umzudrehen, und sah, wie Greif rückwärts taumelte, heulte und die Hände über die Augen hielt. Nisou Symeon lag am Boden. Die Soldaten versuchten, ihn zu bedecken und die Flammen zu ersticken, doch dann sprangen wir, riskierten den weiten Sprung hinunter, was immer dort auch sein mochte.

Wir landeten auf Kopfsteinpflaster und dann liefen wir, rannten so schnell wie nie in unserem Leben, rannten in die Nacht, in den Regen, und ich dankte den Göttern von Orissa, daß wir Lycanths große Mauer niedergerissen hatten. Wir mußten unbemerkt von Nachtpatrouillen durch die Straßen schleichen, dann erwartete uns die Freiheit. Freiheit und Heimat. Ich wußte, wir waren in Sicherheit. Nachdem wir den Archonten und Symeon entkommen waren, konnte uns nur noch Gutes erwarten.

Kapitel Achtzehn

Cassinis Rache

Unser erster Eindruck von Orissa machte jedoch deutlich, daß »gut«, was immer das bedeuten mochte, noch in weiter Ferne lag. Rauch stieg an mehreren Stellen der Stadt auf, und der Fluß lag ungewöhnlich verlassen da. An den Docks waren keine Anzeichen für Aktivitäten zu bemerken. Das Stadttor, dem wir uns näherten, bestätigte, daß es Probleme gab. Die mächtigen Eisenholzpforten waren verriegelt, was nur in dringendsten Notfällen geschah. Darüber, auf dem Steg, stand ein Kommando von Soldaten, nicht in Paraderüstung, sondern in vollem Kampfgeschirr.

»Wer da?«

»Lord Amalric Antero und Hauptmann Janos Greycloak aus Orissa.«

Überraschtes Rufen war von oben zu hören, der scharfe Befehl eines Feldwebels, und dann schwangen die Pforten auf, ohne daß jemand uns begrüßt hätte. Wir traten ein. Auch die Ausfalltore waren verriegelt, und einen Moment lang hatte ich das Gefühl, wir wären in eine weitere Falle getappt. Dann öffneten sich die Pforten. Die Soldaten blieben in Grundstellung und grüßten auch nicht, obwohl es ihre Pflicht gewesen wäre. Wir sagten nichts, hasteten nur zur Villa der Anteros.

Als wir die Mauern Lycanths hinter uns gelassen hatten, waren wir in jenem Gasthaus eingekehrt, in dem ich meine Männer und das Gold zurückgelassen hatte. Der Wirt erklärte, meine Leute seien heimgekehrt, überzeugt davon, daß ihr Herr schon seit Wochen nicht mehr lebe. Vielleicht war es zum Guten, daß wir nur zu zweit waren. An Waffen hatten wir nur den Speer bei uns, den ich mir auf Symeons Hof genommen hatte, und eine finster wirkende Machete, die Janos dem Wirt aus dem Kreuz geleiert hatte. Wir waren so weit wie möglich querfeldein gereist, da es auf den Straßen und Hügeln vor Patrouillen nur so wimmelte. Nicht nur lycanthische Uniformen waren zu sehen, sondern auch Reitertrupps in der Tracht der Symeonen. »Also habe ich ihn doch nicht eingeäschert, wie ich es wollte«, sagte Janos. Auch ich war enttäuscht. Eigentlich sollte kein Mensch einem anderen kaltblütig den Tod wünschen, doch ich kannte mein Leben, meine Familie, meine Sippe, meinen Haushalt. Jede kommende Generation von Anteros wäre in Gefahr, bis die Symeonen vernichtet waren. Ich wußte, ich würde diese Blutsfehde in nächster Zeit nicht ausfechten können. Doch das war eine Frage der Zukunft; im Augenblick reichte es, daß wir uns problemlos an den lycanthischen Einheiten vorbeigestohlen hatten und zu Hause waren.

Viele Orissaner waren auf den Straßen, wenn auch fast nur Männer. Einige junge Frauen waren darunter, jedoch kein einziges Kind. Ihre Mienen waren düster, und ich hörte Schreie und Streit. Wir sahen den Grund für eine der Rauchfahnen: die qualmenden Ruinen eines Gebäudes, das vor nicht allzu langer Zeit niedergebrannt war.

Hier hatte ein kleines Kontor gestanden, das die Geisterseher nutzten, um von jeder Karawane, die durch dieses Tor kam, einen Zoll zu kassieren. Ich dachte an den hochverehrten Prevotant – vor langer Zeit in meinem Lagerhaus – und gratulierte dem Gott, der Unheil über diese Bestechungskasse gebracht hatte.

Wir wußten nicht, was vor sich ging, spürten aber, daß wir uns am besten zuerst um die Sicherheit der Villa kümmern sollten, bevor wir näheres in Erfahrung brachten. Doch so weit kamen wir nicht. Eine Streife – sechs Speermänner, zwei Bogenschützen, ein Sergeant und ein junger Legat – traten aus einer Seitenstraße. Sie alle trugen den Brustharnisch der Uferwache, einer Einheit, deren Aufgaben meist außerhalb Orissas lagen.

»Halt!« erscholl der Ruf. Speere wurden gesenkt, und Bogenschützen legten Pfeile auf die Kerbe. Janos und ich blieben stehen. Der Legat zog eine Schriftrolle aus seiner Gürteltasche. »Amalric, Oberhaupt der Familie mit Namen Antero, durch die Gnade des Hohen Rates und der Götter Orissas berechtigt, sich Lord zu nennen?«

»Der bin ich.«

»Janos Greycloak, ehemals Kostroma, ehemals Lycanth, der bisweilen den Titel eines Hauptmanns trägt?«

»Ich höre auf den Namen ... und für diese Beleidigung werdet Ihr eines Tages noch von mir hören«, fuhr Janos ihn an.

»Schweigt! Es sollte keine Beleidigung sein. Ich füge mich nur den Befehlen des Hohen Rates bezüglich der Ansprache. Ich habe hier einen Haftbefehl für Lord Antero und, falls Janos Greycloak bei ihm ist, auch für ihn.«

»Aufgrund welcher Anklage?«

»Die Anklage ist noch nicht erhoben, wird jedoch zu gegebener Zeit vorliegen.«

»Wer hat diesen offenen Haftbefehl erwirkt?«

»Geisterseher Cassini, gegengezeichnet vom Hohen Rat Sisshon.«

»Wie kann ein solcher Befehl von der Uferwache ausgeführt werden? Es ist die Pflicht der Maranonischen Garde, die Sicherheit der Stadt zu gewährleisten.«

»Die Wache hat den Dienst verweigert und steht unter Kasernenarrest!«

Ich konnte meine Überraschung nicht verbergen. Was mochte geschehen sein? War Rali in Sicherheit?

»Ihr werdet aufgefordert, Euch augenblicklich zu ergeben«, sagte der Legat mit lauter Stimme. Ich sah Janos an. Er zuckte die Schultern. Uns blieb keine Wahl, und als gesetzestreue Bürger dieser Stadt mußten wir uns sicher nur der ärgerlichen Prozedur unterziehen, in der Zitadelle des Hohen Rats unsere Unschuld erklären. »Also gut«, sagte ich.

»Legt Eure Waffen nieder«, befahl der Legat. »Weiterhin bin ich angewiesen, Euch zum Palast der Geisterseher zu bringen und Euch in deren Obhut zu geben.«

»Niemals!« knurrte Janos »Seit wann kontrollieren die Geisterseher die öffentlichen Gesetze Orissas?«

»Seit es nach den Aufständen unumgänglich wurde, ein Notstandsgesetz zu erlassen. Als Teil dieses Erlasses wurden verschiedene, vorübergehende Maßnahmen in Kraft gesetzt. Dies ist eine davon.«

Ich packte meinen Speer fester. Nein, ich würde mich nicht in Cassinis Hand geben. Wir waren nicht zwei großen Wolfsrudeln entkommen, um uns von *diesem* Schakal verschlingen zu lassen. Einer der Schützen hob den Bogen an.

»Spann deine Sehne, und ich spalte dir die Brust wie einem Stör!« Der Schrei kam von einer Frau, die auf dem Dach eines niedrigen Gebäudes stand. Sie gehörte zu den Fischersfrauen vom Fluß und drohte mit einer langen, widerhakenbesetzten Harpune. Ich sah mich um. Auf der Straße drängten sich die Orissaner. Alle waren schäbig gekleidet – wir befanden uns im Armenviertel der Stadt –, und alle waren sie bewaffnet. Hinter uns drängte sich ein Pulk knüppelschwingender Männer. Andere hielten Latten oder Pflastersteine in Händen, die sie herausgerissen hatten. Ich sah gezückte Dolche und Küchenmesser blitzen, und sogar ein paar gezogene Schwerter.

»Du wirst Janos nicht den Geistersehern bringen, mein Freund«, fuhr die Frau fort. »Und auch nicht Lord Antero. Die gottverfluchten Geisterseher haben schon genug Unheil angerichtet!« Zustimmendes Gemurmel war zu hören, und die Menge drängte vorwärts. »*Ihr* werdet es sein, die ihre Waffen niederlegen«, sagte sie. »Und wenn es so weitergeht, werden einige von uns diese Waffen gut brauchen können.«

Ein Stein traf einen der Speerträger. Trotz seines Brustpanzers schrie er vor Schmerz und fiel auf die Knie. Dann folgte ein Schauer aus Steinen und Dreck. Das Gebrüll der Menge wurde lauter, und mit einem Bein standen die Soldaten schon im Grab.

»Halt!« Es war Janos, dessen Stimme wie ein Bellen auf dem Exerzierplatz klang. Für einen kurzen Augenblick erstarrten alle. »Orissaner!« fuhr er fort. »Auch diese Männer entstammen unserer Stadt. Wollt ihr ihr Blut auf eure Seelen laden?«

»Würde *mir* nichts ausmachen«, riefen einige aus der Menge. Zustimmung war zu hören.

»Nein! Seht sie euch an! Ich kenne diesen Legaten«, sagte Janos, und ich wußte, daß er log. »Als er vereidigt wurde, habe ich gesehen, wie seine Mutter und seine Schwester vor Glück weinten. Wollt ihr sie aus ganz anderem Grund jetzt wieder zum Weinen bringen?« Gemurmel. »Seht euch die anderen an. Es sind einfache Soldaten. Jeder von euch könnte die Uniform tragen. Einige von euch haben zu den Waffen gegriffen, um unsere Stadt zu verteidigen. Nichts anderes tun diese Männer. Sie tun, was sie für ihre Pflicht halten. Ist es ihre Schuld, daß sie fehlgeleitet wurden?«

»Die verdammten Dummköpfe sollten es besser wissen«, rief ein Mann, und ich meinte, es sei derselbe, der gesagt hatte, er hätte keine

Angst zu töten. Einen Moment lang erwiderte Janos nichts, doch dann brach er in Gelächter aus, sein mächtiges, dröhnendes Gelächter. Die Menge war verblüfft, dann wurde gekichert, man fing an zu lachen, unsicher, was so amüsant sein sollte. Janos hörte auf zu lachen, und der Frohsinn erstarb.

»Ich freue mich, von einem Mann zu hören, der es besser weiß«, sagte Janos. »Wenn das hier vorbei ist und die öffentliche Ordnung wiederhergestellt, komm zu mir, Mann. Ich bezahle dich in Gold und Wein, um sicherzustellen, daß *ich* es besser weiß.« Jetzt hatte die Menge etwas Greifbares, worüber sie lachen konnte, doch Janos wartete nicht, bis Stille einkehrte. Er drehte sich zu der Patrouille um. »Ihr dort. Legat.«

Der Mann mochte jung sein, doch entschlossen übernahm er die Führung. »Ja, Sir.« Er salutierte.

»Nehmt Eure Männer und kehrt zu Eurem Vorgesetzten zurück. Meldet ihm, Ihr hättet direkten Befehl von Hauptmann Janos Greycloak aus der Wache des Hohen Rates bekommen. Er wird Euch weitere Befehle erteilen.« Erneut salutierte der Legat, befahl seinen Soldaten, stillzustehen, eine Kehrtwendung zu machen, und ließ sie davonmarschieren. Sie verschwanden in einer Seitenstraße, blieben in Formation, sogar der verletzte Speerträger, dem seine Kameraden geholfen hatten. Janos wartete, bis sie fort waren, dann wandte er sich der Menge zu.

»Ihr tapferen Leute ... ich danke euch. Lord Antero dankt euch. Ich glaube, wir schulden euch unser Leben. Ihr solltet stolz darauf sein, daß ihr Orissaner seid. Wenn alles vorbei ist, haben Lord Antero und ich eine Schuld zu begleichen. Und unsere Schulden halten wir immer in Ehren.«

Äußerungen des Glücks, der Zustimmung, der Ablehnung, Rufe, die Freude sei ganz ihrerseits, und die Menge begann, sich zu zerstreuen. Mehrere, darunter auch die eiserne Harpunenfrau, wollten Janos sprechen und berühren. »Also«, sagte er nach einiger Zeit mit leiser Stimme. »Wir müßten diesem Naseweis und seiner Strandwache genug Zeit zum Entkommen gegeben haben.« Stück für Stück entzogen wir uns der jubelnden Menge. Dann nahmen wir kleine Gassen und hielten uns von den Trupps verschiedenster Einheiten fern, die auf den Straßen patrouillierten, und erreichten meine Villa.

Sie sah aus, als hätte man sie auf eine Belagerung vorbereitet. Sämtliche Fenster im Erdgeschoß waren mit festen Eichenläden verrammelt. Der Vater meines Vaters hatte sie anbringen lassen, und wir hatten diese Maßnahmen für den Notfall, je nach Bedarf, teilweise behalten und teilweise ersetzt oder erweitert.

Sergeant Maeen hatte das Kommando übernommen, war praktisch von der Armee desertiert, obwohl niemand daran Anstoß zu nehmen schien, besonders, da die Wache des Hohen Rates nicht mehr existierte. Eine selbsternannte Vierergruppe half ihm, die Ordnung aufrechtzuerhalten: J'an, der verantwortliche Stallknecht, Rake und Mose, die Soßenköchin und der Lagerist, und Spoto, das jüngste der Zimmermädchen. Ich dachte an diejenigen, die den Haushalt während meiner Abwesenheit hätten führen sollen: Eanes und Tegry, und sprach ein Gebet in Erinnerung an beide, von denen der eine ein Held, der andere ein Narr war.

Rali hatte sich von Zeit zu Zeit hereinschleichen können, doch keiner wußte wie. Ich wußte es, sagte jedoch nichts. Sie hatte es geschafft, meinen Brüdern auf den Ländereien außerhalb der Stadt Bescheid zu geben, daß sie bleiben sollten, wo sie waren. Tatsächlich *war* die Villa bereit für eine Blockade. Rali hatte einen Lagerverwalter angewiesen, haltbare Lebensmittel einzulagern, und die beiden Kellerbrunnen von einem vertrauenswürdigen Geisterseher mit einem Frischezauber versehen lassen. Sie hatte die Waffenkammer geöffnet und die Waffenschränke aufgeschlossen. Stundenlang lehrte Maeen ihren Gebrauch, und J'an, der mir früher oft beim Schießtraining zugesehen hatte, assistierte ihm dabei. Das Quartett hatte jeden ausbezahlt, der sich fürchtete, sorgte oder meinte, an den

Verunglimpfungen meiner Familie müsse etwas dran sein. Ich war beinah zu Tränen gerührt, als Spoto sagte, nur drei hätten ihren Lohn gefordert und seien gegangen. Genau wie die Leute aus dem Armenviertel belohnt werden sollten, wenn Friede einkehrte, so würde ich jeden Mann und jede Frau in meinem Haus bedenken.

Ich war müde, hungrig und verdreckt, aber irgendwie wußte ich, daß keine Zeit zu verlieren war. Ich ließ mich von meinen Haushaltsvorständen – ich nannte sie inzwischen meine »Hauptmänner« – durchs Haus und übers Grundstück führen und mir alles erklären, was getan worden war. Inzwischen hatte sich Janos erfrischt, und ich nahm ein kurzes Bad, schlang etwas Eßbares und ein Glas Wein herunter. Sehnsüchtig betrachtete ich das große Federbett in meinem Gemach, ohne jedoch schwach zu werden. Ich ging nach unten und stellte fest, daß Janos – erfahrener Soldat, der er war – einige Ergänzungen vorgenommen hatte. Zu diesen zählten mehrere Eimer mit Erde oder Wasser für den Fall eines »unerklärlichen« Feuers. Er postierte eine Wache auf dem Dach und befahl, Alarm zu schlagen, falls diese auch nur das Geringste sah oder hörte, was verdächtig erschien. Sämtliche Türen – abgesehen vom Hauseingang – wurden doppelt verbarrikadiert und mit Eisenspitzen versehen. Dann schob man schwere Möbelstücke davor.

Plötzlich stand Rali hinter mir. Außer Janos schien es niemanden zu überraschen. Vermutlich hatte sie dem Personal erklärt, sie wüßte einen Zauber, mit dem sie das Haus betreten konnte, ohne eine Tür zu benutzen, oder sonst irgendeinen Unsinn. Ich wußte – und erklärte Janos später –, wie sie in die Villa gekommen war. Als Teil eines Notplans für den Fall der Fälle hatten unsere Familienoberhäupter zwei Tunnel anlegen lassen. Einer begann hinter einem falschen Bücherbord im Arbeitszimmer meines Vaters, das jetzt meines war, und führte unter der Erde zu einem Ausgang etwa hundert Meter hinter der Villa. Der zweite führte von einer Falltür im zweiten Stock einen ungenutzten Schornstein hinab unter die Straße vor unserem Haus, um dann hinter einem kleinen Laden herauszukommen, von dem niemand – einschließlich des Pächters – wußte, daß er der Familie Antero gehörte.

Rali erzählte uns, was geschehen war, seit ich mich aus der Stadt gestohlen hatte. Wie befürchtet, hatte mein Verschwinden den Mächten Gewicht verliehen, die nicht einsehen wollten, daß Orissa am Wendepunkt seiner Geschichte stand, einem Wendepunkt, der bedingte, daß wir geradezu gezwungen waren, die Fernen Königreiche zu suchen, daß wir nicht länger zögern durften, uns einer neuen Epoche zu stellen. Viele derer, die sich der alten Garde mutig entgegengestellt hatten, fanden es diplomatischer, sich der Kontroverse zu entziehen. Solche, die es sich leisten konnten, wie etwa Malaren, hatten sich Gamelans Beispiel angeschlossen und die Stadt verlassen.

Worte wurden zu Gewalt. Zuerst hatte man einen besonders verhaßten Mann erschlagen, der als Vermieter von Wohnungen in den Elendsvierteln fungiert hatte, die einigen der reichsten und konservativsten Familien unserer Stadt gehörten. Eines der Wachlokale der Nachtwache war niedergebrannt worden, nicht weit vom Armenviertel. Dann meldete mein alter Freund Prevotant dem Hohen Rat, Schurken hätten ihm und seiner Wache bei Nacht aufgelauert, und diese hätten »Nieder mit den Geistersehern« gerufen und »Lycanth wird uns befreien«. An diesem Punkt hielt Rali inne, zog eine Augenbraue hoch und wartete auf einen Kommentar. Weder Janos noch ich wollten etwas dazu sagen. Lycanth würde uns befreien! Prevotant war noch dümmer, als ich ihn in Erinnerung hatte.

Irgendwie wurde der Hohe Rat dazu bewegt, Notstandsverordnungen zu erlassen, die die Geisterseher in die Lage versetzten, »Rat und Beistand jeglicher Art beizusteuern, um die anhaltende Krise zu bewältigen«. Dieses wiederum rief den Pöbel auf die Straße. Irgendwie brannten im Laufe der nächtlichen Proteste zwei Häuser ab, und sieben Männer und zwei Frauen, sämtliche aus der Schicht der Handwerker, »attackierten die nächtliche Wache in mörderischer Absicht und zwangen sie, sich mit Waffengewalt zu verteidigen«. Das war zuviel, selbst für den Hohen Rat, der daraufhin beinah vollständig von der Alten Garde beherrscht wurde.

Man rief die Maranonische Garde, damit sie Frieden brachte. Doch den Anweisungen nach bedeutete »Friede« die Unterdrükkung derer, die den Umschwung wollten. Man wollte die alte Ordnung sichern.

»Wir hielten eine Versammlung ab«, sagte Rali mit eisiger Miene. »Wir alle, von den Offizieren bis zu den untersten Stallknechten, und jede Stimme war gleichberechtigt. Es dauerte fast die ganze Nacht, aber wir kamen überein, daß Maranonia uns segnet, weil wir tatsächlich der Geist Orissas *sind*. Nicht des ehemaligen Orissas und nicht des zukünftigen Orissas. Wenn wir uns für eine Seite entschieden, würde das nur die Achtung zerstören, die man uns entgegenbringt, und mit Sicherheit würden wir damit den Fluch der Göttin auf uns ziehen.

Wir verweigerten den Befehl, zum ersten Mal in der Geschichte der Maranonischen Garde.« Rali wandte sich ab, die Augen feucht im Schein des Feuers. »Es war ein stolzer und beschämender Augenblick.

Man schickte uns in die Kaserne, wo wir noch immer liegen. Wir wissen nicht, was wir – wenn überhaupt – tun können, um diese Katastrophe zu beenden, die Orissa zu zerreißen droht. Einige Geisterseher, denen wir trauen, haben uns heimlich in der Kaserne besucht. Stündlich befragen wir die Runen. Aber bisher ...« Ihre Stimme erstarb. »Es gab Zeiten, Janos Greycloak«, sagte sie offen, »in denen ich dich verdammt habe, dich und die Fernen Königreiche.«

»Es wird einen Umschwung geben«, sagte Janos. »Ob wir es wollen oder nicht. Das beste ist, im eigenen Interesse zu formen, was mit etwas Geschick den meisten Menschen das größte Glück bringt.«

»Ich weiß.« Rali seufzte. »Ich weiß. Aber es ist schrecklich, zu sehen, wie die Stadt, die ich liebe, zerrissen wird. Jetzt kriechen die Armen bei Nacht aus ihren Löchern, um zu stehlen und zu brandschatzen. Bei Tag posaunen die Geisterseher ihren verlogenen Triumph heraus, und diejenigen, die diese Katastrophe beenden können, kauern hinter steinernen Wänden.«

Sie stand auf. »Die Nachricht eurer Ankunft erreichte die Kaserne Minuten, nachdem ihr durch das Tor gekommen wart«, sagte sie. »Ich vermute, daß der Kessel bald überkochen wird, und dann werden wir wissen, wem die Götter gnädig sind.«

Sie zerzauste mein Haar. »Willkommen daheim, Bruder. Ich möchte wetten, du hättest nie gedacht, daß ihr, du und dein Räuberhauptmann, einmal eine Revolution anführen würdet.« Sie war fort, bevor ich wieder bei mir war. Rali hatte – wie üblich – recht. In gewisse Weise *führten* wir eine Revolution an. Ich wünschte wirklich, ich könnte sagen, wie die Sache am Ende ausging. Und noch heute, während ich hier schreibe, wünsche ich es mir.

Als die Wachen eingeteilt waren, zogen Janos und ich uns in unsere Gemächer zurück. Sergeant Maeen beaufsichtigte die erste Schicht. Beide hatten wir unsere Waffen bereit. Janos hinterließ die Anweisung, ihn eine Stunde vor Morgengrauen zu wecken, wenn die Gefahr eines Angriffs am größten war. Doch die Bedrohung ließ nur bis kurz nach Mitternacht auf sich warten. Ich wurde aus tiefem, traumlosem Schlaf geweckt von Rufen, einem Krachen und entsetztem Geschrei. Es kam vom Haupteingang. Nackt, mein Schwert in Händen, fand ich mich unten an der Tür wieder, als sich hinter mir die Dienerschaft mit brennenden Fackeln sammelte. Zwei meiner Diener, deren Namen ich nicht nennen möchte, um ihren Familien heute die Schande zu ersparen, drückten sich an die Wände. Zu ihren Füßen lag die mächtige Holzschranke der Eingangstür. Ich hielt sie für Verräter und packte mein Schwert, dann besann ich mich, als sie um Gnade flehten, und darum, sich erklären zu dürfen.

Doch eins nach dem andern. Ich wies sie an, die Tür wieder zu verriegeln, was sie eilig taten. Janos kam die Treppe herunter, die Waffe bereit. »Ich habe Männer gesehen«, sagte er. »Zwanzig vielleicht, Bewaffnete, die auf der anderen Straßenseite warteten. Sie sind verschwunden, als der Tumult begann.« Mit einem Blick wußte er, was vorgefallen war.

»Also«, sagte er. »Es sollte wohl eher ein Verrat als ein frontaler Angriff werden. Was haben sie euch dafür versprochen, daß ihr uns verratet?« wollte er wissen. Die beiden faselten durcheinander, und ich schrie, sie sollten still sein. Dann forderte ich einen von beiden auf, mir ganz langsam zu erzählen, was geschehen war. Nach Aussage des Dieners war er zu Bett gegangen, nachdem man ihn von seinem Wachdienst abgelöst hatte. Irgendwann sei er hochgeschreckt, doch es sei wie in einem Traum gewesen, und ohne sich dagegen wehren zu können, war er zur Tür gegangen. Der andere erwartete ihn schon. »Es war ein Zauber«, beteuerte er. »Ich habe versucht, dagegen anzukämpfen … vergeblich.«

Ich zögerte, dann ließ ich meine Klinge sinken. Ich erinnerte mich, daß beide Männer meiner Familie seit Jahren dienten. Doch war ich noch immer nicht überzeugt. Ebensowenig Janos. »Was hat den Zauber gebannt?« fragte er skeptisch. »Ein solcher Zauber, falls er denn tatsächlich angewendet wurde, hätte keine Wirkung, wenn er nicht richtig eingesetzt wird, oder wenn er stark genug war, hätte er euch gezwungen, den Plan auszuführen.«

»Es war … es war ein Schrei.«

»Von wem?« wollte ich wissen.

Beide Männer begannen zu beben, und dann deutete einer – mit zitternden Fingern – hinter mich. Er zeigte auf das Porträt meines Bruders Halab über dem Altar. »Es kam … von ihm. Von dort.«

Jetzt plapperte die gesamte Dienerschaft durcheinander, und wieder mußte ich sie zur Ruhe bringen. Die beiden Diener fingen wieder an zu faseln – ja, es sei von dem Gemälde gekommen, und es könne nur der selige Halab sein, der versuche, die Familie vor dem Untergang zu retten. Ich war hin- und hergerissen zwischen Staunen und Skepsis. Janos befahl, die Diener in einen Lagerraum zu bringen. Er sagte, er würde die Wahrheit schon herausbringen. »Eine Folter kann ich nicht gutheißen«, erklärte ich ihm leise. »Egal, was sie getan haben. Wenn du sie für schuldig hältst, wirf sie hinaus. Oder töte sie, was unser gutes Recht wäre, weil sie ihr Gelöbnis gebrochen haben.«

»Ich werde sie nicht anrühren, nicht physisch jedenfalls«, sagte Janos. »Es gibt andere, bessere Möglichkeiten.« Er ging in die Küche, um ein paar Dinge zu besorgen. Ich wußte, was er tun wollte. Nach einer Stunde wußte er die Antwort. Die Männer hatten tatsächlich die Wahrheit gesagt. Jemand hatte von außen einen Zauber eingesetzt, einen mächtigen Bann gesprochen, der die Menschen eine Zeitlang zu willenlosen Sklaven machte. Zwar sollte er nur bei Schlafenden wirken, die nicht auf der Hut waren, aber trotzdem mußte der Zauberer ein großer Geisterseher sein, der seine Fähigkeiten voll ausschöpfte und wahrscheinlich von einem Kollegen unterstützt wurde.

»Schwarze Magie«, sagte ich.

Zögernd stimmte Janos mir zu, fragte allerdings, ob ich ebenso denken würde, wenn der Zauber ausgesprochen worden wäre, um – sagen wir – einen üblen Schurken daran zu hindern, einem guten Menschen zu schaden? Nicht, daß wir Zeit zum Philosophieren gehabt hätten. Er besorgte einige Dinge aus unseren Vorratsräumen, und als die Sonne aufging, schickte er heimlich Diener auf Märkte, um weiteres zu beschaffen. Er sprach an diesem Tag mehrere Beschwörungen aus. Die erste und stärkste betraf den gesamten Haushalt. »Ich kann nicht verhindern, daß noch einmal ein solcher Zauber wie heute nacht versucht wird, aber ich kann verhindern, daß er seine volle Kraft entfaltet.« Außerdem legte er einen Schutzbann um jeden einzelnen von uns und gab sich dabei größte Mühe mit den beiden Männern, die schon einmal Opfer des Zaubers geworden waren. »Genau wie jemand, der an einer Lungenkrankheit leidet, stets Feuchtigkeit und regnerische Orte meiden muß, kann ein Mensch, der dem Zauber bereits einmal erlegen ist, sehr leicht zum Opfer einer weiteren Beschwörung desselben Magiers werden. Oder zumindest glaube ich das, auch wenn ich es noch nie von einem Geisterseher gehört oder in einem Zauberbuch gefunden habe.«

Ich fragte, wie die Diener es aufgenommen hätten, Beschwörungsformeln von jemandem zu hören, der nicht zur Klasse der Geisterseher gehörte. Janos grinste und sagte, da habe es keine Probleme gegeben. »Du bist dir nicht darüber im klaren, Amalric, daß es im geheimen eine ganze Welt der Zauberei gibt, auf die arme Leute bauen. Sie können sich keinen Geisterseher leisten, oder sie halten bestimmte Sprüche und Gegenstände, die ihre Familie und ihre Freunde seit Jahren verwenden, für wirkungsvoller als alles, was ihnen Geisterseher verschreiben mögen. Manchmal ist es Aberglaube, aber ebensooft haben sie auch recht damit. Und schließlich sind die Dinge, die sie mit Hilfe der Zauberkraft erlangen wollen, wie etwa ein Liebestrank, der Fluch über einen Feind oder ein Zauber, der sie reich macht, alle mehr oder weniger gesetzwidrig, und sie wagen nicht, offizielle Geisterseher darum anzugehen.«

»Für mich war so etwas immer einfacher«, sagte ich zögernd, »denn ich habe immer genug Geld gehabt, mir Schweigen zu erkaufen, wenn der gewünschte Zauber ausgesprochen war.«

»Geld … oder einfach die Macht des Namen Antero.«

»Es gibt schreckliche Ungerechtigkeiten in unserer Stadt«, sagte ich.

»Brillante Schlußfolgerung.« Janos versuchte erst gar nicht, seinen Sarkasmus zu verbergen. »Wenn du ein Land findest, wo das nicht auf die eine oder andere Weise zutrifft, laß es mich unbedingt wissen, damit wir beide dorthin auswandern können.« Ich schenkte ihm Branntwein ein und riet ihm, sich nicht mehr allzusehr zu grämen. Dann trat ich allein vor Halabs Altar und sprach ein Dankgebet. Ich wußte nicht, ob er eine Opfergabe billigen würde, wenn alles vorüber war, aber ich versprach es ihm dennoch. Außerdem schwor ich, daß man sich seine heutigen Taten oder die seines Geistes erzählen würde, bis der letzte Antero vom Antlitz dieser Erde verschwunden war.

Die nächste Attacke erfolgte am späten Nachmittag. Ich hörte ein Horn und spähte aus einem der oberen Fenster. Unten auf der Straße stand Cassini! Er trug die Paraderobe eines hochrangigen Geistersehers. Zwei weitere Geisterseher standen hinter ihm, und flankiert wurde er von weißbetuchten Gehilfen. Weiter hinten sah ich zwanzig Soldaten.

»Lord Amalric Antero«, rief Cassini. »Ich lade Euch vor Gericht.« Ich antwortete erst, als Janos ins Zimmer gekommen war. Bis dahin hatte Cassini noch zweimal gerufen. Ich fragte Janos, was wir tun sollten. Er überlegte. »Du kannst ihn ignorieren, wenn du willst«, sagte er. »Oder du redest mit ihm. Ich sehe da unten weder Bogenschützen noch Armbrüste, und ich glaube nicht, daß er sich selbst zum Katalysator eines Zaubers gemacht hat.«

Ich öffnete die Balkontür und trat hinaus. »Ich höre Euch, Geisterseher.«

»Ihr seid vorgeladen, Lord Antero«, rief Cassini wieder.

»Aus welchem Grund? Ich habe kein Gesetz gebrochen. Und Ihr seid mitnichten Ratsmitglied. Bisher zumindest nicht.« Wahrscheinlich hätte ich letzteres nicht hinzufügen sollen, doch konnte ich mich nicht beherrschen, nach allem, was aus unserer Stadt geworden war.

»Ihr lügt«, rief er. »Wir Geisterseher haben jemanden aufgespürt, der in Eurem Haus lebt, der zu Eurem Haushalt gehört und die Zauberei betreibt. Da in dieser Villa keine uns bekannten Geisterseher wohnen, habt Ihr und derjenige, den Ihr zu schützen beliebt, Euch gegen Orissa, gegen die Geisterseher und gegen die natürliche

Ordnung unseres Landes vergangen. Ihr werdet daher aufgefordert, mir jene Person auszuliefern, von der Ihr wißt, daß sie sich dieses ungeheuerlichen Verbrechens schuldig gemacht haben könnte. Ich gebe Euch eine Drehung des Stundenglases«, ein Gehilfe hielt die Sanduhr hoch, »Euch darauf vorzubereiten und alles vorzulegen, was Eurer Verteidigung dienlich sein mag. Folgt dieser Aufforderung, Lord Amalric, und unterwerft Euch unseren Gesetzen. Denn ein ehrlicher Mann hat vom Rat der Geisterseher nichts zu fürchten.«

»Da höre ich den Geist meines Bruders lachen«, rief ich zornig. »Und vergeudet Eure Zeit nicht mit der Sanduhr. Weder ich noch sonst jemand in diesem Haus wird sich ergeben und sich zum Laffen der Geisterseher machen! Sollte eine Anhörung nötig sein, laßt sie nach Vorschrift von den Ratsmitgliedern durchführen, nicht von Scharlatanen in Talaren!«

Ich sah Cassinis Lächeln. Er hatte gewußt, welche Antwort er auf seine Vorladung bekommen würde. Er nahm einen langen Säbel von einem der Gehilfen entgegen, einen Säbel, der in der Nachmittagssonne golden glänzte. Er nahm den Griff in beide Hände und hielt die Klinge aufrecht vor sich.

»Dann bleibt mir keine Wahl.« Ein weiterer Gehilfe trat neben ihn und entrollte ein Pergament. »Ich, Cassini, sammle die Macht der Götter und Dämonen dieser und anderer Welten. Ich lenke diese Macht gegen Amalric Antero und alle, die ihm dienen, willentlich oder unwillentlich, und erkläre sie allesamt für geächtet und verbannt, von diesem Augenblick an, bis der Gerechtigkeit Genüge getan und der Geächtete Antero in Gewahrsam genommen wurde.

Ich verfluche und verdamme ihn im allgemeinen und besonderen, und der Fluch soll folgende, abschreckende Form finden, so daß die Anteros und alle, die ihnen dienen, gezeichnet sind, damit kein ehrlicher Mann, der die Götter und ihre Diener fürchtet und respektiert, sich täuschen läßt: Der erste Fluch soll ...«

Cassini blinzelte, als ein Lichtfleck über die Rolle und dann über sein Gesicht zuckte. Er blickte auf, schrie und ließ den Säbel zu Boden fallen. Er versuchte, sich die Kapuze seiner Robe übers Gesicht zu ziehen, doch es war zu spät.

Janos stand hinter mir. Mit beiden Händen hielt er den großen, versilberten Spiegel aus meinem Schrank. Er flüsterte die letzten Worte eines Zauberspruchs, dann sagte er laut: »Geisterseher Cassini! Ich habe Euer Bild gefangen, und auch die Bilder derer hinter Euch, in diesem Glas. Somit mache ich Euch im Namen der Götter Orissas und der Dämonen Kostromas zu Geiseln für alle weiteren Flüche und Zaubereien gegen die Familie Antero oder deren Bedienstete oder sonst jemanden, der sich als Freund der Anteros bezeichnet. Widersetzt man sich meinem Befehl, fliegt das Bild im Spiegel in die Nacht hinaus, geschleudert von allen Kräften, die ich aufbringen kann. Weiterhin kehrt dieser Spiegel Euren Bann um, fort von diesem Haus und seinen Bewohnern. Ich biete den Göttern meine eigene Seele als Beweis, daß Ihr und alle Geisterseher, die an diesem Mummenschanz teilgenommen haben, Hexenmeister seid! Magier der allerschwärzesten Sorte!«

Cassinis Mund stand offen. Von einem seiner Gehilfen war ein leises Heulen zu hören. »Das ist absurd«, brachte er hervor. »Wie könnt Ihr – kaum mehr als ein Amateur und Übeltäter – behaupten, Ihr könntet einen solchen großen Bann aussprechen?«

»Ich behaupte es eben«, rief Janos, »mit Wissen und Hingabe. Doch eher noch mit meiner Macht und meiner Gelehrtheit. Und wie der Tag stets die Nacht überwindet, so soll das Recht über Euer Übel triumphieren!«

Cassini sah sich um und merkte, daß seine Begleiter und die Soldaten zurückgewichen waren. »Das ist eine Farce!«

»Wenn Ihr das glaubt ... dann setzt Euren Zauber fort und erklärt uns weiter zu Verbrechern.«

Ich sah, daß Cassini sich die Lippen leckte. Dann fuhr er herum, ohne zu antworten, und stakste davon. Der Saum seiner Robe verfing sich um seine Beine, und beinahe wäre er gestürzt. Er fing sich und verschwand in der Stadt, seine Lakaien im Schlepptau.

Unter mir hörte ich das erstaunte Gemurmel meiner Diener. Ich wandte mich Janos zu, der den Spiegel ganz vorsichtig absetzte. »Ich wußte gar nicht«, sagte ich, »daß deine Macht *so* weit geht.«

Janos zwang sich zu einem grimmigen Lächeln. »Ich auch nicht. Und ich bin auch nicht sicher, ob die... Jenseitigen mir einen solchen Gegenzauber gestatten würden. Ich werde erst versuchen, ihn aufzubauen, wenn Cassini und die Geisterseher mich dazu zwingen. Vielleicht mache ich mich mit der bloßen Planung schon des Hochmuts schuldig. Allerdings bin ich bereit, mich dafür richten zu lassen.«

»Also hast du ihm etwas vorgetäuscht?«

Janos zuckte mit den Achseln. »Wie soll irgend jemand, selbst der größte Zauberer, in der Welt des Unsichtbaren den Unterschied zwischen Täuschung und Eingebung erkennen? Was zählt, ist, daß die anderen, die Leute, die uns dienen, für den Augenblick beruhigt sind.«

»Was ist, wenn Cassini es noch einmal versucht? Oder wenn er sämtliche Geisterseher versammelt, um den Bann auszusprechen?«

»Ich glaube nicht, daß so etwas passieren wird. Vielleicht habe ich sein Bild tatsächlich in meinem Spiegel gefangen, und falls er es wieder versucht, werde ich zum Angriff übergehen. Falls ich es nicht gefangen habe... bleibt alles wie vorher. Für den Augenblick *glaubt* Geisterseher Cassini jedenfalls, er sei in Gefahr, was schon genügt.«

»Er wird nicht aufgeben«, sagte ich. »Und ebensowenig die anderen Geisterseher und Ratsmitglieder, die er hinter sich hat.«

»Nein«, stimmte Janos mir zu. »Aber ich vermute, sie werden etwas anderes versuchen. Und sie werden es sehr bald tun. Cassini ist zu besorgt, daß ich tatsächlich Macht über ihn haben könnte, als daß er Zeit verstreichen ließe. Wir müssen uns heute abend auf größere Schwierigkeiten gefaßt machen.«

In der Dämmerung wußte ich, daß Janos recht hatte, zumindest, was seine letzte Vorhersage anging. Ich meinte, vom großen Amphitheater her Trommeln zu hören, und Schreie der Menge aus der Stadt. Nach Einbruch der Dunkelheit waren die Straßen von Fackeln gesäumt. Vielleicht hätten wir aus der Villa fliehen können, doch wozu? Ich wußte, Cassini würde seinen Zauber erneut aussprechen, und falls ein Kopfgeld auf uns ausgesetzt war, wären uns Jäger und Soldaten auf den Fersen. Die Situation mußte hier und jetzt entschieden werden.

Der Nachthimmel war klar, und weit über uns leuchtete das kalte, harte Licht der Sterne. Der Mond war nicht zu sehen, doch schien es, als läge über allem ein Glanz. Obwohl die Nacht wolkenlos war, hörte ich von irgendwo – nicht weit entfernt – leises Donnern.

Janos befahl, alle Lichter zu löschen, die von außen zu sehen waren. Er sammelte die zehn stärksten Männer um sich und teilte sie unter Maeens Kommando in zwei Gruppen. Sie würden als Reserve bereitstehen, oder besser: wenn wir angegriffen würden. Die vier Männer, die etwas vom Bogenschießen verstanden, wurden auf dem Dach postiert. Die Wachposten besetzte man mit den jüngsten Dienern, deren Augen und Ohren noch am besten waren. Große Fackeln wurden vor unseren Toren entzündet, an allen Ecken der Villa und auf der Rückseite. Weitere Fackeln, an Speere gebunden, standen bereit. Sollten die großen Lichter gelöscht werden, konnte man diese als Notbeleuchtung über die Mauer schleudern. Wer etwas essen wollte, bekam es, obwohl Janos sagte, es wäre ihm lieber, wenn alle fasteten. Bauchwunden, erklärte er mir, seien auch ohne einen vollen Magen schon schlimm genug. Außerdem ließ er uns, um zu verhindern, daß Schmutz in eine Wunde geriet, saubere, dunkle Kleidung anlegen. Dann warteten wir.

Zwei Stunden später strömten die Fackeln aus dem Zentrum der Stadt zur Villa. Das Rufen der Menge wurde lauter. Etwas Seltsames fiel mir auf, und ich machte Janos darauf aufmerksam.

»Man will die Stadt glauben machen, wir seien von einer Horde zerrissen worden, die aufgebracht war, weil ich die Götter verhöhnt habe.«

»Wer sagt dir«, fragte Janos trocken, »daß es sich bei dem Pöbel dort drüben *nicht* um den üblichen Mob handelt, der im Namen von allem, was gut und heilig ist, Rache übt?«

»Ich sehe Fackeln vorn und an den Seiten, und sie marschieren in Reihen, als würden sie von ausgebildeten Soldaten geleitet. Und das, was sie rufen, klingt auswendig gelernt. Ich würde sagen, sie haben loyale Männer der Armee in Zivilkleidung gesteckt.«

»Nein«, widersprach Janos. »Auch diesmal haben wir es mit Zauberei zu tun. Soldaten würden später reden, egal, ob man ihnen befohlen hat, den Mund zu halten. Männer und Frauen jedoch, die von einem fein gewobenen, geschickt angewandten Zauber aus dem Haus gelockt werden, richten dieselben Verwüstungen an ... und das ohne jedes Schuldgefühl und ohne jede Erinnerung am nächsten Morgen. Die Geschichte dieser Nacht wird in kein Historienbuch Eingang finden.«

Nach einer halben Stunde war der Mob da und umstellte die Villa. »Ein weiterer Hinweis auf ihre Organisation«, erklärte Janos. »Ein echter Mob würde sich da sammeln, wo höchstwahrscheinlich etwas passiert, also vor der Villa. Statt dessen sitzen wir jetzt in der Falle.«

»Was kommt als nächstes?«

»Steine, Sprechchöre, dann wird eine Gruppe an unserem schwachen Punkt angreifen. Wir sollten fest zuschlagen und sie mit Pfeilen und Speeren zurücktreiben. Wir müssen hart und eilig durchgreifen, wenn sie einen solchen Angriff durchführen. Früher oder später haben sie entweder genug davon, auszubluten, oder ...«

Ich mußte nicht fragen, was die Alternative war. »Ich nehme an, es besteht keinerlei Hoffnung, daß der Hohe Rat uns zu Hilfe eilt?«

Janos schüttelte den Kopf. »Günstigstenfalls sind wir noch da, wenn die Sonne aufgeht.«

Die Menge wog und schrie, und Steine und Töpfe wurden uns entgegengeworfen. Nur gab es keine Anzeichen für den erwarteten Angriff. »Vielleicht«, überlegte Janos, »planen sie, daß der erste Schlag von Zauberhand geführt werden soll. Sieh dich in der Menge um, Amalric. Such nach ihren Führern. Dieser Mob wird von Menschen direkt gelenkt, nicht von Geisterhand aus dem Palast. Da! Siehst du?«

Im hinteren Teil der Menge entdeckte ich mehrere Lichtpunkte. »Blendlaternen«, vermutete Janos. »Der oder die Führer der Gruppe – wahrscheinlich von Wachen umgeben – da er mit seinem Zauber beschäftigt sein dürfte.«

»Cassini?«

»Glaubst du, er würde uns vernichten lassen, ohne dem Ereignis beizuwohnen? Da drüben ist Cassini, und ich weiß, wenn wir ein Zauberglas hätten und in den Palast der Geisterseher blicken könnten, könnten wir sehen, daß seine Freunde dort wie Dämonen wild durcheinander murmeln.«

Die Zeit verging, ohne daß etwas geschah. Janos machte sich Sorgen. »Sie warten auf etwas, irgend etwas, das die Wende bringt. Sonst würden sie die Menge nicht so eng zusammenhalten.«

Eine Frau schrie. Schrie aus dem *Inneren* der Villa! »Lauf!« befahl Janos. »Ich behalte Cassini im Auge und versuche ihm zuvorzukommen, was immer er vorhaben mag.«

Ich rannte nach unten, hörte Schreie, dann das Klirren von Stahl. Irgendwie … wie auch immer … war der Mob in mein Haus eingedrungen. Ein hakennasiger Mann schwang eine blutige Axt und stürmte zum Fuß der Treppe. Ich sprang mit gezücktem Schwert über das Geländer, ihm entgegen. Die Klinge bohrte sich tief in seine Schultern, und er taumelte und fiel, riß sie mir aus der Hand. Ich landete, zog mit der Linken eine Kopie des langen Scramasax hervor, das ich bei meiner Suche getragen hatte. Der nächste Schurke machte sich mit erhobenem Knüppel über mich her, bevor ich mein Schwert aus der Leiche gezogen hatte. Ich duckte mich und schnitt ihm die Eingeweide heraus. Ich packte seinen Knüppel mit meiner freien Hand, und zwei weitere Männer waren über mir. Ich parierte, holte aus, und sie schreckten zurück.

Ich schrie: »Anteros! Anteros! Zu mir! Zu mir!« und Sergeant Maeen und meine Reserve platzten aus dem Raum hervor, in dem ich sie hatte warten lassen. Der Raum am Fuß der Treppe, der zur Eingangstür führte, war ein Meer von brüllenden, schlagenden, kämpfenden Männern – von irgendwoher kamen sie herein. Und dann sah ich ihren Anführer und wußte, woher der Angriff rührte.

Auf der anderen Seite des Raumes stand Tegry! Er war einer der wenigen, denen man das Geheimnis des Tunnels anvertraut hatte, und er schien es Cassini verraten zu haben. Er trug einen Speer und eine Art rostiger Rüstung. Auch er sah mich, schrie vor Zorn und schleuderte den Speer. Der verfehlte sein Ziel und prallte gegen die Wand, und dann war ich an der Reihe. Ich sprang auf, riß die fackelähnliche Öllampe aus ihrer Halterung und warf sie ... warf mit all der Wucht, die ein Mensch bei diesem unfaßbaren Verrat – nicht nur an mir und meiner Familie, sondern auch an meinem Vater – empfinden konnte.

Die brennende Lampe traf Tegry im Gesicht, und selbst noch durch den Schlachtenlärm hörte ich seine Schmerzensschreie. Er stürzte rückwärts, und ich verlor ihn aus den Augen, als meine Anhänger wieder zuschlugen. Ich hörte, wie Pfeile vorbeiflogen, und sah, daß meine Bogenschützen von der Balustrade aus in die Menge schossen. Ein Befehl, dann noch einer, und die Überlebenden kehrten um, schoben sich zur Tür, in den Tunnel zurück. Nur sehr wenige schafften es.

Der Raum war ein Meer von Blut. Ich zählte fünf, nein, sechs meiner eigenen Leute am Boden, verwundet oder im Sterben. Noch einmal sah ich Tegry. Er zog sich hoch, lehnte sitzend an der Wand, sein Gesicht gespenstisch, schwarz, rot und von Blasen überzogen.

Sein Haar und seinen Bart hatte das Öl verbrannt, die blinden Augen sahen nichts, doch schien er meine Nähe zu spüren. Er streckte seine Hände aus, murmelte etwas, das ein Flehen um Gnade sein mochte. Diese Gnade gewährte ich ihm, und er starb einen saubereren und schnelleren Tod als jenen, den er mir und den Meinen hatte bringen wollen.

Ich hörte Janos rufen. Ich befahl zwei Dienern, den Eingang zum Tunnel zu blockieren, brachte mein Schwert an mich und rannte mit den anderen die Treppe hinauf, stolpernd, erschöpft, atemlos. Janos stand auf dem Balken mit einem Bogen in der Hand. Gezielt schoß er Pfeile in die Menge. »Jetzt greifen sie an«, rief er. »Ihr Bogenschützen … in Formation. Wählt eure Ziele gut. Die Männer dort zuerst. Denkt daran, ihr könnt sie nicht alle treffen, wenn ihr nicht jeden einzelnen trefft.«

Von irgendwo hatte der Pöbel einen Rammbock besorgt. Acht Mann hielten ihn an den Griffen, stürmten vor und zurück, stießen die mit Bronze überzogene Faust an seiner Spitze immer wieder gegen die Tür der Villa. Das schwere, eisenbesetzte Eichenholz dröhnte trotzig bei jedem Schlag, doch ich wußte, irgendwann würde es nachgeben. Bogensehnen surrten und Pfeile schwirrten, doch immer, wenn einer der Männer am Rammbock fiel, eilten zwei weitere herbei, ihn zu ersetzen. Ob es Cassinis Zauberkraft oder die Mordlust der Menge war, wagte ich nicht zu sagen. Wieder schlug der Rammbock gegen die Tür, und ich hörte das laute Splittern von Holz, als sie nachgab.

»Nach unten«, rief ich. »Janos. Bleib bei mir. Ihr anderen … reißt die Sperre am Tunnel weg. Wir halten sie so lange wie möglich auf.«

Wieder stürmten wir hinunter in den blutgetränkten Raum. Der letzte Augenblick der Anteros war gekommen. Halabs Bild erschien vor mir. In wenigen Augenblicken würde ich bei ihm sein. »Männer«, rief ich. »Euer Dienst ist zu Ende. Flieht durch den Tunnel, solange es noch geht.«

»Zum Teufel mit Euch und Euren Befehlen, Lord Antero«, knurrte J'an, und seine Muskeln spannten sich, als er eine große Axt bereitmachte, mit der sonst Rindskadaver gespalten wurden. »Ich sterbe, wann und wo ich will. Heute nacht sieht mich kein verdammter Geisterseher und keiner seiner Speichellecker von hinten.«

Maeen stand neben ihm und sagte nichts, spuckte nur aus. Ich sah mich um und merkte, daß mehr als zehn meiner Diener es wie J'an vorzogen, hier zu sterben. Ein dicker Klumpen bildete sich in meinem Hals. Ich sah Janos an. Seine Zähne glänzten weiß, eingerahmt vom schwarzen Bart.

»Also«, sagte er. »Richten wir ein Blutbad an, daß selbst die Götter das Wehklagen hören und wissen, daß Janos Kether Greycloak, Herrscher von Kostroma, in Kürze zu ihnen stößt.« Er grinste. »Ich wette, davon wird man noch Lieder singen. Und ich bin bereit.«

Da ich mit Grabreden nicht sonderlich vertraut war, zwang ich etwas hervor, was ich für ein todesverachtendes Grinsen hielt, sagte nichts, hob nur mein Schwert und den Dolch.

Die Tür splitterte… und das Geschrei begann. Von draußen! Ich hörte das Jaulen der Flöten, das Donnern der Trommeln, erneut Armbrüste, und Speere, die draußen in die Wände schlugen, Schreie und Raserei. Wir alle wurden von diesen Lauten aus unserem heldischen Wahn in die Wirklichkeit zurückgeholt. Wir sahen einander an, verwundert, als der Lärm einer mächtigen Schlacht von draußen zu hören war. Janos entriß J'an die Axt, und mit drei Hieben schlug er die Tür ein. Wir stürzten hinaus.

Aus dem Dunkel der Nacht traten drei Phalangen der Maranonischen Garde. Langsam und zielstrebig schritten sie voran, die Speere über Kreuz, stiegen über Leichen. Hinter den angreifenden Gruppen kamen Bogenschützen und Speerwerfer, Flötenspieler und Trommler der Garde spielten eine tödliche Kadenz. Ich sah, daß Rali ihre Kolonne anführte, aber sie hatte keine Zeit, zu mir herüberzuschauen.

Der Mob zerstreute sich und floh, ins Umland, auf die Felder, dorthin zurück, woher sie gekommen waren. Ich steckte meinen Dolch weg und nahm einen Speer, der sich fest in die Erde gebohrt hatte. Cassini würde mit den anderen fliehen. Es war ein schlimmes Verbrechen, seine Hand gegen einen Geisterseher zu erheben, doch hatte ich schon so viel Blut an meinen Händen, daß ich mich um ein paar Tropfen mehr oder weniger nicht sorgte, mochten sie nun von einem Zauberer stammen oder nicht.

Nur war Cassini nicht geflohen. Er lief nicht weg. Ich sah ihn dort, wo er gewesen war, als der Pöbel angegriffen hatte. Mitten auf der Straße. Er war ganz allein. Seine Ratgeber und Gehilfen schienen mit den anderen verschwunden zu sein. Ich wußte nicht, ob er unter Schock stand oder unter dem Einfluß eines Zaubers stand.

Plötzlich breitete er die Arme zum Himmel aus und rief etwas, Worte in einer unbekannten Sprache. Ich hielt meinen Speer zurück und erstarrte. Der Donner vom Himmel nahm zu, hallte lauter als die Trommeln der Garde, lauter als die Pauken einer ganzen Armee. Alle – Soldaten, Diener, Janos, die Verwundeten – standen wie versteinert. Fahle Gesichter blickten auf.

Der Donner wurde lauter. Dann formte sich am völlig wolkenlosen Himmel eine riesige Hand aus blauen Flammen. Die Hand stieß herab, in unsere Richtung. Ich wollte schreien, im Boden versinken, doch ich konnte mich nicht rühren.

Die Hand näherte sich Cassini. Seine Schreie wurden zu einem Kreischen, und dann berührten die Finger den Geisterseher. Sie hoben ihn vielleicht drei Meter vom Boden … und drückten zu, als zerquetsche ein Gärtner einen Wurm. Schließlich öffnete sich die Hand wieder und ließ, was von Cassini übrig war, zu Boden fallen. Flammen, Hand und Donner verschwanden, als hätte es sie nie gegeben.

Ich wandte mich um. Dort stand Janos, noch immer sprachlos. Ich ging an ihm vorbei durch die Ruine meiner Tür, stieg über die

Leichen im Vorraum. Draußen konnte ich Rufen und Schreie hören, als ich mich in der Realität – oder dem, was wir dafür halten – wiederfand.

Im Augenblick wollte ich niemandem meine Gedanken anvertrauen. Wir hatten gesiegt, ja. Doch der »Krieg« – denn nichts anderes war es – hatte für mich sein Ende noch nicht gefunden. Eine Schlacht mußte noch geschlagen, ein Sieg noch errungen werden, den wir den Toten und denen, die noch erst geboren werden sollten, schuldig waren.

»Lord Amalric Antero und Sir Janos Kether Greycloak, tretet bitte vor.«

Janos und ich befanden uns in der Zitadelle des Hohen Rates. Kaum eine Woche war vergangen, und doch schien es, als sei eine ganze Ära in Orissa vergangen. Die Alte Garde, die sich des Sieges sicher gewesen war, hatte die heiligen Hallen der Macht verlassen. Jetzt saß Ecco in der Mitte der Ratsmitglieder. Sisshon hatte nach der Schlacht bei der Villa verkündet, er leide an einer seltenen Krankheit und müsse sich zu intensiver, privater Behandlung zurückziehen. Auch seine Anhänger hatten Aufgaben gefunden, deretwegen sie die Stadt verlassen mußten.

Drei Tage nach der Schlacht wurden die Notstandsverordnungen aufgehoben, und Orissa gab sich alle Mühe, zum normalen Leben zurückzukehren. Doch gab es einige Veränderungen. Eine der bemerkenswertesten war, daß man Janos zum Ritter geschlagen hatte. Ein wenig amüsiert erklärte er nach der Zeremonie, sein Ritterstand sei *nicht* vererblich. »Offenbar machen sie sich Sorgen, was der Nachkomme eines Halbbluts später einmal über sie bringen könnte, vorausgesetzt, ich sollte mich vermehren. Aber auch mit dieser Ehre bin ich ganz zufrieden, da, wie wir alle wissen, die Welt mit meinem Tod ohnehin untergeht.« Er lachte laut und trank.

Das Wichtigste war, daß die Stadt von der Knute der Geisterseher befreit war. Cassinis Lager war in der Öffentlichkeit nicht mehr zu sehen. Tatsächlich stolzierte kein Geisterseher mehr mit solcher Pracht durch die Stadt, wie sie es in der Vergangenheit getan hatten. Jenander, Prevotant und ihresgleichen waren damit beschäftigt, herauszufinden, wie die neue Ordnung aussehen sollte und wie sie zu kontrollieren sei.

Gamelan war zurückgekehrt und Sprecher der Geisterseher geworden. Jetzt saß er neben Ecco auf der Bank. Wir standen reglos, während er sprach. Hinter uns drängten sich unsere Anhänger, von Rali über Malaren bis zu, wie es schien, der halben Einwohnerschaft des Hafenviertels.

»Es ist der Beschluß dieses Rates«, fuhr Ecco fort, »nach intensiven Überlegungen und Beratungen mit den entsprechenden spirituellen Mächten, daß die Stadt Orissa eine große Suche bekanntgibt, eine Reise, die die Männer und Frauen dieser Stadt mit den sagenhaften Lebewesen jenes Landes vereinigen soll, die als die Fernen Königreiche bekannt sind. Aus diesem Grunde weisen wir alle Bürger Orissas und sämtliche Bewohner der Länder unter seinem Schutz an, Lord Antero und Sir Greycloak mit allem zu versorgen, was sie brauchen, um ihre Aufgabe erfüllen zu können. Wir geben einen Kreuzzug bekannt, einen Kreuzzug des Friedens, der ein neues und goldenes Zeitalter eröffnen wird.

Lord Antero... Sir Greycloak, geht nun dahin. Und sucht die Fernen Königreiche.«

Die letzte Reise

Kapitel Neunzehn

Stadt der Geister

Wir waren nicht mehr als zwanzig, allesamt hartgesotten, kerngesund und jung. Wir hatten nur ein Ziel, die Fernen Königreiche, und nur eine Regel: Tu nie, was man von dir erwartet. Es war gut, daß wir diese Expedition behandelten, als zögen wir in den Krieg, denn von unserer Abreise nach dem letzten Wintersturm über die Landung an der Pfefferküste bis zur Reise an die Quelle des Flusses war nichts friedlich oder alltäglich.

Als wir in der Mündung des Flusses, der durch Orissa fließt, heimlich an Bord eines meiner neuen, schnellen Doppelrumpfschiffe gingen, das wieder Kapitän L'ur unterstellt war, überkam uns ein seltsames Gefühl, als sammelten sich Nebelgeister um ein Herbstfeuer. Zügig überquerten wir das Schmale Meer und wollten nicht weit unterhalb des Dorfes der Ufermenschen an Land gehen.

Janos und ich planten, Haizahn zu besuchen, ihn über unsere Anwesenheit in seinem Land zu unterrichten, den nötigen Proviant aufzunehmen und ihn zu bitten, daß sowohl er als auch seine Leute Stillschweigen über unsere Landung bewahrten. Wir entluden das Schiff am Strand und stellten unsere Ausrüstung zusammen, während L'ur eilig wieder in See stach, um uns nicht zu verraten. Wir hatten zwei Esel pro Mann, jeder einzelne davon mit einem Bann belegt, der ihn stumm machte. Mit ihnen transportierten wir unsere Waffen, getrocknete Lebensmittel und reiche Geschenke, die wir in den Fernen Königreichen brauchen würden. Wir beabsichtigten, die Tiere selbst wie wertvolle Güter zu behandeln. Mit uns reisten zwei Stallknechte, die einen ausgezeichneten Ruf hatten, was Fachkenntnis und die Hingabe an ihren Beruf anging.

Janos und ich überließen das Löschen der Ladung dem äußerst verläßlichen Maeen und machten uns auf den Weg zu Haizahns Dorf. Glücklicherweise graute der Morgen, bevor wir dort waren, denn wir wären hindurchgelaufen, ohne es zu bemerken. Kein einziger Bewohner war mehr da. Die Hütten waren abgerissen und niedergebrannt, ansonsten aber gab es keine Anzeichen von Gewalt. Wir suchten die Küste ab, dann das Ufer des Flusses. Ein einziges Boot war zu finden, ein altes Vier-Mann-Kanu, das in der Nähe der Stelle gesunken war, wo der Pier gelegen hatte. Ich fragte Janos, ob er sich vorstellen konnte, was geschehen war. Er schüttelte den Kopf, wußte es nicht. Er watete in den Fluß hinaus und bat mich, ihm bei der Bergung des Wracks zu helfen, was ich tat, obwohl ich nicht verstand, was er damit wollte. Er zog seinen Dolch, hackte Splitter aus dem Kanu und tat sie in seine Gürteltasche. Dann ritten wir zu unseren Leuten zurück und begannen unseren Marsch.

Wir kamen sowohl schnell als auch langsam voran, was wie ein Widerspruch klingen mag, es aber nicht ist. Janos und ich hatten lange über diese Expedition gesprochen, bevor wir uns überhaupt um Freiwillige bemühten. Hatten wir unsere Pläne erst einmal umrissen, wurde verbreitet, was für Männer wir suchten. Trotz des Desasters der zweiten Reise meldete sich halb Orissa freiwillig. Wir nahmen nur die Jungen, die Gesunden, die Geduldigen mit einem Sinn für Humor, der so gestählt war wie ihre Muskeln. Rali wollte ebenfalls mitkommen, doch ich überzeugte sie davon, daß mindestens ein Antero zurückbleiben müsse, und sei es nur, um sicherzustellen, daß Orissa in unserer Abwesenheit nicht wieder seinen alten Zwängen verfiel. Zähneknirschend willigte sie ein. Die zwanzig Freiwilligen, die wir mitnahmen, waren so unterschiedlich, wie man nur sein kann: Zwei hatten beispielsweise in Diensten der Grenztruppen gestanden, einer war Förster gewesen, zwei Brüder hatten sich, wie ich vermutete, als Wilddiebe betätigt, und so weiter. Sogar ein eher schwächlich wirkender Musiklehrer war darunter, zu dessen Zeitvertreib es gehörte, ohne Seile oder Haken steile Burgmauern zu erklimmen. Das letzte Mitglied unserer Gruppe war Lione, der sich durch einen Gefängnisaufseher mit uns in Verbindung setzte. Offenbar hatte der Mann noch immer nicht gelernt, mit anderen Menschen auszukommen, und hockte inzwischen in einer Todeszelle. Er mochte humorlos sein und unangenehm, aber Mut und Härte zählten bei diesem Unternehmen viel. Er zahlte seinen Blutzoll und wurde unser zwanzigster Mann.

Am ersten Tag versammelten sich die zwanzig auf einem meiner abgelegenen Landgüter. Janos erklärte, wir sollten uns verhalten, als stünde die ganze Welt gegen uns. Er sagte, wir sollten uns als Deserteure oder Banditen betrachten und müßten allesamt bei bester Gesundheit sein. Um letzteres kümmerte sich während des trüben Winters Maeen, den ich inzwischen für einen Dämon in Menschengestalt halte und der uns über Land hetzte, bis wir um Gnade flehten. Daraufhin ließ er uns individuelle Übungen machen: Bäumeklettern oder Bergsteigen. Wir spielten auch Spiele, die unseren Blick für Deckung und Landschaft schärfen sollten. »Hund und Hase« klingt so kindisch, bis die Regeln abgewandelt werden und der Hase, wenn er gefangen wird, im Mühlteich landet. Mitten im Winter ist eine solche Strafe keineswegs lächerlich. Waren wir völlig entkräftet, ließ uns Maeen Karten zeichnen oder verzwickte Rätsel lösen. Stück für Stück wuchsen wir zusammen. Der Alptraum von den unbekannten Höhlen verfolgten mich erneut, doch war ich nach Maeens Übungen so erschöpft, daß er mich nicht mehr als zweimal quälte.

Als wir nun durch das Land jenseits der Pfefferküste zogen, übten wir uns in der Kunst der Räuber. Endlose Stunden verbrachten wir in Deckung, beobachteten das offene Gelände, bevor wir es durchquerten, und achteten besonders auf das Verhalten der Tiere. Seltsam war, daß wir nur wenig Wild zu sehen und nur selten Vogelstimmen zu hören bekamen, als sei das Land wie leergejagt. Oder, dachte ich, als seien die Tiere klug genug, vor einem Sturm zu fliehen, der ihrem Land drohte. Die wenigen Dörfer, denen wir auf meiner Suche begegnet waren, lagen ebenfalls verlassen da, und kein einziges Mal sahen wir die Jäger und Späher, die uns damals aus der Deckung heraus beobachtet hatten.

Zur Quelle des Flusses reisten wir ohne jeglichen Zwischenfall, obwohl wir alle die böse Ahnung hatten, daß wir nicht allein waren. Eine Erleichterung jedoch gab es, denn wir hatten nicht, wie bei der ersten Suche, mit kleineren Zaubereien zu kämpfen. Vielleicht spürten unsere Feinde, daß uns solche Schikanen nicht beeindrucken konnten, und zogen es vor, uns in naher Zukunft mit einem großen Zauber zu vernichten. Mehrmals sahen wir Späher und versteckten uns. Da wir nicht wußten, ob sie Gutes oder Böses verhießen, hielten wir es für das beste, einfach unsichtbar zu bleiben.

Wir gingen niemals vor, wie man es von uns erwartete. Falls also der einfachste Weg durch eine Talsohle oder diese alte, lang verlassene Straße, die wir auf meiner Suche genommen hatten, führte, hielten wir uns von dort fern. Nicht nur waren Hügelkuppen das Revier der Späher, sondern wir wären von unten gut zu sehen. Wir reisten im Zickzack, hielten uns immer in der Nähe von Gegenden, die wir von unserer früheren Reise her kannten, nahmen jedoch nie die ursprüngliche Route. Außerdem war diese Expedition keine Belastungsprobe. Normalerweise reisten wir zwei Umdrehungen der Sanduhr, dann machten wir eine halbe Drehung Pause. Erschöpfung, erklärte Janos uns, sei so tödlich wie ein Hinterhalt. Ein müder Mann mochte beispielsweise auf dem Weg einen Hügel hinauf in eine Falle tappen, weil seine Augen blind vor Schweiß waren und er die Gedanken bei seinen schmerzenden, pfeifenden Lungen hatte. Wie zuvor kochten wir nur mittags, und dann mit windgeschützten Feuern aus trockenem Holz. Eine Weile kochten wir überhaupt nicht und gaben uns mit Getreide zufrieden, das in Wasser verrührt und gewürzt wurde. Zweimal fingen wir am Fluß Fische im Netz, filettierten sie und »kochten« sie im sauren Saft einer Frucht aus der Region. Trotz aller Umsicht erreichten wir die Ebene schneller als bei der ersten Reise. Dann gingen wir noch vorsichtiger weiter, da es, abgesehen von Gestrüpp und gelegentlichen Gräben, nur wenig Dekkungsmöglichkeiten gab.

Vier Tage waren vergangen, seit ich despotisch bestimmt hatte, daß die Steppe jetzt zur Wüste geworden sei, da entdeckten wir die Sklavenhändler. Wie beim letzten Mal tauchte ihre Vorhut auf und eskortierte uns in gebührendem Abstand. Janos rief zum Halt und nahm mich zur Seite. »Wir haben die Wahl«, sagte er. »Wir könnten entweder warten, bis sie uns angreifen, mit Zauber- und Körperkraft, und dann mit der Situation fertig werden ... oder wir schlagen zuerst zu. Meiner Ansicht nach sollten wir letzteres tun. Ehrlich gesagt, habe ich genug von diesen herumschleichenden Nomaden. In Zukunft werden sie oder ihre Brüder Karawanen oder Reisende auf dem Weg nach Osten plündern und eine ständige Plage sein. Ich glaube, wir sollten gleich jetzt ein blutiges Exempel statuieren, damit es in Zukunft keiner mehr wagt, Reisende aus Orissa zu belästigen.«

Ich zögerte, weil ich dachte, es müsse eine Möglichkeit geben, ein solches Gemetzel zu vermeiden. Vielleicht konnten wir ihnen entkommen oder einen anderen Weg finden, sie zu täuschen. Dann erinnerte ich mich bitter, wie *freundlich* man uns bei meiner Suche behandelt hatte und wie *gütig* die Sklaventreiber gewesen wären, wenn wir uns ergeben hätten, anstatt sie anzugreifen. Und dann dachte ich an Deoce. Weißglühende Wut schäumte in mir hoch, die sich nicht ausschließlich gegen die Nomaden richtete. »Tu, was du willst«, gab ich barsch zurück, und bis zum heutigen Tag bereitet mir diese Entscheidung Qualen.

»Gut. Wir werden diese Hyänen aufreiben«, sagte er. »Aber nicht nur mit Waffengewalt. Wir werden noch andere, überzeugendere Mittel einsetzen.« Wir änderten unseren Kurs und näherten uns der Vorhut, wenn auch nicht auf direktem Weg, da wir unsere Absichten nicht verraten wollten. Vor Einbruch der Dunkelheit verschwanden sie galoppierend in der Ferne. Doch konnten wir sehen, wohin sie wollten, zu einer weiteren Oase, wo der Rest ihrer Bande lagerte und wartete.

»Wir nehmen sie uns vor, wenn sie schlafen«, sagte Janos. Er wies uns an, ihm unsere Dolche zu geben. In den Sand zeichnete er ein V, das auf die Oase deutete. Ein zweites, flacheres V schloß das offene Ende der Zeichnung, so daß sie aussah wie der Kopf von einem Speer oder Pfeil. Janos machte keinen Hehl daraus, daß er sich die Zauberkunst zunutze machte und uns als Geisterseher diente, obwohl dies offiziell nach wie vor nur den Geistersehern Orissas gestattet war. Er zeichnete einen großen Kreis unter die Speerspitze und legte sämtliche Dolche hinein, mit der Spitze zur Mitte. Dann nahm er Pfeilspitzen aus unseren Köchern und legte sie auf die gleiche Art und Weise in den Kreis, wobei die kleinen Spitzen die der Dolche berührten. Er nahm ein Bündel von einem der Esel, ein Bündel, das verschiedene Dinge enthielt, die er auf seinen Reisen gesammelt hatte. Neben den drei Speerspitzen im Sand vergrub er winzige Holzkeile. Er sagte ein paar Worte, und die drei Keile qualmten und brannten, ohne zu verkohlen. Dann nahm er vorsichtig eine Phiole aus dem Bündel und löste die beiden Haken, die den Deckel hielten. Noch in drei Metern Entfernung traf uns der Geruch aus diesem Gefäß, und beinah mußte ich mich übergeben. Es stank nach lange verwestem Fleisch, von welchem Tier konnte ich nicht sagen. Janos gab etwas davon in die Mitte des Dolchringes, dann verschloß er eilig die Phiole und gesellte sich zu uns. Der Gestank schien ihn nicht zu stören.

Nachdenklich betrachtete er sein Werk. »Etwas Blut würde helfen«, überlegte er. »Nur nicht von einem von uns. Es wäre der falsche Indikator. Vielleicht ... ja. Du. Lione. Nimm dieses Maß«, und er reichte dem Krieger einen winzigen Goldkelch aus dem Bündel seiner Zauberutensilien, »und hol Blut von einem der Esel. Nimm nicht mehr, als man braucht, den kleinen Kelch zu füllen.« Ich sah, daß Liones Hand zitterte, als er nach dem Goldkelch griff. Doch er fügte sich dem Befehl widerspruchslos, und bald schon war das Eselsblut über die Dolchklingen versprengt. Janos stand hinter dem Kreis und begann seinen Sprechgesang. Wie üblich bestand er aus unbekannten Worten – Namen von Göttern vielleicht oder nur eine fremde Zaubersprache? –, durchsetzt mit Sätzen, die ich verstand. »Dies ist ... Geschenk ... jenseits des Lebens ... Tod ... Wurm verfault ... und stirbt daselbst ... Geschenk ... Der weiße Friede ... jenseits ... Bis die Schakale kommen.« Die kleinen Spitzen flackerten auf ... und erloschen.

Janos wandte sich zu uns um. »Der Zauber ist vollbracht. Jeder von euch nimmt seinen Dolch, und die Männer, die Bögen tragen, teilen die Pfeile untereinander auf. Unter keinen Umständen benutzt die Pfeile oder Dolche, bis ich einen Gegenbann ausspreche. Und achtet gut darauf – so gut wie euer Leben –, daß ihr euch nicht schneidet. Wir werden warten, bis ihre Lagerfeuer verlöschen. Dann schleichen wir uns an. Falls sie Wachtposten haben, verspreche ich euch, daß sie uns nicht sehen können. Wir gehen auf dieser Seite ihres Lagers in

Stellung. Jeder Bogenschütze sucht sich einen Feind und schießt auf mein Kommando. Dann greifen wir an. Verwendet andere Waffen als euren Dolch nur, wenn es nicht anders geht. Ihr werdet die Feinde nur leicht berühren müssen, um sie zu vernichten. Auf einen bestimmten Mann im Lager werde ich deuten. Für ihn bin ich verantwortlich. Verschont diesen Mann, oder ihr werdet meine Rache zu spüren bekommen. Also. Jetzt essen wir und ruhen uns aus.«

Spätabends krochen wir von unserem Lager zur Oase. Wieder dachte ich an Deoce, und mein Blick trübte sich. Ich kochte vor Wut und war kaum mehr als ein langes Messer und ein schweigender Schatten. Ob durch Vorsicht oder Zauberei, in jedem Fall sahen uns die beiden Wachen tatsächlich nicht. Janos wies Lione den einen an, den anderen nahm er selbst. Beide Wachen gingen geräuschlos zu Boden. Wir schlichen weiter zum Lager. Zelte waren keine aufgeschlagen, und die etwa fünfzehn Nomaden schliefen friedlich, die Köpfe auf den Sätteln. Ein Mann schnarchte etwas abseits der anderen, und diesen wollte Janos für sich. Die Bogenschützen machten sich bereit … und Janos gab ein Zeichen. Die Pfeile, kaum mehr als Spielzeuge, flogen im Bogen. Wir stießen Kampfgeschrei aus und griffen an. Ein benebelter Mann erhob sich vor mir, versuchte, sich von seinen Decken zu befreien, und meine Klinge durchdrang ihn, da ich Janos' Anweisung vergessen hatte, daß ein Feind nur zu berühren sei. Ein weiterer Nomade taumelte mir in den Weg, schrie vor Schmerz von einer klaffenden Wunde am Arm. Ich wollte ihm ein Ende bereiten … doch vor meinen Augen brach er zusammen. Tot … und ich sah, wie er verfaulte. In einem Augenblick geschah, was Tage oder Wochen hätte dauern sollen. Der Tote quoll auf, schwoll an, platzte, wurde schwarz, dann dörrte die Leiche aus, bis nur noch sein Skelett im Sand lag. Das war es, was Janos in seinem Zauber den weißen Frieden genannt hatte.

Ich kam zu mir, suchte den nächsten Feind und sah einen Sklaventreiber, der sich in die Dunkelheit schlagen wollte. Ein Pfeil flog flüsternd vorbei und berührte ihn nur am Arm, prallte ab. Auch dieser Mann heulte auf, starb und verrottete. Dann war nur noch einer unter den faulenden Leichen am Leben. Ihr Häuptling. Auf Knien wand er sich vor Janos.

Janos ließ ihn an eine Palme binden. »Sprichst du die Sprache der Kaufleute?« fragte er. Der Mann nickte. »Dann sieh gut hin. Dies ist das Schicksal derer, die meine Feinde sind. Dies ... oder Schlimmeres. Dir gebe ich die Chance zu leben. Nicht, weil ich nicht gern sehen würde, daß deine Knochen schimmern wie die der anderen aus deiner Bande, sondern weil ich will, daß du allen aus deinem Volk erzählst, was mit denen geschieht, die sich gegen Orissa stellen. Ich bin der erste ... aber es wird andere geben, die auf demselben Weg reisen. Denk daran, was heute nacht geschehen ist, und halte dich von meinem Volk fern. Hast du verstanden?«

Der Mann stieß hervor, er habe verstanden. Janos zog ein kleines Messer aus seinem Beutel und legte es etwa einen Meter vor dem Gefesselten in den Sand. »Ich lasse dir ein angebundenes Pferd und einen Wasserbeutel zurück. Wenn du dich weit genug streckst, kannst du das Messer erreichen und dich befreien. Dann reite fort ... und verbreite die Nachricht.«

Er machte ein Zeichen, und wir verließen das Lager, nachdem wir dafür gesorgt hatten, daß ein Pferd sicher vertäut, die anderen in die Nacht getrieben und sämtliche Lebensmittel und das Wasser – bis auf einen Beutel für den Sklaventreiber – verstaut waren. Niemand sprach, weniger aus dem Wunsch heraus, den Gefangenen zu beeindrucken, als aus blankem Entsetzen über das, was wir getan hatten. Zweifellos hatte Janos eine vernunftsmäßige Erklärung für das, was geschehen war, nur für mich war es Magie der schwärzesten Sorte, und diese Nacht hinterließ auf unserer aller Seelen einen Makel.

Bis der Gegenzauber ausgesprochen war, der unsere Messer und die verbleibenden Pfeile wieder normal werden ließ, war es kurz vor Morgengrauen. Wir aßen etwas, bepackten die Esel und machten uns davon. Kaum hatten wir das erste Sechstel einer Wegstunde hinter uns, als wir Schreie hörten. Erst ein Pferd, dann einen Menschen. Wir sahen große Aasfresser, die aus dem Nichts über die Oase herfielen. Sie waren gewaltig, doch konnte man aus dieser Entfernung nicht erkennen, ob es sich um Geier, Adler oder Drachen handelte. Die Schreie des Pferdes und Sklaventreibers wurden immer lauter, dann rissen sie ab. Diese Wüste bringt nichts als den Tod, dachte ich, denn noch nie hatte ich von Aasfressern gehört, die einen gesunden Menschen oder ein gesundes Pferd angingen. Janos fluchte. Sein Exempel würde nicht so wirkungsvoll ausfallen, wie er es sich wünschte, und er murmelte, daß die letzten Worte seines Zaubers diese Wesen angelockt haben mochten. Es sei das erste Mal gewesen, daß er diesen Spruch probiert hatte.

Etwas später sahen wir eine schwarze Wolke über der Oase aufsteigen, als die Aasfresser ihre Mahlzeit beendet hatten. Sie flogen zu uns herüber, dann drehten sie ab. Ich blinzelte, versuchte herauszufinden, was diese monströsen Vögel waren, und stöhnte auf, als würde ich ein weiteres Mal in den winterlichen Mühlteich von Orissa gestoßen. Auch andere riefen etwas oder fluchten vor Entsetzen. Die Aasfresser waren weit entfernt, doch konnten wir sehen, daß es sich weder um Vögel noch um eine Fledermausart handelte, die bei Tage flog. Sie waren menschlich oder zumindest von menschlicher Gestalt. Jeder einzelne besaß einen menschlichen Torso, Beine, und ich meinte, Arme und einen Kopf ausmachen zu können. Ihre Flügel waren nicht so groß, wie sie hätten sein sollen, und ich fragte mich, ob Zauberkräfte sie in der Luft hielten. Maeen spannte seinen Bogen und schickte einen Pfeil zu ihnen hinauf. Es war ein guter Schuß, mitten in den Schwarm, und sie lösten ihre Formation auf wie Tauben unter Beschuß eines Jägers. Doch der Pfeil des Sergeanten schien nicht getroffen zu haben. Ein Soldat mit besseren Augen als meinen sah etwas fallen, was ich für Maeens Pfeil hielt, als die schauerlichen Flugwesen in der Ferne verschwanden.

Einige Minuten später kamen wir an die Stelle, wo das Ding gelandet war, und einer der Männer lief hinüber und brachte es uns. Es war eine Menschenhand. Ich sammelte etwas Sand auf und bestreute sie, bevor wir weitermarschierten. Nicht einmal ein Sklaventreiber hatte es verdient, in *dieser* desolaten Gegend als Geist herumzuwandern.

Tage später sahen wir die Spitzkuppe aufragen, die während meiner Suche für kurze Zeit unser Paradies gewesen war. Wir blieben ihr fern und hielten uns an den Plan, nicht auf die alte Route zurückzukehren, nutzten die Kuppe jedoch als Orientierungshilfe. Janos bemühte sich, so wenig wie möglich zu zaubern, um uns nicht zu verraten. Wir alle spürten nach wie vor, daß da irgend etwas war, doch bisher fühlte sich niemand konkret bedroht. Wir fanden den Bach, der aus dem magischen Krater kam, und füllten unsere Wasserbeutel.

Janos sprach einen weiteren Zauber für den gesamten Trupp. Er brach zwei Äste von den Weiden der Ufer, um eine Art Portal zu basteln. Er sprach seine Beschwörung, und ein kleiner Wirbelwind tanzte in diesem Portal bis zu dessen Spitze hinauf. Er wies jeden von uns an, durch den Wirbelwind zu treten, und lachte leise, als wir Sand in Augen, Ohren und Haare bekamen. Auch unsere Tiere ließ er hindurchführen. Sie sträubten sich sowohl wegen der Zauberkräfte, die sie um sich spürten, als auch wegen des Sands. Als wir fertig waren, erklärte er: Das Ödland, in das wir kämen, sei von Zauberhand verdörrt. Hier sei es am wahrscheinlichsten, daß man uns entdeckte. Jeder Zauberer, der nach uns suchte, würde – dessen war er sicher – jetzt kaum mehr als einen nicht sonderlich interessanten Sandsturm oder eine Reihe herumwirbelnder Sandteufel sehen.

Maeen hatte eine Frage. »Was ist, wenn Späher unseren Weg kreuzen? Können sie uns sehen?«

»Ich weiß es nicht, Sergeant«, sagte Janos. »Ich bin sicher, daß mein Zauber jeden magischen Blick blenden wird, aber ich weiß nicht, ob die Späher reale Geschöpfe sind oder nicht, und auch nicht, ob sie ›sehen‹ können. Sollten wir auf sie stoßen, würde ich raten, daß ihr die Esel knien laßt und euch selbst mit euren Umhängen bedeckt. Dann versucht, wie eine Sanddüne zu denken!«

Eine weitere Frage kam, diesmal von Hebrus, unserem Musiklehrer. »Sir Greycloak, wißt Ihr denn noch immer nicht, wer oder was uns sucht? Ich hatte gehofft, Ihr hättet inzwischen ein paar Hinweise gefunden, so wie ich an der unmusikalischen Art, in der eine Leier gezupft wird, sagen kann, welcher meiner tumben Schüler sich nähert.«

Janos schüttelte den Kopf. »Ich weiß es noch immer nicht. Vielleicht ist es einer, vielleicht viele. Natürlich sind die Archonten von Lycanth unsere Feinde und spüren uns mit Sicherheit nach. Nisou Symeon aus Lycanth kann es sich ohne weiteres leisten, uns die besten Zauberer nachzuschicken. Vielleicht sogar einige aus Orissa. Nicht alle Geisterseher unserer Stadt haben die Wende hingenommen.« Er zuckte die Achseln. »Möglicherweise die Götter selbst. Oder die Zauberer der Fernen Königreiche.«

»Ich dachte, die Fernen Königreiche wären heilig«, sagte Lione. »Na, vielleicht nicht heilig, aber, na ja, eben wie man uns früher gesagt hat, was die Geisterseher sind. Gut. Wollen die Welt besser machen. Hilfreiche Leute.«

»So geht die Sage«, sagte Janos, »und ich habe keinen Grund, es zu bezweifeln. Aber wenn du so mächtig bist wie die Herrscher der Fernen Königreiche, würdest du nicht die besten Wachen um deine Reichtümer postieren und jeden genauestens untersuchen, der sich dir nähert?« Liones Miene, ähnlich der eines Kindes, dem man erzählte, am Ende des Gartens gäbe es keine Feen, wandelte sich, und seine Erleichterung war deutlich zu sehen.

Derart geschützt machten wir uns auf in das Ödland. Unsere Probleme waren rein physischer Natur. Die Lebewesen in den Bodensenken waren jetzt, da wir ihnen auswichen, keine Bedrohung, und ich war mit unseren Fortschritten zufrieden. Wieder einmal war ich ein wenig neidisch auf Janos. Er verhielt sich, als sei er der Kommandeur dieser Expedition. Ich hielt inne und versuchte, an etwas anderes zu denken, und sagte mir, ich sei das Opfer meiner Erschöpfung. Die ganze Sache gehörte niemandem und doch uns allen. Wenn er es vorzog, an der Spitze des Trupps zu laufen, hatte er dazu mindestens soviel Recht wie ich. Vielleicht sogar noch mehr, da ich meinen Status geerbt hatte. Der Verstand, wenn er müde ist, fällt nur allzugern düsteren Gedanken anheim.

Unsere Absicht war es gewesen, im Felsental einen Halt einzulegen und einige Tage Kräfte zu sammeln. Doch entweder täuschten wir uns, was unseren Standort anging, oder die Karte war falsch. Wir kamen in eine Gegend mit sanften Hügeln, von der aus wir die Schlucht hätten sehen müssen, fanden jedoch nichts. Wir prüften unsere Navigation, sowohl am Abend anhand der Sterne als auch am Morgen anhand der Sonnenstellung, und zählten sogar noch einmal die geknoteten Fäden nach, mit denen wir uns darüber auf dem laufenden hielten, wie viele Schritte wir täglich absolvierten. Eigentlich hätten wir nur wenige Speerwürfe von unseren Freunden entfernt sein sollen. Nur war nichts zu sehen. Wir prüften die Karte, die ich bei meiner Suche angelegt hatte, und diese bestätigte unseren Standort. Aber es war einfach nichts mehr da. Janos und ich kamen überein, daß wir südlich des Tales sein mußten. Auf gut Glück unternahmen wir zwei Tagesmärsche nach Norden, fanden nichts und kehrten zu unserer vorherigen Route zurück. Die Männer waren unzufrieden. Sowohl Maeen als auch Lione hatten ihnen von dem Tal und seinen gefügigen Frauen erzählt. Doch waren sie gefühlsmäßig mitnichten so engagiert wie Janos und ich, und mit wehmütigen Erinnerungen an das, was uns entging, reisten wir weiter.

Doch dann verflog alle Enttäuschung, und Aufregung machte sich breit, als der erste die große Bergkette entdeckte. Die Faust der

Götter. Auch ich war von Staunen erfüllt, als ich den Paß zwischen »Daumen« und »Zeigefinger« wiedersah, der durch die schwarzen Berge führte. Doch Vorsicht verdrängte mein Staunen. Wir befanden uns in gefährlichem Territorium, um so mehr, als wir wußten, daß die Stadt Wahumwa vor uns lag. Sehr vorsichtig bewegten wir uns voran, brauchten für manche Wegstunde viermal so lang wie üblich, obwohl die Gegend eher offen war. Wir mieden alle Ruinen, da wir fürchteten, sie könnten von einem Zauber oder aber von Menschen bewacht sein.

Ich ließ anhalten, um Kriegsrat zu halten, als Janos schätzte, wir seien etwa eine halbe Tagesreise von Wahumwa entfernt. Noch immer hatten wir keine Spur von Kavallerie, von Wächtern oder Bürgern gesehen. Das Problem war, daß die tückische Stadt mitten auf der einzigen Zufahrt zu dem Paß saß. Nach einigen Überlegungen beschlossen wir, uns ihr bei Tageslicht so weit wie möglich zu nähern und uns dann zu verstecken. Wir wollten warten und beobachten und dann im Schutz der Dunkelheit um die Stadtmauern herum in die Berge schleichen. Falls der Weg gut bewacht wurde, wollten wir uns, wie wir es geübt hatten, in vier Gruppen teilen, und jeder Gruppe bliebe eine Nacht Zeit, an der Stadt vorbeizukommen. Janos fügte hinzu, ich solle mit der ersten Gruppe gehen und einen Vorposten aufbauen. Er wollte jede Nacht hin- und herlaufen und die einzelnen Gruppen führen. Mir fielen meine egoistischen Gedanken im Ödland ein, und ich schämte mich, daß ich auf einen Mann neidisch war, der sich freiwillig für einen solchen Dienst meldete, um die Sicherheit anderer zu gewährleisten.

Wir setzten unsere Reise fort, und schließlich erklommen wir den letzten Hügel. Dahinter läge Wahumwa, sagte Janos. Er ging mit Sergeant Maeen voraus. Maeen würde umkehren, wenn der Rest von uns nachkommen sollte. Nur wenige Minuten später hätte er wieder dasein sollen, doch fast ein ganzes Stundenglas verrann. Ich konnte nicht länger warten. Mit gezücktem Schwert ging ich in die Richtung, die sie genommen hatten, und stahl mich von einer Deckung zur nächsten. Vielleicht hatte man meine Freunde gefangengenommen. Ich trat aus dichtem Unterholz hervor und sah sie. Sie standen am Rand eines Bergrückens, für jedermann im Tal – und in der Stadt – deutlich zu sehen. Ich fürchtete, sie seien in einem Zauber gefangen, und hastete voran, nicht sicher, was ich tun würde, wenn sie verzaubert wären und sich gegen mich wendeten. Ich kam näher – und dann sah ich, was sie lähmte.

»Das«, sagte ich ungläubig, »ist Wahumwa?«

Beide Männer fuhren herum. Sie hatten nicht gehört, daß ich kam, und Janos hatte die Hand schon an seinem Schwert. Sie entspannten sich wieder. »Das ist es«, brachte Janos hervor.

»Oder besser: war«, fügte Maeen hinzu.

Unter uns *lag* eine Stadt, doch sie bestand nur aus Ruinen. Die große Mauer war vielerorts in sich zusammengefallen. Bäume wuchsen und blockierten Straßen in der Stadt und auch davor. Große, monolithische Gebäude hatten innerhalb der Mauern gestanden, so groß wie die von Lycanth. Zeit und Witterung hatten sie zerstört, und die abgedeckten Häuser streckten ihre steinernen Finger in den Himmel.

Ich stotterte Fragen hervor, doch Janos schüttelte nur grimmig den Kopf. »Es muß ein großer Zauber gewesen sein«, sagte Janos beinah flüsternd. »Ein wahrlich großer Zauber. Ruf die Männer zusammen. Ich will… ich *muß* in die Stadt.«

Sergeant Maeen nahm sich zusammen und lief zu den anderen. Auch sie standen staunend da, bis Janos uns zu marschieren befahl und darauf drängte, die Waffen bereitzuhalten. In der Abenddämmerung traten wir durch die Tore. Wahumwa war tatsächlich einmal groß gewesen. Die Tore selbst waren eisenbeschlagene Marmorplatten, die jetzt zerbrochen von rostigen Angeln hingen. Die Pflastersteine waren gigantisch, groß wie Kutschen. Jetzt wuchsen Gras, niedrige Büsche und sogar ein paar Bäume dazwischen. Die Gebäude mußten früher einmal erhaben gewesen sein, die Alleen breit. Jetzt ... nichts als Ruinen. Einige hundert Meter weiter fand sich nur mehr Schutt. Janos ging voraus; er schien zu wissen, wohin er wollte. Wir verließen die Hauptstraße und schritten einen überwachsenen Weg entlang zu einem mächtigen, verfallenen Gebäude auf einer Anhöhe. Maeen war ganz blaß. Er wußte und ich ahnte, wohin Janos uns brachte, doch seine Hand an der Klinge blieb ruhig.

Wir traten in die Eingangshalle, und die Männer schrien auf. Ich hatte gewußt, was mich erwarten würde, und dennoch war es schauerlich. Der Raum lag voller Menschenknochen, verstreut zwischen modernden, zerschlagenen Möbeln. Schädel waren gespalten, und die Knochen lagen herum. Nicht ein Skelett war vollständig. »Geier und wilde Hunde müssen gekommen sein ... danach«, sagte Janos. Er sammelte einen Schenkelknochen auf und zeigte ihn mir. Ein Feinschmecker hatte ihn säuberlich gespalten und das Mark herausgesogen. »Aber so etwas können keine wilden Hunde tun.« Er warf den Knochen weg, und der fiel klappernd auf die Steine. »Wie ich schon oben auf dem Hügel sagte, ist hier ein großer Zauber ausgesprochen worden. Und zwar lange, bevor die Expedition diese Stadt erreicht hatte.«

»Alle, die wir getroffen haben, mit denen wir zusammengewohnt haben«, sagte Maeen heiser, »waren ... was?«

Janos hob die Schultern. »Geister? Dämonen? Vielleicht weniger als das. Vielleicht nur die Details, die ein großer Zauberer seiner Beschwörung hinzufügt, wie ein Künstler seinem Gemälde Einzelheiten gibt, um einen davon zu überzeugen, daß er *tatsächlich* mit den Göttern an einer Tafel gesessen hat.«

»Aber ... Ihr habt die Gabe«, stieß Maeen hervor. »Wie konnten sie auch Euch hinters Licht führen?« Darauf wußte auch Janos keine Antwort. Noch nie hatte ich von derart starker Zauberkraft gehört. Verglichen damit war Orissas Heldentat der Zerstörung lycanthischer Mauern ein Taschenspielertrick. Zum ersten eintausend hartgesottene Soldaten eine Stadt sehen zu lassen, wo nur Ruinen standen … dann diese Ruinen mit Menschen und Tieren anzufüllen … und jede dieser Illusionen laufen, sprechen, trinken und sogar lieben und schließlich, in einer Blutnacht, töten und dann fressen zu lassen? Besonders wenn dieses Totenmahl alles andere als eine Illusion war? Es war unmöglich. Und doch ließ es sich nicht anders erklären.

Ich schauderte. »Wir werden nicht in dieser Stadt schlafen, Janos, und auch nicht länger hier zubringen, als wir brauchen, um zu fliehen«, sagte ich entschlossen. »Wir werden sofort gehen. Niemand darf etwas berühren, es sei denn, es läßt sich nicht umgehen. Und niemand wird von diesem verfluchten Ort etwas mitnehmen, keine Knochen, keinen Zweig, keinen Stein.«

Niemand widersprach. In dem Versuch, nicht in Panik auszubrechen, durchstreiften wir die Stadt zu ihrem Außentor, von wo aus die Straße begann, die zum Paß durch die Faust hoch über unseren Köpfen führte. Keiner von uns, keiner der Soldaten, nicht ich, weder Sergeant Maeen noch Janos Greycloak wagten einen Blick zurück.

Kapitel Zwanzig

Die Entzweiten Länder

Die Steigung hinauf zur Faust der Götter war beinah so sanft, wie Janos und ich vermutet hatten, als wir den Paß auf meiner Suche aus einiger Entfernung zu sehen bekamen. Er wand sich um den »Knöchel« des Zeigefingers ins Herz der Berge hinein. Wie damals – wenn auch entgegen der Vision – war die Faust nicht schneebedeckt. Da ich mich erinnerte, daß Janos verschiedene Streifzüge unternommen hatte, während die zweite Expedition unten in Wahumwa überwinterte, fragte ich mich, wie weit er wohl gekommen war, bis er umkehren mußte. Schneestürme hatten ihn aufgehalten, vermutete ich.

»So weit bin ich nie gekommen«, sagte Janos. »Beileibe nicht. Allerdings wurde ich nicht vom Schnee aufgehalten, sondern von eisigen Stürmen. Im Winter wehten scharfe Winde um diese Gipfel, so daß lange kein Schnee liegenblieb.«

Unsere Passage war einfach. Man mußte kein Athlet sein, um den Hohlweg entlangzuziehen, bemerkte ich zufrieden, da Kaufleute ihren Körper nur selten mit anderem als Braten und altem Wein instand halten. Auch für schwerbeladene Tiere, sogar für Pferde, wäre es einfach, diese Berge zu überqueren, um Orissas Handelswaren in die Fernen Königreiche zu transportieren. Von weit oben war Steinschlag heruntergekommen, und Felsbrocken lagen verstreut, doch da der Paß beinah zwei Speerwürfe breit war, konnte man den Hindernissen ohne weiteres ausweichen. Ein kleiner Wasserfall plätscherte herab, und ich sah, daß jemand Steine zusammengetragen hatte, um einen Tümpel anzulegen. Diese Route war einst bereist worden… und so würde es auch in Zukunft wieder sein.

Unser Weg führte nach oben und um die Berge herum. Das Tal und die verfluchte Stadt hinter uns waren nicht mehr zu sehen. Und der Pfad wurde schmaler. Ich begann, mir Sorgen zu machen, ob wir vielleicht in eine Sackgasse liefen, trotz des Tümpels, den wir gesehen hatten, war dann jedoch erleichtert, als ich sah, daß der Paß vor uns breiter wurde.

Janos ging dem Trupp voraus, und ich blieb dicht hinter ihm, der Rest der Mannschaft und die Tiere folgten. Ich fuhr herum, als es von oben Kies regnete. Einer unserer Bogenschützen hatte einen Pfeil aufgelegt und spähte hinauf. Wir konnten nichts als kahlen, grauen Fels erkennen. Wahrscheinlich war es ein Tier gewesen, doch wir wurden vorsichtiger. Wo der Paß sich verbreiterte, wurde er auch steiler, und bald schon ging mein Atem schwer. Vor uns erreichte der Weg seinen Scheitelpunkt, und ich verkündete, wir würden eine Pause einlegen, sobald wir den Kamm erreicht hätten, wo zwei Felsbrocken mitten auf dem Weg lagen. Eifer trieb uns an, doch wie Maeen uns immer und immer wieder gepredigt hatte, bringt Eile nur »Unfälle, Überfälle und Ehestand – was grundsätzlich zu vermeiden ist«. Der Beweis dafür folgte auf dem Fuße. Keuchend achtete ich auf kaum mehr als meinen nächsten Schritt, als jemand eine Warnung rief. Ich sah, daß einer der beiden mächtigen Steine vom Kamm herab in unsere Richtung rollte. Er wurde immer schneller und prallte auf seinem Weg nach unten abwechselnd gegen die Seiten des Passes. Doch die Warnung war früh genug gekommen, und wir schafften es, uns und unsere Tiere ohne Schaden aus dem Weg zu bringen. Der Felsbrocken rumpelte davon und verschwand. Eilig lief ich zu Janos.

»Felsen«, wies er mich auf das Offensichtliche hin, »bewegen sich nicht von selbst.«

Er befahl sämtlichen Schützen, die Bogen zu spannen, und postierte vier von ihnen hinter mir, mit der Anweisung, eine bestimmte Gegend über uns im Auge zu behalten. Außerdem holte er Lione nach vorn, damit dieser als zweiter in der Reihe ging. Wir stiegen zum Scheitelpunkt des Weges hinauf und hofften, wir würden dort offenes Land und die wundersamen Städte der Fernen Königreiche zu sehen bekommen. Statt dessen erblickten wir nur weitere Berge und den Paß, der in der Ferne immer weiter anstieg. Sorgfältig untersuchten wir den Boden, auf dem der Fels seit ewigen Zeiten gelegen hatte, bevor er sich losmachte. Kratzspuren von einem Hebel oder Stemmeisen waren nicht zu sehen. Vielleicht war der pure Zufall, oder – wie ich zu vermuten begann – Zauberkraft am Werk gewesen. Vielleicht hatten unsere unsichtbaren Feinde uns entdeckt. Doch keiner von uns – insbesondere nicht Janos – spürte die Kraft eines Zaubers. Vorsichtig schoben wir uns durch den Spalt. Noch einmal verengte sich der Hohlweg vor uns, dann öffnete er sich und und stieg zum nächsten trügerischen Kamm hinauf. Kaum hatten wir den schmalen Weg zur Hälfte hinter uns, als der Himmel grollte. Ich hielt es für Donner und blickte zu den Wolken auf. Dann sah ich den Grund: Eine Lawine stürzte auf uns herab. Ich schrie und begann zu laufen; ich wußte, ich mußte der Falle entkommen, dorthin, wo sich die Verjüngung weiter öffnete, während hausgroße Steine und riesige Felsplatten herunterkamen. Der letzte von uns –

Maeen stellte tapfer die Nachhut – hatte die Gefahrenzone eben hinter sich, als die Lawine über den Paß rollte und Steine mit dämonischem Getöse niederprasselten.

Langsam ließ der Lärm nach, das schallende Echo erstarb zwischen den Bergwänden, und der Staub legte sich. Peinlich berührt von meiner Angst, sammelte ich mich und zählte die Männer durch. Dank Te-Dates Segen – und ich war entschlossen, ein echtes Opfer zu bringen, wenn wir erst einmal auf der anderen Seite der Berge waren – hatten alle überlebt, ebenso unsere Lasttiere. Die Lawine war etwas zu spät losgegangen. Niemand wollte an zwei Unfälle innerhalb so kurzer Zeit glauben. Wenigstens waren wir hier sicher. Die Wände, die zu beiden Seiten sanft anstiegen, waren von losen Felsen gesäubert. Gerade wollte ich Janos fragen, wie es weitergehen sollte, falls es – wie für alle andere – eine militärische Vorgehensweise gab, wie Pässe zu überqueren seien, als wir ein Brüllen hörten, als riefen uns die Berge selbst.

Da sahen wir den Riesen. Große Männer wurden stets als Riesen bezeichnet, und jeder Stamm, dessen Durchschnittsgröße die Norm übersteigt, als ein Volk von solchen. Hier hatten wir es jedoch tatsächlich mit einem Riesen zu tun. Selbst wenn man die natürliche Vergrößerung durch die Bergluft bedenkt, war er dreimal so groß wie ein stattlicher Orissaner und seine Brust mindestens so breit wie ein Mensch lang. Zuerst hätte man ihn für einen mächtigen Affen halten können, da er dicht behaart war. Er stand etwas mehr als einen Speerwurf weit von uns entfernt. Waffen wurden angelegt, und der Riese duckte sich hinter einem Felsen. Noch einmal brüllte er in seiner unverständlichen Sprache, die klang, als heulte ein einsamer Bergwind. Als auch wir in Deckung gingen, merkte ich, daß ich die Ruhe wiedergefunden hatte.

Kühl überdachte ich, was vorgefallen war. »Ich wette«, sagte ich, »er sagt uns, wir sollen umkehren und aus ›seinen Bergen‹ verschwinden.«

Janos nickte zustimmend und gab Befehle. Natürlich hatte das Militär eine Prozedur für das Vorgehen durch einen gesperrten Paß. »Es wird mehr als diesen einen Riesen geben«, erklärte er Maeen. »Höchstwahrscheinlich sind sie weiter oben und geben ihrem Kameraden Deckung.«

Maeen nickte, während Janos ihm seinen Plan erklärte. Ich sagte nichts und hörte nur mit halbem Ohr zu, während ich meinem ersten Gedanken nachhing. Es machte noch immer Sinn. Janos teilte drei Mann für einen Sonderauftrag ein: sich selbst, Maeen und denjenigen, der einem Bergsteiger am nächsten kam: unseren mauerkletternden Musiklehrer Hebrus. Den anderen hatte er spezifische Anweisungen gegeben, was sie tun sollten, und wann.

»Wir sind bereit, Lord Antero«, sagte er und nahm, wie so oft, die militärische Förmlichkeit wieder auf, wenn sich uns Probleme stellten und die Soldaten in Hörweite waren. »Wollt Ihr die Hauptgruppe befehligen? Wir drei werden Zeichen geben, wenn wir an unserem Posten sind, und auf Eure Antwort warten.«

»Janos ... du magst mich für verrückt oder sentimental halten«, sagte ich. »Komm her.«

Ich zog ihn mit mir und unterbreitete ihm meine gänzlich entgegengesetzte Strategie. Er runzelte die Stirn. »Das gefällt mir nicht«, sagte er, nachdem er meinem Plan ein paar höfliche Sekunden gespielten Interesses gewidmet hatte. »Wenn du angegriffen wirst ... war alles, was wir bisher erreicht haben, umsonst.«

»Nein, das ist es nicht«, sagte ich. »Wenn das Schlimmste geschieht, übernimmst du die Expedition und leitest die nötigen Maßnahmen ein. Man wird dich später nicht zur Verantwortung ziehen. Ich habe entsprechende Anweisungen bei Rali, meinen Brüdern und bei Ecco hinterlassen. Du darfst nicht nur mit meiner Stimme sprechen, sondern auch im Namen der Menschen von Orissa, im selben Maße, zu dem man mich ermächtigt hat.«

Janos wandte sich ab. Seine Stimme klang erstickt. »Du ehrst mich und meine Familie über alle Maßen. Aber«, und er drehte sich zu mir um, »was passiert, wenn dieser gigantische Gibbon da oben dir etwas antut? Welch ein Irrwitz, wo wir unseren Träumen so nah sind!«

»Solche Sorgen mache ich mir nicht«, sagte ich entschlossen. »Und dafür habe ich zwei gute Gründe. Erstens hat uns dieses Wesen gewarnt und nicht sofort versucht, uns zu töten. Außerdem frage ich mich, ob diese Lawine tatsächlich treffen sollte oder nicht eigentlich eine erste Warnung war. Zweitens bin ich nicht gewillt, mich von jemandem einschüchtern zu lassen, der nackt ist.«

Es gab noch einen dritten Grund, den ich nicht erwähnte. Die Vernichtung der Nomaden belastete mich noch immer. Ich sah den Sinn meines Lebens nicht darin, mir die Fernen Königreiche zu eröffnen, indem ich auf dem Weg dorthin verbrannte Erde hinterließ.

»Ich finde dein Verhalten sehr unklug«, sagte Janos.

»Schön und gut«, sagte ich. »Mein Verhalten ist unklug. Also, ich möchte, daß du tust, was du tun wolltest, aber warte, bevor du zuschlägst, auf ein Zeichen von mir, oder darauf, daß diese Kreatur dort angreift. Jetzt ist es noch zwingender, daß ihr drei nicht zu sehen seid.«

»Das macht keine Probleme«, sagte Janos. »Aber ich muß dich warnen, mein Freund, wenn du in diesem absurden Akt von Mildtätigkeit getötet wirst, werde ich ein paar harsche Worte an dich richten.«

Ich lachte, schlug ihm auf die Schulter und begann die Vorbereitungen für meinen Plan. Janos, Maeen und Hebrus schlichen zurück und verschwanden in einer engen Schlucht, während wir anderen zur Ablenkung scheinbar planlos herumliefen. Wir warteten fast eine Stunde. Der Riese rührte sich nicht von der Stelle, rief nur noch einmal, wir sollten uns zurückziehen. Darüber hinaus schien er warten zu wollen, bis der Winter kam und uns vertrieb. Dies galt mir als weiterer Hinweis darauf, daß uns diese Kreatur nicht gänzlich feindlich gesonnen war. Ich brachte einige Zeit damit zu, verschiedene Bündel zu durchsuchen, und überlegte, was Riesen wohl beeindrucken mochte, da ich mit dieser Gattung noch nie zu tun gehabt hatte. Außerdem erinnerte ich mich an einen unveränderlichen Wesenszug, den sämtliche Riesen aus den Ammenmärchen meiner Kindheit zu haben schienen, und das ließ mich weiter Mut fassen.

Unser scharfäugigster Mann, der einen bestimmten, verkümmerten Busch beobachten sollte, meldete, dieser habe sich bewegt... wenn auch nur ein wenig. Ich legte meinen Mantel und den Waffengurt ab und rollte meine Ärmel hoch, frierend im Bergwind. Mit einem Lederkoffer, der die ausgesuchten Utensilien enthielt, trat ich vor. Der Riese sprang auf und brüllte mich an. Ich antwortete nicht, sondern ging ganz langsam weiter. Er nahm eine drohende Haltung ein, zögernd wie eine Hauskatze, die nicht sicher ist, ob sie fliehen soll oder nicht. Je näher ich kam, desto unschöner wirkte mein Freund. Sein dichtes, lockiges Körperhaar sah aus wie ein von Flöhen zerfressener Pelz, und nach seinem ständigen Kratzen zu urteilen, konnte man wohl tatsächlich davon ausgehen, daß sie ihn plagten. Er war unförmig, mit größeren Händen und Füßen als selbst zu seinem baumlangen Körper paßten. Auch sein Kopf war massig und spitz zulaufend, mit hohlen Wangen. Gelbe Zähne, beinahe Hauer, ragten über die Unterlippe hinaus. Er richtete sich zu seiner vollen Größe auf und hob einen mächtigen Knüppel. Dieser sah aus, als handele es sich um den Stamm eines jungen Baumes, dessen Äste man abgerissen und die Rinde grob an Felsen abgeschlagen hatte. Ich ging nicht näher heran. Der Riese schwitzte stark, als wären wir noch in der Wüste und nicht in luftigen Höhen. Außerdem stank er widerwärtig, so sehr, daß mir fast übel wurde. Ich schenkte dem Flehen meiner übermäßig zivilisierten Nase keine Beachtung. Ein Kaufmann, der seinen Kunden gesellschaftliche Sitten diktiert, ist dümmer als dumm. Ich stellte den Koffer ab und öffnete ihn, nahm sorgsam meine Waren heraus. Meine Arme waren nackt, um zu zeigen, daß ich nichts verbarg, und ich bewegte mich ganz, ganz langsam. Der Riese schien sich zu entspannen. Ich setzte mich, kreuzte die Beine unter mir wie ein normaler Händler im Basar und wartete. Der Riese rührte sich nicht. Er war *tatsächlich* primitiv.

Ich wählte einen Gegenstand, stellte ihn auf einen flachen Stein und löste die verdrehte Gerte, die aus seiner Mitte ragte. Gehorsam kreiselte das mechanische Oberteil, und seine Farben leucheten hell vor dem grauen Stein. Interessiertes Grunzen war zu hören. Als nächstes nahm ich eine goldene Kette und schreckte etwas zurück, als ich an ihren Wert dachte, und daran, daß sie den Hals einer Prinzessin hätte zieren sollen. Dann drapierte ich sie um mein Handgelenk. Vorsichtig warf ich sie meinem künftigen Handelspartner zu. Verblüfft zog er sich zurück. Die Kette reizte ihn nicht sonderlich. Er kroch vorwärts, sammelte sie auf, murmelte vor sich hin, dann legte er sie um sein Handgelenk. Er betrachtete sie von allen Seiten, dann lachte er leise und zufrieden über sein neues Armband. Er sah sich um. Die Märchen hatten recht: Riesen waren in der Realität nicht klüger, als man sie darstellte, denn er brauchte lange, bis er merkte, daß er nur sehr wenig zum Tausch zu bieten hatte. Nachdem er über die Steine und selbst ein Stück Flechte nachgedacht hatte, das auf einem Felsen wuchs, fällte er eine Entscheidung. Er legte seinen Knüppel dorthin, wo die Kette gelegen hatte. Jetzt war ich mir sicher, daß wir keiner sonderlichen Gefahr ausgesetzt waren. Ich schüttelte den Kopf. Nein, den Knüppel wollte ich nicht, und ich bedeutete ihm, die Kette sei ein Geschenk. Er kam näher. Ich sah, daß er angewidert *seine* Nase rümpfte, und lächelte beinah, als ich mich erinnerte, daß mein Vater mir erzählt hatte, er habe einmal mit Menschen Handel getrieben, die so primitiv waren, daß sie *niemals* badeten und die Häute, die sie trugen, erst wechselten, wenn diese verrottet waren. Der Geruch eines sauberen Menschen bereitete ihnen Übelkeit.

Weitere Gegenstände wurden vorgeführt. Manche mißfielen ihm, wie etwa Parfüms. Andere mochte er, zum Beispiel eine kleine Silberfigur, die ich wiegte, als sei sie ein Kind. Wieder lachte er und nahm die Figur an sich. Ich vermutete, sie würde seinem oder dem Kind eines anderen Riesen als Puppe dienen. Goldkettchen wurden akzeptiert. Doch der größte Erfolg war eine Schachtel mit Bonbons, die ich nachträglich eingepackt hatte. Er verdrückte die gesamte Schachtel und sah sich argwöhnisch um, wie ein Kind mit schlechtem Gewissen, das nicht mit seinen Spielkameraden teilen will.

Als all meine Geschenke angenommen oder abgelehnt waren, stand ich da und deutete auf mich selbst, dann auf meine Gefährten, und zeigte auf den Weg hinter ihm. Mit den Fingern imitierte ich gehende Beine... Ich bat um die Erlaubnis, weiterzugehen. Er grunzte, dann brüllte er. Von hoch oben rief jemand eine Antwort. Der Riese stand auf, präsentierte lächelnd weitere, gelbbraune Hauer und zeigte mir, der Weg stünde uns offen. Nur eine Sache gab es noch... Ich rief etwas. Der Riese sah etwas beunruhigt aus, dann entsetzt, als Janos, gefolgt von Maeen und Hebrus, mit ihren Bögen in der Hand – die Pfeile aufgelegt, doch nicht gespannt – auf dem Kamm gleich über uns erschienen. Bevor der Riese seine Leute warnen konnte, setzten die drei Männer, entsprechend meinen Anweisungen, die Bögen ab, brachen feierlich ihre Pfeile entzwei und warfen sie zu uns herab. Selbst mein minderbemittelter Handelspartner verstand. Wir hätten ihn töten können, wollten es aber nicht. Die zerbrochenen Pfeile sollten außerdem signalisieren, daß wir in Frieden durch sein Revier reisen wollten, jetzt und auch in Zukunft. Der Riese lachte – worüber, wußte ich nicht –, sammelte seine Geschenke ein und stieg eine nahe Felsspalte hinauf. Janos und seine Partner rutschten vom Kamm herunter, und wir formierten uns neu und zogen unserer Wege. Weder den Riesen noch seine Stammesbrüder bekamen wir je wieder zu Gesicht.

An diesem Abend setzte sich Janos zu mir. »Ich habe etwas gelernt«, sagte er reumütig. »Ein Schwert ist nicht *immer* die beste Möglichkeit, einen störrischen Knoten zu lösen.« Ich zuckte die Schultern. Dieser Erfolg bei einem friedlichen und naiven Geschöpf bedeutete nicht, daß wir weniger Vorsicht walten lassen konnten. Ich war der Ansicht gewesen, jener Janos, der mich auf meiner Suche begleitet hatte, sei ebenso wie ich eher zu Verhandlungen als zum Blutvergießen bereit gewesen, aber vielleicht täuschte ich mich auch. Jedenfalls hatten wir ein weiteres Hindernis genommen, ohne selbst Verluste zu erleiden.

Etwas, worauf ich ausgesprochen stolz bin, ist die Tatsache, daß der »Vertrag«, den ich zwischen Orissa und den Riesen geschlossen hatte, bis zum heutigen Tag Bestand hat. Karawanen, welche die Bergroute nehmen, sorgen dafür, daß sie Geschenke dabeihaben, da ihnen sonst Lawinen drohen oder sogar der Paß blockiert wird. Niemand hat je mehr als diesen einen Riesen gesehen, falls es sich tatsächlich noch um denselben handelt, den ich beschenkt habe. Seine Wünsche, beziehungsweise die seines Stammes, haben über die Jahre abgenommen. Inzwischen wollen sie nur noch Süßwaren, je süßer, desto besser. Alles andere weisen diese merkwürdigen und nach wie vor unerforschten Geschöpfe zurück.

Drei Tage brauchten wir zu den zentralen Gipfeln der großen Bergkette, und dann begann der Paß langsam, sich in die Tiefe zu winden. Wir marschierten zwei weitere Tage, bis wir sahen, was dahinter lag. Zu unserer großen Enttäuschung waren es keine goldenen Städte. Statt dessen fanden wir eine schier endlose Zahl von Bergtälern, die in alle Richtungen führten. Wir waren bestürzt. Konnte es sein, daß wir auf einer Reise waren, die immer weiter und weiter und weiter gehen sollte, bis wir an Altersschwäche starben? Doch wir marschierten voran, folgten dem Paß. Wir wollten uns entscheiden, welchen Weg wir nehmen sollten, sobald wir flaches Land erreichten. Aber diese Entscheidung blieb uns erspart. Der Paß verengte sich zu einer Schlucht. Eine Quelle sprudelte, Wasser stürzte herab, und wir zogen an einem stetig wachsenden Bergstrom entlang. Eine Straße begann, die man ins Angesicht des Berges geschlagen hatte. Sie war in den Felsen gehauen, eine präzise gearbeitete Kerbe, zwanzig Fuß hoch und zwanzig Fuß breit. Hier und da waren Mulden tiefer in den Fels geschlagen, damit Karawanen einander passieren oder bei Einbruch der Dunkelheit ihr Lager aufschlagen konnten. Die Straße folgte dem Fluß, hielt sich einen Steinwurf oberhalb der Hochwassermarke. Stufen waren in den Stein gehauen, damit man seine Wasserbeutel nachfüllen konnte. Keiner von uns, nicht einmal Janos, hatte je zuvor gehört oder gesehen, daß jemand aus den Ländern, die wir zivilisiert nannten, ein Projekt von solcher Größenordnung gewagt hätte.

Es regnete ständig, doch der Stein über unseren Köpfen hielt uns trocken, als liefen wir durch eine überdachte Brücke. Fast tat es uns leid, als wir die Talsohle erreichten, wo wir unseren Regenschutz verloren, auch wenn wir eine grüne und lebendige Landschaft durchwanderten, die das Auge erfreute und uns mehr als ausreichend dafür entschädigte, daß wir immer wieder bis auf die Haut naß wurden. Inzwischen folgten wir einer Steinstraße, die sich durch ein Tal wand. Wir erörterten, ob es klug sei, diesen Weg zu benutzen, doch blieb uns keine Wahl. Zu beiden Seiten wuchsen Bäume und dichtes, dschungelähnliches Unterholz, durch das wir uns wochenlang hätten hacken müssen, und der Lärm dieses Hakkens würde sehr weit zu hören sein. Zudem schliefen wir auf der Straße, nachdem wir an unserem ersten Nachmittag eine weitere Gefahr entdeckt hatten. Ich hatte einen Kundschafter angewiesen, einen Lagerplatz zu suchen, und er war fündig geworden: eine kleine Lichtung neben der Strecke. Dort gab es auch einen Teich zum Trinken und Waschen, Bäume, unter denen wir lagern konnten, und weiches Gras für die Tiere. Janos überwachte das Abladen, als ich sah, daß sich der Boden des Tales bewegte. Es war, als sei das

Gras zu Leben erwacht und marschiere auf uns zu. Blätter an den Bäumen wehten in windstiller Luft. Ich hielt es erst für Zauberei, dann drehte sich mir der Magen vor Ekel und Entsetzen um, als ich sah, was die Bewegung hervorrief: Blutegel. Solche hatte ich noch nie gesehen: doppelt so groß wie eine Menschenhand. Da sie Blut witterten, näherten sie sich uns wie eine Armee von Ameisen mit alarmierender Geschwindigkeit. Weitere Blutegel hingen von den Bäumen: die wehenden »Blätter«, die ich gesehen hatte. Es war ein Ort, der den tapfersten Helden in einen greinenden Feigling verwandelte, und eilig machten wir uns davon. In jener Nacht schliefen wir mitten auf der Straße, doch erst, nachdem Janos einen Ekelzauber ausgesprochen hatte. Dennoch wurde es am nächsten Morgen nötig, ein kleines Feuer anzuzünden und mit brennenden Zweigen einige der Blutegel wegzubrennen, die uns gefunden und den Bann irgendwie unterwandert hatten. Sie waren fett und aufgebläht von unserem Blut. Als sie sich lösten, bluteten die Wunden, die sie zurückließen, heftig und mußten bandagiert werden.

Einige Stunden später fanden uns die Späher. Das Tal hatte sich verbreitert, der Fluß war flacher geworden. Er schlängelte sich am Fuß der zerklüfteten Felsen entlang. Die Straße führte schnurgerade durch das Tal, und wir konnten weit sehen. Es war heiß und still. Ich erinnere mich noch gut an das Summen der Zikaden. Dann kamen vor uns Soldaten um eine Biegung. An der schimmernden Rüstung von Roß und Reiter erkannte ich sofort, um wen es sich handelte. Es waren mindestens zwanzig von ihnen, mehr als wir je gesehen hatten. Sie entdeckten uns, bevor wir neben der Straße Schutz suchen konnten. Die Lanzenspitze ihres Führers berührte den Boden, als er die Waffe sinken ließ. Ich konnte sehen, daß gepanzerte Handschuhe über Helme fuhren und sich Visiere schlossen. Doch hörten wir nicht das erwartete Klirren der Waffen, Befehle oder das Klappern der Hufe auf dem Stein, als die gespenstische Patrouille in unsere Richtung trabte.

»Kompaniegröße«, bemerkte Janos. »Falls sie ohne Verhandlungen angreifen wollen, wird ihr Kommandeur ihnen befehlen, zu galoppieren, sobald sie die Senke erreicht haben, wo wir sie nicht sehen können.« Auch auf diese Situation waren wir gefaßt. Männer zogen speziell gefertigte Speerverlängerungen aus den Eselspacken und schoben sie auf die Eisenmuffen, die wir an den Kolben der Speere befestigt hatten. Sechs Mann knieten am Straßenrand, mit aufragenden Speeren und erhobenen Schilden. Hinter ihnen standen Bogenschützen, dann unsere Tiere, je zwei von einem Mann gehalten. Der Rest von uns zog die Schwerter, bereit zu reagieren, wenn nötig. Obwohl wir drohten wie die Stachelschweine, bereiteten wir doch keine unausweichliche Situation vor. Wenn sie wollten, konnten die Späher anhalten oder uns sogar kampflos passieren. »Bleibt auf euren Posten«, warnte Janos. »Macht euch keine Sorgen … und lauft nicht weg. Kein Pferd … weder im wahren Leben noch in der Legende – wird einen Wall von Speeren angreifen. Haltet euch bereit.« Seine Stimme klang so unbesorgt, als sei dies nur eine Übung auf meinem Landgut.

Der Trupp trabte in die Bodensenke und war nicht mehr zu sehen. »Jetzt«, sagte Janos, »jetzt werden wir gleich wissen, welche Absicht diese Männer verfolgen.« Doch nichts geschah. Sekunden wurden zu Minuten, und die Reiter tauchten nicht wieder aus der Senke auf. »Interessant«, bemerkte Janos. »Dort ist nicht genug Platz für so viele Reiter, ohne daß sie sich gegenseitig auf den Hufen stehen. Zwei Mann! Vorwärts zur Senke! Obwohl ich nicht glaube, daß dort etwas zu finden ist.«

Wie Janos vermutet hatte, riefen die beiden Kundschafter, die Senke sei leer. »Noch interessanter«, sagte Janos und klang keineswegs besorgt. »Die erste Möglichkeit, die ich bezweifle, ist, daß wir sie mit unserer Anwesenheit und Kampfbereitschaft überrascht haben. Die zweite ist, daß sie, oder wer immer sie befiehlt, versucht, unsere Entschlossenheit zu schwächen. Die dritte, logische, wäre, daß der Kommandeur dieser Einheit ebensowenig mit uns anzufangen weiß wie wir mit ihm. Die vierte, der ich persönlich anhänge, ist, daß der Versuch, das Verhalten eines wirklich großen Geistersehers vorherzusagen, ähnlich ist, als wolle man in den Wind pissen: anfangs befriedigend, aber unergiebig, unangenehm und peinlich, je länger es dauert. Marschordnung! Wir rücken vor!« Und das taten wir, ohne weitere Aufregung. Doch wir reisten langsamer, trugen Rüstungen und hielten unsere Waffen bereit.

Am folgenden Tag gerieten wir in einen Hinterhalt. Sie hatten die Falle gut getarnt, an einer Stelle, wo die Straße an einer Felsformation vorbeiführte. Auf der anderen Straßenseite bot das kahle Gelände weder Schutz noch Fluchtmöglichkeit, und auch davor und dahinter gab es keine Deckung. Der einzige Fehler der Angreifer bestand darin, daß sie hätten warten sollen, bis die Mitte unseres Trupps die Todeszone erreicht hatte. Sie aber griffen unsere Vorhut an. Bogensehnen schwirrten, und zwei unserer Männer schrien auf und gingen zu Boden. Dann flogen Speere von den Felsen. Jemand schrie vor Schmerz, und die Angreifer stießen ein Kriegsgeheul aus, das uns das Blut gefrieren lassen sollte. Wir blieben stehen, einen Moment lang unschlüssig, als eines unserer Tiere schrie und scheute, zwei Pfeile in der Flanke. Ich hörte Janos rufen: »In die Mitte! In die Mitte! Greift an, ihr Scheißkerle!« Maeen sprang über einen der Verwundeten, riß sein Schwert aus der Scheide und stürmte mitten in den Hinterhalt. Ich sah, wie ein Pfeil neben ihm von einem Stein prallte, dann stürmte er hinter den Felsen. Auch ich stürmte vor, meine Klinge in der Hand, und hörte hinter mir Schreie, diesmal jedoch Kriegsgeheul. Ich brach durch das Unterholz, kam um einen Felsen, und dort stand ein Mann, der seinen Bogen spannte und losließ, und ich weiß nicht, wohin der Pfeil ging, als ich ihm mit einem Hieb den Arm abtrennte. Blut spritzte, und er schrie auf. Und noch ein Mann war da. Mit erhobenem Schwert parierte er meinen Hieb. Ich fing mich, fiel halb zu Boden, um seinem Schlag auszuweichen, und stieß unbeholfen nach ihm. Meine Klinge klirrte gegen seinen Panzer, ich war an seiner Brust, und wir kamen ins Schwanken. Ich stieß ihn mit der Stirn, zertrümmerte seine Nase, und er taumelte rückwärts, stolperte. Bevor er wieder im Gleichgewicht war, stürmte ich voran, und meine Klinge grub sich bis ans Heft in sein Gedärm. Beinah verlor ich mein Schwert, als er stürzte, fing mich jedoch wieder und befreite ihn von allem Übel. Ein Pfeil schlug dumpf im harten Boden ein, und ich blickte auf und sah einen Bogenschützen direkt über mir. Er trug eine stählerne Pelerine, zog mit einer Hand den nächsten Pfeil aus seinem Gürtelköcher, setzte ihn an die Sehne und zog die Finger sachte zurück. Ich sah den Tod in seinen Augen, an der Spitze des Pfeiles, der auf mein Gesicht zielte, als Janos' Dolch mit dem Knauf zuerst an seine Brust schlug. Der Schütze ließ den Bogen fallen, taumelte rückwärts und stürzte krachend vom Felsen. Ich hörte Knochen bersten, und er schrie vor Schmerz. Schon war ich über ihm, und Blut spritzte aus seinem Kopf, als ich mit aller Kraft zustach.

Dann war keiner mehr zu morden übrig. Ich sank gegen die Felsen und zitterte heftig am ganzen Körper. Ich kam wieder zu mir... und sah mich um. Acht tote Feinde lagen über die Felsen verstreut. »Acht gegen zwanzig«, sagte Janos mit einiger Bewunderung. »Sie hatten keine Angst, denn sie wußten, daß Überraschung die Kräfte verdoppelt und noch einmal verdoppelt.«

Er sammelte seinen Dolch auf und betrachtete ihn skeptisch. »Warum nur«, überlegte er, »trifft der Held in alten Sagen, wenn er sein Messer wirft, den Schurken stets ins Herz? Ach, na ja, wenigstens habe ich ihn überhaupt getroffen. Ich war überrascht, daß ich nicht den Stein selbst durchbohrt habe.«

Ich dankte ihm. Ein weiteres Mal hatte er mir das Leben gerettet. Janos lächelte und versuchte, die Spannung mit einem Scherz aufzulockern. »Ehrlich gesagt, habe ich den Dolch nur geworfen, um Gelegenheit zu bekommen, deinen wundervollen Sprung zu diskutieren, mit dem du den ersten Feind durchbohrt hast. Das hätte dir einen großen Sieg eingebracht ... auf der Matte. Wären wir in der Kaserne, würde ich an dir für deine dumme Tollkühnheit ein Exempel statuieren und dich für eine Woche zum Küchendienst einteilen.«

»Ich danke Euch, Sir Greycloak.« Ich lachte. »Du klingst wie einer meiner alten Hauslehrer. Obwohl, wenn ich es recht bedenke, war er einer der wenigen, die etwas von Wert zu sagen hatten.«

Ich wandte meine Aufmerksamkeit dem Bogenschützen zu, dann dem Schwertkämpfer, den ich getötet hatte. Auch ich war von alledem abgehärtet und inzwischen fähig, eine Leiche zu begutachten, ohne grün anzulaufen und umzufallen. »Sie waren gut gepanzert und bewaffnet«, sagte ich. »Allesamt in Uniform. Also sind es keine Banditen. Und ich glaube nicht, daß sie die Infanteristen unserer Späher waren.«

Janos wurde aschfahl. »Ich kann dir sagen, was sie sind«, sagte er. »Lycanther. Sieh dir die Stiefel an. Oder die Art seiner Rüstung ... oder das Heft an der Klinge dort. Ich selbst habe so ein Schwert getragen, als ich in ihren Diensten stand.«

»Aber was *tun* sie hier? Sie können uns nicht gefolgt sein«, sagte ich. »Sie können uns nicht überholt haben. Zumindest halte ich das für unwahrscheinlich.«

Janos beugte sich über den toten Schwertkämpfer und durchsuchte ihn. Einige Münzen – lycanthische – lagen im Beutel des Mannes. »Ist dir aufgefallen«, begann er, »daß diese Männer, obwohl sie Lycanther sind, weder Banner noch Standarte tragen? Und auch auf ihren Brustpanzern gibt es keine Wappen.« Er stand auf. »Sergeant Maeen!«

»Sir!«

»Laßt die Toten entkleiden. Stapelt die Leichen. Duchsucht ihre Habseligkeiten und bringt, was ihr findet, zu mir.«

»Ja, Sir!«

Während wir auf das Ergebnis von Maeens Durchsuchung warteten, begann die schauerliche Arbeit nach der Schlacht. Erstaunlicherweise hatten wir keinen Mann verloren. Die ersten beiden, die von Pfeilen getroffen waren, würden nicht nur überleben, sondern bald schon genesen, auch wenn einer von ihnen heftig aus einer Oberschenkelwunde blutete, für die mehrere von Janos' Zaubersprüchen nötig waren, damit sie sich schloß. Dann wurde sie bandagiert. Die Wunden des zweiten Soldaten waren weniger schwerwiegend. Der Pfeil hatte seinen Arm gänzlich durchstoßen, war dann jedoch an seinem Brustpanzer abgeprallt. Die anderen Verwundeten waren ein blutiger Anblick, doch die Schnittwunden von Schwertern und Dolchen würden schnell verheilen, besonders mit Janos' Zauberkunst, die half, diesen Prozeß zu beschleunigen. Der Mann mit der Oberschenkelwunde und auch der andere würden einige Tage reiten müssen, doch alle anderen konnten trotz ihrer Wunden laufen. Das Erscheinen der Späher hatte uns unbeabsichtigt auf diesen Hinterhalt vorbereitet.

Mein gedankenverlorenes Nachsinnen über die Absichten der Geisterreiter – trotz Janos' Warnung vor dem Versuch, das Verhalten eines Weissagers weiszusagen – wurde unterbrochen. Sergeant Maeen hatte etwas gefunden. Es war ein kleines Emblem, das an einer Halskette gehangen hatte. Wortlos hielt Janos es mir hin. Ich brauchte keine Erklärung. Ich hatte dieses Emblem am Brustpanzer der Soldaten gesehen, die das Umland von Lycanth nach uns absuchten. Und aus Marmor geschlagen im Hof eines großen Anwesens mitten in der berüchtigten Stadt.

Es war das Hauswappen von Nisou Symeon.

Die Straße führte wieder zum Fluß und kam zu einer Reihe von steinernen Anlegern, die für kleine Schiffe gedacht waren. Boote lagen hier nicht vertäut. Janos fand ein Stück Tau an einem Eisenpoller. Es war alt und grau. Lange hatten hier keine Schiffe mehr angelegt. Von diesem Pier aus konnten wir auf eine Weise reisen, die mir vertrauter war als die ständige Bergwanderei. Schon wollte ich befehlen, das Lager aufzuschlagen, und einen Arbeitstrupp aussenden, der Holz für Boote schlagen sollte, als mir die Splitter des gesunkenen Kanus einfielen, die Janos gefunden hatte, wo einst das Dorf der Ufermenschen gewesen war.

Er holte die Holzstückchen heraus und bereitete seinen Zauber vor. »Es ist einfach«, sagte er, als er mit Kreide geheimnisvolle Symbole auf den steinernen Anleger zeichnete, und daneben sechs geschlossene Ellipsen. »Die Vorstellung, daß etwas, das einmal Teil eines Ganzen war, wieder ein Ganzes werden kann, ist keineswegs revolutionär. Und wenn die Götter meinen Bemühungen gnädig sind, werde ich dieser Beschwörung einen Erneuerungszauber hinzufügen.«

Er legte ein Stück Holz in jede Ellipse und begann seine Beschwörung. Ich wußte, was als nächstes kommen würde, und hätte Janos' Talente inzwischen für alltäglich halten können. Doch war dies nicht der Fall. Ich gab Anweisung, die Lasten der Tiere in sechs gleiche Bündel aufzuteilen, von denen jedes nach Möglichkeit die gleichen Gegenstände enthalten sollte, um die Katastrophe gering zu halten, falls ein Kanu kenterte. Dann widmete ich mich wieder dem Anleger und glotzte wie ein Einfaltspinsel. Die Beschwörung dauerte nur wenige Minuten, dann schimmerte die Luft, daß man kaum hinsehen konnte, und sechs Kanus lagen auf dem Pier. Doch anstatt exakter Nachbildungen des grauen, vollgesogenen Wracks, das wir aus dem Fluß gezogen hatten, waren diese neu und glänzend, als wäre jedes davon eben erst aus dem Stamm gehauen, geschliffen und geölt worden.

Dieser Zauber, den Janos als »einfach« bezeichnet hatte, schien die Soldaten mehr als jeder andere in Erstaunen zu versetzen. Janos lächelte darüber. »Jetzt siehst du, warum Geisterseher einen Großteil ihrer Arbeit im Dunkeln und Geheimen verrichten. Jeder Zeuge meines Kanubaus wird sich – sobald er wieder bei sich ist, nachdem er gesehen hat, wie aus Zauberei Wirklichkeit wurde – fragen, warum so etwas nicht allgemein üblich ist. Warum sollte eine Frau beispielsweise dem Blechschmied das Aushämmern eines neuen Topfes bezahlen, wenn der weise Mann im Viertel den alten Topf – oder nur ein Stück davon – mit wenigen Worten für eine Kupfermünze oder zwei wiederherstellen kann?«

»Eine ausgezeichnete Frage«, sagte ich. »Warum eigentlich nicht?«

»Würdest du deinen Lebensunterhalt als Blechschmied oder Bergmann oder Bootsbauer verdienen, wüßtest du, warum. Es könnte eine der großen Fragen unserer Zeit werden: Von welchem Punkt an ist die Zauberei, wenn sie jedermann frei zugänglich ist, eher von Übel als von Vorteil?«

»Die Antwort ist leicht«, sagte Sergeant Maeen, der sich uns leise genähert hatte. »Wenn wir Menschen alle Zauberschlösser besitzen und leben wie in den Fernen Königreichen, können wir uns zurücklehnen, uns von den Elfen das nächste Faß Wein aufmachen lassen und *dann* diese Frage ausgiebig diskutieren.«

»Dann«, sagte Janos amüsiert, »wird es zu spät sein.«

»Nun, Sir, bis dahin kennen wir sicher die Antwort, nicht? In der Zwischenzeit hätten wir die Ladung soweit, wenn die Herren Philosophen zur Reise bereit wären.«

Die Kanus wurden zu Wasser gelassen, beladen, und wir stellten Mannschaften zusammen, wobei wir darauf achteten, daß in jedem Boot einer saß, der Erfahrung auf dem Wasser hatte. Das Schwerste war, unsere treuen Esel zurückzulassen. Es gab Futter genug, und einer der Viehtreiber sagte, viele der Pflanzen dort bevorzugten mildes Wetter, daher bezweifelte er, daß der Winter das Tal in eine Eiswüste verwandeln könnte. Wir hatten keine Raubtiere gesehen, die sich an den Tieren gütlich tun würden, und ich wußte, daß nur wenige Fleischfresser dumm genug waren, einen arglistigen Esel anzugreifen. Die Reise hatte unseren Eseln nichts als Erschöpfung,

Durst, Schmerz und sogar Tod gebracht. Hier konnten sie Fett ansetzen, sich fortpflanzen und nach Herzenslust schreien, da Janos sie vom Schweigezauber, der ihnen auferlegt war, erlöste. Und dennoch – als wir ablegten und vier der Tiere am Anleger standen, uns mit feuchten, grauen Augen nachtrauerten, und wir nur noch ein einziges, mächtiges Blöken hörten, als wir außer Sichtweite kamen, schwiegen wir schuldbewußt.

Der Fluß wuchs enorm an, als andere Ströme von ihren Quellen herabrauschten und sich ihm anschlossen. Unsere Boote schossen stromabwärts, rollend und stampfend, und Gischt spritzte auf, bis wir gelegentlich den Kurs nicht mehr sehen konnten. Und wieder waren wir gleichzeitig schnell und langsam unterwegs. Wir sausten Kaskaden hinab, stießen die Boote verzweifelt mit unseren Paddeln von kniehohen Felsen ab oder glitten stundenlang über Stromschnellen wie Otter über Schlammhänge. Zweimal kenterten Boote, und wir brachten Stunden damit zu, Bündel und Männer aus dem aufgewühlten Wasser zu fischen. Te-Date war uns gnädig, und niemand ertrank.

Manchmal waren wir gezwungen, unsere Boote an Land zu bringen und sie und die Ladung mühselig um Stromschnellen oder Wasserfälle herum zu transportieren, die uns zu gefährlich erschienen. Drei- oder viermal mußten wir den Fluß gänzlich verlassen und die Boote mit Seilen steile Klippen hinauf und wieder hinunter in befahrbare Gewässer hieven. Trotz dieser Schwierigkeiten erlitt nicht nur niemand weitere Verletzungen, sondern unsere Verwundeten waren wieder so gut wie neu. Dann wurde es, je breiter und tiefer der Strom anwuchs, langsam ruhiger. Seltsamerweise sahen wir noch immer keine Spur von Leben, nicht einmal verlassene Dörfer. Hier und da gab es steinerne Anleger wie den, auf dem wir diesen Teil unserer Reise begonnen hatten, doch die Steinstraßen, die von diesen Anlegern wegführten, waren überwachsen und lange vergessen. Das Land war grün und schien fruchtbar. Wir konnten nicht verstehen, warum die Menschen diese Gegend verlassen hatten. Dann aber stießen wir sowohl auf Menschen als auch auf einen möglichen Grund für die Entvölkerung.

Unsere Ohren machten die Entdeckung zuerst. Anfangs hörte man lautes Dröhnen, wie Donner. Dann ein Krachen, als kämen wir zu einer großen Gießerei. Schließlich hörten wir Hilferufe und Schreie. Wir kamen um eine Biegung... und das Flußwasser wandelte sich zu Blut. Ein Damm führte vom Ufer zu einem Eiland etwa drei Viertel des Weges über den Fluß hinweg. Von diesem Eiland erstreckte sich eine breite Brücke zum gegenüberliegenden Ufer. Die Strömung nahm zu, sog uns an diesen Strand. Jeden Moment würden wir unter die Brücke getrieben.

Doch das war nicht, was uns als erstes auffiel. Zuerst kamen die Leichen. Wir wurden Zeugen der letzten Augenblicke einer Schlacht, die geschlagen wurde, ohne daß die Kontrahenten unsere sechs winzigen Kanus beachteten. Überall auf dem Damm lagen Leichen, stapelten sich auf dem Eiland und türmten sich selbst auf der Brücke. Über diesen Fluß hinweg war ein blutiger Krieg geführt worden. Am gegenüberliegenden Ufer sanken die letzten Verteidiger – oder Angreifer, als welche sie begonnen haben mochten – mit den Rükken zum Kliff in den Tod. Ich sah ein Banner, so blutig, daß ich sein Sinnbild nicht erkennen konnte. Soldaten auf ihrer letzten Wacht standen darum herum. Ich sah einen riesenhaften Mann, der einen Säbel schwang. Er hatte seinen Helm verloren oder verschmähte ihn, und ich sah sein weiß-goldenes Haar und den Bart in der Sonne glänzen. Ein König? Ein Edelmann? Um ihn sammelte sich, was ich für den Rest seiner Leibwache hielt, und die Angreifer stürmten wieder und wieder gegen sie an wie Sturmwellen gegen einen Strand. Dann fiel der blonde Mann, und sein Banner wankte und stürzte zu Boden. Man hörte Siegesgeheul.

Die Männer in meinem Boot glotzten, fluchten, stöhnten, und

einer oder zwei von ihnen übergaben sich. Das Wasser um uns war dunkel, und trübes Rot hatte die Steine vor uns eingefärbt. »Augen im Boot und bei den Paddeln«, befahl ich. »Paßt auf, sonst werden wir gegen Pfeiler getrieben. Die Gottesfürchtigen beten, daß wir unentdeckt bleiben.«

Janos' Boot kam neben meins, als die Strömung uns unter die Brücke trieb. Über mir hing ein Mann vom Geländer, und ich sah mit diesem einen Blick, wie seine Augen in die Ferne starrten und ihn dann das Leben verließ. Schon waren wir vorbei. Ich meinte, ein Rufen von der Brücke zu hören, und später sagte jemand, man hätte uns einen Pfeil hinterhergeschickt, doch der Fluß bog sich ein weiteres Mal, die Bäume reichten bis ans Ufer, und wir waren in Sicherheit.

Wir fuhren in der Dämmerung, legten dann auf einer kleinen Insel mitten im Strom an und zogen die Kanus weit ins Unterholz, daß sie nicht zu sehen waren. Wir alle waren erschrocken und verwundert, über so lange Zeit kein Lebenszeichen zu sehen und dann auf eine derart barbarische Szene zu stoßen.

»Barbarisch stimmt«, warf Lione ein. »Vielleicht habt Ihr es nicht gesehen, aber es waren Unmengen davon. Sie haben sich über die Soldaten hergemacht und mit Dolchen zugestoßen, um sicherzugehen, daß kein Verwundeter einen Arzt brauchte. Die sind von einem zum anderen gegangen, als wären sie für die Aufgabe eingeteilt.«

»Soldaten plündern nun mal«, sagte Maeen.

»Die haben nicht geplündert«, gab Lione trotzig zurück. »Nur getötet.«

»Das Ende einer Fehde«, vermutete ich.

»Oder vielleicht«, sagte Janos finster, »tragen die Entzweiten Länder ihren Namen zu Recht, wenn der einzige Sieg, der zählt, der Sieg der Würmer ist.«

»In jedem Fall«, sagte ich und versuchte, dem Tag etwas Positives abzuringen, »wissen wir jetzt, warum die Fernen Königreiche bisher keine Abgesandten oder Händler geschickt haben, wenn sie durch Länder reisen müssen, die von solchen Schlachten beherrscht werden.«

Das heiterte die Männer auf.

»Und endlich haben wir eine Form von Zivilsation gefunden, so barbarisch sie uns auch erscheinen mag«, fuhr ich fort. »Die Mündung dieses Flusses und die Fernen Königreiche selbst müssen ganz in der Nähe sein.« Letzteres war natürlich nur die reine Vermutung.

Doch anderthalb Tage später fanden wir tatsächlich eine Zivilisation. Oder besser gesagt, die Zivilisation fand uns. Vier lange Kriegsgaleeren glitten aus einer schmalen Bucht hervor. Zwanzig Ruder zählte ich auf jeder Seite, und auf den Vorderdecks standen bewaffnete Männer. Am Bug eines jeden Schiffes fanden sich zwei Ballisten, und sie hielten direkt auf unsere Kanus zu. Wir saßen vollends in der Falle. Ein spitzbärtiger Mann mit Rüstung und Helm grüßte uns.

»Willkommen, Reisende«, rief er. »Willkommen, Gäste.« Sein Lächeln wirkte freudlos und nicht sonderlich einladend.

Kapitel Einundzwanzig

Der Zauberer der Seelen

Es war eine Stadt wie keine andere; die Geräusche gedämpft, die Farben unnatürlich grell. Wohnhäuser bestanden aus blassem Stein, und nur kleine, schwarze Löcher – die Türen – durchbrachen die gesichtslosen Fassaden. Rote Girlanden, die von grünlackierten Pfosten hingen, säumten beide Seiten der gespenstischen Allee.

Unsere »Gastgeber« hatten sich geweigert, Fragen zu beantworten, während wir zum Hafen der Stadt fuhren, die an der Mündung des Flusses lag. Tatsächlich äußerten sie überhaupt keinen irgendwie gearteten Kommentar und wandten sich ab, als wären wir gar nicht da. Im Hafen übergab man uns einem Trupp wartender Soldaten unter dem Kommando eines finster dreinblickenden Hauptmanns. Unsere Habe, darunter auch die Waffen, lud man auf einen Karren, der uns folgte, als wir über die Hauptstraße der Stadt geführt wurden. Wir gingen der kleinen Parade voraus, zwanzig verängstigte Gefährten drängten sich zur gegenseitigen Stärkung zusammen. Zu beiden Seiten marschierten Soldaten, trieben uns unserem Schicksal entgegen. Die neuen Gastgeber waren so schweigsam wie die vorherigen. Wäre da nicht das Dröhnen der Stiefel gewesen, das dumpfe Klirren der Rüstungen und das nervöse Kribbeln an unseren Hälsen, hätte man gar nicht gewußt, daß sie da waren.

Nur wenige Leute waren zu sehen, und diese Männer und Frauen liefen ohne erkennbaren Grund umher oder standen reglos wie Steine und starrten uns an. Ihre Tracht folgte keinerlei Logik. Manche trugen gewöhnliche Togen, andere die weiße Seide der Reichen. Darunter mischten sich Männer im Harnisch der Soldaten, Bauern in Arbeitskleidung und Bettler in Lumpen. Ein kleines Mädchen sah mich an, als wir vorübergingen. Ich lächelte, und es lächelte zurück. Der Magen wollte sich mir umdrehen, denn das unschuldige Wesen hatte keine Nase mehr. Mir fiel auf, daß noch viele andere auf ähnliche Weise verstümmelt waren: fehlende Arme oder Holzblöcke als Füße.

Ich hörte Maeen flüstern: »Was für ein unglücklicher Haufen.«

Janos beugte sich zu mir und sagte leise: »Wenn wir am Ziel sind, folge meinem Beispiel.«

Die Allee nahm eine Biegung, dann führte sie schnurgerade zu einem großen, rechteckigen Gebäude mit einem riesigen, roten Schornstein auf seiner Kuppel. Der Schornstein hustete Funken und schwarzen Rauch hervor, und ein ekelerregender Gestank verpestete die Luft. Als wir näher kamen, merkte ich, daß das Gebäude größer war, als ich gedacht hatte. Ein weiterer Bau duckte sich davor, rund wie ein Bienenstock mit gebogener Tür. Ein Mann trat aus dem Eingang. Er trug eine feine, rote Robe mit einem kleinen, schwarzen Emblem an der Brust, zum Zeichen seiner Autorität. Er hob eine Hand zum Gruße. Die Hand war daumenlos und mit Fingerstumpen besetzt.

Er sprach mit einer Stimme, die es gewohnt war, zu befehlen. »Guten Tag, edle Wanderer. Mein Herr heißt Euch willkommen und entbietet Euch seine vielgerühmte Gastfreundschaft.«

»Dank Euch«, sagte Janos. »Und wer mag Euer Herr sein?«

»Nun, sein Name ist aller Welt bekannt«, erwiderte unser Gegenüber. »Es ist Lord Mortacious, Herrscher über diese Stadt und alle Länder von Gomalalee.«

»Verzeiht unser Unwissen, edler Herr«, sagte Janos. »Doch wir kommen aus einem so fernen Land, daß nicht einmal der Name Eures hohen Herrn an unsere Ufer gedrungen ist. Es wird uns eine Ehre sein, diesen Namen in unserem Volk zu verbreiten, wenn wir sicher in unsere Heimat zurückgekehrt sind.«

Der Mann antwortete: »Dann wird es Euch eine Freude sein, ihm zum ersten Mal gegenüberzustehen. Kommt. Mein Herr erwartet Euch bei Tisch.«

Wir folgten ihm: neunzehn schweigende Männer, die sämtliche Götter anflehten, Janos' Weisheit beizustehen. Wir hörten das Zischen des Schornsteins über uns und rochen den fauligen Qualm. Der Mann führte uns zum Festsaal und stieß die Türen weit auf. Der Raum war lang und schmal und so hell erleuchtet, daß meine Augen schmerzten. Die einzige Dekoration waren weitere dieser obszönen, roten Girlanden an den hohen Wänden. Vom einen Ende des Raumes zum anderen zog sich ein schwerer Schwarzholztisch. Überreich türmten sich dort Gaumenfreuden: Braten von mancherlei Fleisch, Teller mit ganzen, gebackenen Fischen, Berge von nahrhaftem, dunklem Brot und große, kristallene Karaffen mit rotem Wein, so schwer, daß sein süßer Duft den ganzen Raum erfüllte. Die Speisen lagen auf goldenen Tellern. Vierzig Mann saßen an diesem Tisch, und nahe des Eingangs war Platz für weitere achtzehn.

Am Kopfende der Tafel, auf einem grünen, thronähnlichen Stuhl, saß ein Mann mit den Zügen eines grimmigen Aasfressers der Lüfte. Er stand auf, als er uns sah, und hob die Hände, daß seine rote Robe wehte wie die Flügel eines jener großen Wüstenvögel. Das konnte niemand anderes sein als der Mann, dessen Einladung wir folgten: Lord Mortacious. Zuerst sprach er mit seinen Tischgenossen: »Meine Herren. Wir haben die Ehre, heute vornehme Gäste begrüßen zu dürfen.« Allgemeines Gemurmel hob an, finster oder erfreut, ich konnte es nicht sagen. »Meine Herren, ich darf Ihnen Sir Janos Greycloak aus Orissa vorstellen.« Janos zuckte zusammen. Ich spürte, daß auch mein Gesicht vor Überraschung glühte. »Ich glaube, der Mann neben ihm, der mit dem prächtig-roten Haar, ist Lord Antero. Ebenfalls aus Orissa.« Ich verneigte mich tief und blieb ruhig, doch kreisten meine Gedanken um die bange Frage: Woher kannte er uns? Welche Absicht verfolgte er?

»Die Ehre ist ganz unsererseits, Lord Mortacious«, sagte Janos. Ich wiederholte seine Worte. Hinter mir hörte ich das nervöse Husten einer unserer Männer und daß Sergeant Maeen ihn mit scharfem Flüsterton zurechtwies.

Mortacious zog den Schal um seinen Hals zurecht. Das Tuch war aus teurer, schwarzer Seide. Er lächelte vornehm und wohlwollend, doch seine Augen waren so rauchgrau und voll tödlicher Versprechen, daß er nur ein Zauberer sein konnte.

»Kommt, eßt mit uns zu Abend«, sagte er und deutete auf die leeren Ehrenplätze zu beiden Seiten seines Throns. »Eure Männer finden Platz dort bei der Tür.« Janos und ich traten vor. Hinter uns setze sich unser kleiner Trupp, wohin man ihn bestellte. Bei jedem Schritt, mit dem wir uns von unseren Gefährten trennten, spürte ich, wie unsere Sicherheit schwand. Mortacious war höchst aufmerksam, als wir unsere Plätze einnahmen. Er ordnete unsere Gedecke und schenkte jedem ein Glas Wein ein. Ich bedankte mich leise und trank. Der Wein war so süß, daß ich beinah würgen mußte, doch aus Höflichkeit zwang ich mich zu einem weiteren Schluck. Dieser war erträglicher, ein mächtiger Trank, der dem Magen Feuer und dem Verstand dichten Nebel brachte: Ich gelobte Vorsicht.

»Sagt mir, Lord Mortacious«, begann Janos, »wie kommt es, daß Ihr von so unbedeutenden Reisenden wie uns wißt?«

Mortacious gluckste, fingerte am schwarzen Schal um seinen Hals herum. »Unbedeutend? Ich glaube kaum. Was mein Wissen um Euch angeht, so ist das für einen Zauberer kein Kunststück. Als Herrscher über dieses Reich, das viele böse Menschen beneiden, ist solch Wissen unumgänglich.«

Urplötzlich entspannte sich Janos. Er trank seinen Wein und schmatzte laut vor Vergnügen. »Um ganz offen zu sein, Herr, als sich Eure Männer uns näherten, fürchteten wir schon, man würde unsere Absichten mißverstehen. Denn wir kommen in diese Gegend aus Versehen, nicht aus Absicht. Unser Bestreben ist ausschließlich friedlicher Natur.«

»So sagt Ihr«, murmelte Mortacious. »Doch zieht Ihr eine blutige Spur hinter Euch, die auf anderes schließen läßt.«

»Hätten sie uns passieren lassen«, sagte Janos, »könnten sie noch leben.«

Die bissige Bemerkung rief eher Amüsement als Zorn hervor. Mortacious lächelte. »Genau, lieber Greycloak. Unwissenheit kann tödlich sein.« Er schenkte uns nach. »Als ich von Eurem Kommen erfuhr, war meine Neugier geweckt. Ich mußte den Mann kennenlernen, der so inbrünstig die Fernen Königreiche sucht.«

Abgesehen von dem Gespräch zwischen Janos und Mortacious herrschte Stille im Saal. Seine Männer machten lustlose Bewegungen des Essens und Trinkens. Sie sprachen nicht miteinander und sahen weder hierhin noch dorthin. Am anderen Ende der Tafel flüsterten unsere Freunde miteinander und rutschten auf ihren Stühlen unruhig herum. Doch sah ich, daß sie klug genug gewesen waren, sich ein paar Stücke Fleisch und Brot zu nehmen, was sie verschlangen, als wäre es ihr letztes Mahl, ein Gedanke, der mir nicht fremd war, als ich auf meinen leeren Teller blickte.

Mortacious sah meinen Blick und verstand. »Verzeiht mir, edle

Herren, wenn ich Eure Bedürfnisse vergaß. Kommt, laßt mich Euch helfen, den einen oder anderen schmackhaften Bissen zu finden.«

Er schnitt eine dicke Scheibe von dampfendem Fleisch für mich und eine weitere für Janos und legte sie höchst feierlich auf unsere Teller. Ein delikater Duft stieg auf und weckte meine Sinne, hieß mich zu essen. Ich schnitt einen langen Streifen und hob ihn eifrig an die Lippen. Ich hielt inne, verdutzt, als ich Mortacious' böses Kichern hörte. Plötzlich wandelte sich der verführerische Streifen in eine zischende, zappelnde Viper. Gift tropfte von ihren Fängen, verätzte den Tisch.

»Aber, aber, Amalric Antero, du *bist* ein gieriger Geselle«, sagte Janos mit jungenhaft beschwingter Stimme. »Immer schnappst du dir das beste Stück weg. Hier … erlaube mir zumindest *einen* Biß!« Mit schwungvoller Geste riß er die Schlange an sich. »Nicht ganz durch vielleicht«, sagte er. Mit der anderen Hand schlug er einen Bogen in die Luft und wischte an den klaffenden Fängen der Viper vorbei. Die Schlange wurde wieder ein unschuldiges Stück Fleisch. Er warf es sich in den Mund und spülte es mit einem Glas Wein herunter. »Ganz schmackhaft«, sagte er und hielt sich eine Hand vor den Mund, um ein höfliches Rülpsen zu verbergen.

Mortacious' Miene verfinsterte sich. Er zupfte an seinem Halstuch herum, verärgert über Janos' geschickte Vorführung. Nur war mein Freund noch nicht fertig. »Doch was für eine Speise steht dort vor Euch, Lord Mortacious?« rief er mit gespielter Überraschung. Er schnippte mit den Fingern zu dem schweren, goldenen Teller vor unserem Gastgeber hinüber. Mortacious schreckte zurück, als aus dem Teller ein großer, goldener Skorpion wurde, mit aufgerichtetem Schwanz und giftglänzendem Stachel, so tödlich wie die Viper.

»Komm her, mein Hübscher«, gurrte Janos, und mit beängstigender Geschwindigkeit schoß der Skorpion über den Tisch und rannte seinen Ärmel hinauf. Wütend schlug das Tier mit seinem Stachel, als er es tätschelte, dann wurde es zu einer kleinen, quiekenden Maus mit weichem, weißem Fell und zarter, rosafarbener Nase. Janos setzte sie ab und sagte: »Kann sich nicht entscheiden, das arme Ding.«

Mortacious zischte und zeigte mit einem langen, knochigen Finger auf die Maus. Sie stieß ein scharfes Quieken aus und stand in Flammen. Einen Augenblick später hatte sie sich in goldene Asche verwandelt. Der Zauberer wischte die Asche zusammen, dann verstreute er sie über den Tisch. Die Partikel wirbelten herum und setzten sich wieder zu einem Teller zusammen. Ich sah, daß sein Rand – vorher makellos – jetzt angeschlagen war, doch Mortacious war so stolz auf seine Leistung, daß es ihm gar nicht auffiel. Er zupfte an seinem Schal und setzte ein breites Grinsen auf. Seine Zähne waren zwei Hecken von gelblich-knorrigen Bäumen. Er glaubte tatsächlich, er hätte Janos übertroffen.

Janos neigte den Kopf, gestand ihm den Sieg zu. Doch während dieser Geste der Bescheidenheit schob er die Hände in die Tasche und zog sie schnell wieder hervor. »Ich fürchte, ich habe keine angemessene Erwiderung«, sagte er mit einfältigem Lächeln.

Lord Mortacious lehnte sich zurück und lachte. Sein Atem umwehte mich, und es roch nach fauligem Qualm. »Genug gespielt, meine Freunde. Jetzt laßt uns essen und trinken. Denn dies verspricht, ein *höchst* vergnüglicher Besuch zu werden.« Er klatschte in die Hände. Vor Freude, vermutete ich, denn die Stimmung unter den Männern wandelte sich urplötzlich. Sie begannen sich zu bewegen und plapperten hohles Tischgeschwätz daher. Doch fiel mir auf, daß sie, wenn sie aßen, nur knabberten, als hätten sie bereits gespeist, bevor wir gekommen waren. Hier und da bemerkte ich verstümmelte Gesichter und Gliedmaßen, wie ich sie auf der Straße gesehen hatte. Mortacious musterte mich, nahm einen Brokken Brot von seinem Teller und brach ein Stück davon ab. Krumen fielen auf seine Robe. Er stippte das Brot in den Wein und schob es sich in den Mund. Plötzlich war ich ganz ausgehungert, und wie ein

Schattenwolf machte ich mich über meinen Teller her. Doch was auf das Auge appetitlich wirkte, wurde auf der Zunge fad. Das Fleisch war trocken, und selbst wenn man es mit Wein herunterspülte, blieb ein harter Klumpen im Magen.

Mortacious warf mir einen wissenden Blick zu, als wisse er um ein böses Geheimnis. »Ich hoffe, Ihr fandet meinen Scherz nicht rüde, Lord Antero«, sagte er. Er wies auf seine Männer. »Die da sind so langweilige Gesellen, daß ich nicht widerstehen konnte, mir diesen Spaß mit einem intelligenten Mann zu erlauben. Euer erstaunter Blick war die reine Freude.«

»Wie kann ich denn gekränkt sein?« gab ich zurück. »Einem derart noblen Gastgeber Freude zu bereiten ist eine geringe Vergeltung Eurer Großzügigkeit.«

»Ihr seid nicht beunruhigt von der Gegenwart eines Zauberers?« fragte er. Er zupfte an seinem Schal, und ich konnte einen kurzen Blick auf etwas erhaschen, das aussah wie eine häßliche Wunde.

»Nicht im geringsten«, sagte ich und fragte mich, wenn es denn eine Wunde war, woher sie rührte. »Es wird eines Tages eine bemerkenswerte Anekdote sein, wenn ich meinen Enkeln von meinen Abenteuern erzähle.«

Mortacious' Mund verzog sich zu einem humorlosen Lächeln. »Wenn Ihr noch lebt, um sie zu erzählen.«

»Oh, davon gehe ich aus«, gab ich zurück. Ich sah, daß Janos bei meiner treffenden Erwiderung nickte. »Bisher haben uns die Götter bei unserer Suche beigestanden. Obwohl ich zugeben muß, daß ich meine Zweifel hatte, als wir auf Eure Männer trafen.« Ich hob mein Glas auf sein Wohl. »Doch auch diesmal blieb die Heimsuchung aus, und die Götter ermöglichten mir, in Eure erlauchte Gesellschaft zu geraten.«

Mortacious lachte. »Oh, ja, ja, ja«, wisperte er mit höchstem Vergnügen. »Der Wille der Götter ist allen ein Wunder, doch nur wenigen ein Segen.« Er erwiderte meinen Gruß, und beide tranken wir. Dann beugte er sich vor, und sein Blick nahm einen Ausdruck größten Interesses an. »Aber fürchtet Ihr nicht ihre Rache, wenn Ihr in Gesellschaft eines Mannes reist, von dem mancher behauptet, er hätte seine Zauberkunst durch Blasphemie erlangt?«

Falls er mich überraschen wollte, so war es ihm gelungen – falls er mich beschämen wollte, jedoch nicht. »Warum sollte ich? Wurde dieses Unternehmen nicht von den Geistersehern Orissas gesegnet, unter anderem vom betagten und heiligen Gamelan höchstselbst?« Mortacious verzog das Gesicht und nestelte an seinem Schal herum, und ich sah, daß diese intuitive Bewegung für ihn Trost, aber auch eine Schwäche war, mit der er Gefühle preisgab, die er eigentlich verbergen wollte.

Er wandte sich Janos zu, der eifrig auf seinem geschmacklosen Mahl herumkaute. »Euer Freund bringt Eurem riskanten Unterfangen mehr als das Glück seiner roten Haare. Er steuert ihm auch kühle Weisheit bei.«

»Eben das hat vor langer Zeit unsere Freundschaft besiegelt«, sagte Janos. »Mehr noch als sein gewinnendes Wesen und die guten Manieren.«

Mortacious schüttelte den Kopf mit gespieltem Erstaunen. »Eine höchst bemerkenswerte Partnerschaft für ein solches Unternehmen. Ich bete für Euch, daß es so bleibt. Denn geht eine solche Freundschaft entzwei, so ist das eine bittere Pille.« Janos antwortete nicht, sondern lächelte nur und nippte an seinem Wein. »Ich frage mich«, sagte Mortacious, »wann Ihr Euch danach erkundigen wollt, was ich über das Ziel Eurer Suche weiß? Ihr sucht die Antwort auf ein Rätsel, doch Ihr erkundigt Euch nicht bei dem Herrscher, dessen Land den Fernen Königreichen am nächsten liegt.«

Janos setzte sein charmantestes Lächeln auf. Wie ein Dieb lugte es aus dem Dickicht seines Bartes hervor. »Das hätte ich getan, Lord Mortacious . . ., wenn ich glaubte, daß Ihr antworten würdet.«

Mortacious lachte, diesmal aus ehrlichem Vergnügen. »Ihr habt richtig geraten«, erwiderte er. »Nur wenige Fragen beantworten die Bewohner der Entzweiten Länder gern.«

Janos zuckte mit den Achseln. »Dafür mußte ich nicht in die Kristallkugel sehen, guter Mann. Und wir wurden Zeugen einer großen Schlacht, kurz bevor Eure Männer uns fanden. Wenn ich in einem Land lebte, das so viele Feinde hätte wie Eures, würde auch ich jedem Fragenden mit Mißtrauen begegnen.« Janos erlaubte sich die Frechheit, die Weinkaraffe an sich zu reißen und den Inhalt komplett herunterzustürzen. »Allerdings gibt es da *eine* Frage, die nach Antwort verlangt und keinen Schaden anrichtet, wenn ich sie stelle. Warum habt Ihr uns zu Euch holen lassen?«

Mortacious glättete seinen Schal. »Es ist, wie ich sagte: um meine Neugier zu befriedigen.«

»Und wann wird das geschehen sein?« drängte Janos.

Der Zauberer beäugte ihn und streichelte sanft seinen schwarzen Schal, als handelte es sich um die Haut seiner Geliebten. Die Hand lag totenweiß auf dem Schal, die Finger lange, blinde Würmer. Schließlich antwortete er: »Wenn Ihr mein Reich in Sicherheit verlassen werdet... und mit meinem Segen. Doch bevor die Stunde naht, habe auch ich einige Fragen.«

»Nur zu, edler Herr«, sagte Janos. »Ich bin ein einfacher Soldat, der keine Geheimnisse hat, nur die süßen Worte, die ich sammle, um den Ohren der Jungfern zu schmeicheln.«

»Wenn dem so wäre«, sagte Mortacious, säßet Ihr nicht an meiner Tafel. Und meine Männer hätten Euch ein anderes Schicksal zugedacht.« Janos zuckte die Schultern, räumte diesen Punkt ein. »Ich habe gehört, mein guter Greycloak«, fuhr Mortacious fort, »Ihr wäret ein geborener Zauberer, ohne jedoch eine formelle Ausbildung zu besitzen. Außerdem hätte man Euch den Umgang mit anderen Zauberern verweigert. Doch meine Informanten sagen auch, Ihr wäret so kunstfertig wie kaum einer im Land... und Ihr hättet diese Kunst ausschließlich durch Eure Urteilskraft erlangt.«

»Da seid Ihr richtig informiert«, sagte Janos. »Obwohl man meine Kunst vielleicht überbewertet. Ich weiß genug, um mich und meine Freunde zu schützen… und einen charmanten Tischgenossen zu amüsieren.«

Mortacious tat dies ab; er hatte genug von Nebensächlichkeiten. »Eure Methoden sind es, die mich interessieren. Andere lernen durch tumbe Routine, Ihr dadurch, daß Ihr Theorien nachvollzieht.«

»Ich hatte keine Wahl«, erwiderte Janos. »Niemand wollte mir Schriftrollen geben, aus denen ich hätte lernen können, ganz zu schweigen davon, daß man mich auf eine Schule für Geisterseher gelassen hätte.«

»Ich habe nie vorher gehört, daß ein anderer Sterblicher so viel wie Ihr erreicht hätte«, sagte Mortacious.

»Davon konnte ich nichts wissen«, gab Janos zurück. »Wie schon gesagt, kein Zauberer hat mich je ins Vertrauen gezogen.«

»Dann werde ich der erste sein«, sagte Mortacious. »Ich habe meine eigenen Theorien. Vielleicht ergänzen sie sich mit den Euren.«

»Ich fühle mich geehrt, Lord Mortacious«, sagte Janos. Er lehnte sich zurück, wartete. Sein Lächeln war entspannt, doch sah ich wachsames Blitzen im Auge meines Freundes.

»Glaubt Ihr, Zauberei hätte einen heiligen Sinn?« fragte Mortacious. »Einen Sinn, den nur die Götter verstehen, die den Zauber zum Leben erwecken? Antwortet mir ehrlich. Ich bin nicht gekränkt.«

»Ich halte sie nicht für heilig«, sagte Janos. »Ich glaube, daß die Magie so natürlich ist wie der Wind. Eine so alltägliche Macht wie das Feuer, das man entzündet, wenn der Sturm weht. Und was die Götter angeht… bah. Sie existieren nicht… außer in unseren Köpfen.«

Mortacious runzelte die Stirn. Er zupfte fest an seinem Schal, und wieder sah ich seine Wunde. »Warum beten wir dann zu ihnen und bringen Opfer? Und warum werden unsere Gebete manchmal erhört?«

»Ihr Bild hilft den Menschen, sich zu konzentrieren«, antwortete Janos. »Das Opfer schärft die Konzentration nur. Ebenso der Singsang bei Beschwörungen. Es gibt keinen Zauber, der sich nicht allein kraft unserer Gedanken vollbringen ließe. Ich brauche keinen Gott, um aus einem Teller einen Skorpion zu machen, oder diesen unsinnigen Singsang, um ihn wieder in seinen ursprünglichen Zustand zurückzuversetzen.«

Mortacious musterte ihn nachdenklich. »Es wäre in der Tat interessant, ein Zauberer wie Ihr zu sein. Niemand hat Euch Regeln gelehrt, also habt Ihr sie in Frage gestellt und Eure eigenen gemacht. Ihr walzt über Situationen hinweg, die andere zögern lassen ... oder von denen sie sich abwenden. Und alles, weil Ihr weder Götter noch Strafen fürchtet. Euch ist keine Aufgabe zu schwer, als daß sie sich nicht mit Willenskraft erfüllen ließe. Oh, ja, Janos Greycloak. Ich verstehe, warum Ihr allein so weit gekommen seid.«

Janos lachte. »Das ist eine hübsche Rede, Herr, nur spüre ich, daß Ihr aus vollem Herzen widersprecht.«

Mortacious war amüsiert. »Ja. Ja, das tue ich. Ich wünschte, es wäre anders, da Ihr mir einen völlig neuen Blick eröffnet. Ich gebe zu, Ihr habt Talent, doch ist dieses Talent nicht so groß, wie Ihr glaubt. Wie jeder *wahre* Zauberer bestätigen wird, gibt es echte Grenzen, echte Ängste. Ich kenne meinen Herrn, und Er kennt mich. Wir haben eine Vereinbarung, die ich einhalte, und Er gewährt mir Kräfte, die größer sind als solche, die selbst ein Mann wie Ihr sich erträumt.«

»Ich vermute, Ihr bezieht Euch dabei auf die Praxis der Schwarzen Magie«, sagte Janos. »Und Ihr dient einem dieser Götter, deren Namen man nicht aussprechen darf.«

»Stört es Euch?« fragte Mortacious. Er streichelte den Schal mit höflicher Miene.

»Nicht im geringsten«, sagte Janos. »Schwarz oder weiß, das macht in meiner Philosophie keinen Unterschied. Wenn es keine Götter, keine heilige Sache gibt, was macht es dann schon?«

»Ja. Ich verstehe, daß es nichts ausmacht«, sagte Mortacious. »Fabelhaft. Einfach fabelhaft. Mir gefällt, wie Eure Ideen, so hirnverbrannt sie sein mögen, über einen rosenumsäumten Pfad führen ... auf dem wir beide uns dennoch wiedertreffen.«

»Meiner Ansicht nach«, sagte Janos, »sollten die Schwarzen Künste nur mit Vorsicht ausgeübt werden. Unser Glaube an Dinge wie Gut und Böse ist mittlerweile sehr verwaschen, und diese Unklarheit bereitet mir Schwierigkeiten. Meine Theorie ist, daß die Ausübung der Schwarzen Magie dem Ausübenden selbst allmählich Schaden zufügt. Mit der Zeit wird der Zauberer immer schwächer, narbiger. Möglicherweise wird er sogar in etwas verwandelt, das nicht in seinem Sinne ist. Haltet Ihr das für möglich, Herr? Seid Ihr noch derselbe Mensch, der durch diese Tür getreten ist?«

»Oh, wenn überhaupt, bin ich besser als je zuvor.« Mortacious kicherte. Doch das Kichern klang gezwungen, beklommen.

»Vielleicht trefft Ihr Vorsichtsmaßnahmen?« fragte Janos. »Ich habe mir selbst die eine oder andere überlegt ... falls ich jemals so etwas versuchen sollte.«

Mortacious packte seinen Schal mit gespielter Lässigkeit. »So etwas ist nicht nötig«, antwortete er.

»Wie erfreulich«, murmelte Janos. Sein Benehmen war höflich, doch konnte ich sehen, daß er unseren Gastgeber für einen Narren hielt, der ein schlechtes Geschäft machte. »Ihr sagtet, ich solle freimütig sprechen, Lord Mortacious«, sagte er schließlich, »ich könnte Euch nicht kränken. Und doch zögere ich, die Frage zu stellen, die mir vor allen anderen durch den Kopf geht.«

»Habt keine Furcht«, sagte der Zauberer. »Sagt, was Ihr denkt.«

»Euer Reich Gomalalee befindet sich in ständigem Kriegszustand. Wir haben die Wunden gesehen, die Euer Volk erlitten hat. Also frage ich mich: Wenn Euer Gott so großartig ist, so allwissend, warum hat er Euch nicht die Macht gegeben, Eure Feinde zu besiegen?«

Mortacious' Gelächter donnerte durch den Saal. Es war ein grauenhaftes Geräusch, als wehe der Wind des Spottes durch die tiefe Höhle, in der der Dunkle Sucher haust. »Oh, aber das hat Er, mein Bester… das hat Er.« Das Halstuch löste sich, und deutlich sah ich die Wunde, die es verbarg. Ein faulender, unverheilter Schnitt klaffte an Mortacious' Kehle. Er bemerkte meinen Blick nicht und brachte den schwarzen Schal wieder an Ort und Stelle. Seine Miene war spöttisch. »Was ist die größte Macht, die Ihr Euch vorstellen könnt, mein kleiner Zauberer?« fragte er. »Sagt mir schnell die Wahrheit.«

Janos antwortete, ohne zu zögern. »Alles zu wissen. In der Lage zu sein, meinen Blick von den Nähten der Natur zu heben und den großen Entwurf zu überschauen. Ich würde alles geben, was ich habe – was im Endeffekt nichts als mein Leben wäre –, wenn ich nur einen einzigen Blick darauf werfen, es nur verstehen könnte.«

»Dann *seid* Ihr ein Narr«, sagte Mortacious. »Denn die Summe aller Dinge ist zu groß, um sie zu verstehen. Die Nähte sind zu lang, als daß selbst Götter ihre Stiche zählen könnten.«

Janos' Augen weiteten sich, und er strich über seinen Bart, als säße er einem großen, weisen Meister gegenüber. »Was also *ist* die Antwort, edler Lord? Sagt mir doch, worin mein Irrtum liegt!«

»Nun, es ist simpel wie ein Laib Brot«, sagte der Zauberer, und seine Augen leuchteten vor Eitelkeit. »Die größte Macht, die ein Sterblicher besitzen kann… ist die Macht über die Seele eines anderen.«

»Ich verstehe nicht«, sagte Janos. »Ich bitte Euch, erklärt mir mehr, um meine Bildung zu erweitern.«

Doch der Zauberer wurde argwöhnisch, fürchtete, er habe schon zuviel gesagt. Er schüttelte den Kopf, als sei er einer Horde kleiner Kinder überdrüssig. Er strich den schwarzen Schal glatt, griff nach seinem Becher und leerte ihn. Laut setzte er den Becher ab. »Lieber nicht«, sagte er schließlich.

Er wischte Krumen von seiner Robe und erhob sich. »Ich hoffe, die Herren haben gut gespeist. Wenn Ihr mir die Unhöflichkeit verzeihen wollt… möchte ich Euch bitten, Euch zurückzuziehen. Ich hoffe, das Quartier sagt Euch zu und Ihr findet ruhigen Schlaf.«

Bevor er gehen konnte, erlaubte ich mir die Frechheit, zu sagen: »Dank Euch, Lord Mortacious, für Eure Gastfreundschaft. Ich möchte sie nicht über Gebühr beanspruchen. Mit Eurer Erlaubnis werden wir morgen reisen… unter tiefem Bedauern.«

Der Zauberer fixierte mich mit den wilden Augen eines Wüstenvogels. Ich zuckte nicht zurück und schaute weiter milde und freundlich drein. »Wir werden sehen«, sagte er endlich, dann schwebte er hinaus. Sobald er gegangen war, wischte Janos die Krumen auf, die der Zauberer zurückgelassen hatte, und streute sie in seine Tasche. Er gab mir ein Zeichen, als der Mann erschien, der uns zu Mortacious geführt hatte. »Wenn Ihr mir bitte folgen wollt, edle Herren«, sagte er.

Er brachte alle zwanzig von uns in einem geräumigen Zimmer unter. Es hatte keine Fenster, und die Wände waren nackter Stein. Feldbetten waren aufgestellt, mit weichen Decken, die inmitten der kasernengleichen Sachlichkeit höchst ungewöhnlich wirkten. Ein großer Wassertrog stand in der Ecke, mit einer Schöpfkelle daran, und in einer anderen Ecke gab es ein Loch für Fäkalien. Als Mortacious' Mann die schwere Tür schloß, machte uns Janos ein Zeichen, still zu sein. Wir hörten, wie ein schwerer Riegel einrastete. Soviel zu dem Märchen, wir seien nur Gäste. Janos schlich zur Tür und strich mit den Händen leicht darüber. Was immer er dadurch erfuhr, gefiel ihm, denn er nickte zufrieden. Er wandte sich uns wieder zu und machte ein Zeichen, daß in diesem Raum ein Lauschzauber wirkte. Weitere Gesten schickten die Männer in ihre Betten und brachten Sergeant Maeen und mich an seine Seite.

»Es ist, wie ich befürchtet hatte«, flüsterte er. »Auf der Tür liegt kein Schließzauber. Sie hat nur einen mechanischen Riegel.«

»Warum ist das ein Ärgernis, Herr?« fragte Maeen.

Auch ich wunderte mich, denn falls eine Flucht nötig würde – wenn sie überhaupt möglich war –, wären unzureichende Sicherheitsmaßnahmen nur zu unserem Vorteil. Dann spürte ich plötzlich eine übermächtige Müdigkeit und sehnte mich nach einer dieser warmen, weichen Decken. Sergeant Maeen gab ein ausgiebiges Gähnen von sich, und als mich der unkontrollierbare Drang überkam, es ihm nachzutun, hörte ich weiteres Gähnen überall im Raum, da unsere Männer allesamt davon betroffen waren.

Janos versetzte Maeen einen harten Stoß, um ihn zu wecken. »Hol Wasser«, zischte er, »und zwar schnell.«

Als der Sergeant davonstolperte, kniete Janos nieder. Ich hockte mich neben ihn und kämpfte gegen den Schlaf an. Es konnte keinen Zweifel daran geben, was geschehen war: Morticious hatte unser Essen mit einem Schlafzauber behandelt. Janos nahm die Krumen, die der Zauberer hinterlassen hatte, und verstreute sie am Boden. Er beugte sich darüber und hauchte sie an: einmal, zweimal, dreimal. Als Maeen mit der Schöpfkelle kam, sprenkelte Janos Wasser über die Krumen und verrührte sie zu einem Brei. Ich sah, daß auch er mit einem Gähnen rang, als er den Brei zu zwanzig Kügelchen knetete. Noch einmal fuhr er mit der Hand in die Tasche, und als er sie wieder herausnahm, waren seine Finger mit der goldenen Asche vom Teller des Zauberers überzogen. Er flüsterte etwas, während er die Asche über den Teig streute, und mit stummem Staunen beobachtete ich, wie die Kügelchen langsam wuchsen. Einen Augenblick später hatten sie die Form und Größe kleiner Brötchen. Nebelhafte Angst umfing mich, als Sergeant Maeen zu Boden sank, und ich spürte, wie sich der dunkle Schleier des Schlafes über mich senkte.

»Iß«, raunte Janos und reichte mir das Brötchen. Ich nahm es, erstaunt darüber, daß man mir etwas anderes als zu schlafen befahl.

Ich biß ein kleines Stückchen ab, und es kam mir nach diesem schrecklichen Mahl so köstlich vor, daß ich mehr davon wollte. Die Freude über den Geschmack schärfte meinen Verstand, verbannte den Schlaf. Janos lief umher, zwang jedem Mann ein Brötchen in den Schlund. Bald waren wir alle wieder wach, und Janos stand neben mir. Abermals legte er einen Finger an die Lippen, doch diesmal richtete er sich nicht an Sergeant Maeen und mich. Mit eben diesem Finger zeichnete er einen Kreis über unsere Köpfe. Er wiederholte die Geste, und ich sah, daß die Luft zu schimmern begann. »Stille«, flüsterte Janos. Der Schimmer wurde zu einem Wirbel. »Stille«, sagte er lauter, und der Schimmer wurde zu fahlem Licht. Dann brüllte er: *»Stille.«* Doch obwohl der Ruf in meinen Ohren summte, wurde er am Rand des fahlen Lichts zu einem toten Ding. Kein Echo schreckte die Männer auf, obwohl sie Janos mit gespanntem Interesse beobachteten. »Soviel zu Lord Mortacious und seinem albernen Zauber«, sagte mein Freund mit normaler Stimme. »Jetzt können wir bequem unsere Flucht planen.«

»Was ist mit den Männern?« »Sollten sie uns nicht hören können?«

»Das Ausmaß des Gegenzaubers würde unseren Gastgeber warnen«, sagte Janos. »Wir dürfen diesen Mann nicht unterschätzen. Er ist nicht sonderlich klug, dafür aber niederträchtig, und seine Macht ist die größte, die ich je bei einem Zauberer erlebt habe. Nur weil ich ihn dieses kleine Spielchen bei Tisch habe gewinnen lassen und den Schlafzauber bemerkt habe, mit dem er unser Essen versehen hat, heißt das nicht, daß unsere Existenz über die heutige Nacht hinaus bleibend gesichert wäre.«

»Es könnte schwierig werden, Sir«, sagte Maeen und sprach als Soldat. »Aber nicht unmöglich. Wir befinden uns in seinem Revier, und seine Leute sind in der Überzahl, das gebe ich zu. Allerdings ist der Dämon der Überraschung jetzt auf unserer Seite. Und was seine Männer angeht, so sind die meisten verwundet.« Er rümpfte die Nase. »Noch nie im Leben habe ich einen so heruntergekommenen Haufen gesehen.«

Janos hörte nicht zu. Er war konzentriert, die Stirn in Falten. Dann wurde seine Haut perlweiß. »Oh, was für ein Dummkopf ich war«, stöhnte er. »Der Schweinehund hat mich reingelegt!«

Wir fragten, was fehlgeschlagen war. Janos schüttelte wütend den Kopf. »Versucht nur, an eine Flucht zu denken, und ihr werdet es selbst sehen«, sagte er mit zitternder Stimme. »Überlegt genau. So genau ihr könnt. Stellt euch vor, wir würden fliehen. Betrachtet es Schritt für Schritt. Zuerst die Tür... dann auf die Straße... dann wieder die Allee hinunter, über die man uns geführt hat.«

Ich schloß die Augen und folgte seinen Anweisungen. Die Tür gab ohne weiteres nach. Bald liefen wir alle die Straße zum Hafen entlang. Ich stellte mir ein Boot vor, das leicht zu stehlen war. Dann, als ich gerade an Bord und zum Segeln bereit war, stürzte blinde Furcht aus einem dunklen Korridor meiner Seele hervor und grub ihre Zähne in meine Eingeweide. Ich konnte das Ungetüm nicht sehen, doch roch ich seine Nähe und spürte den heißen Schmerz seiner Fänge, als sie sich in mich bohrten. Ich wußte, es gab nur eine Möglichkeit zu entkommen: Ich floh die Allee hinunter, zurück in das Gebäude, das uns umgab, zurück in das Zimmer, das unser Kerker war, und warf die Tür mit aller Macht hinter mir zu. Ich schlug die Augen auf, Galle auf der Zunge, Panik in der Brust, und sah dasselbe Entsetzen in Maeens Gesicht.

»Seht ihr, was er getan hat?« Janos knirschte mit den Zähnen. »Ich sagte, er wäre niederträchtig. Doch bei allen Göttern, die ich verspotte, habe ich doch das Ausmaß seiner Niedertracht nicht erahnt.« Mortacious hatte mehr als nur einen Zauber in das Essen gegeben. Einer sollte uns schlafen lassen, bis er bereit wäre. Der andere sollte uns an der Flucht hindern, bis dieser Augenblick gekommen war. Wir waren in seiner abscheulichen Stadt gefangen, und unsere eigenen Ängste bildeten die Falle.

»Es gibt nur eine Möglichkeit, den Zauber zu brechen«, sagte Janos. »Meine eigene Magie ist nutzlos. Also müssen wir ihm etwas von seiner stehlen.«

Wir diskutierten nicht wie und warum, denn wir spürten, daß jede Diskussion den Wurm aus seiner Höhle locken würde. Wir würden es einfach angehen: erst einen Schritt, dann noch einen und die Gelegenheiten nutzen, wenn sie sich boten. Die Tür bereitete keine Probleme, und draußen standen keine Wachen. Janos erklärte den Männern, sie sollten warten, bis wir wieder da wären, dann schlichen wir uns davon. Ich kann nicht für meine Gefährten sprechen, aber wenn dieser Bericht so ehrlich sein soll, wie ich geschworen habe, muß ich zugeben, wie vollständig mich Mortacious meines Mutes beraubt hatte. Ich stellte mich der vor mir liegenden Aufgabe nicht als mutiger Krieger oder Held einer romantischen Ode. Auf dem ganzen Weg spürte ich, wie die kalten Finger des Zauberers in mein Rückgrat stachen, und hörte sein verächtliches Lachen. Verzweiflung war mein ständiger Feind, jeder drohende Schatten mein letzter Augenblick. Wir waren nur drei verstohlene, kleine Kreaturen, ähnlich all den düsteren, huschenden Dingern. Brüder in der Scham.

Wir liefen durch kahle Gänge, vorbei an dunklen, leeren Räumen, die nach Schmerz und Qualen stanken. Die Türen dieser Räume standen gähnend weit offen, bereit, uns zu verschlingen. Manche Kerker waren verriegelt, und wir hörten das dumpfe Stöhnen ihrer Insassen. Nahe dem Eingang des Gebäudes roch ich die Schärfe vertrauten Öls und den Duft oft gebrauchten Leders. Sergeant Maeen, gesegnet seien seine Soldatensinne, spürte die Quelle des Geruchs schnell auf. Er kam aus dem letzten Zimmer am Hauptkorridor, gleich beim Ausgang. Der Raum war unverschlossen, und Maeen öffnete ihn einen Spalt weit und verschwand darin. Einen Augenblick später kehrte er zurück, und ein kleines Lächeln brach durch das Netz aus Furcht. Es sei eine Waffenkammer, flüsterte er.

Diese kleine Hoffnung erhellte unseren Weg, und wir traten in die kühle Nacht hinaus.

Kein Mensch war zu sehen, obwohl dies unsere Furcht nicht linderte. Wir liefen um den Platz, warfen uns von einem Schatten in den nächsten. Auf der gegenüberliegenden Seite des weiten, öden Ackers lockte das große Gebäude mit dem qualmenden Schornstein. Wir drückten uns zum Schutz an jeden Stein, während wir hinüberhasteten. Der Gestank an diesem Ort war überwältigend, und weit über unseren Köpfen sprühten gespenstische Funken durch die mondlose Nacht. Warum wir dorthin liefen, wagte ich mich nicht zu fragen, denn jeder Gedanke über den Augenblick hinaus wäre eine finstere Grube, aus der wir nicht entkommen konnten. Vielleicht hatte ein Gott Mitleid mit uns, vielleicht Janos' Liebe seines Lebens, die heilige Vernunft, vielleicht auch nur der kleine, blinde Wicht, der in der Brust eines jeden Lebewesens quakt. Ich weiß nur, daß wir das Gebäude sahen… und dorthin liefen.

Nach beinahe einer Ewigkeit ragte der Bau über uns auf, eine felsengleiche Fassade aus poliertem Stein, die sich in beide Richtungen bis weit in die Nacht erstreckte. Nur das immense, schwarze Auge des gewölbeartigen Eingangs und die beiden Säulen, die den Bogen stützten, setzten sich ab. Ich stolperte auf das Kopfsteinpflaster der Straße, die zum Eingang und den verschlossenen Eisentoren führte. In diesem Moment verließ uns das Glück, und wir hörten Schritte und das Knarren und Quietschen schwerbeladener Karren. Während wir dort standen – hilflose Waisen des Schicksals –, flackerten an der Biegung der Straße Fackeln auf. Darauf schob sich eine lange Prozession aus der Nacht hervor, genau in unsere Richtung. Wir duckten uns hinter eine der Säulen und beteten, das Glück möge sich unser erbarmen und uns vor den bohrenden Blicken der Feinde schützen.

Unser Versteck erlaubte einen unverstellten Blick auf die herannahende Prozession. Es waren mehr als zwanzig große Karren, und anstelle von Tieren wurden sie von Menschen in Ketten und Geschirren gezogen, von Männern und Frauen, kaum bekleidet mit schmutzigen Lumpen. Große Männer mit Peitschen gingen zwischen ihnen und schlugen jeden, den die Kraft verließ. Ich zuckte zusammen, als plötzlich neben uns Leben in die Eisentore kam und diese sich auf geölten Rollen öffneten. Wieder drückten wir uns in den schmalen Schatten der Säule, während Peitschen knallten und die Karren einfuhren. Leichengestank umwehte uns, als sie vorüberkamen, und mit Entsetzen sah ich, daß die Karren voll menschlicher Kadaver lagen. Jedoch waren nicht alle tot, denn ich sah Bewegungen und hörte verzweifeltes Flehen.

Als der dritte Karren an uns vorbeigezogen wurde, sank eine der Frauen in Ketten auf die Knie. Ihre Lumpen waren von getrocknetem Blut verklebt. Das Tuch öffnete sich, als sie fiel, und ich sah eine klaffende Wunde in ihrem Bauch und den Schimmer von Eingeweiden. Sie sah auf, und für einen Augenblick trafen sich unsere Blicke, doch ihre Augen waren leer wie die eines Ochsen. Eine Peitsche knallte, schnitt ihr eine blutige Furche ins Gesicht. Sie zeigte weder Schmerz noch Verzweiflung, kam nur stumm auf die Beine und griff nach der Kette, um daran zu ziehen.

Als der letzte Karren einfuhr, wies Janos darauf, und wir sprangen hinten auf und hielten uns fest, suchten Halt am blutdurchweichten Holz. Rumpelnd fielen die Tore ins Schloß, und wir waren drinnen. Ich drehte mich um und sah benommen, daß niemand die Tore betätigt hatte. Kurz bevor der Karren um eine Ecke fuhr, entdeckte ich einen seltsamen Schatten nahe der mächtigen Angeln des Tores. Die Gitterstäbe waren von einem Unfall verbogen und verdreht. Ich riskierte, meinen festen Halt zu verlieren, und stieß Janos an. Dann sah auch er es. Dort war ein Spalt, groß genug, um sich hindurchzuzwängen. Wir ruckelten eine dunkle Straße entlang. Irgendwo auf dem Karren stöhnte unablässig ein Mann. Dann hörte ich ein Kind schreien und weinte beinah. Doch das Schreien hatte meine Wut geweckt, und diese Wut trieb ein Loch in Mortacious' Schwarze Magie. Es war nur ein kleines Loch, höchstens ein Nadelstich, doch groß genug, daß ein schmaler Schimmer von Unerschrockenheit hindurchfallen konnte. Noch immer fürchtete ich den Zauberer. Meine Haut zuckte unter dem kalten Netz seiner Magie, doch sollte er sich jetzt über uns hermachen, würde er einen Mann vorfinden, nicht ein verängstigtes Nagetier. Eine mächtige Tür ging auf, und Licht fiel auf die Straße. Als wir vom Karren heruntersprangen, folgte dem Licht eine Woge unerträglicher Hitze. Sie versengte die Lungen und verwandelte meine Haarwurzeln in kleine, heiße Nadeln. Und doch war ich noch wach genug, Janos' Geste zu erkennen. Wir duckten uns unter den langsam rollenden Karren und nutzten ihn als Deckung, als wir den Rest des Weges auf Händen und Füßen krochen.

Wir befanden uns in einer unermeßlich großen Halle von Schmerz und Tod. Der Boden und die Wände waren wie Spiegel und erstrahlten vor reflektierendem Licht und Hitze. Die grauenhaftesten Bilder und dämonische Kreaturen zeigten sich auf dieser Oberfläche, bewegt von Schwarzer Magie, so daß sie umherschwirrten und von hier nach da schwebten, ein abscheulicher Alptraum von Fängen und Klauen, Streckbänken und Schädelzangen, geborstenen Knochen und zerfetztem Fleisch. Ein Drittel der Halle bestand aus einem riesenhaften, offenen Ofen. Ein schreckliches Feuer wütete, und blaue Flammen, höher als ein Mensch, schossen auf und funkten und kräuselten und wanden sich wie aufgescheuchte Schlangen. Die Flammen wurden von einem mächtigen Blasebalg mit großen, klirrenden Ketten geschürt, der einem unsichtbaren Willen folgte. Mit jedem Hub sog der Blasebalg quietschend einen Schwall von Luft in sich ein. Mit dem anderen spie er die Luft als heulenden Wind wieder aus. Ein endloser Riemen, wie er die Drehbank eines Zimmermanns antreiben mochte, nicht ganz so breit wie eine Straße, spannte sich über dem wütenden Feuer, durch Zauberkraft angetrieben von daumendicken Zähnen eines Rades. Hoch über uns ragte, wie ein hohler Berg, der große Schornstein auf. Sein Inneres klaffte rot, mit langen, weißen Hauern um den Schlund. Es war das groteske Abbild eines düsteren Gottes, Herr über die Dämonen. Alles, was wir sahen – Halle, Ofen, Feuer, Riemen und Schornstein – war der Motor für Mortacious' Schwarze Magie. Wir drückten uns länger hinter die blutige Wagenladung, als ich mich erinnern kann, und beobachteten, was die grauenvolle Maschine antrieb und was sie produzierte.

Die Männer mit den Peitschen befahlen ihren zerlumpten Sklaven, die Karren zu leeren. Die Leichen wurden von dem Riemen zu einem blutigen Haufen gestapelt. Wenn einer noch lebend vom Karren gefallen war, zogen die Peitschenmänner kurze Schwerter aus Scheiden an ihren Gürteln und korrigierten den Irrtum. Wenn der Schlachterhaufen eine bestimmte Höhe erreicht hatte – ich berechnete ihr schauerliches Maß nicht –, befahl man den Sklaven, die Leichen auf das laufende Band zu werfen. Mit hungriger Freude über ihr Mahl schlugen die Flammen höher und höher. Der Blasebalg quietschte und heulte sein Höllenlied. Ich wandte mich ab, als die erste Leiche ins Herz des Feuers fiel, doch Janos forderte mich auf, mich wieder umzudrehen und mir Mortacious' Werk anzusehen. Die Leiche zuckte wie im Schmerz, als die blauen Flammen das tote Fleisch umfingen. Sie zuckte und wand sich hierhin und dorthin. Dann fing sie Feuer, und schwarzer Rauch und Funken stiegen auf und erfüllten den Raum mit jenem ekelhaften, öligen Gestank, den wir gerochen hatten, als wir in diese schreckliche Stadt gekommen waren. Der Rauch kräuselte sich zu einer dicken Säule, mit Funken, die in ihrem Innersten sprühten und tanzten. Die Säule stieg hoch und höher bis zum roten Schlund des Schornsteins. Mein Magen zog sich zusammen, als ich sah, daß Leben in die mächtigen Hauer kam und sie mit grauenhaftem Appetit knirschten und aufeinanderschlugen. Ich hörte das entsetzliche Geräusch eines riesigen, unsichtbaren Essers, der vor Vergnügen schlürfte und schmatzte, während der Rauch, beladen mit der heißen Asche des Lebens, in der dunklen Nacht verschwand.

Janos versetzte mir einen Stoß, und mein Blick zuckte zum Band zurück, wo ich sah, wie die Leiche ihre Höllenreise beendete. Ich hörte, wie Maeen aufstöhnte, als er wahrnahm, was auch ich nun mit eigenen Augen sah. An Stelle einer schwarzen Masse von verkohltem Fleisch und Knochen sah die Leiche exakt genauso aus wie vorher. Die einzigen Spuren waren die blutigen Wunden, die sie erlitten hatte, als sie noch ein Mensch gewesen war und ihr Leben zu verlieren hatte. Doch mein Unglaube wurde zu vollständiger Verwirrung, als das Band die Leiche auf die andere Seite transportierte. Als der Tote zu Boden fiel, trat einer der Peitschenmänner heran und versetzte ihm einen kräftigen Tritt. Wieder und wieder trat er ihn, als genügte der Tod nicht, seinen Rachedurst zu stillen. Dann schrie mein Verstand, ein gütiger Gott möge mich von diesem Ort entführen, als zuckend Leben in die Leiche kam. Drei weitere Peitschenmänner gesellten sich zu dem ersten und schlugen auf den Mann ein, der vom Tode auferstanden war. Sie quälten ihn, bis er sich erhob. Er schlurfte umher, ein Koloß, dessen ganzer Zweck im Schmerz bestand. Zum ersten Mal sah ich ihn deutlich. Er hatte langes, weißblondes Haar und einen noch längeren Bart von eben dieser Farbe. Ich erinnerte mich an die Schlacht, die wir gesehen hatten, bevor man uns gefangennahm, und erkannte, daß dieser Mann der Häuptling war, dessen Tod wir beobachtet hatten. Jetzt stand er vor den Peitschenmännern und lebte wieder.

Ich hörte, wie das Feuer die nächste Leiche fraß, und darüber das Schmatzen des göttlichen Essers. Janos beugte sich zu mir und flüsterte: »Sie leben nicht. Sie sind noch tot.« Ich schüttelte den Kopf. Was meinte er damit? Doch hier war nicht der Ort für eine Antwort. Er winkte Maeen, es sei Zeit für den Rückzug, und wir stahlen uns aus der Halle. »Mortacious erweckt die Toten nicht zum Leben«, sagte Janos. »Er *befehligt* die Toten! Er hat es selbst gesagt, als er erklärte, er habe Macht über die Seelen der Menschen. Was wir eben gesehen haben, war seine Macht am Werk. Er verfüttert die Seelen dieser armen Teufel an das, was er seinen Herrn und Meister nennt. Im Gegenzug gibt sein Herr ihm die fehlende Zauberkraft und die Leichen als Sklaven.« Weit hinter uns im Korridor hörten wir, wie eine weitere Seele aus ihrer Schale geschlürft wurde. Janos schüttelte den Kopf. Selbst in dieser Stadt des Schreckens versetzte neugewonnenes Wissen ihn in Erstaunen.

»Also gibt es unter den Menschen, die wir seit unserer Gefangennahme gesehen haben, keinen, der lebt. Sie sind alle tot! Alle außer Mortacious.«

Plötzlich fielen mir die klaffende Wunde unter dem Schal des Zauberers ein und seine Bemühungen, sie zu verbergen. Es gab keine Ausnahmen. Alle waren tot, Mortacious eingeschlossen. Das Ungetüm im Schornstein war der einzige Herrscher dieses Reiches, mit einem toten Zauberer als Obersklaven. Das erzählte ich Janos, und wieder sah ich den hungrigen Glanz in seinen Augen, als er seinem Wissensschatz neue Geheimnisse hinzufügte.

»Aber was ist mit uns?« sagte Maeen. »Mögen uns die Götter verzeihen, daß wir je an einen solchen Ort gekommen sind, aber wie entgehen *wir* dem Ofen?« Der Plan des Zauberers war offensichtlich. Am Morgen würden wir uns unter die Toten mischen, die diese Stadt bevölkerten. Wir wären wandelnde, arbeitende Leichen, und ich sagte es nicht, fragte mich aber, ob dieser Zustand nicht dem vorzuziehen sei, was aus meiner Seele werden sollte?

»Die Lösung liegt in der Halle selbst«, sagte Janos einige Augenblicke später. »Wenn wir das Feuer überleben, haben wir seinen Zauber gestohlen. Nur über die Seelen der Toten hat Lord Mortacious Macht.« Ich bebte vor Entsetzen über diese Logik. Nur die Angst vor dem, was ich gesehen hatte, ließ mich sein Argument hinnehmen. »Eine große Gefahr aber bleibt«, sagte Janos. »Wenn wir alle zwanzig durch dieses Feuer gehen und uns auf der anderen

Seite sammeln, wird Mortacious es sofort merken. Einige wenige – wir drei zum Beispiel – könnten unbemerkt entkommen. Doch wenn wir alle ihn herausfordern, wird das für seine Sinne lauter als die größte Glocke sein.«

Wieder wurde ich mit Janos' seltsamem Zögern konfrontiert. Ich wußte, die Phantasie meines Freundes war weit über diesen Ort hinausgestürmt und längst auf dem Weg zu seiner Obsession. Die Fernen Königreiche riefen ihn, ein zügelloser Lockruf, der all seine Fesseln auf die Probe stellte. Doch dies war nicht der Augenblick für undankbares Wimmern des Zweifels, weder für ihn noch für mich.

»Die einzige Möglichkeit, zu diesem Ofen zu gelangen, wird es sein, die Männer zu töten, die ihn bewachen«, sagte ich und nutzte anstelle des Gefühls die Vernunft als Köder. »Wir werden *alle* Männer brauchen, um das zu erreichen.«

»Selbst dann«, unterbrach Maeen, »stehen die Chancen schlecht. Und sie stehen noch schlechter, wenn wir erst wieder draußen auf der Straße sind.«

Janos nickte. »Dann laßt es uns tun«, sagte er. »Außerdem habe ich genug von diesem Zauberer. Er hat uns wie geprügelte Hunde hereingetrieben. Aber jetzt wird es Zeit, daß wir wieder gehen, und wir werden es als Krieger tun... als Soldaten.«

Wir kehrten zu den anderen zurück. Es war schwierig, wieder in Mortacious' Palast zu gelangen, obwohl wir auch diesmal keinen Wachen begegneten. Janos erklärte den Männern, was sie erwartete, und ich war erstaunt, daß niemand vor dem Bevorstehenden zurückschreckte oder in Frage stellte, was wir gesehen hatten. Vielleicht hatte uns diese Stadt der toten Seelen gegen allen Schrecken abgehärtet. Meine Zuversicht lebte in gewisser Weise wieder auf, als wir zur Waffenkammer kamen, die Maeen gefunden hatte und in der sich unsere konfiszierten Waffen befanden. Der Stahl meines Schwertes war beruhigend, obwohl ich mich fragte, wie wirkungsvoll es gegen Menschen wäre, die längst tot waren.

Wenn Panik die Schwester der Furcht ist, so gab sie uns in jener Nacht Kraft, während ihr Zwilling unsere Mordlust schürte. Wir fielen über die Nichtsahnenden her, diese armen, seelenlosen Männer mit Peitschen und kurzen Schwertern, die nur geschmiedet waren, um einen willfährigen Pfad zur endgültigen Erlösung zu schlagen. Sie schwiegen, als wir schreiend in die Halle stürmten, und blieben auch während des wilden Kampfes still. Wir machten sie nieder und durchbohrten sie, bis sie fielen. Doch wollten wir dann zu ihren Brüdern übergehen, erhoben sie sich und fielen uns in den Rücken. Sie waren Mordmaschinen, die wieder aufstanden, wenn wir sie erschlugen und wieder und wieder erschlugen. Wir hackten ihnen Arme und Beine ab, doch sie hatten noch Zähne zum Beißen; und die abgehauenen Arme mit den Händen daran, die noch immer Schwerter hielten, schlängelten sich über den Boden und suchten blindlings nach uns. Also zerschlugen wir jedes Gelenk, hackten alle Köpfe ab und weideten die zappelnden Leiber aus, die herumrollten, um uns die Beine wegzureißen. Wir waren zwanzig Metzger, halb wahnsinnig vor Angst, wateten durch ein Schlachthaus von Fleisch, das kein Mensch essen konnte, rangen mit armen Viechern, die nicht schrien, wenn wir sie verstümmelten, die nur der Haß des Zauberers aufrecht hielt.

Endlich hatten wir es vollbracht. Unsere Kleider waren blutgetränkte Uniformen, unsere Gesichter blutverkrustete Masken. Wir wandten uns von den Dämonen ab, die unser Schlachten heraufbeschworen hatten. Wir alle wußten, das Blut würde bleiben, selbst wenn wir in ganzen Strömen reinen Wassers badeten. Die Schande war unverdient, doch Gerechtigkeit ist dem Leben fremd. Wir konnten nichts tun als uns dem grausigen Schicksal stellen und unseren Plan zu Ende bringen.

Der Ofen wartete, und über dem Ofen war der Dämon, der sich von Seelen nährte. Janos stand am Fließband, das durch das gottlose Feuer ratterte und die Seelen für den Dämon röstete. Er drängte uns zur Eile, und wir schlurften zu ihm hinüber, als seien wir bereits Mortacious' Sklaven. Ich sah die blauen Flammen durch den Rost züngeln, und ich hörte die knirschenden Zähne des Dämons über uns. Auf der anderen Seite des Förderbands der Seelen, sagte Janos, warte unsere Rettung, auf dieser Seite ewige Versklavung. Er sagte, er wolle als erster gehen, um seine Theorie zu beweisen, und warnte, wir müßten zügig folgen, denn er spüre, daß der Zauberer erwache. Ich solle als letzter gehen, sagte er, um sicherzustellen, daß die Männer nicht erlahmten.

Dann tippte mir die kalte, eisige Vernunft an die Schulter. Ich wandte mich um, verärgert über ihre ungebetene Nähe, und fragte, was sie wolle. Doch sah ich die Antwort in den harten Spiegeln ihrer Augen. Janos' Plan war wohlfundiert, doch mußte man ihn drehen und wenden, denn falls Janos sich täuschte und sein Irrtum ihn aus unseren Reihen riß, wären wir alle der Rache des Zauberers ausgeliefert. Ich müsse zuerst gehen, forderte die Vernunft, und Janos zuletzt... falls ich überlebte. Dann schmolzen die Spiegel dahin, und ich starrte in Halabs traurige, weise Augen. Er flüsterte mir Mut zu und wärmte die kühle Botschaft der Vernunft, bis sie leichter zu ertragen war. Halab stand mir bei, als ich zu Janos trat und ihn aufhielt, als er das Band besteigen wollte. Als ich ihm meine Folgerung erklärte, lächelte Halab ermutigend. Janos hielt dagegen, doch schließlich räumte er ein, ich hätte recht. Eine seltene Gefühlsregung übermannte ihn beinah. Ich sah Tränen aufsteigen, und als er sich abwandte, um sie zu verbergen, bemerkte ich, wie sein Bart zitterte. Dann umarmte er mich und flüsterte, ich sei der einzige, der ihm von Anfang an geglaubt habe. Er nannte mich seinen Freund und dankte mir für mein Vertrauen. Ich ließ ihm diese Lüge als Geschenk, da ich wußte, wenn er es in die Schachtel legte, in der er so etwas aufbewahrte, würde mein Geschenk nur wenig Gesellschaft finden. In der ganzen Zeit, die ich Janos kannte, habe ich nie gehört, daß er einen anderen Mann oder eine Frau als Freund bezeichnet hätte. Ich weiß inzwischen, daß Janos ein Mann war, der einen anderen gern haben, doch niemals lieben konnte, bis auf ein einziges Mal, und sein Fluch beraubte dieses eine Mal seines Wertes. So ließ ich ihn die Lüge glauben, ich vertraue ihm. Doch als er nach mir griff, war es Halabs Hand, die ich nahm. Und als er mich zum klappernden Band führte, war es Halab, nicht Janos, der flüsterte, das Glück meines Rotschopfs würde den Seelenfresser vernichten. Schließlich trat Janos beiseite, aber Halab blieb neben mir, als das Band mich in die Flammen trug.

Ich wurde in eine Hitze geschleudert, die Form und Substanz hatte. Sie stahl die Luft, bevor ich atmen, raubte mir die Kraft, bevor ich sie sammeln konnte. Die Hitze war ein Hammer, der mich wie ein Ei mit seinem ersten Hieb zerschlug. Mit dem zweiten zermalmte er mich zu einer bebenden Masse, die nur noch Schmerz und Angst kannte. Feuer spuckte und wütete, und ich wurde in einen Tunnel von blauzüngigen Schlangen geschoben, die von allen Seiten kamen. Ich spürte, wie meine Haut sich löste, daß die Flammen den nackten Nerv erreichen konnten, und als sie Asche waren, brannte der Ofen des Zauberers mein Blut und sprengte meine Knochen, um das Mark zu versengen. Alles, was mich ausmachte, selbst meine Schreie, wurden langsam von diesem Feuer verzehrt. Schließlich blieben mir nur die Augen, mit denen ich den zuckenden Schlund des Dämons sah, die Ohren, mit denen ich das Klappern seiner Hauer hörte, und der Verstand, dessen einziger Gedanke schmerzende Gegenwart und schreckliche Zukunft war. Dann beugte sich Halab vor und versperrte dem Dämon die Sicht. Er sang ein Lied, das Lied, das mir als Kind am liebsten war, und verbannte alle Geräusche, die ich fürchtete. Er streichelte meinen gemarterten Körper, und ich spürte, wie Knochen und Blut und Fleisch sich wieder formten. Dann sagte er mir, es sei nur noch ein kurzes Stück ... nur ein wenig Schmerz noch zu ertragen ... dann hätten wir es hinter uns. Ich spürte große Erleichterung, und ein vertrautes Gefühl meiner selbst kehrte zurück. Mit diesem Gefühl wurde mir klar, daß meine Seele mich für einen Moment verlassen hatte. Wir hießen sie freudig willkommen, mein Körper und ich. Einen Augenblick später sprang ich vom Band, so stark und frisch wie kaum zuvor in meinem Leben. Ich rief meinen Freunden über die große, glühende Weite hinweg zu, sie sollten mir folgten. Wir hatten einen Zauberer zu besiegen.

Sergeant Maeen war der nächste. Dann folgte der Rest der Männer, einer nach dem anderen. Doch als sie den Ofen unter dem hungrigen Dämon passierten, sah ich kein Anzeichen dessen, was ich erlitten hatte. Reglos lagen sie da, friedlich. Später sagten sie, sie hätten dieselben Qualen und Ängste durchlebt wie ich, doch etwas Gespenstisches habe sie auf dem Band begleitet, ihnen den Weg erleichtert und die Schmerzen gelindert. Sie sagten, das Gespenst habe mir sehr ähnlich gesehen. Dann war Janos an der Reihe. Er sprang auf das Band und fuhr stehend darauf, breitbeinig, die Arme wie zum Trotz vor der Brust verschränkt. Doch sah ich seine angespannte Miene und wußte, daß er kein Mann der tapferen Posen war. Plötzlich strahlte sein ganzer Körper goldenes Licht ab. Die blauen Flammen schlugen höher und heißer, und der Dämon kreischte vor Enttäuschung hungrig auf, doch er war machtlos gegen den goldenen Glanz. Dann zogen sich die Flammen zurück, vergingen, bis sie nur noch Glut waren … und verloschen. Über uns fiel der Dämon in Schweigen, die Zähne zu einer tödlichen Grimasse erstarrt, der rote Schlund verharrte reglos und wurde grau. Janos, der große Dieb der Zauberei, sprang vom Rost, als er ans Ende kam. Doch bevor wir gratulierend zu ihm eilen konnten, brachte eine Stimme, die so laut war, daß sie die ganze Halle füllte, die Luft mit ihrer Wut zum Sieden.

»Was hast du getan, Greycloak?« Es war Mortacious. Der Zauberer war aufgewacht. Wieder donnerte die Stimme. »Warte, kleiner Zauberer. Ich komme zu dir.«

Janos wartete nicht, ebensowenig wie wir anderen. So schnell wir konnten, flohen wir aus der Halle in die kalte Nacht. Wir rannten die Pflasterstraße entlang, die Waffen bereit. Hinter uns hörten wir eine Explosion. Ich drehte mich um und sah, daß die Tür zum Palast des Zauberers von ungeheurer Wucht gesprengt worden war. Durch dieses qualmende Portal kam ein enormer Feuerball, so blau wie die Flammen des Ofens. Der Ball stieß gezackte Blitze aus und sprengte die Steine auf der Straße, als er darüberfuhr. Die Stimme des Zauberers überschlug sich aus dem inneren des brennenden Runds. »Lauf, kleiner Zauberer, lauf!« Gelächter folgte, gackernd und schnatternd.

Wenn das ein Befehl gewesen sein sollte, würde ich nicht widersprechen. Neue Kraft durchströmte mich, und ich lief noch schneller als zuvor. Wir stürmten die Allee entlang, über die man uns getrieben hatte, vorbei an den einäugigen Häusern mit ihren toten Bewohnern. Unsere Schritte wurden langsamer, als unsere Glieder von der wilden Flucht ermüdeten. Mortacious' höhnisches Gelächter wurde schneidender, je weiter wir in die Gasse kamen. Der Feuerball, auf dem er ritt, warf unsere Schatten weit voraus, und, oh, wie gern wären wir diese fernen, fliehenden Schatten gewesen! Ich hörte Janos' angestrengtes Keuchen neben mir. Er schien zu stolpern, doch er bückte sich nur, um einen Stein zu nehmen. Dann war er fort, und ich wandte mich um, glaubte, er sei gestürzt. Statt dessen stand er in Mortacious' Weg. Als ich an seine Seite eilte, zog er sein Schwert und schlug den Stein an meine Klinge. Ein Funke sprang vom singenden Metall. Er hieb noch einmal, und diesmal war der Funke länger, schlug einen Bogen zu dem Feuerball, der uns verfolgte.

Mortacious schrie auf: »Hab' ich dich, kleiner Zauberer!« Doch bei Janos' drittem Hieb explodierte wieder ein Funke von der Klinge. Er schlug einen Bogen, explodierte erneut und wurde ein mächtiger Schauer gezackter Sterne, die über den Weg unseres Verfolgers regneten. Dann fielen sie auf den Ball, und er platzte mit einem Donnerschlag und schleuderte Mortacious aus seiner Mitte. Der Zauberer stürzte Hals über Kopf, dann schlug er auf die Straße.

Einen Augenblick lang war er ganz still, seine Robe umgab ihn wie ein roter Teich. Im nächsten Moment hätte er uns gehabt, beinahe wäre es zum Kampf gekommen. Die Robe zuckte, blies sich zu mächtigen, roten Flügeln auf. Wir fuhren herum und liefen, während die Flügel Mortacious in die Lüfte hoben, und er stieß ein Heulen aus, das die Lüfte wie Glas klirren ließ. Es war ein Ruf zur Jagd, und als wir liefen, um unsere Kameraden einzuholen, fand dieser Ruf eine Antwort. Aus den einäugigen Wohnhäusern strömten die Sklaven des Zauberers. Sie witterten unser lebendes Blut und stürmten uns hinterher. Wir kamen um die letzte Biegung vor dem Hafen, das stimmenlose Rudel Wölfe an unseren Fersen und ihr geflügelter Meister über unseren Köpfen. Die Kameraden versuchten schon, Boote loszumachen, die uns forttragen sollten. Doch sie hielten inne, als sie sahen, welcher Schrecken uns am Hügel hinunter folgte. Es blieb uns nur der Kampf.

Ich hörte, wie Sergeant Maeen Befehle brüllte, während Janos und ich für einen Augenblick der Sicherheit in ihre Mitte stürmten; dann spürte ich den Aufprall, als unsere Freunde die Wucht der ersten Welle auffingen und abdrängten. Wir formierten eine Schlachtreihe auf dem Pier und zwangen die Feinde damit, in kleinen Gruppen anzugreifen. Am nächtlichen Himmel kreiste Mortacious, sammelte seine Sklaven zum letzten Gefecht. Es sollte eine Wiederholung des Kampfes in der Halle werden, doch gegen diese Übermacht bestand keine Hoffnung. Wir hievten Pechfässer aus einem Lastenkahn und setzten den Pier in Brand, als sie uns entgegenstürmten. Das Feuer, das sie empfing, war von *dieser* Welt, nicht der nächsten. Gespeist von Pech und altem, trockenem Holz anstelle von Beschwörungen, wurde es ein rasch vordringendes Inferno, das sie wie ein reißender Strom mit sich riß. Es brannte die Beine unter ihnen weg und schmolz die Waffen in der Asche ihrer Überreste. Ohne eigenen Willen, der auf die Warnungen des Schmerzes hätte hören können, drangen sie weiter vor, und jede Reihe wartete geduldig, bis die anderen gegen unseren Feuerschild geschleudert wurden und verkohlten. Über ihnen verfluchte Mortacious ihre Asche und rief immer mehr seiner Kriegersklaven an ihre Stelle.

Das Ufer war schwarz von ihren Massen, und immer mehr kamen die Straße herunter. Mortacious baute eine Brücke aus ihrer Asche und den im Feuer geborstenen Knochen. Bald wäre die Brücke hoch genug gewesen, daß sie herüberklettern und uns ergreifen konnten. Aber sie würden sich beeilen müssen, denn dieses Feuer hatte keinen Herrn, der es lenkte. Auf einer Seite war es unser Schutz, auf der anderen ebenso unser Feind, denn es nährte sich vom Pier, auf dem wir standen, und trieb uns ins Wasser hinaus. Mortacious schickte Männer, die am brennenden Anleger entlangschwammen, um uns in den Rücken zu fallen. Der Zauberer schwebte heran und verhöhnte unser hoffnungsloses Unterfangen mit seinem Lachen.

Eine Hand langte durch die zerbrochenen Bohlen herauf, um nach Janos' Fuß zu greifen. Mit einem Warnschrei sprang ich vor und hieb sie mit dem Schwert ab. Janos sah, wie sie auf die Bohlen fiel. Mortacious spottete und schwebte wieder herab. Janos griff nach der zappelnden Hand, preßte den Griff seines Schwertes in die sich krümmenden Finger, und sie packten zu. Mit aller Macht warf er die Klinge in die Luft. Die Hand fest um das Heft, war das Schwert ein schauerlicher Speer. Ein Phantom schien es zu lenken, als es Mortacious entgegensegelte. Das Gelächter des Zauberers erstarb, als die Klinge sein Auge traf. Er stürzte vom Himmel, heulte wütend vor Schmerz und schlug ins Wasser. Wir sahen ihn in den Wellen versinken, doch brachte dieser Anblick uns nur wenig Freude, denn als wir uns umwandten, standen wir seinen Männern gegenüber. Sie kletterten über die Brücke aus Asche auf den brennenden Pier hinaus. Wir nahmen all unseren Mut zusammen, aber wir wußten, daß sich ihr Herr und Meister aus den Fluten erheben würde, um sie weiter anzutreiben.

Ich schloß Frieden mit den Göttern, die mich erschaffen hatten, und sandte Halab einen letzten Dank. Ein qualmender Unmensch stürzte aus den Flammen hervor, und ich hob mein Schwert, um ihm zu begegnen.

Dann wehte das Schicksal vom Meer herein – zu unserer Rettung. Die tiefe, singende Stimme einer mächtigen Glocke ertönte, ihr Klang von solcher Intensität, daß alle Geräusche entflohen, als er uns überrollte und sich dann ausbreitete, um die dunklen Gewölbe der Nacht zu erfüllen. Wieder klang die Glocke, und wir spürten, wie Friede uns umfing. Der Friede war eine Melodie, eine Decke, die das Feuer erstickte. Er war ein klares, schallendes Lied, das selbst die Toten hören konnten. Sie blieben stehen und wandten die Köpfe, um zu lauschen. Als das letzte Echo der Glocke verklungen war, ließen Mortacious' Männer ihre Waffen fallen, wandten sich um und schlurften davon.

Aus der Finsternis kam ein wundersames Schiff mit leuchtenden Segeln und munteren Laternen, die an den Seiten blinkten. Es war anmutiger als alle Schiffe, die ich je gesehen hatte, und es schwebte uns mit Zauberkraft entgegen, denn es wehte kein Wind, der seine prallen Segel hätte füllen können. Ich hörte, wie Janos nach Atem rang, oder vielleicht war es nur mein eigenes, erstauntes Keuchen, als wir das Wappen auf den Segeln sahen: eine mächtige, sich windende Schlange vor einem Sonnenrad.

Als das Schiff sich näherte – ein eleganter Schwan auf schwarzen Wassern – wurde mir klar, daß alles, dem wir uns hatten stellen müssen, eine Prüfung gewesen war … und Mortacious die größte davon. Ich dankte den Göttern, daß wir sie bestanden hatten.

Eine Stimme rief uns von Deck. »Heil Euch, Suchende.« Die Stimme war so wohlklingend wie die Glocke. An Deck sah ich den, der sprach: einen stattlichen Mann in glitzerndem Weiß. Und wieder rief er uns zu. »Wir bringen Grüße … von den Fernen Königreichen.«

Janos ergriff meinen Arm vor Freude, und um mich herum hörte ich die Männer jubeln. Als das Schiff Boote zu Wasser ließ, uns fortzubringen, wurde auch ich von Freude übermannt, und ich jubelte so laut wie die anderen.

Und so kam es, daß wir die Fernen Königreiche betraten.

Kapitel Zweiundzwanzig

Die Fernen Königreiche

Die Erwartung kann eine launische Göttin sein, doch das zu wissen, ist allein kein Schutz vor ihr, sind die Lichter des Schattenspiels erst einmal entzündet. Ihr verlockendster Köder ist das Versprechen. Je länger sie ihn vor deiner Nase tanzen läßt, desto williger wirst du ihr folgen. Ich trauerte, als sie endgültig entschwebte, doch habe ich auch größte Freude erfahren, wenn sie sich erweichen ließ und ich in ihre Arme sank. Es war die Erwartung, die mich zu den Fernen Königreichen zog, und es war die Erwartung – um ein Vielfaches vermehrt –, die jenen, die zu Hause auf mich warteten, große Versprechungen machte. Ich trug die Träume all dieser Daheimgebliebenen bei mir, und sie waren ganz in meiner Nähe, als wir über die schäumende See zu jenen Ufern strebten.

Oft hatte ich mich gefragt, welcher Anblick sich als erstes präsentieren würde. Manchmal glaubte ich, ich würde eine Stadt aus leuchtendem Gold sehen, mit eleganten Türmen und schlanken Minaretten. Manchmal malte ich mir fruchtbare Felder und satte Wiesen mit friedlichen Weilern und weißen, blumenübersäten Villen aus. Egal jedoch, welche Form sie annahmen, sah ich sie vor meinem inneren Auge doch stets aus großer Höhe: ein gezackter Gipfel vielleicht oder die Ausläufer eines Gebirges. Tatsächlich erreichte ich unser Ziel auf eine Art und Weise, die einem Bürger Orissas angemessener war: Nachdem ich die Reise auf dem Fluß begonnen hatte, an dem ich geboren war, sollte es wiederum ein Fluß sein, an dem ich sie beendete.

Als wir die See verließen, über die wir vor den Schrecken Gomalalees entflohen waren, verkündete die große Schiffsglocke unser Kommen. Das Großsegel blähte sich, zeigte stolz das Schlangenwappen der Fernen Königreiche. Als wir uns der malerischen Mündung des Flusses näherten, antwortete eine weitere Glocke aus der Ferne. Wir drückten uns an die Reling, suchten angestrengt den ersten Blick auf die Göttin, die uns gerufen hatte. Doch sie neckte uns mit ihrem Schleier, dem blaßblauen Dunst vor ihren Zügen. Dann hob sie ihn vor unserem weißen Schiff, und blaue Streifen zogen über den Himmel. Eine Brise wehte, brachte freie Sicht. Die Verführung hatte gerade erst begonnen.

Das erste, was ich sah, als ich zu den Fernen Königreichen kam, war ein Smaragdturm, der aus dem Fluß ragte. Der Turm war kunstvoll so gearbeitet, daß er sich zu einer schlanken Spitze verjüngte. Ein wundersamer Spiegel drehte sich darauf und überzog das Schiff mit Schmetterlingen aus Licht. Ich spürte ein angenehmes Kribbeln auf meinem Gesicht, dann einen sanften Versuch von Zauberhand, meine Absichten zu ergründen. Das Licht zögerte, als es den Schutzbann fand, den Janos über jeden von uns ausgesprochen hatte, nachdem wir an Bord des rettenden Schiffs gegangen waren, doch war es nicht gekränkt und flatterte von dannen.

Das erste, was ich hörte, als ich zu den Fernen Königreichen kam, war ein melodisches Lied aus den Kehlen Tausender Vögel oder mehr. Sie flogen aus einem Wald hoher Bäume, die nach Minze rochen, und segelten über uns hin und her – eine Wolke aus Farben, so herrlich wie das Lied selbst. Als ich näher hinsah, merkte ich, daß die Vögel groß wie Adler waren: metallene Kampfsporen blitzten an ihren Krallen, die Schnäbel waren schwer und hakenförmig gebogen. Die Ufer des Flusses waren gesäumt von blumenbewachsenen Wiesen, und zu unserer Freude brach eine dieser Wiesen ab und wurde eine treibende, duftende Insel. Als sie unter unserem Bug vorüberzog, war eine Stimme aus dem Dickicht roter, trompetenförmiger Blumen zu hören. Unser Kapitän antwortete, und ich sah Speerspitzen aufragen.

Mein erster Gedanke beim Durchfahren dieser Tore war, daß die Hand, die man uns zum Willkommensgruß entgegenhielt, einen Samthandschuh trug, um damit eine stählerne Faust zu verbergen. Ich schauderte, als mir der zweite Gedanke ins Rückgrat stach: Ich war froh, daß diese Leute uns als Freunde und nicht als Feinde empfingen. Hinter einer hügeligen Biegung dann verflogen alle Gedanken angesichts des großartigen Anblicks, den die Hügel uns verstellt hatten. Der Fluß war kurvig und tief ins Land geschnitten, wand sich wie eine prächtige Schlange durch nebelverhangene Felder und blaugrüne Wälder. Weit landeinwärts erhob sich – wie ein Leuchtturm – ein anmutiger Berg, blau wie der Fluß selbst. Zu Füßen dieses Bergs, so hatte man uns gesagt, lag unser Ziel: die Stadt Irayas, in welcher der große König Domas über sämtliche Länder der Fernen Königreiche herrschte.

Tagelang fuhren wir auf diesem Fluß, und jeder Tag brachte uns eine Vielzahl von Wundern. Am ersten segelten wir an einer geschäftigen Hafenstadt vorbei, dreimal so groß wie Orissa. Boote und Schiffe fuhren zwischen den Anlegern umher und luden und entluden alle Arten von Waren und Lebensmitteln. Der Hafen war erstaunlich sauber und frei von üblen Gerüchen. Die Häuser und Bauten, die wir sahen, hatten nichts mit den üblichen praktischen Steinklötzen gemein, wollten nur das Auge mit einer Vielfalt von Formen, Größen und Farben erfreuen. Kapitän Utorian, unser Gastgeber und Botschafter des Königs, sagte, der Hafen sei das Zentrum allen Handels innerhalb der Königreiche, die sich zu beiden Seiten des Flusses und weit voraus erstreckten, jenseits des großen Berges noch manche Tagesreise. Er erklärte uns, König Domas' Reich bestünde aus elf Fürstentümern, jedes von einem Prinzen regiert, der dem König Treue geschworen hatte. Verstreut über die Fürstentümer lagen siebzig große Städte und noch viele kleinere. Die größte von allen, sagte er, sei Irayas, der Sitz von Regierung und Rechtsprechung. Er berichtete, das gesamte Reich, das wir die Fernen Königreiche nannten, hieße Vacaan, zu Ehren des höchsten Gottes der Großen Alten, die über tausend Jahre mit ungeheurer Weisheit in diesem Land geherrscht hatten, bis sie auf geheimnisvolle Weise verschwanden. Die Ruinen ihrer Gebäude seien überall in Vacaan zu finden. Nahe Irayas' gäbe es Ruinen einer Stadt und alter Tempel, hoch oben auf dem Gipfel des Berges.

Utorian war ein großartiger Gastgeber. Er gab sich alle Mühe, so viele Fragen zu beantworten, wie er konnte. Solche, die ihn zögern ließen, sollten beantwortet werden, sobald wir in Irayas wären – so versprach er jedenfalls. Nachdem er uns vom qualmenden Pier in Gomalalee geholt hatte, sorgte er sogleich dafür, daß unsere Wunden behandelt wurden und wir heiße Bäder und bequeme Quartiere vorfanden. Die einzigen Worte, die er in unserer Sprache kannte, waren jene, die er ausgerufen hatte, als er kam, um uns aus Mortacious' seelenloser Stadt zu retten. Doch kaum waren wir an Bord, da reichte uns einer seiner Offiziere durchsichtige Schwämme und bat mit einer Geste, die Flüssigkeit davon zu lecken. Sobald wir es getan hatten, waren wir vollständig in der Lage, ihre Sprache zu verstehen und zu sprechen. Ich fürchte, wir haben in unserer Aufregung ein solches Spektakel veranstaltet, daß sie es bald bereut haben müssen.

Während dieser ersten Stunden hatte Janos einen Schutzbann über jeden einzelnen von uns gesprochen. Obwohl der Kapitän und seine Mannschaft freundliche und angenehme Menschen zu sein schienen, erinnerte uns Janos, daß wir eben erst hochverehrte Gäste gewesen waren und lieber vorsichtig sein sollten, falls unsere Gastgeber ähnliche Absichten verfolgten. Er mußte uns nicht drängen. Janos hatte nach seiner Begegnung mit Mortacious neue Kraft gesammelt, um den Schutzbann zu erstellen. Er sagte, der Zauber könne zwar nicht das Messer eines Attentäters abwehren, uns jedoch warnen, wenn Gefahr drohe. Nach der Warnung sei es an uns, ob wir uns verstecken, kämpfen oder Verstärkung holen wollten. Der Bann war eine weise Vorsichtsmaßnahme, doch nach kurzer Zeit in Utorians Gesellschaft vergaß ich ihn vollkommen und erinnerte mich erst wieder daran, als wir dem Turm mit seinen neugierigen Lichtern begegneten.

Nachdem wir uns erfrischt hatten, rief Utorian Janos und mich in seine Kabine, wo wir über Bechern mit heißem Branntwein plauderten. Der scharfe, beruhigende Nachgeschmack linderte unser Entsetzen über das, was wir eben erst hatten erleben müssen. Die Kabine war karg, jedoch auf geschmackvolle Weise ausgestattet, mit bequemen Stühlen, deren weiche Stoffbezüge helle Farben hatten, und einem Tisch, der bei jedem Seegang das Gleichgewicht hielt. Das Holz der Wandtäfelung hatte eine feste, enge Maserung mit interessantem Muster, das man sich tagelang ansehen konnte. An der breitesten Wand hing die einzige Dekoration: ein seidenes Banner, das die blaue, gewundene Schlange vor einem Sonnenrad zeigte, das Wappen, nach dem wir so lange gesucht hatten. Utorian trug ein ähnliches Wappen an seiner weißen Uniform. Neben der kleinen Koje in der Ecke mit einer Decke – passend zu den Stühlen – waren die einzigen Möbel ein leerer Kartentisch und der verschlossene

Schrank, in dem er seine Instrumente und Karten verwahrte. Nur ein Ding noch gab es dort: Ein goldenes Seil hing durch ein Loch in der Decke. Utorian sagte, es führe ins Glockenhaus und betätige das verzauberte Instrument, das Mortacious und seine Horde in die Flucht geschlagen hatte.

Bevor wir ihn mit Fragen überschütteten, bat Utorian uns um Nachsicht und erklärte, warum er überhaupt gekommen sei. Er sagte, König Domas und sein jüngerer Bruder Prinz Raveline hätten unsere Fortschritte mit großem Interesse verfolgt. Er machte keinen Hehl daraus, wie dies geschah: neben ein paar magischen Hilfsmitteln, die das Verständnis des Kapitäns überstiegen, stamme die Information von einigen wohlplazierten Spionen und den mysteriösen Reitern, die wir als Späher bezeichnet hatten. Er sagte, die Späher unterstünden nicht dem König, sondern seien ein Nomadenstamm vom Zauberern, die sterbliche Gesellschaft verschmähten und rastlos in eigener Sache das Land durchstreiften. Das Königreich hatte vor langer Zeit schon einen Pakt mit ihnen geschlossen und tauschte Zauberwaren, die sie brauchten, gegen jedwede Information, die benötigt wurde, um Vacaan vor unerwünschten Besuchern zu schützen.

Dann sagte er: »Ihr müßt wissen, daß bis zu dem Zeitpunkt, als ich meinen Befehl bekam, Euch zu holen, kein einziger Besucher als willkommen galt. Soweit ich weiß, seid Ihr und Eure Männer die ersten Fremden, die unser Land besuchen, seit wir es aus den Ruinen der Großen Alten erbaut haben. Ich kann nicht sagen, warum unser König es sich anders überlegt hat, aber als freier und treuer Bürger kann ich Euch versichern, daß er lautere Absichten hat, und wenn Ihr erst mit ihm gesprochen habt, wird niemand Euch daran hindern, sicher heimzukehren. Obwohl man mir seine Gründe nicht mitgeteilt hat, kann ich sie erahnen. Es ist kein großes Geheimnis am Hof, daß König Domas der Überlegung nachhängt, wir wären vielleicht nach all den Jahren ohne Kontakt zur Außenwelt ausgebrannt. Und ich glaube, Euer Wissensdurst und die unerschütterliche Suche haben sein Denken wohlwollend beeinflußt.«

Der Kapitän erklärte, wir könnten uns bis zur Ankunft in Vacaan auf dem Schiff uneingeschränkt frei bewegen. Wir konnten jeden um alles bitten und gehen, wohin wir wollten. Die einzige Ausnahme, meinte er, sei, daß wir in unserem Quartier bleiben mußten, sobald Land in Sicht käme. Er entschuldigte sich ausgiebig dafür und sagte mit einem Nicken zum Schrank hin, es sei ihm verboten, uns seine Karten oder Instrumente zu zeigen, denn deren Beschaffenheit sei ein wohlgehütetes Geheimnis. Wenn wir erst beim König seien, würden viele dieser Geheimnisse jedoch sicher enthüllt.

Utorian füllte unsere Becher nach, und wir drei stießen auf die glorreiche Zukunft unserer Völker an. Doch an seinem Verhalten merkte ich, daß er glaubte, sollte dieser Wandel eintreten, sei es Orissa, das davon am meisten profitieren würde. Diese Überzeugung teilten fast alle Menschen, auf die wir in den Fernen Königreichen trafen. Sie zeigten wenig Neugier, was die Welt anging, aus der wir kamen. Das einzige, was sie in Erstaunen versetzte, waren die Mühen, die wir unternommen hatten, um zu ihnen zu gelangen, und ständig drängten sie, die Einzelheiten unserer Reise zu erfahren. Doch dann ließ ihre Neugier nach. Der Grund war offensichtlich: Vacaan war ein Land, das mehr Wunder zu bieten hatte, als ich Blätter zählen kann, sie zu beschreiben. Der Boden war mit reichen Ernten gesegnet. Es gab nur wenige Leiden, die die Geisterseher nicht heilen konnten. Die Menschen erfreuten sich einer schier endlosen Reihe von Vergnügungen und Besitztümern. Tatsächlich glaubten sie sich allen anderen Völkern derart überlegen, daß sie nicht wußten, was diese ihnen Brauchbares anzubieten haben sollten. Wenn ich von einem Kunstwerk, einer Idee oder handwerklichen Leistung erzählte, die Orissa Grund zum Stolz war, führten sie eilig etwas aus ihrem eigenen Land an, vor dem unseres im Vergleich verblassen sollte. Ich hielt es damals für unerheblich, ein kleines Ärgernis,

Anlaß zur Belustigung. Später verstand ich, daß es ein ernsterer Makel war, als ich angenommen hatte. Aber ich kann nicht verhehlen, daß die Wunder, die wir sahen, während wir flußaufwärts fuhren, alles überstrahlten, was ich je zuvor erlebt hatte. Eines dieser Wunder war der Fluß selbst. Ich habe ihn mit einer großen Schlange verglichen, und dieser Vergleich ist treffend, denn der Fluß war es, der das Vorbild für die Schlange auf dem Wappen der Fernen Königreiche darstellte, während das Sonnenrad für die Weisheit der schützenden Zauberer stand.

Man stelle sich eine Schlange vor, die glänzenden Windungen nah beieinander – ohne sich doch wirklich zu berühren – und nur Kopf und Hals ragen aus den Windungen hervor. Dann mache man die Schlange wieder zu einem Fluß, den Kopf zum Berg, zu dem wir reisten, und man wird sehen, daß die Entfernung, wenn auch weit für jedes Schiff, für einen Vogel eine Bagatelle war. Doch hätte ich unsere Segel nicht gegen flinke Flügel eingetauscht, denn da wir erst in eine Richtung, dann die entgegengesetzte fuhren, zeigte uns der Fluß fast alle Wunder der Fernen Königreiche aus der Nähe.

Der Fluß stieg sanft durch Vacaan an. Wenn wir zu einer neuen Erhebung kamen, gab es dort keine Schleuse, an der wir den Unterschied hätten merken können. Nur ein Schimmern lag in unserem Weg, dann stiegen wir in ruhigere Gewässer auf höherer Ebene auf. Utorian sagte, ihre Zauberer hätten den Fluß vor langer Zeit gezähmt und zum allgemeinen Nutzen umgelenkt. Er wies uns auf das erstaunliche Fehlen von Hochwassermarken hin und erklärte, auch das Wetter hätten sie unter ihren Einfluß gebracht, wobei sie die Stürme nur brauchten, um den Fluß nachzufüllen, sonst nicht. Weiterhin konnten sie dem Fluß befehlen, sich an beliebiger Stelle ein- und auszufalten, um so den Bauern das Bewässern zu erleichtern und eine ertragreiche Ernte zu sichern. Das Korn dieser Ernten, fügte er hinzu, stamme von gesegneten Samen, die stets Früchte trugen und Krankheiten und Insekten abwehrten. Ich dachte an unsere eigenen, hart arbeitenden Bauern, während wir an unvorstellbar reichen Feldern und Gärten vorbeikamen. Ich erinnerte mich schmerzlich der ruinösen Flut und der Hungersnot, die wir gerade erst erlitten hatten. Ich betete, unsere Reise möge die Arbeit unserer Landsleute erleichtern und das Leid von unseren Herzen nehmen.

Wir sahen Wälder, in denen sich das Wild drängte, Hügel, beladen mit Adern von formbarem Metall und wertvollen Steinen und Weiden, auf denen fette Herden blökten und muhten. Wir sahen Menschen jeden Schlages: von Bauern über Arbeiter zu Kaufleuten, Herren und hohen Damen. Sie waren ein stilles, würdevolles Volk, das gern lachte, was wir über das Wasser hinweg hörten. Die Männer blieben bis ins hohe Alter ansehnlich und die Frauen gefällig, wobei das Alter ihren Mienen nur Weisheit und Erhabenheit hinzufügte. Ihre Kinder schienen die glücklichsten von allen zu sein. Anscheinend tobten und stromerten sie nach freiem Willen, und es war ihr helles Lachen, das am häufigsten zu hören war.

Utorian sagte, alle ihre Kinder gingen zur Schule, und denjenigen mit bestem Verstand oder Talenten widme man besondere Aufmerksamkeit. Danach stünden ihnen alle Türen offen und sie könnten zu fast jedem gesellschaftlichen Rang aufsteigen. Ich mußte an Halab denken und trauerte, daß er nicht in einem solchen Land geboren war.

Wir staunten über die vielen Städte, die sich an den Fluß schmiegten. Manche erfreuten das Auge mit Vielfalt, wie der Hafen, an dem wir am ersten Tag unserer Flußfahrt vorüberkamen. Manche waren von gleicher Art, gehauen aus weißem Marmor oder farbenfroh bemaltem Holz oder aus starkem, glitzerndem Metall. Ihr Erscheinungsbild reichte von niedrigen Bauten, die sich in den umgebenden Wald fügten, über aufragende Türme, verbunden mit zarten Bögen, zu gemütlichen Domizilen mit spitzen Dächern und fröhlichen Feuern, die bei Nacht durch die Fenster leuchteten. Jede Stadt verblüffte uns auf ihre Art, und gerade, wenn wir glaubten, nichts könne uns mehr erstaunen, enthüllte sich uns das nächste Wunderwerk. Dann endlich erreichten wir Irayas. Es war die prächtigste Stadt von allen.

Wir sahen sie ohne Vorwarnung. Der Flußlauf führte nach Osten – zum letzten Male fort vom Berg – und loderte mit einem Mal. Die Ufer zogen sich vor unseren Augen zu fernen, grünen Streifen zurück. Der Fluß wurde zum See, und aus diesem See stieg Irayas auf. Unsere Sinne bebten von dem Zauber, den es verstrahlte, willige Saiten in Händen eines meisterlichen Harfenisten. Irayas war ein Ort von Licht und Wasser. Die untergehende Sonne lag in ihrem Rücken, und die Stadt erstrahlte in vollem Glanz. Farben schimmerten durch kristallene Türme und reflektierten von goldenen Kuppeln. Der Fluß verlief darunter, ein geschmolzener Spiegel im sterbenden Licht des Tages. Die Luft war Musik mit Glocken und Vogelgesang, duftend nach den Blüten der Dämmerung. Kleine Boote huschten durch dieses Idyll, zaghafte Bittsteller einer Königin der Götter.

Solcherart Anblicke sind der Wein des Wanderers. Hat er ihn einmal probiert, gibt es nur wenig, was er nicht auf sich nehmen würde, um von diesen Trauben noch einmal zu kosten. Wir taten uns an ihnen gütlich, bis wir betrunken waren, dann wurde es Nacht, und wir nahmen enttäuscht den Einbruch der Dunkelheit hin. Doch Irayas hatte einen Trick gegen diesen Dieb, und vor neuerlichem Staunen seufzten wir, als Licht sich über der Stadt ausbreitete. Die gläsernen Türme wurden zu hellen Fontänen, die goldenen Kuppeln leuchteten von innen. Die Kanäle, die als Straßen dienten, wurden von kleinen Kugeln an langen Bändern beleuchtet. Die Geräusche der geschäftigen Stadt waren nach wie vor zu hören, und ich merkte, daß die Geisterseher von Irayas die produktive Zeit bis weit über das Ende des Tages hinaus verlängert hatten.

Wir schliefen in jener Nacht an Bord des Schiffes. Mein Kopf war derart übervoll, daß ich glaubte, ich könne unmöglich Ruhe finden, doch die Erschöpfung packte uns alle schon früh. Einmal wurde ich von wilder Musik und Gelage geweckt. Ist es nicht verwunderlich, dachte ich, daß sich, wo immer es ein Hafenviertel gibt, egal wie groß die Stadt sein mag, immer ein Ort für starke Getränke und rauhe Spiele finden läßt? Dann sank ich in traumlosen Schlaf zurück.

Am nächsten Tag brachte uns Utorian zum König. Der Palast erstreckte sich über mehr als die Hälfte der zehn Inseln, aus denen Irayas bestand. Das Grundstück war ein Wunder an gepflegten Rasenflächen, Bäumen und Beeten exotischer Pflanzen. Es gab sanftmütiges Wild und zwitschernde Vögel, die das Herz wärmten, daneben künstlerische Statuen zur Erbauung des Geistes. Der Palast war ein Kunstwerk aus zahlreichen Kuppeln, allesamt aus feinstem Gold gearbeitet. Die Säulen und Bögen bestanden aus einer Goldlegierung, die Außenwände aus einer Art Glas, die man verdunkeln konnte, wenn man ungestört sein oder den Sonnenschein aussperren wollte.

Soldaten in goldenen und weißen Waffenröcken bewachten die schier endlosen Gänge des unermeßlich großen Palastes, doch Janos merkte an, ihre Speere und Seitenwaffen seien plump und protzig und vornehmlich für repräsentative Zwecke gedacht. Wir traten in einen Hofsaal, der so riesig war, daß er alle anderen Interessen als die des Königs schrumpfen ließ. Der Saal war so angelegt, daß die gewölbten Glaswände ihn noch größer wirken ließen. Manche waren klar und ließen Licht herein, andere waren verspiegelt und reflektierten die Menge, die sich versammelt hatte, um die Aufmerksamkeit des Königs zu suchen. Der Raum war in drei Ebenen aufgeteilt, und Treppen führten von einer zur anderen. Die unterste Ebene, die wir zunächst betraten, war am vollsten, und die Kleidung der dort Versammelten die des gemeinen Volkes. Auf der zweiten befand sich eine kleinere Gruppe mit Kleidern und Manieren, die denen der ersten überlegen waren. Die letzte war fast leer, reserviert für Zauberer und andere Männer von Rang. Sie schlenderten, in Gespräche vertieft, am Rand entlang. Über dieser geschäftigen Pracht fand sich ein breites Podium, auf dem ein großer, goldener Thron aufragte, mit hoher Rückenlehne, auf der ein mächtiges Königswappen prangte.

König Domas streckte sich gelangweilt auf seinem Thron aus. Selbst aus dieser Entfernung war er ein Mann, den die Größe des Saales nicht kleiner werden ließ. Träge drehte er seine Krone – ein schlichtes Goldband, wie ich später aus der Nähe sah – um den Finger, während er Beratern lauschte, und wurde ihre Rede von der lärmenden Menge übertönt, donnerte seine Stimme über alles andere hinweg. Dann verlor ich ihn aus den Augen, als Utorian uns vorandrängte. Es wurde deutlich, daß er ein wichtiger Mann war, denn die Menge trat respektvoll zur Seite. Neugierige Blicke folgten uns, bis wir an das Geländer kamen, das die dritte Ebene umgab. Unser Führer wies uns an zu warten und reckte seinen Kopf hierhin und dorthin, als suche er nach Hilfe. Wir drückten uns an das Geländer, glotzend wie Bauern, frisch vom Feld und neu in der Stadt. Doch unser Staunen steigerte sich noch, als unsere Blicke in eine gähnende, goldüberzogene Grube fielen, bevor sie sich wieder erheben und den Thron bestaunen konnten.

Die Grube machte fast die gesamte dritte Ebene aus. Ein Pfad für schlendernde Beamte umfaßte sie, ein weiterer führte in die Tiefe. Dort schwebte ein Zauberbild der Fernen Königreiche. Jedes Detail, vom sich windenden, blauen Fluß bis zu Städten, Höfen und Feldern, fand sich hier maßstabgetreu wieder. Man sah Boote auf dem Fluß, und ich meinte, kleine Punkte zu sehen, die Menschen und Tiere sein mochten. Noch erstaunlicher war, daß man selbst den Himmel kopiert und mit Leben erfüllt hatte. Ich bemerkte, daß Schwärme von Vögeln in die Wolken ein- und wieder auftauchten, während diese mit dem Wind zogen. Zauberer und Beamte liefen den geschwungenen Pfad hinab, diskutierten und beobachteten das Zauberbild. Mehrere Zauberer widmeten ihre Aufmerksamkeit einer Wolkenbank, die vom Sturm schwarz und ganz geschwollen war, und lenkten sie an einen anderen Ort, wo plötzlich Blitze zuckten und Regen fiel. Ich zweifelte nicht, daß die echten Lebewesen der verdorrten Region vom Sturm gesegnet waren, der in verkleinerter Form dort unter uns wütete.

Ein königlicher Donner des Widerspruchs brach hervor. Ich hob meinen Blick und sah Domas zum ersten Male aus der Nähe. Seine Berater drängten sich in hitziger Debatte um ihn. Was immer die Geduld des Königs auf die Probe stellen mochte, mußte schon entschieden worden sein oder war nicht mehr von Interesse, denn nun unterdrückte er höflich ein Gähnen und drehte seine Krone wieder um den Finger. Der König war groß, mindestens einen Kopf größer als Janos, und sein schlichter, weißer Waffenrock spannte sich über einen Körper, der aus steinernen Blöcken gehauen schien. Sein Haar war blond, die Züge ebenmäßig. Er war schlicht gekleidet, und außer der Krone verwies nichts darauf, daß dieser Mann ein derart mächtiges Reich beherrschte.

Ein weiterer Mann stand neben dem Thron. Er war so groß wie Domas und sah ihm von Gesicht und Körperbau her tatsächlich ähnlich, nur war er im Gegensatz zum König dunkelhaarig. Seine Tracht war aus reichverziertem Gold, und er trug das königliche Zeichen auf der Brust. Er schien schwere, verzierte Juwelen und Ringe zu mögen, und sein langes, schwarzes Haar wurde von einem Smaragdband gehalten, was alle Welt wissen ließ, daß auch er zum Königshaus gehörte.

»Prinz Raveline«, flüsterte Janos. Ich hatte es schon vermutet. Janos beugte sich vor. Sein Flüstern klang erregt. »Er ist ein Zauberer. Ein *sehr* mächtiger Zauberer.« Auch soviel hatte ich vermutet. Die dunklen Augen des Mannes zeigten die Energie eines Geistersehers, und meine Haut prickelte ganz unangenehm. Ich sah ihn mir näher an und bemerkte, daß Raveline trotz des Prunks seiner Erscheinung die Würde des Königs fehlte. Wenn man sie nebeneinander sah, konnte es keinen Zweifel geben, wer der König war und wer nur ein edler Bruder.

Unruhe entstand entlang des Geländers, und ich bemerkte, wie ein kleiner Mann von auffällig unauffälliger Erscheinung sich Utorian näherte. Seine Kniebundhosen waren von verwaschenem Weiß, sein Rock zerrissen. Unbeachtet baumelte vom Gürtel eine angelaufene Goldsichel herab. Dennoch täuschte nichts über den Einfluß des kleinen Mannes hinweg. Eifrig, doch mit steifem Rücken, beugte sich der Kapitän herab, um seinem Flüstern zu lauschen. Der kleine Mann mußte sich trotzdem auf Zehenspitzen stellen, um Utorians Ohr zu erreichen, und ganz offenbar kümmerte es ihn wenig, ob jemand seine Haltung als lächerlich empfand. Während er sprach und Utorian nickte, spähte er immer wieder in unsere Richtung, dann deutete er kurz auf Janos und mich, als er uns unter den zwanzig Männern erkannte. Er mag eine Maus sein, dachte ich, aber eine beherzte Maus mit wachem Verstand und ohne Angst vor Küchenkatzen, denn *diese* Maus speist mit dem König. Der kleine Mann duckte sich unter dem Geländer hindurch und huschte um die Grube herum die Treppe zum Thron hinauf. Utorian winkte hektisch, wir sollten uns bereithalten. Das taten wir, und als der König sich umwandte, seinen kleinen Günstling anzulächeln, wurde um uns herum viel Kleidung gezupft und Haar geglättet.

Domas winkte, schickte den Pulk von Beratern beiseite, und der kleine Mann flüsterte wieder auf ihn ein, nur daß er sich diesmal an der Robe des Königs festhielt, um sein Gleichgewicht nicht zu verlieren. Die Miene des Königs erstrahlte, und der Ausdruck von Langeweile verflog, als er seinem Berater lauschte. »Was du nicht sagst. Seit wann sind sie schon da?« Die Stimme war so gewaltig wie der ganze Mann, reichte problemlos bis zu uns und über uns hinaus. Domas legte die Stirn in Falten, als der kleine Mann flüsternd fortfuhr. Dann: »Warum hast du mir das nicht schon früher gesagt, Beemus?«

Ich bemühte mich, ihn so schnell wie möglich einzuschätzen, suchte in der mächtigen Stimme nach Zwischentönen. Domas formte seine Worte gründlich, zog sie auf kleine Kettchen und warf sie sorglos in die Menge, daß ein jeder sie fangen konnte. Beemus flüsterte eine Erwiderung. Er unterstrich die Antwort mit einem Achselzucken, das einen unfähigen Untertan sicher bereuen ließ, uns ignoriert zu haben. Falls er uns beobachtete, wird er noch trauriger geworden sein, als er sah, wie Domas' Stirn sich wütend kräuselte. Doch dann wich dieser Ausdruck der Verärgerung einem interessierten Blick auf uns, und der Unfähige mag erleichtert aufgeseufzt haben, als er seinen König wieder strahlen sah.

Domas seufzte tief und klopfte Beemus auf die Schulter. »Vergiß es. Dem gehe ich später auf den Grund. Lauf nur und hol sie zu mir, Beemus. Schnell jetzt. Wir waren unhöflich genug.« Beemus sprang herab und hastete den weiten Weg zu uns, um diesem Wunsch nachzukommen.

Der König wandte sich seinen Beratern zu und sagte: »Genug! Wir haben uns durch diesen Schlamm schon oft gewühlt. Es wird Zeit für *neue* Geschäfte, meine Herren. Wirklich neue Geschäfte.« In freudiger Erwartung rieb er sich die Hände. Prinz Raveline trat lässig zu ihm hin und gab sich dabei, so dachte ich, alle Mühe, den Anschein jeglicher Hast zu vermeiden. Wieder wandte ich meine Aufmerksamkeit Domas zu, schätzte ihn ein letztes Mal ein, bevor wir zu so verwirrender Pracht gerufen wurden. Ich vermutete, einen freimütigen Menschen vor mir zu haben, unverhohlen in Absicht und Tat wie auch im Wort. Es kümmerte ihn nicht, was irgend jemand von ihm dachte: Ich bin König Domas, sagte seine rauhe Schale, und ich kann sein, wer oder was ich will. Mein kaufmännischer Instinkt meldete sich, während Beemus sich uns näherte. Solches Selbstvertrauen wie Domas' ließ darauf hoffen, daß der Mann zumindest zuhören würde, wenn ihm ein Handel logisch und ohne schmückendes Beiwerk unterbreitet wurde. Dann wurden wir eilig zu ihm geführt, und einen Augenblick später bauten sich zwanzig Mann in Formation vor dem König auf. Wir wollten uns tief verneigen, wie wir es für angemessen hielten, doch er winkte ab. »Nicht diese Verbeugungsarie«, sagte er. »Eine ordentliche, aufrechte und respektvolle Haltung dürfte genügen.« Er wandte sich seinem Bruder zu. »An diesem Hof gibt es zu viele Zeremonien«, sagte er. »Bei all diesen Verbeugungen wird mir noch ganz schwindlig.«

Raveline lachte, laut und aus vollem Halse, aber dieses Lachen klang spöttisch. »Dann befiehl uns einfach, damit aufzuhören«, sagte er. »Du wirst schon sehen, wie sehr du es vermißt.«

Domas warf ihm einen nachsichtigen Blick zu. »Du versuchst schon wieder, geistreich zu sein«, sagte er und seufzte, als Raveline den Spott fortsetzte, indem er sich verneigte, ganz langsam und tief. »Mir ist heute nicht geistreich zumute«, sagte der König. Er sah Beemus an. »Laß dir für mich etwas Geistreiches einfallen, Beemus. Etwas, das ihn richtig trifft. Das kannst du gut.« Beemus flüsterte ein Versprechen, und Domas wandte uns wieder seine Aufmerksamkeit zu. »Das sind also die Burschen, die uns solchen Ärger gemacht haben«, brummte er, aber er lächelte dabei. Dann musterte er uns eingehend, und das Lächeln wurde immer breiter. »Ein hübscher Haufen«, sagte er zu seinem Bruder. »Findest du nicht?«

Auch Raveline beäugte uns forschend. Der Blick des Zauberers huschte hierhin und dorthin, fand mich, verharrte und widmete sich dann Janos. »Das finde ich allerdings auch«, sagte der Prinz. Seine Stimme war fast so laut wie die des Königs. Auch er lächelte, doch seine Lippen wurden dünn dabei. Wie ein Jagdhund, dachte ich, wenn er seine Beute wittert.

Der König erhob sich von seinem Thron, und mit dem hüpfenden Beemus zur Seite schlenderte er die Stufen herab, um uns aus der Nähe zu betrachten. Janos und ich standen angespannt, weil wir dachten, wir wären die ersten, die er in Augenschein nehmen würde. Statt dessen schlenderte der König lässig um die Formation herum. »Welch ein entschlossener Trupp von Männern«, donnerte er bewundernd. »Man sieht, wieso sie es geschafft haben. Und nicht mal sonderlich mitgenommen.«

»Ein bißchen mager vielleicht«, hielt Raveline dagegen. »Und etwas angeschlagen.«

»Wer wäre das nicht?« erwiderte Domas. »Nachdem sie so weit gekommen sind, um uns zu finden.« Er warf Beemus einen Blick zu. »Denkst du noch nach?« Beemus bejahte dies. »Gut«, sagte der König. »Laß es bitte richtig scharf und schmerzend sein.«

Weiteres Betrachten und Nicken folgte, dann fuhr Domas plötzlich herum, winkte dem Saal und rief: »Freunde! Freunde! Eure Aufmerksamkeit bitte.« Sein Ruf erfüllte den großen Raum und hallte ohne jede Zauberkraft zurück. Trotzdem mahnten noch einige überflüssigerweise: »Der König spricht! Der König spricht!« Erwartungsvoll blickte die Menge auf.

»Ich möchte, daß ihr alle diese Burschen kennenlernt«, bellte der König. »Wahrscheinlich habt ihr gehört, daß ich mich für sie interessiere, und hier sind sie in Fleisch und Blut. Sie alle sind mutige Abenteurer. Und was für ein Abenteuer es war! Sie kommen den ganzen Weg von Orissa. Gefährliche Wüsten und Banditen und alle möglichen Schrecken!« Domas ging weiter, sprach im Gehen mit der Menge, und der geduldige Beemus trottete neben ihm her. »Unterhalten wir uns mit einigen von ihnen, wollen wir? Und sehen wir mal, woher eine solche Haltung rührt.« Er legte eine Pause ein, reckte der Menge die finster gerunzelte Stirn entgegen. »Eine Haltung, die vielen von euch leider abgeht.« Dann wandte er sich uns wieder zu, und ein Lächeln verdrängte die düstere Miene. Sein Lächeln ähnelte dem seines Bruders kaum. Es war breit und großzügig, und es fiel ihm leicht, weil er es oft anwendete.

Er schaute uns an, einen nach dem anderen, bis sein Blick auf Sergeant Maeen fiel. »Ihr dort, Sir«, donnerte der König und deutete auf ihn. »Sagt uns Euren Namen.«

Maeen lief vor Verlegenheit rot an. Das Rot verdunkelte sich noch, als er zwischen seinem Salut und der Verbeugung von Verlegenheit übermannt wurde, da er sich erinnerte, daß uns eben dies verboten worden war. Domas rettete ihn mit dem Kommandeursgruß an einen Soldaten. Nachdem er aus dem Dilemma befreit war, gab Maeen seine beste barsche Erwiderung, indem er sagte: »Sir! Ich bin Sergeant Maeen, Sir!«

Der König rief der Menge zu: »Habt ihr das gehört? Sergeant Maeen, sagt er. Den Rang hätte ich erraten. Man sieht ihm an, daß er Sergeant ist.«

»Danke, Eure Majestät«, sagte Maeen.

»Sagt uns, bester Sergeant, was haltet Ihr von uns, da Ihr nun bei uns seid? Wie findet Ihr Vacaan?«

Maeens Miene leuchtete, und er rang schrecklich mit der richtigen Antwort. Endlich platzte er heraus: »Wunderbar, Eure Majestät! Es ist einfach wunderbar!«

Domas lachte dröhnend. »Hört ihr das?« brüllte er. »Er glaubt, wir wären ... wunderbar!« Weiteres Gelächter. Dann: »Gute, offene Soldatenworte. Davon brauchen wir hier mehr.« Maeen errötete.

Dann fragte der König: »Gibt es etwas, das Euch nicht gefällt? Das nicht ... wunderbar ist?«

Maeen dachte ernstlich darüber nach, überlegte scharf, bis er einen kleinen Makel fand. »Es ist das Essen, Sir«, sagte er.

»Das Essen?« donnerte Domas. »Was schmeckt Euch nicht am Essen?«

»Oh, es schmeckt mir gut, Eure Majestät«, sagte Maeen. »Aber manchmal, glaube ich, ist es etwas zu ... gehaltvoll.«

Davon war Domas absolut begeistert. »Ich bin ganz Eurer Ansicht, Sergeant«, sagte er. »Immer geben sie einem Tunke auf das gute Fleisch und verderben es damit. Beim nächsten Mal sagt ihnen, sie sollen sie wieder abkratzen. Natürlich mache ich es genauso, nur hilft es mir nichts. Und ich bin ihr verdammter König!«

Prinz Raveline unterbrach. »Ich glaube, Ihr habt in meinem Bruder einen Freund gefunden, Sergeant«, sagte er. »Ich verstehe, warum. Ihr seid genau nach seinem Geschmack.«

»Danke, Eure Majestät«, sagte Maeen.

Domas hob eine Hand. »Ihr solltet ihn nicht ›Eure Majestät‹ nennen«, mahnte er. »Das ist, als verwechselte man Offiziere mit Sergeanten. Nur Könige sind Majestäten. Mein Bruder ist ein Prinz. Und Prinzen sind...« Er hielt inne, überlegte, und plötzlicher Glanz erleuchtete seine Miene. Er rief, daß alle es hören konnten: »Prinzen sind nur... *geringfügig majestätisch.*« Dann lachte er, bis ihm die Tränen liefen, und die Menge lachte mit. Raveline zeigte ein höhnisches Grinsen. Beemus flüsterte Domas etwas zu, und der König sagte: »Aber es *war* geistreich, nicht? Trotzdem, denk du nur weiter nach, Beemus. Ich werde sicher bald mehr davon brauchen.« Er warf seinem Bruder einen Blick zu und schnaubte. »Gute, alte geringfügige Majestät.«

Noch immer lachend dankte er Maeen und schlenderte weiter, suchte sich mehrere unserer Männer heraus, stellte sie seinen Untertanen vor und lobte sie der Reihe nach. Schließlich kam er nach vorn, wo wir standen.

Zuerst sah er mein rotes Haar. »Ihr, Sir. Sagt mir nicht Euren Namen, ich kenne ihn. Er lautet...« Er runzelte nachdenklich die Stirn. Beemus flüsterte, und Domas grinste. »Antero, genau... Amalric Antero.«

»Ich fühle mich geehrt, Eure Majestät«, sagte ich.

Domas sah mich einen Moment lang fragend an, dann sagte er: »Ihr seid Kaufmann?« Ich gab ihm recht. »Kaufleute sind für gewöhnlich nicht von der draufgängerischen Sorte. Sie interessieren sich nur für den Gewinn.« Ich erklärte ihm, Gewinn sei sicher nicht mein Ziel. Der König betrachtete mich eingehender, und ich sah, daß er mir glaubte. Er tippte Beemus an. »Ich möchte ausführlicher mit ihm sprechen«, sagte er. »Schaff mir in den nächsten Tagen etwas Zeit.« Dieser Wunsch rief einen zeternden Schwall geflüsterter Worte von Beemus hervor. »Ich weiß, ich weiß«, sagte der König. »Aber sei ein braver Junge und tu es trotzdem.«

Danach wandte er sich Janos zu. »Euren Namen kenne ich genau«, sagte er. »Ihr seid Janos Greycloak, Soldat und Zauberer.«

»Danke, Eure Majestät«, sagte Janos.

»Was seid Ihr mehr, Greycloak, Soldat oder Zauberer?«

»Beides hat uns geholfen, hierher zu gelangen, Eure Majestät«, antwortete Janos.

Der König war ungeduldig. »Keine Ausflüchte jetzt. Ich habe diesen Hof der Öffentlichkeit zugänglich gemacht. Alle sollen sagen, was sie denken. Ich tue es jedenfalls. Ebenso wie mein... geringfügig majestätischer Bruder.«

Janos riß sich zusammen, noch mehr als zuvor. »Ich war mein Leben lang Soldat«, sagte er. »Doch hat mich in all dieser Zeit nur ein Banner gelockt. Die Fernen Königreiche waren mein Traum, Sir. Jetzt, wo ich da bin, gilt – mit Eurer Erlaubnis – mein Interesse vornehmlich der Zauberei.«

Domas beäugte ihn, nickte langsam und sagte: »Wieso nicht?« Er wandte sich der Menge zu, rief: »Das genügt. Ich möchte jetzt etwas ungestört sein. Kehrt ihr nur zu dem zurück, was ihr getan habt. Mein Geld vergeuden, nehme ich an. Oh, ja. Diese Burschen werden eine Weile bleiben, und ich möchte, daß ihnen mit äußerster Höflichkeit begegnet wird. Ist das verstanden worden?« Gepolter aus der Menge und freundliche Gesichter zeigten, daß dem so war. Dann wandte sich die Menge um, wie er es gefordert hatte, und Domas kehrte auf seinen Thron zurück.

Er dachte einen Augenblick lang nach. »Ich habe bereits gesagt, daß mir gefällt, wie Ihr ausseht. Es gefiel mir noch besser, als ich näher hinsah. Doch nur die Zeit kann sagen, wie recht... oder unrecht ich habe. Folgendes also werde ich tun: Beemus hier wird Euch Unterkünfte beschaffen. Als Ehrengäste, denke ich. Er wird einen Palast für Antero und Greycloak auftreiben, und etwas ... nicht so Gehaltvolles«, er grinste Maeen an, »für die anderen. Also, wenn ich etwas vergessen habe oder es irgendwelche Schwierigkeiten gibt, fragt Beemus. Er wird sich darum kümmern.«

Murmelnd bedankten wir uns. Der König nickte. »So, nun zu den Regeln. Befleißigt Euch guter Manieren, wenn auch nicht so gut, daß es Euch den Spaß verdirbt. Außerdem möchte ich sehen, wie Ihr *wirklich* seid, und ich kann Euch gleich sagen, daß ich keine verkniffenen Gestalten mag.«

Er sah Janos an. »Ihr, Sir, wünscht, unsere Zauberkünste zu studieren. Ich will sehen, ob einer unserer Zauberer Euch unter seine Fittiche nimmt.« Er schüttelte warnend den Finger. »Aber spielt nicht mit der schwarzen Brut herum. In meinem Reich sind Dämonen nicht gestattet. Und so soll es auch bleiben.«

Janos neigte den Kopf, um sein Einverständnis anzuzeigen. Seine Augen leuchteten vor Begeisterung. Und dann trat Raveline vor. »Es wäre mir eine Freude, mich seiner annehmen zu dürfen, Bruder«, sagte er. »Wie ich höre, besitzt er erstaunliches Talent.«

»Ich dachte mir schon, daß du Interesse hättest«, sagte Domas. »Es soll mir recht sein.« Er sah Janos an. »Prinz Raveline ist mein oberster Geisterseher. Und ein verdammt guter dazu. Wenn auch nicht so gut, wie er glaubt. Ehrlich gesagt, könnte ich ihn mit etwas Übung übertreffen, aber Zauberei und Regierung passen in Vacaan nicht gut zusammen. Wir haben beides von Anfang an getrennt und werden das auch in Zukunft tun.«

»Außerdem erledige ich die Dreckarbeit für ihn«, lachte Raveline.

»Und darin bist du ebenfalls verdammt gut«, sagte Domas. »Schade nur, daß es dir soviel Freude macht.« Dann, zu uns gewandt: »Ich weiß, daß er in seinem Palast die Schwarzen Künste übt. Und er weiß, daß ich es weiß und so weiter und so fort. Leider ist das ein notwendiges Übel. Wir haben viele Feinde außerhalb. Nur mit seinem schmutzigen Werk halten wir sie uns vom Hals.«

»Deine Bewunderung, liebster Bruder, überwältigt mich«, sagte Raveline.

Der König ignorierte ihn. »Damit es keine Mißverständnisse gibt, solltet Ihr wissen, was all meinen Untertanen bekannt ist: Ich verachte meinen Bruder aus tiefstem Herzen. So sehr, wie er mich haßt. Der einzige Grund, warum wir uns noch nicht gegenseitig umgebracht haben, wie *jeder* in Vacaan weiß, ist, daß es uns von Anfang an verboten war. Falls einer von königlichem Blut einen anderen tötet oder einen unserer Untertanen zum Töten anstiftet, hat unsere Dynastie ihr Ende gefunden.«

Er prustete. »Mein geringfügig majestätischer Bruder hat den sehnlichen Wunsch, *mich* zu töten. Seht Ihr, er will nichts dringlicher als König sein, aber ich habe zehn königliche Kinder, die Anspruch auf den Thron erheben.« Wieder lachte er seinen Bruder an. »Du wirst schon zehnmal tot sein, o geringfügig Majestätischer.«

Raveline lachte zurück. »Dann werde ich mich wohl mit meiner Dreckarbeit begnügen müssen«, sagte er. Weitere Worte gingen hin und her, und wir versuchten, weder unser Unbehagen mit dieser Zurschaustellung langer, bitterer Rivalität noch irgendein Zeichen zu zeigen, daß wir die eine Seite der anderen vorzögen, auch wenn ich meine Seite längst gewählt hatte. Ich beobachtete Raveline, während die königlichen Brüder miteinander zankten. Utorian hatte gesagt, der Prinz sei der jüngere Bruder. Das Gegenteil hätte ich vermutet. Während Domas am Anfang seines vierten Jahrzehnts zu stehen schien, sah Raveline aus wie jemand, der fest an die Tür seines fünften klopfte. Er hatte Tränensäcke unter den Augen, von einem Faltennetz umgeben. Seine Lippen waren wissend und sinnlich von praktizierter Dekadenz. Wieder hörte ich sein Lachen. Es war voll und tief, doch kam es allzu schnell und war geprägt von der Liebe zum Spott. Sein Bruder, der König, erwiderte das Lachen, doch sein heiteres Gedröhn klang ehrlich. Domas war ein Mann, der den Akt des Lachens genoß, selbst wenn es Hohngelächter war.

Meine Aversion gegen Raveline wuchs nicht langsam auf dem bitteren Boden späterer Erfahrung. Sie wurzelte tief und war schon beim ersten Blick zur vollen Blüte gekommen. Hätte ich ihn eine Minute nach unserer ersten Begegnung beschreiben sollen, hätte es meiner Feder bereits in diesem Augenblick nach giftiger Tinte gelüstet. Seine Beschreibung, das wird mir gerade deutlich, ist die eines Mannes, der eine Maske trägt, hinter der er die falschen Absichten und die Verschlagenheit eines Zauberers verbirgt. Nach außen hin arbeitete er hart daran, es seinem Bruder gleichzutun und eine scheinbar offene Miene zu bewahren. Er führte eine barsche Rede und brachte sie geradlinig direkt auf den Punkt. Doch hatte ich den Blick meines Vaters beim Beurteilen von Kunden geerbt, und diesem dort traute ich nicht. Allerdings konnte Mißtrauen ebenso Gewinn bringen wie seine hübsche Schwester. Also bewahrte ich mir diese Münze für den späteren Gebrauch.

Die Brüder beendeten ihren Streit, und ich erkannte meine Gelegenheit. Ich erregte die Aufmerksamkeit des Königs und sagte: »Wenn ich Euch eine Frage stellen dürfte, Eure Majestät?«

»Fragt nur«, sagte Domas.

»Daß *wir* aus dieser Erfahrung viel Gewinn ziehen können, ist offenbar. Aber ich frage mich, Sir: Von welchem Nutzen sind wir für *Euch*?«

Domas war verwundert. Er lehnte den Kopf zurück und starrte mich lange an. Dann lachte er und wandte sich an Beemus. »Erinnerst du dich an die Zeit, die du mir schaffen solltest? Damit Antero und ich reden können?« Beemus flüsterte, unseligerweise erinnere er sich. Domas sagte: »Nun, laß sie länger sein.« Er breitete die Arme aus. »*Viel* länger.«

Dann wandte er mir sein rundliches Gesicht wieder zu. »Ich werde es Euch schon sagen«, meinte er. »Später.«

Und damit war unsere Audienz beendet.

Kapitel Dreiundzwanzig

Der erste Schleier wird gelüftet

Das Versprechen eines Königs ist nicht wie das normaler Menschen. Mein Wort *muß* bindend sein. Nur ein Narr würde mit mir Handel treiben, wenn dem nicht so wäre. Doch ein König kann sein Wort brechen, wann er will, und nur wenig Nachteil daraus erfahren, wenn überhaupt. Seine Stellung ist einzigartig. Es gibt keine vergleichbaren Versprechen. Und wenn nur eins von zehn gewährt wird, drängen sich zehn weitere Bittsteller durch die Menge, um der Gunst des Königs teilhaftig zu werden.

Zwei Wochen,,nachdem König Domas sein Versprechen gegeben hatte, bissen wir noch immer auf dieser zweifelhaften Münze herum, um ihren Wert zu erkunden. Ich hatte von Beemus nichts gehört, was die »Zeit« anging, die der König mir gewähren wollte, und auf meine Nachfragen hin hatte ich keine Antwort aus dem Palast erhalten.

Besonders Janos machte sich Gedanken, denn er hatte nur das »geringfügig majestätische« Versprechen eines Prinzen, und auch seine zahlreichen Erkundigungen bei Raveline waren unbeantwortet geblieben. Zu Janos' Kummer hatte Raveline über seine erste Geste hinaus nichts weiter unternommen, während Domas seine Versprechen zumindest zum Teil einlöste. Unsere Männer waren gut versorgt und führten ein faules Leben in einer Villa nahe den Docks, wo sie sich die Zeit mit mancherlei Vergnügungen und anschmiegsamen Frauen vertrieben. Janos und mir hatte man als Quartier je einen Palast voller Luxusgüter zugewiesen, um uns das Warten zu versüßen. Doch die überreiche Gegenwart schabte sich bald am scharfzähnigen Rand der Zukunft, und jede Sekunde unseres Wartens war zur Qual geworden.

»Ich wünschte fast, Raveline hätte sich herausgehalten«, sagte Janos eines Tages. »Nachdem der Prinz mich als seinen Schüler betrachtet, wird kaum einer mit *echtem* Wissem wagen, mir auch nur einen guten Morgen zu wünschen.«

Mein Mißtrauen gegenüber Raveline saß tief, doch forderte mir die Freundschaft ein mitfühlendes Seufzen ab. »Unsere königlichen Gastgeber sind beide unerreichbar wie dieser Berg dort«, sagte ich und deutete auf den heiligen Gipfel, der den Ausblick von meinem Balkon zierte. Tatsächlich war es einer unter vielen Balkonen meines Palastes, doch wegen des blauen heiligen Berges, der sich im Fluß spiegelte, saß ich auf diesem hier am liebsten. »Ich zwinge mich immer wieder zur Geduld«, fuhr ich fort, »nur, wenn Geduld die *einzige* Alternative ist, ist sie keine große Hilfe.«

Janos zupfte an seinem Bart und lachte. »Du bist ein guter Freund, Amalric«, sagte er. »Aber ich bin auch *dein* guter Freund. Daher weiß ich, daß du deine wahren Gefühle verbirgst.«

Ich zuckte die Achseln und stimmte in sein Lachen ein. Meine schlechte Meinung vom Prinzen hatte ich Janos schon unterbreitet, und er hatte sie als reine Spekulation abgetan, was sie natürlich auch war. »Wenn ich mit dem König spreche«, sagte ich, »werde ich ihn um einen… wie soll ich sagen… verfügbareren Lehrer bitten.«

»*Wenn* du mit dem König sprichst«, sagte Janos, und sein Lachen war verflogen.

Wieder seufzte ich, diesmal auf tiefstem Herzen. »Ja… *wenn!* Inzwischen hasse ich dieses Wort. Immer, wenn ich etwas denke, springt ein *wenn* hervor und bringt mich ins Stolpern. *Wenn* ich nur mit dem König sprechen könnte. Und *wenn* ich dann mit ihm gesprochen habe: *wenn* er doch nur zuhören würde. Und *wenn* er dann zugehört hat: *wenn* er doch nur auf meine Vorschläge eingeht. Und *wenn* er auf sie eingeht: *wenn* nur…«

»Ich habe verstanden«, sagte Janos trocken. »Nur allzu gut. Das Wort wird mich im Traum verfolgen… *wenn* ich jemals wieder schlafen sollte.«

Das Lachen kehrte zurück, linderte unsere Sorgen. Ich sank in meine weichen, goldenen Kissen und blickte voll Bewunderung zum heiligen Berg auf. Ich dachte an die Altäre der Großen Alten, von denen Utorian erzählt hatte, und an die Zeremonien, die einmal zu Ehren der weisesten ihrer Geisterseher abgehalten worden waren, nachdem der Dunkle Sucher sein Recht gefordert hatte. Einen Augenblick lang stellte ich mir vor, wie Rauch von ihrer Asche vom Berg aufstieg, und ich malte mir aus, der Wind würde den Rauch forttragen. Nach Osten, hatte Utorian gesagt. »Warum nach Osten?« murmelte ich.

»Nach Osten?« fragte Janos.

»Nichts«, sagte ich und schämte mich meiner unhöflichen Träumerei. Eine Albernheit, die erzwungener Müßiggang zu fördern scheint.

Janos ging noch anderes durch den Kopf. Er wies auf den Fluß, der in verordneter Friedfertigkeit und Schönheit dahinzog. »Sie halten sich für ein so überlegenes Volk«, sagte er, »und zeigen uns zum Beweis große Wunder, wie etwa diesen Fluß.«

»Er scheint mir wirklich ein Wunder zu sein«, sagte ich.

Janos schnaubte. »Nur das Ausmaß ist ein Wunder. Das Prinzip ist so schlicht wie ein Stück Seife. Wir befrieden ständig kleine Gebiete um unsere Schiffe, wenn die Bedingungen stimmen, ebenso, wie wir Winde aus Beuteln rufen, die wir auf dem Markt kaufen. Es ist nur ein wenig Wind, doch im Prinzip sehe ich keinen Unterschied zwischen diesem Wind und dem, was sie tun müssen, um das Wetter ihrem Willen zu unterwerfen.«

»Könntest du es tun?« fragte ich.

Janos zuckte mit den Schultern. »Mit Experimenten könnte ich ihre Methoden wohl durchschauen. Aber ich müßte in Erfahrung bringen, woher sie all die Energie nehmen, die sie dafür brauchen. Selbst wenn tausend Geisterseher ihre Macht auf dieses eine Ziel konzentrierten, brächte es nur ein Zehntel der nötigen Energie.«

»Allerdings sind unsere Geisterseher neben den ihren wohl nur Schwächlinge«, sagte ich.

»Unsinn«, erwiderte Janos. »Oh, ich gebe zu, diese Burschen haben mehr Wissen, und wenige, wie etwa Raveline, besitzen von Natur aus große Macht. Aber ich habe ebensoviel wie er und bin zu weit mehr imstande.« Ich wußte, er prahlte nicht, sondern stellte nur fest. »Dennoch, selbst wenn all ihre Zauberer so großartig wären wie Raveline, würde die Macht noch immer nicht genügen. Daher müssen sie sie noch aus anderer Quelle schöpfen. Und wenn ich weiß woher, mache ich es ihnen nach.«

»Aber wir haben mehr gesehen als Fluß und Wetter«, sagte ich. »Wohin wir auch blicken, gibt es wundersame Dinge.«

»Spielzeug und Tavernentricks«, spottete Janos. »Nur wiederum in größerem Maßstab. Es gibt schriftliche Anleitungen für alle Zauber, die wir gesehen haben. Wenn – wieder das verdammte Wort – *wenn* man mir erlaubt, die Schriftrollen der alten Zauberer einzusehen, werde auch ich solche Tricks beherrschen.«

»Gibt es denn nichts, was dich beeindruckt?« fragte ich Janos.

»Oh, doch«, sagte er. »Ich müßte sonst verzweifeln. Ich habe viel gesehen, was ich dringend verstehen möchte. Um nur eines zu nennen: Wußtest du, daß sie einfache Elemente in Gold verwandeln können?«

Ich lachte. »Was kümmert es dich? Gold hat dich noch nie fasziniert, es sei denn als Mittel zum Zweck.«

Janos blieb ernst. »Vergiß seinen Wert. Obwohl jedes gewöhnliche Element genügen würde, schaffen sie es aus Sand, da es davon am meisten gibt. Und sie tun es mit solcher Leichtigkeit und in solchen Mengen, daß sie Gold beim Häuserbau verwenden können. Sie bevorzugen sogar Schmuck aus einer Goldlegierung – die sie speziell anfertigen müssen – weil sie nicht so weich ist. Die Herstellung ist das, was mich interessiert.«

»Ich habe einmal gesehen, wie du einen Skorpion in eine Maus verwandelt hast«, sagte ich. »Und Mortacious zauberte aus der Maus einen goldenen Teller. Warum ist es ein größerer Trick, Gold aus Sand herzustellen?«

Janos überlegte einen Augenblick, suchte nach den richtigen Worten, eine komplizierte Sache einem Mann zu erklären, der in der Zauberei nicht einmal Lehrling war. »Ich habe diesen Skorpion nicht in eine Maus *verwandelt*«, sagte er schließlich. »Ich habe den Skorpion *verschwinden* lassen. An einen anderen... Ort. Das ist die einzige Erklärung, die mir dazu einfallen will. Ich habe diesen Ort nicht gesehen, nur mit meinen Gedanken gespürt. Und mit meinen Gedanken habe ich eine Öffnung geschaffen, und dann... den Skorpion durch diese Öffnung geschoben. Auf die gleiche Art und Weise habe ich die Maus geholt. Wenn auch nicht vom selben Ort. Vielleicht war sie in Mortacious' Küche, das arme Ding. Oder vielleicht war sie nicht einmal von dieser... Welt.« Er blickte mich an, um zu sehen, ob ich verstanden hatte. Ich war unwissend genug, das anzunehmen, und nickte.

»Gut«, sagte Janos. »Du siehst also, es war nur eine Art Tausch. Das

Gold von Irayas ist eine andere Sache. Tatsächlich manipulieren sie den Sand auf irgendeine Weise. Oder besser: Sie manipulieren das, was den Sand zum Sand macht.«

»Nun, das kleinste Ding, was den Sand ausmacht«, sagte ich, »ist ein Sandkorn.«

»Ganz und gar nicht«, sagte Janos. Dann hielt er inne. »Ich sollte nicht so selbstsicher klingen, wenn ich es nicht bin. Es ist eine neue Theorie von mir. Sie ist mir eingefallen, als ich überlegt habe, was sie erschaffen haben und wie es ihnen möglich war. Inzwischen glaube ich, daß alles, was wir um uns herum sehen – der Tisch, auf dem wir sitzen, der Balkon, auf dem er steht, der Berg, den wir betrachten, selbst unsere eigenen Körper – aus Partikeln besteht, die so klein sind, daß ein Sandkorn im Vergleich wie ein Berg anmutet. Und ich glaube, sie bewegen diese Partikel irgendwie hin und her, setzen sie neu zusammen, wenn du so willst, bis sie dieselbe Form haben wie Gold. Tatsächlich *ist* es zum Schluß Gold, und nicht mehr das Material, aus dem sie es geschaffen haben.«

Ich stieß einen tiefen Seufzer aus. »Ich bin dir so lange gefolgt, wie ich konnte, mein Freund«, sagte ich. »Aber ich fürchte, ich habe den Faden an der Stelle verloren, wo das einzelne Sandkorn nicht eines war, sondern viele, und diese so klein, daß meine Augenkraft nicht reicht, um sie zu sehen.«

»Wenn du nur das verstehst«, sagte Janos lächelnd, »verstehst du alles. Für den Augenblick bist du damit so klug wie ich.« Der Trübsinn kehrte zurück, verfinsterte seine Miene und ließ ihn an seinem Bart herumzupfen. »Du darfst meinen Spott diesem Volk gegenüber nicht falsch verstehen«, sagte er. »Ich wollte ihre Errungenschaften nicht schmälern. Ich habe sie nur ins rechte Licht gerückt. Hier gibt es viele Geheimnisse zu entdecken. Wirklich viele. Und ich bin sicher, hier lebt so mancher kluge Kopf. Wenn sie mich nur zu ihm ließen!«

Ich prustete vor Lachen, als dieses schreckliche *wenn* wieder seinen Kopf reckte. Janos verstand und stimmte mit ein. Dann blickte er an mir vorbei, und ich hörte, wie Schritte über den Balkon kamen. Ich wandte mich um und sah einen meiner Diener mit einem Brief in der Hand. »Was ist es?« fragte ich und griff danach.

Der Diener schüttelte den Kopf mit den Worten: »Tut mir leid, Herr, aber der Brief ist nicht für Euch. Er ist für Sir Greycloak.«

Janos griff stirnrunzelnd danach und murmelte abwesend seinen Dank. Der Trübsinn wurde zur Freude, als er die Nachricht las. »Von wem ist er?«

Siegessicher winkte mir Janos mit dem Papier. »Von Prinz Raveline«, rief er. »Und er will mich umgehend sehen!« Er sprang auf und umarmte mich. »Endlich. Einer dieser klugen Köpfe! Jetzt werden wir sehen, was es zu sehen gibt.«

Eilig nahm er Abschied und hastete hinaus, dabei warf er noch das Versprechen über die Schulter, er wolle mir alles erzählen, wenn er fertig sei. Verstimmt saß ich da und sah zu, wie Janos aus dem Palast und zu seiner Gondel lief, die am Hauptanleger meines Palastes dümpelte. Meine Verstimmung war sowohl von Neid als auch von Mißtrauen gegenüber Ravelines Motiven geprägt. Ich fand kein Vergnügen daran, den bitteren Rundgesang wieder aufzunehmen: Wenn der König mich doch empfangen würde. Und wenn er mich empfing: Wenn er doch nur …

Der Kreis wurde abrupt durchbrochen, als ich sah, wie Janos' Boot den Kurs eines anderen kreuzte. Dieses Boot näherte sich dem Pier, den mein Freund eben verlassen hatte. Es trug das königliche Wappen an den Seiten. Als es anlegte, sprang ein Mann an Land, bevor es ordentlich am Poller vertäut war. Ich beugte mich übers Geländer, um besser sehen zu können. Der Mann, der aus dem Boot gestiegen war, war klein, und als er zu meiner Palasttür hüpfte, wußte ich, daß es Beemus sein mußte, der mich zum König holte.

Man brachte mich direkt in die Privatgemächer des Königs. Auf dem Weg dorthin sah ich nur wenig Prunk. Mein Kopf war allzu voll mit flüchtig entworfenen und ebenso schnell wieder verworfenen Reden. Das lange Warten, zusammen mit der Anspannung, hatte meine früheren Pläne zerstreut. Kaum fielen mir die mächtigen Türen auf, vor denen wir stehenblieben, auch nicht das Fehlen von Wachen. Ich sah die Türen nur als Hindernis und hob die Hand, um eine aufzustoßen. Ein Flüstern von Beemus hielt mich zurück. Er legte einen Finger an die Lippen, dann eine Hand ans Ohr, da ich lauschen sollte. Während wir dort standen, hörte ich, wie wundersam melodische Musik durch die geschlossenen Türen drang. Die Töne kamen leise, doch formten sie den Leib, der eine Melodie ausmacht, und die gespenstischen Fetzen, die ich hörte, weckten meine Sehnsucht nach mehr. Beemus winkte, ich solle ihm folgen, fort von der Tür und einen langen, schmalen Korridor entlang, der die Gemächer des Königs umgab. Wir kamen an eine kleine Tür, durch die wir traten, und ich fand mich in einem Vestibül wieder, umgeben von Vorhängen. Die Musik schwoll an, wundersamer als zuvor. Beemus teilte die Vorhänge und führte mich hindurch. Die Kammer lag im Halbdunkel, doch vor mir sah ich eine ungeschlachte Gestalt, bei der es sich nur um den König handeln konnte. Er saß mit dem Rücken zu mir, doch konnte dieser große Kopf, ruhend auf einem muskulösen Arm, nur ihm gehören. Beemus schob mich voran, und ich stolperte gegen einen Stuhl neben Domas. Der König schien mein Stolpern, das darauffolgende Scharren oder das Seufzen des weichen Kissens, als ich mich setzte, gar nicht zu bemerken. Beemus' Schatten huschte auf die andere Seite und schwebte auf den leeren Platz zu Domas' Linker. Angespannt saß ich neben dem schweigenden Herrscher, dann sah ich, daß er die Augen geschlossen hatte und ein sanftes, freudiges Lächeln auf seinen Zügen lag. Aber die Musik kitzelte weitere Spannung hoch, und ich wandte mich um, weil ich sehen wollte, wer imstande war, derart liebliche Klänge hervorzubringen.

Zuerst sah ich ihren Schatten, der groß über den wehenden Vorhang vor ihr fiel. Sie saß zur Seite gewandt, die Arme angehoben zur klassischen Haltung der Flötenspieler. Die Schattenarme waren lang und schlank, die Handgelenke elegant geneigt, die Finger zum Tanz auf die Flöte gesetzt. So deutlich gezeichnet war der Schatten, daß ich das Flattern der Wimpern und das Beben ihrer Oberlippe sehen konnte, als sie Töne küßte und diese durch die Flöte blies. Dann blickte ich nach unten und sah die Herrin des Schattens, klein im Lichterschein, der das Podium, auf dem sie saß, umfing. Sie trug ein schlichtes, weißes Kleid, gegürtet mit einer goldenen Schärpe. Ihre Arme waren nackt bis zu den Schultern, und das Kleid zog einen züchtigen Kreis um ihren schlanken Hals. Ihr Profil war scharf umrissen, wie gemeißelt von einer Bildhauerin, doch weicher und zu künstlerischem Ganzen geformt, als hätte diese Bildhauerin den Rest ihres Lebens damit zugebracht, ihr Werk zu verfeinern. Das Haar wirkte in diesem Licht dunkel, doch als sie sich bewegte, um einen weiteren Strom von Tönen zu formen, sah ich den Glanz von roten Locken, rot wie die meinen.

Ich hörte den König flüstern: »Ist sie nicht wunderschön?« Sein Flüstern verlieh meinen eigenen Gedanken Ausdruck, doch er hatte die Augen noch immer geschlossen. Die Frage war nach innen gerichtet und meinte die Musik, nicht ihre Interpretin. Ich wandte mich ihr zu, um mich weiter zu öffnen und von der Musik umspülen zu lassen. Schon immer hatte ich Musik über alles geliebt, mehr als alle anderen Künste, doch dies waren Klänge, die Jungenliebe in erwachsene Verehrung wandelte. Die Flötistin bestäubte die Luft, die ich atmete, mit zauberhaften Tönen und machte sie zum Sturm, der mich mit sich riß. Ich war ein Himmelsschiff in diesem Wogen der Melodien, lugte über die Reling und sah Wunder, die alles andere schal erscheinen ließen. Nie zuvor hatte ich mich so frei gefühlt wie mit diesem frischen Wind im Rücken, und auf ewig wollte ich bleiben.

Die Musik änderte sich sanft, und wieder war ich in der Kammer, lauschte, wie die Flöte ein anderes Lied spielte. Dann ergriff mich ein seltsames Gefühl, als wüßte ich, was als nächstes geschehen würde. Irgendwie wußte ich, daß die Flötenspielerin ihren Kopf heben würde, und als ich sah, daß sie es tat – ohne daß die Lippen je die Flöte verlassen hätten –, wußte ich, daß ihr Blick den meinen suchte. Die Erregung war noch größer, gerade weil ich sie vorhergesehen hatte. Ich meinte, der Flötistin einen ähnlichen Schreck anzusehen, dann beugte ich mich vor, als die Musik zur Frage wurde. Die Töne klangen drängend, doch spürte ich auch eine Scheu: Beklommenheit, die von vergangenen Schmerzen rührt. Die Musik muß ihre Antwort in mir gefunden haben, denn plötzlich war sie froh. Glücksgefühle stiegen auf, und ich sah, wie die Augen der Flötistin glänzten, und spürte die zarten Hände der Liebe. Dann plötzlich schob sich Deoces Bild dazwischen, und diese Hände brannten vor Schuldgefühl. Ich entfloh der musikalischen Vereinigung, als sei sie ein zähnefletschender Dämon, und zog mich in die trübe Einsamkeit der Höhle zurück, in der ich schon so lange lebte. Der Blick der Frau spiegelte Schreck und Schmerz, und sie sank in sich zusammen, als hätte sie ein schwerer Schlag getroffen. Dann fing sie sich, und die Flötentöne stiegen wieder auf, griffen wütend nach Steinen, die sie dem Betrüger entgegenschleudern konnten. Doch als ich mich zwang, wegzusehen, sah ich, daß sie plötzlich nickte, und Wut fügte sich zum süßen Schluß des Liedes.

Stille hing für einen langen Augenblick in der Kammer, eine Stille, die großer Kunst huldigte. Ich hörte, wie der König lobend flüsterte. Die Flötenspielerin stand auf, verneigte sich und verschwand hinter dem Vorhang. Doch eben, als die Lichter erstrahlten, warf sie mir noch einen letzten Blick zu. Reue durchbohrte mich, dann war sie fort. Ich wandte mich dem König zu, erschüttert, doch entschlossen, meine Zielstrebigkeit wiederzufinden. Er sah mich an, etwas seltsam, dachte ich. Dann änderte sich sein Blick, als er lächelte.

»Das war Omerye«, sagte Domas.

Ich heuchelte beiläufiges Interesse, spürte jedoch erneut die Erregung, die mich bei ihrem Anblick erfaßt hatte. »Danke, Eure Majestät«, sagte ich. »Nun weiß ich, wessen Namen ich loben muß, wenn ich meinen Freunden von dieser wundervollen Musik erzähle.«

Domas lachte und schlug mir aufs Knie. »Kommt schon, Ihr wart weit ergriffener. Und ich möchte wetten, es war nicht nur die Musik.« Ich stotterte ein Dementi, doch das bereitete Domas nur größeres Vergnügen. »Wie dem auch sei«, sagte er. »Ich will nicht weiter drängen. Nur eines will ich Euch sagen, von Mann zu Mann: Omerye ist keine Kurtisane, wie Ihr glauben mögt. Sie ist eine der größten Künstlerinnen meines Reiches und kann nach freiem Willen wählen und zurückweisen.« Weiteres Gestotter folgte, als ich ihm für eine Information dankte, die ich nun wirklich nicht benötigte. Doch den König langweilte seine Kuppelei, und eilig kam er zum Anlaß unseres Treffens.

»Ihr wollt den Handel eröffnen«, sagte Domas gewohnt unverblümt. »Und ich will Euch geradeheraus sagen – ohne dieses, jenes oder solches damit andeuten zu wollen –, daß ich geneigt bin, dem Vorschlag zuzustimmen.«

»Ich fühle mich geehrt und bin darüber sehr froh, Eure Majestät«, sagte ich. »Nur, was kann ich Euch erzählen, das aus dieser bloßen Überlegung einen Vertrag werden läßt?«

Domas stieß Beemus an. »Meine Anerkennung für diesen Burschen wächst und wächst«, sagte er und deutete mit dem Daumen auf mich. »Wenn er nicht Kaufmann wäre, würde ich ihn zu meinem Berater machen. Ist dir aufgefallen, wie er es mir gleich zurück in den Schoß geworfen hat? Ohne beleidigend zu wirken?« Beemus flüsterte, ja, es sei ihm aufgefallen. Der König wandte sich mir wieder zu. »Mein Vorschlag«, sagte er, »wäre, daß Ihr die Frage beantwortet, die Ihr *mir* bei unserem ersten Treffen gestellt habt. Ich habe Beemus gebeten, sich den genauen Wortlaut zu merken.«

Beemus kniete auf seinem Stuhl und flüsterte dem König ins Ohr. Domas war seine Trompete, die mir meine eigenen Worte entgegenschleuderte. »Daß *wir* von dieser Erfahrung viel Gewinn ziehen können, ist offenbar. Aber ich frage mich, Sir: von welchem Nutzen sind wir für *Euch*?«

Der König rückte von Beemus ab. Er sagte: »Beantwortet sie mir. Und beantwortet sie gut.«

Ich mußte lachen, denn der König hatte getan, wessen er mich beschuldigt hatte, und so saß ich da, mein eigener Schoß übervoll mit dem, was ich auf seinen hatte häufen wollen. Das Grinsen, mit dem Domas auf mein unwillkürliches Lachen reagierte, machte mich froh, so offen gewesen zu sein. Dann sagte ich: »Also schön, Majestät, ich werde mich bemühen. Ich werde unsere Bedürfnisse nicht herausputzen, indem ich mit den kaufmännischen Fähigkeiten meiner Stadt prahle, deren Handelsgebiet größer ist als die aller anderen Länder. Ebensowenig will ich mit den Leistungen meiner Familie und ihrem Ruf höchster Ehrlichkeit hausieren gehen. Ihr wißt davon, sonst wäre ich nicht hier. Und selbst wenn ich es wäre, würdet Ihr Euch nicht auf eine solche Diskussion mit mir einlassen.« Der König nickte. Ermutigt fuhr ich fort. »Profit ist nicht mein Motiv, Sir. Und Profit war nicht das Motiv meines Volkes, als man mich schickte, um Eure Gunst zu ersuchen. Folgendes ist meine Absicht, Sir. Und ich werde es Euch so offen sagen, wie ich kann.«

Ich erzählte ihm von Orissa und den guten Leuten, die aus den verstreuten Bauten am Fluß eine Stadt gemacht hatten. Ich erzählte ihm von unseren Träumen und Hoffnungen und auch von unserem Unglück. Ich umriß unser jüngstes Leiden, erzählte, wie es die Ehrlichkeit verlangte, auch von meinem eigenen Kummer und Verlust. Dann gestand ich, wie ich vom Fluß aus all die Wunder Vacaans betrachtet hatte und sie zur Freude und zum Schutz meines Volkes begehrte. Ich redete frei von der Leber weg, zögerte nicht, prüfte meine Worte nicht und betete, der König möge mich wegen meiner

Ehrlichkeit nicht für einen jungen Narren halten. Als ich mit der Vorrede fertig war, lehnte ich mich zurück, um Luft zu holen und einzuschätzen, welche Wirkung, wenn überhaupt, meine Worte gehabt hatten.

Domas schwieg lange, und mir schien, als habe meine kleine Ansprache ihn bewegt. Er sagte: »Jetzt verstehe ich, warum Ihr kamt, Amalric Antero. Warum Ihr bereit wart, Euer Leben und mehr zu riskieren. Und Eure Gründe machen meinen Königreichen keine Schande. Sie berühren *meine* Empfindungen für mein eigenes Volk. Obwohl ich manchmal glaube, sie vergessen, daß ich alles, was ich tue, für sie tue.« Donnernd lachte er. »Natürlich bin ich nicht so altruistisch, wie ich mir den Anschein gebe. Ich bin ein König. Könige sind von Natur aus selbstsüchtig. Außerdem müssen wir grausame Dinge tun, wofür mein Bruder zuständig ist, anstatt in irgendeinem Turm in Ketten zu liegen. Er ist mein Höllenhund. Durch ihn kann ich mir den selbstsüchtigen Wunsch erfüllen, überall beliebt und geehrt zu sein, und er kommt zum Einsatz, wenn Unangenehmes zu erledigen ist.«

Er hielt inne, als Beemus ihm ins Ohr flüsterte. Er nickte, murmelte: »Ja. Ja. Ich wollte *gerade* darauf kommen.« Er wandte sich um und sagte: »Beemus erinnert mich daran, daß Eure Rede, wenn auch hübsch, den wichtigsten Punkt ausläßt. Ich gebe zu, ich habe Mitleid mit Eurem Volk und seinen Problemen. Doch, Amalric Antero: Was geht es *mich* an?«

»Es geht Euch sehr wohl einiges an, Eure Majestät«, gab ich zurück, »denn ohne *unsere* Wünsche hättet Ihr nur wenig zu bieten, was den Handel mit Euch locken würde.«

»Dann zeigt mir Eure Waren, Kaufmann.«

So entrollte ich meine gedankliche Decke und stellte alle möglichen Dinge darauf. Ich erzählte von porösen Steinen aus dem Norden, aus denen die Menschen Götzen schnitzten, die kurz vor jedem Regen Parfüm ausschwitzen. Ich erzählte ihm von wundervollem, bemaltem Tuch, das die Frauen im Süden webten, und daß sich jeder Ballen in Muster und Stoff von allen anderen unterschied, und wie das Tuch über den Körper floß, wenn man daraus eine Tracht fertigte. Ich erzählte ihm von der großen Vielfalt an Früchten, Getreide und Getränken, die aus allen Ländern unseres Meeres zu uns flossen. Und ich sagte, obwohl ich in den Fernen Königreichen große Fruchtbarkeit gesehen hätte, sei mir doch auch eine gewisse Eintönigkeit aufgefallen, weshalb sich, wie ich vermutete, seine Köche so große Mühe gaben, diese Eintönigkeit mit gehaltvollen Soßen und Bratensaft zu verbergen. Ich redete ausgiebig, und es wurde ihm nie zuviel, als ich meine Kaufmannsmär von exotischen Königreichen, fernen Völkern und seltsamen Wundern entwickelte, die ihm ebenso fremd waren wie sein Land dem meinen.

Als ich meinen gedanklichen Teppich wieder zusammenrollte, schloß ich mit den Worten: »Ich behaupte nicht, Talent zum Seher zu haben, Eure Majestät, wenn es mir so vorkommt, als wäret Ihr von Eurem sicheren Land im Überfluß gelangweilt. Und ich habe Euch selbst sagen hören, Ihr fürchtet, Euer Volk habe die rechte Haltung verloren und würde schal. Die Waren, die ich zum Tausch angeboten habe, besitzen drei Qualitäten von einzigartigem Wert: eine aufregende Fremdheit, das Staunen über Unbekanntes und den Geschmack von Abenteuer.« Ich lehnte mich zurück, nach meinem Vortrag satt vor Erregung. »Deshalb, Eure Majestät, glaube ich, daß Ihr in diesem Handel ebensoviel zu gewinnen habt wie wir. Deshalb bin ich sicher, daß dieser Vertrag, ist er erst besiegelt, für uns alle von unschätzbarem Wert sein wird.«

König Domas' Blick spiegelte meine eigene Erregung wider. Er nickte vor sich hin, einmal, zweimal. Ich glaubte, ich hätte gewonnen. Dann setzte die königliche Vorsicht ein, das erregte Glitzern trübte sich. »Der Handel könnte nicht in Vacaan vonstatten gehen«, sagte er. »Einflüsse von außen, wie mein Bruder stetig warnt, könnten unser Volk unzufrieden machen.«

»Es ließe sich leicht ein neutraler Hafen finden«, sagte ich. »Einen Ort, der für beide Seiten leicht zu erreichen ist.«

»Ja, das wäre wohl möglich«, sagte Domas, doch auch sein Tonfall steuerte neutralen Boden an.

Daher breitete ich die Arme aus, weit und hilflos, und sagte: »Was *sonst* kann ich Euch bieten, was Euch überzeugen würde, Eure Majestät? Das wenige an Weisheit, das mein Vater in meinen Dickschädel gehämmert hat, ist nun aufgebraucht.«

Das königliche Lachen kehrte zurück. Das Dröhnen schmerzte meine Ohren, doch das war mir egal. Wieder sah ich dieses Funkeln in Domas' Augen. »Haltet ein, guter Mann«, sagte er schließlich. »Ihr habt Eurer Stadt einen guten Dienst getan und keinerlei Grund, Euch zu schämen. Mir gefällt Euer Vorschlag. Er gefällt mir so gut, daß ich ihn auf der Stelle annehme. Allerdings...« Er hielt inne, als Beemus flüsterte, dann fuhr er fort. »Allerdings, wie Beemus sagt, müssen wir die Einzelheiten näher betrachten, bevor wir unser Siegel unter die Vereinbarung setzen.«

»Das scheint auch mir der weiseste Weg zu sein, Eure Majestät«, sagte ich im Aufstehen, denn ich wußte, auch ohne daß man mich drängte: Es wurde Zeit zu gehen. »Wie mein Vater sagte: ›Jeder Handel leuchtet, wenn er geschlossen wird, doch die meisten werden kalte Klumpen, bis man sie in die Tasche stecken kann.‹«

»Ein weiser Mann«, sagte der König.

»Ich danke Euch, Sir. Das war er. Nun, wenn Ihr mich jetzt entschuldigen wollt, Eure Majestät...« Ich begann mich zurückzuziehen. Domas trieb mich mit einer sanften Geste an, und Beemus sprang auf, um mich hinauszuführen.

»Wie habe ich mich gemacht?« fragte ich, als wir in den Korridor traten. Beemus flüsterte, ich hätte mich sehr gut gemacht, wirklich sehr gut. Nach dieser Antwort wußte ich, daß ich auch die Unterstützung des kleinen Mannes hatte. Und die war sicher groß genug, die ganze Last des Tages zu tragen.

Ich erzählte Janos jede Einzelheit des Gesprächs, behielt nur die Musik für mich und … Omerye. Als ich fertig war, sah ich, daß er die Auslassung bemerkt hatte. Janos setzte denselben seltsamen Blick auf, mit dem der König mich betrachtet hatte. Normalerweise hätte er mich bedrängt, und ich hätte gestanden, obwohl ich mir nicht sicher war, was. Er hatte selbst Neuigkeiten zu berichten, und der Augenblick verstrich. Doch erst mußte er noch fragen, worin der Haken an der ganzen Sache bestand. Da er keinen fand, lobte er mich und sagte, ich würde den Handel sicher zu einem glücklichen Abschluß bringen.

Als ich mich erkundigte, wie sein eigenes Treffen verlaufen sei, wurde er so überschwenglich, daß seine Worte wirr übereinanderstolperten, als er all die Wunder zu beschreiben versuchte, die Prinz Raveline ihm enthüllt hatte. Nach seiner letzten Bemühung kam er zum Schluß: Ein Zauber aus den Schriften der Großen Alten, der Wasser in Eiskristalle verwandelte.

»Wieder war es eine *Manipulation*«, rief er aus. »Wie Sand zu Gold, wenn auch nicht so komplex, denn Wasser ist … ist …« Ihm ging ein Licht auf, und er schlug sich an den Kopf. »Bei den Göttern, jetzt verstehe ich!« rief er. Seine Gedanken rasten, hetzten eine flüchtende Beute. Dann schüttelte er enttäuscht den Kopf, als sie ihm entfloh. »Jetzt ist es weg. Verdammt!« Als er mich ansah, fand er das Verständnis eines Ochsen in meinem Blick und lachte. »Egal«, sagte er. »Es wird schon wiederkommen.« Er schenkte uns zu trinken ein. »Raveline hat mich für morgen wieder eingeladen, und auch für den Tag darauf. Also wird es noch *viel* mehr geben.«

»Hat er dir seine Dämonen gezeigt?« spottete ich.

Doch der Scherz ging daneben, und Janos' Miene verfinsterte sich. »Nein … hat er nicht.« Er blickte finster vor Enttäuschung, und das machte mich froh. Ich sorge mich umsonst, dachte ich. Der König verbietet es. Auch sein Bruder wird nicht wagen, sich ihm zu widersetzen. *Besonders* sein Bruder nicht.

Janos hob seinen Becher zu einem nostalgischen Trinkspruch. »Auf die Fernen Königreiche.«

Und ich hob den meinen, und wie ein Echo aus alten Zeiten kam die Antwort: »Auf die Fernen Königreiche.«

Eine Weile war alles gut, und wir stürzten uns in das Gesellschaftsleben von Irayas. Die Treffen mit Domas und Raveline brachten uns eine Flut von Einladungen. Wir aßen und tranken an noblen Tischen, wir lernten neue Tänze in großen Ballsälen, und ein beschämender Schwall von Ehrungen und Geschenken regnete auf uns herab. Bei Nacht trieben wir die silbrigen Straßen dieser wunderbaren, erleuchteten Stadt entlang und grölten Lieder mit neuen Freunden. Bei Tag schlenderten wir durch wundervolle Gärten und noch wundervollere Galerien, in denen die Künste Vacaans ausgestellt waren. Einmal sah ich Omerye. Sie betrachtete die Statue eines großen Harfenisten. Das geheimnisvolle Band zwischen uns gab einen Ruck, und sie begann, den Kopf in meine Richtung zu drehen, doch die Wunde, die Deoces Tod geschlagen hatte, schmerzte sehr, und eilig wandte ich mich ab, bevor sie mich erkannte.

Dieser Ruck, den sie mir versetzt hatte, rüttelte mich wach, und wieder begann ich, mir Sorgen zu machen. Ich konnte nicht länger ignorieren, daß Wochen vergangen waren und ich mich wieder mit dem König treffen mußte. Mit meinen Anfragen um die Fortschritte des Handelsvertrags hätte ich eine kleine Gasse pflastern können. Manche blieben unbeantwortet, die meisten brachten freundliche Erwiderungen wie: Ihr müßt verstehen, diese Dinge sind komplex, und schon im voraus preisen wir Eure Geduld, mit der Ihr solch bedauerliche und doch notwendige Verzögerung ertragt.

Während ich über diesen trockenen Orakeln der Behörden brütete, wurde mir Janos' Abwesenheit plötzlich überdeutlich. Sofort begann eine zweite Sorge an mir zu nagen. Er hatte sich jetzt schon längere Zeit ferngehalten. Und darüber hinaus fielen mir die Briefe wieder ein, die ich ihm in letzter Zeit geschrieben hatte. Sie hatte das gleiche Schicksal ereilt wie meine Botschaften an den König. Gatra, Janos' Diener, antwortete stets, sein Herr verbringe seine Zeit beim Prinzen und dürfe nicht gestört werden. Vielleicht ein anderer Termin? Doch jeder Termin, den wir vereinbarten, kam ungelegen, wenn der Zeitpunkt näherrückte.

Schließlich ging ich in die Taverne an den Lastendocks, in der unsere Männer meist zu finden waren. Nach so langer Zeit inmitten der reichen Viertel Irayas' empfand ich die baufälligen Gebäude und das lärmende Geschnatter des gemeinen Volkes hier als erfrischend. Ich nehme an, ich hatte Heimweh nach dem Hafen von Orissa mit seinem unwiderstehlichen Duft und dem Gefühl, daß hier alle Menschen, seien sie Fischer oder Krämer oder edle Damen, die den Stoff befühlten, gleich waren.

Sergeant Maeen und die anderen waren hocherfreut, mich zu sehen. Lione hieß mich, mein Geld stecken zu lassen, und spendierte zu Ehren meines Besuches eine Lokalrunde. Während wir tranken und schwatzten, sah ich mich um und stellte fest, daß die Männer sich gut allein zurechtfanden. Sie hatten diverse eifrige, junge Frauen um sich, und es waren *gute* Frauen, Töchter und junge Witwen von Arbeitern und Handwerkern. Ich vermutete, hieraus würde manche Ehe entstehen, und überlegte, wer wohl bleiben und wer mit uns gehen würde, wenn die Zeit zum Reisen kam. Auch die anderen Männer in der Taverne, von denen viele Freunde von Maeen und seinen Leuten geworden waren, waren ein stämmiger, hart arbeitender Haufen. Nur wenige zeigten das verschlagene Grinsen übler Burschen. Der Sergeant fragte, wie es Sir Greycloak ginge.

»Ich hatte gehofft, Ihr könntet es mir sagen. Ich habe ihn schon einige Zeit nicht mehr gesehen.«

Maeen runzelte die Stirn, dann zwang er ein Lachen hervor. »Ihr wißt, wie Sir Greycloak sein kann, Herr«, sagte er. »Wenn sein Verstand einen Dachs jagt, der in seinen Bau flüchtet, springt er ihm gleich hinterher. Keine Sorge. Mit der Zeit wird er wieder auftauchen, wenn er sich mit seinen Freunden amüsieren will.«

»Habt Ihr *irgendwas* von ihm gehört?« fragte ich.

Lione grinste breit. »Oh, er widmet sich nicht *nur* der Wissenschaft, Herr. Sir Greycloak ist so läufig wie die meisten.« Er stieß mich an. »Sogar noch läufiger, wie manche sagen.«

Maeen brachte ihn mit bösem Blick zum Schweigen. Zu mir sagte er: »Achtet nicht auf ihn, Herr. Sir Greycloak mag auf ein paar Feiern gewesen sein. Um sich die Hörner abzustoßen. Aber alles immer im Rahmen.«

»Hatten diese ... mh ... *Feiern* ... etwas mit Prinz Raveline zu tun?« fragte ich, kannte die Antwort, hoffte aber, mich zu irren.

Maeens langes Zögern zeigte mir, daß dem nicht so war. Dann sagte er: »Nun ... ich nehme an, das hatten sie, Herr.« Wieder legte er die Stirn in Falten. Er seufzte. »Sie waren auch ziemlich wüst, wie ich gehört habe.« Er stieß ein nervöses Lachen aus. »Aber es gibt keinen Anlaß zur Sorge, Herr. Es ist nur eine vorübergehende Laune. Und wenn alles gesagt und getan ist, dürfte Sir Greycloak Prinz Raveline ohne weiteres gewachsen sein.«

Besoffenes Grölen unterbrach uns. »Welchen Namen hör' ich da? Prinz Raveline, ja?« Ein großer, rotgesichtiger Bursche trat schwerfällig in unsere Runde. »Das hier ist *meine* Taverne. Ich werde nicht zulassen, daß der Name dieses Hundes mein Lokal besudelt.«

Ich musterte den Wirt, staunend über solchen Haß. Maeen und die anderen hielten sich zurück. Manche murmelten nervös. Pflichtgefühl veranlaßte Maeen, den Wirt zu warnen. »Wir sind nur hier, um in Frieden zu trinken, Mann. Wenn Ihr Politik sucht, geben wir unser Geld woanders aus.«

Der Tavernenwirt glotzte trübe, besoffen und zu allem bereit. »Wenn ich diesen Prinzen einen Hund nennen will, *werde* ich ihn einen Hund nennen, verdammt! Und es macht den Hunden Schande, bei all dem Übel, das der Mann angerichtet hat!« Bevor er fortfahren konnte, packten ihn wohlmeinende Stammgäste. Er schlug um sich und strampelte, wurde schließlich fortgezerrt. Zwei Frauen – Tochter und Weib – schleppten ihn durch eine Tür und knallten sie hinter ihm zu. Die ganze Zeit stieß er wilde Flüche gegen Raveline und seine Taten aus.

Beklommen saßen wir nach diesem Ausbruch da, doch Maeen schien am beklommensten von allen. Nervös blickte er sich um, sah nach den Schurken, die auch mir vorhin schon aufgefallen waren. Doch wo ich schräges Grinsen bemerkt hatte, war jetzt nur maskenhafte Gleichgültigkeit zu sehen. »Wir sollten uns besser eine andere Taverne suchen«, flüsterte der Sergeant Lione zu. »Dieser Wirt will uns Schwierigkeiten machen.« Lione nickte nachdrücklich.

»Ich gebe zu, er ist ein ungehobelter Bursche«, sagte ich. »Aber welchen Ärger sollte er uns machen? Seine Worte mögen unflätig sein, aber der König hält seine Bürger nicht davon ab, zu sagen, was sie denken. Im Grunde fordert er es. Ihr habt ihn doch gehört.«

Maeen rutschte herum, offensichtlich unwohl. Er beugte sich zu mir und sprach leise. »Der König mag so etwas vielleicht *sagen*, Herr. Aber so läuft es hier unten nicht.« Bekräftigend klopfte er auf den Tisch. »Und nach allem, was ich gehört habe, Herr, läuft es auch da oben nicht immer so.«

»Erzählt mir mehr«, flüsterte ich.

Maeen schüttelte den Kopf. »Es ist nicht klug, noch länger zu bleiben, Herr. Hier gibt es überall *Ohren*.« Er deutete auf einen aus dem Lumpenpack, der sich näher zu uns geschoben hatte. »Nur eines will ich noch anfügen. Möglicherweise werden die guten Absichten des Königs von einem anderen zunichte gemacht. Und diesen anderen Burschen, wenn Ihr wißt, wen ich meine, scheint man ziemlich leicht beleidigen zu können. Finstere Dinge sollen schon geschehen sein, wenn sein Name mißbraucht wurde.«

Ich wollte weiterfragen, doch der Lauscher war beinahe an unserem Tisch, den Rücken wie gleichgültig abgewandt, doch sah man, daß die Ohren immer größer wurden. Daher sagte ich laut: »Also gut. Dann geht die nächste Runde auf mich. Und wir alle trinken auf unsere königlichen Gastgeber.« Überlaut kam Zustimmung auf meinen Vorschlag, und nach einiger Zeit unschuldigen Vergnügens gab Maeen mir den Wink, ich solle jetzt gehen, damit sie mir in gebührendem Abstand folgen konnten, ohne sich verdächtig zu machen.

Besorgt kehrte ich heim. Ich dachte über Ravelines »Feiern« nach, wie Maeen sie nannte. Orgien, wie ich vermutete, sexuelle Tricks und Ekstase, geschürt von Schwarzer Magie. Ich erinnerte mich sehr gut, welche Faszination solche Dinge auf Janos ausübten. Und ich hatte eben selbst gesehen, daß in Irayas nicht alles strahlende Wunderwelt war. Doch dann dachte ich an meine Verhandlungen mit dem König. Ich *wußte*, daß Domas' Interesse nicht gespielt war, und ebensowenig verbarg er finstere Absichten. Hoffnung brandete auf, als mir einfiel, daß ich nichts eigentlich *gesehen*, sondern nur davon gehört hatte. Ich mißtraute Maeens Worten nicht, doch er selbst wußte alles auch nur aus dritter oder vierter Hand. Und nicht nur das, schalt ich mich selbst. Ließ ich mich in meinem Urteil nicht von meinem Mißtrauen gegen Raveline leiten? Was hatte ich denn schon gesehen, worauf sich dieses Mißtrauen gründen ließe? Der Prinz hatte sicher nichts getan, womit er so etwas verdiente.

Während ich noch mit diesen plumpen Knäuel Garn und seinen dubiosen Knoten kämpfte, tauchte Janos wieder auf. Er platzte in meinen Palast, voller Energie, Witz und bester Laune. »Ich habe dich vermißt, mein Freund«, donnerte er und schlug mir auf den Rücken. »Ich war lange genug unter staubigen, alten Schriften begraben, und meine Ohren sind so mit Beschwörungsformeln verstopft, daß ich fürchte, ich werde noch taub, wenn ich nicht bald harmlose Worte höre.«

»Dann gehen deine Studien gut voran?« fragte ich.

»Verdammt gut«, sagte Janos. Sein Betragen war von jeher prahlerisch gewesen, doch mir schien, er ahmte schon die schroffen

Manieren unserer Gastgeber nach. Der Verdacht verflog, als er mir wieder auf die Schultern schlug und meinte, wir sollten sehen, wie es den Männern ging, und ein bis drei Gläser heben. Wir fanden sie in einer anderen Taverne, ebenso groß wie die erste und von Hafenarbeitern besucht. Mit Janos waren wir wieder zwanzig, und das Wiedersehen laut und glorreich. Viel Trinken folgte und vielleicht auch eine trunkene Träne bei liebgewordenen Erinnerungen an gemeinsame Abenteuer. Doch bevor wir alle vom Trunke übermannt wurden, kam Maeen zu mir. »Erinnert Ihr Euch an den geschwätzigen Wirt?« fragter er leise.

»In der anderen Taverne?« Er nickte. Anerkennend sah ich mich in ihrer neuen Stammkneipe um. »Ich schätze, Ihr habt gut daran getan, Euch von ihm loszusagen. Und Euer Ersatz ist wohlgewählt.«

»Wir sind ihn nicht losgeworden«, sagte Maeen. »Dazu war keine Zeit. Er ist an jenem Abend verschwunden, und seither war von ihm nichts mehr zu sehen oder zu hören. Die Taverne wurde auf Befehl geschlossen.«

»Auf wessen Befehl?« fragte ich.

»Sein Name wurde nicht genannt«, sagte Maeen. »Aber alle sagen, es könne niemand anderer als Prinz Raveline gewesen sein.«

Kapitel Vierundzwanzig

Omerye

Jedes neuerliche Brüten über Janos und Raveline fand am nächsten Tag ein Ende, als Beemus in meinem Palast erschien. In seinem undurchsichtigen Flüsterton erklärte er, der König habe wichtige Geschäfte zu erledigen, versicherte mir jedoch, diese Geschäfte seien für seinen Herrn nur unwesentlich wichtiger als diejenigen, die er mit mir tätigte. Träten keine unvorhergesehenen Notfälle ein, sei unser Handelsabkommen als nächstes an der Reihe.

»Könnt Ihr mir einen Hinweis geben, zu welcher Entscheidung der König neigt?« fragte ich. Er antwortete mit Achselzucken, begleitet von einem leicht hochgezogenen Mundwinkel, was für Beemus' Verhältnisse ein ermutigendes Lächeln war. »Wann will er sich entscheiden? Was glaubt Ihr?« Weiteres Achselzucken. Sein Mund blieb ein gerader Strich, was hieß, er wußte es nicht. »Könnt Ihr mir wenigstens das *eine* sagen: Wird es lange dauern?« Beemus überlegte einen Moment, dann schüttelte er den Kopf. Nein, lange würde es nicht dauern.

Nachdem er fort war, sah ich dem Tag hoffnungsvoller entgegen. Ich sandte Janos eine Nachricht, da ich glaubte, wir könnten über unsere Erfolgsaussichten sprechen. Doch als ich Gatras vertraute Schrift auf der Antwort sah, wußte ich ohne nachzulesen, daß Janos erneut nicht zur Verfügung stand und an Ravelines Seite zurückgekehrt war. Das sollte mir die gute Laune nicht verderben, und so bestellte ich mein Boot und machte mich für einen faulen Tag zu den Sehenswürdigkeiten Irayas' auf.

Wasser hat mir von jeher Frieden geschenkt, und an jenem Tag habe ich manch angenehme Stunde mit meinem Bootsführer auf dem Fluß verbracht. Es war schon später Nachmittag, als ich in eine Gegend kam, die ich noch nie zuvor gesehen hatte. Es war ein älteres Viertel, nahe dem Zentrum der Stadt. Die Kanäle waren schmaler und lagen im dunklen Schatten dickastiger Bäume. Im Wasser spiegelten sich verdrehte Stämme wie Gesichter, die ihre Jugend lange hinter sich gelassen hatten. Die Häuser, wenn auch nicht arm oder gewöhnlich, waren klein und streng voneinander abgesetzt. Ich roch frische Farbe, den Staub frischgehauener Steine und wollenes Garn, getrocknet und bereit für den Webstuhl. Während wir durch das Labyrinth fuhren, das dieses Viertel zusammenhielt, sah ich grelle Farben in den Fenstern der Häuser. Es waren Gemälde, merkte ich, und strahlende Tapeten. Das alles war Kunst, im Entstehen begriffen, denn hier waren Maler und Weber bei der Arbeit. Der Bootsführer brachte mich an einem großen, offenen Innenhof vorbei, in dem ansehnliche Skulpturen in jedem Stadium der Fertigstellung standen. Wir bogen in einen wundervollen Seitenkanal ein, und ich lehnte mich zurück, um mich am Gesang eines Vogels zu erfreuen, der nicht weit entfernt auf einem Baum hockte. Dann wurde mir schmerzlich klar, daß es kein Vogel war, der diese Töne hervorbrachte. Dem einzelnen Ton folgte ein sanfter Strom, der durch die Lüfte zog. Das zarte Spiel war unverkennbar. Es mußte Omerye sein. Heiser wies ich den Bootsmann an, umzukehren, doch war er selbst so von der Musik gefangen, daß er nicht hörte und sich nur fester in die Riemen legte. Dann schien die Flöte mich bemerkt zu haben, denn ich nahm dieselben Töne plötzlichen Interesses wahr, die ich schon in Domas' Gemächern gehört hatte. Weitere Musik folgte: Sanftes Schnuppern überall um mich, dann ein freudiger Aufschrei des Wiedererkennens. Herabhängende Zweige teilten sich, enthüllten einen kleinen Pier, und auf dem Pier, die zierlichen Füße im Wasser baumelnd, saß Omerye. Als das Boot herankam, spielte sie den letzten Ton zur freudigen Begrüßung. Dann ließ sie die Flöte sinken und sah mich an. Ihr rotes Haar umstrahlte ihre blassen Züge, doch im Licht bemerkte ich, daß es dem meinen nicht so ähnlich war, wie ich geglaubt hatte. Es war von dunklerer Farbe und weicher. Sie trug eine weiße Tunika, die halb bis über ihre Oberschenkel fiel und eng um ihre sinnliche Figur lag. Ihr Lächeln war scheu, doch ließ es mich erstrahlen, wenngleich es mich auch traurig machte, da ich wußte, daß ich reisen mußte.

»Ich wußte, du würdest kommen.« Ihre Stimme klang so hell und melodiös wie die Flöte. Nichts Künstliches lag darin. Sie *hatte* es gewußt, und irgendwie auch ich. Mit der Flöte deutete sie auf ein weißes Häuschen unter einem schrägen Dach von verwittertem Blau: ihr Zuhause. »Bitte?«

Es gab nur eine Antwort, die ich geben konnte, doch als ich sie hervorzwang, drehte sich das Wort um seine Achse, und ich hörte mich selbst sagen: »Ja. Das würde ich sehr gern.« Ich kletterte auf den Pier, zitterte, als ihre Hand an meine Schulter faßte, um mich zu stützen. Wir standen beieinander, nah, berührten einander fast. Sie war klein, und ich sah ihr in die Augen. Sie waren blau. Dann reckte sie das Kinn hoch, und die Augen wurden grün. Ihre Lippen waren üppig und sanft geschwungen. Sie wären leicht zu küssen, dachte ich. Omerye nahm meine Hand und führte mich ins Haus. Hinter mir hörte ich den Bootsmann kichern und das Schaben von Holz, als er sich abstieß, und beinah hätte ich mich umgewandt, ihm zu sagen, daß er warten solle, denn es würde nur einen Augenblick dauern. Ich hörte das Platschen der Ruder, als er davonfuhr, und ich betrat das Haus. Halbdunkel war es dort, die Wände behangen mit alten, dünnen Gobelins von kunstvollem Entwurf. Der große Raum war voller Kissen in gedeckten Farben. Sie lagen im Kreis um einen kleinen Hocker. Omerye setzte sich auf diesen Hocker und strich über das daneben liegende Kissen. Ich sank nieder, so voller Fragen und verwirrt, daß mir nur Kraft zum Schweigen blieb.

Das Schweigen wurde von ihrer melodiösen Stimme unterbrochen. »Verstehst du, worum es geht?« Ich schüttelte den Kopf, nein. Sie hob die Flöte. »Du bist *der*, für den ich spiele«, sagte sie. Noch immer verstand ich nicht. Sie hob die Flöte höher, bis sie beinah an ihren Lippen lag. »Seit dem allerersten Ton, den ich gespielt habe«, sagte sie, »habe ich in Gedanken jemand vor mir gesehen. Und für diesen jemand mache ich Musik.« Sie hielt inne, ließ die Flöte sinken und schüttelte den Kopf. »Nein. Das stimmt nicht.« Sie preßte die Flöte an ihre Brust. »Ich mache Musik für *mich.*« Wieder kam die Flöte hoch. »Aber ich spiele sie auch für ... für *dich*. Du bist dieser jemand in meinen Gedanken.« Wieder kam die Flöte ihren Lippen nah. »Und du bist dagewesen ... seit ... nun, schon immer.«

Sie begann zu spielen. Vor meinen Augen formte die Musik das Bild eines kleinen, blassen Mädchens. Sie war schweigsam, ernst und verträumt. Wenn ich schreibe, ich hätte sie *gesehen*, muß man sich vorstellen, daß meine Ohren Augen wurden, und die Töne schufen Form und Farbe, schöner als alles Licht. Das Kind liebte alle Klänge, ob schrilles Vogelgeschrei oder das Knarren des Holzes an einem Pier. Ich sah, daß es eigene Klänge schuf, gewöhnliche Dinge nahm, um ungewöhnliche Töne zu schaffen. Ich sah, wie sie diese Töne zu einer ersten Melodie formte. Stets spielte sie vor einem

Spiegel, und im Spiegel sah ich ein Bild, das ich kaum erkennen konnte. Das Bild verschwamm, dann bemerkte ich, daß aus dem Kind ein Mädchen mit schwellenden Brüsten und wogenden Hüften geworden war, auf bestem Wege, eine Frau zu werden. Sie saß vor dem Spiegel, das rote Haar wallte um ihren Kopf, als sie sich über ihre neue Flöte beugte. Sie spielte ein liebliches Lied, doch an ihrem Zögern konnte man erkennen, daß sie etwas Neues versuchte. Ich sah ihren Blick in den Spiegel, als suche sie Bestätigung. Jedenfalls glaubte ich zunächst, ihr Spiegelbild zu sehen, doch das rote Haar, das dort schimmerte, war von etwas anderer Farbe, und die Miene, die dort anerkennend lächelte, war nicht die ihre, sondern meine. Die Musik trieb mich voran. Ich sah, wie das Mädchen zur Frau wurde, sah, wie sich die Musik über alles andere erhob, sah, wie die Frau vor wichtigen und begeisterten Leuten spielte. Doch immer gab es einen Menschen, dessen Beifall Omerye in Wahrheit suchte, und dieser Mensch war ich.

Das Lied endete. Ich schlug die Augen auf und sah Tränen in den ihren, doch waren es Tränen des Glücks. »Das war das erste Lied, das ich jemals in meinem Kopf gehört habe«, sagte sie. »Nur konnte ich es niemals spielen… bis jetzt.« Wieder hob sie die Flöte an, und Melodien umfingen mich. Jeder Ton war einer, den ich nie zuvor gehört hatte, doch der Refrain schien mir nah, klang seltsam vertraut. Das Lied fand geheime Orte, und jeder dieser Orte war froh, entdeckt zu werden. Omeryes Flöte spülte mich davon, und sie und ich entdeckten neue Dinge miteinander: ungekannte Ausblicke auf Berge, Flüsse und wogende Meere. Die Flöte hielt inne, und als die letzten Töne verklangen, spürte ich, daß dieses Lied allein für mich entstanden war.

»Verstehst du *jetzt?*« fragte sie bebend, ängstlich.

Als ich antworten wollte, öffnete sich ein schwarzer Graben, und sie wurde eine kleine, ferne Gestalt am anderen Ende der Kluft. Bittere Erinnerung an Deoce und die kleine Emilie überfluteten mich, stürzten über mich herein. Trauer ergriff mich und wurde zu hartem, trockenem Schluchzen, das rauh aus meiner Brust kam. Ich war in dieser Trauer gefangen, und während ich trauerte, wußte ich, daß ich schon bald den nächsten schweren Verlust erleiden würde. Denn wie konnte ich Omerye bitten, mit solchen Schreckgespenstern zu leben?

Halab hörte mich und zeigte Mitleid. Ich spürte seine Nähe und sein Flüstern an meinem Ohr. »Du wirst sie dort finden«, sagte er. »Wenn du nur suchst.« Das tat ich, und als ich den Kopf hob, war die Kluft verschwunden. Omeryes Gesicht war nah an meinem, und ich blickte in ihre Augen und sah Deoces und Emilies Wiedergeburt. Omeryes Liebe fügte sich hinzu und wurde zu einem Ganzen. »Verstehst du?« fragte sie erneut.

»Ja«, sagte ich. »Ich verstehe.« Ich zog sie vom Hocker, und mit einem Freudenschrei fiel sie in meine Arme. Wir sanken auf die Kissen, stürmisch vor Begierde, mit hitzigen Händen und klammernden Armen und Beinen. Ich öffnete ihre Robe ohne Schwierigkeit, als hätte ich es oft geübt. Meine Hände strichen über ihre sanfte Haut, geheimnisvoll und altvertraut zugleich. Ich hörte mich sagen: »Ich liebe dich, Omerye.« Ich hörte ihr Flüstern: »Ich habe dich schon *immer* geliebt, Amalric.« Und dann sprachen wir, von der Wiederholung dieser Worte abgesehen, lange nicht mehr. Wir liebten uns bis in den kühlen Morgen, und noch einmal spielte Omerye ihr Lied. Sie spielte, und ich lauschte, und wir waren eins.

Man sagt, frisch Verliebten verginge die Zeit schnell und wie im Traum. Auf uns traf nur letzteres zu. Wir verlebten die folgenden Wochen wie in Trance, voneinander wie betrunken, doch jede Woche war wie Jahre, und aneinandergereiht waren sie wie ein ganzes Leben. Es gab vieles, was wir voneinander wissen wollten, doch auch vieles, was wir *wußten*, und schon bald war klar, daß jede Zukunft, die uns die Götter schenkten, nur gemeinsam mit dem anderen stattfinden konnte. Die Frage war nur wo, und das wurde geklärt, als ich das Thema zum ersten Mal anriß. »Soll ich mit dem König sprechen?« fragte ich. »Und fragen, ob ich einer seiner Bürger werden darf, damit ich hier bei dir bleiben kann?«

»Nur wenn du möchtest«, sagte Omerye. »Nur wäre es ein Fehler, wenn du es tätest, um *mir* zu gefallen.«

»Würdest du nicht lieber bei deinem eigenen Volk bleiben?« fragte ich, dachte an Deoce und fragte mich, ob uns ein anderes Schicksal erwartet hätte, wenn wir zu ihrem Stamm gezogen wären. »Du bist hier hoch angesehen. Ich fürchte, deine Kunst würde in Orissa Schaden nehmen.«

»Bewunderung war nie mein Ziel«, sagte Omerye. »Nur die Freiheit, jede Musik zu spielen, die ich spielen will.«

»Die Freiheit hättest du in Orissa«, sagte ich. »Und auch Bewunderung. Nur glaube ich nicht, daß die Kunst dort so hoch geachtet wird wie in Vacaan.«

Omeryes Miene verfinsterte sich. »Es ist nicht so wunderbar, wie man es dich glauben machen will«, sagte sie. »Der König mag sagen, daß hier alles im Namen der Kunst geschieht, doch die Wahrheit ist eine andere. In Vacaan gibt es unausgesprochene Grenzen, die alle Künste beschränken. Überschreitet man sie, geschehen ... gewisse Dinge. Das mindeste ist, daß man plötzlich ohne Gönner dasteht, oder ohne Publikum.«

»Wie kann das sein?« fragte ich. »In Vacaan bezahlt man Künstler doch mit dem größten aller Komplimente: Ist ihre Arbeit vollendet, wird ein Zauber gesprochen, daß niemand das Werk wiederholen kann. Und jedes wird bewahrt, damit es in jedem Falle einzigartig bleibt.«

»Einzigartig zahm ... und somit keineswegs mehr einzigartig«, gab Omerye zurück. »Wenn du länger hier bist, wirst du merken, daß nichts erlaubt ist, was öffentliche Fragen oder eine Auseinandersetzung provoziert. Ein Künstler darf nur mit der Form, der Farbe oder dem Klang etwas riskieren. Niemals dürfen wir die Obrigkeit in

Frage stellen. Vieles entsteht aus dem System heraus, denn die Obrigkeit gibt sich große Mühe, unsere Talente aufzuspüren, wenn wir jung sind. Dann läßt man uns die beste Ausbildung zukommen. Doch neben dieser Ausbildung wird einem ganz subtil eingetrichtert: Tu dieses, aber nicht mehr.«

»Was geschieht mit denen, die nicht hören wollen?« fragte ich.

Ein Schauer lief ihr über den Rücken. »Eines Tages«, sagte sie leise, »kommen sie einfach nicht mehr wieder.« Ich schauderte ebenfalls und mußte an den vermißten Tavernenwirt denken ... und an Raveline. »Wir alle sind klug genug, nicht zu fragen, was mit ihnen geschieht«, fuhr Omerye fort. »Und wir achten darauf, daß ihr Name nie mehr erwähnt wird.« Sie kuschelte sich zum Trost tiefer in meine Arme und seufzte. »Wenigstens hatte ich *dich*«, sagte sie. »Das allein hat mich zufriedengestellt.«

Wir beschlossen, daß sie mit mir nach Orissa kommen würde. Der Entschluß riß mich aus meinen Liebesträumen, und ungeduldig erwartete ich den Ausgang meiner Geschäfte. Omerye zog in meinen Palast, und ich machte mich erneut an das Geplänkel mit den königlichen Beamten. Zu meinen neugewonnenen Kenntnissen gesellte sich auch wieder die Sorge um Raveline und Janos. Der alte Alptraum von der zerstörten Stadt suchte mich im Schlaf heim, doch diesmal hatte ich Omeryes Musik und Liebe, die meine Qualen linderte. Der sanfte Balsam, den sie verbreitete, machte mir das Denken leichter. Ideen tauchten auf und wurden Theorien, die nur geprüft werden mußten, um zu Lösungen zu reifen. Schließlich schickte ich Janos eine dringende Nachricht, daß ich ihn sehen müsse. Ein Tag etwa verging, bis ich Antwort bekam. Greycloak willigte ein, sich mit mir zu treffen – sofort.

Ich fand ihn bei der Arbeit vor, tief in den Gewölben eines alten Hauses, das nach Pergamentstaub und dem schalen Schwefel alter Beschwörungen roch. Er riß erstaunt die Augen auf, als er mich sah, und ich wußte, er hatte unsere Verabredung vergessen. »Amalric, mein Freund«, rief er, sprang von seinem Schreibtisch auf und warf die alten Schriften auf den Boden. »Was für ein glücklicher Zufall! Eben erst habe ich an dich gedacht.« Seine Kleider waren in Unordnung und er selbst so sehr mit Staub überzogen, daß dieser in Wolken fiel, als Janos zu mir herüberkam und er niesen mußte.

»Du siehst aus wie einer meiner alten Lehrer«, lachte ich, »und du klingst auch wie er. Immer lief er gedankenverloren mit triefender Nase umher. Schade, daß mein Vater ihn gehen lassen mußte. Der alte Knabe wußte nie, was ich im Schilde führte.«

Janos schlug sich an die Stirn. »Wie dumm von mir«, sagte er. »Es stimmt, ich *habe* dich eingeladen, nicht?«

»Wenn du unbedingt geistesabwesend sein möchtest«, stichelte ich, »solltest du noch andere Möglichkeiten ausprobieren. Schlag dir nicht mit der Hand, sondern mit dem Knüppel an den Kopf, und du wirst auf ewig verwirrt bleiben.«

»Du hast recht«, sagte Janos. Noch immer in seine Studien vertieft, hob er eine Hand, um sich schon wieder an die Stirn zu schlagen. Sein Verstand kehrte zurück, als die Hand auf Augenhöhe war. Er starrte sie einen Moment lang an, dann lachte er. »Du hast schon wieder recht!«

Ich sah mich in dem großen Raum um. Vom Boden bis zur gewölbten Decke und von einer Wand zur anderen war er mit Schriften jeder Form und Größe angefüllt. Auf Janos' Schreibtisch sah ich eine Rolle, die von kleinen Gewichten gehalten wurde. Die Schrift war nicht in einer Sprache, die ich verstanden hätte, jedoch farbenfroh illustriert mit geometrischen Mustern, die den Rand einfaßten. »Dies sind die Archive der Großen Alten«, erklärte Janos. »Soweit ich sehe, ist es eine vollständige Liste sämtlicher Beschwörungen, bis ganz zurück zu ihren Anfängen.«

»Du mußt einen noch größeren Eindruck auf den Prinzen gemacht haben als ich dachte«, sagte ich trocken. »Daß er dir diese uralten Geheimnisse anvertraut.«

»Ja. Ja, das habe ich«, sagte Janos, so sehr in seine Studien vertieft, daß er meinen spöttischen Unterton nicht bemerkte. »Obwohl ich nicht sicher bin, ob er den Wert dieser Archive kennt.« Er sank auf seinem Stuhl zurück, nahm eine Rolle und studierte die Inschrift. »Für die Zauberer von Vacaan«, sagte er, »ist das hier allzuoft gelesener Schund. Doch war es einmal ein Schatz von unschätzbarem Wert, als die Vorfahren des Königs sich hier niederließen ... auf den Ruinen der Großen Alten.«

Ich betrachtete die langen Regalwände. »Es ist schade, daß wir in Orissa nicht derart gesegnet sind«, sagte ich.

Aufgeregt warf Janos die Rolle hin. »Du sagst es ganz genau«, sagte er. »Domas' Leute kamen unwissend wie die Barbaren hierher. Raveline gibt es selbst zu. Alles, was sie erschaffen haben, sind Verfeinerungen dessen, was einst eine große Kunst war.«

»Ich sehe, die klugen Köpfe hast du bisher noch nicht getroffen.«

Janos machte ein finsteres Gesicht. »Keinen einzigen. Ich komme langsam zu dem Schluß, daß es hier keine klugen Köpfe *gibt*. Nirgendwo.«

»Auch nicht dein Mentor Prinz Raveline?«

»Oh, er hält sich dafür«, sagte Janos. »Aber ich lerne mehr, indem ich über seine Schulter sehe, als wenn ich ihm zuhöre. Meine Schlußfolgerungen und seine Vorhersagen sind oft sehr gegensätzlich.«

Ich deutete auf die Schriftrollen. »Was ist mit den Großen Alten? Waren unter denen kluge Köpfe?«

Janos seufzte. »Ich weiß, du wirst glauben, ich wäre ein Angeber«, sagte er. »Aber ich muß ehrlich antworten. Nein. Auch unter denen nicht.«

»Ist einer von ihnen auf die Spur gestoßen, der du gerade folgst?«

»Einige wenige vielleicht. Aber aus irgendeinem Grund sind sie ihr nie nachgegangen.« Janos schnaubte. »Ich vermute, es waren die Zauberer, die die Alten auf dem heiligen Berg verehrt haben.«

Wieder ein Schnauben. »Obwohl das, was sie da verehrt haben, ein Rätsel bleibt, das kaum der Enthüllung wert sein dürfte.«

»Bleibst also nur noch du«, sagte ich.

Janos warf mir einen schrägen Blick zu, dessen Bedeutung ich nicht ausmachen konnte. Dann sagte er entschlossen: »Ja... nur ich.«

»Aber nur, weil die anderen blind waren oder verzichtet haben«, sagte ich.

»Was immer der Grund war... Niemand ist je dem nahegekommen, was ich sehe. Sie alle haben immer größere Kreise gezogen, von einer Generation zur nächsten. Sie waren dazu verdammt, niemals die einfache Frage zu stellen: Warum?«

»Kennst *du* die Antwort?« fragte ich.

Janos schüttelte heftig seinen Kopf.»Nein. Aber ich bin nah dran, verdammt nah dran! Ich kann schon Dinge sehen, nach denen niemand auch nur im Traum gesucht hätte.« Janos wurde immer aufgeregter. »Erinnerst du dich, wie ich dir von dem Trick mit dem Skorpion und der Maus erzählt habe? Wie ich den Skorpion an einen anderen Ort *getan* und die Maus von wiederum einem anderen Ort *genommen* habe?« Ich nickte. »Nun, jetzt kenne ich das Wie und Warum. Es gibt viele Welten, mein Freund, die neben unserer eigenen existieren. Jede Welt folgt eigenen Regeln. Ein Dämon hat seine. Wir haben unsere. Wenn wir den Dämon rufen, rufen wir damit ebenso die Regeln seiner Existenz, und mit dem entsprechenden Wissen können wir diese Regeln in unserem Sinne beeinflussen. Ebenso wie er die unseren beeinflussen kann, wenn er der Überlegene ist.«

»Wie Mortacious?« fragte ich.

Janos' Miene wurde immer finsterer. »Ja. Wie Mortacious.«

»Woher weiß man, daß man immer der Überlegene bleiben wird?« fragte ich.

»Indem man weiß, daß es – egal wie unterschiedlich diese Welten auch erscheinen mögen, egal wie unterschiedlich die Regeln auch scheinen mögen – tatsächlich nur ein Gesetz gibt, das alles bestimmt. Die Unterschiede, die uns so sehr verwirren, sind nur Manifestationen dieses einen Gesetzes.«

»Und kennst du das Gesetz?« fragte ich.

Janos' Augen leuchteten vor Jagdfieber. »Nein. Aber, wie gesagt, bin ich nah dran, mein Freund. *Sehr* nah.«

Ich stieß ein erleichtertes Seufzen aus. »Gut. Dann hör mir zu, Greycloak. Es ist in Vacaan nicht alles, wie es scheint. Es könnte ein sehr gefährlicher Ort werden, wenn wir noch lange bleiben. Ich glaube, wir sollten abreisen, wenn ich meine Geschäfte mit dem König beendet habe.«

»Abreisen?« sagte Janos erstaunt. »Ich könnte jetzt nicht reisen. Ich habe es doch gesagt... ich bin *sehr* nah dran.«

»Meine Bedingungen für den Vertrag müßten dafür sorgen, daß vieles von diesem Wissen zu uns kommt«, sagte ich. »Und außerdem habe ich einen Plan, der weit mehr zu bieten hat.«

»Was soll das sein?« fragte Janos. Er klang herablassend, als spräche er mit einem Kind.

Ich sah darüber hinweg. »Wenn wir wieder in Orissa sind, werde ich Geld für eine große Schule der Zauberei spenden. Sie wird unter deiner Leitung stehen. Denk an all die eifrigen Assistenten, die für dich jedes Experiment ausführen, das du ihnen aufträgst. Wenn ihr alle gemeinsam daran herumhämmert, wird die Mauer sicher bald fallen, und du wirst alles haben, was du willst.«

Janos runzelte die Stirn. »Aber... dann... werden *andere* es wissen!«

»Genau«, sagte ich. »Das ist das Schöne an meinem Plan. Wenn alle es wissen, sind wir alle gleich. Gemeinsam können wir ebensoviel oder mehr von dem erreichen, was die Menschen hier in Vacaan haben. Und ohne die Scheuklappen, die du ständig beklagst, können wir es noch um so schneller schaffen.«

»Es könnte dennoch ein ganzes Leben dauern«, sagte Janos. »*Mein* ganzes Leben.«

»Na und? Trotzdem wirst du die Befriedigung spüren, zu wissen, daß es eines Tages soweit sein wird.«

Janos hustete und war damit beschäftigt, die Rollen einzusammeln und zu sortieren. »Ich fürchte, du stellst eine komplexe Sache allzu einfach dar«, sagte er.

»Ach, komm schon, Janos.« Ich lachte. »Du bist doch immer derjenige, der auf dem Gegenteil beharrt. Das Einfache wird durch Unwissenheit allzu komplex, oder wahrscheinlicher noch durch den Wunsch der Zauberer, weiser zu erscheinen, als sie sind. Nach allem, was du mir bisher erzählt hast – und erinnere dich, ich bin höchst einfältig, was die Zauberei angeht –, könnte selbst ich einen vernünftigen Geisterseher auf die Spur bringen, der du folgst. Ich könnte Gamelan beispielsweise diese Sache mit den vielen Welten erzählen und deine Theorie hinzufügen, daß ein Gesetz sämtliche Mächte lenkt. Nun, selbst sein altes Hirn könnte noch einmal zu leuchten beginnen. Wer weiß, wohin das Leuchten ihn führen würde?«

Wieder sah mich Janos mit diesem seltsamen Blick an. »Allerdings, wer weiß?« murmelte er.

»Verstehst du, was ich sagen will?« fragte ich.

»Ja, ich glaube schon«, sagte Janos.

»Dann stimmst du meinem Plan zu?«

Janos wickelte seinen Bart um einen Finger, dann ließ er wieder los. Er nahm eine Schriftrolle und starrte abwesend die Inschrift an. Ich sah, daß seine Gedanken entflohen. »Janos«, drängte ich noch einmal lauter. »Stimmst du mir zu?«

Er sah auf, und sein charmantes Lächeln blitzte durch den zottigen Bart. »Aber natürlich tu ich das, mein Freund. Natürlich tu ich das. Komm zu mir, wenn du mit dem König fertig bist. Dann reden wir weiter.«

»Was gibt es noch zu reden... wenn du mir zustimmst?«

Janos zuckte die Schultern. »Oh, ich bin gerade einer Sache auf der Spur, und wenn ich sie nicht finde, bis du fertig bist... nun... Es könnte eine kleine Verzögerung geben. Eine sehr kleine Verzögerung.« Damit mußte ich mich zufriedengeben, denn sein Blick war jetzt vollkommen abwesend, und er murmelte laut fremde Worte, die er von der alten Rolle las. Ich sagte ihm Lebwohl, bekam ein zerstreutes Flüstern zur Antwort, und ging.

Ich ärgerte mich noch ein, zwei Stunden über dieses Gespräch, und dann, in der trägen Behaglichkeit von Omeryes Armen, dachte ich darüber nach und ärgerte mich schon nicht mehr so sehr. Je länger ich darüber nachdachte, desto vernünftiger erschien mir mein Plan, und nach einer Weile hielt ich ihn für so einsichtig, daß ich wußte, mein Freund – der doch der Vernunft so huldigte – würde nicht anders können, als ihn zu verstehen. So blieb nur noch der Vertrag mit König Domas abzuschließen, und dann konnten wir alle nach Orissa heimkehren, beladener noch, als wir es uns bei der Abreise in die Fernen Königreiche je erträumt hatten.

Am nächsten Tag kam eine königliche Einladung. Doch der Ruf kam nicht vom König. Er kam vom Prinzen Raveline.

Kapitel Fünfundzwanzig

Die Diener der Käuflichkeit

Zur vereinbarten Stunde legte eine Gondel am Pier meines Palastes an. Ich war der einzige »Gast« an Bord. Vier weitere Männer waren zu sehen: ein Steuermann am Ruder, ein Diener in der luxuriösen, gläsernen Kabine, dazu zwei Männer am Bug mit langen Trompeten, die andere Schiffe warnen sollten. Die Gondel hatte acht Ruder auf jeder Seite, aber die Ruderer blieben unter Deck verborgen. Vielleicht waren es Menschen, doch dann waren sie zu absoluter Perfektion trainiert. Die Ruder griffen, drehten flach und zogen durch, als würden sie von einem Uhrwerk angetrieben. Die Trompeter wurden nicht gebraucht, denn alle Gondoliere, die Prinz Ravelines rotgold-schwarze Hausfarben sahen, huschten davon wie Wasserspinnen, die vor einem schlauen, alten Hecht flohen, wenn dieser zum Fressen ins seichte Wasser kam.

Das Boot bog vom Hauptkanal in eine unbefahrene Wasserstraße ein, die jenseits der Stadt zum heiligen Berg führte. Es war seltsam, auf dem Wasser durch grüne, hügelige Landschaften zu fahren, die wie ein Sportplatz gepflegt waren. Es gab keine Bauernhöfe, keine Bauern, und ich sah auch keine Häuser, Straßen oder Pfade. Der Kanal verlief in einer Reihe anmutiger Biegungen. Weit hinten im Land endete er in einem runden Teich.

Eine elegante Kutsche wartete, gezogen von sechs schwarzen Pferden mit Blessen auf der Stirn. Vier Lakaien führten mich zur Kutsche und verneigten sich, als ich einstieg. Sie kletterten auf ihre Positionen, und ohne ein Kommando des Kutschers trabten die Pferde an. Trotz meiner Befürchtungen spähte ich neugierig aus dem Fenster. Ich wurde nicht enttäuscht, doch schlug mich auch kein Prunk in seinen Bann. Die Straße, über die wir fuhren, war aus Steinblöcken gearbeitet, und jeder Block reichte von einer Straßenseite zur anderen, was in der Breite sicher fünfmal die Länge eines ausgewachsenen Mannes ausmachte. Jeder einzelne war präzise an den nächsten gearbeitet. Ich erwartete, daß die Straße zu einer mächtigen Mauer mit verzierten Toren führen würde, doch fand sich nichts dergleichen. Die perfekt gepflegte Landschaft wogte überall um mich herum, mit Bäumen und Teichen, so pedantisch angelegt, als hätte ein Meistergärtner ganze Ewigkeiten daran gearbeitet. Verblüffenderweise empfand ich dieses Reservat jedoch nicht als einladend, sondern eher als kühl und bedrohlich. Je länger unsere Reise auf der friedvollen Straße dauerte, desto mehr graute mir. Ich wußte nicht, ob dieses Grauen von einem Schutzbann stammte oder ob es daher rührte, daß ich den Herrn über dieses Anwesen kannte.

Ich sah die ersten Wächter. Es waren zwei, und sie standen zu beiden Seiten der Straße. Fast hundert Fuß waren sie hoch, gehauen aus dunklem, poliertem Stein. Jede Statue zeigte eine Frau, die vertikal ein nacktes Schwert vor sich hielt. Ich wußte, daß für diese Skulptur kein irdisches Wesen Modell gestanden hatte, denn die

Frauen waren unglaublich schön, doch hart, kalt, distanziert, die Gesichter so mitleidlos wie die eines Häuptlings von den Eisfeldern im Süden. Nachdem wir die abstoßenden Monolithen passiert hatten, sah ich mich noch einmal um und schnappte entsetzt nach Luft. Beide Statuen hatten ein zweites Gesicht, das nach hinten blickte, und dieses Gesicht war ein höhnischer, übelwollender Dämon mit reißenden Zähnen. Ich hoffte für den Bildhauer, daß er nur aus seiner Phantasie geschöpft hatte, doch nach allem, was ich über Prinz Ravelines Interessen wußte, schien mir das höchst unwahrscheinlich.

Ich fand meine Fassung wieder und sah, wie sich in der aufkommenden Düsternis etwas bewegte. Ich glaubte, es müsse wohl eine umherstreifende, berittene Patrouille sein, und irrte ein weiteres Mal. Hinter einem Gehölz trottete ein Rudel von Schattenwölfen hervor, ein ganzes Dutzend. Sie kamen direkt auf uns zu, und ich fluchte, weil ich nicht gewagt hatte, eine Waffe mitzunehmen. Diese riesenhaften, zottigen Räuber konnten im Nu ein Pferd reißen, und ich bezweifelte, daß wir sechs Männer diesen Untieren länger als ein paar Sekunden standhalten würden. Jeder Wolf ragte acht Fuß hoch auf, und ihre fürchterlichen Reißzähne glänzten lang und blutrünstig. Ich nahm meinen Mut zusammen und erwartete, daß die Pferde die Wölfe sahen und scheuten. Doch nichts geschah. Das Wolfsrudel nahm uns in seine Mitte, als sei es tatsächlich eine Eskorte. Sie trotteten zu beiden Seiten der Kutsche. Ich konnte das Scharren ihrer Krallen auf der Straße hören. Eines der Tiere war neben meinem Fenster, und es schaute herein. Ich schwöre, sein Blick war beinahe menschlich und zutiefst haßerfüllt. Über uns war das Flüstern großer Flügel zu hören, und ich sah einen Patrouillenflug jener sporenbewehrten, riesigen Adler, die wir auf dem Fluß nach Irayas gesehen hatten. Ravelines Burg war tatsächlich gut bewacht, dachte ich, als die mächtige Festung zu sehen war. Sie war ein gigantisches Sechseck mit zwei Türmen an jeder Ecke, und sie stand in der Mitte einer vollkommen flachen Ebene. Ich schätzte jede Mauer auf beinah eine Drittel Wegstunde. Vermutlich hätten alle Burgen, die ich je gesehen hatte, einschließlich der Festung der Archonten, in das Verlies dieses Gebäudes gepaßt. Weder auf den Zinnen noch im Umfeld des Gebäudes konnte ich Wachen entdecken.

Ein Mann wartete vor dem gähnenden Portal – Prinz Raveline. Andere Gäste gab es nicht, und auch keine Gefolgsleute zu meiner Begrüßung. Nun wurde mir tatsächlich angst und bange, und ich schmeckte die metallene Nüchternheit der Furcht auf meiner Zunge. Die Kutsche kam direkt vor Raveline zum Stehen, und die Lakaien sprangen herab und verneigten sich vor ihrem Herrn. Er nickte anerkennend, trat an die Kutschentür und öffnete sie höchstselbst.

»Lord Antero«, sagte er. »Es ist mir eine Ehre.«

Ich stieg aus, verneigte mich tief und berührte mit den Lippen seine ausgestreckte Hand. »Die Ehre ist ganz meinerseits«, sagte ich. »Ich war noch nie bei einem Prinzen eingeladen, ganz zu schweigen von einem, der so mächtig ist wie Ihr. Auch hat mir noch kein Prinz persönlich aus der Kutsche geholfen.«

»Gut«, sagte Raveline. »Dann haben wir uns der nötigen Höflichkeiten entledigt. Ich plane keine weiteren Zeremonien, und falls Ihr Reden und kluge Komplimente parat habt, betrachten wir diese jetzt als ausgesprochen und erwidert.« Er lächelte, doch sein Blick war kalt.

Er nahm mich beim Arm und führte mich in die Burg. »Ich habe lange überlegt, ob ich noch andere einladen sollte. Ich wollte nicht... will nicht..., daß Ihr glaubt, ich wollte Euch kränken, weil Ihr nicht von prächtigen Rüstungen und Höflingen umgeben seid, aber wir haben wichtige Angelegenheiten zu besprechen... Angelegenheiten, die keiner von denen, die meinen Bruder devot umschwirren, erfahren muß.« Er setzte ein freudloses Lächeln auf. »Ich kann schließlich«, fuhr er fort wie zu sich selbst, »nicht befehlen lassen, daß die Zunge eines *jeden* plappermäuligen Speichelleckers am großen Hof herausgeschnitten wird. Auch wenn es sicher ein Segen wäre.«

Ich hoffte, meine Miene zeigte keine Reaktion, als mir klar wurde, daß Raveline diese Möglichkeit offenbar ernsthaft in Betracht gezogen hatte, bevor er sie verwarf. Wir kamen in das Herz der Burg. Er entschuldigte sich, daß er mir keine Führung bieten konnte, und erklärte, so etwas würde mehrere Tage dauern und dieses Vergnügen ließe sich jederzeit nachholen. »Außerdem«, sagte er, »bin ich mir nicht ganz sicher, ob selbst *ich* mich hier zurechtfinde.«

Aus diesem Grunde kann ich nicht Seite für Seite mit einer Beschreibung der Wunder im Wohnsitz des Schwarzen Prinzen füllen. Nur einige wenige erwähnenswerte Dinge will ich nennen. Eines war, daß jede Wand und jeder Boden aus einem einzigen Stein gehauen schien, blankpoliert zu einem Spiegel, dann an seinen Nachbarn eingepaßt. Und dann war da noch die Wärme. Ich weiß nicht, wie man Feuchtigkeit und Kühle aus Burgen fernhält, doch in dieser war mir in jedem Raum und jeder Halle angenehm, ohne daß mir heiß wurde wie jetzt gerade, während ich in meinem Arbeitszimmer schreibe und an einem Feuer aus Torf sitze. Ich staunte über die Schätze, über Gobelins in leuchtenden Farben, über Möbel, die geformt und poliert waren, bis sie wie feinste Seide an den Fingerspitzen wisperten, über Gemälde, die von realistischen Darstellungen bis zu schroffen Ausbrüchen reiner Farbe reichten, die mir ans Herz gingen. Noch andere Dinge fielen mir auf, von denen ich mich eilig abwandte, Dinge, die mir noch manchmal im Traum erscheinen, doch die ich nicht beschreiben will und darf.

Raveline führte mich durch die große Halle, in der knapp unter den im Schatten verschwindenden Dachbalken Kriegsflaggen hingen, die von der Herrschaft der Dynastie kündeten. Dann kamen wir in einen kleineren Raum. In seiner Mitte stand ein Tisch, und darauf ein halbes Dutzend zugedeckter Teller. Nur zwei Gedecke waren aufgetragen, und jedes Utensil und jeder Teller war aus einem andersfarbigen Jadeblock geschnitten, von Rot über durchscheinende und verschiedene Grüntöne bis hin zu Weiß. An der Seite stand ein weiterer Tisch, auf dem sich ein schwindelerregendes Sortiment von Flaschen und Karaffen mit Likören so mancher Länder drängte.

Prinz Raveline fragte mich, was ich trinken wolle, und ich gab zurück, ich sei hochzufrieden mit allem, was er selbst nähme, obwohl ich warnte, ich würde wahrscheinlich nicht die angemessene Würdigung an den Tag legen und mein Glas nicht leeren können. »Denn in meinem Volk ist es Sitte, daß jemand, dem wie mir die Trauben leicht zu Kopfe steigen, diese meidet, bis alles Wichtige besprochen ist. Da Ihr draußen sagtet, Ihr hättet über dringende Angelegenheiten mit mir zu reden, würde es mich tief beschämen, wenn ich morgen aufwachte und feststellen müßte, daß all die Weisheit, die aus mir hervorgesprudelt ist, von Hefe getrübt war. Nachdem ich Euren Vorschlägen gelauscht und überlegt habe, wie wir Orissaner ihnen am besten entsprechen, können wir ein ganzes Faß aufmachen, wenn Eure Hoheit es wünschen.« Raveline lächelte und schenkte zwei Gläser ein, sagte jedoch nichts – er lobte meine Schmeichelei weder, noch rügte er sie.

Wir setzten uns, und ohne jede Vorrede begann er. »Ihr wißt natürlich, daß Eure Reisen in unsere Länder beobachtet wurden, vom ersten Tag des Schiffbruchs an der Pfefferküste bis zu dem Zeitpunkt, als wir Euch am Hafen von Gomalalee retten ließen.«

Ich blieb verbindlich und antwortete, man habe uns vom Interesse der Fernen Königreiche erzählt, aber nicht, daß es bis zurück zu meiner Suche reichte. »Eine Frage, Eure Hoheit. Ihr verwendet das Wort *Pfefferküste*. Ich dachte, das Volk von Vacaan hätte nicht das geringste Interesse an dem, was jenseits seiner Grenzen liegt?«

»Das stimmt größtenteils«, sagte Raveline. »Nur gibt es Ausnahmen. Und eine solche bin ich, was in wenigen Augenblicken Thema dieses Gespräches sein wird. Doch bleiben wir vorerst bei unserem jetzigen Gebiet: Ihr wurdet nicht nur beobachtet, sondern gelegentlich auch auf die Probe gestellt. Zum Beispiel in Gomalalee.«

»Hätten wir sie aber nicht bestanden, wie Ihr angenommen hattet...«, sagte ich und ließ meine Worte ersterben.

»Dann wärt Ihr es kaum wert gewesen, Vacaan zu finden.« Ich spürte, wie Wut in mir wuchs; ich dachte an die Toten, Verwundeten, die Kranken, Verzweifelten, dem Tode nah, ob durch Verdursten oder Zauberei, doch behielt ich es für mich. Allerdings gestattete ich mir einen Anflug von Sarkasmus, als ich erklärte, wie froh wir gewesen seien, daß man uns für wert empfunden hatte.

»Um also zum früheren Thema zurückzukommen«, sagte Raveline. »Ich bin sicher, Ihr seid Euch darüber im klaren, daß das Interesse der Königreiche von Vacaan an Eurem westlichen Land zum augenblicklichen Zeitpunkt gering ist und wahrscheinlich nicht weiterreichen wird als bis zu der Erlaubnis, daß einiges von unserem Wissen und unseren Gütern getauscht wird, an einem Ort jenseits unserer Grenzen, gegen Schiffe, Artefakte und vielleicht auch Menschen, die wir als amüsant empfinden mögen.«

Ich spürte eine leise Spannung, denn obwohl seine Wortwahl gedacht war, meine Hoffnungen zu beschneiden, war dies ein Hinweis vom Bruder des Königs selbst, daß meine Mühen von Erfolg gekrönt werden sollten, und ich lächelte zustimmend. Ich muß wohl nicht darauf verweisen, daß ich jede Reaktion auf seinen Vorschlag, den Kuppler für die Fernen Königreiche zu spielen, unterdrückte.

»Ihr seht zufrieden aus«, bemerkte Raveline. »Ich selbst glaube, eine solche Gunst wäre nur eine schäbige Vergütung für all das, was Ihr und Eure Gefährten, insbesondere Sir Greycloak, in all den Jahren habt erdulden müssen. Was wir also beim Essen besprechen werden, ist, wieviel enger die Beziehungen zwischen den Ländern des Westens und diesen Königreichen sein könnten, sollten sich die Umstände... ändern.«

Damit hob er den Deckel von einer Schüssel und begann unsere Teller aufzufüllen. Ich erinnere mich nicht, welche Köstlichkeiten wir zu uns nahmen, nur daß sie perfekt waren, jeder Bissen eine neue Explosion der Sinne. Was mich beeindruckte, war die Art des Servierens. Kein einziges Mal erschien ein Bediensteter, doch immer, wenn Raveline den Deckel von einer Schüssel nahm, tauchte dort der nächste Gang auf. Ich hörte weder Kolben noch hydraulische Mechanismen unter uns, so daß ich vermutete, der Schüsseltausch fände mit Hilfe von Zauberkraft statt. Gleichzeitig waren unsere Teller immer frisch und sauber. Ich aß von jedem Gericht so viel ich wollte, blickte auf oder lachte über eine von Ravelines geistreichen Bemerkungen, und irgendwie schien der Teller zu spüren, daß ich satt war, und wurde wieder leer und sauber. Ich fragte mich, ob Raveline immer so zu essen pflegte, ohne lächelnde Diener und Mägde oder eine strahlende Köchin, der man Komplimente machen und Belohnungen zukommen lassen konnte. Es wirkte steril, aber es verhinderte auch, daß etwas, das man beim Essen besprach, zum allgemeinen Klatsch der Stadt wurde.

Ich erinnere mich nicht, über welche Themen wir plauderten, doch hatten sie weder etwas mit dem Handel noch mit Orissa oder unserer Anwesenheit in Ravelines Königreichen zu tun. Das meiste, was er erzählte, betraf irgendwelche Intrigen bei Hofe, wobei die Details fast schon obszön waren. Außerdem unterhielten wir uns über die Künste und die Musik in Vacaan. Während er sprach, wurde mir bewußt, daß er von meiner Liebe zu Omerye wußte und daß er mir höchst unterschwellig mitteilte, daß man sie ebenso wie Janos, mich und meine Männer als Geisel betrachtete. Man glaube nicht, ich sei wütend geworden oder hätte mich gar bedroht gefühlt. Raveline stellte nur sicher, daß ich wußte, es gäbe für mich jetzt einen weiteren Faktor auszugleichen.

Als wir fertig waren, führte er mich in ein anderes Zimmer. Überall im Raum waren Sessel aufgestellt, und als ich in einen davon sank, empfing mich dieser weich wie die Arme meiner Geliebten. Ein weiterer Getränketisch stand neben uns, und Prinz Raveline und ich nahmen einen Fruchtlikör. Die Sessel standen im Halbkreis um einen hohen, blankpolierten Spiegel, der an einem Ständer hing, als wäre er ein Gong. Ich wußte, es war Zauberglas, und fragte mich, was Raveline mir zeigen wollte. Bevor wir uns setzten, berührte er die Spiegeloberfläche, und sie begann zu leben. Ich sah eine kleine Gruppe von Männern, die an einem Flußlauf entlangging. Ich wurde Zeuge meiner eigenen Suche, als wir durch das fruchtbare, verlassene Tal oberhalb der Pfefferküste marschierten. Die Perspektive schien die eines der Späher zu sein.

»Es war kein Scherz, als Ihr sagtet, Ihr hättet meine gesamte Karriere im Blick gehabt«, brachte ich hervor.

Und Raveline erwiderte: »Jedesmal, wenn Ihr unsere Länder betreten habt, oder auch nur die angrenzenden Gebiete, waren unsere Späher da. Allerdings muß ich gestehen, daß Eure letzte Expedition ungemein klug durchgeführt wurde. Man hat Euch erst gesehen – obwohl sehen nicht das richtige Wort ist –, als Ihr den Paß jenseits von Wahumwa überquert und die Grenzen Gomalalees hinter Euch hattet.«

Er tat eine Geste, und im Spiegel erschien ein neues Bild. Jetzt betrachtete ich Orissa wie von einem unsichtbaren Turm aus mehreren tausend Fuß Höhe mitten in der Stadt. Eine mächtige Woge von Heimweh erfaßte mich, doppelt schwer, als ich merkte, daß das Bild Orissa in eben diesem Augenblick zeigte. Es schien kurz vor Morgengrauen zu sein, aber noch waren Lichter zu sehen. Ich konnte die Straße der Götter erkennen, die Zitadelle des Hohen Rates und den Palast der Geisterseher. Ich versuchte, mein eigenes Haus zu finden, ohne mein Interesse dem Prinzen gegenüber zu zeigen.

»Wie gesagt, hege ich größeres Interesse am Westen als die meisten meines Volkes«, sagte Raveline. »Was einer der Gründe ist, warum ich nach einer Phase, die ich als Skepsis gegenüber dem bezeichnen möchte, was Euch, Janos Greycloak und Eure Absichten anging, Euer glühendster Befürworter wurde. Mir war klar, daß Vacaan zukünftig in neue Richtungen blicken muß... angefangen mit Orissa und Lycanth.«

»Welche Form«, sagte ich vorsichtig, »glaubt Ihr, sollte Vacaans Interesse nehmen?«

Raveline nippte an seinem Getränk. »Ich bin mir nicht sicher, ob ich Eure Frage bis ins Detail beantworten möchte oder kann. Es genügt wohl, wenn ich wiederhole, daß, sollten gewisse Ungleichgewichte innerhalb des Hofes korrigiert werden, es in kurzer Zeit ein sehr viel engeres Verhältnis zu Orissa gäbe.« Seine Miene wurde hart, wie auch seine Stimme. »Es ist eine Gelegenheit, und ich werde *nicht* zulassen, daß Vacaan sie sich entgehen läßt. Wir müssen und werden die Chance nutzen. Deshalb habe ich Euch heute abend um Eure Gesellschaft ersucht. Ich biete an, das ganze Gewicht meines Einflusses in einen Plan zu legen, der die Tore zum Westen öffnen soll.« Wieder wurde seine Stimme leise. »Wenn das erreicht ist, werde ich in Eurem Land einen Repräsentanten brauchen, einen persönlichen Repräsentanten. Diese Stellung biete ich Euch an, Lord Antero.«

»Als Kaufmann?« fragte ich. »Man sagte mir, Ihr hättet für die Mechanismen des Handelns nichts als Verachtung übrig.«

»Ich würde meine Gefühle für jene, die ihr Leben um den Profit ranken lassen, nicht derart unhöflich ausdrücken, obwohl ich persönlich immer eine andere Art der Betätigung vorgezogen habe. Doch die Antwort lautet nein. Euer Beruf ist neben Eurem Titel, Eurem offensichtlichen Weitblick und dem Respekt, den man Euch in Orissa entgegenbringt, zweitrangig. Ich will einen Mann, dem ich vertrauen kann, einen Mann, der in den höchsten Gremien in Eurem... Palast des Hohen Rates sitzt. Ihr werdet in Orissa mit meiner Stimme sprechen und, was nicht unvorstellbar ist, ebenso in Lycanth.«

Ich durfte nicht zulassen, daß Raveline in meiner Miene las, und daher stand ich auf und ging ein paar Schritte. Mir war klar, daß der Prinz glaubte, Vacaans Interesse würde schließlich zu einer Eroberung Orissas führen. Niemals würde ich der Zerstörung meines Heimatlandes zuarbeiten, und schon gar nicht als Speichellecker eines Zauberers! Sobald mir der Gedanke kam, rang ich ihn nieder, da ich nicht wußte, ob die Zauberkraft um mich herum auch meine Gedanken lesbar machte. Da ich nun Ravelines Absichten kannte, mußte ich meine Gedanken und Handlungen sorgsam wählen. Nicht nur, weil es so schien, als stünde ich nur einen Schritt davon entfernt, die Tore zu den Fernen Königreichen aufzustoßen, sondern auch, weil eine barsche Zurückweisung von Ravelines Angebot bedeuten konnte, daß ich bald herausfand, wo die Vermißten blieben.

Ich fand eine Möglichkeit und wandte mich wieder dem Prinzen zu. »Ich fühle mich geehrt«, sagte ich. »Aber ehrlich gesagt, waren meine Ziele nie derart hochgesteckt, vorausgesetzt, ich verstehe Euer Angebot richtig ... und ich glaube, das tue ich.«

»Wer sich streckt, darf pflücken«, sagte er. »*Irgend jemand* in Orissa wird diese Funktion für mich ausfüllen. Warum solltet nicht Ihr dieser Jemand sein?« Also waren Ravelines Pläne weit fortgeschritten, und meine Mitarbeit wäre nicht der Dreh- und Angelpunkt des Vorhabens.

»Irgend jemand?« warf ich ein. »Warum nicht mein Freund Janos Greycloak?«

»Dafür gibt es mehrere Gründe. Der erste und unwichtigste ist: Ich bezweifle, daß Euer Volk ein Halbblut als De-facto-Herrscher akzeptieren wird. Ich sollte allerdings hinzufügen, daß dieser Art von närrischer Unnachgiebigkeit beizukommen wäre. Mehrmals seid Ihr auf Euren Reisen durch weites Ödland gekommen. Dieses Land war, wie Janos' Ahnungen Euch sicher haben wissen lassen, früher einmal grün und üppig. Doch sein Volk stellte sich gegen Vacaan. Das war vor ewigen Zeiten, in den Tagen der Großen Alten.

So zumindest geht die Sage. Doch bis zum heutigen Tage gibt es dort nichts als kahlen Boden und schroffen Fels, und so wird es anderen als Beispiel dienen, bis die Zeit selbst an ihr Ende kommt!«

Raveline sprach mit leiser Stimme. »Der zweite Grund ist, daß Sir Greycloak eigene Absichten und Pläne hat, die ganz wunderbar zu den meinen passen. Greycloak hat enormen Eindruck auf mich gemacht. Er will alles lernen... um alles zu wissen, was gewußt wurde, seit die Erde selbst die Zauberei ausgebrütet hat. Wo sonst könnte er solches Wissen anhäufen, wenn nicht in Irayas? Ich schlage vor, ihn in meine Dienste aufzunehmen, natürlich Eure Bereitschaft vorausgesetzt, ihn von den Schwüren zu befreien, die er Euch gegenüber geleistet hat. Während er weiterkommt... während er lernt... wird er nicht nur Ehrungen erfahren, die weit über alles hinausgehen, was Orissa ihm zugesteht, sondern ich beabsichtige, ihm wahre Macht zu geben, die nur um weniges geringer ist als meine eigene. Wie ich höre, nennt mich mein Bruder, der König, seinen Höllenhund. Das ist die Rolle, die ich Janos zugedacht habe, den man schon bald Baron Greycloak nennen wird. Er wird *mein* Höllenhund sein!«

Ich leerte mein Glas und wollte nachschenken, dann sah ich mir die Flaschen an, bis ich eine Karaffe mit Branntwein gefunden hatte. Ich wollte mir den Anschein geben, als würde ich den Handel besiegeln. Ich schenkte mein Glas halbvoll und drehte mich wieder zu Raveline um.

»Das alles ist sehr neu für mich, Eure Hoheit. Ich nehme an, Ihr wollt meine Antwort nicht sofort.«

»Ich hatte es gehofft«, sagte Raveline, und ein finsterer Blick zog über sein Gesicht.

»Verzeiht, aber ich kann sie Euch nicht geben, Euer Gnaden. Lange Jahre habe ich damit verbracht, Eure Königreiche zu finden, und diese Zeit stets in Begleitung meines Partners zugebracht. Ich muß mich mit ihm besprechen. Und ich sollte hinzufügen, daß Janos durch keinen Schwur und Treueeid an mich gebunden ist, der über reine Freundschaft und ein ehemals gemeinsames Ziel hinausginge.«

Raveline wollte etwas sagen, dann besann er sich und setzte ein verständiges Lächeln auf. »Oh. Ja. Ich vergaß, daß die Befehlsgewalten im Westen nicht so klar getrennt sind wie hier. Man mag einen Mann als untergeordnet ansehen, doch seiner Meinung und seinem Recht wird soviel Gewicht beigemessen, als wäre er gleichgestellt. Also schön. Überdenkt unser Gespräch. Besprecht es eingehend mit Sir Greycloak. Natürlich wäre es mir lieb, wenn dieses Treffen vor jedem außer Janos geheimgehalten würde.«

»Natürlich, Eure Hoheit«, sagte ich. Raveline schenkte mir Branntwein nach und füllte auch sein eigenes Glas. Dann hob er es zu einem Trinkspruch. »Es gibt ein Sprichwort unter den Bauern, das aus der Zeit stammt, bevor wir wir den Schlangenfluß gezähmt hatten: ›Gerät ein weiser Mann in eine Springflut, läßt er sich flußabwärts zu neuem Reichtum treiben. Der Narr wehrt sich und ertrinkt.‹ Auf die Weisen.«

Danach blieb nur noch wenig zu sagen, und ich entschuldigte mich, indem ich erklärte, ich sei so aufgeregt nach den Vorschlägen, die Prinz Raveline mir unterbreitet hatte, daß ich sie noch heute abend mit meinem Freund besprechen wolle ... falls er noch wach sei.

Das amüsierte den Prinzen. »Er schläft nie, Lord Antero. Ich werde meinen Dienern befehlen, Euch direkt zu seinem Palast zu bringen.«

Die Kutsche wartete, und als sie anfuhr, blickte ich zurück. Noch immer stand Prinz Raveline draußen vor dem Eingang. Trotz der Entfernung, trotz der Nacht fühlte ich mich, als brenne sein Blick auf mir. Ich lehnte mich zurück und versuchte, einen Plan zu schmieden. Nur vergeudete ich wertvolle Zeit, indem ich mich, Janos und jeden Orissaner von Ecco zu den Bewohnern der Armenviertel verfluchte, besonders aber die Geschichtenerzähler vom Basar und die Ammen, die mir als kleinem Jungen ihre Geschichten vorgebetet hatten. Keiner von uns, kein einziger, hatte je die durchaus nicht unwahrscheinliche Möglichkeit in Betracht gezogen, daß ein so großartiges und mächtiges Land wie die Fernen Königreiche vielleicht vor Menschlichkeit nicht eben überfloß; wir waren immer davon ausgegangen, daß sie nur darauf warteten, daß ein Orissaner antanzte, damit sie uns mit ihrem Wissen segnen konnten, das uns erlauben würde, in jene Goldenen Zeiten zurückzukehren, als jeder Mensch ein König war und seine Herrscher nur die Götter. Ich gestattete mir sogar einen Augenblick des Selbstmitleids und wünschte, ich hätte Janos Greycloak nie getroffen und meine Suche wäre eine lange Orgie von Hurerei und Sauferei durch die Länder im Westen gewesen. Doch hätte ich dann nie Deoce gefunden. Und auch nicht Omerye. Ganz zu schweigen von allem anderen, was mich über die unreife Jugend zu dem hinausgehoben hatte, was immer ich jetzt vielleicht war. In jedem Fall zog ich die Realität dem, was hätte sein können, vor. Damit genug der vergeudeten Zeit. Meine Tatze steckte fest im Honigtopf, und ich mußte mir schnellstens überlegen, wie ich mich daraus befreien konnte.

Ich sah hinaus, als wir die beiden mächtigen Steinwächter an der Grenze zu Ravelines unmittelbarem Grund und Boden passierten. Mit einem Schaudern zog ich den Kopf schnell wieder in die Kutsche. Es war sehr dunkel, und sicher war ich überreizt. Doch ich schwöre, ich sah, wie die Köpfe der beiden monströsen Furien sich bewegten und auf mich herabsahen.

Ravelines Prophezeiung, Janos sei noch wach, bestätigte sich, als die Gondel an dem Anleger vertäut wurde, der zu seinem Wasserschloß führte, und ich sah, wie innerhalb des Anwesens Lichter aufblitzten. Zwei Lakaien begleiteten mich die Treppe hinauf, als mir etwas Ungewöhnliches auffiel. An einem Poller vertäut, halb verborgen in der Dunkelheit, lag ein weiteres kleines Boot. Beinahe hätte ich es nicht bemerkt, doch all meine Sinne waren auf Hinterlist und Gefahren hin geschärft. Ich hörte leises Weinen. Ich befahl einem der Lakaien, seine Fackel hochzuhalten, damit ich besser sehen konnte. In dem Boot lag ein Bündel Lumpen. Dann rührten sich die Lumpen, und ich sah, daß sie eine Frau umhüllten. Sie war der erste ärmlich gekleidete Mensch, den ich in Irayas sah. Schon wollte der Lakai sie rufen, doch ich legte ihm die Hand auf den Arm und schüttelte den Kopf. Wir hatten keine Zeit zu verlieren, und sie nahm uns gar nicht wahr.

Wir gingen die Treppe hinauf und über die Terrasse zum Eingang hin. Der zweite Lakai berührte eine kleine Messingplatte, und ich hörte einen mächtigen Gong. Zweimal noch läutete er, bis eine Tür im großen Tor sich öffnete und vier Wachen erschienen, den Kastellan des Schlosses in ihrer Mitte. Es war Gatra, der Schöpfer so zahlreicher Entschuldigungen, die mir in Janos' Namen zugegangen waren.

»Lord Antero«, sagte er. »Ich bitte um Verzeihung, daß Ihr warten mußtet, aber hier muß ein Mißverständnis vorliegen. Wir wußten nichts von Eurem Besuch.«

»Ich werde nicht erwartet«, sagte ich. »Ich muß augenblicklich Euren Herrn sprechen. Es geht um eine äußerst dringliche Angelegenheit.«

Gatra zögerte. »Sir Greycloak hat sich vor einiger Zeit in seine Arbeitsräume zurückgezogen und den Wunsch geäußert, nicht gestört zu werden. Nur ... da *Ihr* es seid, edler Herr ... entschuldigt mich für einen Augenblick.« Die Tür schloß sich, und der Kastellan blieb lange Zeit verschwunden. Dann tat sich das Portal erneut auf, und Gatra bat mich herein. »Ich bitte erneut um Verzeihung«, sagte er höflich. »Ihr seid wie immer höchst willkommen. Sir Greycloak ist im Turm.«

Ich entließ Ravelines Lakaien und folgte dem Mann nach drinnen.

»Gatra, unten liegt ein kleines Boot vertäut, mit einer Frau an Bord, die weint, als hätte sie eben alles verloren. Hat es mit Euch und diesem Haus zu tun?«

In den Augen des Kastellans blitzte Wut auf, als er sagte: »Sie hat ein gutes Geschäft gemacht. Und außerdem ist die Frau zu *uns* gekommen.« Neugier übermannte mich, obwohl ich mit Wichtigerem beschäftigt war, und ich zog eine Augenbraue hoch, um Einzelheiten zu erfahren. »Vor einigen Tagen wollten wir unser Personal aufstocken und suchten selbst unter der Landbevölkerung. Da die rechte Ausbildung einige Zeit braucht, wollten wir, daß die zukünftigen Dienerinnen jünger als zehn Jahre alt wären, und natürlich unverdorben von der Welt. Eine davon war die Tochter dieser Frau. Sie war hier, doch gestern erst hat sie etwas gestohlen und schaffte es, aus dem Haus in die Stadt zu fliehen. Ich habe keine Ahnung, warum die Frau hier ihre Brut beklagt. Es ist nicht so, als könne sie nicht weitere gebären. Wenn ich Euch zu Sir Greycloak gebracht habe, werde ich sie verjagen lassen.«

Ich wunderte mich, daß Gatra jede Einzelheit dieses enormen Haushalts kannte, bis hinab zur Ehrlichkeit des niedrigsten zukünftigen Spülmädchens, sagte jedoch nichts. Als er sich umwandte, um mich weiterzuführen, bemerkte ich, daß ans Revers seiner Tunika ein Band genäht war. Es war golden, rot und schwarz. Gatra führte mich durch die verschlungenen Gänge in den zentralen Hof des Schlosses. Ich rümpfte die Nase, roch etwas Unangenehmes.

Gatra sah mich an. »Heute war ein höchst ungewöhnlicher Abend«, sagte er so überfreundlich, daß ich wußte, er log. »Vor kaum einer Stunde hatten wir ein Feuer in der Küche, als Lämmerfett, das zur Marinade werden sollte, entflammte, und wir brauchten eimerweise Wasser und sogar einen Zauber von Sir Greycloak, bis der Brand gelöscht war ... Ich fürchte, der Gestank hängt nach wie vor im ganzen Haus.«

Der Geruch nahm ab, je weiter wir über den Hof kamen. In seiner

Mitte stand der Turm, den Janos als Privatgemach und Arbeitsraum gewählt hatte.

»Wenn Ihr hinaufgehen wollt, Herr«, sagte Gatra. »Sir Greycloak meinte, man solle Euch nicht zu ihm geleiten, da er eben seine abendliche Arbeit vollenden will, und jeder andere neben Euch seine Konzentration stören würde. Er müßte in der obersten Kammer sein.« Ich dankte ihm und erklomm die Stufen, die innerhalb der Turmmauern verliefen. Als ich die Tür öffnete, die in Janos' Observatorium führte, hörte ich das Brummen eines tiefen Basses, ein Klang und doch kein Klang, der meinen Körper und die Steine um mich zum Vibrieren brachte.

»Tritt ein, aber sprich nicht«, sagte Janos. »Mein Gast ist scheu.«

Es war mir vorher nicht aufgefallen, doch das Dach der obersten Kammer war beweglich und stand offen, so daß über uns die klare Nacht und Sterne zu sehen waren. Eine einzige Kerze brannte auf dem großen Schreibtisch an der Wand. Janos saß hinter seinem Tisch, sein Profil wie das eines Falken in der Mauser. Noch etwas anderes war im Raum: eine dräuende Wolke von tiefster Dunkelheit, die nur schwer anzusehen war, mit Myriaden roter Blitze, die darin herumwirbelten. Janos grüßte mich nicht weiter und sah mich auch nicht an. Für ihn existierte nur dieser Strudel einer Wolke. Ich fürchtete mich, ohne zu wissen, warum. Ich merkte, wie ich rückwärts ging und meinen Mund zu einem lautlosen, wilden Knurren verzog.

»Du bist nicht in Gefahr«, sagte Janos, ohne mich anzusehen. »Mein Freund ist an das Pentagramm gefesselt und hat schon bekommen, was er will.« Da bemerkte ich das Gebilde, von dem Janos sprach, tief eingegraben im steinernen Boden. Das Zeichen war umgeben von und ausgefüllt mit seltsamen Schnörkeln, die fremde Schriftzeichen sein mochten, jedoch keiner Sprache entstammten, die ich kannte. In der Mitte des Pentagramms tropften drei kleine Kerzen, und zwischen ihnen stand eine große Messingschale voll schwarzer Flüssigkeit. Während ich dorthin sah, wirbelte die Flüssigkeit auf, dann hob sie sich zur Wolke hin wie eine Wasserhose, die ich einmal vor dem Hafen von Orissa gesehen hatte. Die Wolke vereinnahmte – »trank« – die jetzt karminrot erscheinende Flüssigkeit. Das markerschütternde Brummen wurde lauter. Sekunden später war die Schale leer. Die Wolke wuchs, und die Blitze darin wurden heller, während sie noch schneller wirbelte. Janos stand da und streckte seine Hände vor sich aus, zuerst seine Handflächen nach unten, dann auf die Wolke gerichtet, dann nach oben gewandt. Die Wolke stieg auf wie eine umgekehrte, trübe, rote Sternschnuppe und verschwand. Das Brummen verklang.

Janos deutete im Raum herum, und ohne Streichholz oder Funken flackerten weitere Kerzen auf. Noch eine Geste, und das Dach über unseren Köpfen schloß sich. Jetzt sah die Kammer, wenn man von dem Pentagramm am Boden absah, nicht geheimnisvoller aus als das mit Papier, Büchern und Schriftrollen übersäte Arbeitszimmer eines weisen Mannes.

»Freund Amalric«, sagte Janos. »Heute abend bin ich tief ins Unbekannte eingetaucht. Dieses Wesen stammt aus weiter Ferne, und ich habe ihm gegeben, was es ... sich am meisten wünscht, und wenn ich es rufe, wird es wiederkommen.«

»Was für eine Art Wesen ist es?«

»Ich weiß es noch nicht«, sagte Janos. »Aber ich habe Hinweise auf seine Existenz gefunden, die Beschwörungen, mit denen man es rufen kann, und in den Archiven Vacaans sogar einen dunklen Verweis darauf, welchen Handel es sucht. Die Information stand auf einer Schriftrolle, und im bröckelnden Wachs fand sich ein Symbol, von dem ich, ohne es zu verstehen, wußte, daß es schrecklich war. Die Rolle sah aus, als sei sie seit den Zeiten der Großen Alten nicht mehr angerührt worden. Niemand, nicht einmal Prinz Raveline, scheint davon zu wissen, und auch nicht von dem, was daraus zu lernen ist. Wie ich schon vor Tagen sagte, gibt es ein Wissen jenseits dessen, was irgendwer in diesem Königreich erfahren hat. Wissen für jenen, der wagt, es sich zu nehmen. Heute abend habe ich begonnen, diesen Weg zu beschreiten.«

Janos tauchte aus seiner Begeisterung auf und wurde eher kleinlaut. »Ich prahle hier, mein Freund. Und Gatra sagte, deine Stimme klänge, als stünde eine Katastrophe bevor.«

»Ich fürchte, ja.«

»Wird Wein die Unbill lindern ... oder alles schlimmer machen?« Ich preßte ein trübes Lächeln hervor. Janos öffnete einen Schrank, nahm eine Karaffe und Gläser heraus, und ohne viel Aufhebens davon zu machen, warf er Papiere von einem Stuhl auf den Boden, damit ich sitzen konnte. »Was ist passiert? Als wir uns das letzte Mal getroffen haben, sagtest du nichts von bevorstehenden Problemen.«

Ich erzählte von Anfang an, und sobald ich die Einladung vom Prinzen Raveline erwähnte, verfinsterte sich Janos' Miene. Er sagte nichts, so daß ich fortfuhr. Mehrmals während meiner Erzählung platzte er beinah heraus, doch hütete er seine Zunge, bis ich fast fertig war.

»Ist das alles?« fragte Janos. Noch einmal ließ ich die Ereignisse vor meinem inneren Auge passieren und nickte. Das, was geschehen war, hatte ich vollständig und so unvoreingenommen wie möglich wiedergegeben.

»Dieser verfluchte ...«, setzte er an.

Ich unterbrach ihn. »Janos! Erinnerst du dich meiner Worte? Er wußte, daß du weder schläfst noch mit deinen Konkubinen beschäftigt bist. Hüte deine Zunge.«

»Um Prinz Raveline und seine Spitzel will ich mich wohl kümmern«, murmelte Janos, trat an seinen Schreibtisch und fand eine kleine Flasche. Er verstreute Pulver daraus im Raum und flüsterte eilig einen Zauberspruch. »Jetzt wird unser schwarzer Prinz, so er denn lauscht, nichts weiter hören als die Wiederholung eines betrunkenen Gespräches zwischen dir und mir darüber, ob es sich lohnen würde, in Orissa ein Restaurant zu eröffnen, in dem es Speisen aus Vacaan gibt.«

»Wird das nicht sein Mißtrauen wecken?«

»Der Mann hat das Mißtrauen schon mit dem ersten Atemzug eingesogen«, sagte Janos. »Nichts von allem, was wir tun, könnte ihn noch argwöhnischer machen. Laß mich kurz zu dem zurückkommen, von dem ich eben sprach. Verflucht soll er sein! Als er das Thema der Zukunft Orissas zum ersten Mal angeschnitten hat, habe ich ihm erklärt, man könnte dir keinen Köder hinwerfen, als wärst du irgendein schmieriger Geisterseher an einer Zollbude! Nicht einmal, wenn der Köder ein Königreich ist!«

Ich spürte, daß Wut in mir aufschäumte, beherrschte mich jedoch. »Du meinst, du wußtest seit einiger Zeit von Ravelines Plan und hast mir nichts davon gesagt?«

Janos' Miene zeigte Unsicherheit. »Das stimmt, mein Freund. Ich nehme an, ich sollte um Entschuldigung bitten, weil ich dich nicht gleich gewarnt habe, als ich davon erfuhr. Aber dafür gab es einen Grund.«

»Welcher wäre?« wollte ich wissen und merkte, daß Zorn aus meiner Stimme sprach.

Janos betrachtete sein Weinglas, dann leerte er es. »Ich muß meine Worte sorgsam wählen, Amalric. Versprichst du, mich zu Ende anzuhören, bevor du etwas dazu sagst?«

»Ich ... ja. Ich höre.«

»Laß uns das Schlimmste annehmen – dem ich mich nicht anschließen will – und deine etwas hysterische Befürchtung für wahr nehmen, daß Raveline beabsichtigt, Orissa und Lycanth mit eiserner Faust zu regieren. Selbst wenn es wahr wäre, habe ich schon schlimmere Herrscher als Raveline erlebt und könnte dir einige nennen, die momentan in Ländern an der Macht sind, die wir beide kennen. Ich verstehe ihn ein wenig besser als du, Amalric. Raveline ist ein Mann, der hier in Vacaan *nie* König sein wird, und das hat ihn verbittert. Als er sich darüber klar wurde, war es, als fiele ein ungeschmiedeter Eisenblock ins Abschreckbad. In gewisser Weise hat es ihn eher zerstört als gestählt. Raveline ist ein Wesen voller Leidenschaft, das sich von einem Projekt zum nächsten hangelt, während seine Interessen schwanken.«

»Für *uns* interessiert er sich schon einige Jahre«, sagte ich.

»Ich habe dich gebeten, mich anzuhören. Bitte! Er ist also vernarrt in unser Land, und ist es schon, wie du sagst, seit einiger Zeit. Ich glaube, es liegt nur daran, daß es von jeher außerhalb seiner Reichweite lag, ebenso wie ein Kind immer eine andere Süßigkeit will als die, an der es gerade lutscht. Sobald sich der Schirm der Fernen Königreiche über Orissa und Lycanth spannt, wird er etwas anderes finden, wofür er sich begeistert. Vielleicht werden es weitere Entdeckungen sein, vielleicht auch nur sein Harem. Aber er *wird* sich abwenden, das verspreche ich dir. Bis dahin werden wir Orissaner so reich sein wie die Menschen hier.«

Ich wartete, doch Janos sagte nichts mehr. Ich nutzte die Gelegenheit. »Er will, daß wir ihm dienen. Was sind die Strafen, falls wir ihm nicht gefallen? Ich weiß nicht, ob er die Macht besitzt, ein solches Ödland zu schaffen, wie es seiner Aussage nach von den Großen Alten stammt, aber er hat mir unmißverständlich klargemacht, daß er gern jedem eine solche Strafe zuteil werden ließe, der sich – und ich gebrauche seine Worte – gegen Vacaan stellt. Was gleichbedeutend mit Prinz Raveline wäre. Außerdem hat er behauptet, er habe uns auf die Probe gestellt, dies aber nicht weiter ausgeführt. Ich frage mich, was für Proben das eigentlich waren. Welcher Geisterseher hat den Zauber aufgebaut, mit dem Wahumwa neu errichtet wurde? War es sein Werk, mit dem die besten Soldaten Orissas vernichtet wurden?«

»Nein!« sagte Janos laut, dann hielt er inne. »Nun… ich will ehrlich sein«, fuhr er mit ruhigerer Stimme fort. »Ich bin nicht sicher. Ich glaube nicht. Aber was wäre, wenn? Hätten wir Orissaner nicht auch Maßnahmen ergriffen, wenn eine große Armee unsere Grenzen ansteuerte?«

»Nicht, ohne deren Absichten zu kennen«, sagte ich.

»Das ist die Frage«, sagte Janos. »Das ist die Frage. Bedenken wir noch etwas anderes, wenn wir schon von Orissa sprechen. Wir, du und ich, haben vor nicht langer Zeit einen Sieg über die Geisterseher und ihre Gewaltherrschaft in Orissa errungen. Sie repräsentierten die Vergangenheit, und sie haben diese Vergangenheit benutzt, um das heutige Leben und die zukünftigen Träume einzuschränken. Glaubst du, *sämtliche* bornierten Narren wären mit Cassini abgetreten? Ich weiß, sie werden wieder versuchen, uns ihre erstickende Tradition aufzubürden, höchstwahrscheinlich kurz nach unserer Heimkehr nach Orissa, wenn wir erklärt haben, daß wir neue Wege gehen müssen. Und was ist mit Lycanth? Ich *kenne* diese Leute. Ich kenne ihre Archonten. Schon jetzt reden sie davon, ihre verdammte, monströse Mauer wieder aufzubauen. Wie lange wird es dauern, bis sie ihre Armee vergrößern? Und ist das erst erreicht, werden sie begehrliche Blicke nach Orissa werfen.«

»Und wenn?« wollte ich wissen. »Wir haben sie schon einmal besiegt. Wir können es auch wieder tun.«

»Dessen bin ich mir nicht sicher«, sagte Janos. »Ich habe in letzter Zeit in Orissa keine Männer mit dem Feuereifer der Generation deines Vaters mehr gesehen. Nein, Amalric, wir *brauchen* Raveline. Verzeih mir, laß es mich präziser sagen. Wir brauchen, was er repräsentiert. Wir brauchen das Wissen dieser Stadt und dieser Länder. Ich habe über diese staubigen Archive und ihre Bibliothekare gespottet, doch gibt es dort mehr Wissen auf einem staubigen Regal als in der gesamten Zitadelle der Geisterseher. Mit diesem Wissen, mit dieser Macht *können* wir Orissa ein Goldenes Zeitalter bringen, wie es die Menschen schon einmal erfahren und dann weit von sich gewiesen haben. In wenigen Jahren werden wir all die Weisheit dieser Länder besitzen, und wir können sie übertrumpfen.

Wir sind ein junges Volk, und sie sind alt, müde und eingefahren. Ich sehe Vacaan, Irayas und Raveline als trügerische Morgendämmerung, als Vorboten eines neuen, unverbrauchten Zeitalters jenseits allen Goldes.«

»Schön gesagt«, gab ich zurück. »Aber jetzt ist nicht der Zeitpunkt für eine Schlachtenrede. Bleib realistisch. Glaubst du wirklich, Orissa könnte sich gegen die Herrschaft der Fernen Königreiche aufbäumen? Überall um mich herum sehe ich diese glücklichen, zufriedenen Gesichter wie von reinrassigen Kühen, die nicht merken, daß ihr einziger Lebenszweck das Gebären weiteren Viehs ist und sie am Ende nur den Mittagstisch ihres Herrn zieren sollen. Glaubst du, die Menschen in Vacaan würden jemals revoltieren? Und wenn sie es täten, wie stünden ihre Chancen? Willst du zusehen, daß die Orissaner, das Volk, das du zu deinem eigenen gemacht hast, zu solchen Wiederkäuern werden?«

»Wären sie damit schlechter dran?« fragte Janos. »Antworte nicht vorschnell. Denk an dieses Elendsviertel, durch das wir kamen, als wir nach Orissa zurückkehrten. Hast du in diesen Ländern irgend etwas gesehen, was so arm gewesen wäre? Und dieses Viertel ist bei weitem nicht das schlimmste an Orissa. Von Lycanths übervölkerten Wohnvierteln ganz zu schweigen. Ich glaube, wenn man den meisten Orissanern die Wahl zwischen den goldenen Ketten dieses Landes und dem, womit sie leben müssen, ließe ... würden sie laut nach dem Schmied, seinem Hammer und den Fesseln rufen.«

Ich schluckte eine wütende Erwiderung herunter, schenkte Wein nach und zwang mich zum Trinken. Es machte mich nur wütender. »Ich weiß noch, vor Jahren, in der Wüste, als wir Deoce befreit haben und versuchten, auch die anderen Sklaven der Nomaden freizulassen ... wie wütend du auf diejenigen warst, die wieder zu ihren Ketten zurückkehren wollten. Und jetzt hältst du es für weise und annehmbar, sich den Sklavenhalter auszusuchen? Moment. Ich habe noch etwas zu sagen. Du behauptest, die meisten Orissaner würden es vorziehen, von den Fernen Königreichen beherrscht zu werden, wenn man sie dafür reich belohnte. Was ist mit den anderen, die du in der Minderheit glaubst? Was ist mit dem Männern wie Ecco, Gamelan oder auch Maeen und den anderen Soldaten hier in Irayas? Sie werden es für einen schlechten Scherz halten, wenn wir ihnen sagen, was aus ihrem Bemühen geworden ist. Und was ist mit den Frauen? Was ist mit diesem kleinen Zimmermädchen Spoto? Was ist mit meiner Schwester Rali? Und Otara, ihrer Geliebten? Oder dem Rest der Maranonischen Garde? Glaubst du, sie werden die Tyrannei freudig begrüßen? Was will Raveline mit denen tun?«

»Alle Könige haben Gesetze, auf die sie ihre Herrschaft stützen«, sagte Janos etwas kraftlos. »Ist das Gesetz Vacaans, nach dem Rebellen schlicht verschwinden, übler als der Kuß der Steine? Oder auch der Ruf der Archonten?«

»Was ersteres angeht«, sagte ich, »ja. Niemand wird in Orissa ohne öffentliche Verhandlung exekutiert. Was Lycanth angeht, kann ich dazu nichts sagen. Besonders, da ich bisher mit niemandem gesprochen habe, der verschwunden war, und daher nicht weiß, welche Qualen mit dem Verschwinden einhergehen.«

»Vielleicht«, sagte Janos langsam, »sollten wir einen solchen Geist rufen und ihn befragen. Obwohl ich dich warnen muß, daß die Toten mit böser Zunge sprechen.« Dann nahm er einen kleinen Kurswechsel vor. »Angenommen, du hättest recht mit deinem Untergangsgeheul. Wie sieht dein Plan aus?«

Mehrmals holte ich tief Luft, um mich zu beruhigen. »Ich stehe eben am Anfang eines Planes und wäre dankbar für deinen Beitrag oder einen Gegenvorschlag«, sagte ich. »Ich würde vorschlagen, daß wir beide einen Kompromiß mit Raveline aushandeln. Vage Versprechungen machen, wie jeder Kaufmann es tut, wenn eine Schiffsladung überfällig ist. Meinem Eindruck nach hat König Domas bereits beschlossen, einigen Handel zu erlauben. Da du nun sagst, Raveline sei ein Mensch von befristeter Begeisterungsfähigkeit, sollten wir diese Vereinbarung vielleicht als Möglichkeit nutzen, nach Orissa heimzukehren. Sind wir erst in der Heimat, halte ich es für unerläßlich, daß wir den Plan in die Tat umsetzen, den ich dir vor einigen Tagen unterbreitet habe. Du, Janos, mußt die gesamte Gilde der Geisterseher in deine Hand nehmen und Vorbereitungen treffen. Nicht nur für einen sofortigen Krieg, überhaupt nicht nur für einen Krieg. Zugegeben, ich denke laut, während ich hier rede, aber ich weiß nicht, wie Raveline einen Angriff gegen uns durchführen sollte, weder magisch noch physisch, wenn das Interesse seiner Leute nicht über die eigene Nasenspitze hinausgeht. Außerdem stimme ich dir darin zu, daß diese Vacaaner schrecklich borniert sind. Ich glaube, wir sollten mit ihnen Handel treiben und soweit wie möglich alles lernen. Und du solltest dieses Wissen zusammenfügen.« Plötzlich gingen mir die Worte aus, und ich sank auf meinen Stuhl zurück. »Darüber hinaus … nein, ich habe keinen präzisen Plan, insbesondere nicht, da Raveline eigentlich nicht einmal gesagt hat, daß er unser Land angreifen will.«

»Aber auf die eine oder andere Weise wird er es tun«, sagte Janos mit Nachdruck. »Am Ende allerdings wird es ihm nichts bringen.« Er zog mich auf die Beine und führte mich durch das Zimmer zu einem runden Spiegel. »Sieh in dieses Glas, mein Freund. Sieh uns an. Als wir einander kennenlernten, warst du ein kleiner Junge und ich ein Jugendlicher, dessen einzige Verantwortung einer Kompanie von Speerwerfern galt. Jetzt haben wir die Fernen Königreiche gefunden und halten all die Macht, all das Wissen in Händen, das angeblich die Götter, die es nicht gibt, haben sollten. Zwischen uns steht nichts weiter als ein Mensch, von dem ich *weiß*, daß wir mit ihm fertig werden, *zum rechten Zeitpunkt*, und ich kann meinen Standpunkt gar nicht oft genug wiederholen. Wenn wir Raveline jetzt eine lange Nase machen und zur Grenze fliehen … Ich bezweifle, daß wir es auch nur bis zur Pfefferküste schaffen. Also sterben wir in irgendeiner Einöde … und Orissa kehrt zu seinem unwandelbaren Eigensinn zurück. Amalric Antero, wir wurden auserwählt, Orissa in ein neues Zeitalter zu führen, und dessen mußt du dir bewußt sein. Wenn wir mit diesem Raveline eine Zeitlang Kompromisse schließen müssen… nun, dann sei es. Wir sind beide jung, und noch liegen Jahre vor uns, und es kommen auch andere Zeiten.«

Ich wollte etwas erwidern, dann blickte ich in das Glas. Im Moment sah ich mitnichten jung aus. Meilenlange Falten von Schmerz und Tod zogen sich durch mein Gesicht, mein Haar war nicht mehr flammend rot, wie es gewesen war, und meine Augen blickten in die Ferne, als hätte ich zuviel gesehen und als brauche meine Seele Zeit, wieder Frieden und Lebenskraft zu finden. Doch verglichen mit Janos sah ich aus wie ein Baby in den Windeln. Er war nur wenige Jahre älter, doch jetzt, in diesem Licht, hätte er als Vater jenes Mannes durchgehen können, der mich vor der Taverne am Hafen gerettet hatte. Sein schütter werdendes Haar und der Bart waren von grauen Strähnen durchzogen, ein gelbliches Grau, als sei Janos erst kürzlich dem Krankenbett entstiegen. Die Narben der Zeit hatten ihm Furchen ins Gesicht geschlagen, seine Züge wirkten gelbsüchtig, die Wangen fielen ein, und ich sah beginnende Flechten dort, wo sein Bart endete. Doch waren es seine Augen, die mich nicht losließen. Sie waren rotumrandet und lagen tief in den Höhlen. Ihr gehetzter Blick hatte Entsetzliches erfahren… und willkommen geheißen. Ich hatte solche Augen schon gesehen und erinnerte mich auch, wo: bei Lord Mortacious' Bankett, wo ich dem Todesblick des Zauberers zuerst begegnet war. Ich unterdrückte ein Schaudern und riß mich wütend los.

»Du glaubst tatsächlich, wir könnten gegen einen Mann standhalten, der eine Alptraumstadt wie Wahumwa schaffen kann?« sagte ich. »Und ihm nicht nur standhalten, sondern ihn auch beizeiten vernichten oder unschädlich machen? Janos, wach auf. Wenn ich diesem Plan zustimme, wird er mir gestatten, genau so lange zu leben, wie ich seinen Wünschen Folge leiste, jedem einzelnen seiner Wünsche, als wären sie in meine Seele gemeißelt. Bauern dürfen nicht mit ihren Herren diskutieren. Aber es gibt noch etwas Wichtigeres als die Rolle, die ich in Ravelines neuer Welt spielen würde. Janos, ich kann nicht glauben, daß du meinst, *du* könntest diesen Mann in deinem Sinn beeinflussen. Ehrlich gesagt, bin ich mir nicht einmal sicher, ob er tatsächlich ein Mensch ist. Prinz Raveline hat sein gesamtes Leben damit zugebracht, königliche Spiele um Leben und Tod zu spielen. Er wird dich zum Abendessen verspeisen!« Meine Stimme klang laut in der nachmitternächtlichen Stille.

Auch Janos war zornig. »Du hältst mich für so schwach?«

»Ich halte dich für so töricht!« gab ich harsch zurück. »Du springst für Raveline, genau wie ich für diese Hure Melina gesprungen bin. Und ich sehe nicht nur keinen Hauptmann Greycloak, der zu *deiner* Rettung kommen könnte, sondern am Ende wirst du dich noch als größerer Dummkopf entpuppen, als ich einer war.«

»Wie kannst du es wagen?« zischte Janos. »Du ... Kaufmannssohn, kaum ein Mann und hast noch nie eine echte Schlacht schlagen müssen. Deine schwierigste Entscheidung war die Auszeichnung an einem Bündel Stoff! Du ... predigst mir, Janos Kether Greycloak, Weisheit – einem, dessen Familie seit Anbeginn der Geschichte sein Volk gelenkt hat. Wie kannst du es wagen?«

Meine Faust war geballt und erhoben, bevor ich mich unter Kontrolle hatte. Worte tanzten auf meinen Lippen, daß ich endlich wüßte, was er von mir hielt, dann sah ich mich im Spiegel, das Gesicht rot wie mein Haar, und anstatt zuzuschlagen, grub ich die Nägel tief in die Handballen. Ich keuchte, als hätte ich ein Wettrennen hinter mir. Etwas Ruhe kehrte ein.

»Wir sind beide töricht«, brachte ich hervor. »Und kommen so nicht weiter. Wir werden morgen darüber sprechen. Wenn wir beide gelernt haben, uns zu beherrschen.« Janos brachte ein ruckartiges, zustimmendes Nicken zustande. Er wollte noch etwas sagen, dann kniff er die Lippen zusammen. Grußlos fuhr ich herum und eilte die Stufen des Turmes hinab. Unten auf dem Hof rief ich sofort nach Gatra und einer Gondel.

Es war sehr spät, als ich wieder in meinen Palast kam. Ich wußte nicht, was ich tun sollte. Ich legte meine Kleider neben dem Lotosblütenteich ab, tauchte ins kühle Wasser und schwamm dreimal hindurch, versuchte, mit dem Strecken meiner Muskeln die Reichweite meines Verstandes zu erweitern. Dann zog ich mich wieder aus dem Teich und spürte den frischen Wind auf der Haut. Ich fühlte mich etwas besser, nur nicht klüger.

Die Höflichkeit hätte verlangt, daß ich wartete, doch ich konnte nicht. Irgend etwas sagte mir, daß jeder Augenblick zählte. Ich mußte das alles mit dem einzigen Menschen in diesem Land besprechen, der noch bei Sinnen war. Ich ging in die Küche und brühte eine Kanne Tee auf, ohne den schlummernden Diener zu wecken. Ich nahm sie mit in unsere Gemächer, wollte Omerye sanft wecken und ihr erzählen, was geschehen war. Doch sie war hellwach und stand am Fenster. Ich setzte das Tablett ab und schloß sie in die Arme, wollte nichts lieber, als daß in diesem Augenblick die Ewigkeit beginnen sollte und ich nie mehr ihre Umarmung verlassen müßte. Nach einer Weile löste sie sich von mir.

»War es so schlimm?«

Ich erzählte ihr, was vorgefallen war, sowohl in Ravelines Palast als auch bei Janos. Als ich fertig war, fehlten nur noch zwei Stunden bis zum Morgengrauen. Omerye schenkte zwei Tassen des inzwischen kalten Tees ein und trank.

»Es gibt Menschen in Vacaan«, begann sie, »die es lächerlich finden würden, und nur allzu passend für einen halbwüchsigen Ausländer, daß er eine Musikantin um Rat fragt.«

»Es gibt hier niemanden, der mich besser kennt«, sagte ich. »Niemanden, dem ich weiter traue, mich selbst eingeschlossen.«

Omerye küßte mich, dann sagte sie: »Also gut. Sollen wir mit deinem Freund beginnen? Überleg mal: Wenn jemand zu mir käme, wie Prinz Raveline offenbar zu Greycloak gekommen ist, und verspräche mir, ich könne alle Akkorde lernen, alle Fingersätze, Stimmungen und Tonhöhen sämtlicher Instrumente unserer Zeit und auch der Großen Alten, und ich wäre in der Lage, eine Musik der Zukunft zu erschaffen … vielleicht wäre auch ich blind gegenüber den Verfehlungen meines Gönners. Außerdem liegt einige Wahrheit in dem, was er sagt. Nicht, daß sich Ravelines Bösartigkeit so einfach ins Gute wandeln ließe, wie aus simplen Elementen Gold wird. Aber man *kann* ihn beeinflussen.«

Ich spürte leise Hoffnung. »Wie? Sollte ich zum König gehen?«

Vor Entsetzen keuchte Omerye auf. »Daran solltest du nicht einmal *denken*, Liebster. Wenn du zu König Domas gehen und ihm erzählen würdest, was hier vorgefallen ist, würde er Raveline sicher zu sich rufen und in aller Schärfe tadeln. Vielleicht verlangt er sogar von ihm, daß er sich in eine abgelegene Provinz zurückzieht, da sein Anblick jedem anständigen Menschen Übelkeit bereitet. Und dich würde man für deine Ehrlichkeit belohnen. Nur würde man Raveline in wenigen Monaten wieder willkommen heißen, und du wärest fort. Zwar hassen die Brüder einander … aber niemand darf die königliche Familie in Verlegenheit bringen. Niemand. Außerdem werden solche Dinge in Vacaan feinfühliger geregelt. Eine Möglichkeit wäre, daß ich mit einigen Freunden spreche, die in den Augen des Königs als weise gelten. Und daß diese Freunde mit *ihren* Freunden reden. Solche Unterhaltungen würden in aller Stille geführt. Irgendwann, nach vielleicht einer Woche, vielleicht einem Monat, können wir ein Wort mit Beemus reden. Dann würde ein Flüstern an das Ohr des Königs dringen. Er würde seinem geschicktesten Kammerherrn die Untersuchung übertragen, höchst privat und in aller Stille. Erfährt er dann die Wahrheit – und er wird alles erfahren, wenn er will –, könnte Prinz Raveline aufgehalten werden. Plötzlich würde ihm zum Beispiel befohlen, eine Expedition gegen die Banditen im Norden durchzuführen.«

Ich war spektisch. »Einfach so, die Situation würde wieder normal, und meine Probleme wären gelöst?« Ich war sogar sehr skeptisch.

»Wie gesagt, Prinz Raveline wurde schon einmal zur Raison gebracht, und das in Fragen, die zumindest für die Menschen hier wichtiger waren als das Schicksal zweier Barbarenstädte weit im Westen. Verzeih mir, Almalric, mein Liebster, aber so denkt Vacaan.«

Ich wußte, daß es für nichts auf der Welt eine Garantie gab. Nur hatte mir Omerye den einzigen echten Plan unterbreitet, der Sinn machte. Am Morgen wollte ich wieder zu Janos gehen, dann könnten wir den Streit beilegen. Noch immer war ich wütend, nachdem ich den kalten Stahl seines Ehrgeizes gesehen hatte. Aber ich sagte mir, keiner von uns ist vollkommen, und er war schon wesentlich länger von den Fernen Königreichen besessen als ich. Dennoch wußte ich, als ich mich zur Ruhe bettete, daß unsere Freundschaft nicht länger so unbeschwert bleiben würde wie bisher.

Eine Stunde später erwachte ich mit einem Schrei in der Brust. Wild drängte er hervor und versuchte, meine Lippen aufzuzwingen, wollte aber dennoch nicht heraus. Omerye warf sich neben mir unruhig hin und her. Es war, als wäre ich wach und zur gleichen Zeit im Fiebertraum.

Zwei Dinge blitzten vor meinem inneren Auge auf. Das erste wußte ich bereits, zumindest im Prinzip: Ein schwarzer Zauberer bringt allen Schmerz, Angst und Tod. Falls Raveline seinen Plan ausführen sollte, würde er Orissa und Lycanth ins Chaos stürzen. Armeen würden aufeinanderstoßen, das Land mit Kriegen überziehen – Armeen, die zu Räubern und Mördern degenerierten. Bald wären auch die beiden Städte nur noch blutbesudelte Einöde wie die Entzweiten Länder, und ich stellte mir Ravelines Gesicht hoch über dem blutigen Ödland vor, wie es lachte über die Zerstörung, die ihm wie Muttermilch war.

Wenn man Raveline erlaubte, seinen Plan auszuführen… und dann erinnerte ich mich, daß Raveline gesagt hatte, er wolle Janos als *seinen* Höllenhund. Und ich dachte: Höllenhund? Oder Attentäter? Janos stand unter keinem Bann, der ihn hätte hindern können, gegen das Haus Domas zu konspirieren. Man möge mich nicht mißverstehen. Nicht einmal in diesem wachen Alptraum sah ich Janos vor mir, wie er mit gezücktem und vergiftetem Schwert durch den Königspalast schlich. Aber er konnte einen Anschlag inszenieren, leiten und ausführen. Um dann im Augenblick des Sieges von einem neugekrönten König geköpft zu werden, der um seinen Bruder trauert? Ich riß mich aus dem Mahlstrom meiner Gedanken. Ich sah aus dem Fenster. Obwohl es noch dunkel war, hörte ich die verschlafen zwitschernden Vögel im Garten. Auch jetzt hätte ich nicht in der Lage sein sollen, zu schlafen, und tat es dennoch. Ich erinnere mich nicht, wie mein Kopf aufs Kissen sank. Ich erinnere mich allein an meinen Gedanken, daß der kommende Morgen einen ganz besonderen Tag bringen würde.

Kapitel Sechsundzwanzig

Die Höhle

Ich erwachte in einem Alptraum. Fackeln flackerten zu beiden Seiten. Moderiger Gestank stieg mir in die Nase, und ich schmeckte Blut in meinem Mund. Ich wußte, wo ich war. Ich lag noch immer im Kerker der Archonten, tief unten in der Festung von Lycanth. Ich erwachte aus einem dieser wundervollen Träume, in denen ein halbes Leben verstreicht und jeder Augenblick in allen Einzelheiten deutlich wird. Janos und ich waren nie aus dem Verlies entkommen, hatten nie zum Segen Orissas die Geisterseher besiegt, waren nie über die Pfefferküste und die Geisterstadt hinaus zu den Fernen Königreichen gelangt. Ich erinnerte mich an Omerye, merkte, daß sie nie gewesen war, und Tränen wallten in meinen Augen auf. Wenigstens hatten mir die Götter einen Augenblick vermeintlichen Glücks im langen, gräßlichen Traum des Lebens geschenkt.

Ich wurde wacher, während meine Gedanken noch durch das Labyrinth jener verschlungenen Phantasie irrten. Ich erinnerte mich nicht nur, aus diesem Verlies entkommen zu sein, sondern sogar, wie wir entkommen waren. Das weckte mich vollends. Ich sah mich im Kerker nach Janos um. Ich wollte ihm meinen Traum erzählen, besonders den Teil, wie wir dem lycanthischen Verlies entflohen waren, denn vielleicht konnten wir auf meiner Illusion eine echte Flucht aufbauen.

Eine Stimme krächzte: »Hoch mit dir, Antero! Der Zauber ist längst verflogen.«

Ich war *nicht* im Kerker der Archonten. Ich saß in einer feuchten, steinernen Zelle, doch war sie klein und eng. Außer mir war niemand dort, keine Wachen, keine Folterknechte irgendwo, keine Mitgefangenen und kein Janos. Ich war allein … bis auf einen: Greif. Zusammengekauert saß er auf einer schweren Bank an der gegenüberliegenden Wand. Er grinste. Ich zwang mich, aufzustehen.

»Lord Antero«, höhnte er. »Ihr seid wach. Soll ich die Mädchen schicken, daß sie Euch ein Bad einlassen? Diener, die Euch die Seide bringen? Vielleicht die kleine Flötenspielerin mit den hübschen Brüsten, mit der Ihr geturtelt habt, daß sie Euch ein Lied spielt? Hätte sie ja mitgebracht, damit Ihr zuseht, wie ich *ihr* ein bißchen Freude bereite. Nur war es nicht gestattet.«

Mein Verstand war wie ein Strudel, und ich sagte nichts. Ebensowenig konnte ich mich vom Fleck rühren. Greif stand auf und schlenderte zu mir. Ich sah seine klaffende Augenhöhle, schwarz und faulig. Mein Hieb mit dem Speer hatte ihn tatsächlich ein Auge gekostet. Greif wußte, wohin ich starrte, und mit der Faust schlug er mir in den Magen. Ich würgte und sank auf die Knie, atemlos.

Er trat mich, daß ich auf den Rücken fiel, und glotzte auf mich herab. »Du Schwein hast mir ein Augenlicht geraubt. Aber ich habe eine bessere Art zu sehen gefunden. Meine Herren haben mir … etwas zum Spionieren gegeben. Haben mir was von ihrer Macht geschenkt, damit ich mir die Leute ansehe, und was sie vorhaben.« Greif tippte an seine leere Augenhöhle, dann lachte er sehr laut, und sein Hohn hallte im steinernen Raum zurück.

In diesem Moment sah ich in dieser leeren Augenhöhle ein rotes Feuer, *ein winziges, rot flackerndes Feuer.* Und mir wurde klar, daß ich die Wirklichkeit jenes Alptraums betreten hatte, der mich seit so vielen Jahren quälte. Nicht meine Begegnung mit Greif, damals in Lycanth, machte ihn zu meinem namenlosen Folterknecht, Fährmann und Begleiter. Man hatte mir einen Blick in die Zukunft gewährt, sei dies nun gut oder schlecht. Verzweifelt wünschte ich, ich hätte meinen Alptraum als Vision verstanden und Greif niedergemacht, als ich ihm zuerst begegnet war, dort unten im Hof der lycanthischen Taverne.

»Ich sehe, du wunderst dich, wo du jetzt bist. Irgendwo in Irayas. Irgendwo weit, weit unter der Erde, wo niemand hören kann, wenn du schreist, was du in Kürze tun wirst. Weißt du, das erste, was ich gelernt habe, als mich die Häscher fingen, war, daß man Menschen mit Worten bricht. Also ... man hat dich an der Nase herumgeführt. Du wurdest hintergangen von dem Mann, den du für deinen Freund gehalten hast. Der Mann, der den Schutzbann gesprochen hat, damit Schaden von dir ferngehalten wird, hat diesen wieder aufgehoben, damit ich und meine Helfershelfer reinschlüpfen konnten, um dich auszusondern.«

Trotz meiner Bemühungen, mich zu beherrschen, muß mein Gesicht die Qualen meines Herzens verraten haben. Greif lachte und spuckte mir ins Gesicht. »Steh auf ... und sieh dich um. Sieh dir das hübsche Spielzeug an, mit dem ich gleich spielen will. Der Prinz hat mir den ganzen Tag Zeit gegeben, mich mit dir zu amüsieren. Er sagte nur, du dürftest am Ende weder tot noch wahnsinnig sein. Ach ja, und zerquetschen oder dir die Knochen brechen darf ich auch nicht. Schätze, der Prinz hat seine eigenen Spiele, die er später mit dir spielen will. Ich wette, seine Spiele sind sogar noch besser als meine, obwohl ich viel Zeit hatte, mir zu überlegen, was ich mit dir anstelle und was die anderen mit mir gemacht haben. Außerdem sind die Einschränkungen, die er gemacht hat, kein Hindernis für jemanden, der seine Zeit in den Diensten von Nisou Symeon verbracht hat.«

Mein einziger Trost war, daß Greif nichts von meinem Alptraum wissen konnte, sonst wäre er sicher noch vergnügter gewesen, als ich mir die Schrecken vor Augen führte, die mich erwarteten. Doch selbst in diesem Augenblick war kein Schmerz so groß wie der, von Janos' Verrat zu hören.

»Zuerst«, sagte er, »hoch mit den Händen. Da oben hängen Handschellen. Leg sie um deine Gelenke.« Er lachte leise, als ich merkte, daß mein Körper reagierte. »Ist der Zauber, den der Prinz mir gegeben hat, nicht sehenswert? Das wird ein Spaß, zuzusehen, wie du dich als mein Helfer machst.«

Ein Zauber hatte meinen Willen gebrochen, und ich konnte mich dem Befehl nicht widersetzen. Ich legte die Handschellen um meine Gelenke. Greif kicherte und trat zur Wand, an der ein Seil von einem Bolzen in der Decke hing und bis hinunter zu den Fesseln reichte. Er löste das Seil und riß daran, bis ich beinah vom Boden abhob und meine Zehen eben noch die Steinplatten berührten.

»Solltest du dir was ausrenken, ist noch Zeit genug, den Knochen wieder einzurenken, bevor wir uns ... auf die Reise machen«, sagte er. »Nun, ich laß dich ein bißchen baumeln, denn sicher hast du ein paar Fragen an mich. Und ich will sie alle beantworten, denn das wird deine letzten Stunden nur noch schlimmer machen.« Er kehrte zu seiner Bank zurück und wartete.

Ich wollte ihm keine Genugtuung verschaffen, aber eine Sache gab es, die ich bestätigt wissen mußte. »Dienst du noch immer Nisou Symeon?«

Greif lachte sein fauliges Lachen und nickte lebhaft. »Zumindest glaubt er es ... und ich nehme sein Silber so lange, wie seine

Wünsche den meinen entsprechen. Hab seine Dienste nie verlassen, falls das die Frage war, und dir hab ich schon zweimal eine Falle gestellt. Dreimal, wenn du mitrechnest, daß ich deinem Sklaven die Därme aufgeschlitzt habe, drüben in Lycanth, als ich für Symeons Beschwörungen etwas von dir beschaffen sollte.«

Natürlich war er Eanes' Mörder gewesen, und ich versuchte, mich glauben zu machen, ich könne den Tod des Getreuen rächen und seiner Seele Ruhe verschaffen, bevor auch ich zum Geist würde. Hoffnung flackerte trübe in meiner Brust.

»Natürlich«, fuhr Greif fort, »könntest du dich fragen, wer mein wahrer Herr ist, da Lord Symeon dem Prinzen seine Ehrerbietung angetragen hat.«

Wieder wurde meine Ahnung bestätigt. Der Gedanke, der mir vor einigen Stunden gekommen war, schien zu stimmen: Raveline plante *tatsächlich*, unsere Länder in Schlachthäuser zu verwandeln, indem er uns gegeneinander aufhetzte.

»Wie ist er... wie bist du... nach Irayas gekommen?«

»Lord Symeon ist nicht hier«, sagte Greif. »Er ist drüben in Lycanth und bereitet den Angriff auf Orissa vor. Er war noch nie in Irayas. Wenn man einen Herrn hat, der so mächtig ist wie der Prinz, muß man nicht persönlich antreten, um seinen Ring zu küssen. Symeon dient ihm schon seit... ich will verdammt sein, wenn ich sicher wüßte, wie lange. Schließlich ist er nicht gerade mein Bettgenosse, der mir seine Geheimnisse anvertraut, aber ziemlich lange, schätze ich. Ich habe davon erst vor drei Monaten erfahren. Und wie ich hergekommen bin?« Greif sah einen Augenblick lang betrübt aus. »Darüber kann ich auch nichts sagen. Lord Symeon hat mir den Befehl gegeben, dem zu dienen, den ich sehe, wenn ich aufwache, selbst wenn ich im Feuer liegen oder den Tod finden sollte, und dann bin ich hier aufgewacht, in dieser sechseckigen Burg, die der Prinz da draußen auf dem Land hat. Nicht, daß man mich zwingen müßte, ihm zu dienen. Ich erkenne *wahre* Macht, wenn ich sie sehe... und was er mir aufgetragen hat, würde ich auch ohne Bezahlung tun und als Privileg betrachten.«

Er stand auf und lief in der Zelle herum. Sie lag voller Folterwerkzeuge: Seile, Ringbolzen, Peitschen, Zangen, Feuer, Wasser und Schraubstöcke. Er sammelte ein paar der Geräte auf, legte sie wieder beiseite, erst eines, dann ein anderes. »Schwer zu sagen, womit man anfangen soll«, überlegte er. »Aber genug der Worte. Nur eins noch, Antero, mein Freund, mein Lohn« – seine Stimme klang belegt vor Freude und einer Art Leidenschaft, die in ihm wuchs –, »worüber du nachdenken solltest. Weißt du, du hättest alles haben können. Wenn du dich dem Prinzen gefügt hättest... Du hättest Lord Symeons Handlanger werden können, wenn die Schlacht beginnt, und ganz Orissa hätte buckelnd vor dir im Staub gelegen, fast so wie vor Symeon selbst. Aber du mußtest dir natürlich deinen Stolz bewahren. Du wirst es noch bereuen. Jetzt... und in alle Ewigkeit. Ich habe das Gefühl, der Prinz wird dir keinen echten Tod gestatten.«

Er nahm eine Geißel und ließ sich ihre Riemen durch die Hand fahren. »Auch wenn du noch darum betteln wirst«, zischte er, und die Peitsche fuhr auf mich herab.

Es besteht kein Grund, diese Seiten mit den Einzelheiten meiner Folterung zu besudeln. Jene, die mehr zu diesem Thema erfahren wollen, sollten die einem Gefängnis nächstgelegene Taverne aufsuchen und einem Wächter ein Getränk spendieren, damit er ihre Neugier befriedigt. Es soll genügen, wenn ich sage, daß Greif gut aufgepaßt hatte, als *er* das Objekt des Folterknechts war, denn er zeigte sich geschickt im Umgang mit verschiedensten Marterinstrumenten.

Nur vier Dinge wären zu erwähnen. Das erste ist, daß ein Band zwischen Folterer und Opfer entsteht. Es hat nichts mit Lust zu tun, und dann wieder doch. Ich bin nicht sicher, wie ich es beschreiben soll. Andere, die längere Zeit in der Hand von Inquisitoren verbracht haben, erzählten mir, die Opfer würden schließlich fast willige Sklaven ihrer Peiniger, je weiter die Seele von endlosem Schmerz zerfressen wird. Das zweite ist ein blutiges Ergötzen, das als amüsierter Beobachter des Schmerzes erscheint. Auch dieses Gefühl ist komplex, zum Teil nervengesteuert und aus ähnlicher Quelle wie die Lust gespeist – oder zumindest nehme ich das an –, nur eher aus dem Wunsch geboren, ein Stück der Seele zu retten, ein Stück deiner selbst, gegen den Eindringling und sein Feuer und die Qualen. Das dritte, was ich lernte, war, daß Greifs Verlangen größer war als sein Können. Ein geübter Folterknecht gestattet seinem Opfer nie die Freude und Erleichterung einer Ohnmacht. Das war Greifs größter Irrtum und wahrscheinlich meine Rettung. Dreimal umfing mich dieses Glück und erlaubte meinem Innersten, sich gegen den nächsten Anschlag zu wappnen. Das letzte war das wertvollste: Alles hat ein Ende... irgendwann. Wie auch dieser Tag.

Doch dann begann der *wahre* Alptraum.

Ich fand das Bewußtsein wieder, als ich steinerne Stufen herabgezerrt wurde, halb getragen von zwei Männern. Vor mir leuchtete Greif den Weg aus. Ich erkannte ihn an den Peitschennarben an seinem Rücken. Er trug nichts weiter als ein Paar Kniebundhosen. Die Treppe war alt, und ich konnte weißen Salpeter an den Steinen erkennen. Die Stufen endeten abrupt an einem Teich, in dem ein kleines Boot... das schwarze Boot aus meinem Traum... vertäut lag. Ich wurde an Bord geschleppt, und Greifs Helfershelfer gingen fort, ohne ein Wort gesagt zu haben. Greif machte das Boot los, stellte sich an die Ruderpinne, und eine Strömung erfaßte uns, schickte uns in einen Tunnel hinab, dessen Decke gewölbt war, kaum einen Fuß über seinem Kopf.

Nach wenigen Minuten wurden wir in offenes Gewässer gespült. Es war Nacht, und weder Mond noch Sterne waren zu sehen. Wir fuhren einen Kanal entlang, der mir vertraut erschien. Wir waren im

Herzen Irayas', doch sah ich keine weiteren Gondeln oder sonstige Boote. Ich war weder angekettet noch gefesselt und hätte aus dem Boot springen sollen. Zumindest aber hätte ich um Hilfe schreien müssen. Doch beides war mir unmöglich. Ich nehme an, ich war verzaubert, obwohl es ebenso möglich ist, daß ich nach den Qualen unter einer Art Lähmung litt. Tatsächlich ist letzteres sogar wahrscheinlicher, da mir, was geschah, jetzt so vage und halluzinatorisch vorkam wie vorher im Traum.

An die Fahrt erinnere ich mich nur in Fragmenten. Wir fuhren mit hoher Geschwindigkeit wie damals, als wir aus den Bergen nach Gomalalee kamen. Der Kanal führte in den Schlangenfluß, und da wußte ich, daß wir von Zauberei angetrieben wurden, denn das Boot raste flußaufwärts gegen die Strömung, ohne jede Hilfe von Rudern oder Segeln. Als wir durch die Außenbezirke der Stadt kamen, sah ich den heiligen Berg zu meiner Rechten. Dann schossen wir daran vorbei in das Gebirge jenseits des Gipfels der Großen Alten. Ich erinnere mich auch an eine tiefe Schlucht. Das rauschende Wasser neben den Dollborden des Bootes sah aus, als sei es kein Wasser mehr, nur dunkle, dicke, ölige Flüssigkeit.

Greif berührte die Ruderpinne nicht, doch plötzlich trieb das Boot seitlich ab, schlug beinah in die aufragenden Klippen. Anstatt jedoch am Fels zu zerschellen, glitt es in den Schlund einer Höhle, die der Fluß in Jahrhunderten gegraben hatte. In dieser Höhle wartete ein steinerner Pier. Greif vertäute das Boot, kletterte hinaus, wandte sich um und winkte mir. Jeder Teil meiner Seele, der noch mir gehörte, kämpfte dagegen an, aber dennoch folgte ich, stieg unbeholfen über die Bänke des Bootes, dann sprang ich auf den schleimüberzogenen Anleger. Meine Füße trieben mich voran, während mein Verstand schrie: Lauf! Du kannst diese Treppe nicht erklimmen. Du darfst nicht. Und doch ich tat es.

Greif nahm eine der Fackeln, die zu beiden Seiten des gewölbten Bogenganges tropften, und winkte mir erneut. Ich hörte das Gebell und wußte, was dort oben war. Auf dem Plateau der Schlucht lag eine große, zerstörte, verfluchte Stadt. Weit über mir, weit außerhalb der vom Fluß gegrabenen Höhle, in der Stadt, in den geborstenen Amphitheatern, in den von Göttern gehauenen Steinen, hockten die Kreaturen geduldig im Kreis. Dort oben im Dunkel des Mondes saßen Wesen, die bellten wie Hunde, aber keine Ähnlichkeit mit irgend etwas hatten, was auf dieser Welt zu finden wäre. Mir kam der Gedanke, daß sie einmal Menschen gewesen sein mochten. Menschen, die sich auf einen finsteren Handel eingelassen hatten.

Ich folgte Greif. Mein Verstand, der so langsam war, als stünde ich unter Drogen, sagte mir, kein Opfer sei je über diese Stufen zurückgekehrt, und verzweifelt suchte ich nach einer Strategie. Ich fand keine. Das Donnern einer großen Trommel setzte ein. Wir betraten einen weitläufigen Raum, dessen Bögen in der Dunkelheit verschwanden. Ich hörte einen Gong, und als Greif sich umwandte, sah ich dieses wurmgleiche Feuer hell in seiner Augenhöhle leuchten. Ich hörte ihn Worte sagen, dies sei mein Begehren, dies sei, was ich wollte, dies sei mein Schicksal, und er lachte. Das Lachen dröhnte laut, lauter, gemeinsam mit dem Bellen jener Wesen, freudiges Lachen in Schmerz und Tod, Gelächter, das zu Getöse wurde, und Raveline war da. Stille fiel wie ein Axthieb über den Raum und die verfluchten Kreaturen. Greif wurde zur Statue, und wenn ich Ravelines Worte bedenke, war es wohl eine vorübergehende Lähmung. Der Prinz trug blutrote Pantalons und eine schwarze, lange Robe mit goldener Spitze an Ärmeln und Kragen. Am Gürtel trug er einen verzierten Dolch. Er sah aus, als sei er zu einem Fest bei Hofe gekleidet.

»Nun sind wir also am Ende angelangt, Antero«, sagte er. Seine Stimme war ganz ruhig. »Willst du dein Schicksal erfahren?« Ich sagte nichts. »In wenigen Augenblicken werde ich dein körperliches Wesen tilgen. Das meiste deiner Seele wird in alle Winde verstreut, wenn ich dich in meine Arme schließe. Doch wirst du mehr sein als nur ein unglücklicher Geist wie dein Bruder oder dieser Sklave, den der Schurke hier getötet hat. Ich werde einen Teil von dir in meiner Seele tragen, und sie wird durch meine Augen Zeuge der großen Veränderungen werden, die diese Welt erfahren wird. Ihr Zeuge, ohne je mehr tun zu können, als mit stummem Entsetzen zu schreien, während es geschieht.«

»Welche Ehre«, sagte ich sarkastisch, entschlossen, zumindest mit Würde zu sterben.

»Nicht im geringsten. Ich will einen Teil von dir bei mir haben, als Erinnerung an mein Versagen und eine Warnung vor der Prahlerei.«

»Es scheint mir nicht, als hättet Ihr versagt«, sagte ich.

»Falsch. Mein Versagen, was dich und deinesgleichen angeht, hat im Laufe der Jahrzehnte verschiedenste Formen angenommen. Vor vielen Jahren spürte ich eure Blutlinie, weit entfernt und äußerst schwach. Ich achtete nicht darauf und dachte, wie die meisten Vacaaner, die Taten von Barbaren jenseits unserer Grenzen seien bedeutungslos. Doch dann spürte ich diese Präsenz immer stärker. Ich gestattete meinen Sinnen, der Spur zu folgen, und entdeckte deinen Bruder.«

Seine Worte ließen mich plötzlich hellwach werden. Ich weiß nicht genau, wie ich es erklären soll, doch aus irgendeinem Grund hatte sich mir ein Satz aus dem Traum eingeprägt, den Greif gesagt hatte: ... *Das ist es, was dein Bruder nie umfassen konnte* ... Ich habe mit weisen Männern darüber gesprochen und gehört, das Phänomen sei nicht ungewöhnlich, daß ein Mann plötzlich schwören mag, alle um ihn herum sprächen in fremder Sprache, obwohl es gar nicht stimmt. Einer beschrieb es als das Vertraute, das einem fremd wird.

»Ich gestattete meinem Zauber, bis nach Orissa auszuschweifen«, fuhr Raveline fort, »und erfuhr, daß mir von dort Gefahr drohte, wie ein Tier aus dem Dschungel den Jäger spürt, noch bevor dieser den Dschungel betritt. Dein Bruder, ungeschult und ohne Familientradition an Zauberei, war potentiell ein größerer Zauberer, als irgendein mir bekanntes Land ihn je hervorgebracht hätte.«

Selbst in meinem Schmerz und im Angesicht des Todes fühlte ich Stolz, und Zorn ergriff mich. »Und deshalb habt Ihr ihn getötet.«

»Und deshalb habe ich ihn getötet«, stimmte Raveline mir zu. »Ich habe ihm die Falle sorgsam gestellt. Halab war ebensowenig ein perfekter Mensch wie du und ich, und daher war es nur nötig, einen kleinen Zauber auszusprechen, der ihn zu einem Hauch von Überheblichkeit ermutigte. Einen größeren davon habe ich gegen diese Narren ausgesandt, die eure Stadt achtet und Geisterseher nennt, obwohl keiner von denen damals oder heute auch nur genug Talent besessen hätte, das Wasser zu teilen, wenn er ertrinken müßte. Sie sollten sich von Halab bedroht fühlen und Halab, wenn er sich der Prüfung zum Geisterseher unterziehen wollte, den tödlichsten Kunstgriffen aussetzen. Dein Bruder wurde auf die Probe gestellt. Leicht hielt er den jämmerlichen Kobolden stand, die sie ihm entgegenschickten, und hätte fast gesiegt. Das war mein erster Fehler. *Noch immer* hatte ich seine Größe nicht richtig eingeschätzt.

Daraufhin sprach ich zwei mächtige Zauber aus. Einen, um die Zeit für eine Weile anzuhalten, was mir ermöglichte, ein Wesen zu rufen, an dessen Art und Namen ich nicht einmal denken darf. Der Preis der Kreatur war hoch. Ein ganzes Dorf Unschuldiger wurde später geopfert. Ich tötete Halab, oder eigentlich tat es die Kreatur. Doch selbst da blieb mein Erfolg beschränkt. Anstatt von dieser und allen anderen Welten ausradiert zu sein, schaffte Halab es, seinen Geist zurückzulassen, wie jeder Mensch, den der Tod ungerächt oder ohne Absolution ereilt. Zu dieser Zeit hätte ich euch Anteros allesamt ins Verderben stürzen sollen. Es war dumm, zu glauben, Halab sei eine Ausnahme, eine Mißgeburt. Deine ganze Familie hat magisches Talent. Deine Schwester besitzt eine ganze Menge davon, um so mehr, als sie nicht geheiratet, kein Kind geboren, geschweige denn sich mit einem Mann gepaart hat. Auch du besitzt etwas davon, wie du sicher schon gemerkt hast.

Ah«, sagte Raveline, als mein Staunen mich verriet. »Du hast es *nicht* gewußt. Es ist nicht groß, doch hat es über die Jahre gereicht, daß du feindlichem Zauber ausgewichen bist, ohne ihn eigentlich zu bemerken. Die Menschen nennen einen solchen Hauch der Macht Glück. Im übrigen werde ich dafür sorgen, daß das ›Glück‹ der Anteros ein Ende nimmt, indem ich deine gesamte Linie innerhalb der nächsten Wochen auslösche.« Er vergnügte sich einen Moment mit meinen Seelenqualen, dann: »Laß mich zurück zu meinem Geständnis kommen. Ich muß zugeben, es bereitet mir tatsächlich Freude, denn in meinem Leben hat es noch niemanden gegeben, dem ich mich anvertraut hätte, und so dumm werde ich auch nie wieder sein. Es sei denn, wenn ich deinen Geist von Zeit zu Zeit erwecke und ihm gestatte, zuzusehen. Das könnte ganz amüsant sein.

Fahren wir fort. Nach Halabs Tod ließ ich die Zügel schleifen wie ein weinseliger Wachposten, der in der Mittagssonne auf seinen Zinnen döst. Das nächste, was ich über die Anteros hörte, war, daß du dich mit Janos Greycloak zusammengetan hattest. Ein weiterer Zauberer von bemerkenswerter, wenn auch ungeschulter Macht. Deine Familie zieht die Zauberei an wie Honig die Bienen, so zumindest scheint es. Erneut beschloß ich zu handeln, doch wiederum wählte ich minderwertige Ware der Archonten mit ihrem vielgerühmten Sturm, der nur ein laues Lüftchen war, verglichen mit der Macht, die ich besitze. Dann kamen Dummköpfe wie Cassini. Wenigstens blieb mir bei allen Fehlschlägen die Freude persönlicher Rache. Dann kam Nisou Symeon, dessen Verdienste ich ernstlich überdenken werde, wenn ich mit dir fertig bin. Zumindest hab ich gelernt, keine Zeit vergehen zu lassen, wenn sich ein Problem stellt, und daß man sich einem großen Problem direkt stellen muß.

Und jetzt habe ich Janos Greycloak. Weißt du, in gewisser Hinsicht hätte Janos größer werden können als Halab, weil Halab nie mehr als eine aufstrebende, wenn auch große Macht im Dienste dessen gewesen wäre, was ihr niederen Gestalten als ›gut‹ bezeichnet. Janos hätte mit seiner Entschlossenheit, die Zauberkunst im Sinne eines Systems zu bemessen, zu katalogisieren und zu analysieren, diese Welt und vielleicht auch einige andere bis ins Mark erschüttert. Gut für mich ist, daß Größe sowohl seine Makel als auch seine Tugenden beschreibt. Janos Kether Greycloak ist inzwischen eher ungefährlich.«

Raveline streckte die Hand aus, die Finger erhoben, und schloß seine Klauen. »Bis vor zwei Tagen hatte ich ihn noch nicht fest in der Hand. Als du ihn verlassen hast, nachdem du all das ... o ja, ich habe zugehört, trotz Greycloaks kindischem Versuch, einen Sperrzauber auszusprechen ... er hat mich darüber informiert, was vorgefallen war. Ich habe ihm gesagt, was er tun soll ... und er hat gehorcht! *Er hat gehorcht!* Und jetzt gehört er mir.«

»Und dennoch fürchtet Ihr ihn«, sagte ich.

»Ich fürchte niemanden«, sagte Raveline barsch. Doch sein Blick wich aus, als er sprach. Er fing sich und fuhr mich an: »Genug davon. Das Gespräch amüsiert mich nicht mehr. Es wird Zeit, daß ich dich in meine Arme schließe. Komm, Amalric Antero. Komm in dein Verhängnis.«

Raveline breitete die Arme aus und lächelte. Ich spürte seine Macht in krachenden Wogen. Meine Arme hoben sich von allein. Ich trat einen Schritt vor. Rohe, glühende Wut brach über mich herein, und sein Zauber zerbarst. Meine Hände sanken herab. Raveline war überrascht.

»Du hast mehr Macht, als ich dachte. Greif! Bring ihn zu mir!«

Greif löste sich aus seiner Lähmung und sprang vor. Seine muskelbepackten Arme packten die meinen, und er hob mich vom Boden, nahm mich in einen knirschenden Würgegriff. Aber das machte es nur einfacher, denn sein Griff erinnerte meine Muskeln an geölte Körper, die auf Matten rangen, an schreiende Schiedsrichter und verzweifelte Tricks, die mich alte Ringkämpfer gelehrt hatten, wobei sie uns ermahnt hatten, diese nie im Sport einzusetzen. Ich trat rückwärts gegen Greifs Knie, und er jaulte auf, was seinen Griff so weit löste, daß ich ihm mit der rechten Faust hart in die Genitalien schlagen konnte. Seine Arme lösten sich, als er aufschrie und vor Schmerz kaum noch wahrnahm, was um ihn herum vorging. Ich drehte mich zu ihm um, die Fäuste aneinandergelegt und hoch über meinem Kopf, und wie einen Hammer drosch ich sie ihm ins Genick. Wahrscheinlich war Greif schon in diesem Augenblick tot, doch als er auf den steinernen Boden sank, hatte ich eine Faust voll öligem Haar in einer Hand, meinen Fuß in seinem Nacken, und riß an seinem Kopf. Sein Genick brach wie ein modernder Knochen.

Ich meinte, ein Flüstern zu hören, eine Stimme, die ich nicht gehört hatte, seit ich in den Straßen von Lycanth einen Sterbenden im Arm gehalten hatte: *»Jetzt bin ich wirklich frei...«*

Noch einmal ging ich in Kampfstellung, bereit für Ravelines Attacke. Doch er hatte sich nicht gerührt, und jetzt war sein Grinsen nur noch breiter. »Diesen Abschaum«, bemerkte er, »wird niemand vermissen. Jetzt wird es interessant. Jetzt stehen die schlummernden Kräfte, die ihr Anteros haben mögt, gegen meine geübte, geschulte Macht. Noch einmal befehle ich dir: Komm zu mir, Amalric Antero!« Diesmal woben seine Finger einen Zauber, und er flüsterte Worte, die mir, obwohl ich sie nicht verstehen konnte, einen Schauer über den Rücken jagten.

Der Raum wurde dunkler, bis nur noch Ravelines Umrisse zu erkennen waren, dann nur noch seine Augen, lockende Tunnel, die mir befahlen, vorzutreten... tiefe Seen des Bösen, die wie ein Mahlstrom an mir zerrten. Mein Verstand wirbelte wie wild herum und wurde magisch angezogen, doch blieb mir noch ein Augenblick zum Denken, und vielleicht rief ich auch Halabs Namen, ohne in dieser Höhle des Bösen eigentlich an ein Wunder zu glauben. Und es war, als legte sich ein Nebelschleier vor Ravelines Basiliskenblick. Der Raum wurde hell, und einen Moment später war ich frei, so frei, daß ich vorspringen konnte, intuitiv, fast ziellos, wie ein Torwart einen Ball abfängt, bevor dieser im Tor landet. Ich stieß mit Raveline zusammen und schickte ihn taumelnd rückwärts zu Boden.

Ich kroch zu ihm, versuchte einen Griff, hoffte, ich könne seinen Dolch nehmen, bevor er mich mit einem neuen Bann belegte. Doch seine Fähigkeiten waren nicht nur magischer Natur. Er rollte beiseite wie ein Ringer und stand auf den Beinen, während seine Hand den Dolch zückte, geschmeidig wie eine Schlange ihre Fänge zeigt. Die Klinge glitzerte, und ich wußte, sie war verzaubert. Doch diesmal erlaubte ich der Schlange nicht, den Hasen zu hypnotisieren, denn in dem Licht, das aufgeflackert war, als ich Halab um Hilfe anrief, sah ich einen Bogengang, wo Raveline gestanden hatte, und ich lief so schnell ich konnte. Während ich lief, hörte ich Ravelines monströses, höhnisches Gelächter und verstand seine Worte, als stünde er gleich neben mir. »Du willst es bis zu Ende spielen? Dein Wunsch sei mir Befehl. Man sagt, das Fleisch der Beute würde süßer durch Schrekken und Schmerz. Lauf, Antero. Meine Hunde sind auf deiner Fährte. Wir sehen uns bald, wenn sie dich in die Enge getrieben haben.«

Ich hörte nicht auf ihn. Ich war der ersten Falle entronnen und würde mich der nächsten stellen, wenn ich drinnen saß. Ich rannte weiter, nahm jede Stufe, die nach oben führte. Über mir waren die Ruinen der Stadt und ihre Kreaturen, doch waren dort auch Himmel, Nacht und Luft. Meine Lungen brauchten Luft, und mein gequälter Körper flehte um Gnade, doch schenkte ich beidem keine Beachtung. Ich fand zwei Tore, die hoch in die Finsternis aufragten. Sie waren mit einem Querholz verriegelt, so dick wie mein Körper in Schulterhöhe. Ich suchte nach einer Winde oder einem Hebel, doch sah ich nichts dergleichen. Vergeblich riß ich an dem Balken, wohl wissend, daß man einen ganzen Trupp Soldaten brauchen würde, um ihn zu bewegen. Doch geräuschlos hob er sich, und die Tore waren offen. Ich mußte sie kaum berühren, schon schwangen sie auf, ausgezeichnet balanciert, vielleicht von Zauberkraft, vielleicht schon in der Konstruktion. Mondlicht fiel durch die Türen. Die Wolken waren fortgeweht, während ich in Ravelines Todeskammer gewesen war. Vor den Toren lagen mächtige, umgestürzte Steine, geborstene Säulen und das aufgerissene Straßenpflaster der verfluchten, zerstörten Stadt.

Ich lief ins kalte Mondlicht hinaus, in der Hoffnung, einen begehbaren Hohlweg oder Hang zu finden, der mich hinunter in die Ebene oder zum Fluß führen würde. Ich war gewillt, mein Glück zu wagen und in diesen wilden Wassern zu schwimmen, durch die Stromschnellen flußabwärts in Sicherheit. Ich nahm mir einen Augenblick Zeit, mich an den Sternen zu orientieren, die kühl auf mich herabsahen, dann wählte ich eine Richtung, die ich für den schnellsten Weg zum Rande des Plateaus hielt, und als ich wieder etwas zu Atem gekommen war, trottete ich voran. Da hörte ich das erste Heulen von Ravelines Kreaturen. So nenne ich sie, obwohl ich nicht weiß, ob sie seine Kreaturen waren oder nur bösartige Wesen, deren niederträchtiges Begehren dem des Prinzen entsprach. Das Bellen wurde lauter, und ich begann zu rennen. Ich kam an eine breite Allee. In der Mitte der Straße lagen Reste umgestürzter Statuen. Im Vorüberlaufen warf ich einen Blick darauf. Die Gesichter der Statuen waren ausgemerzt, als hätte ein Steinmetz sie zerstört, nachdem die Statuen niedergerissen waren. Die Statuen zeigten Männer, doch weder Männer, wie wir sie kennen, noch hatten Riesen oder Zwerge Modell gestanden. Ich weiß nicht recht, wie ich sie beschreiben soll, nur daß die Proportionen nicht ganz so waren, wie sie hätten sein sollen. Ich hatte keine Zeit mehr, sie mir anzusehen, da die erste Kreatur aus einer Seitenstraße kam. Das Mondlicht schien auf sie... auf ihn, auf es... herab. Man stelle sich einen großen Mann vor, beinah ein Riese, der auf Händen und Füßen lief. Weiter stelle man sich vor, die Arme und Beine der Kreatur seien mehrfach gebrochen und neugeformt, damit es ihm leichter fiel, sich auf diese Weise fortzubwegen, als es für ein normales, menschliches Wesen gewesen wäre. Man strecke einen Schädel, bis er doppelt so lang ist wie der eines Menschen, füge ihm Reißzähne hinzu, verlängere und neige die Augen zu denen eines Wolfes – obwohl die edle Kreatur kaum mit diesen Ungeheuern zu vergleichen sein würde – überziehe sie mit fahler, faulender Haut, wie sie ein Leprakranker vor der Welt verbirgt, und man bekommt ein recht genaues Bild. Die Klauen knirschten auf den Steinen, als sie sich mir näherten. Das Bellen wurde zum Triumph, dann wurde es ein überraschtes Heulen, als ich einen faustgroßen Stein nahm und ihn dem Wesen mit aller Kraft ins Gesicht schleuderte. Die Kreatur scheute und fiel, wand sich in blinder Qual und Staunen. Vielleicht hatte die Beute, die sie bisher gejagt hatte, nie zurückgeschlagen. Ich floh weiter. Hinter mir hörte ich weiteres Heulen. Am Ende der Allee sah ich mich um. Das Rudel hatte sich um seinen verwundeten Gefährten versammelt und nutzte die Gelegenheit, sich an ihm gütlich zu tun. Ich nahm eine andere Straße und rannte dorthin, wo die Ruinen und das Hochland ein Ende finden mochten.

Irgend etwas traf mich, brachte mich aus dem Gleichgewicht. Ich fuhr herum und sah noch, wie ein weiteres Biest zu einem neuen Sprung ansetzte. Etwas, das Janos mich gelehrt hatte, kam mir in den Sinn, und als die Kreatur das Maul aufriß und ich ihren faulen Atem roch, fuhr ich ihr mit dem linken Unterarm in den Rachen, schlug ihr die Faust seitlich hinten in den Schlund. Ich spürte, wie ihre Zähne mich zerfleischten, als mein anderer Arm hinter ihren Hals schoß, die Faust geballt, und ich meinen linken Arm scharf hochriß, den rechten hin zu mir, und dem Tier sauber das Genick brach. Ich ließ mich von seinem Gewicht umdrehen und riß es zu Boden, stieß mit dem Knie an seine Brust und hörte, daß die Rippen brachen wie Weidenruten.

Wieder kam ich auf die Beine und rannte davon. Ich hoffte, das Rudel würde sich auch diesen Leckerbissen nicht entgehen lassen, und daß die Zähne des Untiers nicht vergiftet waren. Meine alte Energie kehrte zurück, und aller Schmerz fiel von mir ab. Jetzt konnte ich die ganze Nacht laufen, wenn es sein mußte. Ich hörte ein Donnern und hielt es für den Fluß unter mir. Ich mußte dicht am Rande des Plateaus sein. Vor mir senkte sich der Boden zu einem natürlichen Amphitheater ab, das die Erbauer dieser Stadt genutzt hatten, um ihre eigene Arena zu errichten, weit größer als Orissas großes Amphitheater. Steinerne Stufen führten den Hang hinab zur Bühne, die von einem steinernen Baldachin geschützt gewesen war. Einige der Säulen, die den Baldachin gestützt hatten, standen noch, ebenso Fragmente des Kuppeldachs, die von ihren Kapitellen hingen. Dahinter lag ein steiles Kliff. Ich mußte daran entlanglaufen, bis ich einen Hohlweg fand, den ich nach unten nehmen konnte.

In diesem Augenblick hatten mich die Biester in der Falle. Das Rudel tauchte aus dem Nichts auf – wie aus dem Boden gewachsen, als würgte die Erde selbst sie hervor. Ich rannte zur Bühne, sprang von Stufe zu Stufe. Ich machte einen Satz auf die Bühne und lehnte mich mit dem Rücken an eine Säule. Dann sammelte ich zwei Steine auf, um mich zu bewaffnen. Die Tiere umkreisten mich, und knurrend und kläffend schlossen sie den Ring. Ich wußte, sie durften mich nicht töten, dachte mir jedoch, Raveline würde sicher erlauben, daß ich übel zugerichtet wurde, bevor er seine Kreaturen zurückpfiff. Einer wagte den ersten Angriff, und ich zertrümmerte ihm den Schädel zum Lohn. Schon schloß sich der Ring immer enger, das Rudel kam näher. Ich wagte einen Blick hinter mich, und meine Hoffnung schwand. Ich wußte, ich würde sterben. Doch sollten mich weder die Fänge dieser Viecher noch Ravelines Zauber das Leben kosten. Wenn das Ende unausweichlich wurde, würde ich den schnellen, sauberen Tod im langen Sturz zum Fluß und zum Felsen unter mir vorziehen.

Da kehrte mein Frettchen zurück. Anfangs wußte ich nicht, was es war, aber ich hörte ein Zischen, ein Pfeifen, und der Tod schoß durchs Amphitheater auf mich zu. Fast dreißig Fuß war das Tier lang, hatte geschmeidiges, helles Fell und rotglühende Augen, und ich wußte zunächst nicht, was es war, hielt es erst für einen Nerz, bis ich die schwarze Maske um sein Gesicht sah, während das riesenhafte Tier die erste Kreatur von hinten riß, ihr einmal kurz ins Rückgrat biß und den Kadaver von sich warf. Das Rudel heulte vor Entsetzen über den neuerlichen, unerwarteten Angriff und wandte sich um, das Frettchen anzufallen. Doch es war hier, da, überall und nirgends, und jedesmal, wenn seine Zähne zuschnappten, hatte einer der Alpträume seinen letzten Heuler getan. Eines von Ravelines Untieren riß sich los und bellte einen Befehl. Die anderen ließen von mir ab und hasteten die Stufen hinauf, versuchten zu fliehen, doch fanden sie den Tod noch in der Flucht. Dann waren sie fort, und das riesige Frettchen hockte sich auf die Hinterbeine. Der schlangenähnliche Kopf suchte neue Beute, und in diesem Augenblick wußte ich genau, was ich da vor mir hatte. Eine Erinnerung an meinen langverstorbenen Spielgefährten tauchte vor meinem geistigen Auge auf, wie er im Wind witterte, kurz bevor er einen Hasen jagte. Das Tier kam zu mir herüber, stieß zum Gruß einen Pfiff aus wie vor so vielen Jahren, und selbst in diesem Moment allergrößter Gefahr schluckte ich ein Schluchzen herunter.

Die Luft neben dem Frettchen flimmerte, und eine menschenähnliche Form entstand. Ich wußte, es war Halabs Geist, und öffnete den Mund, ihn zu begrüßen, da waren Frettchen und Schatten fort. Wie auch der Mond, die Sterne und das gesamte Amphitheaterrund. Es war, als hätte man ein schwarzes Kuppeldach herabgelassen. Aus seiner Mitte schien ein trübes, gespenstisches Licht. Alles, was auf dieser Welt existierte, waren die Bühne, die Säulen, die das Dach hielten ... und Raveline. Er hatte seinen Dolch bereit.

»Wirklich schlau«, knurrte er und gab sich keine Mühe mehr, lässig zu wirken. »Aber ich habe eben meinen letzten Fehler begangen, was dich angeht, als ich vermutete, du hättest nur wenig Talent. Nie habe ich gespürt, daß dich Geister beschützen. Wirklich schlau. Warum hast du deinen Bruder, oder was immer dieses Biest sein mag, nicht drüben in Irayas um Hilfe gerufen, als Greif dich gefoltert hat? Oder wolltest du *mir* eine Falle stellen?«

Raveline hielt inne und schüttelte staunend den Kopf. »Das doppelt falsche Spiel, das durch die Zauberei entsteht. Aber es ist ganz gleich, ob du mich jagst oder ich dich. Diese Kuppel, dieser Schild, ist eine meiner größten Künste. Sie schließt uns von allem ab. Wir sind außer Reichweite aller Mächte, die ich kenne, ob irdischer oder übernatürlicher Natur. Ich habe sie vor Jahren vorbereitet, als mein Bruder und ich zum ersten Mal darüber stritten, wen mein Vater, verflucht soll seine Seele sein, zum Herrscher über Vacaan bestimmt hatte. Vielleicht ist es die endgültige Version von jenem Schutzbann, den Janos ausgesprochen und dann von dir genommen hat. Sie ist gegen alles gefeit und verschwindet nur, wenn ich es will ... oder wenn ich sterbe. Die einzige Beschränkung liegt darin, daß dieser Bann die Anwendung jeglichen Zaubers unter der Kuppel verbietet, einschließlich meines eigenen.

Und da sind wir nun, Antero. Du hast deine Ringkunst ... und ich die meine. Und ich habe das Messer. Ohne die Kräfte, die es durch meinen Zauber besitzt, doch immer noch scharf genug, dir die Eingeweide herauszuschneiden. Es tut mir ehrlich leid, daß deine Talente meine Versuche, dein Ableben komplex zu gestalten, vereitelt haben. Wie dem auch sei. Wenigstens wird dein Geist niemals gerächt werden und auf seiner Wanderschaft nie Frieden finden. Diesmal, Antero, komme ich zu dir.« Und um sein Wort wahr zu machen, schlich er zu mir herüber.

Ich selbst habe mich nie als ausgebildeter Soldat oder Raufbold gesehen und verstehe nur wenig mehr von Messern, als daß es das

Vernünftigste ist, so schnell wie möglich zu fliehen, wenn jemand eine Klinge schwingt. Janos allerdings hatte uns gelehrt, was zu tun wäre, wenn wir unbewaffnet mehreren Angreifern gegenüberstünden. Es gab Möglichkeiten, jemanden zu entwaffnen und zu vernichten, der sein Messer wie einen Eispickel oder eine Kerze vor sich hielt, oder jemanden, der sein Messer wild herumschwenkte, als sei die Klinge mit einem magischen Schutz versehen. Was einen Mann anging, der sich wie Raveline bewegte und langsam schlich, sich wie ein Krebs deiner schwachen Seite nähert, die Waffe zurückhält, am Oberschenkel oder fast schon an der Seite, die andere Hand zum Schutz ausgestreckt... da hatte Janos grimmig gelächelt und uns erklärt, es gäbe nur zwei Möglichkeiten: Flucht oder Tod.

Auch ich schlich zu *seiner* schwachen Seite... fort von dem Messer... streckte meine Hände vor, in der Hoffnung, Raveline würde wild zustoßen und ich könne ein Handgelenk packen oder ihm die Beine unter dem Leib wegtreten. Wie ich gelernt hatte, sah ich nur in die Augen meines Feindes und wußte, ich würde jede Bewegung der Klinge schon im Ansatz registrieren. Einmal stach er zu, dann wieder mit der Rückhand, doch ich war schon ausgewichen. Wieder fuhr der Dolch durch die Luft, und ich wagte einen Hieb. Die messerscharfe Klinge schnitt in die Innenseite meines Armes, doch hatte er zum Glück keine Blutgefäße getroffen. Ich ignorierte die Wunde... und wir umkreisen einander. Er wechselte die Taktik und kam näher heran, zwang mich immer weiter zurück. Irgendwann würde er mich an die Kuppel drängen und wie einen Schmetterling an die Wand nageln. Der Fuß, mit dem ich hinter mir tastete, berührte rauhen Stein, eine der Säulen, und für einen Augenblick verlor ich die Balance. Raveline zielte auf mein Herz, und eilig sprang ich zur Seite, wobei sein Messer meine Brust streifte und ich ihm mit der Faust ins Gesicht schlug. Er heulte vor Schmerz und taumelte rückwärts. Seine Nase war gebrochen, und Blut schoß hervor. Doch immer noch hielt er das Messer fest in seiner Hand.

»Wie lange ist es her, daß Ihr Schmerz empfunden habt, Eure geringfügige Majestät?« sagte ich, da ich zu dem Schluß gekommen war, daß ein Mann, der den Klang seiner eigenen Stimme so sehr liebte wie Raveline, auch den Worten anderer zum Opfer fallen mochte. »Wie lange schon, mein Prinz, der niemals König wird? Vielleicht fühlt Ihr Euch schwach. Vielleicht möchtet Ihr weinen.«

Er zog die Lippen zu stummem Knurren zurück und machte einen Ausfallschritt, ließ einen Fuß stehen wie ein Fechter. Jeden Augenblick würde er zustoßen, und ich bereitete mich auf seinen Angriff vor, vermied jede innere Spannung... zwang meine Muskeln, ihre eigene Reaktion zu suchen.

Der Angriff erfolgte nie. Über mir hörte ich ein leises Scharren. Raveline blickte auf, dann starrte er mit großen Augen und offenem Mund, und ein großer Fels, einst Teil des steinernen Baldachins, dessen Mörtel ihn von Ewigkeit zu Ewigkeit am Kapitell der Säule gehalten hatte, zermalmte den Zauberer wie ein Stiefel einen Skorpion. Raveline war tot, bevor er schreien konnte... die schwarze Kuppel verschwand... und wieder umgab mich die zerstörte Stadt. Sprachlos sah ich zur Spitze der Säule. Die Luft über mir flimmerte, und schwach erkannte ich die Umrisse eines Mannes. »Halab«, keuchte ich.

Ich hörte – wohl in Gedanken – seine sanfte Stimme. *»Der Prinz kannte nicht alle Gesetze sämtlicher Welten. Auch ein Geist kann die Wirklichkeit bewegen, wenn der Zauber nur groß genug ist.«*

Es war still, bis auf das Rauschen des Flusses unter uns, dann wieder Halabs Stimme: *»Ich bin gerächt, und mein Geist muß nicht mehr wandern. Ich gehe jetzt und folge dem Weg, den du Eanes vor kurzer Zeit ermöglicht hast.«*

Ich verneigte mich. »Leb wohl, mein Bruder.«

Dann hörte ich Halab zum letzten Mal.

»Leb wohl, Amalric. Eine Aufgabe bleibt noch. Ich kann nicht bei dir sein... kann dir keine Hilfe leisten. Doch muß sie bald bewältigt

sein. Für dich, für die Familie, für Orissa und die ganze Welt. Ich mache dir ein letztes Geschenk. Möge es dir nutzen.«

Ich spürte Leere. Etwas war von mir gegangen ... etwas, von dem ich merkte, daß es mir in all den Jahren nah gewesen war, seit jenem Tag, an dem mein Vater mit der Nachricht vom Tode Halabs aus dem Palast der Geisterseher heimgekommen war.

Ich holte tief Luft. Ja. Es gab noch eine letzte Aufgabe für mich.

Kapitel Siebenundzwanzig

Der letzte Zauber

Jetzt gab es nur noch wenig zu fürchten, weder in dieser verfluchten Stadt noch in den Katakomben unter mir. Ich nahm den Dolch von Ravelines Leiche und lief durch die Straßen zurück, dorthin, wo der Eingang zur Höhle des schwarzen Prinzen war. Ich bog weder falsch ab, noch trat ich irgendwo daneben; ich war mir der Richtung so sicher, als sei ich in Orissa. Ich folgte den steinernen Stufen immer weiter in die Tiefe und wußte, ich war das erste Opfer Ravelines, dem dies je gelungen war. Ich kam an Greifs Leiche vorüber und überlegte, ob ich etwas Erde suchen und verstreuen sollte, entschied mich jedoch dagegen. Sein Geist hatte viel Übles wiedergutzumachen. Er verdiente es, für alle Ewigkeit durch diese Höhlen zu wandern.

Die schwarze Gondel lag noch immer vertäut am Pier. Ich machte das Boot los und stieg ein. Dann nahm ich ein Ruder und wendete. Als ich auf den dunklen Fluß kam, der in die Ebene und nach Irayas floß, schickte die Strömung das Boot die Schlucht hinab. Es fügte sich meinen unausgesprochenen, vagen Wünschen ebenso, wie es Greif gehorcht hatte.

Als ich mich der Stadt näherte, graute ein neuer Morgen. Vielleicht hätte mich die Zaubergondel direkt zu meinem Palast bringen sollen, wo sich Omerye sicher Sorgen machte. Doch wußte ich auch, daß ich *sofort* mit Janos sprechen müßte, nicht nur um meines Volkes willen ... sondern im Interesse aller, die ihr Leben als Sklaven der Zauberer fristeten. Bis zum heutigen Tage weiß ich ehrlich nicht, was ich mir davon versprach, wenn ich ihm endlich gegenübertrat. Um meiner Seele willen schwöre ich, daß meine Absicht rein und unverfälscht von jedem Wunsch nach Rache war.

Als Janos' Anwesen aus dem stillen Wasser ragte, warf ich Prinz Ravelines Dolch in den Fluß. Im trüben Licht der Morgendämmerung sah ich, wie die juwelenbesetzte Zauberklinge in die Tiefe taumelte, bis das Messer – meine einzige Waffe – verschwunden war. Ich vertäute Ravelines Boot an einem Poller unterhalb der Terrasse, wo auch das Boot der schluchzenden Frau gelegen hatte. Ich hatte an einem der Poller emporklettern wollen, um der Wache zu entgehen, die auf dem Anleger hätte stehen sollen, doch war dort niemand zu sehen. Ich schlich die Treppe hinauf und merkte mit wachsendem Staunen, daß der Eingang zum Gebäude weit offenstand. Vielleicht, dachte ich, war dies das Geschenk, das Halabs Geist versprochen hatte. Ich schlich hinein. Ich wußte nicht, wie nah ich Janos kommen konnte, bis sein eigener Wachhundzauber ihn wecken würde, doch lief ich weiter, leise wie ein suchendes Frettchen. Die Fackeln und Lampen, die das mächtige Gebäude erleuchteten, waren heruntergebrannt, doch brauchte ich sie nicht, da das Licht der Dämmerung um mich herum stetig zunahm. Ich staunte immer mehr, denn weder ein Wachtposten noch das Faktotum oder ein Diener waren zu sehen. Schließlich betrat ich den Turm, von dem ich wußte, daß Janos sich dort aufhielt. Ich stieg die Treppe hinauf in sein Schlafgemach gleich unter dem Arbeitszimmer, das er für seine Zauberkünste nutzte.

Janos lag ausgestreckt mitten auf seinem riesigen Bett. Er war allein und trug nur einen seidenen Lendenschurz. Er schlief fest, so fest, daß ich glaubte, er sei verzaubert. In diesem Augenblick verlor ich meine Entschlossenheit und stand wie angewurzelt am Fußende seines Bettes. Dann rief ich seinen Namen. Janos schlug die Augen auf, und kaum war er zu sich gekommen, rollte er schon zur Seite und war auf den Beinen, anmutig und tödlich wie ein aufgeschreckter Leopard.

Augenblicklich wußte er, was geschehen war. »Du hast ihn getötet? Du hast Raveline getötet?« Seine Stimme klang ungläubig. »Und ich habe nichts davon gespürt? Wie kann das sein?«

Ich antwortete nicht, starrte Janos nur entsetzt an. Erst zwei Tage waren vergangen, seit ich gestaunt hatte, wie er gealtert war. Doch jetzt sah er aus, als sei es Jahrzehnte her, seit wir einander oben im Spiegel betrachtet hatten. Wo gelbliches Grau sein Haar und den Bart durchzogen hatte, waren nun ganze Flächen entfärbt, und sein Gesicht war von roten Flecken überzogen wie das eines reichen, alten Wüstlings. Doch sah er schlimmer aus als einer dieser Lebemänner, denn er strahlte eine unterdrückte Bosheit aus, wie ich sie bei Raveline gesehen hatte... ja, und bei Mortacious. Auch seine Augen hatten sich verändert. Einst hatten sie die Schärfe eines Adlers besessen, jetzt zeigten sie nur noch den harten Blick eines Aasfressers. Am vielsagendsten war die Kette um seinen Hals: das tanzende Mädchen aus den Fernen Königreichen, das sein Vater ihm geschenkt hatte. Unsere Reise hatte sie »geheilt«, und als ich sie zuletzt sah, war sie ein wunderschönes, verführerisches Kunstwerk gewesen. Jetzt war sie angelaufen und an der Hüfte zerbrochen... wie damals, als Janos sie mir in der Taverne in Orissa gezeigt hatte. Ich wußte es sofort: Obwohl ich derjenige war, der gefoltert, gejagt und von zwei- und vierbeinigen Tieren gequält worden war... Janos hatte den schlimmeren Preis für seinen Verrat an mir gezahlt.

Ich hatte nichts gesagt, seit ich ihn geweckt hatte, und hatte auch jetzt keine Worte parat. Einen Moment lang sah ich ihm in die Augen. Er wandte sich ab... Es war das erste Mal, daß er mir nicht ins Gesicht sehen konnte. »Was hat man dir versprochen?« fragte ich und merkte, daß kein Zorn in meiner Stimme lag, obwohl all die gemeinsamen Jahre meine Wut hätten wecken sollen. »Wieviel Gold und Silber hat man dir zur Belohnung versprochen?«

Zorn spiegelte sich in seiner Miene. »Man hat mir keinen Preis genannt«, zischte er. »Was ich getan habe... war nötig. Du hättest... du *hast* alles zerstört.«

Ich blieb ruhig. »Was ist *alles*, Janos? Nur durch Glück« – ich erinnerte mich, was Raveline mir über das Glück gesagt hatte – »bin ich noch am Leben. Jetzt wird Ravelines Finsternis unsere Länder nicht zerstören können. Und wir haben die Fernen Königreiche durchschaut. Selbst wenn König Domas uns vertreibt, als Preis für den Tod seines Bruders... na und? Wir sind noch immer in der Lage, zu erreichen, was sie haben... und mehr. Hast du das gemeint? Oder betrauerst du die Vernichtung deiner ehrgeizigen Ziele... und den Verlust deines schwarzen Vorbilds?«

»Wir haben Raveline gebraucht«, sagte Janos. »*Ich* habe ihn gebraucht. Er war mein Sprungbrett. Er wäre mein Werkzeug geworden.«

»Zu welchem Zweck? Damit du ihn an Verderbtheit noch übertreffen konntest? Damit du noch tiefer in die Dämonenwelt eintauchen konntest? Damit du am Ende in der Lage wärst, mit Feuer und Peitsche so zu herrschen, daß sich die Menschen des schwarzen Prinzen als gütigen Wohltäters erinnern?«

»Worte, Worte, Antero«, bellte Janos. »Noch immer verwendest du Worte, deren Bedeutung du nicht kennst... oder die keine Bedeutung haben. Böse ... gut ... Wir stehen an der Schwelle zu einem neuen Zeitalter, jenseits aller engstirnigen Vorstellungen plappernder Eltern und Lehrer. Man sagt, es habe ein Goldenes Zeitalter gegeben, in dem wir alle wie Götter waren. Dieses Zeitalter hat es nie gegeben. Alles, was es gegeben hat, seit sich die Welt aus dem Schlamm erhoben hat, war Quälerei. Manchmal etwas zum Licht hin, manchmal ein Stück zurück in den Abgrund. Raveline hätte mir geholfen, die Wolken zu zerstreuen und die Sonne für alle Zeiten scheinen zu lassen. Die Menschen wären nicht Götter gewesen, sondern mehr als Götter. Aber du mußtest dich einmischen: ein kleingeistiger Krämer, der nur den Profit und eine Art mythischer, hirnloser Mildtätigkeit in einer Welt sieht, in der allein Fressen und Gefressenwerden gelten. Wir hatten eine einzige Gelegenheit. Verstehst du denn nicht? Der Zufall, der einzig wahre, anbetungswürdige Gott, hat einen kurzen Augenblick für diesen Wandel erschaffen, in dem der Mensch wahrhaft über sich hinauswachsen sollte.«

Es war genug. »Götter«, sagte ich, und auch aus meiner Stimme sprach der Zorn. »Du behauptest, ich verwende bedeutungslose Worte. Nun, dieser Krämer, der ich bin, hat Probleme mit einigen *deiner* Worte, und Gott ist eines davon. Ein weiteres ist dieses neue Zeitalter, von dem du sprichst. Wenn wir Götter werden sollen – Verzeihung –, mehr als Götter, sollten wir kleingeistigen Wesen uns jetzt einmal Janos Greycloaks Gesicht und den schrecklichen Heiligenschein der Zukunft ansehen, die er verspricht. Sieh dich an. Dein Gesicht spiegelt wider, was aus dir geworden ist, Mann! Du bist nichts weiter als ein Lebemann, der trunken vom Segen des nächsten Tages plappert, während er sich freudig mit den Schweinen in der Gosse suhlt. Janos, verstehst du denn nicht? Ich erinnere mich an eine Zeit, in der du davon gesprochen hast, was wir aus den Fernen Königreichen lernen könnten ... zum Nutzen aller. Was ist stattdessen dein Ziel geworden? Du hast mir gesagt, ich solle mir ein Sandkorn ansehen und die unzähligen darin. Ich kann es nicht. Alles, was ich sehe, ist diese arme Frau in ihrem Boot, die unter deinem Haus sitzt und trauert. Was hast du *ihr* gegeben, Greycloak? Hast du aus ihr ... oder ihren Kindern ... mehr als Götter gemacht? Sieh dich an, mein ehemaliger Freund. Und beantworte diese Frage eines einfachen Kaufmanns: Warum, wenn du nach dem Himmel suchst, hast du das Gesicht eines Dämons?«

Janos wandte sich nicht ab. Seine unübersehbare Verachtung wuchs, und ich merkte, warum er seiner Wut freien Lauf ließ. »Wissen ... Macht ... haben ihren eigenen Preis«, sagte er. »Das wüßtest du, wenn du nicht nur ein Kind wärst.«

Wir starrten einander lange an, und in diesem Augenblick zeigte sich Halabs letztes Geschenk. Ich wußte, was zu tun war, und mein Herz welkte, als klar wurde, daß es keine Möglichkeit zur Erlösung für Janos gab, ebenso wie meine Pflicht unwiderruflich in Stein gehauen war. Ich kämpfte gegen diese Offenbarung an, doch kannte ich die Wahrheit.

Der zweite Teil des Geschenks folgte. Plötzlich sah ich den Raum mit zwei Paar Augen, als ob ein einziges Hirn zwei Wesen steuerte, die einander gegenüberstanden. Bilder von allem verdoppelten und überschnitten sich. Von allem bis auf Janos. Seine Augen leuchteten hell, als aus ihnen Lichter wurden, ihr Glanz nicht unähnlich dem Feuerschein, der in Greifs blindem Auge geleuchtet hatte.

»Es hätte sein können«, murmelte er, »und das kann es noch immer.«

Ohne sich abzuwenden, ohne eine Miene zu verziehen, sank er auf ein Knie, nahm eine lange Klinge, die am Boden lag, und schlug in meine Richtung. Aber ich war nicht mehr da. Der dritte und letzte Teil von Halabs Geschenk war jetzt mein. Ich hatte den Dolch »gesehen«, fast so lang wie ein Schwert, noch bevor Janos' Hand ihn ertasten konnte, und ich hatte seinen Plan durchschaut. Die Zeit blieb stehen, als er nach mir schlug, und es war nicht schwer, sich seiner Reichweite zu entziehen.

»Nein, Janos«, sagte ich. »Das mußt du nicht tun. Keiner von uns muß sterben.« Ich sagte es zwar, aber die Worte waren hohl. Es war keine vorsätzliche Lüge, doch sie kamen vom letzten Teil meiner selbst, der sich noch dem nahenden Ende der Tragödie entgegenstemmte. Janos antwortete nicht, sondern griff wieder an. Seine Klinge schimmerte, als sei sie aus einem einzigen Juwel geschnitten, und jede Facette fing die Morgensonne ein und warf Tausende und Abertausende leuchtender Flecken in den Raum. Er sprang vor... und sein Hieb verfehlte mich, da ich zur Seite auswich.

Er fing sich, als meine rechte Hand den Griff des Schwertes fand, von dem ich, ohne hinzusehen, wußte, daß es dort sein würde. Ich zog es aus der Scheide, die an einem Stuhl neben dem Bett hing. Die Klinge in meiner Hand war dieselbe oder ein Duplikat des schlichten, schlanken Soldatenschwerts, mit dem mich Janos vor Melinas Zuhälter gerettet hatte. Als ich es zückte, hieb Janos erneut nach mir, diesmal nach meinem Gesicht. Ich riß die Klinge hoch, parierte seinen Hieb mit einem Krachen, und der Dolchjuwel, wenn es denn einer war, brach wie ein Kristall. Die Splitter flogen noch durch die Luft, als meine Klinge ihren Halbkreis vollendete. Dann stieß ich vor, jeder Muskel, jeder Nerv, jeder Teil meines Körpers auf die Spitze des Schwertes konzentriert. Sie traf Janos in die Lunge und drang durch seinen Körper, bis ich »sah«, wie beinahe eine Handbreit roten Stahls aus seinem Rücken stach. Halabs letzte Gabe, die mir einen Fluch ins Herz getrieben hatte, verschwand.

Es schien wie eine Ewigkeit, in der sich keiner von uns rührte. Janos' Augen verrieten seine maßlose Überraschung, wie die eines Sehers, dessen Vision sich als falsch erwiesen hat. Er machte den Mund auf, doch anstelle von Worten oder einem Schrei kam Blut heraus. Er taumelte. Ich ließ das Schwert los. Janos trat einen Schritt vor, dann sank er auf die Knie und hob beide Hände, um die Klinge zu packen, die in seiner Brust steckte. Er fiel auf den Rücken, und das Schwert ragte über ihm auf. Seine Augen waren geschlossen, dann schlug er sie auf und sah mich an, vorbei am wankenden Griff des Schwertes, sah mir ins Gesicht.

»Wenn … du die Klinge herausziehst«, flüsterte er, »kommt auch meine Seele mit.«

Ich nickte. Mein Blick war verschwommen, doch nicht von Zauberkraft. Mein Gesicht war feucht.

»Ich … weiß noch«, sagte er, »wie ich dir draußen vor dieser Taverne gesagt habe … einen rothaarigen Mann zu treffen, wäre … wäre ein gutes Omen.« Er zwang ein Lächeln hervor, und ein harsches Keuchen war zu hören, als er nach Luft rang. »Wenigstens … wenigstens haben wir die … die Fernen Königreiche gefunden«, sagte er.

»Wir haben sie gefunden«, erwiderte ich. Und entschlossener: »*Wir* haben sie gefunden.«

Dann zerriß ihn der Schmerz beinah, und er bäumte sich auf. »Zieh … zieh die Klinge raus«, sagte er, und seine Stimme klang wie ein Befehl. »Bevor ich meinen Stolz entehre.«

Ich zog die Klinge heraus. Und als sie draußen war, entfloh seine Seele in die Arme des Dunklen Suchers.

Janos Kether Greycloak, Prinz von Kostroma, Hauptmann und Ritter von Orissa, ungekrönter Baron von Vacaan, Entdecker der Fernen Königreiche, und, ja, der Mann, der einmal mein Freund gewesen war, war tot.

Kapitel Achtundzwanzig

Der heilige Berg

Nun komme ich zum Ende meiner Reise, und noch während ich diese Zeilen schreibe, spüre ich, wie Janos mir in die Arme sinkt, als ich seine Leiche vom Karren hebe. Ich sehe mit feuchten, aber jüngeren Augen, und ganz deutlich erkenne ich den Pfad, auf dem wir diesen Karren zum Gipfel des heiligen Berges gezogen haben. Sergeant Maeen und die anderen Männer treten vor, um mir zu helfen, doch barsch befehle ich, sie sollen mich lassen. Ich muß es allein tun.

Ich schultere meine Last und wende mich den mächtigen, narbigen Ruinen des Altars der Großen Alten zu. Ich stolpere dorthin, geschwächt von meinem jetzigen Alter. Und ich bin müde, so müde, daß ich um die Kraft der Jugend bete, damit ich nicht falle. Meine Feder bebt vor Anstrengung, als ich Janos auf den Stein hebe. Ich strecke ihn aus und trete keuchend zurück, damit ich den Mann sehen kann, der uns hierhergeführt hat.

Ach, da bist du, Janos. Jetzt erkenne ich dich, Greycloak. Ich sehe dich nackt auf dem Stein liegen und die Spuren deines größten Fehlers an deinem Körper. Aber ich bin noch nicht fertig: Überlegungen müssen zurückstehen, bis ich mein Werk vollendet habe. Maeen reicht mir die Flasche, und ich gieße Öl über die Leiche. Jetzt muß ich beten, doch weiß ich die Worte der Großen Alten nicht, und also sage ich nur: Leb wohl, Janos Greycloak.

Ich entzünde das Feuer und taumle von seinem wütenden Flakkern zurück. Ich sehe, wie die Flammen Janos angreifen, wütende Schläge überall auf seinem Leib. Am härtesten schlagen sie auf die Narben der Zauberei ein. Dann verschwinden die Narben, und ich sehe einen verwandelten Janos, jung und gutaussehend wie damals, als wir uns als unschuldige Männer kennenlernten.

Nun ist der Augenblick für jene Gedanken gekommen, die ich bisher verdrängt habe. Du warst mein Freund, Janos Greycloak, und du hast mich verraten. Ach, diese Flüche habe ich schon oft ausgestoßen. Ich habe dieses Buch nicht begonnen, um alte Narben wieder aufzureißen, sondern um sie zu vertreiben, wie das Altarfeuer Janos' Narben vertrieb. Zwei Reisen sollte dieses Buch enthalten: eine für jene, die meine Geschichte lesen wollen, die andere für mich selbst. Wir haben etwas Großartiges geleistet, Greycloak und ich. Wir haben die Fernen Königreiche entdeckt. Doch dann hat Greycloak die Reise allein fortgesetzt. Und nach seinen Entdeckungen wird unsere Welt nie mehr dieselbe sein. Aber *ich* war es, der sie heimbrachte, und *ich* war es, dem einiges an Ehre zuteil wurde. Nur habe ich nicht gelogen, Janos Greycloak. Ich habe nicht betrogen wie Cassini. Meine Feder ist begierig, diese selbstbeigebrachten Wunden auszulöschen. Und ich frage mich: Was ist mit uns geschehen? Was ich gesehen, und alles, was ich später getan habe, geschah deinetwegen. Du hast uns befreit, Janos. Du hast die Magie von den geheimen

Feuerstellen der Zauberer geholt und sie zum Gebrauchsgut ganz normaler Menschen gemacht. Und mein geliebtes Orissa sonnt sich nun in Frieden und Freizügigkeit. Sollten diese Gaben nicht genügen, dir zu vergeben?

Also gut: Ich vergebe dir, Janos, und ich vergebe auch mir dafür, daß ich nicht wußte, wie ich dich dieses letzte Mal hätte retten können. Du warst kein guter Mann, Greycloak, doch warst du ein großer Mann, und es war deine Größe, die dich am Ende erschlug, nicht ich.

Mit dieser Klarstellung – und dieser Versöhnung – will ich nun zum Ende kommen. Ich höre, wie Maeen und die Männer Janos die letzte Ehre erweisen. Und ich spüre Omeryes sanfte Nähe neben mir. Sie hebt die Flöte zu einem Lied süßen Bedauerns. Das Feuer flammt auf, und erneut verwandelt sich der Tote – diesmal in dunklen Rauch. Ich fühle, wie der Ostwind an mir vorüberweht und den Rauch zum Himmel hebt. Über uns verweilt er und fährt herum, als habe er dem Wind befohlen zu warten.

Ich wische mir die Tränen aus den Augen ... und plötzlich ist mein Blick ganz klar. Weit im Osten, jenseits der glitzernden Wasser, hebt das Licht eine Bergkette über dem Rand des Horizonts hervor. Die Berge sehen aus wie eine geballte Faust, und zwischen Daumen und Zeigefinger sehe ich den Glanz einer reinen, weißen Schneedecke. Die Bergfaust entspricht genau der Vision, die ich hatte, als die Geisterseher die Knochen warfen und unsere Suche begann.

Das Bild zerrt hart an mir, während ich hier schreibe. Doch ich kann nicht gehen, ich kann nicht gehen.

Ich blicke auf zum Rauch, der Janos war, und sehe, daß er sich plötzlich dem Ostwind fügt und dann eilig über den endlosen Himmel zu meiner Vision hinweht.

Ich flüstere ihm nach: Lebe wohl, Janos Greycloak. Lebe wohl, mein Freund. Mögen die Götter auf dieser letzten Reise bei dir sein – zu den Fernen Königreichen deiner Jugend.